1266	Graf Konrad von Sternberg wird Erzbischof von Magdeburg.
1274	In einer Urkunde vom 10. März wird darüber geklagt, dass es in den seit Langem stockenden Neubau des Domes hineinregnet.
1277	Im Januar stirbt Erzbischof Konrad II., Graf Günther von Schwalenberg wird zu seinem Nachfolger gewählt.
1278	Tief gekränkt, weil man seinen Bruder Erich nicht gewählt hat, fällt Markgraf Otto von Brandenburg im Januar mit einem Kriegsheer ins Erzbistum ein.

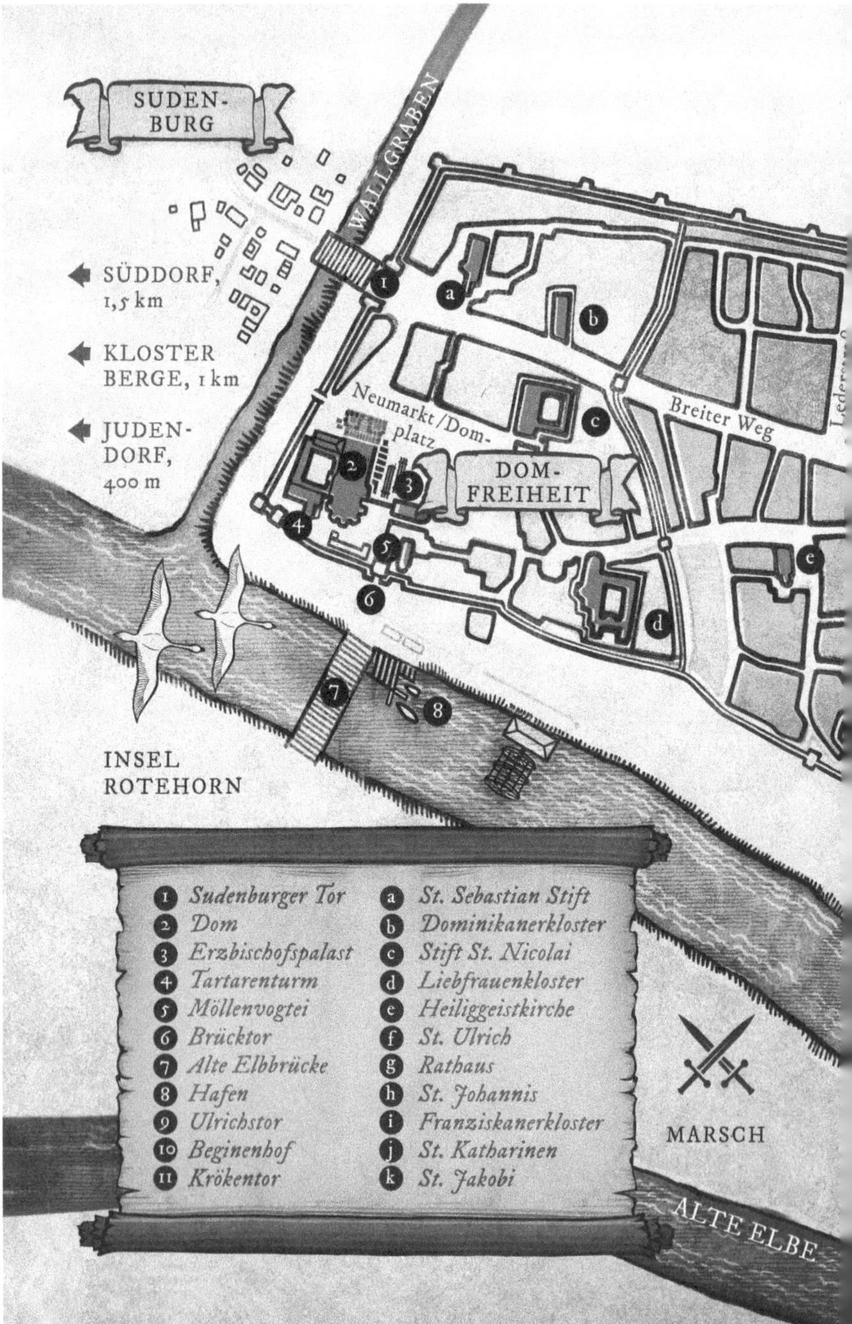
SUDEN-
BURG
WALLGRABEN
SÜDDORF,
1,5 km
KLOSTER
BERGE, 1 km
JUDEN-
DORF,
400 m
Neumarkt/Dom-
platz
Breiter Weg
DOM-
FREIHEIT
INSEL
ROTEHORN
1 Sudenburger Tor
2 Dom
3 Erzbischofspalast
4 Tartarenturm
5 Möllenvogtei
6 Brücktor
7 Alte Elbbrücke
8 Hafen
9 Ulrichstor
10 Beginenhof
11 Krökentor
a St. Sebastian Stift
b Dominikanerkloster
c Stift St. Nicolai
d Liebfrauenkloster
e Heiliggeistkirche
f St. Ulrich
g Rathaus
h St. Johannis
i Franziskanerkloster
j St. Katharinen
k St. Jakobi
MARSCH
ALTE ELBE

MAGDEBURG
ANNO 1250 N. CHR.
W
S
N
O
ERWEITERUNG
STADTKERN
NEUSTADT
Altmarkt
Alte Nordmauer
ELBE
WERDER
9
f
i
j
11
g
h
k
10
© Markus Weber, Guter Punkt

Wie es begann

Magdeburg, Ende September 1261

Der Spätsommermorgen hüllte das Land in Stille und Glanz. Noch knarrten keine Windmühlenflügel, noch brüllte kein Wächter von der Stadtmauer herab, noch holperte kein Fuhrwerk zum Markt hinauf, noch weinte niemand, noch floss kein Blut, noch schnürte es keiner Mutter das Herz zusammen. Nur auf den Koppeln der Gehöfte ringsum blökte eine Kuh hier und da, und in der Vorstadt krähten die Hähne. Doch klang es nicht dringender als sonst?

Die Sonne zerstrahlte die letzten Dunstschwaden auf den Schafweiden und in der Uferböschung der Elbarme. Ein Rudel Rehe hob die Schädel und sprang in wilder Flucht über das abgemähte Gerstenfeld zum fernen Wald hin. Der Himmel hatte sich mit rötlichen Schönwetterwolken geschmückt und wölbte sich über Türmen, Dächern, Obstgärten, Wiesen und zwei Frauen, die Hand in Hand auf dem Weg zwischen Sudenburger Tor und Judendorf liefen.

Die Ältere hatte es eilig, zog die Jüngere hinter sich her, wollte schnell an der Siedlung Sudenburg vorbei und zum Judendorf hinunter, denn eine schlechte Nachricht brannte ihr auf dem Herzen und trieb sie voran. Hager war diese Frau, sehr aufrecht ging sie, und ihr graues Haar hatte sie mit einem schwarzen Stirntuch aus dem Gesicht gebunden. Ihr weites und helles Leinengewand flatterte in der Morgenbrise.

Die sie hinter sich herzog, war fast noch ein Mädchen. Sie war von kleiner gedrungener Gestalt und hatte haselnussbraune Locken. Sie wusste nichts von böser Botschaft, sie freute sich nur auf das Fest und auf die kleinen Kinder unten im Judendorf, auf David und Esther.

»Was für ein schöner Morgen, o Herr«, betete die Ältere mit dunkler, heiserer Stimme. »Goldenes Licht, der Himmel voller Schwalben, und die Obstbäume biegen sich unter der süßen Last ihrer Äpfel und Birnen. Aber wie hässlich wird der Abend sich anfühlen, wenn unten im Judendorf die Leute sich krümmen werden vor Kummer und Angst.«

»Was schwatzt Mamechma von Kummer und Angst?« Aus ihren großen, dunklen Knopfaugen schaute die Jüngere zu ihr herauf; *Mamechma* war der Kosename, mit dem sie ihre Pflegemutter rief. »Se singet doch!« Mit heftigen Kopfbewegungen deutete sie zum Judendorf hinunter. »De Juds singet, hör doch, Mamechma!«

Die Ältere, Mechthild, achtete nicht auf ihre Worte, betete einfach weiter. »Müssen denn schon wieder Blut und Tränen fließen, o Herr?« Sie bekreuzigte sich. »Nicht, wenn du hilfst. Nicht, wenn du dich Gier und Gewalt in den Weg stellst. Amen, Amen, Amen.«

»De Leuts singet!« Die Jüngere runzelte ihre dichten, braunen Brauen, sodass sich dazwischen eine tiefe Falte eingrub. Widerwillen und Empörung standen in ihrem runden, von Blatternarben entstellten Gesicht. »Se singet doch!« Sie ließ Mechthilds Hand los und deutete zum Judendorf hinüber. »Hört Mamechma nicht, wie schön se singet, de Juds?« Ihre Stimme klang krähend und durchdringend wie die einer Elster. Immer schneller lief sie nun, sprang beinahe wie ein Fohlen und klatschte bei jedem Hüpfer in die Hände.

Es stimmte ja: Unten im Judendorf zogen sie singend aus ihren Häusern. Mechthild, die ein Stück zurückblieb, sah es jetzt auch. Die Bauersleute und Handwerkerfamilien im Süddorf, deren nördliche Höfe ans Judendorf angrenzten, standen bereits an ihren Zäunen und Mauern und begafften die feiernden Juden. Auch aus Sudenburger Häusern liefen sie schon auf die Weiden und Wege hinaus, um sich den Beginn des Laubhüttenfestes anzuschauen.

Die Juden sammelten sich vor der großen Laubhütte, die sie vor ihrem Versammlungshaus errichtet hatten und an der die ganze Judengemeinde während der vergangenen Woche gebaut hatte. Die ersten Männer begannen, um die herbstbunte Hütte herumzuziehen. An ihrer Spitze tanzte ihr wilder Levit, ihr Rebbe, wie sie ihn nannten. Trotz der Entfernung konnte Mechthild erkennen, wie er eine Schriftrolle über den grauen Lockenkopf hochstemmte. Ihm folgten die Männer und halbwüchsigen Burschen, dann kamen die Frauen und Kinder.

Ja, es stimmte: Unten im Judendorf feierte man ab heute das Laubhüttenfest, und es herrschte Festtagsstimmung. Aber konnte das Mechthild trösten? O nein! Es machte ihr das Herz nur noch schwerer, denn sie wusste, was man im Palast des Erzbischofs beschlossen hatte.

Von der Elbe her ertönte plötzlich ein lautes, klatschendes Geräusch wie von hektischen und kräftiger werdenden Schlägen. Erschrocken wandte Mechthild sich um und blickte zum Strom: Bei den Anlegestellen unterhalb des Judendorfes streckte ein Schwanenpaar die Hälse, schlug mit den Flügeln ins Wasser und trat mit gespreizten Schwimmfüßen in die Fluten, schneller und schneller, bis es sich schließlich vom Fluss lösen konnte. Nach und nach gewannen die Schwäne an Höhe und flogen nach Norden zur Stadt hin. Kurz vor dem Brücktor trennten sie sich: Einer glitt unter der alten Brücke hindurch, der andere flog über sie hinweg.

Und dann hörte Mechthild das Unheil auch schon an die Tür des noch unschuldigen Tages pochen: Hinter ihr, irgendwo zwischen den Zinnen des Sudenburger Tors, brüllte ein

Wächter. Sie blieb stehen und fuhr herum. Das Mädchen jedoch sprang weiter, klatschte weiter in die Hände und krähte fröhlich. »Se singet! Se singet, se singet doch!«

Oben an der Stadtmauer aber, höchstens zweihundert Schritte entfernt, traten sie stumm aus dem Tor – die Waffenknechte des Erzbischofs Ruprecht. Und an ihrer Spitze schritt er, der Priestermönch mit der Peitsche.

Mechthild ließ die Schultern hängen. Zu spät. Kurz schloss sie die Augen und seufzte. Zu spät, zu spät, zu spät. Aber was hätte es den Juden unten im Dorf auch genützt, wenn ihre Warnung sie rechtzeitig erreicht hätte? Nichts hätte es ihnen genützt, gar nichts.

Da stand sie nun also, Mechthild von Magdeburg, auf halbem Weg zwischen Stadtmauer und Judendorf. Da stand sie, die Gottbegeisterte, die Schreiberin, die Seherin, die Freundin des Herrn Jesus Christus, die Feindin vieler Herren in den Klöstern und Kirchen der großen Stadt Magdeburg. Und wie schon viel zu oft in all den Jahrzehnten, die sie nun hier lebte, wusste sie, dass auch heute Gewalt und Gier über Liebe und Schönheit triumphieren würden.

Die Jüngere jedoch merkte von alldem nichts, hüpfte noch immer krähend dem Judendorf entgegen, klatschte noch immer fröhlich in die Hände. »Still!«, zischte Mechthild ihr zu. »Willst du wohl Ruhe geben!« Das stämmige Mädchen mit den schwarzen Wieselaugen verstummte augenblicklich, sperrte den Mund auf, guckte dümmlich und stand da wie gelähmt.

»Gib, dass sie wenigstens niemanden erschlagen, o Herr«, betete Mechthild und bekreuzigte sich abermals. »Her zu mir, kleine Genoveva!« Sie warf einen sorgenvollen Blick auf das Judendorf, wo die ersten Männer sich in die Laubhütte bückten, und winkte dabei das Mädchen zurück an ihre Seite.

Nun erkannte auch die Jüngere den Mönch mit der Peitsche, den Schrecken der Stadt. Er war unverwechselbar, der Gallus von Trier mit seinem vornübergebeugten Gang, mit seinen großen, federnden Schritten, mit seiner Peitsche; unverwechselbar, auch wenn an diesem Morgen die Kapuze seines schwarzen Habits seinen Kopf verhüllte. An der Spitze waffenklirrender Männer marschierte er auf Mechthild und das Mädchen zu und klopfte bei jedem Schritt mit dem Peitschenstiel gegen seine schwarze Mönchskutte.

»Was wollet die?« Genoveva vergaß den Gesang unten im Judendorf, vergaß das Laubhüttenfest und die Kinderchen, die sie so liebte. Sie griff nach der Hand ihrer Pflegemutter und Lehrerin und drängte sich an sie. »Was wollet de Kerls mit de Schwerts, was will de böse Bruder Gallus?«

»Was wird der schon wollen?« Mechthild spuckte aus und seufzte bitter. »Den Willen seines Herrn erfüllen will er.« Sie kannte die Pläne des Erzbischofs und wusste von seiner leeren Schatulle. Auch sein enges und kaltes Herz kannte sie – und seinen härtesten Prügel, den Peitschenmönch.

Der blieb stehen, als er die fromme Frau und ihre Schülerin erkannte. Weniger als hundert Schritte trennten sie noch. Hinter ihm drängten sich die bischöflichen Waffenknechte. Die meisten überragten den kleinen Mönch um Haupteslänge.

Gallus von Trier war unter Mechthilds Feinden in der Stadt der erbittertste. Der Benediktiner ging beim Erzbischof ein und aus. Manche hielten ihn für dessen Beichtvater.

Mechthild konnte erkennen, wie er die dichten schwarzen Brauen unter seiner hohen Stirn runzelte und wie er die große, scharf geschnittene Nase rümpfte. »Du schon wieder!«, rief er.

Mechthild nickte nur. Und an ihre Pflegetochter gewandt, sagte sie leise: »Was gefällt dir besser, meine kleine Genoveva – wenn Menschen singen und beten wie die Juden unten bei ihrer Laubhütte, oder wenn sich Menschen mit geschärften Klingen, finsteren Mienen und bösen Gedanken vor dem Stadttor zusammenrotten?«

»Tanze soll'n de Menschs, singe und tanze. Dassis schön.«

»Nicht wahr, mein Kind?« Die hagere, zerbrechlich wirkende Frau legte den Arm um die Schulter des Mädchens. »Aber das Schöne trägt kein Schwert und verschafft sich mit keiner Peitsche Gehör. Sieh hin und lerne, Genoveva.«

Gallus setzte sich wieder in Bewegung, klopfte heftiger mit dem Peitschenstiel gegen die Wade und winkte die Waffenknechte hinter sich her. Mechthild schätzte, dass knapp dreißig meist junge Männer ihm folgten.

Sie stemmte die Fäuste in die Hüften. »Steh nicht da wie ein ängstliches Lämmlein!«, befahl sie ihrem Schützling. »Wir verlieren, doch wir bleiben Sieger. Hast du das verstanden? Kopf hoch also, Brust raus, und heiliger Zorn soll in deinen Augen glänzen!«

In diesem Moment merkten sie auch unten im Judendorf, was die Stunde geschlagen hatte.

»Se höret auf zu singe.« Genoveva wandte den großen Kopf und schaute zum Dorf. »De Fraus fliehet in de Hauses, und de Manns kommet zurück aus de Laubhütt.«

»Kehrst du Magdeburg endlich den Rücken, Mechthild?« Fünf Schritte vor ihnen blieb der Priestermönch stehen und hob die Rechte, sodass auch die stillstanden, die hinter ihm marschierten. »Haben die frommen Weiber dir und deiner Schwachsinnigen endlich die Tür gewiesen?«

Er sprach von der Gemeinschaft der frommen Frauen, die mit Mechthild und Genoveva auf einem Gehöft der Burggrafenburg lebten und die man landauf, landab Beginen nannte.

»Darauf werdet ihr noch lange warten müssen, du und deinesgleichen.« Mechthild heftete ihre leuchtend grünen

Augen auf den Mönch. »Und wohin gehst du, Bruder Gallus? Wohin führst du diese waffenstarrende Rotte?«

»Was geht's dich an, Wahnsinnige?« Der Mönch wich ihrem durchdringenden und gebieterischen Blick aus und schaute an ihr vorbei zum Judendorf hinunter. Er hatte eng zusammenstehende braune Augen und ein bartloses knochiges Gesicht mit spitzem Kinn und kleinem Mund. »Vielleicht wollen wir ja genau wie du das Judenfest besuchen und schauen, wie es sich so wohnt in einem Blätterverschlag.«

»Ja, tu das, Gallus.« Mechthild nickte langsam. »Und erzähl's dann dem Erzbischof. Auch dem stünde es gut an, in einer Laubhütte zu wohnen wie ein Pilger statt in einem Palast wie ein Fürst.« Mechthild trat näher zu ihm, so nahe, dass die Zehenspitzen ihrer bloßen Füße seine Stiefelspitzen beinahe berührten. »Und wozu nimmst du diese da mit aufs Judenfest?« An ihm vorbei deutete sie auf die Männer, die sich hinter ihm drängten.

»Was gibst du dich mit diesem närrischen Weib ab, Mönch?« Ein sehr junger, hochgewachsener Bursche mit strohblondem Haar trat aus der Rotte der Waffenknechte, fuchtelte mit seiner Saufeder und streckte die Hühnerbrust vor. »Soll ich sie aus dem Weg prügeln?«

Der Priestermönch winkte zornig ab und wandte sich an Mechthild. »Was geht's dich an, Wahnsinnige?« Er trat einen Schritt auf sie zu und hob die Peitsche. »Aus dem Weg mit dir!«

Mechthild rührte sich nicht von der Stelle. »Ich will dir sagen, wozu du sie mitnimmst, Bruder Gallus!« Ganz ruhig sprach sie, und ihr brennender Blick ließ sein Gesicht nicht mehr los. »Um von den heiligen Zehn Geboten gleich vier müheloser brechen zu können: Du sollst nicht stehlen, du sollst nicht töten, du sollst nicht begehren deines Nächsten Gut! Du sollst keine anderen Götter ...«

Gallus stieß einen Wutschrei aus, stieß sie weg von sich und schlug zu – doch der Hieb traf Genoveva, die sich schützend vor ihre Lehrerin und Pflegemutter geworfen hatte.

»Schlägt de Gallus Mamechma, schlägt er de Heiland und sein Mutter Maria!«, rief sie.

Gallus zischte nur und schlug erneut zu. Die Peitsche traf Genovevas Gesicht so hart, dass sie aufschrie. Es gelang ihr jedoch, die Peitschenriemen zu fassen und festzuhalten. Vor Wut kreischend zerrte sie so fest daran, dass der Stiel dem Mönch aus der Faust glitt. »Böser Gallus!« Das Mädchen konnte ungeheure Kräfte entwickeln, wenn es erregt war. Genoveva zerbrach den Peitschenstiel und schleuderte dem Mönch die Bruchstücke vor die Füße.

»Saukrodd!«, brüllte der Benediktiner. »In den Tartarenturm mit dem hässlichen Wurm!«

Der junge Bursche mit dem Sauspieß und zwei weitere Waffenknechte stürzten an ihm vorbei, packten das strampelnde und um sich schlagende Mädchen und versuchten, es zu bändigen. Die anderen aber und Gallus selbst machten einen Bogen um Mechthild und stürmten zum Judendorf hinunter.

»Lasst sie sofort los!« Mechthild stieß die ausgestreckten Arme zwischen Mädchen und Männer, so als wollte sie alle vier segnen. Ihr durchdringender Blick richtete sich auf die drei Waffenknechte. »Ich befehl's euch im Namen des Herrn!« Einem nach dem anderen schaute sie in die Augen, und einer nach dem anderen senkte den Kopf und gab das strampelnde und zeternde Mädchen frei.

Im selben Moment begann unten im Süddorf die Glocke der Dorfkirche St. Michael zu läuten. Vielleicht, weil die Bauern und Handwerker dort sich vor den heranstürmenden Waffenknechten fürchteten, vielleicht auch, um die Judengemeinde zu warnen.

»Bedenkt ihr denn gar nicht, was ihr tut?«, sagte Mechthild streng. »Denkt ihr denn gar nicht daran, was euch blüht?« Zwei der Männer wichen erschrocken vor ihr zurück, nur der halbwüchsige Spießträger rührte sich nicht von der Stelle. »Ihr versündigt euch an dem Mädchen, ihr versündigt euch an den jüdischen Schwestern und Brüdern – so oder so fahrt ihr zur Hölle!«

»Altes Narrenweib!« Der Bursche mit der Saufeder spuckte aus. »Wer bist du denn, dass du mir gebieten willst?« Er wandte sich ab, winkte die anderen hinter sich her und rannte los – der bewaffneten Rotte und dem Peitschenmönch hinterher.

»Kehre um, Gero!«, rief Mechthild ihm nach. »Zurück in die Stadt mit dir!« Sie kannte den unbändigen Burschen und wusste auch, wessen Sohn er war. »In der Domschule hast du zu sitzen um diese Zeit!« Viele kannten den Bastard des Grafen von Greifenstein, denn wo immer das Jungvolk von Magdeburg über die Stränge schlug, war er meistens ganz vorn mit dabei.

Der zweite Waffenknecht bekreuzigte sich und folgte zögernd dem Domschüler mit dem Spieß. Der dritte fiel vor Mechthild auf die Knie. »Betet für mich, fromme Frau«, stammelte er. »Betet für meine arme Seele.«

»Wirst du wohl aufstehen!«, fuhr Mechthild ihn an. »Vor Gott, deinem Schöpfer, und vor Christus, deinem Heiland, sollst du knien und flehen, nie vor einem Sterblichen!« Sie wandte sich ab und packte das heulende Mädchen am Arm. »Ja, ich werde für dich beten, Kerl!«, rief sie im Fortgehen. »Du aber bereue und tue Buße, sonst nützt dir selbst das Gebet des heiligen Mauritius nichts!« Sie zog Genoveva hinter sich her und lief mit ihr zum Süddorf hinunter und ins Judendorf hinein.

Dort waren die Waffenknechte längst über die Festgemeinde hergefallen. Sie drangen in die steinernen Häuser der Juden ein, zerrten Jungfrauen und Knaben aus Höfen und Stallungen, stießen langbärtige Männer aus dem Inneren der Laubhütte in den Staub des Dorfplatzes, verfolgten Mütter und Halbwüchsige, die mit einer Kinderschar zur Elbe hinunter flohen, wo die Bootsstege der Juden lagen.

»Herr, erbarme dich!«, rief Mechthild atemlos und lief, so schnell sie nur konnte. »Herr, so erbarme dich doch!«

Genoveva schüttelte die Hand der Älteren ab und rannte voraus. »Meine Kinds, meine Kinds!«, schrie sie. »Mein David, meine Sophia!«, heulte sie und hetzte wie eine gejagte Häsin ins Judendorf hinein. Mechthild rief sie zurück, aber die kaum Dreizehnjährige hastete immer weiter, vorbei an der Laubhütte und zum prächtigen Haus des Geldverleihers Amos hin, auf dessen kleine Kinder sie hin und wieder aufpassen durfte und in die sie ganz vernarrt war.

Vor der Laubhütte sah Mechthild, wie Samuel, der Levit, sich im Griff zweier Waffenknechte wand, während der Mönch mit seiner Peitsche auf ihn eindrosch. Die blaue Kappe des Rebbe und die Schriftrolle lagen zwischen ihnen im Staub, und er brüllte dem Prügelnden hebräische Sätze ins Gesicht – Flüche, vermutete Mechthild –, die Gallus aufstachelten, nur noch heftiger zuzuschlagen. Schweißperlen glänzten bereits auf der hohen Stirn des Benediktiners, doch selbst die wütendsten Hiebe vermochten nicht, den jüdischen Priester zum Schweigen zu bringen.

Zwei junge Männer der Judengemeinde sah Mechthild herbeistürzen. Sie stießen die Waffenknechte zur Seite und stellten sich schützend vor ihren fluchenden und blutenden Rebbe. Auch auf sie schlug der Peitschenmönch ein.

Gut hundert Schritte trennten die um Atem ringende Mechthild noch von der Laubhütte, als ihr Blick auf Genoveva fiel. Wie festgewachsen stand sie vor dem großen Haus des Geldverleihers und spähte zum Fluss hinunter. Waffenknechte stießen Amos und Elias, den jungen Halbbruder seiner Frau, aus dem Tür. Elias strauchelte und stürzte von der Treppe neben Genoveva in den Dreck.

Im selben Moment schrie das Mädchen auf, sprang los und rannte zur Elbe hinunter. Mechthild erkannte sofort, was Genoveva dort entdeckt hatte: ein Boot, das ein paar Halbwüchsige in die Elbe hineinschoben, um die Frauen und Kinder darin vor dem Zugriff der heranstürmenden Waffenknechte zu bewahren. Und im Gedränge auf dem Boot und im Uferwasser entdeckte Mechthild die Kleinkinder, die ihr Pflegling so liebte: Die noch nicht einmal dreijährige Esther hing weinend im Arm ihrer Mutter Lea, ihr etwas älterer Bruder David kletterte eben ins Boot.

»Gott sei euch gnädig«, keuchte Mechthild, blieb schwer atmend vor der Laubhütte stehen – und erstarrte. Die beiden jungen Männer, die ihrem Rebbe zu Hilfe gekommen waren, lagen zuckend in ihrem Blut. Einer mit gespaltenem Schädel und über den Knien des heulenden Rebbe ausgestreckt, der andere mit durchstoßener Brust neben der Schriftrolle.

Stumm vor Entsetzen hob Mechthild den Blick und schaute in Augen, in deren hellem Blau eisige Grausamkeit funkelte. Der Halbwüchsige mit dem Sauspieß, der Domschüler! Die eiserne Klinge seines Spießes über seiner Faust triefte vom Blut der jungen Juden.

»Das kannst du nicht wieder gutmachen, Gero«, flüsterte Mechthild. »Das kannst du deinem Gott niemals bezahlen.«

»Was willst du, Alte? Es sind doch nur verdammte Juden.« Der Bursche schob den Unterkiefer vor und versuchte zu grinsen, was ihm nicht recht gelingen wollte. Schließlich ließ er die erschütterte Mechthild stehen und rannte an Gallus von Trier vorbei zur Elbe hinunter. Der Priestermönch und seine erzbischöflichen Waffenknechte marschierten zum Haus des inzwischen gefesselten Geldverleihers Amos, den manche auch Silbersack nannten.

Im Nordwesten der Vorstadt begann die Glocke der Sudenburger Kirche St. Ambrosius zu läuten. Mechthild sank vor dem lauthals trauernden Judenpriester und den beiden Sterbenden in den Staub. Entsetzen und Seelenschmerz raubten ihr schier den Atem.

»Es tut mir so leid, Samuel«, brachte sie mit rauer Stimme hervor, »es tut mir im Herzen weh!« Als sie die Arme zum Himmel strecken wollte, um Gott um Vergebung für die Stadt Magdeburg zu bitten, hörte sie das kreischende Heulen Genovevas, und sie schaute hinunter zum Elbufer.

Das überfüllte Boot war gekentert, und wer irgend konnte, schwamm oder kroch oder stolperte durchs seichte Wasser an die Uferböschung zurück, wo schon die höhnisch lachenden Waffenknechte des Erzbischofs warteten. Und am lautesten lachte der wilde Gero.

Nach kaum einer Stunde war alles vorüber und das Unglück vollendet: vier erschlagene jüdische Männer, doppelt so viele, die von den Mannen des Erzbischofs übel zugerichtet worden waren, und fast ein Dutzend Gefangene, die Gallus von Trier ins Verlies des erzbischöflichen Palastes werfen ließ. Nicht zu reden von all dem Hausrat, Schmuck, Silber und Gold, das die Waffenknechte für Erzbischof Ruprecht aus den jüdischen Häusern geraubt hatten.

Noch am selben Abend ließ dieser der schreckensstarren und verzweifelten Judengemeinde seine Lösegeldforderungen überbringen: Allein tausend Mark Silber verlangte er für die Freilassung von Amos und Elias.

Den ganzen Tag über suchte Mechthild nach Genoveva und fand sie schließlich in der Flussböschung beim Brücktor. Jüdische Männer mit ratlosen und betretenen Gesichtern schritten das Ufer ab. Bis zur nördlichen Stadtmauer, wo beide Elbarme wieder zusammenflossen, sah Mechthild sie durch das Gestrüpp stapfen.

Unter der alten Brücke hockte Genoveva Arm in Arm mit Lea im hohen Gras. Beide schluchzten so jämmerlich, dass es Mechthild das Herz zusammenschnürte.

Sie ahnte Schlimmes und ging neben ihnen die Hocke. Das Töchterchen der jüdischen Frau, die kleine Esther, streckte sein Köpfchen aus deren Mantel und schaute Mechthild aus großen dunklen Augen an.

»David?«, fragte Mechthild leise, und beide heulten nur noch lauter. Mechthild schloss die Arme um die Frauen, zog sie samt der kleinen Esther an sich. »Mein Gott, mein Gott«, stöhnte sie, »warum nur, warum?«

So kauerten sie zu viert im hohen Gras, weinten miteinander und hielten einander fest, während über ihnen Hufschlag über die Brückenbohlen polterte und die hölzernen Brückenpfeiler unter der Last von Fuhrwerken ächzten und knarrten.

»Nimm Davids unschuldige Seele in Gnaden auf, du allmächtiger Gott«, betete Mechthild unter Tränen, als sich irgendwann die Nacht herabsenkte.

Wenige Wochen später kaufte Erzbischof Ruprecht Ländereien vom Domkapitel – Geld genug hatte er ja nun. Um diese Zeit wurde zweitausend Ruten stromaufwärts der entstellte Leichnam eines kleinen Jungen gefunden. Genoveva hörte davon und rannte sofort hinunter ins Judendorf. Sie ließ auch ihre Pflegemutter und Lehrerin dorthin rufen, denn nun war kein Zweifel mehr möglich: David, Amos und Leas kleiner Sohn, hatte den Tod gefunden.

Seine Mutter hockte klagend auf der Treppe vor ihrem Haus, als Mechthild dort ankam. Lea rieb sich Asche in Haar und Gesicht und zerriss ihr Gewand. »Ich bin schuldig!«, jammerte sie. »Verflucht muss ich sein!« Das halbe Dorf stand vor dem Haus – und mitten in der Menge Genoveva. Sie schluchzte laut und drückte das Töchterchen der Jüdin an ihre Brust, das im Judendorf Esther gerufen wurde, doch von Genoveva nur Sophia.

»Keiner von euch ist schuldig, arme Frau.« Mechthild kniete vor der trauernden Mutter nieder und redete ihr gut zu. »Allein der Erzbischof hat dieses Unglück über deine Familie gebracht.«

»Nein, o nein!« Die Frau raufte sich das aschige Haar. »Ich allein habe Jahwes Zorn auf uns gebracht! Ich allein durch meine böse Tat! Ihr wisst ja nicht, ihr wisst ja nicht!« Sie schrie laut auf, schaukelte hin und her und verbarg den Kopf schließlich zwischen den Knien. »Lass mich sterben, Allmächtiger! Verflucht muss ich sein!« Verzweifelt fuhr sie hoch und reckte die Arme gegen den Himmel. »Lass mich sterben, lass mich sterben!«

Erstes Buch

Die Brücke

Juni und Juli 1275

1
Verse

Burg Landsberg, Mitte Juni 1275

Eine milde Abendbrise rauschte durch das Laub der Obstbäume und ließ das Gras vor Wolframs Augen erzittern. Nach einem verregneten und viel zu kühlen Frühling war es seit ein paar Tagen endlich doch noch warm geworden.

Der junge Knappe sog die Luft ein, denn der Wind wehte den süßen Duft des Flieders heran, der entlang der Gartenmauer blühte. Ein Duft nach Sommer und Sehnsucht – Wolfram mochte ihn sehr. Er stellte sich vor, dass die Liebe nach Flieder schmeckte und Frauenhaut nach Flieder roch. Wie die Liebe sich anfühlte, glaubte er zu wissen, Frauenhaut kannte er nur vom Anschauen im Badehaus.

Sie kauerten wieder hinter dem größten der vielen Haselnussbüsche im Burggarten. Wolfram, dem gar nicht wohl war in seiner Haut, beugte sich tiefer ins Gras und versuchte auszusehen wie ein zu großer Maulwurfshügel. Er hatte sich die Kapuze seines roten Wappenmantels über den Kopf gezogen, lauschte ständig nach allen Seiten und hoffte, dass es schnell vorübergehen würde, schneller als in der Nacht zuvor. Sein Ritter dagegen richtete sich wieder und wieder auf den Knien auf, um durch eine Lücke im Geäst zu den Burgfenstern hinüberzuspähen.

In einigen flammte bereits der Schein erster Talglampen und Fettholzflammen auf. Bald flackerte auch in jener Fensteröffnung Licht, die Wolframs Ritter mit sehnsüchtigem Blick beobachtete, seit sie nach Sonnenuntergang in den Burggarten geschlichen waren.

»Endlich«, flüsterte Adalbert von Stendal, »endlich ist sie in ihren Gemächern.« Er griff nach Wolframs Arm und drückte ihn. »Zeig mir noch einmal das Lied.«

»Und wenn nun der Markgraf bei ihr schlafen wird?« Wolfram blinzelte misstrauisch zum Burgfenster hinauf, hinter dem seit bald einer Woche Heilwig, die Tochter des Grafen von Holstein-Kiel, nächtigte. »Ihr habt doch sicher gehört, dass Otto von Brandenburg um sie wirbt und dass er heute Abend in der Burg weilt?«

»Wie kannst du so etwas auch nur denken!«, zischte der empörte Ritter und holte aus, um Wolfram ins Gesicht zu schlagen. Doch er beherrschte sich gerade noch und schnaubte nur wütend. »Heilwig ist eine fromme und sittsame Frau. Eine Ehrendame ist sie! Niemals würde sie …« Seufzend schaute er zum Fenster seiner Angebeteten hinauf. »Her mit dem Lied«, forderte er in tadelndem Ton.

Wolfram richtete sich auf, zog ein Papier aus dem Mantel und entrollte es. Im letzten Tageslicht beugte der Ritter sich darüber. Im Haselnussgestrüpp begann eine Grille zu zirpen. Zwischen den letzten Schönwetterwolken am Horizont schimmerte ein verwaschener Fleck – der Abendstern. Viele Wochen hatte es aus grauem Himmel fast ununterbrochen geregnet, und weder die Sonne noch die Sterne hatten sich gezeigt. Wolfram seufzte leise, denn gern hätte er weiter nichts getan, als dem Abendstern beim Aufleuchten zuzuschauen. Es würde wieder das Gleiche geschehen wie in der vergangenen Nacht. Und es geschah.

»Deine elende Handschrift!«, zischte Adalbert. »Ich hasse sie! Und zu dunkel ist es auch schon für meine armen Augen.« Als wären die Augen seines Knappen scharf genug, um trotz der fortgeschrittenen Dämmerung noch lesen zu können, drückte er ihm das Blatt gegen die Brust. »Lies mir das Lied noch einmal vor, Strophe für Strophe.«

Wie schon am Vorabend tat Wolfram auch heute, was er verlangte. Die Verse, die er noch entziffern konnte, las er ab, was das Dämmerlicht seinem Blick bereits verhüllte, trug er auswendig vor. Flüsternd und mit geschlossenen Augen sprach der Ritter die Worte mit, und bei jeder Zeile, die seine Liebe zu der schönen Grafentochter beschwor, nickte er heftig, als wolle er einen Schwur bekräftigen.

Die Wahrheit war: Adalbert von Stendal hatte ähnlich scharfe Augen wie Wolfram, und die Schönheit und Reinheit von Wolframs Handschrift wurde nur von jener des Mönchs übertroffen, der ihn Lesen und Schreiben gelehrt hatte. Nur hatte Adalbert es in seiner frühen Jugend vorgezogen, mit Holzschwertern auf die Pferdeknechte loszugehen und auf einem rollenden Leiterwagen das Lanzenstechen zu üben, statt im Skriptorium der väterlichen Grafenburg Lesen und Schreiben zu lernen. Der Ritter beherrschte weder das eine noch das andere. Lateinische und arabische Zahlen allerdings konnte er entziffern und zeichnen, und seinen eigenen Namen auch.

Unterdessen wurde es dunkel, und immer mehr Sterne funkelten am Nachthimmel. Der Ritter duckte sich plötzlich und zog die Schultern hoch, denn etwas schwebte dicht über ihre Köpfe hinweg. Wolfram hob den Blick – die Silhouette eines großen Vogels schwang sich lautlos in die Luft, segelte dem Ostflügel der Burg entgegen und begann um den Bergfried zu kreisen. Eine Schleiereule.

Adalbert schimpfte leise, und Wolfram beobachtete die enger werdenden Kreise des Nachtvogels. Er hatte schon am vergangenen Abend gemerkt, dass ein Eulenpaar unter dem Turmdach brütete. Vom Turmwächter wusste er, dass die Vögel sich angriffslustig zeigten, seit die ersten Küken geschlüpft waren.

»Und jetzt noch einmal die Anfänge der Strophen«, flüsterte Adalbert.

Wolfram staunte, weil sein Ritter das Lied noch immer nicht auswendig konnte, doch klaglos sprach er ihm nacheinander die ersten Zeilen jeder Strophe vor, und Adalbert wiederholte sie. Er wirkte sehr aufmerksam dabei, und seine Augen glänzten voller Vorfreude, aber sein tanzender Adamsapfel verriet Wolfram, wie unruhig und angespannt er war.

Unterdessen verstummten die letzten Stimmen auf dem angrenzenden Burghof und unten im Dorf. Nach und nach breitete sich Abendstille aus, und Wolfram empfand das Zirpen der Grille im Haselnussstrauch als durchdringend laut. Eine Katze schlich aus dem Busch, reckte den Schwanz in die Höhe, maunzte und rieb sich an seinem Knie. Irgendjemand leerte einen Nachttopf aus einem Burgfenster, im Norden ging der Vollmond auf, und irgendwo unterhalb des Burgfelsens entfernte sich Hufschlag.

»Verdammte Grille!«, zischte der Ritter und schlug mit der flachen Hand ins Geäst. Die Katze floh, die Grille verstummte. Hinter dem Fenster der Grafentochter erlosch das Kerzenlicht.

Adalbert, der es sofort bemerkte, schien einen Atemzug lang zu erstarren. »Sie geht schlafen«, flüsterte er. Fahrig strich er sich über Bart und Haar, und Wolfram sah wieder seinen Adamsapfel hüpfen. Endlich griff der Ritter nach seiner Laute und erhob sich. »Jetzt oder nie«, flüsterte er, verließ die Deckung des Haselnussstrauches, stellte sich breitbeinig unter das Fenster seiner Angebeteten und begann zu singen und die Laute zu zupfen.

Wolfram hatte schon schöneren Liedvorträgen gelauscht, zumal Adalberts hohe Fistelstimme vor Aufregung ziemlich heiser klang. Auch sonst bot seine Erscheinung nicht gerade ein Bild, das eine Frau auf Anhieb für ihn einnehmen mochte: Adalbert war nicht besonders groß, dafür stämmig und breit. Er hatte krumme Beine, und sein Bauch, sein feister Hintern und seine Hängebacken verrieten, dass er länger nicht an einem Feldzug teilgenommen hatte.

Allein den gedrechselten und geschickt gesetzten Worten seines Liedes traute Wolfram zu, das Herz einer schönen Jungfrau wie Heilwig zu betören. Und diese stammten nicht aus Adalberts eigener Feder.

Genau wie in der letzten Nacht erschien ihre Silhouette in der Fensteröffnung. Wolframs Herz schlug schneller, denn er bildete sich ein, ihre edlen Züge zu erkennen. Statt sich hinauszulehnen und still zu lauschen, lief sie hin und her und bewegte den Kopf, als würde sie sich umblicken. Eine dunkle Ahnung beschlich Wolfram, und er kämpfte gegen den Drang an, aus dem Burggarten zu fliehen.

Statt seine Ahnung ernst zu nehmen, kroch er unter dem Busch hindurch bis dicht hinter seinen Ritter. Er musste Adalbert die Worte einflüstern, sollte der mit den Liedversen durcheinanderkommen, was allzu oft vorkam. Sein Schwert zog der junge Knappe hinter sich her.

Das Herz schlug ihm bis zum Hals, und ständig spähte er nach allen Seiten – was nämlich Adalbert offenbar gänzlich kalt ließ, beunruhigte ihn außerordentlich: dass Otto von Brandenburg und sein Bruder Erich auf der Burg Landsberg weilten. Angeblich, um auf dem Wege nach Magdeburg ihre Schwester zu besuchen, die mit dem Markgrafen von Landsberg verheiratet war. In Wirklichkeit, um Heilwig den Hof zu machen. Das jedenfalls hatte der Pferdeknecht des markgräflichen Truchsesses Wolfram hinter vorgehaltener Hand verraten.

Nein, Wolfram war gar nicht wohl in seiner Haut, denn Markgraf Otto galt als harter und wilder Kriegsmann, der jeden Feind erbarmungslos aus dem Weg räumte. Und musste ihm einer, der um dieselbe Frau warb wie er, nicht als sein ärgster Feind erscheinen?

Adalbert von Stendal waren derartige Bedenken offenbar fremd. Mit heller und hoher Stimme hob er laut an zu singen:

»Wie Gold erstrahlt die Frühlingsnacht,
wenn du erscheinst, Licht meines Herzens!
In deinem Glanz verblasst der Mond,
erbleicht …«

Und schon geriet er ins Stocken, brach ab, zupfte die Laute leiser und blickte hilfesuchend hinter sich, um der Stimme seines Knappen zu lauschen.

»Erlischt Orion und verglimmt der Abendstern«, flüsterte Wolfram ihm zu, und der Ritter fuhr mit seinem Gesang fort. Wolfram aber stutzte, denn Heilwig lief nicht nur hin und her hinter ihrer Fensteröffnung, sie winkte auch noch, als hätte sie Adalbert etwas Dringendes mitzuteilen.

»In deinem Glanz verblasst der Mond«, setzte der Ritter noch einmal an, »erlischt Orion und verglimmt der Abendstern.« Auch in anderen Fensteröffnungen sah Wolfram nun Umrisse von Burgbewohnern auftauchen und Vorhänge sich bewegen. Adalbert von Stendal jedoch sang unbeirrt weiter:

»Ward jemals wärmer mir und heller,
als unter deinem Liebesblicke?
Ward jemals Liebeslust und …?«

Adalberts Fistelstimme überschlug sich plötzlich, und dann verstummte er schon wieder, diesmal abrupter als beim ersten Mal.

Wolfram verdrehte die Augen und flüsterte: »Hat Liebeslust und banges Sehnen mir heißer je die Brust entflammt?« Doch Adalbert hörte nicht mehr zu, hatte sogar die Laute sinken lassen.

Wolfram hob den Blick und runzelte die Stirn. Warum unterbrach der Ritter sein Liebeslied? Warum ging er plötzlich weg vom Haselnussgestrüpp, und warum trat er so dicht ans Burggemäuer heran? Jetzt legte er auch noch den Kopf in den Nacken, blickte zum Fenster seiner Angebeteten hinauf und lauschte ihrem Geflüster.

»Otto will heute Nacht singen, ihr müsst euch vorsehen.« Jedes Wort der Grafentochter konnte Wolfram verstehen. »Ihr müsst sofort aus dem Burggarten fliehen, ihr Herren. Jemand hat die Verse aufgeschrieben und dem Markgrafen überbracht, die Ihr in der vergangenen Nacht gesungen habt, Herr Adalbert. Und nun rast er, weil sie so viel schöner sind als seine eigenen. Eilt aus dem Garten, ich bitte Euch, schnell ...«

Ein Zweig knackte unter schwerem Stiefelschritt. Augenblicklich unterbrach sich Heilwig und verschwand in der Dunkelheit ihres Gemachs. Wolfram spähte zum Obstgarten hin, denn von dort waren rasche Schritte zu vernehmen. Bald schälte sich die Gestalt eines großen, breitschultrigen Mannes aus dem Halbdunkel zwischen den Umrissen der Apfel- und Birnenbäume heraus.

»Was für ein elendes Katzengejammer will uns in dieser milden Frühlingsnacht den Schlaf rauben?«, rief der zielstrebig näherkommende Mann mit rauer und tiefer Stimme. Vierzig Jahre alt mochte er sein, höchstens. Er schwang eine große Laute in der Linken und stapfte heran. »Ist es Zufall, dass du unter dem Fenster der schönsten Frau im Reiche krächzt und jaulst, Kerlchen?«

Es war Otto, der Markgraf von Brandenburg, Wolfram erkannte ihn sofort. Er hatte ihn vor drei Jahren bei einer Fehde gegen einen wendischen Fürsten kennengelernt, als Otto genau wie Adalbert an der Seite des Herzogs von Schwerin gefochten hatte. Und erst im vergangenen Jahr war er ihm in

Wittenberg wiederbegegnet, bei einem Turnier. Der schwarze Bart, die dicken Lippen, die langen schwarzen Locken und das breite Gesicht mit der kantigen Nase und der schlecht verheilten Narbe auf der Wange – eine Verwechslung war ausgeschlossen. Und dann die polternde Art, wie er auftrat und wie er tönte! Wolfram duckte sich tiefer ins Gras.

Sein Ritter aber stand wie festgewachsen. »Seit wann ist es verboten, einer schönen Dame Minnelieder darzubringen?«, fragte er, und es klang ein wenig kleinlaut.

»Gar nicht, mein Herr!« Der Markgraf ließ seine Laute ins Gras gleiten und zog sein Schwert. »Singt nur wacker weiter!« Drohend duckte der große Edelmann sich wie zum Sprung und hob seine Klinge. »Singt nur wacker weiter unter dem Fenster der künftigen Markgräfin von Brandenburg, wenn Euch Euer Leben weniger wert ist als Euer lächerliches Lied!«

Blitzschnell drang er auf Adalbert von Stendal ein, und Wolfram hielt den Atem an. Sein Ritter ließ seine Laute fallen und konnte gerade noch ausweichen, sodass Ottos Klinge gegen das Gemäuer klirrte und dort Funken schlug. Wolfram erschrak, als er merkte, wie todernst es dem Markgrafen war – dieser kriegerische Edelmann wollte seinen Rivalen nicht einfach nur vertreiben, er wollte ihn erschlagen!

Adalbert wich zurück und riss nun ebenfalls sein Schwert aus der Scheide. Ottos nächsten Schlag parierte er noch, doch der danach folgte, war mit solch wütender Wucht geführt, dass er Adalbert das Schwert aus der Hand und ins Gras hieb und ihn selbst ins Straucheln brachte.

Wolfram unterdrückte einen Schrei, denn sein Ritter torkelte rückwärts, stolperte und schlug lang hin. Der Markgraf knurrte wie ein hungriger Bär, zögerte nicht einen Augenblick, sondern sprang zu ihm und hob die Klinge, um ihm den Schädel zu spalten.

»Haltet ein, Otto!« Heilwig hatte sich weit aus dem Fenster gelehnt.

Die Männer hoben die Köpfe und spähten hinauf, auch Wolfram. Ihre Zofe lehnte neben ihr und hielt eine Talglampe heraus, deren Docht so weit aufgedreht war, dass Wolfram das Gesicht der Grafentochter in seiner ganzen Lieblichkeit erkennen konnte.

»Versündigt Euch nicht!«, schrie Heilwig und raufte sich das lange Haar. »Habt Ihr mir denn jemals ein Liebeslied gedichtet, hoher Herr? Habt Ihr jemals bei meinen Brüdern um meine Hand angehalten? Habt Ihr mir je einen Liebesbrief geschrieben? Ihr habt kein Recht, diesen Minnesänger zu erschlagen!«

»Alles Recht der Welt habe ich!«, brüllte der Markgraf zum Fenster hinauf. »Liegt dieser Burggarten nicht im Reich meines Schwagers? Und weiß nicht jeder, der es wissen will, dass ich Euch zur Frau begehre und hierhergekommen bin, weil ich um Euch werben will?« Er schlug sich mit der Faust auf die Brust. »In diesem Herzen hier schlummern all die Briefe, die ich Euch zu schreiben gedenke! In diesem Herzen hier klingt ein Lied, das ich Euch in dieser Nacht singen wollte und singen werde!« Mit dem Schwert deutete er auf Adalbert, der sich auf den Knien aufrichtete und nach seiner Klinge tastete. »Wenn dieser Hundsfott da tot ist, sollt Ihr es zu hören bekommen!«

»Ich will kein Lied hören, das von Blut befleckt ist!«, rief Heilwig vom Fenster herab. »Ich flehe Euch an, fügt diesem unschuldigen Sänger kein Leid zu, Otto!«

In diesem Augenblick schoss ein Schatten die Burgfassade herunter, glitt erst über Adalberts Scheitel und dann so dicht über Ottos Lockenpracht, dass es dem Markgrafen das Haar zerwühlte. Die Schleiereule! Adalbert warf sich ins Gras, Otto taumelte fluchend zur Seite und gegen die Burgfassade.

Das Blatt mit den Liedstrophen in der Linken und sein blankgezogenes Schwert in der Rechten, sprang Wolfram auf und stürzte zwischen seinen Ritter und den wütenden Markgrafen. »Mich müsst Ihr töten, Otto von Brandenburg!«, schrie er und richtete die Klinge gegen den Mann. »Versucht es, wenn Ihr wollt, denn ich bin es, der diese Verse gedichtet hat.« Er hob das Papier und schwang es hin und her.

Die Augen des Markgrafen verengten sich zu Schlitzen. »Du wagst es, Bursche? Willst du wirklich schon sterben?« Zorn und Verblüffung zugleich spiegelten sich in seiner Miene. Seine Blicke flogen über Wolframs hochgewachsene Gestalt und zwischen dem Schwert in seiner Faust, seinen kräftigen Schenkeln und seinem blauschwarzen Scheitel hin und her. »Wer bist du überhaupt?«

»Wolfram von Hildesheim, der Knappe dieses Ritters.« Mit einer Kopfbewegung deutete Wolfram hinter sich. »Ich habe ihm Treue und Gefolgschaft geschworen, und nur über meine Leiche werdet Ihr ihn töten.«

»So redest du mit mir, dem Markgrafen von Brandenburg?« Halb staunend, halb zürnend runzelte Otto die Brauen.

»Ja, so rede ich mit Euch, Herr.« Wolfram hob das Schwert, um keinen Zweifel an seiner Kampfbereitschaft aufkommen zu lassen. »Ihr zwingt mich dazu.«

Otto musterte ihn eindringlich, und jetzt war sein Blick eher neugierig als zornig, eher bewundernd als verblüfft. Sein eben noch glühender Zorn schien bereits zu verrauchen. »Und wer ist dieser unbegabte Sänger da hinter dir?«

»Der edle Adalbert von Stendal«, sagte Wolfram. »Er ist ein Ritter und Lehnsmann des Herzogs von Schwerin.«

»Ich erinnere mich.« Otto kam nun näher, ließ sogar die Klinge sinken. »Deinen Ritter und dich kenne ich doch, Bursche. Bist du nicht der Schwarze, der beim Turnier in Wittenberg letzten Herbst die sächsische Burg erobert und die Fahne vom Turm geholt hat?«

Wolfram nickte stumm. Die sächsischen Ritter hatten einen Heuschober zu ihrer Turnierburg umgebaut und befestigt. Adalbert und seine Gefolgsmänner hatten sie belagert und gestürmt, und Wolfram war es schließlich gewesen, der den Sachsen die Fahne geraubt hatte. Unter den Edelfrauen in Wittenberg, die ihm dafür einen Turnierpreis zugesprochen hatten, war auch die schöne Heilwig von Holstein-Kiel gewesen.

Otto kam noch einen Schritt näher, sodass er nun beinahe neben Wolfram stand. Feindselig belauerte er Adalbert, der noch immer im Gras kniete und nicht wagte, nach seiner Klinge zu langen. »Stimmt das? Ist Euer Knappe der Minnedichter?« Adalbert machte ein grimmiges Gesicht und schwieg. »Es stimmt also.« Höhnisch grinsend schüttelte Otto erst den Kopf und brach dann in schallendes Gelächter aus. »Habt Ihr zugehört, schöne Heilwig?«, rief er lachend zum Burgfenster der Grafentochter hinauf. »Habt Ihr das vernommen? Der Schwarze hat dem Ritter die Verse geschmiedet!«

»Ihr seid hochmütig, Markgraf!«, rief die junge Edelfrau aus der Fensteröffnung herab. »Habt Ihr nie gehört, dass auf den Hochmut der Fall folgt?«

Geduckt und mit einer Maus im Maul schlich plötzlich die Katze aus dem Haselnussbusch. Wolfram schaute zu ihr hinunter, und diesen einen Augenblick der Unaufmerksamkeit nahm Otto trotz seiner Erheiterung wahr – und reagierte sofort: Blitzartig hob er die Klinge, schlug Wolframs Schwert zur Seite und riss ihm das Blatt aus der Hand.

»Und nun trollt Euch, ihr Herren!«, rief er, schwenkte triumphierend das Liedblatt und hob sein Schwert. »Für dieses Mal lass ich es gut sein, aber wir treffen uns besser nie wieder unter diesem Fenster und in diesem Garten! Und sollte es euch doch danach gelüsten, geht vorher zur Beichte und lasst euch auch gleich die Letzte Ölung erteilen. Und jetzt fort mit euch, los!«

2
Mutter

Magdeburg, Mitte Juni 1275

Etwas stimmte nicht. Esther spürte es, noch bevor der Vater den ersten Satz des Tischgebetes beendet hatte. Etwas lag in der Luft, über etwas wurde so angestrengt geschwiegen, dass es einfach nicht zu überhören war.

Es liegt an mir, ging es Esther durch den Kopf, *es kann nur an mir liegen – ob irgendjemand mich beim Beginenhof erkannt hat?*

Alle löffelten stumm ihre Milchsuppe, und niemand sprach ein Wort. Weder die Großeltern noch die Muhmen, Vettern, Basen, Knechte und Mägde, nicht einmal Johannes, der Pferdeknecht, der sonst gern einen Scherz zu viel machte. Das Schweigen lastete auf Köpfen, Tisch, Schüsseln und Kerzenleuchtern wie die Kettenschabracke eines Schlachtrosses.

Sie haben über mich gesprochen, dachte Esther, die etwas später zur Tafel gestoßen war. Schon als sie sich nach jüdischer Sitte im Flur die Hände gewaschen hatte, waren ihr die raunenden Stimmen aufgefallen.

Sie suchte die Blicke der anderen. Vergeblich. Alle taten, als würde die Mahlzeit ihre gesamte Aufmerksamkeit fesseln. Nur ihr Vetter Jakob gönnte ihr von Zeit zu Zeit einen verstohlenen Blick. *Was immer geschieht*, sagte dieser Blick, *ich kann nichts dafür.*

Esther beobachtete ihren Vater. Mit verschlossener Miene starrte er auf seine Schüssel, und bei jedem Löffel, den er zum Mund führte, sah er aus, als würde ihm das Essen Schmerzen bereiten. Seine Leidensmiene erboste Esther. So schaute er nur, wenn schlechte Geschäfte drohten. Oder wenn etwas wirklich Unangenehmes vorgefallen war.

Die bedrückte Stimmung schnürte Esther die Kehle zu, die Wut stieg ihr aus dem Bauch hinauf bis in den Kopf – unmöglich, noch länger an sich zu halten. »Ist jemand gestorben?« Sie warf den Holzlöffel auf den Tisch und blickte in die Runde. »Oder warum macht ihr Gesichter wie sieben Tage Finsternis?«

»Mit so was scherzt man nicht«, sagte die Muhme Judith streng. »Mit der ägyptischen Finsternis nicht und mit dem Sterben zweimal nicht.« Sie schaute zu ihrer Schwester am anderen Ende der Tafel, zu Esthers Mutter. Lea saß tief gebeugt auf ihrem Hocker und starrte stumm in ihren Suppennapf.

»Noch ist niemand gestorben«, erklärte der Großvater mit mürrischer Miene. »Der Ewige und Allmächtige, gelobt sei er, möge verhüten, dass wieder irgendjemand aus unserer Gemeinde einen plötzlichen Tod sterben muss, doch erinnere dich, wie die Waffenknechte im letzten Winter den Nachbarn aufs brüchige Eis der Elbe getrieben und wie die Mönche an Karfreitag den Sohn des Rebbe verprügelt haben. Und denk auch an die Tochter des Kantors, die wir vor drei Jahren tot und geschändet im Steinbruch gefunden haben.«

Sonst antwortete niemand auf Esthers zornige Worte. Der Vater bedeutete ihr mit einer Kopfbewegung lediglich, weiter zu essen und zu schweigen, und die Mutter stach den Löffel heftiger in die Milchsuppe als zuvor und führte ihn schneller zum Mund. Dabei starrte sie ins Leere oder in irgendeine Ferne, was auf das Gleiche herauskam.

Von ihr hatte Esther auch keine Auskunft erwartet – Lea sprach kaum noch seit jenem Tag.

Manches Mal hasste Esther sie dafür. Oder nein – sie tat es viel zu oft.

Esther rührte ihre Suppe nicht mehr an. Mit vor der Brust

verschränkten Armen saß sie kerzengerade auf ihrem Hocker und wartete, bis die anderen ihre Schüsseln ausgekratzt hatten. Als es so weit war, sprach der Vater das Gebet, hob danach den Blick, schaute sie an und verkündete: »Ich habe ein ernstes Wort mit dir zu reden, meine Tochter.«

»Dachte ich's mir.« Sie verschränkte die Arme noch fester vor der Brust. »Deine Haltung, deine Miene, die dicke Luft hier … Also los, sprich dein ernstes Wort.« Verächtlich dehnte sie die letzten Silben.

»Sei nicht so vorlaut deinem Vater gegenüber!«, zischte Judith, Jakobs Mutter, während sie sich erhob, um Lea beim Abräumen zu helfen. Alle anderen sprangen auf und verließen fluchtartig den kleinen Speiseraum. Nur der Großvater blieb sitzen.

»Wie du weißt, war ich gestern in der Stadt, beim Innungsmeister der Tuchhändler«, begann der Vater. »Meister Hardenberg sagte mir, er hätte dich am Mittwoch wieder in der Burgstraße vor dem Beginenhof gesehen.« Er atmete tief und geräuschvoll durch und blickte Esther streng und kopfschüttelnd in die dunklen Augen. »Du warst also doch wieder bei Mechthild. Dabei habe ich dir bereits zweimal verboten …«

»Aber was ist denn Unrechtes dabei, wenn ich zu ihr gehe?« Esther ballte die Fäuste und beugte sich so heftig und angriffslustig über die Suppenschale, dass ihr die schwarzen Locken ins Gesicht fielen. »Die Mechthild ist ein guter Mensch!« Sie warf ihr Haar aus dem Gesicht. »Sie ist weise und voller Liebe. Ich kann so viel von ihr lernen.«

»Sie ist geisteskrank, heißt es, und …«

»Sie ist von Gott begeistert!«, fiel Esther ihrem Vater ins Wort.

»Sie ist eine Goi!«, rief die Muhme Judith vom Herd aus. »Eine Heidin! Und du bist vorlaut und widersprichst deinem Vater!« Kopfschüttelnd und mit strenger Miene stemmte sie die Fäuste in die Hüften. »Nennst du das ›Vater und Mutter ehren‹?«

»Ich antworte dem Vater nur, weiter nichts!« Empört breitete Esther die Arme aus. Die Mutter nahm ihr den noch halb vollen Napf und den Löffel weg. Kein Wort sprach sie dabei, keinen Blick gönnte sie Esther.

»Sie war dir immer eine liebevolle Mutter«, sagte der Vater oft, wenn Esther sich über ihre Kälte und Stummheit beklagte. Das stimmte – sie war immer voller Liebe gewesen, o ja! Voller Liebe, seit Esther denken konnte, voller Liebe für den toten David.

»Unrecht daran war, dass du mein Verbot missachtet hast, als du wieder zu Mechthild gegangen bist«, erklärte er in großer Ruhe. »Mag diese Goi auch weise und gütig sein, ich verbiete dir, sie zu besuchen, und weil du mein Verbot nun schon dreimal übertreten …«

»Aber warum denn, Vater?« Esther wurde noch lauter. »Sie mag eine Goi sein, doch sie liebt Gott, genau wie du ihn liebst, genau wie ich ihn liebe!«

»Du weißt, dass die Gojim uns hassen, Esther!«, ergriff nun wieder die Muhme Judith das Wort. »Du weißt auch, was sie uns schon alles angetan haben!« Sie sprach lauter als der Vater und mit sehr barscher Stimme. »Und was sie uns jahraus, jahrein aufs Neue antun.«

»Denk an den Greifensteiner, Kind«, sagte der Großvater. »Denk daran, wie er seit Monaten immer wieder in unser Dorf hinabgeritten kommt und unser Haus beobachtet.« Seufzend schüttelte er seinen grauen Kopf, und Sorgenfalten erschienen auf seiner Stirn. »Ich fürchte, es ist die Bosheit, die ihn zu uns treibt, die pure Bosheit.«

»Mördersau, verfluchte!«, zischte die Muhme. Ihre Miene wurde hart und kantig, und sie ballte die Fäuste. »Möge ihm sein Gemächt am lebendigen Leib verfaulen.«

Esther musste ihnen recht geben: Den wilden, widerwärtigen Ritter, der Davids Tod verschuldet und zwei junge Männer der Gemeinde mit eigener Hand erschlagen hatte – darunter Judiths Gatten und Jakobs Vater –, diesen verhassten Ritter sah man in den letzten Monaten viel zu oft im Judendorf. Niemand wusste, was er hier wollte, und bisher hatte niemand gewagt, ihn das zu fragen.

Am Waschzuber, neben der fluchenden Muhme, stand ganz still die Mutter, senkte den Kopf und zog die Schultern hoch. Esther sah es und wusste, woran sie dachte. An David. Esther konnte niemandes Gedanken lesen, auch nicht die der Mutter, doch dessen war sie gewiss: Ihre Mutter dachte an David. Immer.

»Leider hassen einige von ihnen auch die Mechthild«, sagte der Vater gedankenschwer. »Der schreckliche Gallus zum Beispiel, der Peitschenmönch. Und auch sonst nicht wenige, die das Sagen haben oben in Magdeburg. Wenn nun eine von uns bei dieser unbeliebten Frau ein- und ausgeht, die manche sogar eine Wahnsinnige nennen, kann das leicht wieder den Zorn der Gojim auf uns lenken.«

»So ist es«, bekräftigte der Großvater. »Und dazu kommt, dass viele Priester, Mönche und Domherren in Magdeburg auch die Beginen hassen, zu denen Mechthild sich ja zählt.«

»Der Gallus hasst sogar die schwachsinnige Genoveva«, sagte Judith mit bitterer Miene.

»Sie ist nicht schwachsinnig«, widersprach Esther.

»Du hast deinem Vater keine Widerworte zu geben!«, zischte die Muhme.

»Man munkelt, dass der Papst diese Vereinigungen von Weibern verbieten will.« Der durchdringende Blick des Vaters ließ Esther nicht mehr los. »Und wenn man dann unseren Namen im Zusammenhang mit Mechthild nennt, könnte der Erzbischof sich veranlasst fühlen, Gallus mit einer Rotte Waffenknechte in unser Dorf zu schicken.« Scharf sog er die Luft durch die Nase ein. »Du weißt, was uns dann blüht.«

Jakob kam zurück in die Speisestube, um ein paar Löwenzahnwurzeln im Zuber zu waschen. Während er das tat, hob er den Kopf und zwinkerte Esther zu, doch ihr war nicht danach, seinen aufmunternden Blick zu erwidern.

»Weißt du nicht, dass kein Monat ins Land geht, ohne dass die Gojim von Magdeburg jemanden aus unserer Gemeinde demütigen?« Die Muhme kam an den Tisch zurück und fuchtelte wütend mit den Händen. »Oder schlagen? Oder bestehlen? Oder Schlimmeres? Bist du denn blind und taub? Und haben wir dir und allen anderen nicht erzählt, was damals geschehen ist, an jenem bösen Tag, als dein Bruder starb?« Judiths zeternde Stimme drang Esther durch Mark und Bein. »Was geschehen ist und was jeden Tag wieder geschehen kann.«

»Denk an den Greifensteiner«, sagte der Großvater wieder, »wer weiß, was der Satan im Schilde führt.«

»Gott verfluche ihn!«, zischte die Muhme. »Gott schlage ihn mit stinkenden Eiterbeulen!«

»Der ist doch nur scharf auf die Esther«, sagte Jakob leichthin, woraufhin seine Mutter herumfuhr und ihm eine schallende Ohrfeige verpasste. Esthers Vetter zog den Kopf ein, rieb sich die Wange und eilte aus dem Raum.

Die Mutter ließ die letzte Suppenschale in das Wasser des Zubers gleiten und drehte sich nach Esther um. Ihr sonst so stumpfer Blick war plötzlich seltsam fiebrig, ihre Nasenflügel bebten. Kleid und Schürze hingen an ihr wie Lumpen an einer Vogelscheuche – sie war nur noch Haut und Knochen, ein Strich in der Landschaft, wie die Großmutter zu sagen pflegte, und ganz grau im Gesicht. Esthers Mutter aß zu wenig, sie trank zu wenig, und viel zu oft hockte sie unten an der Anlegestelle und starrte auf die Elbe hinaus. Ganze Stunden, ganze Tage.

Esther riss ihren Blick los von der Mutter. »Der Erzbischof ist ein gütiger und gerechter Mann«, sagte sie. »Außerdem leihst du ihm Geld, Vater, viel Geld, und andere Männer unserer Gemeinde tun das auch. Niemals würde einer wie er seine Waffenknechte auf uns hetzen. Konrad ist ein weiser und gütiger Mann und uns wohlgesonnen.«

»Vielleicht«, sagte der Großvater zweifelnd. »Aber er ist alt und krank, und bald wird ein neuer Erzbischof seinen Platz einnehmen. Und nur der Allmächtige weiß, wie der neue es dann mit uns halten wird.«

»Der Erzbischof mag gütig und weise sein oder raffgierig und närrisch!« Der Vater schüttelte unwillig den Kopf und schlug mit der flachen Hand auf den Tisch. »Ganz gleichgültig! Du aber, Esther, hast mein Verbot missachtet und damit mich und damit den Allmächtigen. Ich muss dich bestrafen, meine Tochter, ich kann nicht anders.«

»Bitte, Vater! Ich habe die Mechthild sehr lieb! Und ihr Mündel auch, die Genoveva.« Esther verlegte sich aufs Flehen. »Die beiden kommen doch schon in unser Haus, seit ich denken kann!«

»Zum letzten Mal: Du wirst die Mechthild nie wieder besuchen!« Der Vater setzte eine grimmige Miene auf, worin er nicht besonders geschickt war. Esther sah ihm an, wie schwer es ihm fiel. »Und diese zurückgebliebene Frau auch nicht …«

»Genoveva ist nicht zurückgeblieben!«, rief sie. »Sie hat ein gutes Herz und ist klüger als mancher in der Stadt, der verächtlich auf sie herabschaut!«

»Wirst du wohl deinen Vater nicht anschreien!«, keifte die Muhme Judith.

»Zurückgeblieben oder nicht – du besuchst sie nicht mehr!«, sagte der Vater streng. »Ich will's einfach nicht!«

»Und ich auch nicht!« Auch der Großvater wurde nun laut und schlug mit der Faust auf den Tisch. »Kein Mann in der Gemeinde will das. Und noch einmal: Denk an den Greifensteiner!«

»Gott verfluche ihn!«, flüsterte die Muhme.

»Narren seid ihr!«, ließ sich auf einmal die Mutter vernehmen, und schlagartig verstummten alle anderen. »Gehst du selbst nicht regelmäßig zu den Gojim, Amos? Zum Gewandschneider, zum Innungsmeister, zu den Ratsherren und sogar zum Erzbischof? Verschafft es uns nicht ein gutes Auskommen, dass du mit den Gojim verkehrst?«

Alle schauten sie verblüfft an, und keiner mochte glauben, dass sie ihrer Tochter so energisch beisprang. Auch Esther selbst traute ihren Ohren kaum. Sie konnte sich nicht erinnern, jemals dergleichen erlebt zu haben.

»So viele Feinde haben wir unter den Magdeburgern!«, fuhr Lea fort. »So viele schlechte Menschen gibt es unter ihnen, und ausgerechnet den Umgang mit der besten unten ihnen willst du Esther verbieten? Mit der gerechten und barmherzigen Mechthild? Mit der herzensguten Genoveva? Werd einmal recht nüchtern, Amos! Und komm zur Vernunft!«

Sprach's, drehte sich wieder um und beugte sich über den Zuber, um das Geschirr abzuwaschen. Die Muhme machte ein erschrockenes Gesicht, Vater und Großvater sahen einander ratlos an.

Es dauerte eine ganze Weile, bis der Vater seine Sprache wiederfand. »Bist selbst eine Närrin«, presste er schließlich zwischen zusammengebissenen Zähnen hervor. »Was ist denn in dich gefahren, dass du so redest?« Die Mutter fuhr fort, Suppenschüsseln und Holzlöffel zu waschen, und blieb stumm. »Verstehst du denn nicht, Lea? Esther hat mein Gebot missachtet, also muss ich sie bestrafen.«

»Lehrt nicht die Schrift, dass einer, der seine Rute schont, seinen Sohn hasst?«, rief der Großvater der Mutter zu, die allen den Rücken zuwandte und hartnäckig schwieg.

Die Muhme nickte energisch, und der Vater ergänzte: »Und seine Tochter.« Mit diesen Worten erhob er sich, ging zur Tür und winkte Esther hinter sich her.

Sie stand so abrupt auf, dass der Hocker hinter ihr auf die Dielen polterte. Zornig und aus zu Schlitzen verengten Augen funkelte sie erst den Großvater an und dann die Muhme, bevor sie ihrem Vater mit zusammengepressten Lippen in seine Schreibstube folgte. Die Wut brodelte heiß in ihrer Brust, trieb ihr die Tränen in die Augen und machte sie ganz bleich, doch sie schluckte sie tapfer hinunter und sagte kein Wort mehr.

In der Schreibstube nahm der Vater eine Pfauenfeder aus dem Gebinde an der Wand. Traurig schaute er Esther eine Zeit lang an. Dann trat er hinter sie und fuhr ihr sieben Mal mit der großen Feder über den Rücken.

3
Traum

Burg Landsberg, Mitte Juni 1275

In dieser Nacht lag Wolfram noch lange wach. Er lauschte dem Gesang der Nachtigall und den Rufen der Schleiereulen im Burggarten. Und er hörte auf die Schritte Adalberts, der in seiner Kammer, die nur durch einen Vorhang vom Schlafsaal der Knappen und der anderen Ritter getrennt war, hin und her schlurfte.

Es wunderte Wolfram nicht, dass auch sein Ritter nach diesem Zusammenprall mit dem Markgrafen von Brandenburg keinen Schlaf fand. War Otto, dieser Wüterich, nicht wie ein Gewittersturm über sie hereingebrochen?

Adalbert von Stendal lief nicht nur hin und her, er redete auch mit sich selbst – mal leiser, mal lauter. Mal klang es zischend und böse, ganz so, als würde er den Markgrafen Otto verfluchen. Dann wieder hörte es sich an, als bete er zur Jungfrau Maria. Und hin und wieder kam es Wolfram vor, als würde der gedemütigte Mann Verse für seine verehrte Edeldame schmieden. Und wie er so Stunde um Stunde Adalberts Stimme lauschte, schlief Wolfram irgendwann doch ein.

Im Traum fand er sich im nächtlichen Burggarten wieder.

Seite an Seite mit dem schimpfenden Adalbert stand er dem zornigen Markgrafen gegenüber. Otto wuchtete eine gewaltige Lanze mit beiden Fäusten über seinen schwarzen Lockenkopf und holte zum Stoß aus. Wolfram sah, dass die Lanzenspitze voller Blut war.

Über ihnen sang eine Frauenstimme Wolframs Verse, und weil er sie zunächst für die Stimme seiner Mutter hielt, hob er den Blick und sah eine nackte Frau mit rundem Gesicht und fülligem Busen im hell erleuchteten Burgfenster stehen. Gerade als er ganz sicher war, die schöne Grafentochter Heilwig zu erkennen, nahm deren Gesicht die Züge seiner Mutter an und ihr lieblicher Gesang verwandelte sich in Schreckensgeschrei.

Verwirrt und voller Furcht schaute er wieder zum Markgrafen hin, und das keinen Augenblick zu früh, denn der rasende Otto zielte mit der Lanze auf seine Brust und stieß zu. Wolfram warf sich auf den Boden, und die Lanzenspitze fuhr über ihn hinweg und prallte aufs Gemäuer. Überdeutlich sah er die Funken sprühen und hörte das Eisen gegen den Stein klirren.

Der nächste Lanzenstoß des Markgrafen galt Adalbert von Stendal, und obwohl die Eisenspitze ihn mitten ins Herz traf, lief der Ritter schreiend davon. Im Traum sprang Wolfram auf und rannte ihm nach. »Wartet auf mich, mein Ritter!«, rief er. »Bleibt doch stehen, Adalbert, und wartet auf mich!«

Ottos Schatten fiel auf ihn, und als Wolfram sich nach ihm umschaute, erkannte er, dass dieser ihm mit zum Stoß erhobener Lanze folgte, und mit jedem Schritt nahm der zürnende Markgraf an Größe und Breite zu.

Wolfram wollte zur Brücke über den Burggraben laufen, denn nur wenn er sie erreichte, so schien es ihm im Traum, auf ihr den Graben überquerte, würde er sich noch retten können.

Er wollte schneller rennen, doch er kam nicht recht voran. Ihm war, als müsste er durch kalten, erstarrenden Teer waten. Er öffnete den Mund, um »Helft mir, mein Ritter!« zu rufen, aber die Worte zerflossen ihm zwischen den Zähnen zu heiserem Krächzen.

Plötzlich weitete sich vor ihm der Burggraben. Das Wasser darin stand höher als sonst, und es stand auch nicht wirklich, es rauschte reißend vorüber, und von beiden Ufern des Grabens hingen die Trümmer der zerstörten Brücke in die Strömung.

Wolfram schlug das Herz bis zum Hals. Er drehte sich nach dem Markgrafen um.

Groß wie ein Riese der Vorzeit stand Otto jetzt vor ihm und holte zum tödlichen Stoß aus. »Verrecke, Schwarzer«, sagte er, und es klang dunkel und böse wie das Brüllen eines Bären. Doch während der Markgraf die Lanze hob, sprossen ihm dünne Hörner an Kopf und Armen, ja überall. Und die Hörner verwandelten sich in farbige Federn, und die Federn konnten die Lanze nicht halten. Sie schlug im Gras auf.

Auf einmal erhob sich anstelle des Markgrafen ein riesiger bunter Vogel vor Wolfram. Er schlug mit gewaltigen Schwingen, wandte ihm plötzlich den Rücken zu und entfaltete seine langen Schwanzfedern von einem Augenblick auf den anderen zu einem riesigen Rad.

Die jäh hochschnellenden Federn trafen Wolfram vor die Brust und ins Gesicht, und die Wucht ihrer peitschengleichen Hiebe schleuderte ihn rücklings in den Burggraben. Er stürzte. Er fiel und fiel und glaubte, sein Sturz würde niemals ein Ende nehmen. Er rief nach Adalbert, während er stürzte, er schrie noch, als er im Wasser aufschlug.

Das Wasser strömte ihm in den Mund und verschloss ihm die Kehle, sodass er nicht mehr schreien, sondern nur noch gurgeln und röcheln konnte. Er flüsterte Adalberts Namen, gab jede Hoffnung auf und sank dem Grund des Burggrabens entgegen.

Doch bevor seine Füße Schlamm und Wasserpflanzen berührten, fiel wie zu Beginn seines Traumes wieder ein Schatten auf ihn, und er fühlte, dass jemand ihn bei der Schulter packte, an ihm zerrte und ihn schüttelte.

Er riss die Augen auf und blickte in das Gesicht seines Ritters. Eine Talglampe in der Linken und einen Rosenkranz in der Rechten stand der stämmige, kleine, krummbeinige Adalbert vor seinem Strohsack und beugte sich über ihn.

Wolfram setzte sich auf und schaute ihn erschrocken an. »Was tut Ihr hier an meinem Lager?« Er spürte, dass er nass geschwitzt war.

»Du hast nach mir gerufen«, antwortete Adalbert. »Was ist los mit dir?«

4

Todfeinde

Magdeburg, Mitte Juni 1275

Früh am Morgen schlich Esther mit ihrem Vetter Jakob aus dem Haus und am Versammlungsbau, der sogenannten Synagoge, vorbei aus dem Judendorf. Der Mutter hatte sie eine Nachricht auf einer Wachstafel neben den Herd gelegt: Sie sei mit Frauen aus dem Süddorf auf den Magdeburger Markttag gegangen.

Esther konnte lesen und schreiben – das und das Rechnen hatte ihr der Großvater schon beigebracht, als sie noch ein kleines Mädchen war. Der Vater selbst hatte darauf gedrungen.

Hinter dem Eichenhain an der Schafskoppel der Judengemeinde trafen sie Dostl, den Jäger und Schmiedegesellen, der dort mit seinen Großmüttern, Schwestern, Muhmen und anderen Frauen aus dem Süddorf und den Weilern ringsum auf sie wartete. Gemeinsam gingen sie zur Stadt hinauf. Dostl, der eigentlich Theodorus hieß, war Jakobs bester Freund.

»Hat's weh getan gestern Abend?«, fragte Jakob auf dem Weg und grinste. Jeder wusste ja, was für ein gütiger Mann Amos war und dass er seine Tochter nur mit Pfauenfedern züchtigte. Und der vaterlose Jakob wusste es ohnehin, denn auch ihn strafte der Hausherr auf diese Weise.

Esther zuckte mit den Schultern. »Im Herzen schon.« Sie verabscheute es, wenn irgendetwas zwischen ihr und dem geliebten Vater stand. Und von ihm gestraft zu werden, selbst wenn sie es körperlich kaum spürte, machte sie jedes Mal traurig.

»Das hast du dem Samuel zu verdanken.« Der schlaue Jakob war Anfang zwanzig, hatte wie Esther schwarze Locken und war von drahtiger Gestalt. »Der Rebbe hat den Oheim Amos ermahnt, dich strenger zu bestrafen. Am letzten Sabbat in der Synagoge, ich hab's mit eigenen Ohren gehört.«

»Die Krätze soll ihm in den Arsch wuchern!« Esther spuckte aus. »Und sonst wohin auch.«

Jakob und Dostl lachten. »Du musst ihn verstehen.« Übergangslos wurde Jakob wieder ernst. »Unser wilder Rebbe Samuel fürchtet so schnell nichts zwischen Himmel und Erde. Nur vor einem hat er Angst: jemals wieder einen Goi wie den Peitschenmönch im Dorf sehen zu müssen.«

Esther wusste, dass genau davor auch Jakob sich fürchtete – vierzehn Jahre zuvor hatten Waffenknechte des Erzbischofs Ruprecht seinen Vater vor der Laubhütte erschlagen. Aber statt dass er Bruder Gallus und die Soldaten des Erzstifts hasste, fürchtete er sie. Manchmal verachtete Esther ihn dafür.

»Wenn ihm wirklich so sehr davor graust, dann sollte er endlich klug werden und sich gut stellen mit der Mechthild und ihren Freunden. Manch einer von ihnen hat großen Einfluss im Domkapitel und am Hof des Erzbischofs«, sagte sie.

Sie dachte an den eigenen Vater und seinen ernsten Blick, als er am Abend zuvor mit der Pfauenfeder vor ihr gestanden war. Viel zu gut wusste sie, was in ihm vorging: Die Sorge um die Gemeinde und die Angst um sein einziges Kind trieben ihn um. Ihr Gewissen regte sich, weil sie entschlossen war, sein Verbot weiterhin zu missachten.

Auch an die traurige Mutter dachte sie. Wie sie gestern Abend zu ihr gestanden hatte! Wie laut sie plötzlich geworden war! Wie sie sogar die anderen als Narren beschimpft hatte! Das hatte Esther gefallen, o ja! Ihr Herz wurde froh und hoffnungsvoll, als sie sich daran erinnerte. Doch bis zur

Stunde hatte Esther keine Erklärung für Leas ungewöhnliches Verhalten gefunden.

Esther stellte sich vor, wie sie ihre Nachricht entdecken und lesen und in Gedanken ergänzen würde, denn die Schwermütige durchschaute sie. Zum Markttag hinauf wollte sie gehen? Das war nur die halbe Wahrheit – Esthers eigentliches Ziel lag in der Neustadt, und die Mutter ahnte es gewiss.

Am Rande der Vorstadt, der Sudenburg, standen Leute auf der Koppel beim Vieh und winkten. Esther winkte zurück. Die jüngeren Männer unter den Sudenburgern lachten, rissen ihre Hüte vom Kopf und schwenkten sie. Sie sahen die schöne Jüdin gern. Wäre Esther eine Christin gewesen, hätten sie wahrscheinlich beim Vater Schlange gestanden und um sie geworben.

Sie war von zierlicher Gestalt und ging mit weiten Schritten, geradem Rücken und hoch erhobenem Kopf. Manche hielten die Siebzehnjährige für stolz, andere für altklug und eigensinnig. Große schwarzbraune Augen beherrschten ihr schmales, von langen schwarzen Locken eingerahmtes Gesicht.

An diesem Morgen hatte sie sich ein graues Tuch um den Kopf gebunden und einen schwarzen Mantel umgelegt, damit die Torwächter und die Leute in den Gassen Magdeburgs sie nicht schon auf den ersten Blick erkannten. Der Geldverleiher Amos ging in vielen Häusern der Stadt ein und aus, und nicht wenige Magdeburger kannten auch die Mitglieder seiner Familie.

Dostl, ein breitschultriger Hüne mit struppigem braunem Haar, hatte sich vor einen hohen, einachsigen Karren gespannt, auf dem ein Elch lag, den er zwei Tage zuvor erlegt und geschlachtet hatte. Dünne rote Rinnsale flossen über die Lederdecke, die er unter dem großen Wildbret ausgebreitet hatte, und Blut tropfte vom Wagen auf den Weg.

Seine Schwestern und die beiden Großmütter zogen Leiterkarren hinter sich her, in denen Kisten mit Töpferware standen und Körbe mit frühem Obst und Gemüse: Kirschen, Erdbeeren, Rhabarber, Spargel, Lauch und Spinat. Sogar ein paar Säcke frühe Kartoffeln hatte eine Bäuerin trotz des verregneten Frühjahrs schon ernten können.

Esther konnte die nahe Elbe rauschen hören, denn der Strom führte noch immer Hochwasser. Auf der Brücke zwischen der Insel Rotehorn und dem Brücktor sah sie Ochsengespanne Karren voller Kisten und Körbe zur Stadt hin ziehen. Auch Eseltreiber führten ihre vollbepackten Tiere über die Brücke und waren wie Esther und die anderen auf dem Weg zum Markt.

Während die letzten Gehöfte und Häuser hinter ihnen zurückblieben, begann Jakob, mit Dostl um das Geweih des Elches zu feilschen. Der Vetter wollte Knöpfe und Dolchgriffe daraus herstellen lassen. Auch bettelte er, Dostl möge ihm Nägel, Pfeilspitzen, Fuchsfallen und Türbeschläge in der Schmiede seines Meisters fertigen. Mit all diesen Waren trieben Jakob und der Großvater Handel auf den Märkten des Erzbistums Magdeburg.

Die Frauen aus dem Süddorf tratschten über das Dorfgeschehen – welche Kuh gekalbt hatte, welche Schafe bald werfen würden, wer wem schöne Augen machte und welchen Bauern man schon wieder berauscht aus Misthaufen oder Elbböschung hatte ziehen müssen. Diese Frauen gingen mindestens einmal die Woche zum Markt hinauf in die Stadt und boten feil, was in ihren Gärten und auf ihren Feldern wuchs oder was sie in ihren Werkstätten, Töpfereien, Spinnstuben und Nähkammern angefertigt hatten.

Die Hütten, Gärten und Gehöfte des Süddorfes – viele nannten es nach seiner Kirche St. Michael – reichten zu jener Zeit schon beinahe bis ans Judendorf und die Vorstadt heran.

Nur wenige Koppeln und Äcker trennten die drei Siedlungen noch voneinander. In Magdeburg fassten viele sie damals bereits unter einem einzigen Namen zusammen: Sudenburg.

Esther beteiligte sich nicht am Dorfklatsch, hätte auch nicht viel zu erzählen gehabt. Sie hörte den Frauen jedoch neugierig zu, denn im Judendorf erfuhr sie nur von Johannes, dem Pferdeknecht, die Neuigkeiten aus Magdeburg und den Dörfern ringsum und hin und wieder von Anna, der Küchenmagd des Nachbarn. Beide wohnten in der Stadt.

Manchmal wechselte sie einen verstohlenen Blick mit Dostls jüngster Schwester, die sich ähnlich wortkarg gab wie sie selbst. Sie mochte das schweigsame Mädchen und teilte so manches Geheimnis mit ihm. An diesem Morgen etwa hatte es dasselbe Ziel wie Esther.

Bald erreichten sie die Brücke über den Wallgraben. »Versteckt euch schnell, ihr Leute, und verriegelt die Türen!«, rief scherzhaft der Waffenknecht zwischen den Zinnen über dem Sudenburger Tor. »Da kommt der Wüterich mit der Eisenstirn!« Er meinte Dostl, dem seit Jahren eine Pfeilspitze in der breiten Stirn steckte, die von einer dicken, wulstigen Narbe überwuchert war. »He, Großer! Wie kann man eigentlich denken, wenn einem ein Pfeil im Hirn steckt?«

»Maul halten!«, rief Dostl zu ihm hinauf. »Sonst spucke ich dich von der Mauer!« Die Wächter öffneten ihnen das Tor. »Und glaub mir: Ich kann schneller denken als du, dem das Hirn Tag und Nacht in Wein und Bier schwimmen muss!«

Die Wächter warfen nur flüchtige Blicke in die Wagen der Frauen, Esther beachteten sie kaum. Dostls Elch dagegen bestaunten sie voller Bewunderungen, und den Jäger behandelten sie mit größtem Respekt. Selbst schwer bewaffnete Magdeburger achteten darauf, sich gut mit dem Hünen aus dem Süddorf zu stellen.

Das lag zum einen an dem Ansehen, das Dostl am Hof

des Erzbischofs genoss. Vor allem aber lag es an zwei Waffenknechten des Magdeburger Rates, die es gewagt hatten Dostl zu reizen und danach wochenlang ihre blauen Flecken und gebrochenen Knochen pflegen und bejammern mussten. Dostl war berüchtigt für seine jähen und hitzigen Wutausbrüche.

Diese suchten ihn heim, seit ein wendischer Krieger ihm einen Pfeil in die Stirn geschossen hatte. Das war sieben Jahre zuvor während eines Kriegszugs des Erzbischofs Konrad geschehen, auf dem Dostl sich durch große Tapferkeit hervorgetan und den Erzbischof aus einer Schar blutrünstiger Feinde herausgehauen hatte. Damals hatte der Kirchenfürst ihn zum freien Mann erklärt, seine Familie von allen Abgaben befreit und ihm selbst die Jagd in den Wäldern und Fluren des Erzbistums gestattet.

Vorbei an Klosterhöfen, Werkstätten, Wohntürmen und großen burgartigen Häusern zogen sie ihre Karren über den Breiten Weg bis zum Alten Markt hin. Dort halfen Jakob, Dostl und Esther den Frauen noch, ihre Marktstände aufzubauen. Danach setzten sie ihren Weg zur alten Nordmauer fort, die Altstadt und Neustadt trennte und an der die Schmiede von Dostls Oheim lag. Dostls jüngste Schwester ging mit ihnen.

Jakob wusste genau, wohin es die beiden Mädchen zog. Und Esther wusste, dass sie sich auf ihn verlassen konnte: Wenn es darauf ankam, konnte ihr Vetter schweigen wie ein Grab.

Kurz bevor sie die Schmiede erreichten, wo Jakob sich Nägel, Pfeilspitzen und Klingen anschauen wollte, die Dostl geschmiedet hatte, blieben die jungen Männer stehen, reichten sich die Hände und schlugen einander auf die Schulter – sie waren sich einig geworden über den Preis für das Elchbullengeweih.

In diesem Augenblick traten drei Männer aus dem Schmiedehof. Einer in Wappenmantel und Kettenhemd und mit einer Saufeder über der Schulter – groß war er, breitschultrig und strohblond. Esther erkannte ihn sofort: Gero von Greifenstein, der Bastard eines gräflichen Bischofs und der Mörder von Jakobs Vater und Judiths Gatten. Wie er sie anstarrte, als er sie erkannte! Esther stach es bitter durch Kehle und Brust.

Unwillkürlich fuhr ihre Hand unter ihren dunklen Umhang und zum Griff ihres Krummdolches, den sie in ihrem Hüftgurt trug. Ihr Oheim Elias hatte die Waffe und den mit roten und goldenen Stickereien verzierten Gürtel von einer Handelsreise aus Jerusalem mitgebracht und ihr geschenkt.

Obwohl der Greifensteiner in Magdeburg als Tunichtgut galt und er sich diesen Ruf schon als Junge mit Eifer und vielen bösen Streichen erworben hatte, war er inzwischen ein Ritter geworden. Er diente sogar im Heer des Erzbischofs.

Esther hatte noch nie ein Wort mit ihm gesprochen. Nur aus Erzählungen der Muhmen und der Großmütter wusste sie, wie der damals Sechzehnjährige beim Laubhüttenfest anno 1261 unter den Männern und Frauen der Gemeinde gewütet hatte, und wie grausam er den Oheim mit seinem Sauspieß durchbohrt hatte. Die Schilderungen der anderen hatten ausgereicht, um in Esthers Herz eine tiefe Verachtung für ihn zu säen.

Der zweite Mann, Geros Knappe, trug ihm Schild und Langschwert und führte ihm das Pferd. Er war sehr jung, schwarzhaarig und von bulliger Gestalt und hatte das gleichmütige Gesicht eines Hirtenhundes. Aus dem Tratsch auf dem Markt wusste Esther, dass er Sohn eines wendischen Fürsten war und Slawomir hieß.

Zwischen diesen beiden ging ein kleiner Mönch mit schwarzer Kutte und Kapuze, ein Priester vom Orden der Benediktiner. Er hielt eine Peitsche unter den Arm geklemmt und betrachtete lächelnd eine Dolchklinge, die er wohl gerade in der Schmiede gekauft hatte.

Augenblicklich erkannte Esther den Gallus von Trier, und die Flamme des Hasses züngelte ihr heiß aus der Brust bis hinauf in die Kehle.

Der Mönch sah auf, und für einen Moment begegneten sich ihre Blicke. Gallus' zufriedenes Lächeln gefror erst, dann verwandelte es sich in ein kaltes Grinsen. Esther senkte den Kopf und ging an ihm vorbei. Im Stillen wünschte sie ihm Furunkel ins Gesicht und Pestbeulen unter die Achseln. Im Rücken glaubte sie zu spüren, wie er ihr nachschaute.

Jakob, der beim Auftauchen der Todfeinde den Kopf gesenkt, die Schultern hochgezogen und seinen Schritt beschleunigt hatte, war noch vor seinem Freund Dostl in den Hof des Schmiedes eingebogen.

Auf einmal hörte Esther eilige Schritte hinter sich, und plötzlich lag eine Hand schwer auf ihrer Schulter. Ein kalter Schauer rieselte ihr über den Rücken. Sie fuhr herum und sah in das grinsende Gesicht des Greifensteiners. Ohne nachzudenken, holte sie aus, schlug seinen Arm weg und wich drei Schritte zurück.

»Aber, aber, schöne Jungfrau – wer wird denn gleich so garstig sein?« Der Ritter lächelte halb bedauernd, halb spöttisch. »Benimmt man sich so einem Edelmann gegenüber? Ich wollte doch nur einen freundlichen Gruß mit dir austauschen.«

»Lasst mich in Ruhe!«, zischte Esther. Sie fuhr herum, hakte sich bei Dostls Schwester ein und lief schnell weiter.

Als sie die Gasse erreichten, die nach Osten zur Elbe hin und zur Pfarrkirche St. Petri führte, schaute sie zurück: Breitbeinig und grinsend stand Gero von Greifenstein noch immer da und schaute ihr nach. »Ich finde, wir beide sollten uns näher kennenlernen!«, rief er sehr laut. »Ja, das finde ich wirklich!«

»Lasst mich bloß in Ruhe!« Esther eilte in die Gasse und zog die andere hinter sich her. Bald erreichten die Mädchen die nordöstliche Stadtmauer und ihr Ziel: den Beginenhof. Der Eindruck von der kurzen Begegnung mit dem Peitschenmönch und seinem mörderischen Ritter klebte in Esthers Kopf wie Pferdegeruch in den Kleidern, wenn man zu lange im Stall gewesen war. Himmel, wie sie die beiden hasste!

Hunde sprangen ihnen kläffend entgegen, als sie den Beginenhof betraten, beschnüffelten sie und ließen dann von ihnen ab. Esther und das Mädchen aus dem Süddorf kannten die Hunde, und die Hunde kannten sie. Die Tiere trotteten neben ihnen her zum Hauptgebäude, einem gut erhalten gebliebenen Flügel der alten Vogtsburg.

An den Fenstern und am offenen Eingang standen Menschen – fast ausschließlich Frauen – und schauten in das Innere der Behausung. Esther glaubte, sie würden der Stimme Mechthilds von Magdeburg lauschen, doch als sie sich mit Dostls Schwester ins Haus hineindrängte, sah sie, dass der Platz am Tisch noch leer war, von dem aus Mechthild zur Menge zu sprechen pflegte. Die vielen Frauen und die wenigen Männer warteten auf sie.

»Wo ist die Meisterin?«, fragte sie eine Greisin im Habit einer Zisterzienserin. Auch Angehörige von Frauenorden kamen hierher, um Mechthild zu hören.

Die Nonne deutete mit dem Blick zur Decke. »In ihrer Kammer im Obergeschoss. Sie tröstet eine Unglückliche.«

Esther drängte sich durch die wartende Menge zu der schmalen Wendeltreppe und stieg die ausgetretenen Steinstufen hinauf, denn sie wollte Mechthild berichten, dass der Vater ihr erneut verboten hatte, sie zu besuchen.

Vor Mechthilds Kammertür hockte mit gekreuzten Beinen ein dickes Weib mit haselnussfarbenen Locken, das in einen Flickenmantel aus Hasenfellen gehüllt war – ihre ältere

Freundin Genoveva. Sie galt in Magdeburg als Pflegetochter Mechthilds und zugleich als deren Dienerin, Beschützerin und Schülerin. Niemals wich sie von Mechthilds Seite.

Mönche hatten Genoveva als Kind halb verhungert in den Sümpfen der östlichen Wälder aufgegriffen und zu den Beginen von Magdeburg gebracht. Weil sie Schlitzaugen hatte und auch sonst tatarische Züge, hielten manche sie für ein ausgesetztes Tartarenkind, für einen jämmerlichen Überrest des Mongolensturms, der eine Generation zuvor das Reich erschüttert hatte. Andere wiederum glaubten, dass sie von Wenden abstammte. Und viele hielten sie für schwachsinnig.

»Weg!« Kaum erkannte Genoveva ihre jüngere Freundin Esther, hob sie die Arme und begann herumzufuchteln. »Weg mit de Sophia! Nicht de Mamechma störn.«

Um sie in der Stadt nicht gleich als Jüdin erkennbar zu machen, hatte Genoveva sich schon früh angewöhnt, Esther bei ihrem zweiten Vornamen zu rufen.

»Wieder runta mit de Sophia! Schnell, schnell!«

Esther wollte sich schon abwenden, da sah sie die dunklen Augenringe im runden und vernarbten Gesicht der Frau und die Angst in ihrem Blick. Schrecklich sah sie aus – bleich, krank und verstört.

»Was ist mit dir, Genoveva?« Obwohl die andere abwehrend die behaarten Arme hob, ging sie zu ihr hin. Schrecken und Angst standen in Genovevas Zügen, und ihre Augen waren dunkel von Trauer. »Du hast ja geweint!« Esther ging vor ihr in die Hocke. »Was ist mit dir? So sag es mir doch!«

»Böse Traums plagn de Genoveva, ganz böse Traums, gestern schon und heut wieda.« Ihre Stimme brach, sodass sie nur flüsternd weitersprechen konnte. »Böse, böse Traums. Und jetzt wieda nach untn mit de Sophia.«

»Was denn für Träume?«

»Zu böse zum Erzähln, ganz böse. Wieda nach untn mit de

Sophia!« Sie versuchte, Esther wegzuschieben, doch die verharrte wie gelähmt, denn jenseits der Kammertür klagte eine Stimme, die ihr bekannt vorkam. »Se sprechet nur«, flüsterte Genoveva, »wollet nich gestöret werde.« Fuchtelnd deutete sie zur Wendeltreppe. »Weg mit de Sophia! Weg!«

Etwas in den dringenden Gesten und im Blick der anderen machte Esther stutzig. »Warum willst du mich loswerden? Warum darf ich nicht hier stehen und warten, bis Mechthild herauskommt? Ich will ihr doch nur etwas erzählen.«

»De Sophia darf hier nicht wartn! De Sophia darf nichts sehn!« Weil Esther sich so gar nicht von der Stelle rühren wollte, stand Genoveva auf und schob sie zurück zur Treppe. Doch das wendigere und flinkere jüdische Mädchen befreite sich im Handumdrehen aus ihrem Griff, huschte zurück zur Kammertür und lauschte aufmerksam.

Zwei Stimmen drangen aus Mechthilds Kammer nach draußen: die Stimme der alten Begine und die Stimme einer weinenden Frau.

Esther stand wie festgefroren, lauschte und traute ihren Ohren nicht: Das war doch die Stimme ihrer Mutter, die sie da hinter der Kammertür reden und jammern hörte!

Sie glaubte zu träumen. Konnte das denn wahr sein?

Weil sie es nicht glauben mochte, ging sie vor der Tür in die Knie und spähte durch das große Schlüsselloch in die Kammer hinein. Mechthild saß unter einem an der Wand hängenden Kruzifix auf einem Hocker und hielt die Hände der vor ihr knienden Frau fest – die Hände der Mutter.

Esther blinzelte, sie kniff die Lider zusammen und riss die Augen wieder auf – doch es blieb dabei: Es war ihre Mutter, die dort drinnen in der Kammer vor Mechthild kniete. Lea weinte und jammerte und schaukelte mit dem Oberkörper hin und her.

5
Messe

Burg Landsberg, Mitte Juni 1275

Zwei Tage nach dem nächtlichen Zusammenstoß mit dem Markgrafen Otto von Brandenburg ging Wolfram mit den Rittern und Knappen aus Adalberts Gefolge zur Heiligen Messe in die Burgkapelle. Sein Albtraum steckte ihm noch immer wie ein Fieber in den Gliedern, und er fühlte sich, als wäre eine Horde Pferde über ihn hinweggeprescht.

Adalbert, der womöglich ähnlich empfand, war nicht mit ihnen gegangen. Er, der sonst keine Messe versäumte, hatte über starkes Bauchgrimmen geklagt und erklärt, deswegen in seiner Kammer bleiben zu müssen. Wolfram nahm an, dass sein Ritter dem Markgrafen aus dem Weg gehen wollte. Und vermutlich schämte er sich auch vor Heilwig.

Er selbst jedoch brannte darauf, sie zu sehen und zu beobachten, wie nahe bei Otto und seinen Gefolgsmännern sie stehen würde – oder wie fern von ihnen. Würden sie und der Markgraf Blicke wechseln? Und wenn ja, würden es kühle oder herzliche oder gar sehnsüchtige sein? Oder würden sie vielleicht sogar miteinander sprechen? Wolfram wollte es erfahren.

Er redete sich ein, derartige Beobachtungen einzig und allein für seinen armen Ritter sammeln zu wollen. Der bedauernswerte Adalbert musste schließlich wissen, ob er die Bemühungen um die Grafentochter von der Ostseeküste aufzugeben hatte, oder ob es sich trotz der gestrigen Misere noch lohnen könnte, weiterhin um sie zu werben.

Außerdem, so sagte sich Wolfram, als er inmitten der

Menge dem weit geöffneten Portal der Burgkapelle entgegenstrebte, außerdem musste er Heilwig von Angesicht zu Angesicht sehen – ihre Gestalt, ihre Augen, ihr Antlitz, ihr Haar –, um seinem Ritter neue Verse zu einem weiteren Minnelied für die Angebetete dichten zu können. Doch so sehr er auch den Hals reckte und so aufmerksam seine Blicke auch über die Köpfe auf dem Burghof wanderten, nirgendwo konnte er Heilwigs kastanienroten Schopf entdecken. Die Enttäuschung tat weh.

Wie viele Herren des Hochadels, die etwas auf sich hielten, hatte auch Markgraf Dietrich von Landsberg eine Doppelkapelle neben seine Burg bauen lassen, eine kleine Burgkirche mit zwei Stockwerken. Das untere diente ausschließlich Begräbnissen und Seelenmessen, im oberen wurden die üblichen kirchlichen Feiern abgehalten.

Dort versammelte sich an jenem Sonntag der Burgherr mit seiner Familie, seinem Hof und seinen markgräflichen Gästen aus Brandenburg und deren Gefolgsleuten. Und weil sich eine große Jagdgesellschaft eingefunden hatte und auch die Dienerschaft und das Gesinde des Hofes an der Messe teilnehmen wollten, herrschte zwischen den Säulen unter dem Prachtgewölbe ein mächtiges Gedränge.

Der Geruch nach Weihrauch, altem Schweiß und Leder stieg Wolfram in die Nase, als er die Schwelle des Portals hinter sich gelassen hatte. Schritte scharrten, Kleider raschelten, Kettenhemden knirschten, Stimmen raunten, tuschelten und flüsterten, und jemand lachte sogar, und das ziemlich laut, was in einem Gotteshaus eher ungewöhnlich war.

Das tiefe und raue Gelächter verriet Wolfram augenblicklich, dass der Markgraf von Brandenburg irgendwo vorn in der Nähe des Altars stand. Einen Wimpernschlag lang blitzte ihm ein Bild aus seinem Traum durch den Geist – Otto, wie er mit der schweren Lanze nach ihm zielte und zustieß. Wolfram zog die Schultern hoch, und eine Gänsehaut perlte ihm über den Rücken.

Umringt von Männern und Frauen, gelangte er mit kleinen Schritten tiefer und tiefer ins Innere des Gotteshauses. Schließlich kam er in der Mitte der hundertköpfigen Menge ein paar Reihen vor dem Altar zum Stehen. Die Menschen wandten sich zu ihm um. Er wusste, dass er auffiel mit seiner hochgewachsenen Gestalt und seinen langen blauschwarzen Locken und den schwarzbraunen Augen.

Wieder reckte er den Hals, um nach der Grafentochter Ausschau zu halten. Schnell entdeckte er sie und wunderte sich über sich selbst, weil sein Herz bei ihrem Anblick ein wenig ins Stolpern geriet. Er versuchte, nicht darauf zu achten.

Umgeben von ihren beiden Zofen und einigen Pagen stand Heilwig von Holstein-Kiel neben Adolf, ihrem ältesten Bruder, in der ersten Reihe ganz rechts und schon halb in der Seitenkapelle. Ihr kastanienrotes Haar und ihre füllige, ganz in zartes Blau gehüllte Gestalt waren nicht zu übersehen.

Wolfram schätzte sich glücklich, sie heute endlich einmal wieder aus solcher Nähe betrachten zu können, und er spürte, wie dringend er ihren Anblick brauchte, um neue Verse auf sie und vor allem an sie schmieden zu können. Das tat er, seit er Heilwig zum ersten Mal in ihre grünen Augen geschaut hatte. Im letzten Herbst war das gewesen, als sie ihm nach jenem siegreichen Turnier den Siegerkranz aufgesetzt hatte.

Damals hatte sich der bedauernswerte Adalbert rettungslos in sie verliebt.

Auch den schwarzen, von silbernen Fäden durchzogenen Lockenschopf Ottos entdeckte Wolfram schnell, schließlich überragte der Markgraf auch den größten Ritter seines Gefolges um eine Handbreite. Und seltsam – trotz des Gedränges durch die vielen Menschen auch um Otto herum gab es rechts und links von ihm noch freien Raum, und vor ihm und hinter ihm ebenso. Es schien, als wären die Leute in der Nähe des Markgrafen darauf bedacht, Abstand von ihm zu halten.

Wieder fröstelte Wolfram, denn er musste an den Riesen denken, der ihn im Traum verfolgt hatte. Otto von Brandenburg stand neben seinem jüngeren und deutlich kleineren Bruder Erich ganz links neben einer Madonna aus rötlichem Marmor. Und sogar dieser hielt einen halben Schritt Abstand von ihm.

Wie seine Brüder – es gab außer Otto noch zwei weitere, die mit ihm regierten – trug auch Erich den Titel eines Markgrafen von Brandenburg. Von ihm wusste man, dass er schon von Kindesbeinen an für ein geistliches Amt bestimmt war und seit Jahren versuchte, in Magdeburg den Stuhl eines Domherren zu erlangen. Und seit Jahren vergeblich.

Markgraf Otto – Otto IV., wie sein offizieller Name lautete – hatte sogar bei Papst Urban selbst einen Befehl erwirkt, seinen Bruder endlich ins Magdeburger Domkapitel aufzunehmen. Doch Rom war weit, und die Magdeburger waren eigensinnig – sie dachten gar nicht daran, dem Brandenburger die Tür zum Kreis der erlauchten Domherren zu öffnen.

Von Adalbert hatte Wolfram gehört, dass Markgraf Otto nach größerem Einfluss im Erzbistum Magdeburg strebte und deswegen nun einen neuen Versuch unternehmen wollte, seinem Bruder Erich den ersehnten Sitz im Domkapitel zu verschaffen. Aus diesem Grund waren die beiden Brandenburger Herren auf dem Weg in die große Elbstadt.

Der Priestermönch, der die Kinder des Markgrafen von Landsberg und seiner Brandenburgischen Gattin unterrichtete, stimmte den Introitus an, und im nächsten Augenblick erfüllte ein Chor von über hundert Stimmen die große Kapelle. Die Gebete, Lesungen und Gesänge, die nun folgten, rauschten an Wolfram vorüber wie beiläufiger Lärm, weil seine

Aufmerksamkeit ständig zwischen Heilwig und Otto hin und her wanderten.

Der Anblick des großen Edelmannes erfüllte ihn nicht nur mit einer gewissen Furcht, die von seinem Albtraum herrühren mochte, sondern weit mehr mit Genugtuung, und er war stolz auf sich, ihn im nächtlichen Burggarten mit dem Schwert bedroht und so Adalbert verteidigt zu haben. Nicht jeder Knappe hätte das gewagt.

Heilwig zu betrachten – und er betrachtete sie weitaus öfter und ausgiebiger als den Markgrafen –, versetzte ihn in beinahe fiebrige Erregung. In Gedanken schmiedete er bereits die nächsten Verse.

Drei Reihen vor ihm sackte plötzlich ein junges Edelfräulein in die Knie. Sofort waren vier Ritter zur Stelle, um es zu halten und aufzufangen. Während hundert Köpfe sich wandten und Gesänge und Gebete ungerührt dahinplätscherten, trug einer aus Adalberts Gefolge die Ohnmächtige aus der Burgkapelle.

Wolfram hatte der ersten Regung, dem Burgfräulein zu helfen, widerstanden, denn er wollte den Markgrafen nicht aus den Augen lassen, und die schöne Heilwig erst recht nicht. Ein Ritter aus Adalberts Gefolge hatte ihm erzählt, dass Heilwigs Bruder Adolf als Botschafter seines Herzogs die Fürstenhöfe des Reiches bereiste. Seine Schwester, so hieß es, begleite ihn, weil er kränklich wäre und sie sich auf Heilkunde verstünde. So jedenfalls lautete die offizielle Erklärung.

Hinter vorgehaltener Hand jedoch munkelte man, dass der junge Graf von Holstein-Kiel seine Schwester an den Fürstenhöfen einführen wollte, um sie möglichst vorteilhaft zu verheiraten. Damit, so hatte Adalbert Wolfram erzählt, erfüllte er den letzten Wunsch ihres und seines verstorbenen Vaters.

Als der Priester das Kyrie anstimmte – das Herr-erbarmedich –, musste Wolfram unwillkürlich an seinen Ritter denken, den die Demütigung durch Otto so schwer getroffen hatte, dass er sogar seine geliebte Messe versäumte. Auch die Einsicht, dass er sich als Sohn eines kleinen Grafen mit seiner Werbung um Heilwig kaum gegen einen mächtigen Markgrafen würde durchsetzen können, schien ihn sehr zu bedrücken. Adalberts zerknirschtes Gesicht vor Augen, sang Wolfram das Kyrie besonders inbrünstig mit.

Wieder schoss ihm ein Schreckensbild aus seinem Traum durch den Geist – der Markgraf, wie er dem armen Adalbert seine Lanze in die Brust stieß. Ob dieses Traumbild eine Bedeutung hatte? Und wenn ja, welche? Er sang noch andächtiger und lauter, um all die Fragen und Bilder aus seinem Kopf zu vertreiben.

Drüben in der Burg leckte der bedauernswerte Ritter in seiner Gastkammer glücklicherweise nur seine Seelenwunden und keine körperlichen. Und er versuchte, sich Minnelieder auszudenken. Das jedenfalls hatte er Wolfram angekündigt: Künftig wolle er diese selbst und ganz und gar ohne die Hilfe seines Knappen dichten.

Adalberts Vorsatz beunruhigte Wolfram nicht weiter, denn eigene Lieder würden seinem Ritter nicht gelingen, da war er sich ganz sicher. Zum Dichten hatte Adalbert noch weniger Talent als zum Singen. Schon spürte Wolfram die Vorfreude darauf, ihn die Verse singen zu hören, die er, Wolfram, auf die schöne Dame dichten würde, die dort vorn bei der Seitenkapelle neben ihrem älteren Bruder stand.

Wann immer Wolfram den Markgrafen beobachtete, spähte dieser zu Heilwig hinüber. Sie dagegen schaute kein einziges Mal zu Otto hin. Wenigstens sah Wolfram es nie, und er ließ sie selten aus dem Blick. Er empfand eine klammheimliche Freude darüber und redete sich ein, dass er sich für seinen Ritter freute.

Es geschah gegen Ende der Messe, als der Priester bereits den Schlusssegen anstimmte: Heilwig wandte sich um und schaute ihn an. Und lächelte.

Wolfram spürte, wie sein Herz erneut ins Stolpern geriet. Er neigte den Kopf und vergaß zurückzulächeln, so heftig loderte ihm in diesem viel zu kurzen Augenblick die Erregung durch die Brust.

Als er sich später mit der Menge zur Kapelle hinaus auf den Burghof treiben ließ, betete er stumm, dem Markgrafen möge dieser Blickwechsel entgangen sein. Und seinem traurigen Ritter berichtete er lediglich, dass die Grafentochter Otto kein einziges Mal angesehen habe. Das Lächeln, das sie ihm geschenkt hatte, erwähnte er mit keinem Wort.

6

Traum II

Magdeburg, Mitte Juni 1275

Die schwere Tür fiel zu, und jedes Licht erlosch. *Wo bin ich*, dachte die Träumerin, *was rasselt und scharrt denn da?* Und im selben Moment wusste sie es: Jemand stieß von außen den Riegel der Pforte des Turms in den eisernen Bügel.

Sie stürzte durch die Dunkelheit gegen die Tür, suchte tastend nach einer Klinke, einem Schlüssel, einem Griff – suchte nach irgendetwas, an dem sie hätte ziehen und rütteln können, etwas, mit dem sie sich hätte öffnen lassen, doch sie spürte nichts als glattes Holz unter den Händen. Sie war eingeschlossen, und ihr Herz klopfte wild.

Ein Traum, dachte sie, *sei ganz ruhig, es ist nur ein böser Traum.*

Sie fiel auf die Knie, bekreuzigte sich, faltete die Hände und begann zu beten. »Ich höre dich«, raunte etwas Fremdes und dennoch tief Vertrautes in ihrem Herzen. »Gebrauche Ohren, Augen und Verstand. Höre, sieh und verstehe.«

Sie staunte über die Worte, hielt inne und lauschte. Und als sie den Kopf hob, schaute sie zu einem vergitterten Fenster hinauf, durch das ein wenig Sonnenlicht in ihr Verlies fiel. Plötzlich wusste sie, wo man sie eingesperrt hatte: im Tartarenturm.

Aber warum nur, dachte sie. *Weil sie mich für schwachsinnig halten? Weil ich nicht richtig sprechen kann? Weil ich anders bin als sie?*

Sie lauschte zum Turmfenster hinauf, als wüsste jemand da draußen die Antwort.

Stimmen hörte sie wohl – viele Stimmen sogar –, aber die Worte, die diese vielen Stimmen riefen und sangen, verstand sie nicht. Der Lärm unzähliger Schritte übertönte alle menschlichen Laute, die ausgelassen klangen und feierlich zugleich. Es hörte sich an, als würde ein großes Heer singend in die Stadt einmarschieren. Oder marschierte es aus der Stadt hinaus?

Die Gesänge rissen jäh ab, das Stimmengewirr steigerte sich von einem Augenblick auf den anderen zu gellendem Geschrei, und auf einmal gab es ein Geräusch wie von zerbrechendem Holz. Es krachte und polterte, als würden außer Rand und Band geratene Kriegsrotten die Stadt rund um den Turm zertrümmern.

Die Träumerin hielt sich die Ohren zu, denn tausend spitze Schreie wollten sich ihr durch die Trommelfelle in den Kopf bohren. Als sie die Hände wieder von den Ohren nahm, klatschte und rauschte es draußen, als würden unzählige Körper in Wasser aufschlagen.

Sie sank auf die Knie und bekreuzigte sich: Etwas Schreckliches geschah da zwischen Dom und Elbe! Etwas unsagbar Entsetzliches! Sie wollte beten, fand jedoch keine Worte, konnte nur röcheln, krächzen und stammeln.

Und dann wieder Rasseln und Scharren wie eben schon einmal. Sie sprang auf und fuhr herum: Jemand zerrte von außen den Riegel der Turmtür nun wieder aus dem eisernen Bügel heraus. Winkte die Freiheit? So schnell schon? Sie schöpfte Hoffnung und empfand zugleich eine würgende Angst.

Die Tür öffnete sich langsam und knarrend, Licht flutete das Turmverlies. Geblendet kniff sie die Lider zusammen. Und als sie die Augen blinzelnd wieder öffnete, sah sie die Umrisse eines gepanzerten Ritters in rotem Wappenmantel. Blauschwarze Locken quollen unter seinem Helm hervor, und auf seinen Armen trug er eine zu Tode erschöpfte Frau.

»Vorsicht!«, wollte sie rufen, denn hinter dem Ritter hob ein schwarz Gewandeter die Fäuste, einer, dem die Kapuze das Haupt verhüllte und dem ein Kreuz um den Hals hing. In den Fäusten hielt er eine lange hölzerne Stange, an deren Spitze die Klinge eines Speers glänzte.

»Vorsicht, hinter Euch!«, wollte sie dem Ritter zurufen, doch kein Wort entrang sich ihrer zugeschnürten Kehle. Und so geschah, was sie kommen sah: Der mit dem Kreuz und im schwarzen Gewand stieß dem Ritter den Speer in den Rücken.

Schreiend fuhr Genoveva aus dem Schlaf hoch. »Mamechma«, krächzte sie. »Mamechma! Mamechma!« Draußen zuckte ein Blitz über den Hof und tauchte auch ihre Kammer einen Wimpernschlag lang in gespenstisches Licht. Platzregen ging prasselnd auf Dach, Hof und Häuser nieder.

Zitternd und betend richtete sie sich auf ihrem Strohsack auf. Das dritte Mal innerhalb von drei Tagen derselbe Traum! Sie kniete sich auf die Decken und bekreuzigte sich.

Die Katastrophe warf ihren Schatten voraus, und er fiel ausgerechnet auf sie. Durfte sie noch länger schweigen?

7
VERSE II

Burg Landsberg, Mitte Juni 1275

Das Lächeln der schönen Grafentochter brannte Wolfram sogar noch am frühen Abend im Herzen, als er unter dem Gewölbe des Badehauses der markgräflichen Burg in warmem Wasser hockte und vergeblich versuchte, den Zoten der drei Knappen zu folgen, mit denen er sich den Zuber teilte. Diese anderen Burschen flüsterten und lachten und flüsterten und lachten und flüsterten und er, Wolfram, verstand kaum die Hälfte ihres Gewispers, denn unter dem angrenzenden Gewölbe badete – mit zwei Zofen und ihrem Bruder im selben Zuber – sie.

Der Vorhang zwischen beiden Räumen war nur halb zugezogen, sodass Wolfram freie Sicht auf sie hatte, und das genoss er in vollen Zügen. Er saugte Heilwigs Stimme durch sein Ohr in sein Herz. Seine Blicke glitten über die sanften Linien ihrer runden Oberarme, ihrer kräftigen Schlüsselbeine und ihres schlanken Halses. Und er konnte nicht aufhören, das reine Weiß ihrer Haut zu studieren. Manchmal sog er sogar tief die Luft ein, weil er meinte, ihren Duft zu riechen.

War er sich all das als Dichter nicht schuldig? Weiß Gott, das war er sich selbstverständlich schuldig!

Heilwig von Holstein-Kiel sah aus wie eine Frau, der es an nichts fehlte – wohlgenährt und kräftig wirkte ihr Leib. Sie hatte ein rundes Gesicht, das von großen grünen Augen und einer niedlichen Stupsnase dominiert wurde. Ihre Züge waren mädchenhaft weich, nur um den Schmollmund lag etwas Herausforderndes, beinahe Anzügliches. Von seinem Ritter wusste Wolfram, dass sie fünf Jahre älter war als er, der noch nicht ganz Zwanzigjährige.

Wieder begegneten sich ihre Blicke, und wieder lächelte sie. Diesmal währte der schöne Augenblick länger als am Morgen in der Messe, und Wolfram blieb Zeit genug zurückzulächeln. In seinem Kopf entstanden neue Verse, und eine lustvolle Erregung perlte ihm durch die Glieder, während er die Ansätze ihrer vollen Brüste betrachtete.

Vor allem durch sein Glied strömte ihm die Lust und bewegte es so hitzig, dass Wolfram den Schaum vor sich sammelte, um vor seinen Gefährten zu verbergen, was ihm da wuchs und schwoll. Seine Lenden brannten, und das Herz schlug ihm schneller, als er es gewohnt war.

Wolframs Zubergenossen gingen indessen die Zoten aus, also wandten sie sich dem Tratsch zu, den sie im Lauf ihrer Tage auf der Burg Landsberg aufgeschnappt hatten.

»Wisst ihr auch, warum der Markgraf und sein Bruder nach Magdeburg wollen?«, fragte irgendwann einer von ihnen mit gesenkter Stimme und wichtiger Miene.

»Ja, ja, Jörg. Weil der Erich um jeden Preis Domherr werden will«, antwortete der Knappe neben Wolfram. »Das hat er vor zehn Jahren schon mal versucht. Vergeblich, wie alle Welt weiß.« Er spähte hinter sich und zur Seite, bevor er flüsternd fortfuhr: »Und jetzt will sein Bruder Otto ihm das Amt unbedingt kaufen.«

Wolfram staunte: Die Pläne der Brandenburger hatten sich also schon herumgesprochen.

»Und ihr könnt euch schon denken, was geschieht, wenn es wieder nicht gelingt«, sagte der Knappe, den der andere Jörg genannt hatte.

»Dann wird der Otto wie ein wilder Löwe über Magdeburg herfallen und alle zerreißen, die ihm nicht gegeben haben, was er wünschte«, sagte der neben Wolfram.

»Können die edlen Herren denn den Hals niemals vollkriegen?«, zischte der dritte. »Der Erich ist doch schon Domherr in Halberstadt, sogar Propst des Stiftes SS. Bonifatii et Mauritii.«

Wolfram horchte auf – Erich von Brandenburg war Domherr und Propst. Davon hatte Adalbert ihm nichts erzählt.

»Halberstadt ist nicht Magdeburg«, flüsterte Jörg. »In Magdeburg residiert der Erzbischof, und der ist alt und krank.« Er beugte sich in die Mitte des Zubers, und alle steckten sie nun die Köpfe zusammen. »Konrad macht's nicht mehr lange, und Erich ist Bruder eines regierenden Markgrafen. Und trägt er nicht selbst den Titel eines Markgrafen? Sitzt so einer erst einmal im Domkapitel, ist der Weg auf den Stuhl des Erzbischofs nicht mehr weit.«

»Und Ottos Macht wird endlich bis ins Herz des Erzbistums hineinreichen«, flüsterte der neben Wolfram. Die anderen nickten und setzten wissende Mienen auf. »Um nichts anderes geht es ihm, dem unersättlichen Brandenburger, und mit weniger wird Otto sich niemals zufriedengeben.«

Von irgendwoher ertönten auf einmal Lautenklänge. Die Knappen fuhren auseinander, das Stimmengewirr im Badehaus ebbte ab und verstummte schließlich ganz. Alle Hälse reckten sich, alle Blicke flogen zum Eingangsgewölbe hin. Dort, unter dem Portalbogen, stand, in ein Leintuch gehüllt, Markgraf Otto von Brandenburg und schlug seine Laute.

Als Wolfram zum gräflichen Zuber hinüberschaute, war ihm, als wehe eisige Kälte durch Heilwigs mädchenhafte Züge. Sie schlug die Augen nieder und tauchte bis zum Kinn in Wasser und Schaum. Ihr Bruder aber drehte sich erfreut nach dem Sänger um. Dieser erhob seine tiefe Stimme und begann zu singen.

»Gülden strahlt die Maiennacht,
wenn du eintrittst, Sonne meiner Seele!
In deinem Glanz erlischt der Mond,
und selbst der Morgenstern erblasst.«

Wolfram, der sofort die nur oberflächlich und linkisch umgeschriebenen Verse aus seiner eigenen Feder wiedererkannte, spähte zu Heilwig hinüber. Obwohl sie bis zum Mund im Wasser lag, merkte er ihr doch an, wie sie sich innerlich wand. Ihr feines Gesicht war rot angelaufen. Den meisten Badenden war bekannt, wem der markgräfliche Minnesänger sein Lied darbrachte, und Heilwig wusste, dass die anderen es wussten.

Es ärgerte Wolfram, dass Otto sein Liebeslied sang, als hätte er es selbst gedichtet. Die nächsten beiden Strophen hatte der Brandenburger sogar gänzlich unverändert von dem Liedblatt übernommen, das er dem Knappen geraubt hatte:

»Ward jemals wärmer mir und heller,
als unter deinem Liebesblick?
Hat Liebeslust und banges Sehnen,
mir heißer je die Brust entflammt?«

Ist's Sünde, solch ein Lied zu singen?
Wem kommt wie Frevel vor mein Vers?
Der muss auch ›Sünde‹ nennen deine Schönheit
und ›Frevler‹ den, der dich erschaffen hat.«

Es geschah am Ende dieser gewagten Strophe, dass drüben im Grafenzuber Heilwig den Kopf hob und zu Wolfram herübersah. Und während der Minnesänger unter dem Portalbogen Wolframs Verse benutzte, ihre Haut mit frischer Sahne verglich, ihren Mund mit einer Rose, ihren Leib mit einem Korb voller Sommerfrüchte und ihren Schoß mit einer von Nektar schweren Schwertlilienblüte, war es Wolfram, als dringe ihr erstaunter Blick ihm tief ins Herz. Er hielt den Atem an, und die Erregung durchfuhr ihn wie ein Fieberschub. Seine Arme ruderten durch das Wasser, um mehr Schaum vor sich zu sammeln.

Wusste sie, von wem dieses Lied stammte? Wusste sie, wem Otto die Worte gestohlen hatte, um sie zu preisen? Natürlich wusste sie es! Er selbst hatte es unter ihrem Fenster zugegeben!

Wolfram fühlte sich ertappt und spürte, wie ihm das Blut in den Kopf stieg. Nun war er es, der bis zur Nasenspitze ins Wasser rutschte. Er wandte den Kopf zur Seite. Wie schwarzer Heiligenschein schwamm sein Haar im hellen Schaum.

Otto von Brandenburgs tiefe Stimme verhallte in den Gewölben des Badehauses, und er setzte die Laute ab. Wolfram drehte sich nach ihm um. Der Markgraf lächelte, wie nur ein Mann lächeln konnte, der hoch zufrieden mit sich war. Er drückte die Laute an seine breite Brust und verneigte sich in die Richtung des Zubers, in dem Heilwig, ihr Bruder und ihre Zofen saßen.

Viele der Badenden klatschten, einige brachten Hochrufe aus auf den »begnadeten Minnesänger«, wie sie riefen. Am lautesten begeisterte sich der Graf von Holstein-Kiel, Heilwigs Bruder. Adolf rückte sogar zur Seite, um dem Markgrafen Platz in seinem Zuber zu verschaffen. Wolfram hielt den Atem an.

Heilwig erwiderte weder Ottos Lächeln noch seinen Blick. Auf ihre energische Geste hin streckten sich die Frauen in ihrem Zuber aus und machten sich so breit, wie sie nur konnten. Anders als ihr Bruder wollte Heilwig offenbar verhindern, dass der Minnesänger nach dieser öffentlichen Werbung nun auch noch zu ihr ins Wasser stieg.

Die anderen Knappen in Wolframs Badebottich hatten es plötzlich merkwürdig eilig, sich zu erheben und den Zuber zu räumen. Von hinten legte sich eine Hand auf seine Schulter.

»Bleib ruhig sitzen, Schwarzer«, raunte eine tiefe Stimme.

Drei Männer stiegen zu ihm ins Wasser. Zwei erkannte er erst, als er ihnen ins Gesicht sah. Der eine war ein Brandenburger Graf namens Bodo von Spandau, der andere der Kanoniker Erich von Brandenburg, der Bruder des Markgrafen. Weil Wolfram den ersten bisher nur im Kettenhemd und den zweiten in frommem Habit gesehen hatte und noch niemals nackt, waren sie ihm zunächst unbekannt erschienen.

Den Edelmann, der sich direkt neben ihm breitmachte, erkannte Wolfram trotz dessen Nacktheit auf den ersten Blick: den angriffslustigen Minnesänger Otto von Brandenburg. Der Mann, der gestern Abend den Ritter von Stendal hatte töten wollen. Der Mann, der ihn im Traum mit einer Lanze verfolgt hatte.

Wolframs prickelnde Erregung verging endgültig, und er machte sich so klein, wie er nur konnte.

Der Mundschenk des Grafen von Landsberg und eine junge Magd brachten Trinkgefäße und einen vollen Weinkrug und schenkten den Herren ein.

Otto hob seinen Kelch. »Hört zu, ihr Leute: Der heilige Hubertus hat uns heute mit Jagdglück gesegnet!«, rief er. »Drei Sauen und einen jungen Eber haben wir erlegt. Die müssen noch ein paar Tage aushängen, doch in der nächsten Woche gebe ich ein Festmahl, und ihr alle seid eingeladen!«

Er beugte sich zu der jungen Magd, schaute ihr ins hübsche Gesicht, und während ringsum Beifall und Hochrufe laut wurden, sagte er: »Auch du, süßes Kind.«

Die Magd errötete, machte einen Knicks und lief rasch davon.

Die drei Männer tranken ihren Wein und schwärmten ausgelassen von der Jagd, mit der sie den Sonntagnachmittag zugebracht hatten. Mit einer Lanze bewaffnet sei der Markgraf vom Pferd gesprungen, erfuhr Wolfram, und habe ganz allein einem massigen Keiler gegenübergestanden und ihn zum Angriff gereizt. Mit einem einzigen Stoß habe sein Bruder das wilde Tier getötet, verkündete Erich den Badenden ringsum.

»Dein Ritter wollte kein Bad nehmen?«, wandte Otto sich irgendwann mit spöttischem Blick an Wolfram. Der verneinte und rückte ein wenig von Otto ab, denn die Magd war mit einem Eimer heißem Wasser zurückgekehrt und leerte es zwischen sie in den Zuber. Otto streckte die Hand aus und gab ihr einen Klaps auf den Hintern. »Danke, süßes Mädchen.«

»Gut übrigens, dass ich dich hier treffe, Schwarzer«, wandte er sich wieder an den Knappen. »Ich habe nämlich über dich nachgedacht.«

»So?« Wolfram sah ihm offen ins Gesicht. Die dunklen Augen des Markgrafen glühten vor großer Leidenschaft oder vor Wut oder vor Kampfeslust. Wolfram vermochte es nicht zu entscheiden.

»Ja, habe ich.« Otto musterte ihn aufmerksam. »Aus Hildesheim kommst du, höre ich?« Wolfram nickte und gab sich wortkarg. »Und Adalbert ist der jüngste Sohn des alten Burggrafen von Stendal, erzählt man mir.« Wolfram, der die aufmerksamen Blicke des gräflichen Ritters Bodo und des Kanonikers Erich auf sich gerichtet wusste, nickte wieder. »Stendal ist von einem unserer Urgroßväter gegründet worden«, erklärte Otto.

»Von dem Markgrafen Albrecht von Brandenburg«, ergänzte Erich, und in seinen Augen leuchtete der Stolz.

»Ich weiß«, sagte Wolfram. »Albrecht, den man den Bären nannte.«

»Dann weißt du also auch, dass Adalbert eigentlich mir als Ritter dienen müsste?« Der Blick des Markgrafen bekam etwas Forschendes, beinahe Lauerndes. Für einen Augenblick stockte Wolfram der Atem, denn er musste an den Riesenvogel denken, in den sich Otto in seinem Traum verwandelt hatte.

»Der Herzog von Schwerin hat ihm Grundbesitz als Lehen verliehen«, entgegnete Wolfram mit fester Stimme. »Seitdem dient mein Herr Adalbert ihm. Und ich diene ihm auch.«

Das war nicht einmal die halbe Wahrheit, denn Adalbert von Stendal hatte sich mit dem Schweriner überworfen und sein Lehen verloren. Das war allerdings noch nicht lange her und konnte sich noch nicht allzu weit herumgesprochen haben.

Adalbert suchte längst einen anderen Fürsten, dem er seine Ritterdienste anbieten konnte. Doch er hatte seinem Gefolge eingeschärft, mit niemandem darüber zu sprechen. Und ob er für einen Markgrafen kämpfen wollte, der um dieselbe Dame warb wie er? Wolfram bezweifelte es.

»Schade, dass der Stendaler so grässlich singt.« Der Markgraf lachte höhnisch. »Wer ist dein Vater, Knappe?«

Wolfram atmete tief durch, bevor er antwortete. »Ein Halbbruder des Herzogs von Braunschweig.« Er versuchte, seine Stimme fest und klar klingen zu lassen. »Als Abt führte er das Kloster der Benediktinerbrüder von Hildesheim.«

Der Markgraf hob staunend die schwarzen Brauen. »Du bist der Sohn eines adligen Mönches?« Wieder nickte Wolfram nur. »Daher also verstehst du dich auf Schrift und Dichtung.«

»Ich habe meine Kindheit und frühe Jugend im Kloster verbracht. Der Abt hat einen Mönch der Abtei St. Michaelis mit meiner Erziehung beauftragt.«

»Und wo hast du die Schwertkunst, das Reiten und die ritterlichen Tugenden gelernt?« Der forschende Blick des Markgrafen wollte Wolfram nun gar nicht mehr freigeben.

»Anfangs in Hildesheim. Von Neffen und Söhnen des Herzogs von Braunschweig, die wie ich in der Benediktinerabtei erzogen wurden. Später in Schwerin am Hofe des Herzogs dort.«

Dass er vor dem strengen Regiment der Benediktiner im Hildesheimer Kloster zurück nach Stendal geflohen und von dort mit dem ebenfalls flüchtigen Adalbert nach Schwerin gelangt war, verschwieg Wolfram lieber.

»Dann badest du gerade in angemessener Gesellschaft, würde ich sagen, Wolfram von Hildesheim«, verkündete Erich von Brandenburg mit selbstgefälliger Miene.

»Interessant, sehr interessant.« Otto kraulte sich den dichten schwarzen Bart. »Ich will dich etwas fragen.« Der Markgraf beugte sich an Wolframs Ohr und senkte die Stimme. »Möchtest du mir künftig meine Minnelieder schreiben?«

Wolfram verschlug es die Sprache. Für einen Wimpernschlag flog sein Blick hinüber zu Heilwig, und er bemerkte, dass sie ihn und Otto beobachtete.

»Ihr wollt, dass ich …?« Er schaute den Markgrafen so fassungslos an, als hätte der ihn gerade darum gebeten, ihn zu erschlagen. »Aber macht es Euch denn keine Freude, selbst …?«

»O doch, Wolfram von Hildesheim, o doch«, flüsterte Otto. »Ich bin sogar ein leidenschaftlicher Minnesänger, weißt du? Aber als Markgraf fehlt mir zuweilen die Muße zur Dichtkunst.«

Er schaute hinüber zu Heilwig, und Wolframs Blick folgte dem seinen. Nackt und schön stand die Grafentochter im Zuber, und ihre Zofen hüllten sie in ein Wolltuch. Wolfram spürte, wie es ihm heiß durch die Leisten perlte und wie sein Mund trocken wurde – diesen hinreißenden Frauenleib besitzen, das war es, wonach es ihn verlangte. Sein Körper verkündete es ihm mit solcher Deutlichkeit, dass er es nicht länger vor sich selbst verbergen konnte: Er begehrte Heilwig, er begehrte sie seit jener Siegerehrung in Wittenberg.

»Sag schon, Schwarzer – willst du?« Der Markgraf sah Wolfram wieder in die Augen. »Glaube mir, es wird dein Schaden nicht sein.«

8

Scheiterhaufen

Magdeburg, Ende Juni 1275

Umringt von Minderen Brüdern und Nonnen des Zisterzienserklosters drängte Mechthild sich durch das Tor in die Domfreiheit hinein. So hieß damals der Teil Magdeburgs, in dem der Erzbischof die Gerichtshoheit innehatte und in dem vorwiegend geistliche Herren wohnten. Das Liebfrauenkloster und die Domschule standen innerhalb der Domfreiheit, und natürlich befanden sich dort der Palast des Erzbischofs, der Domneubau und die prachtvollen Höfe – die Kurien – zahlreicher Domherren.

Sie liefen dem Domneubau entgegen. Um unter den Mönchen und Nonnen nicht aufzufallen, trug Mechthild an diesem Abend ein dunkles Gewand. Schwalben schwirrten über dem Domplatz, Bauern und Fischer bauten ihre Verkaufsstände ab und packten die Waren, die sie nicht verkauft hatten, auf ihre Fuhrwerke. Auch auf dem Domplatz wurde in jüngster Zeit ein Markt abgehalten, weswegen viele Magdeburger sich angewöhnt hatten, ihn Neumarkt zu nennen.

Eine alte Nonne ermahnte zwei Novizen der Minderen Brüder, die nach ihrem Geschmack allzu lüstern nach zwei jungen Bäuerinnen auf einem vorbeirollenden Ochsenkarren schielten. Darüber gerieten die drei in lautstarken Streit. Ein heftiger Wortwechsel ging hin und her, bis der Abt seine Novizen scharf ermahnte.

Die blaue Stunde war längst angebrochen, und das klare Abendlicht tauchte die unvollendete Kathedrale und den Bischofspalast in einen freundlichen Schein. Mechthild freute sich darauf, endlich einmal wieder den Domneubau sehen zu können. Und im nächtlichen Chor vielleicht sogar das göttliche Licht.

Die Gestalten der Nonnen und Bettelmönche warfen lange Schatten in die Pfützen auf dem Domplatz, während die Frauen und Männer zum Abendgebet hinüber in die Kathedrale zogen, zur Vesper. Einige junge Nonnen, die vor Mechthild liefen, hielten einander an den Händen, steckten die Köpfe zusammen und hatten allerhand zu tuscheln und zu kichern. Ein strenger Blick der Äbtissin, die sich nach ihnen umdrehte, ließ sie verstummen.

Vor dem Eingang des Neubaus hatte sich bereits eine Warteschlange gebildet: Mönche des Liebfrauenstifts, Priester nahe gelegener Kirchen und Domschüler schoben sich durch das Portal. Auch Herren des Domkapitels erkannte Mechthild, allesamt in schwarzen Gewändern und mit schwarzen Hüten oder Scheitelkappen.

Sie war gespannt, ob auch Erzbischof Konrad am Abendgebet teilnehmen würde. Zu ihrem Bedauern hatte sie ihn lange nicht gesehen. Wollte man der Gerüchteküche auf dem Altmarkt glauben, war er sehr krank.

Die Torwächter bedachten Mechthild in den letzten Monaten mit immer ungnädigeren Blicken, wenn sie sich im Tor zur Domfreiheit zeigte. Deswegen hatte sie sich angewöhnt, umgeben von Nonnen und Mönchen, mit Kapuze und gesenktem Blick hier einzutreten. Meist ging sie mit ihren Beginen zu den Stundengebeten in eine der Kirchen außerhalb der Domfreiheit, aber mindestens einmal im Monat zog es sie in die unvollendete Kathedrale.

In deren Chor verbrachte sie dann die halbe Nacht in Zwiesprache mit Gott und den Heiligen, und nicht selten erschienen ihr diese auch: der heilige Mauritius, die heilige Katharina, der heilige Innocentius und das fließende Licht der Gottheit. In solchen gesegneten Stunden schenkte ihr eine unbegreifliche Macht, die sie mangels treffenderer Worte »Gott« oder »Heiliger Geist« nannte, die Inspirationen für das Buch, an dem sie nun schon seit so vielen Jahren arbeitete.

Vor dem Eingang in den Domneubau geriet die Kolonne der Nonnen und Mönche ins Stocken, denn man musste einem Stapel Schalbretter ausweichen, der im Querhaus gleich nach dem Portal im Weg lag. Mechthilds suchender Blick wanderte nach links zu jener überdachten Brücke, die den Palast des Erzbischofs mit dem neuen Dom verband. Über diese konnte der Erzbischof direkt den Bischofsgang betreten, wie das Arkadenhalbrund hieß, das den Hochchor der Kathedrale umgab. Doch Mechthild sah niemanden die Brücke überqueren.

Endlich trat auch sie über die Schwelle des Neubaus. Zwischen den Fundamentgräben und den eingerüsteten Pfeilern und Säulen dahinter dehnten sich große Wasserlachen aus. Der Gewitterregen der vergangenen Nacht hatte die von der langen Regenzeit übrig gebliebenen und fast ausgetrockneten Pfützen wieder aufgefüllt. Auch in den Fundamentgräben stand lehmiges Wasser.

Traurig betrachtete Mechthild die vielen Gerüste, Sandhaufen, Steinstapel, die noch fehlenden oder erst halb hochgezogenen Mauern und die noch unbebauten Fundamentgräben. Wurde denn hier noch immer nicht wieder gearbeitet? Die Fassade des nördlichen Seitenschiffs stand erst zur Hälfte, die des südlichen nur in Ansätzen, und mit dem Bau des Mittelschiffs hatte man noch nicht einmal begonnen. Von den geplanten Westtürmen ganz zu schweigen. Betrübt schüttelte sie den Kopf.

Schon als junges Mädchen war Mechthild betend hier entlanggelaufen, um ihren geistlichen Beitrag zu Errichtung der Kathedrale zu leisten. Damals hatte die Baustelle einem

Ameisenhaufen geglichen, und das über lange Zeit. Dass die Arbeiten nun schon seit so vielen Jahren ruhten, weil die Erzbischöfe ihre Geldschatullen nicht zu hüten wussten, empörte die fromme Frau. Seufzend wandte sie sich dem vollendeten Teil des Doms zu, dem Querschiff und dem Hochchor.

Das klare Blau des Abendlichts erlosch nach und nach, und die Dämmerung brach herein. Von der Domschule her eilten noch Schüler in kleinen Gruppen zum Altar vor dem Lettner, der Querhaus und Chor trennte. Zwei Mönche folgten dem Domscholaster und anderen Domherren in den Chorumgang, der Abt und ein kleiner Benediktiner, den Mechthild sofort an seinen ausgreifenden, federnden Schritten und dem vornübergebeugten Gang erkannte: Gallus von Trier. Kein schöner Anblick.

Wohin ging er denn, der Peitschenmönch? Wollte er die Vesper etwa in einer der Kranzkapellen mitsingen?

Auch Gallus hatte Mechthild lange nicht gesehen, doch das zu bedauern wäre ihr nicht in den Sinn gekommen. *Gib ihm Frieden, o Herr*, betete sie stumm, um ihren aufbrandenden Unwillen zu bekämpfen, *und seiner blinden Seele die Erkenntnis deiner Schönheit und Gnade. Amen.*

Sie musste an Genoveva denken, während sie sich von der Menge zum Lettner schieben ließ. Ihre Pflegetochter machte ihr Sorgen, denn seit einiger Zeit wurde die junge Frau von Albträumen von Krieg und Zerstörung geplagt. Umgeben von Nonnen, blieb Mechthild ein paar Schritte vor dem Altar stehen. Besonders beunruhigte sie, dass Genoveva glaubte, Gott würde durch diese Träume zu ihr sprechen.

Während auf der anderen Seite des Lettners die Domherren auf ihre Plätze im Chorgestühl sanken, betete Mechthild stumm für ihr von Angst geplagtes Mündel. Genoveva war eine überaus empfindliche Seele, die viel Liebe und Pflege brauchte und allein wohl kaum überleben konnte.

Zu ihrem Erstaunen entdeckte Mechthild nun auch den Peitschenmönch unter den geistlichen Herren hinter dem Lettner. Hatte man ihm etwa einen Sitz unter den Domherren gegeben? Das wäre ungewöhnlich, denn wann hatte jemals ein Mönch dem Domkapitel angehört?

Andererseits: Geld genug stand Gallus ja zur Verfügung, wie man hörte, stammte er aus einer gräflichen Familie im Erzbistum Trier. Es machte Mechthild wütend, daran denken zu müssen, dass Reichtum und Besitz eher für ein geistliches Amt zu befähigen schienen als Tugend und Frömmigkeit.

Drei Priester schritten zum Altar – zwei trugen brennende Kerzen, einer schwenkte ein Weihrauchfässchen. Die Säume ihrer Messgewänder schleiften durch eine Pfütze neben dem Altar. Mechthild erschrak, als sie das sah, und blickte zum Gewölbe hinauf, das den Raum vor dem Altar bis zu den hinteren Vierungspfeilern bedeckte. War das Dach denn so lückenhaft gebaut, dass es hereinregnen konnte?

Die Priester stiegen zum Hochaltar hinauf, entzündeten die Kerzen dort und stimmten den Eingangsgesang der Vesper an. Die Chorherren fielen mit ein und nach und nach auch die etwa siebzig Männer und Frauen vor dem Lettner. Mechthild schloss die Augen, sang inbrünstig mit und ließ sich von dem Gefühl der Gegenwart Gottes überwältigen.

Einmal öffnete sie kurz die Augen und hob den Blick, weil sie sich beobachtet fühlte. Am Kruzifix des Altars vorbei und über den Lettner hinweg schaute sie zum Hochchor hinauf. Unter dem mittleren der Arkadenbögen, die ihn umgaben, schimmerte das Licht einer großen Kerze. Der flackernde Schein enthüllte im Halbdunkel dort oben die Umrisse einer Gestalt mit Krummstab und Mitra. Der Erzbischof! Von seinem Altar im Bischofsgang aus nahm er an der Vesper teil. Ernsthaft krank konnte er also nicht sein. Hatte er sie in der Menge entdeckt?

Mechthild hatte gehofft, nach dem Abendgebet mit Konrad sprechen zu können, doch vermutlich würde er gleich nach der Vesper direkt vom Bischofsgang aus über seine Brücke in seinen Palast zurückkehren. Schade. Sie hatte das Gefühl, dass der Erzbischof ihr in letzter Zeit aus dem Weg ging. Kein gutes Zeichen, weiß Gott nicht.

Sie senkte den Kopf und schloss wieder die Augen. Eine Zeit lang kreisten ihre Gedanken noch um den alten Conradus, wanderten dann zu seinen Vorgängern und blieben schließlich an Erzbischof Ruprecht hängen, der vierzehn Jahre zuvor den Juden so übel mitgespielt hatte. Verglichen mit diesem gnadenlosen Raffzahn erschien ihr Konrad geradezu als Heiliger. Und von Ruprechts Überfall auf das Laubhüttenfest im Jahre 1261 war es nur ein kleiner Sprung zu Lea, der bedauernswerten Frau des Geldverleihers Amos, den sie Silbersack nannten.

Die arme Lea aus dem Judendorf – wie alt und verhärmt sie geworden war seit jenen schrecklichen Stunden! Mechthild vergaß Weihrauchduft und Chorgesang, so deutlich stand ihr Esthers unglückliche Mutter vor Augen.

Schon am Nikolaustag damals in jenem Unglücksjahr, schon an Davids Geburtstag, war sie zum ersten Mal zu ihr auf den Beginenhof gekommen, um ihr Gewissen zu erleichtern. Und seitdem immer wieder – zwei oder drei Mal im Jahr und in letzter Zeit noch öfter. Die Reue über eine schreckliche Tat trieb die arme Frau um, eine Tat, die sie nur Mechthild gestanden hatte.

Nach all den Jahren der Trauer und der Schwermut bröckelte ihre Widerstandskraft nun endgültig, und die Schuld drohte sie zu überwältigen. Mechthild fürchtete, Lea könnte sich etwas antun.

Erst vor wenigen Tagen hatte sie wieder in Mechthilds Schreibkammer geweint – und beim Abschied von Taufe gesprochen. Mechthild glaubte nicht, dass Lea die Kraft für einen solchen Schritt aufbringen würde. Ihre Tochter Esther würde ihr vielleicht folgen auf dem Weg mit Christus. Doch würde es ihrem Mann Amos nicht das Herz brechen?

Später, als das letzte Amen verhallt war und der Schein zahlloser Kerzenflammen und Öllampen auf Wänden, Altarstufen, Säulen und Skulpturen flackerte, löste Mechthild sich aus der dem Nordportal zustrebenden Menge und huschte hinter einen Vierungspfeiler. Sie wartete, bis die Domherren den Chor verlassen hatten, und schlich dann in den Chorumgang bis zur Scheitelkapelle, wie die mittlere der fünf Kapellen hieß, die den Chor kranzartig umgaben. An einem Wandleuchter entzündete sie den Kerzenstummel, den sie mitgebracht hatte.

Zwischen dem Seitenfenster und dem Grab der Königin Edgitha entdeckte sie die Umrisse des Mannes, den sie hier von Zeit zu Zeit nach der Vesper traf – einer von drei Domherren, die sie verehrten und mit denen sie befreundet war. Er wartete auf sie, demnach hatte er Neuigkeiten.

»Eine Pfütze gleich neben dem Altar!«, platzte es aus ihr heraus, noch bevor sie ihn begrüßt hatte. »Das muss man sich nur einmal vorstellen: Es regnet herein, es regnet auf den Altar!«

»Ich habe es auch gesehen«, sagte der Domherr. »Eine Schande! Ich werde gleich morgen einen Boten zum Erzbischof schicken. Die Bauarbeiten werden in den nächsten Tagen wieder aufgenommen, da muss das Dach als Erstes ausgebessert werden.«

»Der Dombau geht endlich weiter?« Ein erstauntes Lächeln glättete Mechthilds Züge, denn damit hatte sie so schnell nicht gerechnet. »Hat der Erzbischof doch noch einen neuen Baumeister bewegen können, zu uns an die Elbe zu kommen?«

»Der Papst gestattet uns, in großem Stil Ablassbriefe auszuschreiben, sodass wir ihn bezahlen können.« Der Domherr nickte. »Ende Mai kam die Depesche aus Rom – bald fließt also wieder Geld. Zum Glück hat der jüngst verstorbene Domherr dem Kapitel ein großes Vermögen vererbt. Die ersten Steinmetze, Zimmerleute und Arbeiter sind bereits verpflichtet. Wir mussten sie für eine Woche im Voraus entlohnen, denn es hat sich herumgesprochen, dass unsere Schatullen leer waren. Und eine große Ladung mit Steinen aus Dresden ist auch schon unterwegs.«

»Gott sei gepriesen!« Mechthild seufzte tief und bekreuzigte sich. »Und dem heiligen Mauritius Lob und Dank!«

»Ja, Amen. Jedoch ...« Über den Sarkophag der Königin hinweg beugte der Domherr sich zu Mechthild und senkte die Stimme. »Jedoch kam mit der Botschaft aus Rom leider auch ein Befehl des Papstes, der mir Kummer bereitet und der Euch unglücklich machen wird, Mechthild.«

»Redet, Bruder.«

»Der Papst hat uns angewiesen, hart gegen Ketzer vorzugehen, gegen Büßerorden, Flagellanten und Untergangsprediger.« Er räusperte sich, blickte nach links und rechts und fuhr flüsternd fort: »Auch ein wachsames Auge auf euch zu haben, gebietet uns die päpstliche Depesche.«

»Auf uns Beginen?« Mechthild runzelte ungläubig die Brauen, und der Domherr nickte bedauernd. Zorn packte sie, und sie schlug mit der Faust auf den Sarkophag. »Hätte der päpstliche Bote auf dem Weg über die Alpen seine Depesche doch in eine Gletscherspalte fallen lassen!« Scharf sog sie die Luft durch die Nase ein.

»Es ist, wie es ist«, flüsterte der Domherr. »Jedenfalls schwebt Ihr in Gefahr.«

Mechthild hörte nur noch mit einem Ohr zu. »Deswegen also meidet der Herr Konrad mich in letzter Zeit«, sagte sie wie zu sich selbst.

»Gallus von Trier macht Stimmung gegen Euch«, wusste der Domherr, »und je kränker und schwächer der Erzbischof wird, desto leichter findet Gallus Gehör bei ihm. Ihr müsst künftig vorsichtiger sein, Mechthild, und besser auf Eure Worte achten.«

»Ich bin, die ich bin«, erklärte Mechthild mit fester Stimme. »Und ich werde sagen, was mein Herr und Gott mir zu sagen aufträgt, solange ich in den Mauern Magdeburgs lebe.«

»Damit könnte es schneller vorbei sein, als uns lieb ist, denn der Erzbischof hat den Dompropst überredet, Gallus von Trier Sitz und Stimme im Domkapitel zu verschaffen. Ich fürchte, er hat ihn als seinen Nachfolger ins Auge gefasst.«

»Was sagt Ihr da?« Mechthild traute ihren Ohren nicht. »Gallus will Erzbischof werden?«

»Dem ist alles zuzutrauen, und er wäre nicht der erste Mönch auf dem Stuhl des Erzbischofs. Denkt nur an Norbert von Xanten. Gallus' Wahl ins Domkapitel ist denkbar knapp ausgefallen, aber das viele Geld, das seine gräfliche Familie bot, hat den Ausschlag gegeben.« Beinahe ängstlich spähte er nach allen Seiten ins Halbdunkel, beugte sich noch weiter über den Sarkophag und flüsterte: »Fast fünftausend Silbermark. Davon haben wir die Steine bestellt und den Lastkahn, der sie bringen wird, bezahlt.«

Mechthild platzte der Kragen. »Sitzen denn Wegelagerer und Strauchdiebe im Domkapitel?« Die Wut machte ihre Stimme heiser. »Was für eine Sünde, geistliche Ämter zu verkaufen! Was für eine Sünde, sie zu kaufen! Wenn ihr nur recht geglaubt und gebetet hättet, würde Gott euch das Geld für den Dombau schon zufallen lassen.«

»Nicht so laut.« Der Domherr legte den Zeigefinger auf die Lippen und spähte wieder in das von Kerzen erleuchtete Halbdunkel des Chores. »Die Dinge sind, wie sie sind,

Mechthild, und die Menschen sowieso. Das Domkapitel braucht Geld, wenn wir den Dom vollenden wollen, und allein mit Beten und Glauben ist es nicht getan. Der Dompropst und der Erzbischof sind übrigens guter Hoffnung, noch mehr Geld erwarten zu dürfen.«

»Noch mehr Geld?« Misstrauisch runzelte Mechthild die Brauen und verengte ihre Augen zu Schlitzen. »Von wem soll es denn kommen?«

»Ich spreche von Geld, das uns hoher Besuch in die Stadt bringen will. Die Markgrafen haben sich angekündigt.«

»Otto von Brandenburg und seine Brüder?« Mechthild hatte schon Gerüchte gehört. »Gibt Otto denn noch immer keine Ruhe? Will er denn schon wieder versuchen, seinem Bruder einen Sitz im Domkapitel zu kaufen? Der Erich ist doch bereits Domherr in Halberstadt.«

»Otto wird erst ruhen, wenn er auch im Domkapitel von Magdeburg sitzt.« Er murmelte eine Beschimpfung, die Mechthild nicht verstand. »Oder nein«, fuhr er fort, »auch das wird immer noch zu wenig sein für einen wie Markgraf Otto. Die Wahrheit ist: Er will seinen Bruder auf dem Stuhl des Erzbischofs sehen.«

»Dieser machtgierige Schnapphahn!« Mechthild ballte die Fäuste. »Dieser unersättliche Schlund!« Sie blitzte den Domherren an. »Und? Werdet ihr das geistliche Amt entweihen und euch dafür bezahlen lassen?« Ihr Tonfall geriet schärfer als beabsichtigt.

»Gallus hat die Verhandlungen vermittelt«, wich der Domherr aus. »Sie werden irgendwann Mitte Juli stattfinden, wenn die Brandenburger unsere Stadt und den Erzbischof besuchen.«

»Wenn der Peitschenmönch selbst Erzbischof werden will, wird er dem Erich doch kaum ins Domkapitel helfen?«

»Wer vermag diesem Ränkeschmied hinter die Stirn zu

schauen?« Der Domherr zuckte mit den Schultern. »Wie auch immer – Ihr seid gewarnt, Mechthild. Achtet auf Eure Wege, und mehr noch solltet Ihr künftig auf Eure Worte achten.«

Er murmelte einen Gruß, schob sich an Edgithas Sarkophag vorbei aus der Scheitelkapelle und verschwand in der Dunkelheit des Chorumganges. Natürlich schmollte er, aber das gönnte ihm Mechthild. Während sie seinen verhallenden Schritten hinterherlauschte, schaute sie nachdenklich in das Flämmchen des Kerzenstummels, den sie auf den Deckel des steinernen Sarges gestellt hatte.

»Ein paar Stunden noch, dann ist das Wachs aufgebraucht und dieses Licht hier erlischt«, flüsterte sie. »Geht es so nicht auch dem Leben der Menschen, o Herr? Es scheint auf, erstrahlt für ein paar Jahre, verglimmt wieder, als hätte es nie geleuchtet. So hast du es uns zugeteilt, in deiner göttlichen Weisheit, o Herr. Und wie knapp bemessen ist unser Dasein auf Erden, und wie viel Gezerre und Geschrei veranstalten wir in dieser kurzen Zeit für ein bisschen Macht, für ein lächerliches Amt und für den jämmerlichen Mammon.«

Sie betete gegen ihren Zorn an, betete für Gallus, Otto, Erich und den Erzbischof und hob schließlich den Kerzenstummel und hielt ihn sich dicht vor die Augen. »Und wie lange wirst du mein Licht noch brennen lassen, o Herr?«, schloss sie. »Wie viele Stunden in dieser Stadt gewährst du mir noch? Und wie viel Kraft?«

Seufzend und mit der Kerze in der Rechten ging sie nach nebenan in die Kranzkapelle, in der man die Statue des heiligen Mauritius aufgestellt hatte, den Schwarzen Ritter. Dort sank sie auf die Knie, stellte das Kerzenlicht vor sich auf den Boden und begann erneut zu beten – für den Dombau und ihren Beginenhof, für Genoveva, für Esther, für Lea, für Amos, für alle Magdeburger, die sie mit Namen kannte. Und das waren weit über dreitausend Männer, Frauen und Kinder.

Irgendwann, lange nach Mitternacht, war das Wachs des Stummels aufgebraucht, und ihre Kerze erlosch. Mechthild erhob sich und blickte in die Dunkelheit des Chores. Noch immer keine Spur von den Heiligen und dem göttlichen Licht.

Sie lehnte gegen die Kapellenwand und wartete weiter auf die ersehnten Erscheinungen. Lange musste sie sich nun nicht mehr gedulden: Zwei Lichtquellen tauchten auf der Südseite des Chores auf und näherten sich mit gedämpftem Schrittlärm dem Raum zwischen dem Chorgestühl.

Mechthild erkannte sofort, dass es nicht das göttliche Licht sein konnte, das sich dort unter dem Chorgewölbe bewegte. Sie hatte das göttliche Licht oft genug geschaut, kannte es gut: Es brauchte keine Quelle, es ergoss sich gewöhnlich aus dem Nichts.

Und die Heiligen, deren Reliquien im Chor aufbewahrt wurden, verursachten nicht das Geräusch von Schritten, wenn sie Mechthild erschienen und leise sprechend zwischen dem Kaisergrab und dem Lettner im Gotteslicht hin und her wandelten.

Menschen aus Fleisch und Blut waren das, die da durch den nächtlichen Chor gingen. Sie blieben etwa zwanzig Schritte entfernt vor der mittleren Arkade des Chorumgangs und Mechthild stehen, drei Männer. Die beiden äußeren hielten die Lichtquellen – der größere eine Fackel, der kleinere einen brennenden Fettholzspan –, und der kleine Mann in ihrer Mitte schaute zu ihr herüber.

Mechthild konnte es nicht sehen, aber sie spürte es.

»Du, Bruder Gallus?« Um ihre Angst zu vertreiben, sprach sie sehr laut. »Verfolgst du mich?«

»Fühlst du's?«, tönte es ihr hämisch aus dem Halbdunkel entgegen. »Was hast du hier zu suchen, Wahnsinnige?«

»Ich warte auf das göttliche Licht. Warum verfolgst du mich, Gallus?« Jetzt erkannte sie auch den hochgewachsenen

Mann, der neben dem Peitschenmönch stand. Es war Gero von Greifenstein, der Schläger, der ihr schon Kummer gemacht hatte, als er noch ein Halbwüchsiger gewesen war. »Sogar Waffenknechte bringst du mit?« Mechthild bekam es mit der Angst zu tun. »Was willst du von mir, Bruder Gallus?«

»Dich warnen, du närrische Ziege!«

»Musst du mich beschimpfen, um deine eigene Narrheit besser vor dir selbst verbergen zu können, Priestermönch?«

Gallus antwortete nicht gleich, doch Mechthild konnte hören, dass er sich mit dem Peitschenstiel gegen die Wade klopfte. »Du hast die Kontrolle über sie verloren«, sagte er schließlich.

»Von wem sprichst du?«

»Von deinem Mündel natürlich. Das schwachsinnige Weibsbild rennt durch alle Gassen und über alle Plätze und erzählt seine Träume, faselt von Krieg, Zerstörung und Untergang.«

Mechthild zögerte, denn sie hörte zum ersten Mal davon. »Ist es denn verboten, seine Träume zu erzählen?«

»Sie erzählt sie nicht bloß, sie schreit sie heraus«, erklärte der Peitschenmönch. »Sie predigt sie geradezu. Und wir mögen keine Predigerinnen, schon gar keine schwachsinnigen.«

»Du musst Genoveva ja nicht zuhören, Bruder Gallus«, erwiderte Mechthild scharf.

»Niemand, auf den sie einredet, kann sich ihrer krähenden Stimme entziehen, das weißt du doch! Du bändigst sie, oder wir werden sie bändigen müssen. Und wer weiß, ob du sie dann jemals wiedersehen wirst, denn geistesgestörte Predigerinnen verirren sich leicht einmal in die Ketzerei. Und was Ketzern blüht, müsste dir klar sein.«

Heißer Zorn flammte in Mechthild auf. »Wenn ihr sie anrührt, sollt ihr verflucht sein!«, rief sie so laut, dass es gespenstisch durch die nächtliche Baustelle hallte.

»Du bändigst sie, oder wir werden sie bändigen«, entgegnete der Mönch ungerührt. »Und danach könnte es nicht mehr lange dauern, bis du wirklich das Licht sehen wirst. Allerdings nicht das Licht Gottes, von dem du ständig schwatzt, sondern das Licht der Flammen, die dich und deinen Scheiterhaufen auffressen werden.«

9
Werbung

Magdeburg, Ende Juni 1275

Da war er wieder! Hufschlag und die plötzliche Dämpfung des Stimmengewirrs draußen vor dem Haus hatten Esther von ihrer Lektüre – einem dicken Folianten aus der Bibliothek ihres Vaters – zum Fenster gelockt. Da war er wieder – Gero von Greifenstein! Hockte wieder auf seinem Pferd, hatte es wieder mitten auf dem Dorfplatz angehalten, spähte wieder ungeniert herüber zu ihrem Elternhaus.

Er erschien regelmäßig im Judendorf, seit dem Winter mindestens einmal im Monat. Furcht und Beklemmung waren seine Begleiter, denn die Gemeinde wusste, dass der Ritter ein Vertrauter des berüchtigten Peitschenmönchs war, und nicht wenige Juden waren überzeugt davon, dass Gallus von Trier nur auf eine Gelegenheit wartete, erneut Leid und Verwüstung über sie zu bringen.

Esther presste die Zähne aufeinander und drückte sich gegen die Wand neben der Fensteröffnung. »Dass Gott dich verfluche!«, zischte sie. »Mördersau! Hundsarsch! Satan!« Leise schimpfend spähte sie zwischen Vorhang und Fensterrahmen hindurch und versuchte dabei, den Stoff nicht zu bewegen.

Anfangs, als der strohblonde Ritter im vorigen Sommer die ersten Male auf dem Dorfplatz auftauchte, war sie noch vor Angst wie gelähmt gewesen. Gero von Greifenstein und Gallus von Trier – diese Namen würden in der jüdischen Gemeinde von Magdeburg für immer mit dem Tod Davids verbunden bleiben und mit dem gewaltsamen Tod des Oheims, Jakobs Vater und Judiths Gatten. Und dass der Ritter von

Anfang an weiter nichts tat, als kerzengerade und mit in die Hüfte gestemmter Faust auf seinem Grauschimmel zu sitzen und auf ihr Erscheinen zu lauern, machte die Sache nicht besser. Je öfter er jedoch auftauchte, desto gründlicher vertiefte sich Esther in die gelehrten Schriften, was ihr half, die Angst zu überwinden. Sie hasste den Greifensteiner mit aller Kraft ihres jungen Herzens, und lieber hätte sie jetzt den Vorhang weit aufgezogen, um offen vor die Fensteröffnung zu treten, seinen frechen Blick zu erwidern und dabei die Arme vor der Brust zu verschränken.

Sie stellte sich vor, wie sie das täte und wie gut es sich anfühlen würde, dem hochmütigen Mann die Wut und die Verachtung zu zeigen, die sie für ihn empfand. Doch sie verharrte dicht an die Wand gepresst und lugte vorsichtig hinaus.

Bloß nicht die Selbstbeherrschung verlieren! Nein, sie durfte den Ritter von Greifenstein nicht herausfordern, sie musste tapfer bleiben und seinen Anblick ertragen. Das war sie den Menschen ihres Dorfes und ihren Eltern schuldig.

Während Gero von Greifenstein auf seinem Pferd saß und herüberschaute, fuhren die Nachbarn fort mit Brotbacken, Schächten, Pferdestriegeln, Fischeeinsalzen – mit allem eben, mit dem sie beschäftigt waren, als der Ritter ins Dorf geritten kam. Die Bewegungen allerdings, mit denen sie all das ausführten, waren steifer und langsamer als zuvor – als müssten sie gegen einen Widerstand ankämpfen.

Die meisten hoben nicht einmal den Blick, sondern taten, als gäbe es keinen Reiter, der das Haus des Geldverleihers Amos belauerte, als wäre er Luft. Manche allerdings überwanden sich und grüßten ihn linkisch. Er jedoch erwiderte keinen einzigen Gruß, gab auch nicht mit der kleinsten Geste zu verstehen, dass er all die Frauen, Männer und Kinder um sich herum überhaupt wahrnahm.

Wie immer, wenn es ihn einmal mehr ins Judendorf hinuntergezogen hatte, fasste der Ritter nach einiger Zeit die Zügel seines Pferdes und gab ihm die Sporen. Aber diesmal ritt er nicht zurück nach Sudenburg und in die Stadt, sondern lenkte er sein Tier geradewegs auf Esthers Elternhaus zu.

Nun stockte Esther doch der Atem, und die Angst kroch ihr in Brust und Nacken. Was hatte der Teufel vor? Wollte er etwa an ihrer Tür klopfen?

»O Gott!« Esther schluckte und wurde ganz steif. »Bitte nicht«, flüsterte sie. »Bitte mach, dass der Dreckshund sofort zurück in die Stadt reitet …«

Bei der Vortreppe hielt der Greifensteiner seinen Grauschimmel an und schwang sich aus dem Sattel. Er band das Pferd am Treppengeländer fest, zog seinen Wappenmantel glatt und rückte den Waffengurt mit dem Schwert zurecht. Dann stieg er die Stufen hinauf und verschwand aus Esthers Blickfeld.

»Allmächtiger, steh uns bei!«, flüsterte sie und huschte aus ihrer Kammer zur Innentreppe – da hörte sie auch schon den Türklopfer gegen das große hölzerne Portal fallen, und das sehr laut und gleich viermal hintereinander. Am Treppengeländer ging sie in die Hocke, versuchte, ihren fliegenden Atem zu bändigen, und lauschte.

Der Vater öffnete, Esther erkannte ihn am schlurfenden Schritt. Wie die meisten Dorfbewohner und sie selbst hatte wahrscheinlich auch er den Greifensteiner längst gesehen und vom Fenster seines Kontors aus beobachtet, denn dieses ging auf den Dorfplatz hinaus. Ob er ähnlich erschrocken war wie sie? Ob er sich fürchtete? Ganz gewiss. Oder hatte er den Ritter womöglich erwartet? Nein, das hätte sie doch gewusst!

»Ich habe lange nachgedacht, Amos«, hörte sie den Ritter nach knapper Begrüßung sagen. »Über dich, über deine Familie und vor allem über deine Tochter.« Esther hielt den Atem an. »Seit letzten Sommer, als du mit ihr beim Wiegenfest unseres Erzbischofs gewesen bist, du erinnerst dich? Alle haben wir gestaunt, zu welch schöner Jungfrau das Töchterchen des Geldverleihers erblüht ist! Seitdem kann ich gar nicht mehr aufhören, an sie zu denken, weißt du? Und jetzt steht mein Entschluss fest: Ich will deine Esther zur Frau nehmen.«

Esther schlug die Hände vor den weit geöffneten Mund und unterdrückte einen Schrei. Hatte sie recht gehört? Hatte der Greifensteiner eben wirklich gesagt: *Ich will deine Esther zur Frau nehmen*?

Zwei oder drei Atemzüge lang herrschte Schweigen dort unten im Flur. Esther glaubte zu hören, wie ihr Vater tief Luft holen musste, bevor er zu einer Antwort ansetzen konnte. »Meine Tochter ist bereits einem anderen Mann versprochen«, sagte er endlich mit heiserer Stimme.

»Das ist nicht weiter schlimm«, entgegnete Gero von Greifenstein. »Eine Verlobung lässt sich zum Glück jederzeit wieder lösen.«

Esther lauschte mit offenem Mund – so viel Frechheit machte sie einfach nur fassungslos.

»Das ist bei uns nicht Sitte«, erwiderte der Vater. »Wir Juden pflegen sorgfältig zu überlegen, mit wem wir unsere Töchter verheiraten. Und einmal verlobt, bedeutet dann: verlobt bis zur Hochzeit. Und warum auch sollte ich meinen Entschluss rückgängig machen und Esthers Verlobung wieder lösen?«

»Das kann ich dir sagen, Amos – weil für deine Familie und dein Dorf nichts günstiger sein kann, als wenn deine Tochter meine Frau wird.«

Esther biss sich in die Faust. Täuschte sie sich, oder hatte sie einen drohenden Unterton in der Stimme des unverschämten Ritters gehört?

Wieder antwortete der Vater nicht gleich. »Wie kommt Ihr mir nur vor, Gero von Greifenstein?« Er sprach plötzlich sehr leise und auch mit sehr heiserer Stimme. »Wie meint Ihr das? Was wollt Ihr mir sagen?«

»Nun, zum Beispiel, dass ich der Sohn des Grafen von Greifenstein bin. Und weißt du nicht, dass mein Vater ein mächtiger Bischof ist? Ich werde die halbe Grafschaft meines Vaters erben und dazu viele Dörfer, Wälder und fruchtbare Äcker. Außerdem genieße ich hohes Ansehen am Hofe des Erzbischofs und verfüge in Magdeburg über nicht geringen Einfluss, was euch Juden sicher noch von Nutzen sein könnte.«

Das war nicht einmal die halbe Wahrheit: Gero war der Bastard eines Bischofs, ja, doch sein ehelich geborener Bruder würde die Grafschaft des Vaters erben. Außerdem hatte er einen schlechten Ruf in der Stadt, und wer unter den Kaufleuten und Ratsherren etwas auf sich hielt, mied den Umgang mit ihm. Jeder wusste das.

»Gleichwohl, es geht nicht«, sagte der Vater. Von ihrem Platz am Treppengeländer aus konnte Esther die beiden Männer nicht sehen, aber sie fühlte förmlich, wie ihr Vater bei dieser Antwort heftig den Kopf schüttelte. »Ihr nämlich seid ein Christ, und meine Tochter ist, wie Ihr wisst, eine Jüdin.«

»Bist du da ganz sicher, Amos? Warum sieht man sie dann so oft bei bei den Beginen? Warum geht sie dann bei dieser verrückten Mechthild ein und aus, wenn sie doch Jüdin ist?«

Esther verfluchte ihn im Stillen.

»Meine Tochter ist eine Jüdin, und meine Tochter wird eine Jüdin bleiben.«

»Sie wäre nicht die Erste, die sich taufen lässt. Das weißt du doch genauso gut wie ich.«

»Wie ich schon sagte: Sie ist bereits einem anderen versprochen.« Die Stimme des Vaters klang nun kühler und abweisender. »Ich wünsche Euch einen gesegneten Tag, Gero von Greifenstein. Lebt wohl.« Esther hörte den Portalflügel knarren.

»Wem hast du sie versprochen?« Ein Schritt knallte unten – offensichtlich hatte der Ritter seinen Fuß in die Tür gestellt, sodass der Vater sie nicht zuschlagen konnte. »Sag schon, Amos – wem?« Der Vater schwieg. »Los, Silbersack, raus mit der Sprache – wem ist deine Tochter versprochen? Sag es mir!«

»Verzeiht mir, Herr, aber das geht Euch nun wirklich nichts an.«

»Ihrem Vetter Jakob etwa?«

»Lasst es gut sein, Ritter.«

»Etwa dem Elias?«

»Ich habe zu tun«, sagte der Vater.

»Irgendeinem Judenbalg aus der Nachbarschaft vielleicht?« Der Greifensteiner ließ nicht locker. »Oder einem aus einer anderen Stadt?«

»Genug jetzt! Bei Gott, nehmt Euren Fuß von der Schwelle, ich bitte Euch inständig.«

»Ich will dir etwas sagen, Silbersack. Wem auch immer deine Tochter versprochen ist – du löst die Verlobung und gibst sie mir zur Frau, und ich gebe dir dafür mein Wort: Solange Esther mein Weib sein wird, soll keinem Juden eurer Gemeinde mehr ein Haar gekrümmt werden.«

Tränen schossen Esther in die Augen, Tränen der Wut. Sie ballte die Fäuste. Unten im Flur hörte sie den Vater fragen: »Droht Ihr mir?« Diesmal war es Gero, der eine Antwort schuldig blieb. »Was, wenn ich es nicht tue?« Der Greifensteiner schwieg weiter.

Auf einmal hörte Esther, wie unten jemand die Stubentür aufriss und durch den Flur zum Eingangsportal stürmte.

»Ihr wagt es?«, schrie die Muhme. »Ihr habt meinen Gatten erschlagen! Ihr wart unter denen, die den armen David in die Elbe getrieben haben! Ihr habt den Bruder des Nachbarn getötet! Wie könnte Ihr es wagen, die Hand meiner Schwestertochter zu verlangen?«

»War kein schöner Tag damals, wahrhaftig nicht«, hörte Esther den Ritter leichthin sagen. »Aber was hätte ich tun sollen? Die beiden haben mich angegriffen, da musste ich mich wehren.«

»Schert Euch zum Teufel!«, kreischte die Muhme.

»Na, na – ich muss doch sehr bitten, gute Frau!«

»Schert Euch zum Teufel, sag ich!«

»Geh mir aus den Augen, Weib!« Auch der Greifensteiner wurde nun lauter. »Und du, Amos, denk über mein Angebot nach. Du bist ein Kaufmann, also denk gründlich nach und handle klug! Du hörst von mir.«

Esther hörte Schritte auf der Außentreppe, dann fiel die Eingangstür zu. »Dreckshund!« Sie sprang auf und rannte die Treppe hinunter. »Dieser verfluchte Dreckshund!«

»Still!«, zischte der Vater. An seine Schwägerin gewandt, fügte er hinzu: »Du hättest dich nicht derart gehen lassen dürfen!«

»Er ist ein Teufel!« Die Muhme konnte sich genauso wenig beruhigen wie Esther. »Gott verfluche ihn!«

»Teufel oder Engel – du hättest ihn nicht so anschreien dürfen, Judith!«, beharrte der Vater.

»Einer musste es doch tun!« Esther stand an der Treppe, stemmte die Fäuste in die Hüften und blitzte ihn unter Tränen und voller Zorn an. »Einer musste ihm doch die Wahrheit sagen, wenn du es nicht wagst! Niemals werde ich diesen Sauhund heiraten, das schwöre ich dir! Eher sterbe ich.«

Gefolgt von den Großeltern kam nun auch die Mutter aus der Speisestube in den Flur. Sie war aschfahl, sah ihre Schwester vorwurfsvoll an.

»Dafür werden wir bezahlen müssen«, sagte sie leise. »Wir alle.«

10

Jagdglück

Burg Landsberg, Ende Juni 1275

Zwei Wochen blieben sie noch auf der Burg Landsberg. Am Tag der Sommersonnenwende ließ der Burgherr Dietrich von Landsberg ein Turnier ausrichten, das seine eigenen Ritter gewannen. Und als der Juni sich neigte, lud Markgraf Otto Adalbert als Zeichen der Versöhnung ein, mit ihm auf die Jagd zu gehen.

Der Ritter von Stendal hatte die Einladung zunächst ablehnen wollen, doch Wolfram redete mit Engelszungen so lange auf ihn ein, bis er es sich schließlich anders überlegte. So kam es, dass Wolfram eines Morgens, gleich nach der Frühmesse, an Adalberts Seite mit dem großen, sorgfältig vorbereiteten Jagdzug der Brandenburger in die Wälder ritt, die sich nordwestlich der Burg Landsberg erstreckten.

Mehr als siebzig Männer gehörten der Jagdgesellschaft an. Neben den Fürsten selbst zogen zwei Dutzend Ritter mit ihren Knappen und Dienern von der Burg hinunter und in Wald und Flur hinein. Dazu viele Bauern des Markgrafen von Landsberg, die beim Treiben und Lärmen zu helfen hatten. Vor allem mussten sie die knapp dreißig Hunde führen – lauter große und schnelle Windspiele –, die sie für das Jagdvergnügen ihres Markgrafen züchteten und versorgten.

Auf einer großen Weide zwischen einem Dorf und dem Wald errichteten die Fürsten und Ritter mit einigen Knappen und Dienern das Jagdlager. Bier und Wein wurden ausgeschenkt, kalter Braten, Früchte und Brot verteilt. Am Tag zuvor hatten die Dorfbewohner bereits das Vieh von der Weide getrieben, die Zäune entfernt und anschließend das noch nicht besonders hohe Gras gemäht.

Adalberts Gefolge lagerte ganz am südlichen Rand der großen Weide. Wolfram stieg eben in den Sattel, um sich mit den anderen Knappen den Treibern anzuschließen, als ein Reiter herantrabte und sein Pferd dicht vor seinem zügelte.

»Wolfram von Hildesheim?« Der Bote des Markgrafen musterte Wolfram von den Stiefelspitzen bis zu seinem blauschwarzen Haar. Der Knappe bejahte. »Markgraf Otto gestattet dir, hier mit den Herren und Jägern auf das Wild zu warten.«

Das hieß nichts weniger, als dass der Markgraf Wolfram kurzerhand vom Treiber zum Jäger ernannt hatte. Wolfram bedankte sich brav und ließ sich seine Überraschung nicht anmerken.

Die meisten anderen Knappen und Diener brachen mit Hunden, Töpfen und Fanfaren auf, um in großem Bogen auf zwei Seiten um den tiefen Wald herumzuziehen und bei einem Bachlauf wieder in ihn einzudringen. Entlang des Baches sollten sie sich dann zu einer Treibreihe vereinigen, durch den Wald auf die Weide zumarschieren und mit den Hunden und viel Lärm und Geschrei das Wild aus dem Wald hetzen.

»Wolltest ja unbedingt mit dem Markgrafen zur Jagd gehen«, sagte Adalbert sauertöpfisch. »Das hast du jetzt davon.« Er ließ seinem immer noch verdutzten Knappen einen Jagdbogen und einen Köcher mit Pfeilen geben, damit er später auf Hasen und Rehe schießen konnte. »Hirsche überlässt du mir!«, befahl Adalbert. »Und wenn das Wild nachher aus dem Wald bricht, und ein Bär oder ein Eber kommt uns nahe, was Gott verhüten möge, dann halte dich gefälligst dicht hinter mir.« Er klopfte auf seine Saufeder.

Wolfram wäre es weit lieber gewesen, er hätte ihm den Spieß anvertraut, denn nach allem, was er wusste und gesehen hatte, war es um Adalberts Jagdfertigkeiten ähnlich mäßig bestellt wie um seine Dicht- und Sangeskunst.

Manche Ritter gratulierten Wolfram zu der vorübergehenden Ernennung zum markgräflichen Jäger, und er selbst beschloss, sich darüber zu freuen. In Stendal hatte er vor drei Jahren einmal eine große Hetzjagd mitgemacht und in Schwerin den Herzog zweimal auf der Pirsch nach Hirschen, Bibern und Wildschweinen begleitet. Einen alten Rehbock hatte er da erlegt und drei oder vier Hasen. Mehr Beute war ihm noch nicht vor den Jagdbogen gelaufen.

Stunden vergingen, bis sie am späten Nachmittag fern im Wald die ersten Hunde anschlagen hörten. Wieder kam ein berittener Bote von der Mitte der Weide herbei, wo Otto von Brandenburg lagerte. »Der Markgraf ruft dich, Wolfram von Hildesheim.«

Wolfram stieg aufs Pferd und folgte dem Boten zu seinem Herrn. Tief im Wald wurden die Fanfaren geblasen und die Töpfe geschlagen.

Otto von Brandenburg saß im Sattel seines leichten Renners, als Wolfram zu ihm geritten kam. »Wonach ist dir, Schwarzer?«, rief der Markgraf schon von Weitem, sodass jeder es hören konnte. »Häschen erschießen oder lieber auf einen Eber losgehen? Oder auf einen Bären, wenn sich's ergibt?« Sein herausfordernder Blick flog zwischen Wolframs Jagdbogen und seinem Schwert hin und her. »Dann solltest du an meiner Seite reiten.«

Wolfram erschrak und konnte nicht verhindern, dass er bleich wurde. Die edlen Herren auf den Pferden rund um den Markgrafen hielten ihn mit ihren Blicken fest – Dietrich von Landsberg mit einem mitleidigen, der Herr Erich mit einem spöttischen und Graf Bodo von Spandau, den Wolfram erst ein paar Tage zuvor im Badezuber kennengelernt hatte, mit einem mutmachenden. Letzterer nickte ihm sogar freundlich zu.

»Ich nehme den Eber und den Bären, Herr Otto.« Wolfram sprach, so laut er konnte, doch er merkte selbst, wie heiser seine Stimme klang.

Die Edelleute lachten, und der Markgraf ritt zu ihm und drückte ihm einen Sauspieß in die Hand. »Schauen wir mal, ob du damit ähnlich gut bist wie mit Feder und Laute«, sagte er leise und mit gefährlich funkelnden Augen.

Indessen rückten Gebell, Geschrei, Topfschlagen und Fanfarenstöße immer näher. Die Jäger verteilten sich in kleinen Gruppen in der Mitte der Weide. Manche gingen in Buschhainen oder zwischen Eichen und Birken in Deckung, andere in der Böschung eines Grabens. Einige wagten es und ritten zum Waldrand, um dem Wild dort im ersten Unterholz aufzulauern.

Kein ungefährliches Versteck, weil der Blick hier eingeschränkt war und man seine Beute erst im letzten Moment zu sehen bekam. Dafür aber boten sich hier bessere Möglichkeiten, sich als Erster auf die begehrtesten Wildtiere zu stürzen, auf Bär, Eber und Hirsch.

Es hätte Wolfram gewundert, wenn Markgraf Otto sich im Graben oder im Buschhain auf die Lauer gelegt hätte. Einer wie er liebte es natürlich, dort zu sein, wo der Kampf am heißesten zu entbrennen verhieß, und Wolfram blieb nichts anderes übrig, als ihm, Graf Bodo und einem jungen, kräftig gebauten und schnurrbärtigen Ritter namens Tankred von Cölln zum Waldrand zu folgen und zwischen Bäumen und Gestrüpp ein paar Pferdelängen in den Wald hineinzureiten. Inzwischen hörte man schon deutlich Geäst und Laub unter den Sprüngen des Wildes brechen und rascheln.

Den Zügel um das Handgelenk gewickelt und den Sauspieß in der Rechten, hockte Wolfram ein paar Schritte hinter Tankred und zwischen Bodo und Otto auf seinem Pferd. Keiner sprach ein Wort. Kaum dreißig Schritte weit konnte er in den Wald hineinschauen, dann verschmolzen Stämme, Buschwerk und Unterholz mehr und mehr zu einer dunklen Wand. Als er hinter sich blickte, sah er, dass sich die Weide bis zum fernen Dorf hin erstreckte.

Der Lärm rückte näher, die ersten Hunde hetzten wohl höchstens noch eine Viertelmeile weit entfernt durch den Wald. Ihr Gekläff war bereits deutlich aus Männergeschrei und Topflärm herauszuhören.

Schon flatterten die ersten Eichelhäher krächzend aus dem Waldrand zu den Buschhainen auf der Weide hinüber. Ein Rauschen und Rascheln in den Baumkronen ließ die Männer die Köpfe in die Nacken legen – ein Auerhahn flatterte von Baum zu Baum und hinaus auf die Weide, ein Schwarm Birkhühner folgte, links und rechts sah Wolfram Hasen und Wiesel durchs Unterholz hetzen und zur Weide hin springen.

Nicht weit entfernt brach ein Rudel Rehe aus dem Wald, und gleich darauf noch mehr Hasen, gefolgt von zwei Füchsen. Von der Weide her hörte Wolfram das typische Knallen der Bogensehnen und das Sirren von Pfeilen.

Plötzlich hob Graf Bodo von Spandau den Zeigefinger, legte den Kopf schief und deutete schräg nach rechts. Die Männer lauschten, und wahrhaftig: Der polternde Hufschlag eines schweren Tieres näherte sich rasch. Wolfram war sicher, im nächsten Moment einen Eber zu sehen. Ritter Tankred hob schon seinen Jagdspieß zum Stoß.

Kein Wildschwein, eine Elchkuh brach etwa zwanzig Schritte neben ihnen aus dem Unterholz. Und gleich darauf etwas näher zwei weitere mit einem Kalb. Zuletzt tauchte, keine sieben Schritte vor den vier Jägern, ein Elchbulle mit gewaltigem Geweih zwischen den Holunderbüschen auf, hoch und wuchtig wie ein schweres Schlachtross.

Tankred von Cölln zögerte keinen Wimpernschlag lang. Er trieb sein Pferd an, ritt zu ihm und zielte mit dem Spieß nach seinem Hals. Der Elchbulle aber senkte den Kopf, sodass die Klinge auf einer Geweihschaufel abrutschte und ins Schulterfell des Tieres fuhr. Es blökte böse, riss das Gehörn hoch, erwischte dabei das Bein des Ritters und hob ihn aus dem Sattel. Es splitterte und raschelte, als Tankred ins Unterholz stürzte.

Der Elchbulle senkte den Schädel wieder, stieß das Pferd des Ritters zur Seite und ging auf ihn los. Wolfram sprengte zu Elch und Ritter, drängte den verletzten Bullen ab und schützte Tankred mit dem Leib seines Pferdes.

Inzwischen waren Graf Bodo und Markgraf Otto von ihren Pferden gesprungen. Sie stellten sich dem immer noch angriffslustigen Elchbullen entgegen, der, rasend vor Schmerzen und Wut, mit gesenktem Gehörn auf sie lospreschte.

Bodos Spieß knallte nur gegen die Geweihschaufeln des Tieres. Otto traf den Elch zwar so hart in der Brust, dass seine Saufeder darin stecken blieb, doch die Wucht des Aufpralls brachte den Markgrafen ins Straucheln, sodass er gegen den mächtigen Stamm einer alten Buche torkelte, an dem er sich nur mit Mühe abstützen konnte.

Der Elchbulle, nun erst recht bis aufs Blut gereizt, raste über Bodo von Spandau hinweg und griff den Markgrafen an. Otto hatte keine andere Wahl, als sein Schwert zu ziehen.

Wolfram blieb keine Zeit, den entfesselten Elch zu Pferd anzugreifen. Um Otto zu Hilfe zu kommen, musste er das Äußerste aufs Spiel setzen: das Leben des Markgrafen. Er stemmte also seinen Spieß über den Kopf, holte aus, zielte und schleuderte ihn auf den Elchbullen.

Die Klinge fuhr dem Tier unterhalb der rechten Schulter tief in die Brust, es knickte in den Vorderläufen ein, schlidderte vier Fuß weit durchs Unterholz, hielt kniend an und zuckte und schüttelte sich. Otto hob das Schwert und zerschlug ihm das Genick.

Wolfram, der auf seinem Pferd zwischen Tankred und dem Grafen von Spandau stand, entfuhr ein Gebetsruf der Erleichterung – doch schon das Amen blieb ihm im Hals stecken: Ein riesiger graupelziger Eber brach aus dem Farn zwischen den Buchenstämmen, blieb am Rande des Kampfplatzes stehen, grunzte und blinzelte von Tankred zu Bodo. Der junge Ritter rührte sich nicht, um den Eber ja nicht zu reizen, der verwundete Graf Bodo aber hatte sich auf den Knien aufgerichtet und versuchte, sein Schwert aus der Scheide zu zerren.

Das hätte er besser unterlassen, denn der Eber ging sofort auf ihn los. Mit gesenkten Hauern pflügte er durch das Unterholz, da hatte der Graf seine Klinge noch nicht einmal zur Hälfte gezückt.

Als das schwere Tier an ihm vorbei auf Bodo von Spandau zugaloppierte, dachte Wolfram nicht einen Augenblick nach, sondern sprang blitzschnell aus dem Sattel. Er prallte auf den stinkenden Rücken des Ebers und klammerte sich mit den Beinen an seinen Flanken und mit der Linken in seinem drahtigen Pelz fest. Mit der Rechten tastete er nach seinem Dolch.

Der Eber warf sich herum, versuchte die Last des unerwarteten Angreifers abzuschütteln, und fast wäre ihm das gelungen. Doch Wolfram bekam einen seiner Hauer zu fassen und umklammerte diesen mit der linken Faust. Mit aller Gewalt bog er dem Tier den Schädel zur Seite und rammte ihm die Dolchklinge in den Hals, wieder und wieder, solange, bis der Eber zusammenbrach und zuckend verendete.

Wolfram wälzte sich von dem toten Tier und blickte schwer atmend in das kleine Stück Himmel, das sich über ihm zwischen den Baumkronen zeigte. Sein Herz klopfte wild, sein Kopf war wie leer gefegt. Er dachte und fühlte nichts mehr, gar nichts.

Bald hörte er Stimmen und Schrittlärm rings um sich – die Ritter der Brandenburger Markgrafen kümmerten sich um Tankred und den Grafen Bodo. Wolfram hörte Letzteren stöhnen. Immerhin lebte er.

Ein großer Mann ging neben ihm in die Hocke, beugte sich über ihn: Otto. So bleich und so ernst war sein schwarzbärtiges Gesicht, dass Wolfram erschrak.

»Man hätte dir den Kopf abgeschlagen, wenn dein Spieß mich getroffen hätte, das ist dir doch klar«, sagte der Markgraf mit rauer Stimme und musterte den Knappen mit zu Schlitzen verengten Augen.

Weil Wolfram nichts antwortete, sondern ihn nur anschaute, als sähe er ihn zum allerersten Mal, packte Otto ihn an den Oberarmen und riss ihn auf die Beine. Er ließ die Hände auf Wolframs Schultern liegen und wollte gar nicht mehr damit aufhören, sein Gesicht und seine Augen zu erforschen. »Lass den schlechten Sänger hinter dir, Schwarzer«, sagte er irgendwann sehr leise. »Und komm an meinen Hof. Ich mach dich zum Ritter.«

*

Am Abend des nächsten Tages ließen der Burgherr und die Markgrafen von Brandenburg eine Dankmesse lesen. Danach richteten sie ein rauschendes Feste aus, zu dem auch das Gesinde der Burg und die Leute aus den Dörfern der Umgebung von Landsberg geladen wurden. Da floss der Wein in Strömen, und sieben Wildschweine, vier Elche, fünf Hirsche und zahllose Hasen drehten sich über den Feuerstellen.

Tankred von Cölln hinkte zwar zu dem Spieß, an dem der Elch brutzelte, der ihm beinahe die Tür zum Fegefeuer geöffnet hätte, auch trug er den linken Arm in einer Schlinge, aber er war wenigstens imstande, sich eigenhändig ein Stück Fleisch aus dem Braten herauszuschneiden. Er tat es mit sehr grimmigem Gesicht.

Graf Bodo dagegen musste nach der Messe auf einer Trage aus der Burgkapelle in den festlichen Burghof zwischen die Feuer getragen werden. Auch den Wein musste man ihm einschenken und sogar den Kelch an die Lippen führen, doch trinken konnte er ihn immerhin selbst.

Der Graf verlangte, dass Wolfram ihm zu trinken gab und ihn auch mit Fleisch und Brot fütterte. »Der Schwarze ist schuld, dass die Engel mich gestern nicht weiß Gott wohin tragen konnten«, rief er lachend in die Runde der Feiernden, »also muss er heute auch dafür sorgen, dass ich satt werde und einen ordentlichen Rausch kriege!«

Die Menge lachte und brachte Hochrufe auf Wolfram aus. Den ganzen Abend über und während der ganzen Nacht bemerkte der Knappe die verstohlenen und bewundernden Blicke, die ihn von allen Seiten streiften, denn selbstverständlich sprach man an allen Feuern von seiner Heldentat.

Als Markgraf Otto schon reichlich Wein getrunken hatte, griff er zur Laute und sang ein Liebeslied, das Wolfram für ihn geschrieben und für das er ihm zwölf Mark in Silber bezahlt hatte. Otto wähnte nämlich Heilwig unter den Gästen der Tafel und erfuhr erst nach seinem Gesangsvortrag, was Wolfram bereits wusste: dass die Grafentochter seine Verse gar nicht mehr hatte hören können, weil sie am Morgen ohne ihren Bruder, den Grafen von Holstein-Kiel, weitergereist war. Ottos Miene verdüsterte sich schlagartig. Nicht einmal die hübsche Magd aus dem Badehaus vermochte noch, ihn aufzuheitern.

An diesem Abend trank der Markgraf viel zu viel Wein und war danach launisch und reizbar. Am folgenden Tag sah man einen seiner Pagen mit blau geschwollenem Auge über den Burghof schleichen und am Tag darauf seinen obersten Pferdeknecht mit aufgeschlagener Lippe.

Wolfram jedoch blieb bester Dinge, denn die Grafentochter war nicht abgereist, ohne ihn ihr nächstes Reiseziel wissen zu lassen. Eine ihrer Zofen hatte ihm einen kleinen Brief mit einer Botschaft überbracht. Heilwig gratulierte ihm darin zu seinem Jagdglück und teilte ihm mit, sie wolle nun dem Erzbischof von Magdeburg ihre Aufwartung machen. Und dann schrieb sie noch, sie würde sich glücklich schätzen, am Ufer des Elbstroms bald ein neues Lied von ihm, Wolfram, zu hören.

Lange hatte ihn nichts so verwirrt wie dieser Brief. Wohl zehnmal musste er Heilwigs Zeilen lesen, bis er sie begreifen und glauben konnte. Als ihm endlich wieder klare Gedanken gelingen wollten, richtete er noch vor dem Festmahl die Botschaft an Adalbert aus – und tat dabei so, als hätte sie diesem gegolten. Der Ritter von Stendal schwelgte im Glück und feierte es während des Festes mit viel Wein.

Es ergab sich am übernächsten Tag, dass die Brandenburger einen Boten voraus nach Magdeburg schicken wollten, der Briefe von Otto und Erich an den Erzbischof, das Domkapitel und verschiedene Bürger der Stadt zu überbringen hatte. Und es ergab sich, dass Wolfram davon erfuhr.

Adalbert spielte schon seit Wochen mit dem Gedanken, seine Dienste dem Erzbischof von Magdeburg anzubieten. Da er die Grafentochter in der Elbstadt wusste und glaubte, von ihr dort erwartet zu werden, brauchte es nur einen kleinen Anstoß, damit der Ritter dem Magdeburger Kirchenfürsten ebenfalls ein Schreiben zukommen ließ.

Beiläufig machte Wolfram seinen Ritter auf den Boten der Brandenburger und dessen Ziel aufmerksam, als dieser schon im Burghof sein Pferd sattelte. Adalbert stellte dem Reiter einen ganzen Pfennig in Aussicht, wenn er Konrad von Sternberg auch eine Botschaft von ihm überbringen würde.

Ein solches Silberstück war das Letzte, was Ottos Bote

sich entgehen lassen wollte. Also warf der Stendaler seinem Knappen in aller Eile ein paar Worte hin, damit der einen Brief daraus formte. Dieser war schnell geschrieben, gefaltet und versiegelt, denn Wolfram hatte die Botschaft schon in der Nacht zuvor auf Wachs entworfen und musste nur noch zwei Sätze ergänzen. Er selbst übergab sie dem markgräflichen Boten, drückte ihm die Silbermünze in die Hand und überzeugte sich davon, dass Adalberts Brief einen sicheren Platz im Satteltornister des Reiters fand.

Wolfram stand an der Zugbrücke, als der Bote über den Burggraben ritt und sein Pferd den Burghügel hinablenkte. Er hatte das Gefühl, alles richtig gemacht zu haben, und klopfte sich in Gedanken auf die Schulter.

Anfang Juli im Jahr des Herrn 1275 ließ Wolfram mit Adalberts Gefolge die Burg des Markgrafen von Landsberg hinter sich, zwei Tage vor den Brandenburgern und ihrem Gefolge. Wolfram hatte sich bei Otto Bedenkzeit erbeten, um in Ruhe über dessen Angebot, in seine Ritterschaft einzutreten, nachzusinnen. Er behauptete, sein Gewissen mache es ihm schwer, Adalbert von Stendal die Treue aufzukündigen. Dass es ihm noch schwerer fiel, ein Wiedersehen mit Heilwig weiter hinauszuschieben, verschwieg er lieber.

So hatte er sich mit Adalbert und dessen Gefolge dem Grafen Adolf von Holstein-Kiel angeschlossen, der über Halle nach Magdeburg hinaufreiten wollte.

Nach drei Tagen, kurz vor Halle, gelangte der große Reisetross an die Reude. Die Brücke allerdings, auf der sie den Fluss überqueren wollten, lag zu beiden Seiten des Ufers in Trümmern, und aus der Flussmitte ragten ein paar Balken.

Adalbert schimpfte wie ein Rohrspatz, und Wolfram fuhr der Schrecken in die Glieder, denn siedend heiß fiel ihm sein schon vergessen geglaubtes Traumbild wieder ein: er selbst vor den Trümmern der Burggrabenbrücke und hinter ihm der monströse Otto mit der zum tödlichen Stoß erhobenen Lanze.

Adalbert schickte Wolfram ins nahe Dorf, damit er sich dort erkundigte, was mit der Brücke geschehen war. In einer Schänke erzählten sie ihm, dass Eisschollen die Holzpfeiler im vergangenen allzu langen Winter beschädigt hatten. Und als dann sieben Tage zuvor ein mit Steinen schwer beladenes Fuhrwerk über sie hinwegrollte, war sie endgültig zusammengebrochen.

Adalbert, sein Gefolge und der gräfliche Reisetross mussten einen Umweg von zwei Tagen in Kauf nehmen, um nach Halle zu gelangen. Graf Adolf hatte zwar nur drei Tage lang in der Stadt zu tun, doch Wolframs Ritter entschied sich dennoch, ohne ihn nach Magdeburg weiterzureiten.

Adalbert konnte es nicht abwarten, Heilwig wiederzusehen und ihr das Lied vorzusingen, an dem sein Knappe Wolfram arbeitete. Also verabschiedeten sie sich von dem Grafen und seinen Rittern und trabten entlang der Saale der Elbe entgegen. Wegen der langen Regenzeit führte der Fluss Hochwasser, und an manchen Stellen mussten sie ausgedehnten Tümpeln und überfluteten Wiesen ausweichen.

Kurz vor der Saalemündung übernachteten sie in einem alten Wirtshaus. Mitten in der Nacht fuhr Wolfram aus dem Schlaf hoch, weil einige Ritter und ihre Knappen betrunken und lärmend in den kleinen Schlafsaal polterten. Ein Knappe stolperte über einen Nachttopf und stürzte samt der Talglampe, die er trug, zwischen die Strohsäcke. Einer fing sofort Feuer, und nur wenig später stand das ganze Haus in Flammen.

Zwar konnten sich alle, die darin schliefen, rechtzeitig daraus retten, aber es gelang nicht, den Brand zu löschen. Das Feuer griff sofort auf die Stallungen über, sodass einige von

Adalberts Pferden elend verbrannten. Andere flohen in die Nacht und waren am nächsten Tag nicht mehr aufzufinden.

Als Adalbert von Stendal und sein Gefolge sich um die Mittagszeit des nächsten Tages bei der Brandruine des Wirtshauses versammelten und Wolfram in die glühenden und rauchenden Balken blickte, standen ihm die Trümmer der zusammengebrochenen Brücke an der Reude vor Augen. Eine bleierne Last legte sich auf seine Brust, und ein geradezu unheimlicher Gedanke verdüsterte sein Gemüt: Wollte womöglich eine göttliche Fügung ihn daran hindern, zu der Grafentochter nach Magdeburg zu gelangen?

Wenn er später an diesen Augenblick zurückdachte, fragte er sich oft, welche Wendung sein Schicksal wohl genommen hätte, wäre er nicht weiter nach Magdeburg gezogen.

Aber blieb ihm eine andere Wahl? Er selbst hatte ja seinen Ritter dazu gebracht, Heilwig zu folgen. Auch wenn ihn deswegen nun sein Gewissen drückte, gab es doch keinen Weg mehr zurück, denn Adalbert wartete bereits am Ufer der Saale auf ein Schiff.

Bald kam ein Lastkahn in Sicht, der in Richtung Elbe segelte und auf dem Fluss noch ein Stück weiter nach Norden wollte. Adalbert handelte mit dem Kapitän einen Preis aus und ließ sich und sein Gefolge von Fischern mit Ruderbooten an Bord bringen.

Am nächsten Tag schon stiegen sie bei Barby auf einen großen Lastkahn aus Dresden um, auf dem sie bis nach Magdeburg mitfahren konnten.

So kam es, dass sie ihre Reise auf Saale und Elbe fortsetzten, und Wolfram von Hildesheim in jenem Sommer trotz zerstörter Brücke, abgebranntem Wirtshaus und entflohenen Pferden nach Magdeburg gelangte.

11

Ungeheuer

Magdeburg, 9. Juli 1275

Es war in der Woche vor Erntebeginn, als ein berittener Bote mit einem Brief im Haus des Geldverleihers Amos erschien. Die Muhme Judith nahm ihn entgegen und wies Esther an, dem Reiter seinen Botenlohn zu zahlen.

»Wo kommst du her?«, fragte Esther den jungen Mann, während sie den ledernen Münzbeutel aufschnürte.

»Von der Burg Landsberg, direkt von Markgraf Dietrich.« Der Reiter, dessen Wappenmantel ein roter Adler zierte, stöhnte, rieb sich den Rücken und trug eine Leidensmiene zur Schau, als würde ihn nicht allein das Hinterteil, sondern jeder Knochen schmerzen. »Ein langer Weg war das, glaubt's mir nur, Jungfer, und dass im Frühjahr so manche alte Brücke eine Beute des Hochwassers geworden ist, hat ihn nicht kürzer gemacht. Drei Tage bin ich kaum aus dem Sattel gekommen.«

Esther legte den Kopf schräg, runzelte die Stirn und musterte ihn prüfend. »Von Landsberg?«

Sie hatte nur eine vage Vorstellung von der Entfernung zwischen Landsberg und Magdeburg, doch sie durchschaute den Reiter gleich – er mimte den Erschöpften und Leidenden nur, um den Botenlohn nach oben zu treiben. Schließlich wusste er, dass er auf der Vortreppe eines Judenhauses stand, und die Pracht des steinernen Gebäudes des Geldverleihers verriet ihm zudem eine besonders reiche Familie.

Esther warf einen zweiten Blick auf den Brief in der Hand der Muhme, und weil ihr das Siegel verriet, dass er von einem Edelmann stammen musste, drückte sie dem Reiter statt einem Heller einen ganzen Pfennig in die Hand.

Der Bote bedankte sich, sprang munter und leichtfüßig die Treppe hinab, besann sich dann jedoch seiner Schmerzen und hinkte den restlichen Weg bis zu seinem Pferd. Noch bevor er in den Sattel stieg, schloss Esther die Tür.

»Ein Brief des Markgrafen?« Mürrisch und etwas ratlos wendete die Muhme den Brief hin und her, sie konnte nicht lesen. »Was haben wir mit dem Landsberger Fürsten zu schaffen?«

Esther schaute ihr über die Schulter, las die Aufschrift und betrachtete das Siegel mit dem Adler. »Er ist an den Vater gerichtet, und nicht der Markgraf von Landsberg hat ihn geschrieben, sondern Markgraf Otto von Brandenburg.«

Die Schultern der Muhme zuckten nach oben. »Der Gütige und Allmächtige bewahre uns!« Vor Schreck sperrte sie Mund und Augen weit auf.

»Höre ich recht?« Der Großvater eilte die Treppe herunter und in die lange Diele. »Otto von Brandenburg?« Offenbar hatte er von einem Fenster des Obergeschosses aus den Boten zum Haus reiten sehen. Er riss Esther den Brief aus der Hand und betrachtete das Siegel. »Tatsächlich! Darauf warten wir schon seit dem Passahfest! Der Brief muss sogleich zu deinem Vater. Amos ist heute Morgen zur Elbinsel geritten.« Er schaute zu seiner Enkelin. »Du musst ihm den Brief bringen, ich lass dir ein Pferd satteln. Der Pferdeknecht soll dich begleiten.«

Wenig später lief Esther in den Pferdestall, um Johannes mit den Tieren zu helfen. Im Halbdunkel entdeckte sie die gebeugte Gestalt der Mutter – reglos wie eine der Statuen im Domneubau stand sie vor dem Verschlag, in dem eine Stute in der Nacht ihr Fohlen geworfen hatte. Das neugeborene Tierchen stand nun auf sehr dünnen und noch zitternden Beinen im Stroh, und die Stute leckte es hingebungsvoll ab.

Die Mutter verzog keine Miene, rührte keine Hand, keinen Fuß, bewegte nicht einmal den Kopf, als Esther in den Stall sprang. Sie stand einfach nur da wie erstarrt und sah der Stute bei der Pflege ihres Jungen zu. Ob sie überhaupt bemerkt hatte, dass ihre Tochter in den Stall gekommen war?

Esther machte sich nichts vor: Die Mutter nahm ihre Anwesenheit überhaupt nicht wahr. Traurig wandte sie sich ab und führte ihr bereits gesatteltes Pferd, einen alten Rappen, aus dem Stall.

An der Seite des Pferdeknechts, der sich mit einem Spieß bewaffnet und einen Knüppel in den Sattelgurt gesteckt hatte, ritt sie aus dem Judendorf. Johannes, dessen Wesen von einer groben Heiterkeit geprägt war, grüßte laut und gut gelaunt zu den Koppeln, Gärten und Häusern hin und später, als sie den Wallgraben erreichten, zur Stadtmauer hinauf. Seine Nähe und vergnügte Art taten Esther gut, und sie fühlte sich beschützt. Ohne die Begleitung eines Mannes wagte sie sich nicht mehr in die Stadt hinein, seit Gero von Greifenstein beim Vater um sie geworben hatte.

Über den breiten Stadtgraben hinweg ritten sie durch das Sudenburger Tor, das – genau wie das Westtor in die Domfreiheit – wegen des Markttages weit offen stand. An Eselskarren, Fuhrwerken und Verkaufsständen vorbei und entlang des Palastes des Erzbischofs gelangten sie zur Mühlenvogtei an der östlichen Stadtmauer.

Von der Muhme Judith wusste Esther inzwischen, dass der Vater gemeinsam mit dem Innungsmeister der Tuchhändler hinüber zur Elbinsel Rotehorn geritten war. Der Mann hieß Joseph und wurde Hardenberger oder Hardenberg genannt. Er gehörte dem Magdeburger Rat an und besaß auf Rotehorn einen Hof und ein Stück Land, auf dem ein gutes Dutzend

Eichen wuchsen. Diese wollte er dem Vater als Pfand für eine Anleihe überschreiben, von der er in Hamburg den Anteil einer Kogge zu kaufen plante, um sein Tuch künftig auch in England verkaufen zu können.

An der Vogtei führte das breite Brücktor ans Elbufer hinaus und auf die Brücke. Die Anlegestellen am Elbhafen und die teilweise steile Uferböschung waren längst wieder sichtbar und sogar trocken, denn das Hochwasser zog sich schon seit St. Johannis allmählich zurück. Doch noch immer war die Strömung recht stark, und der Fluss führte ungewöhnlich viel Wasser für diese sommerliche Jahreszeit.

Auf der Elbbrücke trabten sie an jungen Frauen mit Leiterwagen und Körben voller Blumen und weißer Tücher vorüber. Einige von ihnen waren damit beschäftigt, weiße Bänder am Brückengeländer und an den Holmen zu befestigen.

Neugierig beobachtete Esther das emsige Treiben der Frauen, was sicher an den vielen Schwangeren lag, die sie unter ihnen entdeckte. Ihre Gedanken flogen in die Zukunft zur Hochzeit mit ihrem Oheim Elias, die für den Sommer des kommenden Jahres geplant war. Ob sie am Ende des nächsten Jahres auch schon ein Kind erwarten würde? Die Vorstellung verursachte ihr einerseits ein warmes Kribbeln im Bauch, andererseits erschauerte sie und zog die Schultern hoch, denn gegen ihren Willen musste sie auch an den Greifensteiner denken.

Sein letzter ungebetener Besuch im Dorf verfolgte sie bis in ihre Träume. Genau wie die Begegnung neulich in der Neustadt vor der Schmiede – ihr war, als spüre sie seine Hand auf ihrer Schulter liegen. Sie schüttelte sich innerlich und verjagte den Gedanken an ihn.

»Was tun sie da?«, fragte sie Johannes, als sie die Elbe überquert hatten und auf der Insel von der Brücke ritten.

»Sie schmücken die Elbbrücke für den Margaretentag.«

»Margaretentag?« Esther hatte den Namen wohl schon gehört, wusste aber nichts Genaues darüber. An den Feiertagen der Christen hatte sie sich fernzuhalten von der Stadt, so wollte es das väterliche Gebot.

»Der Tag der heiligen Margareta«, erklärte der Pferdeknecht, der ein Christ war, »der wird doch am nächsten Sonnabend gefeiert.« Er runzelte die Brauen. »Wo lebt Ihr denn, Jungfer Esther, dass Ihr das nicht wisst?« Verwundert musterte er die Tochter seines Herrn. »Wie jedes Jahr am dreizehnten Juli feiern wir auch am kommenden Sonnabend wieder die Schutzpatronin der Jungfrauen und Schwangeren.«

»Ach ...?« Esther hatte nie von so einer Schutzpatronin gehört, ihr jüdischer Glaube kannte keine Heiligen.

»Und den Beginn der Erntezeit natürlich«, fuhr der Pferdeknecht fort. »Da wird's eine herrliche Prozession geben!« Er schnalzte mit der Zunge und begann von dem Umzug im vergangenen Jahr zu schwärmen und von dem feuchtfröhlichen Fest hinterher.

Esther fühlte, wie sie traurig wurde, denn vom Gedanken an Schwangere und ans Kinderkriegen war es nur ein kleiner Schritt bis zu ihrer Mutter. Diese war schließlich auch einmal schwanger gewesen – nein: zweimal. Und jetzt stand sie im dunklen Stall und starrte Muttertier und Fohlen so kummervoll an, als gäbe es für sie selbst keine Freude mehr im Leben und keine Zukunft.

Esther dachte daran, wie sie in der vergangenen Woche im Beginenhof vor Mechthilds Kammertür gestanden und durchs Schlüsselloch ihre verzweifelt weinende Mutter gesehen hatte. Sie kannte sie nur wortkarg, versteinert und leblos. Hatte sie vor ihr jemals ihren Gefühlen derart freien Lauf gelassen wie in Mechthilds Kammer? Esther konnte sich an keinen solchen Augenblick erinnern.

Ein wenig ahnte sie in diesem Moment, wie ungeheuerlich der Schmerz und die Verzweiflung der Mutter sein mussten. So ungeheuerlich, dass sie, die Jüdin, das Verbot ihres Gatten missachtete und zu einer Goi ging, um ihr das Herz auszuschütten. Zu einer christlichen Frau, die viele für eine Ketzerin und manche für geisteskrank hielten, weil sie Stimmen hörte und Lichter sah, die sie für göttliche hielt.

Esther verscheuchte das bedrückende Bild der Mutter aus ihren Gedanken und wollte mehr über jene Heilige erfahren, für die man die Elbbrücke schmückte. Doch sie kam nicht dazu, Johannes weiter zu befragen, denn inzwischen hatten sie das Anwesen des Tuchhändlers Hardenberg erreicht. Es lag am Ufer der Alten Elbe, wie der Stromarm auf der Ostseite der Insel hieß.

Der Eichenhain auf dem Acker dort war nicht zu übersehen, und auch den Vater entdeckte Esther bald. Mit dem Tuchhändler, dem Oheim Elias und einigen Knechten stand er zwischen den Bäumen, um deren Wert zu schätzen. Als er seine Tochter und seinen Pferdeknecht erkannte, winkte er.

Esther lenkte ihr Pferd zwischen die Eichen und stieg etwas abseits der Männer aus dem Sattel. Der Vater ahnte natürlich, dass seine Tochter nicht ohne besonderen Grund zu ihm auf die Insel geritten war, also übergab er Elias die Wachstafel, auf der er die Schätzwerte der einzelnen Stämme verzeichnet hatte, und kam gleich zu ihr. Beide, der Vater und Elias, trugen dunkle spitze Hüte, wie es die Obrigkeit jüdischen Männern vorschrieb.

»Ist etwas geschehen, meine Tochter?« Mit Sorgenfalten auf der Stirn schaute er Esther an.

»Der Großvater meinte, das hier sei dringend.« Esther überreichte ihm den Brief.

Amos' Kaumuskeln bebten, als er das Siegel sah. Sofort

brach er es und las stumm, und je länger er las, desto mehr entspannte sich seine Miene. Als er den Brief wieder zusammenfaltete, lächelte er sogar.

»Gute Nachrichten, Vater?« Esther war schon jetzt erleichtert.

»Sehr gute, Esther.« Mit dem Fingerrücken strich er ihr zärtlich über die Wange. »Danke. Und danke dem Allmächtigen: Otto von Brandenburg kommt in den nächsten Tagen nach Magdeburg. Er will sich Geld von uns leihen. Das wird unser Vermögen sichern und vermehren.«

Gemeinsam verließen sie bald darauf den Inselhof des Hardenbergers. Während der Zunftmeister mit dem Vater vornewegritt und von den geplanten Geschäften der Magdeburger Tuchhändlerzunft mit den Hamburgern schwärmte, folgte Esthers Pferd neben dem ihres Oheims Elias.

»Warum leiht sich der Markgraf von Brandenburg ausgerechnet von uns Magdeburger Juden das Geld, das er braucht?«, fragte sie den um vierzehn Jahre älteren Halbbruder der Mutter. »Gibt es denn in den Brandenburger Städten keine reichen Judengemeinden?«

»Schon, aber die haben ihre Geldvorräte entweder an andere Fürsten verliehen oder Otto braucht mehr Geld, als sie ihm zur Verfügung stellen können.« Elias zuckte mit den Schultern. »Jedenfalls haben Brandenburger Juden unsere Familie ihrem Fürsten empfohlen, und das rechne ich ihnen hoch an.«

Elias war ein schöner, drahtiger Mann mit kurzem schwarzem Bart, ebensolchen Locken und schmalem Gesicht, in dem helle Augen leuchteten. Er hatte das sanfte Wesen des Vaters geerbt und galt als kluger Kaufmann. Sein eleganter Reitrock, seine Stiefel und sogar sein spitzer Hut waren mit Bärenpelz besetzt. Sobald im Sommer nächsten Jahres sein Haus fertig sein würde, das er seit letztem Herbst zwischen Judendorf und Süddorf errichten ließ, würden Esther und er heiraten. Das stand schon seit vielen Jahren fest.

»Wozu braucht denn der Brandenburger Markgraf so viel Geld?«, wollte Esther wissen.

»Nun, sagen wir so: Er ist ein fleißiger Kriegsmann.« Elias wiegte den Kopf und lächelte irgendwie wehmütig. »Doch uns soll es recht sein. Und dass er nun erneut versucht, seinem Bruder Erich einen Sitz im Domkapitel zu kaufen, kommt uns auch entgegen, wie es scheint. Danken wir also dem Allmächtigen für diese gesegnete Entwicklung. Schlechte Zeiten werden von allein wiederkehren.«

»Er will seinen Bruder mit unserem Geld zum Domherren machen?« Esther konnte es kaum glauben.

»Am liebsten sogar zum nächsten Erzbischof.« Elias' Miene wurde übergangslos ernst. »Du weißt, dass wir darüber besser mit niemandem sprechen, nicht wahr, Esther?«, sagte er mit gesenkter Stimme.

Esther nickte stumm. Nachdenklich ritt sie neben ihrem künftigen Gatten der Elbbrücke entgegen. Sie wusste ja, dass ihr Vater und einige andere wohlhabende Männer der Gemeinde davon lebten, den Christen Geld gegen Zinsen zu leihen. Geld, mit dem die Christen bauen, Krieg führen oder Handelsgüter kaufen konnten. Oder, wie Joseph Hardenberg, ein Schiff. Warum aber erfuhren die Juden dann eine solche Verachtung und immer wieder auch Verfolgung und Gewalt vonseiten der Christen?

Esther hob den Blick und schaute über die Brücke hinweg auf das stolze Magdeburg – auf die starke Stadtmauer, die Mauertürme, den wuchtigen Tartarenturm und auf die zahlreichen Kirchtürme und Hausdächer, die sich dahinter erhoben. Zwei Schwäne flogen von Süden auf die Brücke zu – einer schwebte unter ihr hindurch, der andere flog über sie hinweg.

Wenn es stimmte, was der Vater, der Rebbe Samuel, der Großvater und Mechthild erzählten, dann war es doch die Judengemeinde gewesen, die mit ihren Steuern, ihrem Geld und ihrem Handelsgeschick die Stadt über die Jahrhunderte zu dem gemacht hatte, was sie heute war: ein wohlhabender und im ganzen Reich angesehener Handelsplatz.

Etwas in Esthers Brust wurde hart und kalt, und ein bitterer Geschmack kroch ihr auf die Zunge, als sie an ihre Muhme Judith und ihren Vetter Jakob dachte, denen die Christen den Gatten und Vater erschlagen hatten. Und die versteinerte Miene der Mutter stand ihr erneut vor Augen, in der nach den Worten der Großmutter jedes Leben erloschen war, seit der letzte christliche Überfall ihr das Söhnchen geraubt hatte. Und ihr, Esther, hatten die Christen den Bruder genommen.

David – oft versuchte Esther das Gesicht des älteren Bruders vor ihrem inneren Auge aufzurufen, aber mehr als ein Schatten, als ein bestimmter Blick wacher Augen und die flüchtige Bewegung eines flinken Knaben wollte in ihrer Erinnerung nicht lebendig werden. Es war einfach zu lange her, dass David ertrunken war, vierzehn Jahre, und sie war damals noch ein Kleinkind von nicht einmal drei Jahren gewesen.

Der Hufschlag ihres Pferdes auf den Holzbohlen der alten Elbbrücke holte sie zurück in die Gegenwart, und der Anblick der vielen fröhlichen Frauen, die überall auf der Brücke weiße Tücher, Blumen und weiße Bänder befestigten, trieb die aufkeimende Bitterkeit zurück in die Tiefen ihrer Brust.

In der Mitte der Brücke ließ sie Elias allein weiterreiten, brachte ihr Pferd zum Stehen und sprach zwei der Frauen an, von denen sie eine kannte. »Ihr schmückt die Brücke für eine Prozession zu Ehren der heiligen Margareta?« Die Frauen nickten. »Wer war denn Margareta, und warum ist sie eine Heilige geworden?«

»Hat deine Mutter dir denn nie von ihr erzählt, Esther?«, fragte die ältere der beiden Frauen halb verblüfft und halb empört. »Der eigene Vater, ein heidnischer Priester, hat sie vor den Richter gezerrt, weil sie an Christus glaubte und sich taufen ließ. Und obwohl der Richter sie mit dem Tod bedroht hat, wollte sie nicht von ihrem Glauben lassen.«

Ihre Augen glänzten, und ihr Mienenspiel wirkte lebendig, während sie erzählte. Esther kannte die dunkelhaarige Frau gut – sie hieß Anna und diente im Judendorf bei den Nachbarn als Küchenmagd, weswegen sie auch hin und wieder in ihr Elternhaus kam. Zwei Jahre vor Esthers Geburt, so erzählten es die Großmütter, hatte sie ihren neugeborenen Knaben verloren, als sie noch im Kindbett lag.

»Von welchen alten Zeiten sprecht ihr?«, wollte Esther wissen. Sie stieg aus dem Sattel. »Wann genau ist das geschehen?«

Die Frauen sahen sich ein wenig ratlos an, bis die Jüngere schließlich sagte: »Das ist schon eine Weile her.« Sie war höchstens zwei Jahre älter als Esther, und unter ihrem Kleid wölbte sich ein praller Bauch. »Der Richter hat sie begehrt, aber sie hat sich ihm verweigert, da hat er sie mit Fackeln und eisernen Kämmen foltern lassen. Aber alle ihre Wunden sind schnell wieder geheilt.«

Esther erschauerte. »Und wo war das?«

»Irgendwo im Morgenland.« Anna winkte Richtung Osten zur Elbinsel hin. »Weit weg jedenfalls.« Ihr dickes Gesicht wirkte gesund und zufrieden, nicht die Spur von Verbitterung konnte Esther darin erkennen, dabei hatte doch auch sie, genau wie die Mutter, ein Kind verloren. Warum war die Miene der Mutter wie versteinert, und in Annas Gesicht glühte das Leben?

»Und dann hat der Richter die Gestalt eines Drachen angenommen und die heilige Margareta verschlungen«, erzählte die Jüngere eifrig weiter. »Aber sie hat im Drachenbauch das Kreuzzeichen geschlagen, da ist der Drache geplatzt, und sie konnte aus seinem Bauch kriechen.«

»Was?« Fassungslos und mit vor Staunen offenem Mund starrte Esther die Schwangere an. Einen Augenblick war ihr zum Lachen, doch im nächsten grauste es sie schon wieder.

»Deswegen ist die Margareta auch die Schutzpatronin der Ammen, der Jungfrauen und aller Gebärenden.« Die werdende Mutter guckte auf Esthers flachen Bauch. »Merk's dir für die Zeit, wenn du so weit sein wirst.«

»Und sie ist die Schutzpatronin der Bauern«, erklärte Anna und strich sich eine glänzende dunkle Strähne aus dem Gesicht, »deswegen feiern wir ihren Tag am nächsten Sonnabend, am Tag vor Erntebeginn.«

»Außerdem schützt uns die heilige Margareta vor den Ungeheuern aus der Tiefe des Wassers«, erklärte die Jüngere voller Eifer.

»Was sagst du da?« Esther beugte sich über das Brückengeländer und schaute auf die starke Strömung der schnell dahinfließenden Elbe hinab.

In diesem Moment glitt ein großer Lastkahn voller Steinblöcke unter die Brücke, und auf dem Deck legte ein junger Mann mit langen blauschwarzen Locken, die glänzten wie das Gefieder eines Kolkraben, den Kopf in den Nacken und schaute zu ihr herauf. Esther beachtete ihn kaum.

»Ungeheuer der Tiefe!«, entfuhr es ihr. Von solchen Wesen hatte sie noch nie gehört.

»Ja, was denkst du denn, was in den Wassern alles herumspukt und sein widerliches Unwesen treibt?« Auch Anna warf nun einen Blick über die im Sommerwind flatternden weißen Bänder am Brückengelände und bekreuzigte sich. »Dämonen und schreckliche Gestalten der Finsternis warten dort nur darauf, dich hinab und in die Hölle zu zerren.«

Erschrocken wich Esther einen Schritt zurück vom Brückengeländer.

»Doch weil die heilige Margareta uns vor denen beschützt, werden wir am Sonnabend fröhlich singend über die Elbe ziehen«, ergriff wieder die Schwangere das Wort. »Und der Priester wird das Kreuz des Erlösers vor uns hertragen. Da musst du unbedingt mitkommen, wenn du bald heiraten und Kinder kriegen willst.«

Esthers Blick flog zum Brücktor hin, wo Elias vor einer Menschentraube sein Pferd angehalten und sich nach ihr umgedreht hatte – ihr künftiger Gatte und der Vater ihrer künftigen Kinder. »Ja.« Sie nickte hastig und dachte an das versteinerte Gesicht der Mutter und das tadelnde des Vaters. »Ja, ja – das will ich tun.«

Sie stieg wieder auf ihr Pferd, verabschiedete sich und ritt weiter. Schlimme Bilder schwirrten ihr plötzlich durch den Kopf – ein nacktes Mädchen, dem man mit eisernen Rechen das Fleisch von den Knochen kämmte, ein Drache, der die blutende Nackte verschlang, gefräßige Ungeheuer, die ihre schuppigen und gehörnten Schädel aus der Elbe streckten, ihre Reißzähne in Frauen und Kinder schlugen und sie in die Fluten zerrten.

Unwillkürlich begann Esther zu beten. »Barmherziger und gnädiger Gott, erbarme dich über uns und alle deine Werke, denn keiner ist wie du Ewiger …« Flüsternd bewegte sie die Lippen und sprach das hebräische Gebet, das Vater und Großvater am Morgen gebetet hatten. »… lass ab von deiner Zornesglut und halte fern von uns tödliche Plage, denn du bist barmherzig …«

Irgendwo rief jemand so laut, dass Esther zusammenfuhr und ihr Pferd am Zügel riss. Nicht weit entfernt, bei der Menschentraube unter dem Brücktor gab es einen Tumult. Männer, Frauen und Kinder hatten sich um eine stämmige Gestalt mit rundem Kopf und haselnussbraunen Locken zusammengerottet.

Esther erkannte ihre ältere Freundin Genoveva sofort. Die Leute bedrängten und verspotteten sie, und Esther begriff, dass Mechthilds Mündel Hilfe brauchte. Sie trieb ihr Pferd wieder an und trabte zum Brücktor.

Drei Frauen wichen ihrem Rappen aus. »Willst du uns über den Haufen reiten, du dummes Ding, du?«, kreischte eine und drückte sich eng an das Brückengeländer. Sie sah wohlgenährt aus, hatte ein hübsches Gesicht und kastanienrotes Haar. Ihr Schmuck und ihr teures Gewand verrieten Esther, dass es eine Adelige war.

Sie achtete nicht weiter auf sie, denn die Sorge um Genoveva trieb sie voran.

»Aufhöre mit de Sünds müsset de Leuts!«, hörte sie die Freundin rufen. »Bete müsset de Leuts und fest glaube!«

Die Menschen, die sie umringten, lachten sie aus, einige rissen sie an den Haaren, und die Kinder äfften ihre Art zu sprechen nach. Genoveva schien es gar nicht zu merken, drehte sich nach allen Seiten und fuchtelte mit den Armen.

»Aufhöre mit de Sünds und de böse Tats müsset de Leuts von Magdeburg!«, rief sie. »Sonst passieret schlimme Dings!« Ihre krächzende Stimme klang verzweifelt und dringend.

Elias, der schon durch das Brücktor geritten war, winkte Esther zu, damit sie ihm endlich folge, aber sie zog am Zügel und hockte im Sattel wie festgefroren. Das tief erschrockene breite Narbengesicht Genovevas machte ihr Angst, und sie konnte ihren Blick nicht mehr davon abwenden: Die Freundin sah aus wie eine Frau, die Schreckliches gesehen und gehört hatte.

»Kriegsknechts kommet und schlaget alls zusamme!«, rief Genoveva. »Alls schlaget se kaputt, wenn de Leuts nich mit de Sünds aufhöret und genug bete tun!« Der Saum ihres aus

Hasenfellen zusammengeflickten Mantels wirbelte ihr um die Beine, so schnell drehte sie sich, so wild fuchtelte sie. »De Brück, de Mauers, de Stadt, alls!« Sie deutete zum Tartarenturm hin. »De Genoveva hats gehört, da oben hats de Genoveva doch gehört!«

»Hör auf mit dem Schwachsinn, du dummes Waldluder!«, rief ein Torwächter und packte sie.

»Nein, nein, essis doch wahr! Da oben hats de Genoveva doch gehört!«

»Aufhören, du hirnlose Ziege, du!«

Ein Mönch und ein Domherr halfen dem Torwächter, Genoveva von der Menschenmenge zu trennen und weg zum Tor und in die Stadt hineinzutreiben. Plötzlich hob der Mönch eine Peitsche, und erst jetzt erkannte Esther Gallus von Trier.

»Du verängstigst uns die Weiber und die kleinen Kinder!«, schrie er und schlug mit dem Peitschenstiel auf Genoveva ein, aber sie wehrte die Schläge mit den Unterarmen ab und wollte nicht aufhören, von fremden Waffenknechten, Gefahr und Zerstörung zu reden.

Und der Peitschenmönch hörte nicht auf, auf sie einzudreschen. »Wirst du wohl schweigen, du schwachsinnige Tellerleckerin, du!«

12

Schwäne

Magdeburg, 9. Juli 1275

Der Sommerwind blähte das Segel, und die Insel rückte näher und näher. Nach Süden hin lief sie spitz zu und teilte den breiten Strom beinahe in seiner Mitte. Vier Schwäne flogen vom Ostufer her über die Insel hinweg, streckten die Schwimmfüße nach vorn und landeten flügelschlagend bei den Anlegestellen eines Dorfes. Beim Anblick der großen Vögel wurde es Wolfram ganz leicht ums Herz.

Vom Bug aus rief der Kapitän ein paar Befehle, woraufhin zwei Matrosen am Segelmast hantierten und der Steuermann den Ruderschwengel mit beiden Fäusten packte. Danach hielt der Lastkahn auf den westlichen Flussarm zu, auf den, der direkt an der östlichen Stadtmauer vorbeifloss.

Wolfram stand auf und blinzelte stromaufwärts, sein Ritter jedoch sang unbeirrt weiter. Rechts glitt die Inselspitze vorüber, am Westufer der Elbe erhoben sich die Gemäuer eines großen Klosters und dahinter wurden Koppeln, Gehöfte, Hütten und eine Kirche sichtbar. Und nicht weit davon und etwas höher gelegen, die Südmauer und mehr und mehr Türme der großen Stadt.

»Ist sie das?« Wolfram hielt das Papier über die Stirn, um seine Augen gegen die Mittagssonne abzuschirmen. Adalbert sang inbrünstig und falsch und schien seine Frage nicht einmal gehört zu haben. Auch die anderen Ritter und Knappen hatten Türme und Gemäuer inzwischen entdeckt. Einer nach dem anderen erhoben sie sich von den Decken, auf denen sie sich zwischen den Pferden ausgestreckt hatten.

Wolfram bückte sich nach seinem Schwert, schob das Blatt darunter, damit der Wind es nicht von Bord blies, und kletterte auf das Dach des Deckhauses. Nun konnte er alles viel deutlicher sehen: den Klostergarten am Westufer, die Insel, den Stadtgraben, die Kirchtürme, die Stadtmauer, die Brücke über den Elbarm.

»Ist sie das, die große Stadt Magdeburg?«, rief er. Fiebrige Erregung ergriff ihn – was hatte er nicht schon alles gehört über die prächtige Elbstadt, in der schon so viele berühmte und mächtige Erzbischöfe residiert hatten!

»Die dritte Strophe!« Adalbert von Stendal setzte die Laute ab. »Wie fängt die dritte Strophe an?« Suchend schaute er sich nach seinem Knappen um und entdeckte ihn schließlich über sich auf dem Deckhaus. »Was hast du da oben zu suchen?«

»Ich will wissen, ob das Magdeburg ist!« Wolfram deutete noch immer stromaufwärts.

»Natürlich! Runter da, Knappe! Sag mir, wie die dritte Strophe anfängt, schnell.«

Wolfram nickte, spähte jedoch weiter zur Stadt hin. Die Kirchturmspitzen glänzten im Licht der hochstehenden Sonne. »Sind das die Türme des neuen Doms?« Er deutete zur südlichsten der Kirchen, zu einem Doppelturm, der hinter der Südwestmauer aufragte.

»Unsinn!« Der Ritter bückte sich nach dem Liedblatt. »Habe ich dir nicht erklärt, dass der Dom noch lange nicht fertig ist? Noch nicht einmal Türme hat er! Was du da siehst, sind die Türme von St. Sebastian!«

Er hielt den Bogen hoch und versuchte murmelnd zu lesen. Zu den Rittern und Matrosen hinschielend, gab er es irgendwann auf und rief: »Wie oft muss ich dir noch befehlen, ordentlich zu schreiben?« Er winkte mit dem Liedblatt. »Komm schon runter da, Knappe! Ich kann mal wieder deine Schrift nicht entziffern, du musst mir vorlesen.«

Wolfram warf noch einen letzten Blick auf das Kloster, auf die vorübergleitenden Bootsstege, die winkenden Menschen darauf und auf das Dorf oberhalb der Anlegestellen. Er winkte zurück, kletterte vom Deckhaus und nahm das Blatt, das sein Ritter ihm reichte. Dabei erhaschte er einen Blick auf den Steuermann und die Flussschiffer, die am Heck standen und den Lastkahn schon zum Anlegen fertig machten. Die Männer grinsten. Sie hatten ihren Spaß an dem seltsamen Ritter und seinem unmelodischen Gesang.

Seit sie an der Saalemündung den Lastkahn bestiegen hatten, versuchte Wolfram, seinem Ritter das neue Liebeslied beizubringen, das er für ihn gedichtet und komponiert hatte. Oder nein, nicht für den Ritter – für Heilwig hatte er es gedichtet. Ob sie wohl schon in Magdeburg angekommen war?

»Wie im Fell des Junghengsts glüht das Eisen«, zitierte Wolfram den ersten Vers der dritten Strophe und sah Adalbert an. Der erinnerte sich, nickte, griff wieder zur Laute und sang:

»So wie im Fell des Junghengsts glüht das Eisen,
das ihm den Namen einbrennt seines Fürsten,
so glüht im Herzen mir dein Name, edle Frau,
und brandmarkt es für immer als dein Eigentum.«

Ritter und Flussschiffer wandten sich ab und tuschelten. Einige lachten in sich hinein, das wusste Wolfram, ohne die Gesichter der Männer sehen zu müssen. Und wahrhaftig: Es hatte etwas Lächerliches, wie der kleine, stämmige und krummbeinige Adalbert mit seiner Fistelstimme die leidenschaftlichen Worte dieses schönen Liebesliedes zum Besten gab. Wolfram empfand einen Anflug von Scham und wandte sich ab.

Auf einer langsam zurückbleibenden Anlegestelle entdeckte er Männer mit spitzen Hüten. »Auch in Magdeburg wohnen Juden?«, fragte er den Kapitän, der inzwischen vom Bug an die Backbordreling gekommen war, um das bevorstehende Anlegemanöver zu kommandieren.

»Was denkst du denn, Knappe?« Der alte Kapitän befahl, das Segel zu raffen, und lehnte sich über die Reling. »Wenn sie nicht hier wären, würden wir Flussschiffer nicht so oft im Elbhafen dieser Stadt ankern. Dass wir hier ständig Waren auf- und abzuladen haben und dass ein Erzbischof hier seine Kathedrale errichtet, das hat Magdeburg nicht zuletzt seinen Juden zu verdanken.« Er spuckte in die Elbe. »Gedankt hat es die Stadt ihren Juden allerdings nicht.«

»Wie meint Ihr das?« Wolfram blickte in den Stadtgraben, an dessen Einmündung der Lastkahn nun vorüberfuhr. Auch dort glitt ein Schwanenpaar durchs Wasser. »Hat man denn auch in Magdeburg den Juden Leid zugefügt?« Er betrachtete die näher rückende Stadtmauer.

»Darauf kannst du einen lassen, Knappe«, sagte der Kapitän bitter. »Vor einem Menschenalter hat der Kaiser Otto das Judendorf hier dem Erdboden gleichgemacht.« Mit einer Kopfbewegung deutete er zurück zu der Siedlung oberhalb der Anlegestellen. »Ein Wunder, dass die Juden es so schnell wieder aufbauen konnten. Und vor vierzehn Jahren hat der Erzbischof Ruprecht seine Waffenknechte auf sie gehetzt und etliche töten und viele gefangen nehmen lassen, um Lösegeld zu erpressen.«

»Dann ging's ihnen also wie den Juden von Erfurt und Halle.«

Der Kapitän nickte und befahl, den Lastkahn zu einer der Landungsbrücken zu steuern, die nun hinter der großen Elbbrücke in Sichtweite kamen. »Genauso schlimm wie denen, weiß Gott.«

Vom Stadtgraben her klatschte es, als würden viele Waschfrauen abwechselnd mit nassen Tüchern ins Wasser schlagen, und kaum verstummte das Geräusch, flog ein Schwanenpaar bei der Mündung des Wallgrabens um die Ecke der Stadtmauer. Wolfram sah ihnen hinterher – die großen weißen Vögel flogen über den Lastkahn hinweg stromaufwärts. Einer segelte dicht über den Wogen unter der Elbbrücke hindurch, der zweite flog darüber hinweg.

Wolfram warf einen Blick auf die hoch gestapelten Felsblöcke im Mittelschiff. Diese hatte der Kapitän im fernen Dresden geladen. Sie stammten aus dem Elbsandsteingebirge, und Domkapitel und Erzbischof hatten sie bestellt, um den seit Langem ruhenden Bau der Kathedrale endlich weiterzuführen. Ob sie sich das Geld dazu von den Juden geliehen hatten?

Die Brücke über den nun zurückbleibenden Wallgraben, die Mauertürme und die Stadtmauer selbst, die sich über dem Uferweg erhob, sahen aus, als verstünde man in Magdeburg etwas von der Baukunst.

»Was für ein wuchtiger Turm!« Staunend deutete Wolfram auf ein stark befestigtes, eckiges Gemäuer, das wie ein Bergfried mehrere Stockwerke hoch an der Ostmauer aufragte.

»Das ist der Tartarenturm«, erklärte der Kapitän. »Den haben die Magdeburger vor einem halben Menschenalter gebaut, zu Zeiten von Kaiser Friedrich und Erzbischof Wilbrand. Damals erbebte das ganze Reich vor dem Ansturm der wilden Reiterhorden aus den Steppen des Ostens. Auch die Magdeburger haben damals gezittert und geschwitzt vor Angst und sich diesen festen Turm als letzte Zuflucht gebaut.« Er hob die Schultern und lachte spöttisch. »Beinahe schade, dass sie dann doch nicht bis hierher gefunden haben, die wilden Tartaren.«

»Die vierte Strophe!«, rief Wolframs Ritter hinter ihnen.

»Wie fängt noch mal die vierte Strophe an? Wer beim heiligen Mauritius soll denn eine Klaue wie deine entziffern?«

Wolfram verdrehte die Augen.

Während der Lastkahn an einer Schiffsmühle vorbeiglitt und sein Bug bereits den Schatten der großen hölzernen Elbbrücke berührte, ging er zurück zu Adalbert. Aber auf halbem Weg stand er still, weil sich oben auf der Brücke eine junge Frau über das Geländer beugte und aus großen dunklen Augen zu ihm herabschaute. Ihre schwarzen Locken wehten im Wind, und obwohl der Blickwechsel höchstens einen Atemzug lang dauerte, nahm Wolfram die Schönheit ihres schmalen Gesichtes wahr. Der Anblick ging ihm durch und durch.

Als die Brücke über ihm vorübergeglitten war, drehte er sich um, aber er konnte die Jungfrau im Getümmel nicht mehr entdecken. Er ging zu Adalbert, nahm ihm das Liedblatt ab und sagte ihm den Anfang der letzten Strophe vor. Dabei betrachtete er die weißen Tücher und Bänder, die oben am Brückengeländer flatterten, und versuchte noch immer, unter den Frauen dort oben die mit den schwarzen Locken zu finden. Leuchtend stand ihm ihr schönes Gesicht vor Augen.

»Sie haben die Brücke für eine Prozession geschmückt«, rief einer der Ritter vom Heck.

»Natürlich«, sagte Adalbert von Stendal. »Am Sonnabend feiern sie hier den Tag der heiligen Margareta.« Er griff in die Saiten seiner Laute und begann noch einmal, die vierte Strophe von Wolframs neuestem Liebeslied zu üben.

Auf die Befehle des Kapitäns hin lenkte der Steuermann den großen Lastkahn einer der Landungsbrücken entgegen. Zu beiden Seiten des Schiffes griffen Flussschiffer zu langen Ruderblättern, um die Fahrt abzubremsen. An der Backbordreling hoben die Männer die Haltetaue von den Haken, während eine Reihe von Hafenarbeitern sich bereit machten, diese aufzufangen.

Bald flogen die Taue hinüber und wurden um die Molen gewickelt. Die Kette rasselte, als der schwere Anker auf den Grund der Elbe hinabrauschte. Der Kapitän selbst öffnete das Relingsgatter, und seine Männer schoben die Laufplanken auf die Landungsbrücke hinüber.

Als Erstes führte Adalbert an der Spitze seines Gefolges sein Pferd von Bord. Wolfram, der ihm ohne Pferd und mit seiner Fahne in der Rechten folgte, war es, als würde jemand ihn beobachten. Die Schöne mit den schwarzen Locken? Suchend schaute er um sich.

Sein Blick fiel auf das Stadttor oberhalb des Elbhafens, das der Kapitän Brücktor genannt hatte. Es herrschten Gedränge, Geschrei und Tumult. Wurde dort gestritten? Und da entdeckte er sie auch schon, die junge Frau, die über das Brückengeländer zu ihm herabgesehen hatte. Sie saß auf einem Rappen, doch statt zu ihm herunter, schaute sie zum Brücktor, trieb ihr Pferd in die Menschenmenge und verschwand aus Wolframs Blickfeld. Schade.

Er wollte sich schon wieder abwenden, als ihm drei Frauen wegen ihrer vornehmen Kleidung auffielen. Sie standen dicht am Geländer und schauten zu dem Lastkahn und den Rittern und Knappen herunter. Erst auf dem ansteigenden Weg hinauf zum Tor erkannte Wolfram Heilwig zwischen ihren beiden Zofen.

Ihm war, als würde sie nur ihn anschauen, und bevor sie einen Schritt zurücktrat, winkte sie ihm zu. Danach verschwand auch sie mit ihren Begleiterinnen in der Menge unter dem Brücktor. Wolfram schlug das Herz höher. Sie hatte ihn angeschaut, ganz gewiss hatte sie ihn entdeckt!

In diesem Moment drehte Adalbert sich zu ihm und seinen anderen Männern um. »Was grinst du so albern?«, fragte er.

»Ich freue mich, mein Ritter«, entgegnete Wolfram. Offenbar hatte Adalbert von Stendal die Edelfrau und ihre Zofen gar nicht bemerkt. »Ich freue mich einfach, endlich einmal in Magdeburg zu sein.« Er spielte nicht einmal mit dem Gedanken, ihm zu erzählen, wen er soeben oben am Brücktor gesehen hatte.

13

Peitschenmönch

Magdeburg, 9. Juli 1275

Gallus hörte nicht auf, mit dem Peitschenstiel nach Genoveva zu schlagen, wieder und wieder sah Esther ihn ausholen. Sie glaubte, jeden Hieb selbst auf ihrem Körper zu spüren, und trieb ihren Rappen voller Angst mitten durch die Menge. »Bitte, lasst mich durch!«, flehte sie. »Ich bitt' euch, ihr Leute!«

Sie kannte Mechthilds Pflegetochter seit ihrer frühen Kindheit, sie liebte sie wie eine große Schwester und wusste, wie zerbrechlich ihre Seele war. Wenn Genoveva grobes Geschrei oder gar Schläge erleiden musste, stürzte sie gewöhnlich in große Verzweiflung, verlor leicht jede Selbstbeherrschung und geriet dann völlig außer sich.

»Bitte, lasst mich vorbei!«, rief Esther laut. »Bitte, bitte!« Die Leute gafften stirnrunzelnd und verständnislos zu ihr hoch.

Zwei Bauern eilten Gallus und dem Domherrn zu Hilfe und versuchten nun mit ihnen, die strampelnde und um sich schlagende Frau zu bändigen.

»In Gottes Namen, lasst mich vorbei«, bettelte Esther, »bitte, bitte, lasst mich durch!« Widerwillig rückte die Menge auseinander und bildete eine Gasse.

Die vier Männer hatten Genoveva inzwischen an Haaren, Mantel und Armen gepackt und zerrten sie vom Brücktorweg weg zur Mühlenvogtei hin. Noch immer schlug Gallus mit dem Peitschenstiel auf die schreiende Frau ein. Als er und die Männer mit Genoveva plötzlich aus Esthers Blickfeld gerieten, steigerte sich ihre Angst zur Panik. Wollten sie Genoveva etwa zum Tartarenturm schleppen und dort ins Verlies werfen? Esther trieb ihren Rappen an.

Die Leute schimpften, weil sie fürchteten, unter die Hufe ihres Pferdes zu geraten. Manche Männer fluchten oder machten obszöne Gesten. Einige Frauen schlugen nach ihren Beinen, doch die Angst um die Freundin hetzte Esther immer weiter und immer schneller voran, und endlich, endlich lagen Tor und Menge hinter ihr.

»Wo willst du denn hin?«, rief der wartende Elias, als sie, statt zu ihm zu reiten, den Brücktorweg verließ und nach links zum Eingang der Vogtei abbog. Schon konnte sie Genoveva und die prügelnden Männer wieder sehen – tatsächlich stießen und zerrten sie die laut heulende Frau am Torbogen vorbei und dem Tartarenturm entgegen. Viele Magdeburger waren stehen geblieben und gafften der Frau und den vier Männern nach, doch niemand machte Anstalten, Genoveva zu Hilfe zu eilen.

»Lasst das arme Weib los!«, schrie Esther und trieb ihren Rappen in den Galopp. »Nicht schlagen! Loslassen!« Sie preschte an der Mauer der Mühlenvogtei entlang, am Torbogen vorbei und auf Genoveva und die Männer zu. Wie von fern hörte sie Elias erschrockene Rufe, aber sie achtete nicht darauf. All ihre Sinne waren ganz und gar auf die Freundin und ihre vier Peiniger gerichtet. »Lasst sofort Genoveva los!«

Der Domherr, der im Kampfeseifer Birett und Umhang verloren hatte, bemerkte die herangaloppierende Reiterin als Erster. Er ließ von Genoveva ab und machte die anderen auf Esther aufmerksam.

»Weg von meiner Schwester!«, schrie sie und vergaß in ihrer Angst, an den Zügeln zu ziehen, sodass ihr Rappe in vollem Galopp in die auseinanderspringende Männerschar hineinpreschte.

Ein Bauer und der Domherr stolperten und stürzten in den Schmutz, und Gallus, der gerade noch ausweichen konnte, presste sich mit dem Rücken an die Vogteimauer. Der zweite Bauer, ein noch junger und kräftiger Bursche, packte Esthers Zügel und rannte ein Stück neben ihrem Pferd her, während er zugleich am Zaumzeug riss und sich dagegenstemmte.

Nach knapp zwei Ruten stand Esthers Rappe endlich still. Aus dem Augenwinkel sah sie Genoveva auf das Gelände zwischen Domneubau und Domschule rennen und zwischen Stapeln von Bauholz und Sandhaufen verschwinden.

»Du Narrenkuh, du bekackte!«, schimpfte der junge Bauer und hieb mit der Faust nach Esthers Schenkel und Hüfte. »Welcher Dämon hat dir denn ins Hirn geschissen!« Weil er hart zuschlug, rutschte Esther auf der anderen Seite ihres Pferdes aus dem Sattel, um das Tier als Schutzwall zwischen sich und den prügelnden Mann zu bringen. Aber schon stieß Gallus sich von der Mauer ab und stürzte mit langen Schritten auf sie zu.

Esther wollte weglaufen, doch unter dem Rappen hindurch hatte der junge Bauer ihr Bein gepackt und hielt sie so fest, dass sie stolperte und zu Boden fiel. Als sie aufblickte, stand der Mönch über ihr, hob die Peitsche und schlug zu. Die Riemen trafen sie auf dem Rücken, an der Schulter, und vom dritten Hieb brannten ihr Wangen und Stirn. Als Gallus zum vierten Mal ausholte, fiel ihm Elias in den Arm.

Der Priestermönch zischte und fluchte, aber Elias rang ihn nieder und drückte ihn weg von Esther. Auf einmal war auch der Vater da, bückte sich nach ihr und half ihr auf die Beine. Esthers Knie drohten nachzugeben, sie bebte am ganzen Körper. Der Vater schloss sie in die Arme und hielt sie fest.

»Das Luder hat es gewagt!«, keuchte der Peitschenmönch. »Das Mistluder hat es gewagt!« Seine Stimme überschlug sich und zitterte. »Sie wollte uns über den Haufen reiten!« Gallus war außer sich.

»Sie haben Genoveva geprügelt!«, schluchzte Esther. »Er hat sie geprügelt und geprügelt! Ich hatte solche Angst um sie, konnte das Pferd einfach nicht anhalten.«

»Wir wollten diese Missgeburt in den Kerker werfen!«, zischte Gallus. »Der Erzbischof hat es längst befohlen!«

»Mechthilds Mündel hat das Volk am Brücktor in Panik gepredigt!«, rief der Domherr. »So eine muss weg!« Er bückte sich nach seiner Mütze.

»Und jetzt ist die Wahnsinnige geflohen!« Gallus spähte nach allen Seiten und versuchte, sich aus Elias' Griff zu befreien. »Dafür muss die da in den Kerker!« Am Oheim vorbei deutete er mit dem Peitschenstiel auf Esther.

»Niemand muss in den Kerker!« Die befehlsgewohnte Stimme des Hardenbergers tönte über Esther. Sie nahm das verheulte Gesicht von der nass geweinten Schulter des Vaters und blickte auf. Der Kaufmann und Ratsherr saß im Sattel seines Pferdes. »Schäm dich, Gallus«, sagte er streng.

»Sie hat diese gefährliche Irre befreit!« Gallus riss an Elias' Armen, konnte sich aber nicht aus seinem harten Griff befreien. »Sie hat uns niedergeritten!«

»Sie wollte ihrer Freundin zu Hilfe eilen«, sagte der Vater. »Genoveva hat Esther schon gehütet, als die noch ein Kleinkind war. Ist es da ein Wunder, dass sie dazwischengehen wollte, als Ihr sie geprügelt habt?«

»Zu viert seid ihr auf eine Schwachsinnige losgegangen!« Josef Hardenberg schüttelte voller Empörung den Kopf. »Schämt ihr euch denn gar nicht?«

»Denkt nach, bevor Ihr redet, Ratsherr!«, rief der Domherr. »Die Jüdin hat ein ehrbares Mitglied des Domkapitels niedergeritten.«

Rat und Domkapitel waren nie sonderlich eng befreundet

gewesen, und auch zu Zeiten des Erzbischofs Konrad gab es immer wieder Streit.

»Wie hat sie ahnen sollen, dass du ein Domherr bist, Gallus von Trier?« Der Hardenberger schlug einen sehr scharfen Tonfall an. »Wo du dich doch wie ein tollwütiger Hund benommen und auf eine hilflose Frau eingeprügelt hast?«

»Hilflos?« Gallus spuckte aus. »Mechthilds Mündel steckt voller Dämonen!« Endlich gelang es ihm, Elias von sich zu stoßen, der seinen Griff auf eine Geste des Ratsherrn hin gelockert hatte. »Dafür wirst du bezahlen, Jude!«, fauchte er den Oheim an, dann fügte er leiser und noch gehässiger an Esther gewandt hinzu: »Und du sowieso, Hurenbalg!«

Sprach's, bückte sich nach seiner Peitsche und verschwand in der Menge, die sich vor Brücktor und Mühlenvogtei gebildet hatte, ohne sich noch einmal umzuschauen.

14

Schwarzer Ritter

Magdeburg, 10. Juli 1275

Adalbert und sein Gefolge hatten in zwei Gasthäusern am Breiten Weg Quartier genommen. Eines lag neben dem Klosterhof des Dominikanerordens, dessen Mönche in Magdeburg auch Paulinermönche genannt wurden, seit sie ihren Kirchenneubau dem Apostel Paulus gewidmet hatten. Das andere stand schräg gegenüber zwischen zwei stattlichen und uralten Hausburgen mit Zinnen auf den Begrenzungsmauern des flachen Daches.

Wolfram, Adalbert und zwei Ritter mit ihren Knappen und Dienern hatten es sich in einem Schlafsaal des Gasthauses neben dem Klosterhof gemütlich gemacht. Am Nachmittag nach der Ankunft in Magdeburg befahl Adalbert von Stendal Wolfram, seinem ältesten Knappen, sich in die Stadt zu begeben, um eine Schmiede ausfindig zu machen. Er brauchte einen neuen Turnierhelm und ein zweites Schwert. Vor allem aber sollte Wolfram ihn beim Erzbischof anmelden, dem der Ritter schon per Brief seine Dienste angeboten hatte.

Noch während Wolfram sich den Waffengurt umschnallte, winkte sein Ritter ihn zu seinem Strohsack, neben dem er kniete und murmelnd die Perlen seines Rosenkranzes herunterbetete. Wolfram ging zu ihm, während Adalbert verstohlen nach allen Seiten blickte und erst zu winken aufhörte, als Wolfram sich dicht an sein Ohr beugte.

»Was aber noch viel wichtiger ist als alles andere«, flüsterte er so leise, dass keiner der anderen Männer ihn verstehen konnte, »finde mir heraus, wo *sie* abgestiegen ist. Ich muss es schnell erfahren, möglichst bevor Otto in die Stadt kommt.«

»Und wenn nun der Markgraf schon hier ist?«, fragte Wolfram.

»Närrisches Gerede!«, zischte der Ritter. »Wenn sein Tross den Landweg genommen hat, wird er nicht vor Ende der Woche hier sein, und falls er zu Wasser reist, kommt er frühestens übermorgen. Er hätte uns auf der Elbe überholen müssen, um schon hier zu sein. Bist du so beschränkt, dass du das nicht begreifst?« Adalbert stieß Wolfram die Faust gegen die Schulter. »Mach, dass du in die Gassen der Stadt kommst. Los!« Sprach's und fuhr fort, seinen Rosenkranz zu beten.

Wolfram huschte aus dem Schlafsaal und warf sich auf der Treppe den roten Mantel um, auf dem das Wappen des Herzogs von Schwerin prangte: ein schwarzer Stierkopf mit einer goldenen Krone zwischen den Hörnern.

»Und schau dich gefälligst nach einem Pferdehändler um!«, hörte er Adalbert noch rufen, als er schon die Stufen hinuntersprang.

In letzter Zeit neigte sein Ritter dazu, ihn strenger zu behandeln als die anderen Knappen. Sein Tonfall war barscher, und seine Worte klangen härter als früher. Wolfram nahm an, dass Adalbert sich insgeheim von ihm gedemütigt fühlte, weil er seine Minnelieder nicht selbst dichten konnte, sondern sich die Verse von ihm, seinem kaum zwanzigjährigen Knappen, schreiben lassen musste.

Oder ahnte er womöglich, dass Heilwig ein Auge auf ihn geworfen hatte? Auch daran hatte Wolfram schon gedacht. Doch wie hätte Adalbert das merken sollen? Nie hatte Wolfram ein lobendes oder gar begehrliches Wort verloren, wenn sie über die Grafentochter redeten. Immer gab er sich gleichgültig, ja gelangweilt, wenn sein Ritter auf sie zu sprechen kam – und Adalbert verstand es meisterhaft, das Gespräch auf sie zu lenken. Andererseits: Verrieten seine Verse nicht, dass er sie begehrte? Wolfram nahm sich vor, künftig noch vorsichtiger zu sein.

Unter dem Torbogen des Klosterhofes blieb er stehen und schaute sich um. Die wuchtigen Bauten neben dem Gasthaus gegenüber hatten kleine Fenster, Schießscharten und dicke Mauern und sahen aus, als wären sie schon vor den Zeiten Heinrichs des Löwen errichtet worden. Ein prächtiger Kutschwagen mit verhangenen Fenstern stand davor, den zwei Männer in Kettenhemden und mit Waffengurten bewachten. Wolfram erkannte sofort, dass hier eine mächtige und wohlhabende Familie ansässig war.

Vor der Hausburg links neben dem Gasthaus standen zwei edle Rösser. Mit den Zügeln an der Pferdestange befestigt, beugten sie die Hälse hinunter zu einer verwitterten Viehtränke aus Buntsandstein und soffen. Auf ihren schwarzen Schabracken prangte ein Wappen, das Wolfram bekannt vorkam: ein silbernes Nesselblatt auf rotem Grund mit einem schwarzen Boot in der Mitte.

Das Wappen der Grafen von Holstein-Kiel!

Sein Herz schlug schneller, seine Augen wurden schmal, und sein Blick wanderte von Fenster zu Fenster über die Fassade des Gebäudes hinter der Tränke. Sollte etwa Heilwig in einem dieser Häuser zu Gast sein? Oder gehörten die Pferde Boten, die ihr Bruder vorausgeschickt hatte, damit sie ihm ein Quartier in der Stadt suchten?

Eine Zeit lang verharrte Wolfram unschlüssig, blickte mal nach rechts und mal nach links. Fuhrwerke rollten vorüber, Gruppen von Reitern und einzelne Männer ritten vorbei, Frauen und Kinder trugen Körbe auf den Schultern oder zogen vollbepackte Karren zum Markt. Männer und Halbwüchsige trieben mit Säcken beladene Esel vor sich her.

Wenige beachteten den Schwertträger mit dem langen blauschwarzen Haar und dem roten Wappenmantel. Und die es taten, bedachten ihn mit gleichgültigen Blicken.

Eine Schar Mönche in dunklen Kutten bog scherzend und lachend neben ihm in den Hof ein. Gut zwei Dutzend Waffenknechte marschierten mit mürrischen Gesichtern hinter drei Reitern her nach Süden die Straße hinunter. Einer von ihnen, ein großer strohblonder Mann auf einem Grauschimmel, trug einen Mantel mit dem Wappen des Erzbistums über Schultern und Kettenhemd, der zweite war ein Mönch in schwarzem Habit und Kapuze, und der dritte war groß und breit, hatte einen langen weißen Bart und trug ein dunkles Gewand mit einer verschlissenen Mönchskutte darunter. Auf seinem schlohweißen Haar saß ein Birett, wie Wolfram es schon oft bei geistlichen Herren gesehen hatte.

Er fragte sich, in welchem Teil der Stadt wohl am ehesten eine Schmiede zu finden sein würde. Wo ein Pferdehändler? Wo konnte er erfahren, ob in einer der Hausburgen gegenüber die Grafentochter Unterkunft genommen hatte, und an welcher Tür musste man klopfen, um dem Erzbischof den Besuch eines fremden Ritters anzukündigen?

Weil die drei Reiter wichtige Gesichter gemacht hatten und die Waffenknechte hinter ihnen schon wissen würden, wer ihre Spieße und Schwerter geschmiedet hatte, entschloss sich Wolfram, diesen Männern zu folgen. Er lief über die Straße, die von den Einheimischen Breiter Weg genannt wurde, und als der Tross zur Elbe hin abbog, ging er den Waffenknechten und den drei Reitern hinterher.

Bei einem großen Tor in einer Mauer, die mitten durch die Stadt führte, holte er sie ein und schloss sich ihnen an. Durch das Tor gelangten sie in einen ummauerten Bereich. Hier in der Domfreiheit residierten, wie Wolfram bald erfuhr, der Erzbischof und die geistlichen Herren der Stadt.

Ein weiter Platz öffnete sich jenseits des Tores, der Domplatz. Rings um diesen Platz standen steinerne Gebäude mit Höfen, die Wolfram an kleine Burggüter erinnerten. Diese hießen Kurien, wie er schnell herausfand.

Auf dem Platz selbst erhob sich ein niedriger burgartiger Bau mit dunklem Gemäuer, der die meisten anderen Gebäude ringsum an Größe und Pracht übertraf. Nur der unvollendete Domneubau dahinter und die Baustelle um ihn herum beherrschten den Platz noch eindrücklicher.

Wolfram staunte. Das also war die berühmte Kathedrale, an der in Magdeburg schon seit mehr als einem Menschenalter gebaut wurde? Oder nein – das sollte sie einmal werden, denn, von ein paar Dachtürmchen abgesehen, konnte er tatsächlich noch keinen hohen Kirchturm erkennen, und ohne einen solchen war eine Kirche seiner Ansicht nach keine Kirche.

Mit neugierigem Staunen betrachtete er das Gemäuer des entstehenden Doms, während er hinter dem bewaffneten Fußvolk her über den Platz schritt. Am ehesten war der östliche, zum Elbufer hin gelegene Teil des Neubaus schon als zukünftige Kathedrale zu erkennen. Dort, halb verdeckt durch das dunkle Gemäuer der flachen Burg, erhob sich die runde und vielfach gegliederte Fassade des Hochchores mit einem weiten, vieleckigen Kapellenkranz im Erdgeschoss. Auch die unteren Stockwerke eines entstehenden Turmes konnte Wolfram ausmachen, als er näherkam.

Das Querschiff schien bereits fertig zu sein und war, wie der Hochchor mit dem Kapellenkranz, sogar schon überdacht. Auch Spitzbögen und steil zulaufende Dächer eines langen Teils des nördlichen Seitenschiffes erkannte Wolfram hinter den vielen Gerüsten. Und überall sah er Bauhütten, Flaschenzüge, Sandhaufen und Stapel von Bauholz und Steinen, vor denen Ochsenfuhrwerke entladen wurden. Er vermutete, dass es die Blöcke aus dem Elbsandsteingebirge waren, die der Lastkahn gestern gebracht hatte.

Vor dem großen burgartigen Gebäude neben der Baustelle machte der Tross Halt. Die drei Reiter stiegen aus den Sätteln, überließen ihre Pferde herbeieilenden Knechten, stiegen die Vortreppe hinauf und traten in das prächtige Haus. Die Männer des Fußvolkes bildeten kleine Gruppen, setzten sich auf die Stufen der Palasttreppe oder auf den Boden des Domplatzes und begannen munter zu plaudern und zu scherzen.

Ein junger Waffenknecht stieß Wolfram von der Seite mit seinem Bierschlauch gegen die Schulter. »Hier, Bruder. Siehst nicht aus wie einer, der das Bier schon gekostet hat, das unser Erzbischof brauen lässt.«

Wolfram bedankte sich und trank, während der andere das Wappen auf seinem Mantel betrachtete und ihn neugierig beobachtete.

»Schmeckt gut«, lobte Wolfram und nahm gleich noch einen Schluck. »Selten gut sogar.«

»Der kluge Konrad lässt mit Hopfen brauen, das hält den Gerstensaft länger frisch.« Der andere nahm seinen Trinkschlauch wieder an sich. »Ich habe dich noch nie gesehen hier in Magdeburg. Wo kommst du her?« Er deutete auf den schwarzen Bullenkopf auf Wolframs Mantel. »Von der Ostseeküste?« Wolfram nickte. »Und was führt dich an die Elbe runter?«

Der Bursche war jünger als Wolfram, höchstens siebzehn oder achtzehn. Dichtes blauschwarzes Haar umrahmte sein rundes, fleischiges Gesicht. Er war von kräftiger, geradezu bulliger Gestalt, und seine Miene hatte etwas von der Gleichmütigkeit eines Wolfes, der seine Beute beobachtet.

Wolfram nannte seinen Namen. »Aus Landsberg komm ich und bin im Gefolge meines Ritters Adalbert von Stendal. Er will seine Kriegsdienste dem Erzbischof anbieten.«

»Ein guter Plan«, sagte der Bursche, der sich als Slawomir von Sternberg vorstellte. »Ihr habt Glück – Krieg gibt's oft genug bei uns. Dein Ritter soll morgen oder übermorgen nach der Laudes herkommen, danach gewährt der Erzbischof Konrad Audienz, wenn er in der Stadt ist.« Er sprach mit schleppender Stimme und starkem wendischem Akzent. »Er hält sich meistens in Magdeburg auf, anders als die Erzbischöfe vor ihm.«

Wolfram erfuhr, dass er vor dem Palast des Erzbischofs Konrad stand und dass auch jener bullige Wende der Knappe eines Ritters war. »Ich diene dem Ritter Gero von Greifenstein«, erklärte Slawomir, »dem Blonden, der eben in den Palast hineingegangen ist.«

»Und wer waren die anderen beiden Männer?«, wollte Wolfram wissen.

»Der Mönch ist der Beichtvater meines Ritters, Gallus von Trier, und den sie in den Palast zu Konrad geführt haben, das ist der Hofpriester und Beichtvater der Brandenburger Markgrafen. Der bringt unserem Erzbischof eine Botschaft seiner Herren, denn Otto von Brandenburg und sein Bruder Erich sind seit heute Morgen in der Stadt.«

»Was du nicht sagst!« Wolfram zog überrascht die dichten schwarzen Brauen hoch – so schnell hatte er nicht mit der Ankunft von Adalberts Rivalen gerechnet, und Adalbert zweimal nicht. »Und weißt du auch, ob Angehörige des Grafenhauses von Holstein-Kiel schon in Magdeburg angekommen sind?«

Auch darüber konnte der Wende Auskunft geben. Er beschrieb nicht nur Heilwig und ihre Zofen sehr ausführlich und genüsslich, sondern auch das Haus, in dem sie abgestiegen waren. Und siehe da: Sie wohnte tatsächlich in jener Hausburg, die Adalberts Gasthof gegenüberlag und die Wolfram längst aufgefallen war.

Der Mönch und der Ritter des Wenden kehrten zurück. Der Mönch, der zu Wolframs Verblüffung eine Peitsche bei sich trug, deutete zur Baustelle hinüber und flüsterte Slawomir und seinem Ritter etwas zu. Dann schwang er sich auf sein Pferd und ritt über den Domplatz nach Norden davon. Vier Waffenknechte folgten ihm zu Fuß.

Wolfram ließ sich noch einen Pferdehändler in Sudenburg und eine Schmiede in der Neustadt empfehlen und verabschiedete sich dann. Seine Neugier trieb ihn in das Innere des unvollendeten Domneubaus – Schmiede und Pferdehändler konnten warten.

Das Gesicht und der Name des jungen Knappen gingen ihm durch den Kopf, während er sich unter einer Gerüstbohle hindurch in den Eingang des Querschiffes bückte. Slawomir von Sternberg – Wolfram kannte die Burg Sternberg. Sie lag nicht weit von der Ostseeküste entfernt und war von einer lieblichen Seenlandschaft umgeben.

Erst zwei Jahre war es her, dass Wolfram und Adalbert mit einem kleinen, vom Schweriner Herzog angeführten Heer einen räuberischen Ritter in dieser Burg gefangen genommen hatten, einen adligen Wenden. Er war viel älter gewesen als Slawomir, doch er hatte ihm stark geähnelt – die gleichen braunen Augen, das gleiche rabenschwarze Haar und die gleiche bullige Gestalt. Sein Vater vielleicht?

Der Herzog hatte dem Mann damals sein Lehen weggenommen und ihn in Ketten legen lassen, weil er Reisende und die Dörfer und Weiler rund um seine Burg mit Raub und Mord in Angst und Schrecken versetzt hatte. Wahrscheinlich war er inzwischen im Verlies gestorben. Wolfram wusste es nicht.

Der Lärm von Hammerschlägen hallte durch das Innere des Neubaus. Wolfram nickte einem wahrhaft hünenhaften Mann zu, der breitbeinig vor einem Holzblock stand und ein Blech mit gleich zwei Hämmern bearbeitete. *Ich bin ein Glückspilz*, dachte er, *will mir nur schnell den neuen Dom angucken und habe just meinen Schmied gefunden.*

Er blickte sich um. Zwischen dem Chor und den Fundamenten des Mittelschiffs strebten vier mächtige Pfeiler einem herrlichen Kreuzrippengewölbe entgegen, das auf ihnen ruhte. Weil einige der Mönche, die ihn erzogen hatten, der Baukunst kundig gewesen waren, wusste Wolfram, dass man diese Säulen Vierungspfeiler nannte. Sie standen genau an den vier Ecken des Quadrats, das die Kreuzung des fast vollendeten Querhauses mit dem künftigen, nach Westen hin erst in Andeutungen sichtbaren Langhaus bildete.

Vom geplanten Langhaus waren – abgesehen vom Chor im Osten – erst einige Fundamente und wenige Wände zu sehen. Auch ein paar eingerüstete Pfeiler und Säulen ragten zwischen Fundamentgräben und Kübeln auf, manche mannshoch, manche höher. Einige Frauen und Männer mischten Mörtel an, auf den Gerüsten standen wenige Maurer und Steinmetze und nahmen die Steine entgegen, die Hebeknechte ihnen mit Flaschenzügen nach oben hievten. Wolfram hatte erwartet, weitaus mehr Arbeiter im Inneren des Neubaus anzutreffen.

Ein gewaltiger Trommelkran stand an der eingerüsteten Wand des südlichen Seitenschiffes, doch niemand trat seine Trommel. Zwischen ihm und den vollendeten Teilen des nördlichen Seitenschiffes dehnte sich, groß wie ein Tümpel, eine teilweise verschlammte Pfütze aus. In den Fundamentgräben für das Mittelschiff stand das Wasser mehr als knöchelhoch. Tagelöhner tauchten Ledereimer in die lehmige Brühe und reichten sie zu Frauen und Halbwüchsigen hinauf, die sie ihnen abnahmen und nach draußen schleppten, um sie zu leeren.

Auch neben dem Altar vor dem Lettner entdeckte Wolfram letzte Spuren des regenreichen Frühsommers: feuchten Steinboden, zwischen dessen Ritzen vor Kurzem noch Pfützen versickert waren. Wolfram legte den Kopf in den Nacken. Die Überdachung des Querschiffes schien nicht mehr regenfest zu sein.

Ein paar Schritte neben dem Altar glühten Kohlen in einer Esse. Daneben stand der Schmied und drosch mit seinen beiden Hämmern auf dem großen Blech herum. Neben dem Holzklotz, auf dem er es bearbeitete, ragte eine Leiter in ein Gerüst hinein, auf dem man bis ins Gewölbe klettern konnte.

Wolfram wartete darauf, dass der Schmied sein Werkzeug absetzte und ansprechbar sein würde. Während er die steinernen Skulpturen vor dem Lettner betrachtete, um sich die Wartezeit zu vertreiben, hörte er plötzlich von irgendwoher eine Frauenstimme jammern.

Er schaute sich um, konnte aber außer den Arbeitern in den Gerüsten und vor den Fundamentgruben und den Männern bei den Steinstapeln und Fuhrwerken niemanden entdecken. Ein Hebeknecht am Flaschenzug, der seine suchenden Blicke bemerkte, winkte ab und fuchtelte sich mit der flachen Hand vor der Stirn herum. »Kümmer dich nicht um die Verrückte.«

Das tat Wolfram zunächst auch nicht, manch einer betete eben laut und leidenschaftlich, wenn große Sorgen ihn bekümmerten. So etwas hatte er bereits in Stendal und Hildesheim schon erlebt. Und in Schwerin auch. Langsam schritt er die zehn Frauenfiguren vor dem Lettner ab.

Alle hatten sie das gleiche schöne Gesicht, aber fünf der Skulpturen wirkten glücklich und froh, die fünf anderen jedoch unglücklich oder wenigstens enttäuscht. Wolfram war tief beeindruckt – selten hatte er ein derart lebendiges Mienenspiel in Stein gehauen gesehen.

Er merkte schnell, dass er ein Bildwerk betrachtete, das ein bekanntes biblisches Gleichnis veranschaulichte: das Gleichnis von den zehn Jungfrauen. Von den fünf klugen Jungfrauen, die in der Hochzeitsnacht genügend Lampenöl bei sich hatten, um dem lange ausbleibenden Bräutigam den Weg zu ihnen leuchten zu können, und den fünf törichten Jungfrauen, die nicht vorgesorgt hatten, und am Ende traurig und enttäuscht vor der verschlossenen Tür des Hochzeitssaales bleiben mussten.

Lautes Schimpfen, das sogar die Hammerschläge übertönte, riss Wolfram aus seinen Betrachtungen. Er lauschte. Dieselbe Frauenstimme, die eben noch so leidenschaftlich gebetet und geklagt hatte, schimpfte nun laut und erbost. Eine Betende, die ihrem Zorn freien Lauf ließ? Das hatte er noch nie erlebt.

Auf den Gerüsten, am Flaschenzug und vor den Fundamentgruben bedeuteten ihm die Männer und Frauen gestenreich, sich nicht um das Gezeter zu kümmern. Das Gehämmer verstummte.

»Lass sie einfach in Ruhe«, sagte der Schmied. Wolfram drehte sich nach ihm um und erschrak vor der großen kreisrunden und wulstigen Narbe auf der breiten Stirn des Riesen. »Sie ist, wie sie ist.« Er zuckte mit den Schultern und fuhr fort, das Blech zu behämmern.

»Du bist fremd hier«, rief der Hebeknecht Wolfram zu, »du kennst unser Tartarenmädchen noch nicht! Am besten, du beachtest sein schwachsinniges Geschwätz überhaupt nicht.«

Schwachsinnig? Tartarenmädchen? Wolfram war nun erst recht neugierig auf die Beterin geworden. Er schlich in die Richtung, aus der er ihre Stimme so überdeutlich hören konnte. Sie drang aus dem Arkadengang, der bogenförmig an den äußeren Kranzkapellen vorbei um den Chor herumführte. Je tiefer er in den Chorumgang eindrang, desto deutlicher hörte er die zeternde Stimme.

In der zweiten Kranzkapelle kniete eine stämmige Frau vor einer Statue der heiligen Katharina. Sie betete, schimpfte, jammerte und zischte – alles zugleich. Wolfram verstand nur einzelne Satzfetzen: »Sollet se doch untergehe!«, »Sollet de Magdeburgs doch erschlagn werde, wenn se nich auf de Genoveva höre wollet!« Diese und ähnliche Verwünschungen gab die Beterin von sich.

Sie hatte dichte haselnussbraune Locken, einen großen runden Kopf und trug einen Fellmantel aus schwarzen, weißen und grauen Flicken. Blatternnarben, aber auch frische Schürfwunden und blaue Flecken bedeckten ihr Vollmondgesicht. Ihre Sprache klang seltsam in Wolframs Ohren, kindlich irgendwie, und während sie schimpfte und betete, bog sie ihre stämmige Gestalt hin und her, als würde sie von Leibschmerzen geplagt.

Wolfram schlich weiter und versuchte, sie nicht zu beachten, was gar nicht so einfach war, denn ihre krächzende Stimme tönte ziemlich laut. Sie hörte sich an, als wolle sie jeden Moment losschreien. Vorbei an der Scheitelkapelle, in der ein Sarkophag stand – mit den Gebeinen der Königin Edgitha, wie Wolfram von Adalbert wusste –, gelangte er zur nächsten Kranzkapelle und stand auf einmal vor einer Statue mit schwarzem Gesicht und goldfarbenem Kettenhemd.

Er vergaß die jammernde Beterin, vergaß für ein paar Augenblicke sogar zu atmen und staunte mit offenem Mund. Das musste der heilige Mauritius sein! Ein Ritter, wie er selbst einer werden wollte! Adalbert hatte viel von dem Heiligen erzählt, aber nie, dass er ein Mohr gewesen war.

Er trat näher und betrachtete das bunte, steinerne Ritterbildnis andächtig von allen Seiten und stand schließlich vor ihm still. Weil es leicht erhöht auf einem Steinsockel an der

Kapellenwand angebracht war, schaute der Schwarze Ritter nun ein wenig auf Wolfram herunter. Und wie ernst er ihn ansah! Ganz so, als würde sein Blick bis tief in sein Herz dringen.

Die goldglänzende Kettenhaube umrahmte ein rabenschwarzes Gesicht, das sehr ernst und nachdenklich wirkte. Und wie edel der lange goldene Kettenharnisch unter dem dunkelgrünen Rock glänzte! Der heilige Mauritius trug ein Schwert am Gürtel und hinter seinem Schild hielt er eine Lanze. Seine wulstigen Lippen stachen rot aus dem pechschwarzen Antlitz heraus. Aus großen, ein wenig traurigen Augen blickte der Ritter unter schweren Lidern hervor und auf Wolfram herab. Ganz so, als wollte er ihm etwas sagen.

Wohin gehst du?, schien dieser Blick den ganz von ihm gefesselten Knappen zu fragen. *Was wird einmal aus dir werden? Ein eitler Schürzenjäger wie Adalbert, oder ein Ritter, der wie ich treu seinem Gott und seinem Fürsten dient? Ein aufbrausender Totschläger wie Otto von Brandenburg, oder ein edler, gütiger und starker Krieger, der wie ich sich selbst besiegen kann, der den Bedrängten rettet und den Schwachen beschützt?*

Wolfram schloss die Augen und schluckte. Waren das nicht die Worte gewesen, mit denen ihn der Mönch in den Knappenstand entlassen hatte, der in Hildesheim für seine Erziehung verantwortlich gewesen war? O doch, das waren die Worte seines strengen Erziehers gewesen.

Was will ich werden?, fragte sich Wolfram. *Wer will ich sein*? Er wusste nicht, wie ihm geschah, denn all seine Träume und Hoffnungen überfluteten auf einmal sein Herz.

Mit schlechtem Gewissen dachte er an die hinreißende Grafentochter. War es nicht die pure Lüsternheit gewesen, die ihn hierher nach Magdeburg getrieben hatte? Weiter nichts als eigensüchtiges Begehren hatten ihn dazu verführt, den armen

Adalbert zu betrügen! Er schluckte, und Tränen stiegen ihm in die Augen.

Ein edler Ritter wollte er werden, jawohl, schon von Kindesbeinen an! Siege, Ruhm, Reichtum und Ehre wollte er gewinnen und die Herzen von schönen Damen, wie Heilwig eine war … oder die junge Frau mit den schwarzen Locken von der Brücke. Kämpfen wollte er, so tapfer, dass sie ihm zujubelten, die schönen Damen. Und dichten wollte er, so zauberhaft, dass sie dahinschmolzen unter seinen Versen und Gesängen, die Herzen der schönen Damen.

Aber Gott dienen, wie der heilige Mauritius es getan hatte? Dem Schwachen ein Beschützer und dem Bedrängten ein Retter sein, wie es ihm sein Lehrer damals ans Herz gelegt hatte? Daran hatte Wolfram seither nicht mehr gedacht.

Als er die Augen wieder öffnete, war ihm, als würde der Schwarze Ritter zweifelnd den schweren Kopf wiegen. Oder nickte er zustimmend? *Sei klug, bewahre dir ein starkes Herz, und wähle den richtigen Weg, den guten Weg eines Dieners Gottes*, schien der Blick des Heiligen ihm sagen zu wollen. *Und mach dir keine Sorgen – selbst härteste Prüfungen im Schlachtgetümmel des Lebens werden dich nicht zerbrechen, wenn du Gott und seiner Liebe die Treue hältst.*

Laute Männerstimmen und ein durchdringender Schrei rissen ihn jäh aus seinem stillen inneren Zwiegespräch mit sich selbst und dem Heiligen. Er fuhr herum und sah, wie zwei Bewaffnete die betende und schimpfende Frau packten, nach ihr traten und schlugen, und die Schreiende aus der Kranzkapelle schleppten. Einen der beiden erkannte Wolfram sofort wieder: Slawomir von Sternberg.

An Kleidern, Haaren und Armen zerrten er und der andere die Strampelnde und Heulende aus dem Chorumgang in die Baustelle hinein. Dabei spuckten sie auf die Bedauernswerte und beschimpften sie aufs Unflätigste.

»Verrückte Hundsärschin!«, schrie Slawomir. »Vermaledeite Tellerleckerin, du! Der Gottseibeiuns hat dir ja ins Hirn geschissen, du Lasterbalg!«

Glühender Zorn flammte durch Wolframs Brust. »Weg von dem Weib!« Er riss sein Schwert aus der Scheide und stürzte den Waffenträgern und ihrem Opfer hinterher. »Lasst sie sofort los, sag ich!« Er kannte sich selbst nicht mehr, so heiß stieg ihm auf einmal der Zorn in den Kopf, und so laut brüllte er.

Am ersten Vierungspfeiler holte er sie schließlich ein. Er sprang über die zeternde und strampelnde Frau hinweg und stieß die Männer zur Seite. Einer stürzte schwer und stöhnte auf, der andere, Slawomir, zog seine Klinge und ging auf Wolfram los.

»Eine Besessene ist sie!«, zischte er beim ersten Hieb gegen Wolframs Schwert. »Eine Schwachsinnige, die das Volk verrückt macht!«, beim zweiten. »Der Domherr Gallus und der Erzbischof wollen, dass wir sie einkerkern! Halt dich da raus, du armseliger Hurenknecht!«

Seinem dritten Hieb wich Wolfram so geschickt aus, dass Slawomirs Klinge auf den Steinboden krachte und brach.

»Der hätte mich getötet, wenn du getroffen hättest!«, brüllte Wolfram voller Zorn und rammte dem anderen Faust und Schwertknauf mit solcher Wucht ins Gesicht, dass der Wende rücklings gegen den Vierungspfeiler prallte und benommen zu Boden glitt.

Schwer atmend wollte Wolfram zu ihm springen, um nach ihm zu schauen, als unversehens rechts über ihm die Spitze eines Spießes aufblitzte und auf ihn herabfuhr. Gerade noch konnte er sein Schwert hochreißen, um den tödlichen Stoß abzufangen, doch ein schmerzhafter Tritt gegen den Unterarm schleuderte ihm die Klinge aus der Hand. Klirrend schlitterte sie über den Steinboden, und als Wolfram ihr hinterhersprang, packte der wieder zu sich kommende Slawomir seinen Knöchel, sodass er stürzte und hart auf dem Stein aufschlug.

Er rollte sich auf die Seite und wollte nach seinem Schwert langen, aber jemand setzte seinen Stiefel auf die Klinge, fluchte und hob seinen Spieß zum Stoß. Wolfram schaute nach oben und blickte in eisblaue Augen und ein hartes Gesicht.

»Damit du wenigstens noch erfährst, wer dir das Tor zur Hölle aufgestoßen hat, höre meinen Namen«, sagte der Ritter, der über ihm stand. »Gero von Greifenstein. Du wirst nie wieder deine Klinge gegen einen Ritter des Erzbischofs erheben.«

Er packte den Schaft seines Sauspießes noch mit der zweiten Faust, holte aus und zielte auf Wolframs Brust.

15
Maulkorb

Magdeburg, 10. Juli 1275

Mechthild tauchte die Feder ins Tintenfass und stutzte, denn sie hörte von draußen Schritte, viele Schritte. Sie strich die Tinte ab, beugte sich über das Pergament und schrieb. Unten im Hof wurden Stimmen laut, Frauenstimmen vor allem. Etwas geschah unter ihrem Fenster. Sie richtete sich auf und hob den Kopf – etwa das, was sie seit Langem befürchtete? Seufzend beugte sie sich wieder über das Pergament und schrieb Zeile um Zeile.

Auch im Haus selbst hörte Mechthild nun erregtes Rufen und viele Schritte, die plötzlich auf Fluren und Treppen scharrten, und zu beiden Seiten ihrer Schreibstube knarrten und schlugen Kammertüren. Es wurde gezischt, geschimpft und gerufen. Sie schrieb den Satz zu Ende, den sie gerade begonnen hatte.

Eine Männerstimme erhob sich draußen unter all den anderen – das kam nicht oft vor. Und der, dem die scharfe Stimme gehörte, hatte noch nie seinen Fuß in den Beginenhof gesetzt. Mechthilds düstere Vorahnung wurde zur Gewissheit: Der Priestermönch, mit dem sie sich zwei Wochen zuvor das Wortgefecht im nächtlichen Chor des Domneubaus geliefert hatte, war gekommen. Das konnte nichts Gutes bedeuten.

Sie legte die Feder beiseite und streute Sand über den Pergamentbogen, den sie in der letzten Stunde zur Hälfte beschrieben hatte. Die Arbeit war ihr nicht leichtgefallen heute, wahrhaftig nicht. Sie stand auf.

Oft flossen die Sätze nur so aus ihr heraus, dann füllte sie Bogen um Bogen, manchmal drei in einer Stunde. An anderen Tagen, an solchen wie heute, ging es nur zäh voran mit dem Schreiben. Das mochte an der Sorge um Genoveva liegen, die spurlos verschwunden war. Sie nahm den Pergamentbogen, ließ den Sand darauf hin und her rieseln, während sie zum Fenster ging, und blies ihn dann zum Hof hinaus.

Da stand er, dessen Stimme sie erkannt und den sie seit Langem erwartet hatte. Gallus von Tier, der Peitschenmönch, in seinem Benediktinerhabit und mit der schwarzen Kapuze auf dem Kopf hatte er sich mitten auf dem Hof aufgebaut, und die vielen Frauen, die ihn umringten, redeten erregt auf ihn ein.

»Welch seltener Besuch!«, rief Mechthild von oben zu ihm hinunter. »Friede sei mit dir, Bruder Gallus. Was führt dich zu uns?«

»Eine Botschaft des Erzbischofs! Eben hat Conradus sie mir in seinem Palast übergeben.« Gallus fuchtelte mit einer Pergamentrolle. »Eine Botschaft an dich. Ich habe mit dir zu reden, komm herunter!«

Obwohl Mechthild seine anmaßende und zumeist recht barsche Art kannte, erregten seine Worte einmal mehr ihren Zorn. *Erbarme dich seiner, gütiger Gott*, betete sie im Stillen, *und spende seiner düsteren Seele ein wenig Licht, damit er vielleicht doch noch sehen lernt. Amen.*

Dann atmete sie tief durch und erwiderte ruhig und bestimmt: »Du musst dich noch einen Augenblick gedulden, Bruder Gallus. Sobald ich meine Arbeit beendet habe, werde ich wieder ans Fenster treten und dich anhören.«

Sie drehte sich um und trug das Pergament zurück zum Tisch. Sie vernahm, wie sich Gallus unten ereiferte, aber sie achtete nicht darauf, oder versuchte es wenigstens. In aller Ruhe schob sie die Bögen auf ihrem Tisch zusammen, legte sie auf einen hohen Stapel anderer und klappte den Deckel eines ledernen Einbands über ihnen zu.

DAS FLIESSENDE LICHT DER GOTTHEIT stand in großen Buchstaben auf dem Lederdeckel geschrieben.

Mechthild blies die beiden Talglampen auf ihrem Schreibplatz aus und ging langsam und betend zurück zum Fenster. »Schenke mir Worte, mein Gott«, flüsterte sie. »Gute Worte, die meinen Schwestern Mut machen, und lichtvolle, scharfe Worte, die Gallus' Hochmut enthüllen und brechen. Amen.« Sie bekreuzigte sich.

Sie stützte die Hände aufs Fensterbrett und schaute hinunter. Ihr Blick suchte die Menge ab und fand die kleine, ganz in Schwarz gehüllte Gestalt des Mönchs von noch mehr Frauen umzingelt, die alle auf ihn einredeten und dabei mit Drohgebärden nicht sparten. Obwohl er Angehöriger des Benediktinerordens war, diente Gallus von Trier als Priester in St. Sebastian. Schon seit Jahren ging er im Palast der Erzbischöfe ein und aus, und vor Kurzem war er zu allem Überfluss auch noch ins Domkapitel aufgenommen worden. All das hatte ihn weiß Gott nicht demütiger gemacht.

Das Gemurmel und Geraune im Hof ebbte nach und nach ab. Die Frauen, die den Priestermönch umstanden und lautstark mit ihm stritten, verstummten. Alle Köpfe in der Menge hoben sich und schauten zu Mechthild herauf.

Nur am Hoftor drüben droschen eine Begine und zwei Zisterzienserinnen noch auf einen Waffenknecht ein, der wohl zum Geleitschutz des Mönchs gehörte. Schimpfend stießen sie ihn aus dem Hof und schlugen das Tor zu. Ihrem lauten Gezeter entnahm Mechthild, dass der Mann sich einen unflätigen Scherz erlaubt hatte. Derartige Entgleisungen schätzten sie nicht auf dem Beginenhof.

Mechthild richtete ihren Blick auf den Benediktiner. »Was hast du mir zu sagen, Bruder Gallus? Ich höre.«

»Ich fordere dich noch einmal auf, zu mir herabzukommen, damit ich unter vier Augen zu dir sprechen kann!«, entgegnete Gallus ungehalten.

Mechthild ließ sich nicht aus der Ruhe bringen. Außerdem gefiel es ihr, von hier oben aus zu diesem hartherzigen Menschen zu sprechen. »Ich habe nichts dagegen, wenn alle hier auf dem Hof hören können, was du mir zu sagen hast, Bruder.« Sie deutete auf die immer größer werdende Menge der Frauen. Auch einige Männer aus der Nachbarschaft entdeckte sie, und neben Gallus zwei weitere Waffenknechte. »Es wird doch nicht Unanständiges sein?«

Sie konnte gut erkennen, wie er vor Wut erbleichte. »So redest du nicht mit einem Diener des Herrn, Wahnsinnige!«, rief er. »Nicht mit einem geweihten Priester und Domherrn!«

»Beherrsche dich, Mönch!«, erwiderte sie laut mit scharfer Stimme. Etwas versöhnlicher fuhr sie fort: »Jeder hier auf dem Hof soll hören, was ich dir antworten werde, Bruder Gallus.«

»Das könnte gefährlich für dich werden, Närrin! Schon manch einem Weib mit allzu losem Maulwerk sind in diesen Jahren ihre Worte zum Verhängnis geworden, die sie vor Zeugen ausgesprochen hat!«

»Ihr richtet mir also bereits den Scheiterhaufen?« Mechthilds Stimme klang schneidend. »Eben deswegen bevorzuge ich es, vor Zeuginnen und Zeugen mit dir zu reden. Männer deiner Sorte neigen leicht einmal dazu, nur das zu hören, was sie hören wollen. Und manche dieser Schwerhörigen, zu denen ich dich leider zählen muss, dichten zu den Worten, die sie gehört haben, noch Worte hinzu, die niemals gefallen sind. Deshalb sprich vor den Ohren dieser Schwestern und Brüder hier, sie mögen Zeugen unserer Unterhaltung werden.«

Zustimmendes Gemurmel erhob sich.

»Nun fang schon an, Gallus!«, rief ein Greis.

Die Frauen um den Priestermönch stießen ihm die Fäuste gegen die Schultern und forderten ihn ebenfalls lautstark auf, endlich zu sagen, was er zu sagen hatte.

Er zischte gereizt, schaute nach allen Seiten und verschoss giftige Blicke. »Nun denn.« Schließlich räusperte er sich und hob die Stimme. »Dem Erzbischof ist zu Ohren gekommen, dass du ein Buch schreibst. Ist das wahr, Mechthild?«

»Das ist wahr.«

»Es sei ein Buch über geistliche Dinge, erzählt man sich.«

»Auch das ist wahr.«

Gallus hob seinen Peitschenstiel und deutete zu ihr herauf. »Seit wann schreiben Weiber Bücher, und noch dazu Bücher über geistliche Dinge?«

»Das weiß ich nicht«, erklärte Mechthild in größter Ruhe. »Vielleicht, seit ich es tue? Oder schon, seit die berühmte Kirchenlehrerin Hildegard von Bingen es getan hat?«

»Vermessene!« Gallus fuchtelte mit dem Peitschenstiel. »Du vergleichst dich mit der heiligen Hildegard?«

»Das tue ich mitnichten!«, rief Mechthild. »Ich antworte dir lediglich, Bruder Gallus.«

»Es ist uns auch zu Ohren gekommen, dass du aus deinem Buch vorliest, und das vor großer Versammlung.«

»Die meisten Schwestern und Brüder hier können nicht lesen, wie du dir denken kannst, Bruder Gallus. Also muss ihnen wohl jemand vorlesen, oder was meinst du? Und wer würde sich dafür besser eignen als die Verfasserin des Geschriebenen?« Wieder wurden zustimmende Rufe laut, manche Frauen klatschten.

»Mag sein.« Der Priestermönch räusperte sich lautstark. »Allerdings erzählt man uns von wunderlichen Dingen, die du den armen Weibern vorzulesen pflegst.« Gallus sprach nun noch lauter, dehnte die Silben und schlug einen noch schärferen Tonfall an. »Von ketzerischen Dingen gar, die der Lehre der Kirche widersprechen. Man erzählt sich etwa ...«

Was immer Gallus sagen wollte, es ging in dem empörten Widerspruch unter, der nun im gesamten Hof laut wurde. Die vielen Frauen und wenigen Männer schrien durcheinander. Manche drohten dem Mönch mit der Faust, und zwei Zisterzienserinnen packten Gallus an seinem schwarzen Habit, rissen ihm die Kapuze vom Kopf und machten Anstalten, ihn aus dem Hof zu zerren. Statt ihm zu helfen, zogen seine beiden Waffenknechte die Köpfe ein und hoben abwehrend die Hände.

»Ruhe, ihr Schwestern!«, rief Mechthild. Gewisse Männer und Frauen fielen ihr ein, die sie hin und wieder unter ihren Zuhörern entdeckte und die sie in Verdacht hatte, ihren Lesungen im Auftrag ihrer Feinde zu lauschen. »Lasst ihn los! Und lasst ihn reden!«

Widerwillig gaben die Nonnen den Mönch frei, und nach und nach legten sich Stimmengewirr, Geschrei und Wutgeheul.

»Ich habe nichts zu verbergen, Bruder Gallus. Jeder, den es danach verlangt, kann lesen oder hören, was ich geschrieben habe. Unser Erzbischof Konrad möge kommen und es mit eigenen Augen studieren oder sich unter die Schwestern stellen und meiner Lesung zuhören.«

Gallus strich sich seinen Habit glatt. »Du behauptest, Lichter zu sehen, erzählt man sich.« Er klang jetzt eine Spur weniger hochmütig. »Unten im Chor des neuen Doms habe das angefangen, wo ich dich neulich erst ertappt habe. Und die Lichter, so sagt man, gebieten ...«

»Viel früher!«, fiel Mechthild ihm ins Wort. »Ich war zwölf Jahre alt und lebte noch auf der heimatlichen Burg, als das göttliche Licht meine Kammer erfüllte und um mich floss und in mich strömte. Und ja, auch auf der Baustelle im Chor des neuen Doms ist es geschehen, und dann wieder hier, in meiner Schreibkammer.«

Gallus von Trier runzelte die Brauen und rieb sich die hohe Stirn. »Göttlich nennst du das Licht, das du gesehen haben willst?« Mechthilds freimütiges Bekenntnis machte ihn offenbar ein wenig ratlos, sodass er unruhig mit dem Peitschenstiel gegen seine Wade klopfte.

»Der Heilige Geist selbst ist es, der zu mir aus dem fließenden Licht der Gottheit gesprochen hat und noch immer zu mir spricht. Er gebietet mir zu schreiben, und nur seine Worte schreibe ich auf, niemals meine eigenen!«

Das stimmte nicht ganz – Mechthild schrieb längst nicht alles nieder, was ihr in die Feder fließen wollte. Ihr Freund und Beichtvater, ein Mönch des Dominikanerordens, flehte sie immer wieder an, sorgfältig darauf zu achten, dass kein Satz ihres Buches gegen sie verwendet werden konnte. Und wenn lesekundige Freundinnen unter den Magdeburger Zisterzienserinnen nach der Lektüre ihrer Texte zu Streichungen und Änderungen rieten, sträubte sie sich nur selten gegen deren Rat.

Niemand, der sie liebte, wollte Mechthild von Magdeburg aus einem Folterkeller schreien hören oder sie gar auf dem Scheiterhaufen verlieren – und Mechthild sich selbst am allerwenigsten.

»Nur seine Worte also, aha!« Gallus stellte sich auf die Zehenspitzen, um in der Menge der Frauen seiner kleinen Gestalt ein wenig mehr Geltung zu verschaffen. Weil seine Stimme ins Höhnische kippte, machte Mechthild sich auf das Schlimmste gefasst. »Aus dem göttlichen Licht, das du gesehen haben willst und das du für den Heiligen Geist hältst, aus diesem Licht wurde dir also gesagt, dass man sich den allmächtigen Gott, unseren Schöpfer, als Kugel oder als Kreis vorstellen muss?«

»So ist es, Bruder Gallus.« Mechthild erinnerte sich an ein bestimmtes Gesicht, das sie zum ersten Mal in ihrer Versammlung gesehen hatte, als sie dieses Bildwort vor zwei Wochen verwendete. »Aber denk nach, bevor du weitersprichst, Bruder Gallus – die Kugel in ihrer vollendeten Form und der Kreis in seiner Unendlichkeit sind nur Sprachbilder, um uns begrenzten Menschlein das Wesen Gottes in seiner Unaussprechlichkeit wenigstens anzudeuten.«

»Was du nicht sagst.« Verächtlich klang er jetzt, der Priestermönch und frischgebackene Domherr. »Und wie steht es mit deiner Behauptung, dass niemand sich Gott als Mann vorstellen dürfe?« Auf einmal wurde es still dort unten im Hof. »Das hast du doch aufgeschrieben, oder?«

»Das habe ich aufgeschrieben und vorgelesen, ganz richtig, Bruder Gallus.« Mechthild meinte, den Mönch ein Stück wachsen zu sehen. »Und? Was hast du dagegen einzuwenden? Verlangt das Gebot nicht, sich kein Bildnis von Gott zu machen? Und macht sich derjenige nicht ein inneres Bildnis von Gott, der ihn sich als Mann vorstellt?«

Die Frauen und Männer um Gallus herum nickten eifrig, sogar einer der Waffenknechte. Weil der Mönch nicht gleich etwas zu entgegnen wusste, steckten einige die Köpfe zusammen und tuschelten.

»Und was ist mit jenem Satz aus deiner Feder, wonach ausschließlich Männer sich diese Vorstellung von Gott ausgedacht haben, die doch völlig zu Recht in unserer Kirche Geltung hat?« Die Leute wurden wieder aufmerksamer. »Und dass sie dies einzig und allein getan haben, um in unserer Kirche die Macht über die Frauen zu gewinnen? Hat dir das etwa auch der merkwürdige Geist aus deinem Hirngeglitzer eingegeben? Und dass es keinem Mann gestattet sein sollte, sich über eine Frau zu stellen? Hat dir das etwa auch …?«

Der Rest seiner Frage ging in Beifall und lauten Rufen unter. »Amen!«, tönte es aus der Menge der Frauen. »Wie weise!«, riefen die einen. »Gelobt sei Jesus Christus!« und »Sehr gut!« die anderen.

Der Priestermönch, der allerhand zu entgegnen hatte, wie Mechthild seinen eifernden Gesten und seinem aufgeregten Mienenspiel entnehmen konnte, kam einfach nicht mehr zu Wort. Als es ihm auch nicht gelang, sich durch die Menge bis unter Mechthilds Fenster zu drängen, machte Gallus kehrt und deutete zum Hoftor. Dorthin ließen die Frauen ihn gern gehen. Einige öffneten es ihm sogar.

Mechthild beobachtete seinen Rückzug mit Misstrauen. Gallus von Trier war keiner, der so schnell aufgab, wenn er sich einmal in eine Sache verbissen hatte. Und wahrhaftig, ein paar Frauen und Männer riefen ihm Sätze hinterher, die Mechthild nicht verstand, die aber kaum als Segenswünsche gemeint gewesen sein konnten, da kam der Mönch zurück – im Sattel seines Pferdes.

Die am Tor standen, hatten es plötzlich sehr eilig, zur Seite zu springen, denn in gestrecktem Galopp preschte Gallus in den Hof. Die Menge wich sofort zurück, um nicht unter die Hufe seines Rosses zu geraten. Unter Mechthilds Fenster riss er so heftig an den Zügeln, dass sein Tier auf die Hinterläufe stieg. Es tänzelte zweimal um sich selbst, bis Gallus die Herrschaft über es zurückgewann.

»Ein Erlass des Erzbischofs!«, brüllte er und streckte eine Pergamentrolle über den Kopf. »Hört das Gebot des Erzbischofs!«, rief er der Menge zu. »Ab sofort unterstehen diese Beginen und dieser Hof der Aufsicht der Priesterschaft und der Benediktiner von Magdeburg! Ab sofort werden Brüder meines Ordens und Kanoniker des Domkapitels dafür sorgen, dass es hier sittsam und fromm zugeht und nichts gelesen und verkündet wird, das nicht im Einklang mit den Lehren der Heiligen Kirche steht!« Gallus holte aus und schleuderte die Pergamentrolle über Mechthild hinweg in ihre Schreibkammer.

»Hier geschieht nichts Unrechtes!« Mechthilds Stimme war nun heiser vor Zorn. »Bist du gekommen, um mir einen Maulkorb anzulegen?«

»Nenne es, wie du willst! An diesem Ort jedenfalls wird nie wieder etwas Unrechtes gesagt und getan werden!«

»Hier ist noch nie etwas Unrechtes geschehen!«, fuhr eine Frau aus der Menge den Priestermönch an.

»So?« Gallus sprach jetzt zur Menge gewandt. »Ist es etwa kein Unrecht, wenn Mechthild ihr schwachsinniges Mündel auf die Bürger Magdeburgs loslässt, damit sie Frauen, Kinder und andere Ungefestigte mit schlimmen Fantastereien ängstigt? Mit schwachsinnigen Geschichten, die angeblich bald geschehen sollen?«

Man hatte Mechthild berichtet, dass ihre Pflegetochter vor dem Peitschenmönch und anderen prügelnden Männern geflohen war. »Sollte ich Genoveva daran hindern, ihren Traum zu erzählen?« Nun wurde auch sie sehr laut. »Hast du nie gelesen und gehört, dass Gott auch durch die Schwachen und Armen im Geiste zu uns spricht, du hochmütiger Hundsfott, du?«

»Einer Irren sollen wir zuhören wie einer Prophetin?« Gallus riss sein Pferd herum und deutete mit seiner Peitsche zum Fenster herauf. »Willst du mir das empfehlen, du wahnsinnige Närrin?« Er wandte sich wieder an die Menge der vielen Frauen und wenigen Männer. »Ist hier etwa einer, der es gern sieht, wenn jemand wie Mechthilds Mündel unsere Stadt in Angst und Schrecken versetzt?« Er wandte sich wieder zum Fenster. »Du hast sie nicht mehr im Griff! Deswegen werden ab sofort wir uns um sie kümmern!«

Schlagartig begriff Mechthild – Konrad und der Klerus

wollten Ruhe in der Stadt. Von ihren wenigen Freunden im Domkapitel wusste sie, dass hohe Gäste in der Stadt angekommen waren. Die Markgrafen von Brandenburg, der Graf von Holstein-Kiel und seine Schwester, dazu ein edler Ritter aus Stendal, der dem Erzbischof dienen wollte. Und dann die vielen Menschen, die am kommenden Sonnabend zum Fest der heiligen Margareta die Kirchen, Gassen und Plätze der Stadt bevölkern würden! Ruhe um jeden Preis, so lautete das unausgesprochene Gebot des Erzbischofs. Da störten predigende Beginen nur, da störte vor allem eine kindliche Frau wie Genoveva, die in den Gassen der Stadt lauthals ihren Traum und Gottes Gericht herausschrie.

»Was soll das heißen, Gallus von Trier?« Mechthild lehnte sich weit aus dem Fenster und drohte dem Benediktiner mit der Faust. »Dass mir ja keiner die Genoveva anrührt! Im Namen Gottes und der Heiligen Jungfrau – niemand darf ihr ein Haar krümmen!«

»Mehr als nur eines wird diesem frechen Weib gekrümmt werden!«, rief Gallus. »Denn ihr Geschwätz ängstigt die Leute und stört die Ordnung in der Stadt! In eben dieser Stunde nehmen treue Diener des Erzbischofs und des Domkapitels sie gefangen, Mechthild. Und diesmal wird sie uns nicht mehr entwischen, das schwöre ich dir!«

»Was sagst du da?« Mechthild geriet außer sich vor Zorn. »Ihr versündigt euch an einer Unschuldigen!«

»Und morgen werden einige meiner Ordensbrüder das Gebot des Erzbischofs umsetzen und Quartier in diesem Weiberhof nehmen!« Gallus gab seinem Pferd die Sporen und ritt zum Tor. Die Menge schlug nach seinen Beinen, schimpfte ihm hinterher und drohte mit Fäusten, Stöcken, Hämmern und Rechen.

Am Tor hielt der Mönch sein Ross noch einmal an. »Und du, Mechthild«, brüllte er so laut, dass seine Stimme sich überschlug, »und du tätest gut daran, endlich auf mich zu hören und unsere Stadt zu verlassen! Und zwar besser heute als morgen!«

16

Fisch

Magdeburg, 10. Juli 1275

Eine große Stille herrschte auf der Baustelle. Niemand hämmerte mehr, niemand sägte oder warf Eimer in die Fundamentgruben oder zog am Flaschenzug. Den Spieß zum Stoß erhoben stand Gero von Greifenstein über ihm, und wie ein scharfer Schmerz schoss Wolfram die Einsicht durch die Brust, dass es nun vorbei war. Die Frau, die noch immer am Boden lag, heulte wie eine getretene Hündin, der gestürzte Knappe Slawomir von Sternberg stöhnte und stemmte sich hoch, und dem Knappen Wolfram von Hildesheim stand der Tod vor Augen.

Niemals würde er werden wie der heilige Mauritius, niemals ein gütiger und edler Ritter wie dieser, denn es blieb ihm keine Zeit mehr. Der Augenblick seines Endes erschien Wolfram so unabwendbar, dass er nicht einmal den Versuch machte, Gero mit Worten zu beschwichtigten. Er ergab sich in sein Schicksal, stierte dem anderen ins wutverzerrte Gesicht und erwartete tapfer und mit angehaltenem Atem den tödlichen Stoß.

Plötzlich brauste ein wirbelnder Schatten über ihn hinweg und krachte knapp vor den Fäusten des Greifensteiners gegen den Schaft von dessen Sauspieß. Von irgendeinem Gerüst her ertönte ein Schreckensruf, Holz splitterte, der Ritter taumelte, die vordere Lanzenhälfte fiel klirrend mit der Eisenspitze voran auf die Steinfliesen, und fünf Schritte weiter krachte ein Schmiedehammer in das Gerüst eines Pfeilers.

Ein Raunen ging durch die Baustelle, eine Frauenstimme

betete laut das Vaterunser. Alle Köpfe waren zum Lettner herumgefahren, in die Richtung also, aus welcher der wirbelnde Hammer herangeflogen war. Und keiner konnte es recht glauben – der Schmied? Alle starrten sie zu dem groß gewachsenen Mann hinüber wie zu einer Erscheinung, auch Wolfram. Sollte der Schmied es wirklich gewagt haben? Nur in seiner Linken hielt er noch einen Schmiedehammer. Doch hatte er sein Blech nicht mit zwei Hämmern bearbeitet?

»Verzeiht, Herr Gero!« Der muskelbepackte Mann ließ sein Blech und seine Esse hinter sich, kam kopfschüttelnd und mit schaukelndem Gang herbei und wedelte dabei mit dem zweiten Schmiedehammer. »Das Miststück ist mir aus der Hand geflutscht wie ein nasser Fisch. Kaum zu glauben, aber das kann schon mal vorkommen, wenn man so schwitzen muss wie unsereins.«

Der Greifensteiner stützte sich noch am Vierungspfeiler ab, gegen den er durch die Wucht des Hammeraufpralls getorkelt war. Seine Augen wurden schmal, und Hass sprach aus seinen harten Zügen. Er stieß sich ab und tastete nach dem Knauf seines Schwertes. »Dafür sollst du büßen, Kerl!«, zischte er.

Wolfram nutzte die Gelegenheit, nach seiner Klinge zu langen und aufzuspringen. Die Todesangst steckte ihm noch in allen Knochen, und er zitterte wie eine Pappelkrone, durch die der Sturmwind gefahren war. Aus den Augenwinkeln sah er die Maurer und Steinmetze wie festgewachsen auf ihren Gerüsten stehen. Die Frau, die sie schwachsinnig genannt hatten, betete heulend, und Slawomir richtete sich ächzend auf den Knien auf.

»Gemach, gemach, Herr Gero.« Der Schmied warf den Hammer aus seiner Linken hoch, fing ihn mit der Rechten auf und blieb zwischen der jammernden Frau und dem Greifensteiner stehen. »Mein Meister wird Euch eine neue Spießstange bezahlen, keine Sorge.« Ohne den Ritter aus den Augen zu lassen, streckte er die freie Hand nach der Frau aus und zog sie auf die Beine.

Mit dem Hammer deutete er auf den stöhnenden Slawomir. »Ihr habt Euren Knappen nicht im Griff, Herr, der braucht straffere Zügel, glaubt mir.« Er legte den Arm um die Frau, deren stämmiger Leib noch immer unter vielen Schluchzern erbebte. »Genoveva ist eine Freundin Gottes, wisst Ihr das nicht? Und meine Freundin ist sie auch.«

Er redete ihr leise zu und führte sie zwischen Gero und Wolfram hindurch zu dem unvollendeten Turm, neben dem der Ausgang des Neubaus lag. Nicht einen Augenblick ließ er den Greifensteiner dabei aus den Augen – bei keinem Schritt, bei keinem Wort.

»Diese krakeelende Schwachsinnige ist eine Gefangene des Erzbischofs!«, zischte Gero und riss seine Klinge aus der Scheide.

Sofort sprang Wolfram zwischen ihn und den Schmied mit der Frau und hob sein Schwert. Je mehr er sich wieder fasste, desto heftiger brannte er darauf, sich an dem Ritter für den heimtückischen Angriff zu rächen.

»Stehen bleiben!«, knurrte Gero, und sein Blick flog zwischen Wolframs entschlossenem Gesicht und dessen Klinge hin und her. »Zurück zu mir mit dem Weib, Schmiedekerl!« Mit erhobenem Schwert machte er einen Ausfallschritt, doch Wolfram riss seine Klinge hoch, richtete sie auf ihn und rührte sich nicht von der Stelle.

Er wusste nicht, was hinter ihm geschah. Weil er die Schritte des Schmiedes und der Frau einen Atemzug lang nicht mehr hörte, glaubte er, dass der Mann stehen geblieben war, um sich noch einmal umzuschauen. In Geros grauen Augen sah er wieder den Hass aufblitzen. Dann hallten die Schritte hinter ihm erneut durch die Baustelle und entfernten sich schließlich nach und nach.

Der Greifensteiner ließ sein Schwert sinken und blickte missmutig zu seinem angeschlagenen Knappen und dem allmählich wieder zu sich kommenden Waffenknecht. Als er begriff, dass keiner von beiden ihm gegen Wolfram und den Hünen beistehen würde, wanderte sein Blick über die Arbeiter auf den Gerüsten und an den Fundamentgruben, und die Zornesröte stieg ihm ins Gesicht.

»Hör zu, Kerl!«, schrie er dem Schmied hinterher. »Glaub bloß nicht, dass du dir jede Frechheit erlauben kannst, nur weil du dem Erzbischof einmal die Haut gerettet hast, du vermaledeiter Hundsarsch, du!« Der Ritter war außer sich und brüllte wie von Sinnen. »Tellerlecker, du! Armseliger Schnapphahn! Bekackter Hundsfott!«

Zufrieden stellte Wolfram fest, dass der Greifensteiner es trotz seines Zorns nicht wagte, ihn anzugreifen. Rückwärts und das Schwert mit beiden Fäusten umklammernd, bewegte nun auch er sich Schritt für Schritt auf den Ausgang des Neubaus zu, durch den der Schmied und die Frau schon verschwunden waren.

Die hasserfüllten Blicke des schreienden Ritters verfolgten und durchbohrten ihn.

»Gebt Ruhe, Gero!« Auch Wolfram konnte wieder brüllen. »Und hört meinen Namen: Wolfram von Hildesheim. Merkt ihn Euch gut!« Sprach's, drehte sich um, steckte sein Schwert zurück in die Scheide und schritt aus dem Dom.

Draußen, zwischen einem Stapel Schalbretter und einem Sandhaufen, hatte ein Fuhrwerk angehalten. Der Schmied half der Frau, die der Hebeknecht Tartarenkind genannt hatte, auf die Ladefläche. Sie heulte laut. Das Ochsengespann zog das Fuhrwerk an, und es rumpelte zwischen Domchor und Erzbischofpalast hindurch in Richtung Elbhafen hinunter.

Vor dem Schmied blieb Wolfram stehen und schaute ihm ins Gesicht. Der Mann war ein paar Jahre älter, einen halben

Kopf größer und erheblich breiter als er. Die große runde Quastennarbe auf seiner Stirn glühte rötlich und wie entzündet. Als Wolfram sie vorhin entdeckt hatte, war sie noch weißgrau wie alte Milch gewesen.

»Danke, Schmied«, sagte er leise. »Du hast mir das Leben gerettet, fortan stehe ich in deiner Schuld.«

»Und ich stehe in der Schuld Gottes«, brummte der andere und machte eine wegwerfende Handbewegung. »Schon lange. Das Blech kann warten.« Er blinzelte zum Eingang des Neubaus hin, aus dem nun auch Slawomir und der Waffenknecht wankten. Suchend blickten sie nach allen Seiten. »Mein Magen aber nicht.« Er schlug Wolfram auf die Schulter. »Komm mit mir, Bruder. Nenn mich Dostl. Und wie heißt du?«

Sie ließen den Palast des Erzbischofs hinter sich und überquerten den Domplatz. Wieder und wieder schaute Wolfram sich um.

»Keine Sorge«, sagte Dostl, ohne seinerseits hinter sich zu blicken. »Der Hundsfott von Greifenstein wagt nicht, mich am hellichten Tag vor aller Augen totzuschlagen. Nur des Nachts und in verschwiegenen Winkeln muss ich mich in Acht nehmen vor ihm.«

»Vorhin hat er aber die Klinge gegen dich gezogen«, entgegnete Wolfram. »Er wollte dich vor den Augen der Arbeiter töten, ich habe es in seinem Blick gelesen.«

»Weil er da zwei Zeugen gehabt hätte, die vor dem Schöffenstuhl jederzeit schwören würden, ich hätte ihn hinterrücks angefallen.«

»Aber mindestens zwei andere Zeugen hätten doch geschworen, dass er dich zuerst angegriffen hat – ich nämlich und diese Frau.«

»So?« Dostl schmunzelte spöttisch. »Dich hätte der Gero gleich nach mir erschlagen, und die Genoveva lädt kein Richter vor den Magdeburger Schöffenstuhl. Außerdem muss der erst geboren werden, der den Theodorus vom Süddorf tötet. Das haben schon zwei Bären, zehn Wölfe, ein Elch und sieben Eber versucht. Komm mich mal besuchen, dann zeige ich dir ihre Felle und Schädel.« Er deutete zur Narbe an seiner Stirn. »Von den Kerlen, die es versucht haben, will ich gar nicht erst anfangen.«

»Bist du etwa unsterblich?« Wolfram grinste.

»Spotte du nur.« Dostl winkte den Torwächtern zu. »Du bist mir jedenfalls nicht gerade unsterblich vorgekommen, wie du dir da unter der Saufeder des Greifensteiners in die Hosen geschissen hast.«

»Hab ich gar nicht!«, widersprach Wolfram empört. Er wunderte sich über die Freundlichkeit, mit der alle Torwächter den Schmied grüßten.

»Aber fast.« Dostl wandte sich nach rechts der Ostmauer zu und dann gleich wieder nach links in eine breite Gasse. »Hüte dich künftig vor dem Greifensteiner, der vergisst niemals etwas.« Er zog den Rotz hoch und spuckte aus. »Verrät ihn nicht schon sein Spieß als Totschläger? Ich kenne sonst keinen Ritter, der mit einer Saufeder kämpft.«

Wolfram dachte an die kurze Stoßlanze des Greifensteiners zurück – sie hatte tatsächlich einem Spieß geglichen, mit dem Jäger Wildsäue zu töten pflegten. »Und dieses dicke Weib mit der seltsamen Sprache?« Er wich ein paar Hühnern aus und zwei nackten Knaben, die im Dreck miteinander rangen. »Gero und Slawomir werden sie suchen und einsperren.«

»Macht dir um Genoveva keine Sorgen.« Dostl winkte zwei Männern zu, die vor ihrer offenen Werkstatt eine Tischplatte auf zwei Böcke hievten. »Die kommt zurecht, überall.«

»Warum will der Erzbischof sie denn einkerkern lassen?«

»Weil sie in der ganzen Stadt ihren Traum rumerzählt und

die Leute mit Kriegs- und Todesahnungen erschreckt. Bin nicht mal sicher, dass der Erzbischof sie in Ketten sehen will. Das sieht mir eher nach einem Werk des Peitschenmönchs aus.«

»Sie hat geträumt, dass der Krieg nach Magdeburg kommt?«, staunte Wolfram. Er wäre lieber über den Breiten Weg gelaufen als durch dieses Gewirr von Gassen und Höfen. Von dort hätte er noch einen Blick auf die Hausburgen gegenüber dem Klosterhof werfen können und vielleicht sogar die Grafentochter gesehen.

»Von Krieg oder sonst einem Unheil.« Dostl zuckte mit den Schultern. »Nach Erntedankfest und Tanzboden hat sich Genovevas Traum jedenfalls nicht angehört.« Die Miene des Schmiedes verdüsterte sich. Kreischende Stimmen von Markschreiern rückten näher. »Der Markgraf von Brandenburg ist mit großem Gefolge in die Stadt gekommen, da wollen die geistlichen Herren niemanden auf den Gassen wissen, der von Krieg und Gottes Gericht krakeelt, da wollen sie Ruhe in der Stadt und weiter gar nichts.«

»Die Genoveva ist ein bisschen närrisch, nicht wahr?« Wolfram duckte sich, weil ein Pfau dicht über ihn hinwegflatterte. »Sie redet wie eine, die nicht richtig ist im Kopf, und sie sieht auch so aus.« Er ging einer großen Sau aus dem Weg.

»Manchmal spricht Gott durch Kinder und Narren zu uns.« Der Schmied bekreuzigte sich. »Die können ihm besser zuhören, weil sie nicht so viel Unsinn und nutzloses Zeug denken und tun.«

Vor ihnen öffnete sich der Marktplatz, Wagen reihte sich an Wagen, Tisch an Tisch und Unterstand an Unterstand. Dazwischen tummelten sich die Stadtbewohner, vorwiegend Frauen, Greise und Kinder, und kauften Kirschen, Erdbeeren, Kohlrabi, Rettich, Bohnen und was der Frühsommer trotz der verregneten Wochen sonst noch anzubieten hatte.

In den offenen Läden rund um den Alten Markt wurde Fleisch und frischer Fisch verkauft. Auch Tuchmacher, Seiler, Schuhmacher und andere Handwerker boten ihre Waren an. Dostl zog Wolfram zur Mitte des großen Platzes hin, wo Holzbohlen auf vielen Böcken zu einem Viereck geordnet standen und zwei Feuerstellen einfriedeten. Bratenduft stieg Wolfram in die Nase, das Wasser lief ihm im Mund zusammen, und sein Magen knurrte vernehmlich.

Auch an diesem Stand gab es Fisch, allerdings gebratenen. Auf Rosten über den Feuerstellen lagen Forellen, Flussbarsche, Aale und kleine dampfende Weißfische. Ein gutes Dutzend Männer und Frauen standen an den Bohlen und aßen und tranken.

Dostl nickte einer der Frauen hinter den Tischen zu und hob zwei Finger. Die grauhaarige Fischbräterin, breithüftig, rotgesichtig und mit gewaltigem Busen unter dem straffen Schürzenkleid, blaffte ein paar Worte nach rechts und links, und wenig später stellte ein halbwüchsiges Mädchen zwei Krüge Bier vor Wolfram und den Schmied hin. Ein anderes, älteres Mädchen brachte erst je einen Maisfladen, auf den sie Zwiebelringe legte, und holte danach mit einem Eisenschieber zwei kleine Barsche vom Rost, die sie auf Maisfladen und Zwiebeln legte. Dazu stellte sie einen Napf mit heißer gesalzener Butter, die mit Koriander und Knoblauch gewürzt war.

»Du bist mein Gast«, sagte Dostl und deutete mit einer Kopfbewegung zu der Grauhaarigen mit dem großen Busen hin. »Ich habe der Frau des Fischers letzte Woche die Leber einer jungen Wildsau und deren Schädel samt Zunge geschenkt, sieben Mahlzeiten habe ich seitdem gut.« Er hob seinen Bierkrug und stieß mit Wolfram an. »Und wer seinen Hals für die dicke Genoveva wagt, der ist würdig, mit mir zu trinken und zu essen.«

»Du bist auch ein Jäger?« Wolfram blies auf seinen dampfenden Bratfisch. »Ist es denn erlaubt, in den Wäldern des Erzbistums zu jagen?«

»Mir schon.« Dostl riss mit spitzen Fingern ein Stück von dem Maisfladen ab, klemmte Fischfleisch und Zwiebelringe dazwischen, tunkte alles zusammen in die flüssige Butter und biss ab. »Hab was gut bei Hochwürden Conradus.«

Mit vollem Mund erzählte er, wie er ein paar Jahre zuvor dem Erzbischof während eines Feldzuges das Leben gerettet hatte. Er deutete auf seine Stirn. »Die Pfeilspitze hier ist mein zweitliebstes Andenken daran, die freien Jagdzüge mein liebstes.« Ein wehmütiges Grinsen erschien auf seinem breiten, freundlichen Gesicht. »Wie wird man ein Ritter, Wolfram von Hildesheim?«, fragte er übergangslos.

»Ich bin noch kein Ritter, sondern Knappe«, erklärte Wolfram.

»Wie wird man ein Ritter?«, wiederholte Dostl. Bratensaft und Butter rannen ihm über Bartstoppeln und Finger. »Sag schon.«

»Zu spät für dich«, versicherte ihm Wolfram. »Du fängst als Knabe an, mit Holzstöcken den Schwertkampf zu üben. Deine Spielgefährten ziehen dich auf Leiterwagen, während du mit Lanzen auf Rübensäcke, Kürbisse oder tote Hunde zielst. Außerdem musst du dich von Kindesbeinen an im Dauerlauf üben, im Stemmen schwerer Steine und darin, aus dem Stand auf ein Pferd zu springen, später sogar in voller Rüstung.« Er redete sich das Gesicht heiß und erzählte voller Eifer von den Neffen und Söhnen des Herzogs von Braunschweig, die ihn, den weitaus Jüngeren, in der Benediktinerabtei von Hildesheim die ersten Schritte im Schwertkampf, im Lanzenstechen und in der Reitkunst gelehrt hatten und wie die Mönche sie dafür bestraften. »Irgendwann musst du dir dann einen Ritter suchen, dem du als Knappe dienen kannst«, schloss Wolfram. »Vor allem aber brauchst du einen reichen Vater, der im besten Fall auch schon Ritter gewesen ist.«

»Meiner ist ein Tischler. Ist deiner ein Ritter?«, wollte Dostl wissen.

»Nein, aber ein adliger Herr war er, der mir Geld und Gut gegeben hat. Wenn du nicht Ländereien und genug Geld erbst, kannst du weder Lanzen noch Schwert noch Rüstung kaufen. Geschweige denn Pferde, und du brauchst schon als Knappe mindestens zwei. Und natürlich solltest du Lesen, Schreiben und Rechnen gelernt haben – du musst nämlich die Verträge studieren können, die du vor einem Krieg mit dem Fürsten oder dem Heerführer abschließt, dem du dienst. Und wenn du nicht gut bist im Rechnen, dann werden sie dich alle übers Ohr hauen.«

Dostl brummte und nickte und tunkte unentwegt Fladen und Fisch in die Butter. »Dein Vater war also ein Edelmann?«

»Ein Abt, ein Halbbruder des Herzogs von Braunschweig.« Wolfram wich dem forschenden Blick des Schmiedes aus. Viel hatte er nicht mit seinem Vater zu schaffen gehabt, Wolframs Erziehung hatte der Abt anderen Mönchen überlassen. Der letzte Bissen ließ sich schwerer herunterschlucken als die davor, Wolfram musste mit Bier nachspülen.

»Und deine Mutter?«

»Ist im Kindbett gestorben, als ich noch sehr klein war. Ich hab kaum Erinnerungen an sie.« Wenn Wolfram an sie dachte, sah er nur eine schemenhafte Gestalt und manchmal einen liebevollen Blick. Und ein bestimmter Duft stieg ihm dann in die Nase.

»Meine Mutter lebt noch … zum Glück«, sagte Dostl mit vollem Mund. »Kocht gute Hafergrütze und macht den besten Hasenbraten im Erzstift.« Er rief nach einem zweiten Krug Bier und nach noch mehr Fisch. »Das Ritterdasein wäre nichts für mich.«

»Ich bin ein Knappe«, erklärte Wolfram zum zweiten Mal, »aber ich will ein Ritter werden.«

»Ritter oder Knappe, ist beides nichts für mich.« Dostl spülte Fisch und Maisfladen mit dem letzten Schluck Bier herunter und reichte dem Mädchen den leeren Krug. Bevor sie zu dem Waschzuber mit den benutzten Krügen zurückkehrte, schob sie Wolfram ein Papierröllchen zu und murmelte etwas von einer Botschaft.

»Im Kämpfen und Reiten macht mir so schnell keiner was vor.« Der Schmied beugte sich schon wieder über einen Fisch. »Und der Erzbischof würde mir sicher Rüstung und Waffen bezahlen.« Wolfram schloss die Faust um das Röllchen und blickte verstohlen um sich. »Aber ich könnte es nicht aushalten, einem Herrn zu dienen, ganz egal ob Ritter, Fürst oder sonst ein Edelmann.«

»Jeder dient einem Herrn«, erwiderte Wolfram. »Der Knappe dem Ritter, der Ritter dem Grafen, der Graf dem Herzog, der Herzog dem König oder dem Kaiser und so fort.« Zwischen Wagen und Körben voller Erdbeeren und Kirschen, fast schon auf der anderen Seite des Marktplatzes, drehte eine Frau sich nach ihm um. Wolfram hielt den Atem an – es war eine von Heilwigs Zofen!

»Ich nicht«, erklärte Dostl mit ernster Miene und diesmal, ohne dabei zu kauen. »Ich will frei sein. Ich muss durch Feld und Wald streunen können, wenn ich will, und nicht, wenn einer's mir befiehlt oder gestattet.«

»Aber du bist doch ein Schmied«, wandte Wolfram ein, während sein Herz schneller schlug und das Papier in seiner Faust zu brennen schien. »Hast du keinen Meister, dem du dienst?« Es fiel ihm schwer, seine Neugier auf die Nachricht zu zügeln.

»Mein Vaterbruder ist mein Meister. Der kennt mich. Komm ich heute nicht, komm ich morgen – das weiß er schon.

Komme ich eine Woche lang nicht, arbeite ich die Woche drauf für zwei Schmiede, das weiß er auch.«

Wolfram nahm die Faust mit der Botschaft vom Tisch, nickte und betrachtete den vierschrötigen Mann nachdenklich. Was mochte Dostl schon alles erlebt haben? Mehr als er selbst jedenfalls, denn er ging sicher bereits auf sein dreißigstes Jahr zu. Seine Gesichtszüge und der Blick seiner braunen Augen waren weich, beinahe sanft. Die runde wulstige Narbe auf seiner Stirn hatte wieder die Farbe alter Milch.

Wie zielsicher er den schweren Schmiedehammer geschleudert hatte! Wolfram begriff, dass er sich nicht von der gutmütigen Erscheinung des Schmiedes täuschen lassen durfte. Dieser Mann war gefährlich.

Während Dostl seinen zweiten Fisch verspeiste und mit vollem Mund von den Klingen schwärmte, die sein Meister schmiedete, entrollte Wolfram unter dem Tisch das kleine Blatt. *Komm zu mir und singe mir dein neues Lied vor*, schrieb Heilwig.

17
Silbersack

Magdeburg, 12. Juli 1275

Das große Anwesen lag nahe des Elbhangs direkt an der Nordmauer und in der Nachbarschaft des Maria-Magdalena-Klosters. Die Nachmittagssonne schien warm auf Giebeltürme, Dachfirste und Torbogen herab. Raben hockten auf den Zinnen der hohen Hofmauer, und man musste einen Wehrgraben überqueren, um zum Tor zu gelangen. Drei Tage, nachdem der Peitschenmönch sie so grässlich verprügelt hatte, stand Esther mit Elias, Jakob und ihrem Vater auf der Zugbrücke über diesen Wassergraben. Sie führte zu dem dunklen, verwitterten Hoftor eines burgartigen Hauses, über dem ein vierstöckiger Wehrturm aufragte.

Das befestigte Gebäude gehörte dem Ritter von Schartow, einem Ratsherrn. Der Markgraf von Brandenburg war bei ihm zu Gast und hatte den Geldverleiher Amos durch einen weiteren Brief für den späten Nachmittag des heutigen Tages hierher bestellt. Die vier aus dem Judendorf waren pünktlich.

Aus dem Lärm auf der anderen Seite der Hofmauer hörte Esther Lautenklänge heraus, das Klirren aufeinanderprallender Klingen und eine singende Männerstimme. Elias ließ den schweren Türklopfer, einen großen gusseisernen Pferdeschädel, zweimal gegen das Tor fallen. Jemand entriegelte es daraufhin und zog es auf.

Misstrauische Blicke zweier Männer in Kettenhemden und mit Schwertern und Helmen musterten die schwarzen Spitzhüte und die Gesichter unter den Hutkrempen.

»Juden?«, fragte unwirsch einer der beiden Torwächter. »Was wollt ihr hier?«

»Otto von Brandenburg erwartet uns«, antwortete der Vater mit sanfter Stimme und zeigte ihm den Brief des Markgrafen.

Abwechselnd begutachteten die Wächter erst das Siegel, musterten danach noch einmal die drei jüdischen Männer und betrachteten zuletzt Esther, die hinter ihnen auf der Zugbrücke stand. Beim Anblick der schwarzhaarigen Jungfrau glättete zunächst ein Lächeln ihre grimmigen Mienen. Doch es wich sofort dem Ausdruck des Erstaunens, ja Bedauerns, denn entzündete Striemen und eine Platzwunde bedeckten Esthers schmales Gesicht. Sie senkte den Blick.

»Was ist dir denn zugestoßen, schöne Jungfer?«, fragte der Ältere der beiden und gab dem Vater den Brief zurück.

Im selben Moment verstummten jenseits des Tores Gesang, Lautenspiel und Schwertlärm. Rasche Schritte näherten sich aus dem Inneren des Hofes.

»Der Peitschenmönch hat meine Tochter geschlagen«, antwortete der Vater. Das erklärte er jedem, mit dem er seit jener schrecklichen Stunde ins Gespräch kam, gleichgültig, ob der andere danach fragte oder nicht.

Die Wächter schauten einander betreten an, wichen dann zur Seite und winkten die jüdische Abordnung in den Hof; Elias und der Vater gingen voran. Da traten plötzlich drei junge Männer aus dem Schatten der Torflügel. Zwei hatten Schwerter geschultert, und ihre nackten Oberkörper glänzten von Schweiß. Der dritte, kleiner und weniger drahtig als die anderen, hielt eine Laute in den Händen, trug eine weiße Tunika und im dunklen Haar einen Efeukranz.

Die vier aus dem Judendorf standen still, so überrascht waren sie von dem Auftauchen der jungen Männer. Esther glaubte nicht, dass die beiden Schwertträger wesentlich älter waren als sie selbst, der Lautenspieler hingegen schien ihr das zwanzigste Jahr schon länger hinter sich zu haben.

Gänzlich unerwartet trat nun der Musikant zwischen dem Vater und dem Oheim Elias hindurch und verbeugte sich tief vor Esther.

»Was für ein Glanz!«, rief er. »Welche Anmut!« Und schon schlug er die Laute an und begann wieder zu singen – von Sand, der sich glücklich schätze, wenn Esthers Fußsohlen ihn berührten, und von Büschen, die aufblühten, wenn Esthers Schatten auf sie fiel.

Vielmehr verstand Esther nicht, doch das reichte, um ihr das Blut ins Gesicht zu treiben. Hilfesuchend schaute sie Elias und ihren Vater an. Bevor diese etwas sagen konnten, legte einer der Schwertkämpfer dem Sänger die Hand auf die Schulter.

»Lass gut sein, Bruno – die Jungfrau ist nicht gewohnt, Liebesverse zu hören. Sieh doch, wie verlegen du sie machst!« An Esthers Vater gewandt, fügte er hinzu: »Ich bin Heinemann von Schartow, und unser Freund hier« – er klopfte dem verstummten Sänger auf die Schulter – »heißt Bruno von Stövenbeck. Er kann's nicht lassen, schönen Damen seine Verse vorzutragen, Ihr dürft es ihm nicht übelnehmen.«

»Ich meine es ernst!«, empörte sich der Sänger. »Nur wenigen auserwählten Jungfrauen bringe ich meine Verse dar.« Mit einer halben Verbeugung wandte er sich noch einmal Esther zu. »Das müsst Ihr mir schon glauben. Darf ich Euch einen Vers schenken?«

Etwas verschämt blinzelte sie zu ihrem Oheim und künftigen Gatten hin, aber der stand nur da wie ein begossener Pudel.

»Sie glaubt dir ja, Bruno«, lachte der andere, der sie begrüßt hatte. »Wir alle glauben dir! Jedes Wort, bei Gott!« Er war der Sohn des Hausherrn und wusste, dass dessen Gast, der Markgraf von Brandenburg, sie erwartete. »Folgt mir, bitte.« Damit wandte er sich ab und winkte Esther und die jüdischen Männer hinter sich her.

Der Sänger Bruno von Stövenbeck trat endlich beiseite und ließ Esther an sich vorbei und von der Zugbrücke in den Hof treten, wobei er sich schon wieder vor ihr verneigte.

»Es geht hier zu wie in einem Taubenschlag, seit der edle Otto bei uns herbergt«, sagte der junge von Schartow auf dem Weg zu Vortreppe und Portal der Hausburg, während er um sich in den großen Hof hineindeutete. Überall vor den Werkstätten, Stallungen, Wasch- und Backstuben sah Esther Männer, die würfelten, Karten spielten oder Pferde striegelten, und Frauen, die Brotteig kneteten, Wolle spannen oder Hühner rupften. »Und alle zwei Stunden klopft einer ans Tor und verlangt Otto oder Erich zu sprechen.«

Zwischen zwei alten Linden war ein Seil gespannt, an dem Schabracken mit dem Brandenburger Wappen hingen – zwei schwarze Bären, die ein Schild hielten. Schilde mit demselben Wappen lehnten gegen die Stallwand. Junge Burschen rollten Fässer im Hof hin und her.

Weil Jakob den Sohn des Hausherrn danach fragte, erfuhren sie, dass die Fässer Kleie und Rüstungen enthielten. Durch das Rollen wurden die Rüstungen gereinigt, und durch das Öl, das die Kleie enthielt, zugleich vor Rost geschützt.

Auf der Vortreppe rief er einen Diener aus dem Haus und wies ihn an, die Besucher aus dem Judendorf zum Markgrafen zu geleiten. Bevor Esther hinter Elias und Jakob ins Haus trat, wandte der junge Schartow sich noch einmal an sie und den Vater.

»Ihr dürft ihm nicht böse sein.« Mit einer Kopfbewegung deutete er zur Mitte des Hofes hin, wo der Sänger an einem Stehpult stand, schon wieder sang und zugleich die Schreibfeder über ein Blatt fliegen ließ. »Bruno war die letzten Jahre im ganzen Reich unterwegs, um seine Dichtkunst zu verfeinern. Über Mailand und den bayerischen Königshof in München ist er nun endlich wieder in unser geliebtes Magdeburg zurückgekehrt. Glaubt mir – es gibt nicht viele so gute Sänger und Dichter wie ihn.«

Während der Vater wortreich erklärte, dass der Sohn des Hausherrn sich keineswegs entschuldigen müsse, nickte Esther nur stumm. Sie stand noch ganz unter dem Eindruck des Lautenspielers und seiner Verse. Noch nie hatte ihr jemand ein Ständchen gebracht. Außerdem fand sie, dass er bedeutend besser gerochen hatte als der verschwitzte Schwertkämpfer, der ihr nach ihrem Geschmack viel zu nahe gekommen war.

Durch eine große Halle, von der aus zwei Treppen ins Obergeschoss führten, geleitete der Diener sie zu einem Hausflügel, der direkt neben dem Aufgang zum Wehrturm lag. Auf dem Weg durch das Haus fiel der Schein der Fackel, die der Diener trug, auf Kruzifixe, Wandgemälde mit Heiligenmotiven, und Nischen, in denen Madonnenstatuen standen. Einmal auch auf ein großes Wandgestell, worin Lanzen, Hellebarden und Schwerter lehnten.

»Sehen alle Häuser der Christen so aus?«, fragte Esther. Abgesehen vom Beginenhof hatte sie noch nie ein christliches Haus betreten.

»Beileibe nicht«, antwortete der Vater. »Kleine Burgen wie diese hier gibt es seit dem letzten Stadtbrand nicht mehr viele in Magdeburg. Sie werden zumeist von Stadtjunkern oder Ministerialen bewohnt und stammen noch aus der Zeit, bevor Erzbischof Wichmann angefangen hat, die Stadtmauer zu errichten.«

»Was sind Ministeriale?«, wollte Esther wissen.

»Diener der Obrigkeit. Sie verwalten für den Erzbischof oder den Herzog Häuser und Güter, treiben ihnen die Abgaben ein und beaufsichtigen ihre Bauvorhaben.«

In einem düsteren Vorraum entzündete der Diener Fetthölzer, die rechts und links einer schweren Eichentür in Wandhalterungen steckten, und wies auf eine in die Mauer gehauene Bank. Während er sich entfernte, nahmen Esther und die Männer darauf Platz und warteten.

Hinter der Tür hörte Esther laute Stimmen; es klang, als würden mindestens drei Männer miteinander streiten. Einer, mit tiefer und rauer Stimme, schrie besonders wütend.

»Das kann dauern«, sagte Elias, und der Vater nickte.

»Habt ihr eigentlich gewusst, dass die Mechthild behauptet, man müsse sich den Ewigen und Allmächtigen, gelobt sei er, als Kugel vorstellen?«, fragte Jakob unverhofft.

»So ein Unsinn!«, entfuhr es Elias.

»Dass er männlich sei, hätten Männer sich ausgedacht«, fuhr Jakob fort, »und zwar einzig und allein, um sich über die Weiber zu erheben. Und zu lehren, dass Männer vor dem Ewigen, gelobt sei er, mehr gelten als Frauen, sei eine Sünde. Auch das predigt die verrückte Mechthild.«

»Sie ist nicht verrückt«, flüsterte Esther.

»Unfassbar!« Der Vater schüttelte den Kopf legte seine Hand auf Esthers Arm. »Dem Ewigen, gelobt sei er, sei Dank, dass du nicht mehr zu dieser Verrückten gehst, mein Kind.«

»Sie ist nicht verrückt«, wiederholte Esther nun lauter, jedoch so ruhig und gleichmütig, wie sie nur konnte. »Sie ist von Gott begeistert. Allenfalls verrückt vor Liebe zu Gott mag sie sein.« Erst vor zwei Tagen war sie wieder auf dem Beginenhof gewesen, um Mechthild ihr Herz wegen der Prügel auszuschütten, die sie von Gallus erlitten hatte.

»Du gehst doch nicht mehr hin, oder, Esther?« Etwas Flehendes lag in der Stimme des Vaters. »Das hast du mir versprochen!«

»Was ich versprochen habe, habe ich versprochen«, wich Esther aus, um dem Vater nicht eine glatte Lüge ins Gesicht sagen zu müssen, aber der nahm es als Bekräftigung ihres Versprechens, die Christin künftig zu meiden.

Hinter der Tür verstummten die streitenden Stimmen, und Schritte stapften näher. Dann wurde sie so heftig aufgerissen, dass rechts und links die Fettholzflammen flackerten. Fünf Männer stürmten heraus, drei trugen ein dunkles Birett auf dem Kopf und ein schwarzes Gewand über weißem Chorhemd – Domherren. Männer in solcher und ähnlicher Kleidung klopften manchmal spät in der Nacht an der Haustür, um mit dem Vater über Geldgeschäfte zu sprechen. Und der Mann, der jetzt als Erster mit fliegendem Gewand in den düsteren Gang stürmte, war der Dompropst selbst. Esther hatte ihn schon auf dem Markt gesehen.

Der vierte und letzte war Gallus von Trier. Der Priestermönch wirkte nicht halb so erzürnt wie die Domherren, er schien sogar zufrieden. Doch nur so lange, bis sein Blick auf Esther und die drei Männer ihrer Familie fiel – dann blieb er stehen, und seine Miene verdüsterte sich schlagartig.

»Sieh an«, sagte er und kam näher. »Der Herr Geldverleiher mit Sippe.« Er musterte Esther mit lauerndem Blick, bevor er sich wieder an den Vater wandte. »Der Silbersack beim Markgrafen, so, so.« Ein böses Lächeln blitzte in seinem Gesicht auf. »Was mag das wohl zu bedeuten haben?« Sprach's, fuhr herum und folgte den drei Domherren.

Esther saß steif und atemlos auf der vorderen Kante der Steinbank. Hass brannte in ihrer Brust, und sie hätte dem Priestermönch am liebsten hinterhergeschrien, was sie dachte: *Fahr zur Hölle, du stinkender Hundearsch!*

Alle Flüche, die ihr einfielen, schickte sie Gallus im Geiste hinterher. Zugleich aber war sie erleichtert, dass er nicht wie so oft von dem Greifensteiner begleitet wurde. Den frechen und gewalttätigen Dreckskerl auch nur von fern sehen zu müssen, tat ihr in der Seele weh.

»Sei verflucht, Satansmönch.« Elias war weniger zurückhaltend als Esther. »Möge der Ewige, gelobt sei er, dich strafen.« Er murmelte diese Worte nur leise, doch offenbar immer noch laut genug, dass Gallus sie hören konnte, denn der blieb stehen und schaute kurz zurück, bevor er endgültig um die Ecke bog und seine Schritte sich entfernten.

Ein Mann in langem blauem Samtrock, wildledernen Schnabelschuhen und engen, roten Beinkleidern erschien unter der Tür. »Der Markgraf lässt bitten«, sagte er und wies in den kleinen Saal hinter sich. Der Vater stand auf, nahm den Hut ab und ging hinein, Esther und die anderen beiden schlossen sich ihm an. Der Mann im blauen Rock schloss die Tür, schritt zu einem Stehpult am Fenster und legte Wachstafel und Griffel bereit.

»Gierig, geizig und machtgeil, dieses fromme Pack!« Schimpfend, rot vor Zorn und mit auf dem Rücken verschränkten Armen lief der Markgraf, ein großer, kräftiger Mann mit schwarzen Locken, im Raum hin und her. »Kann nie genug kriegen, nie!« Er stutzte, blickte herüber zu Esther, dem Vater, dem Oheim und dem Vetter, nickte kurz einen Gruß und fuhr fort, seine Runden zu drehen. »Die einen schielen schon heimlich nach dem Stuhl des Erzbischofs, obwohl der noch lebt, die anderen fordern Geld ohne Ende für einen kleinen Gefallen unter Christenmenschen! Drecksäcke!«

Die Hüte in den Händen standen die jüdischen Männer neben dem Schreibpult und wussten nicht recht, wohin mit sich. »Gut, dass du gekommen bist, Amos.« Endlich nahm der erzürnte Markgraf ihre Anwesenheit zur Kenntnis und wies zu einem runden Tisch. »Und so ein hübsches Mädchen hast du mitgebracht! Deine Tochter?«

»Esther, mein einziges Kind«, sagte der Vater, und Esther in ihrer Verlegenheit machte einen Knicks.

»Was ist denn dir widerfahren, schöne Jungfer?« Otto trat

näher – viel zu nahe – und strich Esther mit dem Fingerrücken über die Wange. »Wer hat denn dein Gesicht derart zerschunden?«

Unwillkürlich wich Esther einen Schritt zurück, worauf der Blick des Markgrafen sich sofort verfinsterte. »Eine wilde Katze«, sagte sie schnell, als sie den Vater den Mund öffnen sah, um Gallus anzuklagen. Sie konnte es nicht mehr hören.

»Die muss aber stumpfe und breite Krallen gehabt haben«, sagte Otto und setzte, an den Vater gewandt, hinzu: »Dass diese frommen Tellerlecker mehr Geld von mir wollen, als ich habe, war mir schon klar, sonst hätte ich dir nicht geschrieben. Aber dass sie so viel wollen?« Er blies die Luft aus vollen Backen aus und murmelte noch ein paar Schimpfwörter, während er auf die Hocker am Tisch wies und seinem Schreiber winkte. Der eilte herbei und schenkte Wein aus.

»Ich brauche mindestens fünftausend Mark Silber, besser zehntausend.« Markgraf Otto setzte sich dem Vater gegenüber an den Tisch, zog den vollen Weinbecher heran und musterte den Vater. »Was meinst du, Amos?« Obwohl der Vater und er sich zum ersten Mal begegneten, sprach der Markgraf mit ihm wie mit einem guten Bekannten, was Esther befremdlich fand.

Der Vater zog eine bedenkliche Miene, wechselte zweifelnde Blicke mit Elias und wiegte den Kopf hin und her. »Das ist auch mehr, als ich erwartet hatte, viel mehr. Mit sechstausend könnte ich Euch schon eine Zeit lang aushelfen, Herr, doch zehntausend?« Er seufzte gequält.

»Ich kann dir einen guten Zins bieten! Wenn mein Bruder erst einmal im Magdeburger Domkapitel sitzt, wird er über Höfe, Wälder und Felder verfügen, die reichen Ertrag abwerfen werden. Von den Einkünften, die er später als Erzbischof genießen kann, gar nicht erst zu reden. Du wirst es also nicht bereuen.«

»Zehntausend Mark in Silber … das ist eine gewaltige Summe, Herr.« Der Vater gab den Fassungslosen, tuschelte ein paar Sätze mit Elias und nannte dem Brandenburger dann einen Zinssatz. Danach gab ein Wort das andere, und Esther beobachtete Otto während der Verhandlung. Der Markgraf mochte Anfang vierzig sein, silbern schimmernde Fäden durchzogen Locken und Barthaar. Die große Narbe auf der Wange, die schmalen, hellwach blitzenden Augen und die große kantige Nase verliehen ihm einen verwegenen, geradezu ruchlosen Ausdruck. Esther fand den Mann zum Fürchten.

Endlich einigten sie sich auf neuntausend Mark in Silber zu einem hohen Zinssatz. Der Schreiber ritzte die Vereinbarungen in seine Wachstafel – Summe, Zinsraten, Laufzeit, Datum und so weiter –, und Otto von Brandenburg versprach, noch vor Sonnenuntergang einen Boten mit dem Vertrag ins Judendorf hinunterzuschicken. Alle leerten zufrieden ihre Weinbecher und erhoben sich dann.

Beim Abschied kam der Markgraf Esther wieder viel zu nahe, berührte sie sogar am Kinn, um ihren Kopf ein wenig anzuheben. Weil das im Türrahmen geschah und Jakob direkt hinter ihr stand, konnte sie nicht ausweichen. »Komm zu mir, wenn du bereit bist, mir den Namen dessen zu verraten, der dir das angetan hat, schönes Kind«, sagte er und schaute ihr tief in die Augen. »Dann werde ich diesen Dreckskerl bestrafen, so wahr ich der vierte Otto von Brandenburg bin.«

Esther war sprachlos vor Schreck über die Berührung. Sie wandte den Kopf ab, senkte den Blick und huschte aus der Tür. Die aufgezwungene Nähe des fremden Mannes klebte ihr wie Schmutz am Leib, während sie zwischen den Männern zurück zum Hof ging. Sie ekelte sich und fragte sich, warum der Vater sie mitgenommen hatte. Etwa, um den Markgrafen durch ihre Anmut und Jugend gnädig zu stimmen? Wut stieg in ihr hoch.

Und zugleich stand ihr der Greifensteiner vor Augen, ihr Todfeind – wie er sich vor der Tür ihres Elternhauses aufgeblasen hatte, wie unverschämt er mit dem Vater gesprochen hatte, wie er gefordert hatte, ihre Verlobung zu lösen und sie mit ihm zu verheiraten. Esther wurde übel.

»Im Domkapitel wissen sie jetzt, dass wir Markgraf Otto Geld leihen«, sagte Elias, als sie auf der Vortreppe standen und in das Menschengetümmel blickten, das auf dem Hof herrschte. Ein Hund heulte Bruno von Stövenbeck an, der dichtend und singend an seinem Stehpult stand. Die beiden jungen Schwertkämpfer, noch immer halb nackt, lagen auf Holzbänken und stemmten Säcke in die Luft, die mit Steinen gefüllt zu sein schienen.

»Die Domherren werden's uns danken«, entgegnete der Vater, »denn so kommt viel Geld in ihre Kasse, wenn der Erich unter ihnen Platz nimmt.«

Der Sänger entdeckte sie, verließ seinen Schreibpult und hastete zur Vortreppe, wobei er ein Blatt schwenkte.

»Möge der Ewige, gelobt sei er, geben, dass der Erich wirklich bald zu diesen Christenherren gehören wird.« Elias stieg die Stufen hinunter; er kam Esther merkwürdig ernst vor. »Und möge der Ewige, gelobt sei er, verhüten, dass die Brandenburger wieder Krieg gegen das Erzbistum führen, denn sie würden es mit unserem Geld tun.«

Bruno von Stövenbeck eilte die Stufen hinauf. »Meine Verse für Euch, schöne Jungfrau!«, rief er und reichte Esther das Papier und schien ganz und gar entzückt zu sein.

Von sich selbst? Von seinen Versen? Von ihr? Esther vermochte es nicht zu entscheiden, und es war ihr auch gleichgültig. *Schon wieder einer, der glaubt, mir den Hof machen zu müssen*, dachte sie. *Schon wieder einer, der mir zu nahetritt.*

Noch immer verwirrt und zornig wegen der aufgezwungenen Berührung durch den Markgrafen, warf sie nicht einmal einen flüchtigen Blick auf das Blatt mit den ach so hübschen Versen, sondern ließ den Sänger stehen und sprang an ihm vorbei die Treppe hinunter in den Hof. Auch über Elias ärgerte sie sich. War er nicht ihr zukünftiger Gatte? Warum beschützte er sie dann nicht vor derartigen Zudringlichkeiten? Hätte er dem Sänger nicht entgegentreten und ihn zurechtweisen müssen? Hätte er nicht längst bei Gero von Greifenstein vorsprechen müssen, um dem Ritter zu verbieten, sie noch länger zu belästigen?

Der Vater aber bedankte sich überschwänglich, nahm dem Sänger das Blatt ab und entschuldigte sich für seine Tochter. Esther hörte es und wurde noch zorniger. Am liebsten hätte sie laut geschrien, aber sie hielt an sich, denn sie wollte dem Vater im Hof des reichen Christen und Ratsherrn keine Vorhaltungen machen, zumal diese sehr laut ausgefallen wären.

Die Männer holten Esther ein, die es in ihrer Wut und ihrem Ekel nun sehr eilig hatte, diesen Ort zu verlassen. Hinter ihr her gingen sie zum offenen Hofportal.

»Warum sollten Otto und seine Brüder Krieg gegen Magdeburg führen, wenn dort sein eigener Bruder im Domkapitel sitzt? Vielleicht sogar auf dem Stuhl des Erzbischofs?«, fragte der Vater murmelnd und schüttelte den Kopf über Elias' Sorgen.

»Die Wege Gottes sind unergründlich«, hörte Esther den Oheim orakeln. »Warum hätte Kain den Abel erschlagen sollen, wo er doch sein Bruder war?«

18

Paradies

Magdeburg, 12. Juli 1275

Fieberhafte Erregung hatte Wolfram ergriffen. Zu beten und an Gott zu denken konnte sie nicht dämpfen, im Gegenteil: Mit jedem Vaterunser, das er im Stillen betete, wuchs der Sperlingsschwarm, der unter seinem Zwerchfell mit den Flügeln zu schlagen schien. *Vater unser im Himmel* – so oft er das Gebet auch wiederholte, es gelang ihm nicht, seine Aufmerksamkeit ganz und gar darauf zu richten, geschweige denn auf Gott im Himmel. Seine Gedanken wollten hier auf der Erde bleiben, kreisten um das, was auf ihr hoffentlich bald geschehen würde und was Wolfram sich schon seit Stunden in den schillerndsten Farben ausmalte.

Nach dem zwanzigsten Amen schaute er zum Fenster hin, betrachtete die funkelnden Sterne am Nachthimmel und lauschte der Nachtigall, die draußen im Klostergarten sang. Ob Heilwig ihren einsamen Gesang auch hörte? Er klang so hell und durchdringend, dass er sogar noch das Schnarchen der neun Ritter und Knappen übertönte, mit denen Wolfram sich den kleinen Schlafsaal des Gasthauses teilte. Ihm zu lauschen, beruhigte ihn ein wenig. Leise erhob er sich schließlich aus seinen Decken und schlüpfte in die bereitgelegten Kleider und Stiefel.

»Wohin gehst du?«, flüsterte plötzlich Adalbert auf dem Strohsack neben seinem.

Wolfram zuckte erschrocken zusammen, denn er hatte angenommen, dass sein Ritter schlief. »Zu Dostl ins Süddorf«, antwortete er flüsternd und ohne nachzudenken. »Er hat mich eingeladen, mit ihm auf nächtliche Wildschweinpirsch zu gehen.« Er wunderte sich, wie leicht ihm die Lüge über die Lippen kam. Machte das die Aufregung?

»Leg dich wieder hin, Knappe«, befahl ihm sein Ritter. »Hast du nicht am eigenen Leib erlebt, wie gefährlich die Wildschweinjagd ist? Zumal die Sauen um diese Jahreszeit schon Frischlinge geworfen haben. Und dann auch noch nachts ...« Adalbert, der sich seit dem Tag zuvor Ritter des Erzbischofs von Magdeburg nennen durfte, schnalzte tadelnd mit der Zunge über so viel Leichtsinn, drehte sich zur Seite und zog sich die Decke bis übers Kinn.

»Außerdem hat der Dostl heute auf dem Hof des Erzbischofs zu tun gehabt.« Der flüsternde Wolfram warf sich den Wappenmantel über – niemand und nichts würde ihn von seinem Entschluss abbringen, dorthin zu gehen, wohin es ihn mit aller Macht zog. »Da wollte er sich nach der Grafentochter von Holstein-Kiel erkundigen. Bis heute Abend hat er sicher herausgefunden, wo Heilwig Unterkunft genommen hat.«

»Ach so?« Plötzlich saß Adalbert kerzengerade auf seinem Nachtlager. »Dann geh mit Gott, aber pass gut auf dich auf, hörst du?«, flüsterte er. »Und komm nicht zu spät zurück. Morgen feiern sie hier den Tag der heiligen Margareta, und da will ich, dass du mich in der Früh zur Messe in den Dom begleitest.«

»Ich werde rechtzeitig da sein, mein Ritter, keine Sorge.« Wolfram nahm Waffengurt und Schwert und schlich aus dem Schlafsaal. Erleichterung und fieberhafte Erwartung verliehen ihm das Gefühl zu schweben.

Er hatte sich wirklich mit Dostl zur Wildschweinjagd verabredet – allerdings erst für die kommende Nacht. Und eine glückliche Fügung des Schicksals hatte dafür gesorgt, dass sein Ritter auch nach drei Tagen noch nicht gemerkt hatte, wer in der Hausburg neben dem Gasthaus auf der anderen Seite des Breiten Weges wohnte.

Über den nächtlichen Hof huschte der Knappe zum Stall hinüber; es war zwei Stunden vor Mitternacht. Im Pferdestall, am Stellplatz seines neuen Schimmels, den er sich in Sudenburg gekauft hatte, wühlte er einen Tornister aus dem Stroh. Er hatte ihn am Nachmittag dort versteckt, nachdem er seine Laute, eine Mönchskutte und ein Blatt mit neuen Versen darin verstaut hatte.

Wolfram legte den Schwertgurt an, zog sich den Wappenrock über, steckte die Pergamentrolle in den Gurt und hängte sich die Laute auf den Rücken. Danach zog er die Mönchskutte aus dem Tornister, schlüpfte hinein und streifte sie über Instrument und Schwert. Weil der Klangkörper der Laute sie ausbeulte, sah Wolfram nun aus, als hätte er einen Buckel.

Die Kutte war frisch gewaschen und blütenweiß. Sie gehörte Dostls Oheim, dem Schmied. Der hatte sie ihm auf Dostls Fürsprache hin geliehen, als Wolfram ihm am Vortag den Auftrag überbracht hatte, seinem Ritter Adalbert ein Schlachtschwert und einen Helm zu schmieden. Zuvor hatte Wolfram den Hünen mit der Pfeilspitze in der Stirn in seinen Plan eingeweiht. Ungewöhnlich rasch hatte er sich mit dem seltsamen Jäger und Schmiedegesellen angefreundet.

Dostls Oheim war in jungen Jahren einmal ein Novize im Dominikanerkloster von Magdeburg gewesen, hatte sich aber kurz vor dem Gelübde in eine junge Wäscherin verliebt und den Orden ihretwegen wieder verlassen. Er hatte sie geheiratet und vergessen, den Habit zurückzugeben.

Wolfram spähte zur Stalltür hinaus und huschte, da er niemanden an den Fensteröffnungen der Fassaden entdecken konnte, in den Hof. Unter dem Torbogen blieb er stehen und schaute nach links und rechts – etwa dreißig Ruten entfernt wankten betrunkene Domherren und Mönche dem Sudenburger Tor entgegen. Sonst war keine einzige Menschenseele zu sehen.

Er zog die Kapuze des Mönchsgewandes über seine blauschwarzen Locken und lief auf den Breiten Weg hinaus und zur anderen Straßenseite hinüber. Sein Atem flog, und das Herz klopfte ihm in der Kehle. Erst ein einziges Mal hatte er seine Lieder einem Mädchen vorgetragen – einer jungen Zofe in Schwerin. Doch es war ihm damals, vor zwei Jahren, nicht gelungen, sie zu verführen.

Die Grafentochter hatte ihm genau aufgeschrieben, was er zu tun hatte: die Laute im Stall verstecken, eine Mönchskutte oder Frauenkleider beschaffen und viermal klopfen. Und das ja nicht am Portal, das zum Breiten Weg hin lag, sondern an der Hintertür in der Gasse. Und er solle, wenn die letzten Dominikanermönche des Klosterhofes von der Komplet, dem Nachtgebet, aus ihrer Klosterkirche zurückgekehrt waren, langsam zwanzig Vaterunser beten und erst nach dem letzten Amen aufstehen, um zu ihr zu kommen.

Heilwig hatte alles sorgfältig geplant. Sie schien genau zu wissen, was sie wollte.

Hinter der Pferdestange und der Viehtränke vorbei schlich Wolfram entlang der Hausburgfassade bis zur Einmündung der Gasse. Hätte ihn jemand von einem Fenster aus beobachtet, hätte er sich gefragt, warum es der bucklige Dominikaner so eilig hatte und wohin es ihn zu dieser späten Nachtstunde noch trieb.

Wolfram hoffte, dass niemand ihn beobachtete. Er bog um eine Ecke, drückte sich mit der Brust an die Hausfassade und spähte nach allen Seiten durch die Dunkelheit. Himmel, wie sein Herz klopfte! Er atmete ein paar Mal tief durch.

Weil er nichts hörte und nirgendwo Umrisse eines Menschen entdecken konnte, huschte er schließlich tiefer in die nächtliche Gasse hinein. Er tastete sich so lange an der Hausmauer entlang, bis seine Finger schließlich Holz erspürten. Er hob den Kopf und erkannte die Zinnen einer hohen Hofmauer über sich, die hier ans Haus stieß: die Seitentür der Hausburg! Sie führte in einen Außenhof. Wolfram fuhr über das rissige Türblatt, bis er den eisernen Klopfer fand, fasste ihn und bewegte ihn behutsam und aus kürzester Entfernung viermal gegen das Holz. Es dauerte nicht lange, da hörte er schon, wie innen jemand den Riegel aufzog.

Die Tür knarrte ein wenig, während sie sich öffnete und den flackernden Lichtschein einer Talglampe hinausließ, der auf Wolframs weißen Habit fiel. Die Frau, deren Gesicht im Türspalt erschien, erkannte Wolfram sofort: Es war die ältere von Heilwigs beiden Zofen. Sie öffnete die Tür noch ein Stück weiter, hob ihre Lampe und bedeutete ihm mit einer Kopfbewegung, an ihr vorbei in den Hof zu schlüpfen. Wolfram bückte sich unter dem Türstoß hindurch.

Die Zofe schob leise den Riegel zurück ins Schloss, ging schweigend voran ein paar Schritte durch den Hof, bis sie durch die offene Hintertür der Hausburg trat. Wolfram folgte ihr mit klopfendem Herzen. Durch einen nach Holzkohlefeuer und Zwiebeln riechenden Gang und über einen kleinen Innenhof führte sie ihn in einen Seitenflügel des großen Hauses und dort über eine Wendeltreppe ins dritte Obergeschoss. Hier roch es nach Kienholz und wilden Rosen. Die Zofe klopfte dreimal an eine Tür. Dann ließ sie Wolfram stehen, setzte sich ein paar Schritte weiter in eine Wandnische und löschte ihre Lampe.

Da hatte Heilwig ihre Kammertür bereits aufgezogen und Wolframs Hand ergriffen. Sie zog ihn herein, verschloss die Tür hinter sich und warf sich mit dem Rücken dagegen. Der Duft wilder Rosen hüllte ihn nun ganz und gar ein, und der Anblick von Heilwigs nackten Füßen unter dem schwarzen Spitzensaum ihres roten Kleides verschlug ihm den Atem.

Das kastanienrote Haar trug sie offen, die Schnürleiste aus schwarzer Spitze über ihrem Busen war gelöst.

All das nahm Wolfram in einem einzigen Augenblick wahr, und kein klarer Gedanke wollte ihm mehr gelingen.

»Willkommen in meiner Schlafkammer, mein Ritter.« Heilwigs Lächeln war das einer Siegerin. »Den ganzen Tag habe ich an nichts anderes gedacht als an diesen Moment.«

Wolfram spürte, wie ihm das Blut ins Gesicht schoss. »Ich bin noch kein Ritter.« Er wusste kaum, was er redete, und versuchte, den Kloß im Hals herunterzuschlucken.

»Ein Mann, der solche Verse macht und der es wagt, einem Kerl wie Otto zu trotzen, der wird bald einer sein.«

Sie wies in die von mattem, flackerndem Licht erfüllte Kammer, fasste seine Hand und führte ihn zu einem Tisch, auf dem ein Kerzenleuchter, ein Weinkrug und zwei Kelche standen. Dabei tastete sie nach der Laute unter seinem weißen Dominikanerhabit und kicherte. »Komm, mein buckliger Ritter, ich helfe dir aus deiner Kutte. Die passt so gar nicht zu dir.«

Gemeinsam schoben sie das Mönchgewand über Schwert und Instrument, sodass Wolfram es über den Kopf ziehen konnte. Heilwig nahm es ihm ab, warf es hinter sich vor die Tür und betrachtete ihren nächtlichen Besucher von den Spitzen seiner Schnabelschuhe bis zu seinem blauschwarzen Scheitel. Ein feuchter Schleier legte sich über ihren Blick, und in ihren grünen Augen leuchtete etwas auf, das Wolfram verwirrte. Es erinnerte ihn an die wilde Abenteuerlust jenes Vetters, der ihn im Klosterhof von Hildesheim das Reiten gelehrt hatte.

Heilwig füllte die Kelche mit Wein, nahm sie vom Tisch und reichte ihm einen. »Auf dein Glück, Wolfram von Hildesheim, und möge Gott dir dein Leben lang solch herrliche Verse schenken, wie du sie mir bereits geschrieben hast.«

»Sie gefallen Euch also wirklich?« Endlich gelang es ihm, fünf Worte zu einem Satz aneinanderzureihen, der in seinen eigenen Ohren, wenn auch recht verlegen, so doch leidlich vernünftig klang.

»Sogar wenn ein Schreihals wie Adalbert sie singt, klingen sie schön und erwärmen mein Herz.« Heilwig trat näher zu ihm und stieß ihren Kelch leicht gegen seinen. »Und nicht nur mein Herz«, fügte sie leiser und mit plötzlich heiserer Stimme hinzu.

Wolfram verstand nicht, was sie meinte, und er verstand es zugleich doch so genau, dass seine Aufregung und Verwirrung noch wuchsen. Sein Herz schlug schneller, sein Kopf glühte vor Hitze, in seinem Bauch rumorte es, und durch seine Lenden rauschte heiß sein Blut.

War es das, was alle Welt *Liebe* nannte? Vielleicht, vielleicht auch nicht. Ganz sicher aber war es Lust und Begehren und fühlte sich unwiderstehlich und mächtig an. Zu mächtig, um es beherrschen zu können. Und zu schön, um es beherrschen zu wollen. Aus irgendeinem Grund stand ihm plötzlich die Statue des Schwarzen Ritters vor Augen.

Während er von dem roten, sehr lieblichen Wein trank, wanderten Wolframs Blicke durch Heilwigs Gemach – über eine wuchtige Eichentruhe, eine blank polierte große Kupferscheibe an der Wand und über den Waschtisch darunter mit all seinen Kämmen, Haarbürsten, Tüchern, Fläschchen, Amphoren und kleinen Näpfen rechts und links der Waschschüssel. Und vor allem über das gewaltige Bett, das von der Stirnseite in die Kammer hineinragte. Wolfram schloss die Augen und leerte seinen Weinkelch in einem einzigen Zug.

Heilwig nahm ihm den Kelch aus der Hand, stellte ihn zusammen mit ihrem zurück auf den Tisch und führte Wolfram zu dem von rötlichen Vorhängen verhüllten Bett, vor dem ein Hocker stand. Beides war aus schwarzem Holz, und

Wolfram musste plötzlich an die Leichenkutsche eines Fürsten denken.

Heilwig zog die Vorhänge an der Längsseite ihres Bettes auseinander und setzte sich auf die Matratze. Gelbe und rote Rosenblätter lagen hingestreut über Kissen und Decken. Hinter dem Vorhang, der das Kopfende verhüllte, nahm Wolfram die Umrisse eines großen Kreuzes aus dunklem Eichenholz wahr.

Er schluckte und bekam weiche Knie. Es war das erste Mal, dass er vor dem Bett einer Frau stand.

Heilwig schlug die Beine übereinander, stützte sich mit dem rechten Arm auf der Matratze ab und legte den Kopf auf die Schulter. »Nun singe für mich, mein Ritter«, sagte sie und lächelte verführerisch.

Wolfram zog die Laute vom Rücken und ließ sich vor der Grafentochter auf dem Hocker nieder. Weil das Bett höher war als dieser und sie ein Stück über ihm saß, konnte er nicht anders, als ihre nackten Fesseln zu betrachten, während er sein Instrument stimmte. Ihr weißer Fuß war wie die ganze Frau – mädchenhaft, weich und rundlich.

Sein kaum zu bändigender Blick glitt zu ihrem Schenkel hinauf, der sich unter dem gespannten Stoff ihres roten Kleides abzeichnete, und von dort noch weiter hinauf zu den schwarzen Schnüren auf der alabasterfarbenen Haut über ihren Brüsten. Wie rasch ihr Busen sich hob und senkte! Warum atmete sie nur so schnell? War sie etwa ebenso aufgeregt wie er selbst?

Wolfram schaute in ihr Gesicht und zupfte den ersten Akkord. Und da war er wieder, dieser herausfordernde, etwas anzügliche Zug um ihren halb offenen Schmollmund. Und lag es jetzt nicht in ihrer ganzen, sonst so weichen Miene, dieses Wilde, das er schon damals in Wittenberg an ihr wahrgenommen hatte? Dieses Ungezügelte?

Auf einmal – ganz unverhofft und verstörend deutlich – erschien ein anderes Gesicht vor seinem inneren Auge: das der jungen Frau mit den schwarzen Locken, die sich bei seiner Ankunft in Magdeburg über das Brückengeländer gebeugt hatte und später über die Brücke geritten war. Als wäre es eine Fliege, die ihm auf der Stirn gelandet war, schüttelte er das Bild ab.

Summend stimmte er sein Lied an und schaute Heilwig in die grünen Augen, und mit einem Mal erfasste er, was darin so irritierend glitzerte: Sehnsucht, ja Verlangen sogar. Wolfram atmete tief durch und begann zu singen.

»Wer bist du, süße Frühlingsfrau,
dass selbst bei Nacht dein Bild erstrahlt
in meinem Herzen? Wirkst du Wunder?
Bist du ein Engel? Zauberst du?«

Heilwigs Lächeln wurde noch wärmer und siegesgewisser. Sie beugte sich zu ihm herab, um seine Wange zu berühren und mit den Fingerrücken über seinen schwarzen Bart zu streicheln. Das ging Wolfram durch und durch, so tief, dass seine Stimme heiser zu klingen begann. Er musste schlucken und sang lauter, damit sie ihm nicht brach:

»Welch Wunder wirkst du, welch Magie,
dass mir der Manneswille schmilzt?
Dass mir die Brust zur Esse wird,
das Blut darin zu fließend Erz?

Dass kein Gedanke mir gelingt,
der nicht umkreiset deinen Leib?
Und hin zu dir mich …«

Seine Stimme brach nun doch, denn Heilwig war plötzlich aufgestanden und hatte sich über ihn gebeugt, um seine Stirn zu küssen. Und von dem Augenblick an, als ihre Lippen seine Haut berührten, fehlten ihm die Worte. Wenigstens gelang es ihm noch, weiterhin die Lautensaiten zu zupfen.

Sanft küsste sie seinen Scheitel, seine Schläfe und wieder seine Stirn und dann, während ihre Hand sich in seine blauschwarzen Locken wühlte und seinen Kopf in den Nacken bog, sein rechtes Auge. Die Wärme ihres nahen Körpers und der Duft nach Wildrosen, der von ihr ausging, betäubten ihn schier. Kein einziger seiner neuen Verse wollte ihm mehr einfallen, die er doch vor Sonnenuntergang noch mühelos auswendig geflüstert hatte.

Heilwig aber trat hinter ihn, beugte sich über ihn, schmiegte ihre Wange an seine und flüsterte: »Sing weiter, mein Ritter, sing doch weiter. Ich höre dir so gern zu.«

Und Wolfram sang mit bebender Stimme: »Und wie im Fell des Junghengsts glüht das Eisen, das ihm den Namen einbrennt seines Fürsten …« Wenigstens kam ihm jenes Lied noch in den Sinn, das er für seinen Ritter gedichtet hatte und das Adalbert seiner Angebeteten demnächst vorzutragen gedachte. »… so glüht im Herzen mir dein Name, edle Frau …«

Diese Zeilen waren ihm nicht halb so gut gelungen wie die neuen, die er Heilwig mitgebracht hatte, doch sie schienen ihr zu gefallen, denn während er sie sang, spürte er, wie sie ihm das lange Haar auf die Schulter schob und ihre Lippen in seinen Nacken setzte. »… und brandmarkt es für immer als dein Eigentum.«

Als er fühlte, wie ihm die Wärme ihres Atems wohlig durch die Glieder perlte, wie ihre Arme von hinten seine Brust umschlangen und sie sich an ihn schmiegte, verstummte Wolfram endgültig. Er ließ die Laute zu Boden gleiten, griff nach ihren Händen, führte sie an seinen Mund und küsste ihre Fingerspitzen. Wie weich sie sich anfühlten und wie heiß!

»Komm, mein Ritter«, flüsterte Heilwig und nötigte ihn, sich vom Hocker zu erheben. »Komm, teil mit mir das Liebeslager.«

Mehr noch als von ihren Berührungen war Wolfram von ihren Worten bezaubert. Er fühlte sich wie betäubt, und das Herz schlug ihm bis zum Hals. Sie kniete sich aufs Bett, zog ihn zu sich und küsste ihn auf den Mund.

Ihre warmen, feuchten Lippen entrissen Wolfram den letzten Zügel seiner Selbstbeherrschung – er drückte Heilwig an sich, erwiderte stürmisch ihren Kuss. Er vermochte nicht mehr, seinen entfesselten Händen zu gebieten: Sie glitten erobernd über ihren Busen, ihre Hüften, ihr Gesäß, wühlten sich unter ihr Kleid und wollten um jeden Preis die Haut ihrer Schenkel berühren.

Sie hielt seinen Hals umschlungen, ihre Lippen saugten sich an seinen fest, und ihre Zunge bohrte sich so gierig in seinen Mund, als hätte sie seit Tagen von nichts anderem geträumt, als ihn endlich zu küssen. Willig hob sie das Gesäß, damit er ihr das Kleid drüberstreifen und Mieder und Lendentuch von ihren Hüften ziehen konnte. Während sie sich in seinen Armen wand, begriff Wolfram, dass er eine Frau liebkoste, die ihr Bett nicht zum ersten Mal mit einem Liebhaber teilte.

Irgendwann löste sie sich schwer atmend von ihm, griff nach ihrem Kleid und streifte es sich mit einer einzigen anmutigen Bewegung über den Kopf. In ihrer ganzen porzellanweißen Schönheit saß sie nun vor ihm auf dem Bett, nahm seine Hände und legte sie auf ihre Brüste. Wolfram rang nach Luft.

»Du hast es noch nie getan, nicht wahr, mein Ritter?«, flüsterte Heilwig, und Wolfram, der keine Worte fand und immer wieder schlucken musste, schüttelte den Kopf. »Dann komm, ich zeig dir, wie es geht.«

Sie half ihm aus den Kleidern, streichelte seine schmerzhaft pochende Scham und führte seine Hand an ihre geheimsten Stellen. Seine Augen und sein Ohr küssend, flüsterte sie ihm zu, wie er sie zu berühren hatte, damit es ihr die Liebeswonnen bescherte, nach denen sie verlangte.

Wolfram hörte ihre Worte, tat alles, was sie wollte. Völlig verzaubert nahm er wahr, wie seine Küsse und Berührungen ihren Atem antrieben, ihr Seufzen zum Stöhnen steigerten und ihre Bewegungen zu unbändigem Zucken. Wie eine junge Katze wand sie sich unter seinen Händen, wie ein verspieltes Fohlen tanzte sie den wilden Tanz der Liebe in seinen Armen und unter seinen Zärtlichkeiten. Manchmal lachte sie, manchmal kicherte sie wie ein Kind, manchmal knurrte sie wie ein Jagdhund, wenn er seine Beute festhält.

Er überließ sich der Älteren und weitaus Erfahreneren ganz und gar, gab sich ihrem Tanz hin, zog sie an sich, fing sie wieder ein, wenn sie ihm entglitt, zog sie über sich und biss sie zärtlich in die weiche Haut ihres Halses, ihres Busens, ihrer Taille.

Bald klangen ihr Atmen und Seufzen wie das einer Frau in großen Schmerzen. »Weil du es zum ersten Mal erlebst, machen wir's auf die einfachste Art«, flüsterte sie, warf sich auf den Rücken und zog Wolfram zwischen ihre weichen und weit geöffneten Schenkel. Sie griff nach ihm und half ihm dorthin, wohin sein brennendes Verlangen ihn drängte.

So versank Wolfram in ihrem Leib und ihren Bewegungen und schwelgte im Paradies ihres Atems, ihres Schoßes und ihrer Wärme. Als würde er zerschmelzen, so fühlte er sich, als würde er fliegen.

19
Prophetin

Magdeburg, 13. Juli 1275, Tag der heiligen Margareta

Sie steckte den Kopf aus dem Fuchsbau und blinzelte in den Himmel. Er war fahl wie ein unreifer Pfirsich, denn die Morgendämmerung setzte gerade erst ein. Sie blinzelte zu den Türmen und Mauern der Stadt hinüber. Das Brücktor war noch geschlossen, nirgendwo zwischen den Zinnen der Ostmauer war ein Wächter zu sehen, und die Glocken von St. Sebastian und der Kirche des Klosters Unser Lieben Frauen läuteten zur Laudes, zum Morgengebet.

Tief sog sie die kühle Luft ein – wie gut das tat! Unter der Erde, in der alten Fuchshöhle, hatte es gestunken. Sie stemmte sich aus dem Bau und verzerrte das von Blatternnarben entstellte Gesicht, weil ihr die Schulter weh tat vom verkrümmten Liegen in der Nacht.

Das Heimweh nach Mechthild hatte sie zurück an die Elbe getrieben, zurück auf die Rotehorninsel bis fast an die Mauern der Stadt. Vielleicht konnte sie Mechthild abpassen, wenn sie von der Frühmesse kam, die Meisterin, die Pflegemutter, die große Schwester. Heute war Sonntag, oder? Heute gab es doch eine Messe?

Nein, nein – es war Sonnabend. Genoveva musste ein bisschen nachdenken, aber dann fiel es ihr ein: Sonnabend, jawohl. Aber es würde trotzdem eine Heilige Messe geben, ganz gewiss, denn heute würde der Tag der heiligen Margareta gefeiert. So war es doch, oder?

Gleich am Hafen war sie vom Fuhrwerk gesprungen, neulich, an dem Tag, als die bösen Kerle sie ergriffen und der

Schwarze und der Dostl sie gerettet hatten. Dostl, der starke Dostl! Über die Brücke beim Brücktor war sie gerannt, dann über die Insel, von dort auf die Brücke über die Alte Elbe und dann nach Osten hin, bis die Nacht anbrach, gerannt und gerannt.

Im Wald hatte sie geschlafen, Wasser aus Bächen und Tümpeln getrunken, Heuschrecken, Käfer und Vogeleier gegessen, und manchmal frühe Beeren und wilde Kirschen. Sie wusste, wie man überlebte im Wald, o ja, sie wusste, wie man satt werden konnte von dessen Gaben.

Doch das Heimweh, das schlimme Heimweh! Was hatte sie geheult, was hatten Angst vor dem bösen Ritterkerl und Heimweh nach Mechthild sie hin- und hergerissen! Bis sie wieder losgerannt war gestern, als die Sonne im Zenit gestanden hatte, zurückgerannt, gerannt und gerannt. Sie hatte nicht anders tun können, als heimzukehren.

Über dem Fuchsbau richtete sie sich auf und spähte wieder zur Stadt hin. Die Glocken waren längst verstummt. Das Brücktor war noch immer verschlossen, und davor, auf der Brücke, flatterten weiße Tücher, Bänder und Girlanden. Das zu sehen, gab ihr die letzte Gewissheit: Heute war wirklich der Tag der heiligen Margareta.

Sie schaute an sich hinunter – Erde, Gras und Laub hingen in ihrem Katzenfellmantel. Und Ameisen, Käfer und ein Regenwurm. Ihre Füße waren schmutzig, ihre Hände auch. Und wie mochten da erst ihr Haar und Gesicht aussehen?

»Nee, nee, so nich«, flüsterte sie, »so kann de Genoveva nich in de Mess gehn. Was denket da die Leuts? Nee, nee, so macht de Genoveva de Mamechma nur Schand.«

Sie wandte sich ab von Brücke und Stadt und lief zurück zur Alten Elbe. Dort streifte sie den Fellflickenmantel ab, schüttelte ihn aus und warf ihn ins Gras. Dann schälte sie sich aus Hemden und Lendenschurz und sprang in den Strom.

Die Sonne ging auf, und ihr rötliches Morgenlicht glitzerte auf den Wogen der Elbe – so zauberhaft, so wunderschön! Genoveva machte der Anblick froh, sie lachte laut und hell.

Dann glitt sie ins Wasser, ließ sich mit der starken Strömung treiben, tauchte wieder auf, schwamm mit kräftigen Schwimmzügen ans Ostufer und kletterte in die sumpfige Böschung dort, um ein wenig zu verschnaufen.

Als das Glockengeläut sie irgendwann aus einem leichten Schlummer weckte, stand die Sonne schon ein ganzes Stück über dem Horizont. Sie erschrak – die Frühmesse würde gleich beginnen! Rasch stieg sie wieder in die Elbe und schwamm hinüber zur Rotehorninsel und entgegen der Strömung zurück zu ihren Kleidern.

Genoveva mochte ungeschickt sein im Sprechen, mochte sich schwertun, wenn es schwierige Dinge zu bedenken galt, und sie wusste nicht immer, wie man sich benehmen musste, um nicht aufzufallen unter all denen, die nicht wie Tartaren aussahen und mit leichterer Zunge sprachen als sie. Doch eines beherrschte sie, was die meisten anderen Menschen nicht beherrschten: Sie konnte schwimmen.

Sie erinnerte sich nicht, wer es ihr beigebracht hatte, sie konnte es einfach, von Kindesbeinen an. Sonst hätte sie nicht überlebt damals, so ganz allein im Wald und in den Sümpfen. Sonst wäre sie Mechthild damals nicht begegnet und auch niemals nach Magdeburg gekommen.

Erfrischt und gereinigt stieg sie am Ufer der Insel aus dem Wasser. Zufrieden fühlte sie sich und ganz sicher, dass sie Mechthild und Dostl finden würde. Und dass die beiden sie beschützen würden vor dem bösen Ritterkerl von Greifenstein und seinen Knechten. Wer, wenn nicht die gute Mechthild und der starke Dostl? Natürlich die und nur die beiden, und der große Gott möge sie segnen und behüten! In leidlich sauberem Mantel, mit ganz und gar sauberen Händen und

Füßen und wohl auch einigermaßen sauber im Gesicht, überquerte sie die Insel und lief auf die Brücke zu. Wie schön sie aussah mit all den weißen Tüchern, Bändern und Girlanden! Auch Blumen und Birkenzweige hatten die Frauen in das helle Geflatter hineingeflochten.

Genoveva bestaunte den Festschmuck und freute sich daran, doch als sie gerade den Fuß auf die erste Bohle der alten Elbbrücke setzen wollte, wurde das Tor geöffnet. Die Freude verflog im Nu, und sie fuhr zusammen und stand still.

Die Angst vor den Leuten in der Stadt sprang sie so unerwartet an wie ein Luchs, der im Unterholz gelauert hatte. Sie erschrak so sehr, und die Furcht türmte sich so mächtig auf in ihrer Brust, dass sie zurückwich und in die steile Böschung der Elbe hinuntersprang, statt über die festlich geschmückte Brücke in die Stadt und zum Dom zu laufen.

Auf allen vieren kroch sie zur Brücke hin, um unter ihr Schutz vor neugierigen Blicken zu finden. Und während sie sich in der steilen Böschung an feuchten Grasbüscheln und Löwenzahngewucher festhielt, hörte sie schon wieder die Glocken in der Stadt. Waren die Festtagsmessen denn schon gelesen? Schwer atmend verharrte Genoveva, lauschte ein Weilchen, kroch endlich weiter und bis unter den Schatten der Elbbrücke.

Dort angekommen kletterte sie wieder ein Stück die Böschung hinauf und setzte sich im hohen Gras auf. Hätte sie die Hand nach oben ausgestreckt, hätte sie die Unterseite der Brücke berühren können. Sie verschnaufte und blinzelte in die Elbe. Wie der Strom rauschte! Von Nässe und Moder dunkle Pfeiler ragten aus den Wogen. Um sie herum gurgelte die starke Strömung. Bis in ihre oberen Verstrebungen hinauf hing noch das Treibgut des letzten Hochwassers: Geäst, Gras, Latten, Lumpen, totes Getier.

Seltsam beunruhigt schaute Genoveva ans andere Ufer

und hoch zum Tartarenturm. Unheimlich kam ihr das Bauwerk an diesem Morgen vor, unheimlich und bedrohlich. Hatte sie nicht da drinnen diesen mörderischen Höllenlärm gehört? Hatte sie dort nicht den todgeweihten Ritter mit der erschöpften Frau auf den Armen gesehen? Hatte da nicht Gott zu ihr gesprochen?

Wahrhaftig, so war es gewesen!

Von drüben, vom Brücktor her, tönten jetzt Männerstimmen. Pferde schnaubten, Wagenräder ratterten, Hufe stampften über Holzbohlen, Schritte knallten voraus. Sie konnte weder das Fuhrwerk noch die Zugpferde noch die Männer sehen, aber die Einsicht, dass es zu spät war, dass sie nun nicht mehr einfach über die Brücke laufen konnte, ohne gesehen und erkannt zu werden, trieb ihr die Tränen in die Augen.

Sie hatte doch so großes Heimweh! Sie wollte doch zur Stadt, zum Domneubau, zur Mechthild, zum Dostl! Und jetzt hockte sie hier unter der Brücke im Gras, zitterte vor Angst, weinte leise und biss sich in die Faust.

Ein Schwanenpaar flog von Norden heran, das Sirren und Rauschen seines Flügelschlags näherte sich rasch. Kurz vor der Brücke trennten es sich – ein Schwan flog aus ihrem Blickfeld und über die Brücke, der andere unter der Brücke hindurch und sehr dicht an ihr vorüber. Das sah so schön aus, dass sie lächeln musste. Sie wischte sich die Tränen aus dem Gesicht.

Fuhrwerk und Gespann lärmten über sie hinweg. Wie die Brücke ächzte und knarrte! Schwankte sie nicht sogar ein wenig? Dann näherte sich Gesang von der Stadt her, der Lärm vieler Schritte scharrte, und wieder ratterten die Räder eines Fuhrwerks. Die Prozession! Die Prozession zu Ehren der heiligen Margareta begann schon!

Hufschlag, Wagenrattern, Schritte und Gesang rückten näher und näher, und als die Brücke heftiger ächzte und knarrte und schwankte, weil die ersten Menschenreihen sie hinter einem Fuhrwerk betreten hatten, vergaß Genoveva zu atmen. Der Höllenlärm aus ihren Träumen – Splittern, Krachen und Geschrei – mischte sich in all das Knarren und Ächzen. Es splitterte, krachte und schrie nur in ihrem Kopf, doch es war Genoveva, als würde ihr jemand ein schwarzes Tuch von den Augen ziehen.

Von einem Atemzug auf den anderen erkannte sie, dass sie sich getäuscht hatte – sie hatte ihren Traum völlig falsch gedeutet.

Schreiend warf sie sich herum und kletterte die Böschung hinauf.

20

Prophetin II

Magdeburg, 13. Juli 1275, Tag der heiligen Margareta
Mechthild stand allein am Eingang des Domneubaus.

Drinnen wurden noch die letzten Gebete der Messe gesungen, doch sie hatte den Festtagsgottesdienst schon vor dem Schlusssegen verlassen, um hier den Erzbischof und seine hohen Gäste abzupassen. Weil Konrad selbst die Messe las und danach mit seinem Besuch an der Prozession teilnehmen wollte, konnte Mechthild sicher sein, dass er den Dom an dieser Stelle verlassen und nicht vom Bischofsgang aus über die Brücke in seinen Palast entschwinden würde.

Von den Kirchen und Kapellen innerhalb der Domfreiheit läuteten bereits die Glocken und riefen die Magdeburger zum Domplatz. Dort sammelten sich die Ersten, die an der Prozession zu Ehren der heiligen Margareta teilnehmen wollten – Männer, Frauen und Kinder, die in anderen Kirchen die Messe gefeiert hatten. Mechthild entdeckte zahlreiche Nonnen und Mönche aus den Klöstern der Stadt in der zusammenströmenden Menge.

Auch von Sudenburg und der Neustadt her hörte sie es nun läuten. Durch das Tor zur Domfreiheit strömten immer mehr Menschen auf den Platz. Der Margaretentag war beliebt beim Volk; vor allem die Bauern schätzten das Fest als Auftakt zum Erntebeginn. Im Domneubau selbst würden nach Ende der Messe keine Glocke läuten – es gab noch keinen Turm, geschweige denn einen Glockenstuhl.

Im Querschiff verhallte der Chorgesang, dafür rauschte, raunte und scharrte es nun aus dem unvollendeten Bauwerk:

Schritte, Stimmen, Kleiderrascheln. Jetzt war auch im Dom die Messe vorüber, und Mechthild ging ein wenig zur Seite, denn die ersten Gottesdienstbesucher traten ins Freie.

»Gib mir die rechten Worte, o Herr«, murmelte sie. »Schenke mir Worte, die ihr Herz anrühren und ihr Gewissen treffen«, betete sie lauter und bekreuzigte sich.

Ein junges Paar beäugte sie verstohlen im Vorübergehen, ein Edelmann runzelte die Brauen und musterte sie abschätzig, drei alte Frauen bedachten sie mit mitleidigen Blicken und steckten tuschelnd die Köpfe zusammen, als sie Mechthild hinter sich gelassen hatten und in die wachsende Menge auf dem Domplatz eintauchten – lauter Fremde aus dem Umland, die den Margaretentag hier feiern wollten und Mechthild nicht kannten. Die Magdeburger jedoch grüßten sie scheu oder gingen an ihr vorbei, ohne sie zu beachten. Jeder hier in der Stadt kannte sie – die Beterin, die Verrückte, die von Gott Begeisterte.

Ein Magdeburger allerdings eilte an ihr vorüber, der sie sehr wohl beachtete und nicht daran dachte, sie zu grüßen: Gallus von Trier. Er hatte während der Messe dem Erzbischof am Altar gedient. Sein feindseliger und misstrauischer Blick traf Mechthild, und einen Wimpernschlag lang stockte sein Schritt. Ob er ahnte, auf wen sie wartete und was sie vorhatte? Aber dann hastete er weiter, denn er hatte die Prozession anzuführen, wie Mechthild wusste.

»Danke, du gütiger Gott, dass du mir einen Wortwechsel mit diesem finsteren Manne erspart hast«, murmelte sie und schaute dem Priestermönch erleichtert hinterher. Dann richtete sie ihren Blick wieder auf die Menge in der Kirche und suchte nach dem Erzbischof und den Brandenburgern. »Schenke mir weise Worte, o Herr, damit sie umkehren und ablassen von ihrem sündigen Plan. Amen.« Mechthild war plötzlich sehr aufgeregt.

Sie hatte sich an diesem Morgen keine Worte für die Begegnung mit dem Erzbischof zurechtgelegt. Sie wusste nur, was ihrem Gott Kummer machte und was sie Konrad und seinem hohen Besuch gegenüber anzuprangern hatte. Es würde zum Streitgespräch kommen, gewiss, doch sie vertraute darauf, dass Gott ihr eingeben würde, was sie zu sagen hatte – oder nein: was er selbst diesen Männern zu sagen hatte.

Immer mehr Menschen drängten inzwischen aus dem Ausgang des Neubaus und an ihr vorbei. In der Menge innerhalb des Doms entdeckte Mechthild endlich die Mitra des Erzbischofs und die von Edelsteinen funkelnde Krümme seines Bischofsstabs.

Hinter ihm ragte ein großer schwarzbärtiger Mann mit breitem Gesicht auf, dem die schwarze Lockenpracht unter einem roten Barett herausquoll. Mechthild kannte ihn nicht, doch das konnte nur Otto von Brandenburg sein. Ihre Freunde im Domkapitel hatten ihr den Markgrafen beschrieben, den sie noch nie von Angesicht zu Angesicht gesehen hatte. Er trug ein Schwert, einen grünen, pelzbesetzten Rock und darüber einen gelben Wappenmantel mit dem roten Adler der Brandenburger.

Den anderen, etwas kleineren und jüngeren Mann neben ihm dagegen kannte Mechthild: Ottos Bruder Erich. Er trug das dunkle Gewand eines Domherrn über einem weißen Chorrock. Der dunkelblonde, blasse Mensch blickte unruhig nach allen Seiten; Mechthild sah ihm an, wie wenig ihm das Gedränge um ihn herum behagte.

Noch zwei weitere Männer in geistlichem Habit hielten sich dicht beim Erzbischof auf: der Dompropst und der Domdekan von Magdeburg. Natürlich – sie hatten das gewichtigere Wort mitzusprechen, wenn in diesen Tagen darüber verhandelt wurde, Erich von Brandenburg einen Platz im Domkapitel zu geben! Beide gingen direkt vor ihm, lächelten angestrengt und versuchten, Konrad einen Weg durch die Menge zu bahnen.

Mechthild beobachtete die fünf Männer, vor allem Erich von Brandenburg. Während er hinter dem Erzbischof Berührungen mit den einfachen Frauen und Männern zu vermeiden suchte und seine Miene immer unduldsamer wurde, musste sie daran denken, dass er bereits Domherr zu Halberstadt war, und der Zorn packte sie: Konnten denn diese Fürsten und Edelmänner niemals genug kriegen? Mussten sie denn immer noch mehr Reichtum anhäufen?

Immer näher kamen Erzbischof, Domherren und Markgraf. Otto lief keinerlei Gefahr, von irgendjemandem berührt zu werden, denn wie der Zwinger eine Burg umgab ihn ein freier Raum von mindestens zwei Fuß Breite. Aus irgendeinem Grund wagte keiner, diesen zu betreten, wie es schien. Mechthild, die sich in eine Nische zwischen dem Portalbogen und einer Marienstatue gezwängt hatte, um die Leute vorbeizulassen, betete stumm.

Der Dompropst und der Domdekan gelangten zuerst auf die Höhe ihrer Nische – dem Propst fiel das gütige Lächeln aus dem Gesicht, als er sie bemerkte, und er drängte sich schneller durch die Menge. Fast sah es aus, als wolle er vor ihr fliehen.

Mechthild ließ auch Konrad noch vorübergehen, der huldvoll das Kreuz über jedem und jeder schlug, die seinen Segen begehrten und sich zum Kuss über seinen Bischofsring beugten. Kaum trat er über die Portalschwelle, sprang sie hinter ihn und stellte sich den Brandenburgern in den Weg.

»Sagt mir eines, Erich von Brandenburg«, rief sie, »bekleidet einer ein geistliches Amt, um Gott und den Menschen zu dienen, oder um seine Schatulle zu füllen und seine Ländereien zu mehren?« Der Angesprochene wich erschrocken zurück, Getuschel und Geschwätz ringsum verstummten.

»Antwortet mir, Erich – ich will es wissen!« Mit großer Geste deutete Mechthild um sich und zuletzt hinauf ins Gewölbe des Neubaus. »Viele hier wollen es wissen, und vor allem einer wartet auf Eure Antwort: Gott selbst.«

Erich lief rot an – ob vor Zorn oder vor Verlegenheit, vermochte Mechthild nicht zu sagen. Der Brandenburger Edelmann spähte nach allen Seiten, als suche er einen Fluchtweg.

»Was fällt dir ein, Weib!«, donnerte mit tiefer Stimme sein Bruder Otto. »Was gehen dich die Angelegenheiten deiner Obrigkeit an?«

Bei ihm war es eindeutig die Wut, die ihm das Blut ins Gesicht trieb, weder seine Miene noch seine Stimme ließen irgendeinen Zweifel daran. Mit einer heftigen Kopfbewegung befahl er einem Mann mit Helm und Schwert, Mechthild zu vertreiben.

Der Waffenknecht trat aus der Menge zu Mechthild, legte ihr seine Hand auf die Schulter und wollte sie aus dem Weg zerren, doch sie schaute ihm so streng und mit so großem Ernst ins Gesicht, dass er innehielt. Der zornige Blick ihrer leuchtend grünen Augen schien ihn zu treffen wie ein Schlag, denn er zuckte zurück und schaute sich wie hilfesuchend nach seinem Markgrafen um.

»Aus dem Weg mit dir, Weib!«, sagte Otto barsch.

Mechthild wandte ihm einfach den Rücken zu und musterte nun den Erzbischof selbst, der stehen geblieben war und sich nach ihr und seinem hohen Besuch umschaute. »Wen beruft Ihr in ein geistliches Amt, Konrad, mein Erzbischof?«, rief sie so laut, dass auch das Stimmengewirr drinnen im Querschiff vor Hochaltar und Lettner sich legte und sogar die Leute draußen auf dem Domplatz die Hälse reckten. »Den Mann, den Gott Euch nach langem Beten und Fasten zeigt, oder den Mann, der am meisten dafür zahlt?«

Der Erzbischof erbleichte.

Mechthild trat neben ihn und sah den Dompropst und den Domdekan an. »Und ihr Domherren von Magdeburg – gebt ihr den Platz in eurer Mitte dem, der ihn sich durch Demut und Frömmigkeit verdient, oder verkauft ihr ihn wie eine geschlachtete Sau oder ein paar Elchlederstiefel an den Meistbietenden?«

»Es reicht!«, brüllte hinter ihr der Markgraf von Brandenburg. »Wollt ihr mir endlich dieses rasende Weib aus dem Weg schaffen, oder muss ich erst mein Schwert sprechen lassen?«

21

Prozession

Magdeburg, 13. Juli 1275, Tag der heiligen Margareta

Drinnen im Dom wandte sich Wolfram vom Hochaltar ab. Das Stimmengewirr rings um ihn war plötzlich leiser geworden, und die Menschen reckten die Hälse: Vom Ausgang her tönte die laute Stimme einer Frau. Offenbar gab es Streit dort vorn, wo der Erzbischof sich gerade anschickte, den Domneubau zu verlassen.

Wolfram kümmerte es nicht, er war viel zu müde, um die Händel fremder Leute spannend zu finden. Am letzten Vierungspfeiler vorbei ließ er sich von der Menge dem Domportal entgegenschieben. Draußen in der Stadt läuteten Glocken, und vor ihm spekulierten Adalbert und einer seiner Ritter über den Grund des Wortgefechts, das am Ausgang entbrannt war. Auch eine tiefe und dröhnende Männerstimme hallte nun von dort durch die unvollendete Kathedrale.

Wolframs Knie waren weich, und es kam ihm vor, als würde er auf einer dicken Heuschicht laufen. Nachdem er Heilwig lange nach Mitternacht verlassen hatte, war er zunächst durch die Gassen der Stadt gestreunt und danach bis kurz vor Sonnenaufgang ruhelos am Elbufer auf und ab gewandert. Erst kurz vor Beginn der Festtagsmesse hatte er sich hier in der Kirche bei Adalbert und seinem Gefolge eingefunden.

Wolframs Sinne waren überreizt, sein Gemüt aufgewühlt, und obwohl ihm die Glieder schwer von Müdigkeit waren, hielt eine lange nicht empfundene Hochstimmung seinen Geist hellwach. Überall in der Menge glaubte er, Heilwigs

Gesicht zu sehen und ihre zärtliche Stimme zu hören. Selbst der Weihrauch, dessen Schwaden über den Köpfen der Menge wogte, schien nach ihrem Leib zu duften.

War das Liebe? War das Leidenschaft? Oder einfach nur der Nachhall des brennenden Verlangens, das ihn erst zum Dichten und dann in ihre Arme getrieben hatte?

»Natürlich der Markgraf!«, hörte er Adalbert verächtlich zischen. »Wer auch sonst? Wo immer gestritten wird, verlass dich drauf, dass einer seiner Sorte dabei mittut.«

Wolfram war Otto aus dem Weg gegangen, weil er ihm noch nicht auf sein Angebot, ein Brandenburger Ritter zu werden, geantwortet hatte. Die Entscheidung fiel ihm schwer. Mehr Kummer als die Aussicht, seinem künftigen Fürsten Minnelieder schreiben zu müssen – das verlangte ja auch Adalbert von ihm –, bereitete ihm dabei seine beinahe leere Schatulle. Vom Knappen zum Ritter aufzusteigen, war eine überaus teure Angelegenheit. Unter allem, was er dann würde anschaffen müssen, waren eine Turnierrüstung und stattlichere Pferde die kostspieligsten Posten. Wie sollte er denn das Geld dafür aufbringen?

Gleich zur Begrüßung hatte Adalbert ihn nach dem Quartier der Grafentochter gefragt und höflichkeitshalber auch nach der nächtlichen Wildschweinjagd. Die erste Frage hatte Wolfram wahrheitsgemäß beantwortet, die zweite mit einer Lüge: Sie hätten keine Wildsau erlegen können und wollten in der kommenden Nacht noch einmal auf die Jagd gehen.

Seinem Ritter dabei in die Augen schauen zu müssen, war ihm nicht leichtgefallen, denn sein Gewissen stach ihn. Aber nur ein wenig – weitaus stärker als das Schuldgefühl Adalbert gegenüber waren die Genugtuung und der Triumph, die er dem Markgrafen gegenüber empfand.

Dennoch hatte er nicht gewagt, den Ring des Erzbischofs zu küssen und sich von ihm segnen zu lassen. Vielleicht nach der nächsten Beichte? Er wusste ganz genau, wie andere die paradiesische Erfahrung nannten, die er in Heilwigs Bett genossen hatte: Unzucht.

Die Menge drängte zum Domplatz, doch kurz vor dem Ausgang geriet sie ins Stocken. Weil der Markgraf inzwischen brüllte, wurde nun auch Wolfram neugierig. Er stellte sich auf die Zehenspitzen, um besser sehen zu können, mit wem der wütende Otto in Streit geraten war.

Mit einer zierlichen grauhaarigen Frau, wie er schnell erkannte. Sie trug einen dunklen Überrock über einem ungefärbten Kleid und stand zwischen dem Erzbischof und dem Markgrafen, halb zu diesem, halb zu jenem gewandt. Was ging dort vor sich?

Otto hatte sein Schwert gezogen, deutete damit auf die Frau und verlangte lautstark, sie aus dem Weg zu schaffen und in den Kerker zu werfen. Sein Bruder Erich stand hinter ihm, spähte unruhig nach allen Seiten und zog die Schultern hoch.

Zwei Bewaffnete packten die Frau bei ihrem Gewand und zerrten sie weg vom Erzbischof und den Brandenburgern. Wolfram erkannte den Ritter Gero von Greifenstein und dessen Knappen Slawomir. Noch bevor die beiden die Frau nach draußen bringen konnten, ging der Erzbischof selbst dazwischen.

»Hände weg von Mechthild!«, rief er so laut, dass man ihn überall im Neubau hören konnte. »Lasst sie gehen, ihr Herren, ich bitt' euch in Christi Namen!«

Der Greifensteiner und sein Knappe machten erst verdutzte, dann unwirsche Gesichter, gaben die Frau jedoch frei. Sie verschwand sofort in der Menschentraube, die sich vor dem Eingang gebildet hatte. Otto von Brandenburg schimpfte weiter, während er dem Erzbischof folgte.

Wolfram spürte Heilwigs Küsse auf seinem Bauch und

dachte an die Verse, die er dem Markgrafen für sie geschrieben hatte. Und er fragte sich, wie um alles in der Welt er Ritter eines Fürsten werden konnte, von dessen Dame er entjungfert worden war. Die Antwort darauf schien ihm auf der Hand zu liegen: gar nicht.

Getuschel und Stimmengewirr wurden wieder lauter, und es ging nun schneller voran und hinaus Richtung Domplatz. Als Wolfram das Portal hinter sich ließ, sah er den Erzbischof und daneben den Markgrafen Otto stehen und hörte sie streiten. Domherren, Mönche und Ritter umgaben sie. Es ging laut zu, und ein Wort gab das andere. Adalbert und sein Gefolge gesellten sich hinzu. Wahrscheinlich hielt sein Ritter es für seine Pflicht, in der Nähe des Erzbischofs zu bleiben, denn er stand ja seit zwei Tagen in dessen Diensten.

Wolfram mischte sich unter die Menge auf dem Domplatz. Dort fand man sich zu einer langen Kolonne zusammen, die in diesen Augenblicken angeführt von zwei Fuhrwerken zu einer Prozession in Richtung Elbe aufbrach. Wolfram wollte sich auf dem schnellsten Weg ins Gasthaus begeben, um sich dort ein ruhiges Plätzchen zum Schlafen zu suchen.

Auf einmal rief jemand seinen Namen – er drehte sich um und sah einen großen Mann winken: Dostl. Wolfram blieb stehen und wartete auf ihn.

»Du willst auch mit der Prozession über den Strom ziehen, mein Freund?« Der Schmied legte den Arm um seine Schulter und zog ihn mit sich zu zwei Frauen. »Gute Entscheidung, so ein Spektakel erlebst du nicht alle Tage.« Er beugte sich an Wolframs Ohr und fuhr flüsternd fort: »Außerdem wirst du viele hübsche Jungfrauen zu sehen kriegen … eine heiratslustiger als die andere.«

Wolfram, dem der Sinn nicht nach hübschen Jungfrauen stand, weil Heilwigs Duft und Leib sein Hirn ausfüllten, wusste nichts zu entgegnen. Ehe er sich besinnen konnte, waren sie bei den Frauen angekommen, und Dostl stellte sie ihm vor.

»Das ist die Anna, die Frau des Obstbauern.« Dostl wies auf eine dralle, dunkelhaarige Frau. »Die Anna kocht bei den Nachbarn dieser Jungfer hier.«

Wolfram vergaß zu atmen, als er ihr in die schwarzbraunen Augen schaute: Es war die junge Frau mit den schwarzen Locken, die ihm schon vor ein paar Tagen bei der Ankunft in Magdeburg aufgefallen war.

Durchglühte ihr Gesicht seitdem nicht seine Träume? Sogar in Heilwigs Bett hatte es ihm unverhofft vor Augen gestanden! Und war es ein Wunder? Diese Jungfrau war so schön, dass Heilwigs Bild in seinem Kopf plötzlich verblasste. Wolfram versuchte ein Lächeln und spürte selbst, wie gründlich es ihm misslang.

»Nenn sie Sophia, hörst du, Wolfram?« Dostl plauderte munter weiter. »Wir wollen der Sophia heute zeigen, wie wir Christenmenschen unsere liebsten Heiligen zu feiern pflegen.«

Scheu nickte das Mädchen ihm zu und wandte sich dann sofort ab. Sie konnte nicht viel älter als sechzehn oder siebzehn Jahre alt sein.

Wolfram verstand nicht genau, was Dostl ihm sagen wollte – *wie Christenmenschen zu feiern pflegen*? War Sophia denn keine Christin? Als er Dostl danach fragen wollte, beugte der sich schon wieder zu ihm und sagte: »Wir sollten heute noch vor Einbruch der Dämmerung auf die Pirsch gehen. Gleich nach Sonnenuntergang sind die Wildsäue am muntersten, und wenn einmal die Nacht angebrochen ist, ist es zu gefährlich, denn dann sieht man sie zu spät, und das kann sehr ungemütlich werden.«

Wolfram nickte, obwohl ihm die Vorstellung, schon wieder eine Nacht nicht zu schlafen, ganz und gar nicht behagte.

Eine Schar Priester in Messgewändern eilte herbei, einer trug ein großes Kruzifix. Offenbar wollte man nicht länger auf den Erzbischof und seine Brandenburger Gäste warten, denn die Prozession setzte sich in Bewegung und folgte den beiden Fuhrwerken.

Das erste Ochsengespann zog einen großen Wagen voller Zuber und Körbe, die bis obenhin mit Fleisch, Rüben und Broten gefüllt waren. Der zweite Wagen hatte Kisten und Fässer geladen.

Als die Priester an der Spitze der Menschenkolonne das Brücktor durchquerten, rollte das erste Fuhrwerk bereits ratternd über die Brücke. Das zweite wartete zwischen Brücke und Tor, bis die noch recht ungeordnete Prozession aufschloss. Die Fässer darauf enthielten Bier und den Festwein, wie Wolfram von Dostl erfuhr, und die Kisten die Becher, aus denen man trinken wollte. Der Festbraten, den das erste Gespann zog, sollte auf einer Lichtung im Wald am Ostufer zubereitet werden, erklärte ihm der Freund.

»Schau nur – die Feuer für die Bratspieße brennen schon«, sagte er und deutete auf Rauchsäulen, die jenseits der Elbe in der Ferne aufstiegen. Er zog Wolfram an sich, beugte sich zu seinem Ohr und flüsterte: »Die Sophia ist eine besonders Schöne, nicht wahr? Aber schlag sie dir aus dem Kopf – sie ist dir noch unerreichbarer als die Heilwig. Sophia ist nämlich eine Jüdin und wird unten im Judendorf Esther gerufen. Nächstes Jahr wird sie ihren Oheim heiraten.«

Wolfram begriff, dass Dostl seine bewundernden Blicke auf das hübsche Mädchen nicht verborgen geblieben waren, und er versuchte, anderswohin zu schauen. Er schämte sich – weil der andere ihn ertappt hatte, und mehr noch, weil er sich so bald nach den Liebesstunden mit Heilwig schon vom Anblick der nächsten anziehenden Frau bezaubern ließ. Er dachte wieder an den Schwarzen Ritter und all die hehren

Rittertugenden, für die der heilige Mauritius stand. Im Stillen bat Wolfram Gott um Vergebung.

Als sie die alte Elbbrücke erreichten und er seinen ersten Schritt auf die Holzbohlen tat, war die halbe Brücke schon voller Menschen. Auf einmal kam die gesamte Prozession zum Stehen.

»Was ist denn in die Genoveva gefahren?«, sagte Dostl, und es klang sehr überrascht. »Weiß sie denn nicht, dass der Gallus noch immer nach ihr suchen lässt?«

Wolframs Blick folgte der Richtung, in die der Schmiedegeselle schaute, und sah eine Frau, die vom anderen Ufer aus auf die Brücke rannte und mit den Armen ruderte. An ihrer stämmigen Gestalt, ihrem breiten Gesicht und ihrem struppigen, haselnussbraunen Lockenkopf erkannte er sie gleich: Es war die ungestüme Beterin mit dem vernarbten Gesicht, wegen der er ein paar Tage zuvor im Dom mit dem Greifensteiner und seinem wendischen Knappen so hart aneinandergeraten war.

Sie rannte auf das Fuhrwerk zu und stieß Worte aus, die hier, am anderen Ufer, kaum zu verstehen waren. Schreiend schob sie sich an Ochsen und Wagen vorbei, schreiend stellte sie sich der Menge entgegen.

»Ich kenne sie ja nicht«, sagte Wolfram, »aber ist sie so verrückt, dass sie sich ohne Grund vor aller Augen zeigt? Sie muss doch wissen, dass der Greifensteiner und seine Waffenknechte hinter ihr her sind.«

»Sie läuft dem Peitschenmönch geradewegs in die Arme!« Mit besorgter Miene spähte Dostl über die Köpfe der Menge hinweg zur Mitte der Elbbrücke hin, wo die eigenartige Frau auf die Leute einschrie. »Sie ist nicht verrückt, nur ein bisschen wunderlich, weißt du? Ohne schwerwiegenden Grund begibt sich auch eine wie Genoveva nicht in Gefahr. Etwas Schlimmes muss passiert sein.«

Weil sie lauter schrie und Hufschlag, Wagenrattern und Stimmengewirr abgeebbt waren, verstand Wolfram nun auch, was sie da rief.

»Weg von de Brück!«, schrie sie. »Zurück mit all de Leuts! Oda wollet se versaufen? Zurück, zurück!«

»Was hat sie bloß?« Ratlos schüttelte Dostl den Kopf. »Warum will sie uns von der Brücke treiben?«

Ringsum sah Wolfram Leute, die mit der Faust drohten und die Frau beschimpften oder sich an die Schläfe tippten. Auf einmal rief jemand hinter ihm seinen Namen. Wolfram drehte sich um – Adalbert von Stendal stand am Brücktor neben der Prozession und winkte ihn zu sich. Wolfram blieb keine Wahl – er ließ Dostl stehen und ging zu seinem Ritter.

Der empfing ihn mit strenger und beleidigter Miene. »Du hast mich belogen«, sagte er, und seine Stimme klirrte vor Kälte. »Der Dostl hat die halbe Nacht mit den Waffenknechten des Erzbischofs gewürfelt. Wo warst du wirklich? Raus damit!«

Wolfram spürte, wie ihm die Hitze in den Kopf stieg. Er wünschte sich weit weg oder wenigstens, im Erdboden zu versinken.

22

Schwanenpaar

Magdeburg, 13. Juli 1275, Tag der heiligen Margareta

Es ging keinen Schritt mehr voran, die Prozession stand still. Esther hakte sich bei der um mehr als zwanzig Jahre älteren Küchenmagd Anna unter. Ein Windstoß wehte ihr ein weißes Band ins Gesicht.

Sie wagte kaum den Kopf zu heben und frei umherzuschauen, denn sie wollte möglichst nicht als die Tochter des Geldverleihers Amos erkannt werden, als Jüdin, die beim Margaretentag eigentlich nichts verloren hatte. Dankbar warf sie Anna einen Seitenblick zu, die ihren Arm drückte. *Mach dir keine Gedanken, Mädchen*, sollte das heißen, *ich bin bei dir.*

Es ging laut zu auf der Brücke, die Leute lachten und riefen und scherzten und hatten sich allerhand zu erzählen. Manche Magdeburger sahen einander nur an Fest- und Sonntagen. Esther war viel zu tief in Gedanken versunken, um wirklich wahrnehmen zu können, was um sie herum vor sich ging. Der junge Waffenknecht, der hinter ihr neben Dostl lief, beschäftigte sie; sie ärgerte sich über ihn. Was fiel diesem Knappen – oder war er ein Ritter? –, was fiel ihm ein, ihr so tief in die Augen zu schauen und dabei so unverschämt zu grinsen? *Was für eine Schamlosigkeit*, dachte sie, *was für eine Frechheit*!

Natürlich standen ihr sofort auch der Markgraf und der widerliche Ritter von Greifenstein vor Augen. Der eine glaubte, das Recht zu haben, sie zu berühren, der andere, ihr den Hof machen zu müssen! Auch an diesen selbstgefälligen Sänger musste sie denken – wie hieß er gleich?

Waren denn alle Männer so zudringlich? Bildeten denn

alle Männer sich ein, eine Jungfrau begaffen, berühren oder ihr Liebesverse schreiben zu können, nur weil diese zufällig in ihre Nähe geriet oder weil sie Gefallen an ihr fanden?

Nein, nicht alle – dem Ewigen sei Dank! –, beruhigte sie sich selbst und versuchte, ihre Gedanken auf den Oheim zu lenken, auf Elias, dem sie anverlobt war. Deswegen war sie ja hier, weil sie ihn im Sommer nächsten Jahres heiraten und dann an ihrem achtzehnten Geburtstag im November ganz gewiss schon Mutterfreuden entgegensehen würde.

»Ich will erleben, wie die Christenmädchen sich auf das Ende ihrer Jungfernschaft vorbereiten«, hatte sie der Mutter erklärt. »Ich will hören, wie sie ihre Heilige um Fruchtbarkeit bitten, ich will sehen, wie sie ihre Schwangerschaft feiern.«

Esther hatte an diesem Sabbat nicht heimlich an der Messe und der Prozession teilnehmen wollen, also hatte sie die Mutter um Erlaubnis gebeten – immerhin ging diese bei Mechthild ein und aus, wie Esther inzwischen wusste. Sie hatte der Mutter die mit weißen Tüchern, Bändern und Blumen geschmückte Brücke beschrieben und ihr von der Begegnung mit den beiden Christenfrauen erzählt. Und von der heiligen Margareta, die aus dem Bauch eines Drachen gekrochen war und die Ungeheuer der Tiefe in Zaum hielt.

»Wenn die Anna dich die ganze Zeit begleitet und der Dostl gut auf dich achtgibt, darfst du hingehen«, hatte die Mutter entschieden.

Den anderen Familienmitgliedern gegenüber vereinbarten sie Stillschweigen, und der Vater und Elias hatten zum Glück in Halberstadt zu tun.

Endlich setzte die Kolonne sich wieder in Bewegung und schob Esther und Anna weiter über die Brücke und auf die Elbe hinaus. Die Brücke schwankte ein wenig, und unter Esthers Fußsohlen ächzte und knarrte es.

Ihr Blick fiel auf das Wasser – und blieb an einem Schwanenpaar haften, das ein Stück stromaufwärts auf der Höhe der zweiten Schiffsmühle schwamm. Wie zwei Wesen aus einer anderen Welt kamen ihr die großen weißen Vögel vor – majestätisch und erhaben. Esther konnte ihren Blick kaum von ihnen lösen.

Anna beugte sich zu ihr. »War ein strammer und hübscher Bursche, mit dem der Dostl uns da eben bekannt gemacht hat«, flüsterte sie. »Findest du nicht? Hast du seine schönen schwarzbraunen Augen gesehen? Ich glaube, du gefällst ihm.«

»Mir gleichgültig, Anna«, antwortete Esther schroffer als gewollt. »Ich kümmere mich nicht um hübsche Burschen, ich bin verlobt.«

Anna zog einen Schmollmund und erwiderte nichts. Sie drehte sich aber um und lächelte Dostl zu, wie Esther aus dem Augenwinkel beobachten konnte. Der andere, der unverschämte Waffenknecht mit dem blauschwarzen Haar, lief nicht mehr neben ihm. Offenbar hatte er die Prozession verlassen und war in die Stadt zurückgekehrt. Im Stillen dankte Esther Gott dafür.

Lautes Geschrei erhob sich an der Spitze der Menschenkolonne, die Priester und die Fuhrleute schimpften auf jemanden ein. Am heftigsten hörte Esther jemanden zetern, den sie jetzt erst unter den Priestern erkannte: Gallus von Trier. Sie lehnte sich weit über das Brückengeländer und schaute genauer zum endlich weiterrollenden Fuhrwerk hin. Und erschrak – es war Genoveva!

Die Freundin ruderte mit den Armen und schien es sich in den Kopf gesetzt zu haben, die Prozession aufzuhalten, ja, zurück ans Westufer zu treiben, was natürlich völlig vergeblich war. Vielmehr sah es danach aus, als könnten die Priester und Fuhrleute die rasende Frau mit vereinten Kräften zurück ans Ostufer treiben.

Vor den Faustschlägen der Priester und den Peitschenhieben des Gallus und der Fuhrleute wich Genoveva zurück! Man trieb sie vorbei am Wagen, vorbei am Gespann und bis zu den vorderen Ochsen. Einem griff sie ans Horn, hielt sich daran fest und versuchte, ihn zum Stehen zu bringen.

Esther biss sich auf die Unterlippe und schaute sich hilfesuchend nach Dostl um. Der machte eine Geste der Ratlosigkeit, und ihr Blick fiel aufs Brücktor und den Rücken des jungen Waffenträgers mit dem schwarzen Haar. Er sprach dort mit einem Ritter.

»Aus dem Weg!«, schrie ein Mann. »Lasst uns durch!« Alle wichen nach rechts und links ans Geländer aus, und Bewaffnete drängten sich durch die Gasse, die nun entstand. Die Brücke schwankte heftiger und knarrte lauter unter ihren schweren Schritten. »Haltet die Wahnsinnige fest!«, rief ihr Anführer. »Lasst sie auf keinen Fall laufen!«

Es war Gero von Greifenstein, der das befahl!

Esther erschauderte und zog die Schultern hoch. *Bitte gib, dass er mich nicht erkennt*, betete sie im Stillen, wandte schnell den Kopf nach links und schaute stromabwärts zu dem Schwanenpaar hin, damit der berüchtigte Ritter ihr Gesicht nicht sehen konnte.

Und wirklich: Ihr Todfeind stürmte an ihr vorbei, ohne sie zu beachten. Niemanden beachtete er, stieß sogar die kleinen Kinder zur Seite, um schneller voranzukommen, denn er hatte nur Augen für Genoveva.

Die ließ das Ochsenhorn los, weil sie endlich die Gefahr erkannte, die ihr von dem Greifensteiner und seinen Waffenknechten drohte. Erleichtert sah Esther, wie ihre Freundin zum Ostufer hin floh. Die Fuhrleute trieben ihr Gespann an, und die Prozession bewegte sich nun wieder schneller über die alte Elbbrücke. Von vorn klangen erneut die Gesänge der Priester, und wer unter den Feiernden die lateinischen Worte kannte, der stimmte ein.

An Esther rauschten die frommen Lieder vorbei, auch der Blumenduft und die weißen Tücher und Bänder drangen ihr kaum noch ins Bewusstsein, denn ihre aufgescheuchten Gedanken kreisten um die arme Genoveva. Was war bloß in sie gefahren? Man würde sie jagen und einfangen, jetzt, wo sie sich gezeigt hatte. Und was würde dann mit ihr geschehen?

»Die kriegen die Genoveva nicht«, hörte sie Anna sagen und schreckte aus ihren düsteren Gedanken auf. »Die kann rennen wie ein Hase.«

Esther hob den Blick – tatsächlich hatte Genoveva längst das Rotehornufer erreicht und tauchte eben zwischen den Büschen und Bäumen auf der Insel unter. Ihre Verfolger dagegen waren gerade erst beim Fuhrwerk angelangt.

Viele Frauen und Männer in der Prozession sangen inzwischen mit, und eine feierliche Stimmung breitete sich auf der Brücke aus, die auch Esther erfasste. Obwohl sie die lateinischen Worte weder kannte noch verstand, begann sie, die schlichte Melodie mitzusummen. Anna hörte es, lächelte zufrieden und zog sie näher an sich.

Plötzlich jedoch war von der Spitze der Prozession her ein neues Lied zu hören, das eigenartig schief und unnatürlich laut klang. Etwas schlug plötzlich so heftig in den Fluten der Elbe auf, dass Wasserfontänen bis über das Geländer spritzten. Die Brücke schwankte mächtig, und Esther hatte auf einmal das Gefühl, einen leicht abfallenden Weg hinunterzulaufen.

Als sie stromabwärts über das Geländer schaute, sah sie einen langen Balken aus den schäumenden Wogen auftauchen, und das grässliche Lied der Furcht und des Entsetzens rollte vom Fuhrwerk und den Priestern aus durch die gesamte Prozession und löschte alle feierlichen Gesänge aus. Von einem Augenblick auf den anderen war Esther von einem Chor aus verzweifeltem Gebrüll und spitzen Schreien umgeben.

Aus irgendeinem Grund stürzte sie in die Rücken der jungen Frauen, die vor ihr liefen und ihrerseits gegen die torkelten, die vor ihnen stolperten.

»Zurück!«, donnerte hinter ihr Dostls tiefe Stimme. »Runter von der Brücke!«

Und jetzt erst begriff Esther: Die Brücke stürzte ein!

Zugleich erkannte sie, dass es zu spät war, um umzukehren und die Brücke wieder zu verlassen: Ganz vorn hatte das Ochsengespann bereits das andere Ufer erreicht, doch hinter ihm neigten sich die Brückenbohlen zur Elbe hin. Die Fässer rollten von der Ladefläche und über die Priester hinweg, und der Wagen zerrte die Ochsen wieder vom rettenden Ufer weg und zurück auf die Brücke, beschleunigte und prallte gegen die Männer und Frauen, die ihm gefolgt waren.

Die alte Elbbrücke brach ein! Konnte das denn wahr sein?

Esther ließ Anna los und umklammerte das Brückengeländer. Zu beiden Seiten sprangen die Menschen darüber hinweg in den Strom. Die in der Mitte eingebrochene Brücke neigte sich jetzt nicht nur nach vorn, sondern auch zur Seite. Gellende Hilferufe erfüllten die Welt, und unter Esther splitterte und krachte es wie von zerbrechendem Holz.

Esther wickelte ein weißes Band um ihr Handgelenk und packte ein weißes Tuch, als könnte der Stoff ihr Halt geben. Und während der Teil der Brücke, auf dem sie die Tücher festhielt, sich neigte und immer weiter und immer schneller neigte und dem Strom entgegenstürzte, vermischten sich ihre Angstschreie mit denen so vieler anderer und mit dem Krachen, Klatschen, Splittern und Rauschen, in dem die alte Elbbrücke in den schäumenden Strom stürzte und Hunderte mit sich riss.

*

Wolfram erzählte Adalbert von Stendal die hübsche Geschichte von einem Mädchen aus der Neustadt, das er während der letzten Nacht in seiner Kammer besucht habe, als er sah, wie sein Ritter große Augen machte und an ihm vorbei zur Brücke hinstarrte und wie ihm dabei die Kinnlade hinuntersank.

Der feierliche Gesang auf der Brücke verwandelte sich jäh in entsetzliches Gebrüll, und plötzlich splitterte und krachte es, als hätten Katapulte einen ganzen Steinhagel auf eine Turnierburg geschleudert und sie getroffen. Heißer Schrecken fuhr Wolfram in die Glieder.

Er unterbrach sich mitten im Satz, wirbelte herum und erfasste sofort, was geschah: Die Brücke brach ein! Er rannte los, sprang den Fahrweg zum Hafen hinunter und löste im Rennen den Waffengurt und die Spange seines Wappenmantels. Auch das Wams und das Lederhemd streifte er ab, und auf der Landungsbrücke angekommen, trat er sich die Schnabelschuhe von den Füßen.

Er dachte nicht lange nach, stand nur einen Atemzug lang still auf den Planken, um sich einen Überblick zu verschaffen. Zur Insel hingen gut dreißig Fuß der Brückenbohlen in den Fluten, in denen eben das Fuhrwerk versank. Menschen versuchten, sich an den Bier- und Weinfässern festzuhalten, doch die waren voll und so schwer, dass sie versanken und die Todgeweihten mit in die Tiefe rissen.

Der vordere Teil der Brücke, der vom Tor aus auf die Elbe hinausführte, bog sich zur Seite, schlug auf dem Wasser auf und tauchte mit all den Hunderten, sie sich noch darauf festhielten, in die Fluten des Stromes ein. Mannshohe Wellen rollten vom Ort des Aufschlags aus zu beiden Ufern hin. Wolfram wartete, bis die Welle die Landungsbrücke überspülte, dann hechtete er in den Fluss.

Gegen die starke Strömung schwamm er den Menschen

und Trümmern entgegen. Von überallher hörte er verzweifelte Schreie, überall winkte jemand, und überall sah er jemanden in den Fluten versinken. Ein kleiner Junge trieb ihm entgegen, er griff ins Haar des Versinkenden, hielt ihn fest und riss ihn zurück an die Wasseroberfläche.

Der Junge strampelte und brüllte, sodass Wolfram mit ihm nur unter großer Mühe zu einem zerbrochenen Brückenpfeiler schwimmen konnte, den die Strömung nordwärts schob und an den sich ein gutes Dutzend Männer und Frauen klammerten.

Wolfram stemmte den Knaben zwischen sie auf den Balken. »Festhalten!«, rief er und schwamm dem nächsten Ertrinkenden entgegen, den er zwischen Kleidern, Holztrümmern und einem Kruzifix mit den Armen rudern sah und schreien hörte. Er packte ihn, schlug ihm gegen die Schläfe, damit er stillhielt, und zerrte ihn durchs Wasser zu einem Trümmerstück des Brückengeländers.

Drei Frauen und ein Mann hatten sich darauf gerettet. Sie halfen ihm, den Halbbewusstlosen auf das Holz zu zerren. »Die Sophia!«, rief eine der Frauen. »Sie ist untergegangen!«

Wolfram erkannte die Küchenmagd, die Dostl ihm vorgestellt hatte, die Anna. Tränen strömten ihr übers Gesicht, und sie deutete auf eine Stelle in den Wogen, wo ein Wirbel ein weißes Tuch zu einer Spirale drehte. »Da hab ich sie eben noch gesehen!«

Wolfram tauchte erneut in die Wellen ein und schwamm gegen die Strömung zu dem wirbelnden weißen Stoff hin. Sein Atem flog keuchend, die Arme schmerzten ihn und das Herz schlug ihm rasend in den Schläfen, doch er widerstand dem Drang, aufzugeben und sich treiben zu lassen. Mit noch kräftigeren Schwimmzügen teilte er die Fluten, schwamm immer weiter und erreichte endlich das kreiselnde Tuch.

Während er tief Luft holte, sah er aus dem Augenwinkel,

wie sie auf den Schiffsmühlen und von den Landungsbrücken aus Kähne zu Wasser ließen und hineinsprangen. Wolfram hielt den Atem an und tauchte unter das wirbelnde Tuch und tief in den Strom hinunter. Das allgegenwärtige Geschrei verstummte, Stille umfing ihn.

Er tastete nach rechts und links, während er tauchte, zwang sich die Augen offen zu halten und fühlte schließlich Schlamm und wogendes Flussgras unter seinen Händen. Dunkel war es, und sein Herzschlag dröhnte ihm in den Ohren, als wollte er ihm die Trommelfelle zersprengen. Der Schmerz in Lunge und Ohren wollte ihn wieder nach oben treiben, die Verzweiflung und die Sorge um das Mädchen jedoch weckten ungeahnte Kräfte in ihm, sodass er rund um die Stelle schwimmen konnte, wo er Grund berührt hatte.

Wolfram zog größere Kreise und noch größere, kämpfte gegen den Drang an aufzutauchen, und erahnte schließlich Umrisse eines menschlichen Körpers. Er tauchte hin, griff zu und tastete Stoff. Er hielt ihn mit der Rechten fest, stieß sich vom Flussgrund ab und schwamm nach oben.

Sie war es! Wolfram erkannte sie, noch während er den leblosen Körper an die Wasseroberfläche riss und dabei keuchend Luft holte. Das schwarze Haar, das dunkle Kleid, die bleichen Glieder – es war das Mädchen, das Dostl ihm als Sophia vorgestellt hatte. Wolfram warf sich auf den Rücken, zog sie über sich, tauchte auf und unter und schluckte Unmengen Wasser.

Mit den Beinen und dem linken Arm schwamm er auf dem Rücken, so gut es ging. Der Körper der jungen Frau lag schwer und reglos auf seinem. Sie war bewusstlos – zum Glück, denn einen in Panik um sich schlagenden Menschen hätte er niemals aus den Fluten bergen können.

Mit den strampelnden Beinen und dem linken Arm versuchte er, sich über Wasser zu halten. Mit der rechten Faust schlug er abwechselnd auf die Brust der Leblosen und auf ihren Bauch. Plötzlich rührte sie sich, bäumte sich auf und erbrach gurgelnd einen Schwall Wasser.

Etwas Dunkles glitt plötzlich neben ihn, und sein Kopf schlug gegen Holz. Benommen langte nach oben, griff nach der Bordkante eines Kahns und hielt sich schwer atmend fest. Hände streckten sich nach der würgenden und hustenden Frau aus und zerrten sie weg von ihm und in den Kahn hinein.

Keuchend um Atem ringend und vor Erschöpfung halb betäubt, hing Wolfram an der Bordwand des Bootes. Brückentrümmer trieben an ihm vorbei, Menschen, die sich daran festhielten und um Hilfe riefen, Hüte, hölzerne Kreuze, Teile eines Messgewandes, Frauenhauben, Kleider, ein hölzernes Spielzeugschwert. Dazwischen glitt ein Schwanenpaar dahin, spähte zu ihm hin und beäugte ihn gleichgültig.

23
Gnade

Magdeburg, 13. Juli 1275, Tag der heiligen Margareta

Sie drückte das wimmernde Kind an sich, beugte sich über sein nasses Gesichtchen und versuchte zu lächeln. Ihre Fußsohlen versanken im Schlamm und fanden endlich festen Grund. »Dank, du Gott, Dank, Dank!« Ihr Atem flog, ihr Gesicht brannte von den Kratzwunden, die das ertrinkende Kind ihr in seiner Panik zugefügt hatte. »Dank, du, Dank, de Genoveva hats geschafft …«

Ihre Stimme brach, sie keuchte, hustete und spuckte aus. Als sie genügend Luft geschöpft hatte, stemmte sie das zitternde Kind aus den Wogen, legte es sich auf die Schulter und watete mit weichen Knien die letzten Schritte bis zum Ufer. Ihre Lippen bewegten sich in stummem Gebet.

Von der Uferböschung aus streckte eine junge Frau die Arme nach ihr aus, der das nasse Haar im aschfahlen Gesicht und das nasse Kleid am gewölbten Bauch klebte. »Pack de Kind, nich de Genoveva, pack de Kind!« Die Schwangere nahm ihr das Kind aus den Armen – ein Mädchen, wie sie jetzt erst erkannte – und trug es in die Böschung, wo neben Genovevas Kleidern, entkräftet und leise weinend, bereits ein Halbwüchsiger lag. Als Genoveva ihn gleich nach der Frau aus der Elbe gezogen hatte, war er schon halb tot gewesen.

Keuchend und hustend wandte sie sich um und watete zurück ins Wasser, bis es ihr bis an die Brüste reichte. Dort verharrte sie in tiefer Erschütterung und blickte auf den Strom hinaus: Auf seiner ganzen Breite trugen die Wogen Kleider,

Schuhe, Mützen, Hüte und Holztrümmer vorüber. Treibgut des Todes. An manchen Balken klammerten sich Menschen fest, die winkten und verzweifelt um Hilfe schrien.

Drangen ihre Rufe vielleicht aus einer Albtraumwelt? Oder gehörten sie und die Rufer etwa wirklich zu dieser Welt? Genoveva brüllte auf und klatschte in die Hände. »Arme Leuts, o arme Leuts!« Sie zerwühlte ihre nassen Locken, sah die Überlebenden vorübertreiben und rang mit sich – noch einmal hinausschwimmen? Noch mehr Menschen ans Ufer holen, oder endlich, endlich die bleiernen Glieder in der Böschung ausstrecken?

Um die stromabwärts treibenden Menschen zu bergen, fuhren vom Hafen und den Schiffsmühlen aus bereits Ruderboote auf die Elbe hinaus. Doch lange nicht genug, um jeden dieser fürs Erste Entkommenen von seinem unsicheren Trümmerstück zu holen und so endgültig vor dem Ertrinken zu retten.

Auf den Bootsstegen, den Landungsbrücken und am Ufer standen die Menschen in geschlossenen Reihen. Ihre Gesten und ihre Haltung spiegelten den tiefen Schrecken, der sie erfasst hatte. Viele hatten sich die Hände vor den Mund geschlagen oder auf den Kopf gelegt, manche rauften sich die Haare. Nicht wenige weinten so laut, dass Genoveva es trotz der allgegenwärtigen Hilferufe und des Rauschens der Strömung hier, am Ostufer, hören konnte. Auch auf der Stadtmauer drängten sich Magdeburger Bürger, Waffenknechte und Klostervolk, um die Katastrophe zu begaffen.

Unter den Menschen am Hafen entdeckte sie Frauen in den farblosen Gewändern der Beginen. Sie liefen hin und her, ließen Kähne zu Wasser, oder stiegen ein oder zogen Gerettete heraus. Eine Frau stand am Ende eines Landungssteges, deutete hierhin und dorthin und auf die Elbe hinaus und rief laut und in alle Richtungen.

»Mamechma!« Genoveva schrie auf. »Genovevas Mamechma lebt!« Sie schlug ins Wasser, dass es nur so spritzte. »Dank du, Gott!«, lachte sie wiehernd. »Genovevas Mamechma is nich versoffen! Dank du, Dank du!« Sie sprang im Uferwasser auf und ab und heulte und lachte und drehte sich wie im Tanz.

Ihre Pflegemutter und Lehrerin unter den Lebenden zu sehen, erfüllte sie mit neuer Kraft. »Noch mal raus auf de Elb.« Sie bekreuzigte sich. »Genoveva machts noch einmal.«

Sie schaute zur Brückenruine hin, bevor sie sich wieder in die Fluten stürzte, um loszuschwimmen. Vom Ostufer aus hing ein kurzes Stück wie eine steile Rampe ins Wasser. Aus der Strommitte ragten zwei einsame Brückenpfeiler, einer kerzengerade, der zweite, abgebrochene, ziemlich schräg. An den Bohlen und Geländertrümmern, die rund um den verrotteten Pfeiler in der Strömung schaukelten, hielten sich Menschen fest.

Vom Stadtufer aus führte nur noch ein etwa dreißig Fuß langes Stück über die Steilböschung und auf die Elbe hinaus. Der Großteil des Mittelstücks war eingebrochen und im Strom versunken oder trieb, in viele Trümmer zerbrochen, stromabwärts nach Norden. Ein kleiner Teil hing noch schräg von einer Bruchstelle aus in den Strom hinab, neigte sich quälend langsam und würde vermutlich jeden Moment endgültig zusammenbrechen und ebenfalls im Wasser versinken.

Genoveva blinzelte dorthin und sah, dass ein paar wagemutige Männer sich auf den Brückenrest hinausgewagt hatten, um mit Seilen diejenigen zu retten, die zwischen den kippenden Pfeilern und Verstrebungen hingen und sich im hölzernen Wirrwarr festklammerten.

Genoveva konnte, wenn sie sich anstrengte, beinahe bis hundert zählen, aber nicht einmal halb so viele Männer und Frauen hielten sich noch in der Brückenruine oder darunter bei jenem schrägen Pfeiler auf; das erkannte selbst sie auf einen Blick.

»Un de andre?«, flüsterte sie fassungslos. »Wo sind denn all de andre? Sag's de Genoveva, du Gott, wo sind se hin?«

War denn nicht ein ganzer Domplatz voller Menschen zur Prozession aufgebrochen? Auf der Brücke hatte es nur so gewimmelt von Leuten! Sie hatte das Gedränge doch mit eigenen Augen gesehen, als sie auf die Brücke gestürmt war, um die Prozession aufzuhalten und die Menschen zur Umkehr zu bewegen!

»Wo sind se jetzt?« So viele waren doch gar nicht stromabwärts getrieben! So viele Trümmerteile, an denen man sich hätte festhalten können, hatte es gar nicht gegeben! »Wo sind all de Menschs jetzt, du Gott?« Tränen kullerten ihr über das vernarbte Gesicht. »Sag's de Genoveva!«

Am schräg aus dem Strom ragenden Brückenpfeiler wurden Schreie laut. Genoveva schaute hin – ein Trümmerteil hatte sich von ihm gelöst, drei oder vier Bohlen, die noch lose zusammenhielten und ein kleines zerbrechliches Floß bildeten. Es war nicht annähernd groß genug für all die Menschen, die sich an ihm festklammerten und nun von der Strömung davongetragen wurden.

Etwa dreißig Ruten von Genoveva und ihren Geretteten entfernt schaukelte dieses Floß nun in der Strömung und würde bald auf ihrer Höhe vorübertreiben. Deutlich konnte sie das Gedränge rund um das Trümmerstück erkennen – mehr als ein Dutzend Menschen hielten sich daran oder aneinander fest. Es war viel zu klein, um allen Halt zu bieten.

Zwei Männer versuchten, sich auf die schaukelnden Bohlen zu stemmen, strampelten, um diejenigen loszuwerden, die an ihren Gliedern oder Kleidern hingen, und schlugen nach ihnen. Genoveva beobachtete es, sah ganz genau, was da geschah, und konnte es doch nicht glauben.

»Gib de Genoveva Kraft, du Gott, du! Noch einmal Kraft, Amen!« Sie winkte zum Bootssteg hinüber, wo Mechthild Boote und Retter dirigierten, denn sie wollte unbedingt, dass ihre geliebte Pflegemutter sie entdeckte. Als die endlich die Hand über die Augen setzte und zu ihr herüberblickte, warf Genoveva sich ins Wasser und schwamm dem kleinen Trümmerfloß entgegen.

Sie tauchte und schwamm und tauchte und schwamm und hob kurz vor dem brüchigen Floß den Kopf aus dem Wasser und schob sich die nassen Locken aus den Augen – da zählte sie nur noch acht Menschen an dem Trümmerstück. Zwei Männer hockten auf den Bohlen, zwei Frauen und vier Männer klammerten sich daran fest. Ein neunter versank in eben diesem Augenblick in den Wogen.

Genoveva schwamm zu ihm und erwischte gerade noch seine rechte Hand, mit der er sich eben noch an einem seiner Leidensgenossen festgehalten hatte. Weil er voller Todesangst um sich schlug, umschlang sie ihn mit beiden Armen und stieß mit voller Wucht die Stirn gegen seine – der schon zu Tode erschöpfte Mann erschlaffte sofort. Genoveva zog ihn auf ihre Brust, hielt ihn so fest, wie sie nur konnte, und schwamm auf dem Rücken wieder dem Ufer zu. Zum Glück war der gerettete Mann klein und leicht.

»Zum Ostufer!«, hörte sie einen der beiden Männer kommandieren, die es auf das Floß aus Brückenbohlen hinaufgeschafft hatten. »Das ist näher. Strampelt mit den Beinen! Strampelt wie die Hunde, wenn man sie ins Wasser wirft!«

Weil sie die Stimme kannte, hob Genoveva den Kopf – es war der blonde Ritter Gero, dessen befehlsgewohnte Stimme sie da hörte. »Bösa, bösa Kerl!«, zischte sie. »Warum müsset so viele Menschs versaufe, und de böse Gero nich? Sags de Genoveva, du Gott, du!«

Sie hätte ihm gern einen Fluch zugerufen, doch dafür

reichte ihr Atem nicht. Ihre Schwimmzüge gerieten jetzt schon mit jedem Luftholen kraftloser, sodass sie immer mehr zum Spielball der Strömung wurde und das Ufer erst mehr als vierzig Ruten oberhalb der Stelle erreichte, wo sie die drei Geretteten zurückgelassen hatte. Mit letzter Kraft zerrte sie den nackten, noch immer ohnmächtigen Mann durchs seichte Uferwasser und dann die Böschung hinauf. Erschöpft ließ sie sich neben ihm ins Gras fallen.

Schwer atmend und mit weit aufgerissenen Augen starrte sie in den Sommerhimmel. Seine Bläue kam ihr vor wie das höhnisch glotzende Auge eines gigantischen Engels, seine vorüberfliegenden Wolken wie böse Geister in zerrissenen Kleidern. War es denn wirklich geschehen, was sie erlebt, was sie gesehen hatte? Was es nicht doch nur ein schlimmer Traum gewesen?

War wirklich die alte Elbbrücke zusammengebrochen und hatte Hunderte in die Fluten gestürzt? Hatte sie wirklich Frauen, Kinder und Männer in der Elbe versinken sehen, als sie zu der Schwangeren und später zu dem ertrinkenden Halbwüchsigen geschwommen war? Sie konnte es nicht fassen, sie konnte es nicht glauben, sie wollte es nicht glauben.

»Danke …«, flüsterte der gerettete Mann neben ihr, und seine Hand tastete nach ihrer. »Danke, Schwester …« Genoveva schreckte aus ihren düsteren Gedanken hoch und richtete sich auf, um dem Nackten ins knochige Gesicht zu schauen. »Gott vergelte es dir …« Die kleinen braunen Augen des Mannes füllten sich mit Tränen.

Genoveva aber entfuhr ein Schrei, denn jetzt erst erkannt sie, wen sie da gerettet hatte. Sie sprang hoch und wich drei Schritte zurück. Es war der Peitschenmönch, den sie zuletzt ans Ufer gebracht hatte. »Böse Bruder Gallus!« Verwirrung ergriff sie, sie schlug die Hände vors Gesicht, um ihn nicht anschauen zu müssen. »Was hat de Genoveva da nur gemacht? Was nur, was nur!«

Gallus von Trier aber wollte nicht aufhören, sich zu bedanken, und während er sich im Gras aufsetzte, bekreuzigte er sich schluchzend, und sein Dank an Genoveva ging allmählich an den Dank an seinen Gott über. »Gelobt sei Gott, der Herr – er hat mich vom Tode errettet, er hat mich tatsächlich errettet! Danke, dass du deinen Diener vor dem Ende bewahrt hast, o Herr! Danke, dass du mich noch brauchst, danke, dass ich dir noch ein Weilchen dienen darf!« So betete er und blickte dabei auf die Brückenruine und auf die Elbe hinaus und wollte nicht mehr aufhören zu beten.

Genoveva hielt sich die Ohren zu und wankte schreiend stromaufwärts in Richtung Brückenruine. Bei ihren drei Geretteten saß inzwischen noch ein vierter. Im seichten Uferwasser sah sie einen großen Mann zu einem Balken schwimmen, an dem zwei junge Frauen und ein Halbwüchsiger hingen und nach Luft schnappten. »Dostl!«, entfuhr es ihr. »Mein starker Dostl!« Der Schmied zog eine der Frauen vom schaukelnden Holz, stemmte sie hoch und brachte sie zum Ufer.

»De Dostl lebt!« Genoveva rannte zu ihren Kleidern. »Mein Dostl kann schwimmen und lebt!« Lachend schlüpfte sie in Hemd, Kleid und Katzenfellmantel und stieg dann die Böschung hinunter, um dem Hünen zu helfen, auch noch die beiden jungen Frauen aus dem Strom zu schaffen; eine war hochschwanger.

Als sie alle ans sichere Ufer gebracht waren, fiel Genoveva Dostl um den Hals. »Isses nich schlimm?« Sie heulte wieder laut und tränenreich. »All die Menschs! Isses nich schlimm, mein Dostl, so schlimm, so schlimm?«

Dostl führte sie die Böschung hinauf. Dort hielten sie einander fest und weinten gemeinsam. Die Geretteten wankten oder krochen zu ihnen, umschlangen ihre Beine, ihre Hüften oder ihre Hälse und weinten mit ihnen.

So standen sie und heulten einander die Schultern, Mantelsäume und Scheitel noch nasser, als diese ohnehin schon waren, heulten, bis die Schwangere, die Genoveva zuerst gerettet hatte, irgendwann schluchzend den Kopf hob und flüsterte: »Da kommen noch mehr, die's überlebt haben. Wir sind nicht die Einzigen, Gott sei Dank!«

Es waren drei Männer, die da von Norden heranwankten, aus der Richtung, aus der auch Genoveva gekommen war. Einer lief vorweg, die anderen beiden hinkten und hatten Mühe, ihm zu folgen.

»Das ist der Greifensteiner.« Dostl zog den Rotz hoch und spuckte aus. »Die hinter ihm jagen ihm nach.« Er wischte sich die Tränen aus dem Gesicht, löste sich von den Frauen und den Halbwüchsigen und ging den Männern entgegen.

Auch Genoveva erkannte jetzt den hochgewachsenen, strohblonden Ritter. Sofort folgte sie dem Schmied und schaute sich dabei suchend im Gras um. Als sie einen Astprügel entdeckte, hob sie ihn auf; zwei Schritte weiter bückte sie sich auch noch nach einem kindskopfgroßen Feldstein. Kaum hielt sie den in der Hand, stürmte sie los und rannte an Dostl vorbei auf Gero zu. Dass der Greifensteiner Schwert und Waffengurt der Elbe hatte überlassen müssen, war ihr schon aufgefallen, als sie ihn auf dem Trümmerfloß entdeckt hatte.

»Verfluchta Ritterkerl!«, schrie sie. »De Deibels sollet dich in de Höll braten!« Sie holte aus und schleuderte dem Greifensteiner den Feldstein entgegen, doch weil noch mehr als drei Ruten sie trennten, traf sie nur sein Knie. Immerhin brüllte er vor Schmerz auf, stolperte und schlug lang hin. Schimpfend stürzte Genoveva sich auf ihn und ließ den Prügel auf ihn niedersausen.

»Gnade!«, flehte Gero. »Ich bitte dich, Weib – lass Gnade

walten!« Das helle Blau seiner weit aufgerissenen Augen verschwamm hinter einem Tränenschleier.

»Schlag ihn tot!« Auch seine beiden Verfolger standen nun breitbeinig über dem unbewaffneten Ritter und traten nach ihm und spuckten ihn an. »Er hat meine Schwester von den rettenden Bohlen gestoßen!«, schrie der eine, und der andere, viel jüngere: »Er hat nach meiner Mutter getreten, bis sie untergegangen ist!« Auch er schwang einen Astprügel und schlug dem jammernden Greifensteiner damit den Kopf blutig.

»Gnade!«, flehte der mit weinerlicher Stimme und versuchte, sein Gesicht mit den Armen zu schützen. »So lasst doch Gnade walten, ihr lieben Leute, ich bitt' euch!«

Dass einer wie er um Gnade bettelte, erboste Genoveva erst recht, und sie schlug heftig zu in ihrem Hass. Ein hässliches, knirschendes Geräusch ertönte, als Geros Nase brach, und der Ritter schrie gequält auf.

»Aufhören!« Dostl riss Genoveva zurück und schob sie hinter sich. »Lass ihn in Ruhe!« Er stieß auch die beiden geretteten Männer von dem um Gnade flehenden Greifensteiner weg. Sie stürzten ins Gras und blieben heulend und zitternd liegen. Gero, dem das Blut nur so aus der Nase schoss, stemmte sich hoch und wollte fliehen, aber er knickte sofort ein, denn der Schmerz in seinem vom Feldstein getroffenen Knie lähmte ihn.

»Wie kann de Dostl nur so einem helfen?« Genoveva hatte wieder den Stein aufgehoben und schleuderte ihn gegen den Rücken des davonkriechenden Ritters, sodass die Wucht des Treffers ihn endgültig zu Boden warf. »Er hat de Vatter von de Jakob erschlagn, de Oheim von de Sophia!« Mit bloßen Fäusten stürzte die Rasende sich erneut auf den Greifensteiner. »De beide Manns da hatta Schwesta und Mutta gemordet!«

Wie Trommelschlägel sausten ihre Fäuste hinunter auf das blutende Gesicht des Ritters, der sich heulend zusammenkrümmte. Dostl aber bückte sich nach der Rasenden, schlang die Arme um ihre Taille und riss sie weg von ihm. »Genug jetzt!«

»Genug?« Genoveva zappelte im harten Griff des Schmiedes. »Erst wenn de Hundsarsch in de Höll schmort, isses genug.« Je mehr Gewalt der Hass über sie gewann, desto verwaschener klang ihre Sprache. »Loslasse! Loslasse!«

»Komm zu dir, Genoveva!«, brüllte Dostl und schüttelte sie.

»Issn Mörda, de Rittakerl, e böse Mörda!«

»Er ist ein Ritter meines Erzbischofs!«

24
Frühe Äpfel I

Magdeburg, 16. Juli 1275

Die Abenddämmerung brach herein. Schon zum zweiten Mal an diesem Tag stand Wolfram auf der Landungsbrücke des Elbhafens und schaute auf den Strom hinaus. Er war nicht allein hier: Links und rechts von ihm hielten Männer und Frauen einander an den Händen oder in den Armen. Viele hockten auf der Elbseite des Stegs und ließen ihre Beine in den Strom baumeln. Manche weinten stumm, nur von Zeit zu Zeit flüsterte jemand. Sonst ging es still zu.

Wieder trug die Strömung ein Brett vorüber, auf dem Blumen lagen und ein Talglicht brannte. Auch die Brückenruine hatten die Magdeburger mit Blumen geschmückt. Priester, Mönche und wohlhabende Bürger hatten dort und hier am Hafenufer Kerzen und Talglampen aufgestellt.

Oben am Brücktor, einen Schritt vor der Ruine, stand ein Mann, zupfte die Laute und sang leise und traurig vor sich hin. Neben ihm hockte ein Hund und winselte und jaulte.

Seit Tagen schien die Hochsommersonne aus einem strahlend blauen Himmel auf Magdeburg herab. Die Schwalben segelten über Dächern, Plätzen und dem Strom wie Boten eines heiteren und unbeschwerten Lebens. Die Amseln und Finken sangen, die Sommerblumen blühten, und nachts funkelten die Sterne, dass es eine Pracht war. Und doch kam es Wolfram vor, als hätten Düsternis und eine bleierne Decke sich über die Stadt gelegt.

Es war ihm gleich aufgefallen, als er am Tag nach dem Unglück die Sonntagsmesse im Domneubau besucht hatte:

Die Magdeburger bewegten sich schwerfälliger als zuvor, sie senkten die Köpfe tiefer und zogen die Schultern höher. Auch lag Bitterkeit und ängstliche Anspannung in ihren Zügen, und sie schienen häufiger als noch zwei Tage zuvor nach links und rechts und hinter sich zu schauen.

Es war, als würden Gespenster in der Stadt umherschleichen, als würden unsichtbare Greife tief über den Gassen, Plätzen und Dächern kreisen. Und über den Köpfen der Magdeburger. Oder streiften etwa wirklich die Seelen der über dreihundert Menschen durch die Stadt, die bei dem Unglück ertrunken waren?

Adalbert behauptete das. Dem hatte es der Wirt ihres Gasthauses hinter vorgehaltener Hand erzählt. Und der wiederum hatte es von einem alten Mönch aus dem Kloster Berge in Sudenburg gehört. Inzwischen glaubte es fast jeder in Magdeburg.

Wolframs Ritter hatte sich mit dem Erzbischof Konrad nach Sudenburg ins Kloster Berge zurückgezogen – um zu beichten, zu fasten und zu beten. Und um den Seelen der Ertrunkenen und von Brückentrümmern Erschlagenen aus dem Weg zu gehen.

Wolfram hatte Adalbert von Stendal seit dem Unglück nicht mehr gesehen. Er war nicht traurig darüber – der Brückensturz hatte ihm zwar eine Antwort erspart, als der beleidigte Adalbert ihn fragte, wo er die Nacht zuvor verbracht hatte, doch der Ritter würde wieder fragen. Und Wolfram war ein schlechter Lügner.

Nicht nur in der Stadt und an ihren Bewohnern, auch an sich selbst merkte Wolfram die Auswirkungen der Katastrophe: Er schlief schlecht, hatte keinen Appetit, lachte nicht mehr und sprach nur noch das Nötigste. Und wie viele andere auch zog es ihn mindestens zwei Mal am Tag an die Elbe hinaus zur Brückenruine. Seit dem Sonntag nach dem Unglück hatte der Dompropst hier jeden Morgen gleich nach der Laudes eine Seelenmesse lesen lassen.

Irgendwo hinter Wolfram stapfte jemand über die Landungsbrücke. Die Leute grüßten den Neuankömmling knapp, und der grüßte brummend zurück. An seiner Stimme und an seinem schweren Schritt erkannte Wolfram seinen Freund, den Jäger und Schmied.

Dostl trug einen Korb und auf der Schulter eine Baumaxt. Schweigend trat er neben Wolfram, setzte den Korb ab, nahm die Axt von der Schulter und stemmte sich auf den langen Stiel. So standen sie eine Zeit lang Seite an Seite, blickten grübelnd auf den Strom hinaus und sprachen kein Wort.

Bis oben am Brücktor der Sänger lauter sang und sein Hund lauter jaulte – so laut, dass der Sänger sich unterbrach und ihn streng zurechtwies. Das Jaulen des Hundes ging in Winseln über und verstummte endlich ganz. Der Sänger schlug seine Laute an und sang weiter.

»Wer ist dieser Mann?«, fragte Wolfram leise.

»Bruno von Stövenbeck«, antwortete Dostl. »War lange in der weiten Welt unterwegs, zuletzt in Italien. Hat einen reichen Vater, muss nicht arbeiten. Macht zu allen Ereignissen, die er für bedeutend hält, Verse und Lieder.«

»Verse machen und Lieder singen ist auch arbeiten«, sagte Wolfram, doch niemand schien es zu hören.

Wolfram erinnerte sich, dass Adalbert den Namen Stövenbeck erwähnt hatte. War sein Ritter nicht sogar zu einem Festmahl im Haus des Sängers eingeladen gewesen? Richtig, jetzt fiel es Wolfram wieder ein. Sie wollten mit diesem Bruno von Stövenbeck über die Kunst des Verseschmiedens debattieren, und er, Wolfram, hätte Adalbert in das Haus des Sängers begleiten sollen.

Wegen der Katastrophe hatte er nicht mehr daran gedacht. Das Festmahl, das für den Abend des Margaretentages angesetzt gewesen war, hatte natürlich nicht stattgefunden. Niemandem in Magdeburg war nach diesem massenhaften Sterben noch nach Feiern zumute gewesen, bis zum heutigen Abend nicht.

Wolfram fragte sich, wie es seinem Ritter wohl gehen mochte. Ob der Brückeneinsturz auch Adalberts verrückte und aussichtslose Liebe zu der Grafentochter hatte einstürzen lassen? Er bezweifelte es.

»Und jetzt besingt der Bruno das schreckliche Unglück, das uns getroffen hat«, sagte ein alter Mann, der vor ihnen am Rand der Landungsbrücke hockte und seine Füße in das Wasser getunkt hatte. »Und unsere vielen Toten. Bei allen Heiligen – das wird das traurigste Lied, das die Welt jemals gehört hat.« Oben am Brücktor jaulte schon wieder der Hund.

»Sein Köter will's trotzdem mitsingen, wie es scheint.« Dostl schaute zum Sänger hinauf, der das Tier schon wieder ermahnte, endlich Ruhe zu geben.

Allmählich setzte die Dunkelheit ein. Überall am Elbufer und auf dem Brückengeländer sah man nun Gestalten mit brennenden Fetthölzern, die sich über Talglampen und Kerzen beugten, um sie anzuzünden. Nach und nach flammten immer mehr Lichter auf.

Bruno, der Sänger, konnte nun singen, ohne von seinem Hund unterbrochen zu werden. Wolfram fand, dass er eine schöne Stimme hatte und kunstvoll die Laute zupfte. Er schloss die Augen, lauschte und dachte an die junge Jüdin Esther, die er vor dem Ertrinken gerettet hatte. Auch er hatte Verse geschrieben in den letzten beiden Tagen. Für sie.

Dreimal war er seit dem Unglück bereits unten im Judendorf gewesen. In sein Haus lassen wollte der Geldverleiher Amos ihn zwar nicht, doch wenigstens hatte er seine Tochter bei Wolframs dritten Besuch von ihrem Krankenlager zur

Haustür tragen lassen, weil er wollte, dass sie sich bei ihrem Retter bedankte.

Das war gestern gewesen. Wolfram hätte gern ein paar Worte mit ihr gesprochen, aber das Mädchen war stumm geblieben. »Sie hatte schon einen Fuß über die Schwelle zum Totenreich gesetzt«, entschuldigte sich ihr Vater, den man, wie Wolfram erfahren hatte, in Magdeburg auch Silbersack nannte. »Das hat ihr wohl die Sprache verschlagen.«

Nicht einmal gelächelt hatte sie, nur kurz genickt und ihm in die Augen geschaut, als wollte sie ergründen, was dahinter, was in seinem Kopf vor sich ging. Und was mochte sie denken? Ob seine Besuche ihr lästig waren?

Wolfram spähte auf die abendliche Elbe hinaus. Seine Blicke suchten die Stelle, wo er hinabgetaucht war, um Sophia zu retten. Sie lebte, was wollte er mehr? Er hatte seine Pflicht getan, und damit genug! Ab jetzt, so nahm er sich vor, würde er sie in Ruhe lassen und vergessen.

»Mechthild sucht in der ganzen Stadt nach der Genoveva«, brach Dostl irgendwann das Schweigen. »Seit dem Unglück ist sie wie vom Erdboden verschwunden.«

»Ich habe sie nicht gesehen seit dem Margaretentag«, sagte Wolfram und ertappte sich dabei, wie er in Gedanken den Weg ins Judendorf hinunterwanderte. Ob Esther und ihre Familie es unverschämt finden würden, wenn er noch einmal an ihrer Tür klopfte? Doch hatte er andererseits nicht das Recht dazu? Immerhin hatte er ihr das Wertvollste gerettet, was sie besaß: das Leben.

»Das Unglück hat die Genoveva ganz verrückt gemacht.« Der alte Mann, der vor ihnen auf dem Steg saß, fuchtelte sich mit der Rechten vor der Stirn herum. »Sie ist übergeschnappt, vollkommen übergeschnappt und kopflos davongerannt.« Er seufzte tief. »Arme Genoveva.«

»Übergeschnappt?« Mit einer Kopfbewegung deutete Dostl

zur Rotehorninsel hinüber. »Als ich sie zuletzt da drüben gesehen habe, war sie nicht übergeschnappt, da wollte sie nur den Greifensteiner totschlagen.«

»Die Genoveva ist übergeschnappt, glaubt mir«, beharrte der Alte. »Übergeschnappt und zurück in die Wälder gerannt. Die kommt nicht mehr zurück.«

»Sie wird schon wiederkommen.« Dostl wuchtete sich die Baumaxt auf die Schulter, nahm seinen Korb und wandte sich zum Gehen. »Sie hängt viel zu sehr an der guten Mechthild. Würde eingehen wie eine Tulpe im Frost ohne ihre fromme Pflegemutter.« Er winkte und stapfte von der Landungsbrücke. Wolfram schloss sich ihm an.

Seite an Seite stiegen sie den Weg zum Brücktor hinauf. Wolfram musste an den Augenblick vor sieben Tagen denken, als er aus dem Lastkahn gestiegen und mit Adalberts Gefolge hier entlanggelaufen war; und daran, wie er die Grafentochter oben auf der Brücke gesehen hatte, sie und – die schöne Jüdin.

Was war nicht alles geschehen seither!

Der Sänger unterbrach sein Lautenspiel, als sie an ihm vorbei zum Brücktor gingen, das inzwischen von zahlreichen Fackeln erleuchtet wurde. »Wie ist dein Name, Knappe?«, rief der etwas rundliche Mann Wolfram zu. »Dein Name, verrat ihn mir!« Bruno von Stövenbeck kam auf ihn zu.

Wolfram blieb stehen. »Warum willst du meinen Namen wissen?«, wunderte er sich.

»Weil du so viele Menschen vor dem Ertrinken gerettet hast. Davon will ich singen, verstehst du nicht? Und wenn ich davon singen will, muss ich deinen Namen wissen.«

»Es waren nicht viele, die ich retten konnte.« Wolfram zuckte mit den Schultern. »Leider.«

»O doch!«, behauptete der Sänger mit der Inbrunst eines Mannes, der es ganz genau wusste, der ein Augenzeuge gewesen sein mochte. »So hast du etwa die schöne Jungfrau

Sophia gerettet, die Tochter des Geldverleihers Amos. Stimmt es etwa nicht?« Stövenbeck legte ihm die Hand auf die Schulter. »Davon muss die Welt doch erfahren!«

Wolfram senkte verlegen den Blick und wusste nichts zu antworten. Das scheue Mädchen stand ihm vor Augen – wie Esther ihn gestern angeschaut hatte! Wie bleich und zerbrechlich sie ausgesehen hatte! Und doch: Im Blick ihrer dunklen Augen hatte etwas geleuchtet, das ihm das Herz angerührt hatte.

»Das ist Wolfram von Hildesheim«, erklärte Dostl. »Und wenn du schon die Leute besingen willst, die zufällig schwimmen konnten an jenem Höllentag, dann musst du auch von mir singen.«

»Von dir?« Verblüfft blinzelte der Sänger zu Dostl hinauf. »Das musst du mir erklären.«

»Ich bin Theodorus, der Schmied aus dem Süddorf, man nennt mich Dostl oder Eisenstirn.« Dostl hob die Rechte und spreizte vier Finger ab. »Und so viele habe ich gerettet. Schreib's auf, Bruno.«

Der Sänger schob seine Laute auf den Rücken, trat in das Tor und in den Lichtschein der Fackeln. Dort zückte er Griffel und Wachstafel, um die Namen des Schmiedes ins Wachs zu ritzen.

Dostl klopfte Wolfram auf den Rücken. »Und weit mehr Verse als für den hier und für mich musst du für die Genoveva dichten, die man in Magdeburg auch das Tatarenkind nennt, denn die hat wirklich viele gerettet. Und das, obwohl sie sie noch kurz bevor die Brücke eingestürzt ist, beschimpft und geprügelt hatten. Wenn die Welt etwas erfahren muss, dann das.«

»Ach!« Bruno von Stövenbeck sah ihn zweifelnd an. »Mechthilds Schwachsinnige?«

»Sag doch nicht so was, Bruno!« Dostl verzog das Gesicht,

als hätte er Zahnschmerzen. »Sie ist nicht schwachsinnig, nur anders.«

»Anders? Ach so.« Der Sänger ritzte sein Wachstäfelchen voll und bedankte sich. »Was wisst ihr noch? Erzählt es mir! Ich muss alles erfahren, jede Einzelheit muss ich wissen.«

Wolfram dachte an das jüdische Mädchen und brachte kein Wort heraus. Dostl aber schilderte in leuchtenden Farben, wen er alles unter welchen Schwierigkeiten aus der Elbe gerettet hatte am Unglückstag und wie viele und wen er nur noch tot hatte aus den Fluten bergen können. Wolfram hatte das Gefühl, dass der Freund ein wenig übertrieb.

»Leider hat die Genoveva auch Gallus von Trier aus der Elbe gezogen«, schloss Dostl, »den Peitschenmönch.« Er seufzte tief und schüttelte den Kopf. »Aber hüte dich, den in deinem Lied zu erwähnen, sonst kriegst du Prügel von der Genoveva, wenn sie dich davon singen hört.« Halb verblüfft, halb ungläubig schaute der Sänger ihn an. Doch Dostl nickte nur grimmig und ließ ihn stehen. Sie gingen weiter.

Hinter dem Tor stand der Einachser des Schmiedes. Dostl stellte den Korb darauf, legte die Axt daneben und zog eine Fackel aus einer Kiste. Er entzündete sie an einer der Fackelflammen, die im Brücktor in eisernen Haltern hingen, und drückte sie Wolfram in die Hand. Dann spannte er sich vor seinen großen Karren und zog ihn an.

Zwischen der Fassade des Domchores und dem Palast des Erzbischofs vorbei liefen sie zum dunklen Domplatz und kamen an dem steinernen Saalbau vorbei, den Erzbischof Konrad sich hier auf dem Neumarkt hatte bauen lassen. Drei Pferde standen an der Viehtränke vor dem durch Fackeln erleuchteten Eingang. Hinter den geschlossenen Fensterläden schimmerte Licht, und erregte Stimmen drangen aus dem Inneren.

»Sie schachern um die Domherrenwürde für Erich«, sagte

Dostl mit bissigem Unterton. »Der Erzbischof und die hohen Herren des Domkapitels.«

»So laut, wie es da drin zugeht, werden die sich so schnell nicht einigen.« Wolfram schaute zurück – täuschte er sich, oder war es das Pferd des Gallus von Trier, das dort neben dem anderen soff?

»Schon möglich.« Dostl zuckte mit den Schultern und spuckte aus. »Unserem Erzbischof Konrad jedenfalls ist die Strafpredigt der guten Mechthild so tief in die Knochen gefahren, dass er den Brandenburger lieber nicht in der Stadt haben will. Und die Hälfte der Domherren auch nicht, wie man hört.«

»Und die andere Hälfte?«

»Die sind scharf auf das Geld, das Markgraf Otto bietet, vor allem der Dompropst und der Domdekan.«

Wolfram dachte an den Tratsch der Knappen, den er im Badehaus auf Burg Landsberg gehört hatte. »Wieso kann einer überhaupt Domherr in zwei Städten auf einmal sein?«

»Frag das den allmächtigen Gott, wenn du einst in den Himmel kommst.«

»Und wenn ich in die Hölle komme?« Bei diesem Gedanken erschauerte Wolfram, denn im Geist kniete er plötzlich wieder im Bett der nackten Heilwig; sein Gewissen schlug ihm mächtig.

»Dann kannst du den Teufel fragen, der weiß es bestimmt.« Dostl lachte laut und bitter.

Sie verließen die Domfreiheit und bogen in den Breiten Weg ein. Die Wächter hatten das Sudenburger Tor noch nicht geschlossen und grüßten sie wohlwollend, sodass sie ungehindert hindurchgehen konnten.

Eine merkwürdige Unruhe befiel Wolfram, während sie auf der Zugbrücke den Wallgraben überquerten. Er musste an die zerstörte Zugbrücke aus jenem Traum denken, in dem

Otto von Brandenburg ihn erschlagen wollte. Und an die Brückenruine am Fluss Reude, vor der sie auf der Reise hierher nach Magdeburg gestanden hatten. Und natürlich dachte er an die zerbrochenen Pfeiler und Balken, die seit drei Tagen draußen vor dem Brücktor im Strom hingen und aus dem Wasser ragten.

Während der Wallgraben hinter ihnen zurückblieb und sie an den Koppeln und Gehöften Sudenburgs vorbei zum Süddorf wanderten, fragte er sich, wie sein Leben verlaufen wäre, wenn Adalbert sich nicht in die Grafentochter verguckt hätte. Und wenn er selbst sein Verlangen nach Heilwig nicht in Verse an sie gegossen hätte. Wären sein Ritter und er jemals nach Magdeburg gezogen? Wäre er am Tag des Unglücks in der Stadt und auf der Brücke gewesen?

Wahrscheinlich nicht. Und wahrscheinlich wäre das schöne jüdische Mädchen dann ertrunken.

Welch verschlungene und rätselhafte Wege des Schicksals, dachte er. Sofort verbesserte er sich: *Nein – welch rätselhafte Wege Gottes.*

Musste man es also für den Ratschluss Gottes halten, der dafür gesorgt hat, dass sein Ritter und er Heilwig von Holstein-Kiel begehrten, damit sie hierher nach Magdeburg gingen und er, Wolfram, das jüdische Mädchen retten konnte? Hatte Gott es am Ende genau so gewollt, damit sie einander begegneten, die Esther und er? Doch wenn Gott selbst das alles so gefügt hatte und nicht anders, konnte es dann wirklich Sünde gewesen sein, was er mit Heilwig erlebt hatte?

Auf der Höhe des Judendorfes riss Dostls raue Stimme ihn aus seinen verwirrenden Betrachtungen. »Ich hab dich am Nachmittag im Gasthaus gesucht«, sagte er. »Wo bist du gewesen?«

»Im Dom, beim Schwarzen Ritter.«

Dostl blieb stehen und kramte in einem Korb auf seinem

Karren herum. »Bist oft dort in den letzten Tagen. Hast viel zu besprechen mit dem heiligen Mauritius, was?« Wolfram nickte und nahm die vier Äpfel entgegen, die der Freund ihm grinsend reichte. »Die ersten in diesem Jahr, lass sie dir schmecken.«

»Danke.« Wolfram gab ihm die Fackel und verstaute die Äpfel in seiner Gurttasche. »Stimmt, ich bin jeden Tag beim Schwarzen Ritter im Dom.«

»Und was hast du so Dringliches mit dem Heiligen zu besprechen, wenn man fragen darf?«

»Es ist allzu viel geschehen, seit ich in Magdeburg bin.« Wolfram wich Dostls forschendem Blick aus. »Der Kampf mit dem Greifensteiner, Adalberts neuer Dienstherr, das Unglück, die Grafentochter ...«

»Vergiss sie.« Dostl winkte ab, zog eine zweite Fackel aus seiner Kiste und entzündete sie an der ersten. »Sie ist es nicht wert, dass du an sie denkst.«

»Wie meinst du das?«

»Vergiss sie einfach.« Dostl nahm die Jochstangen seines Karrens wieder hoch. »Ihr Bruder ist übrigens gestern in die Stadt gekommen, der Graf von Holstein-Kiel. Der Markgraf wird wohl bei ihm um ihre Hand anhalten, bevor er nach Brandenburg zurückkehrt. Das habe ich jedenfalls im Palast des Erzbischofs gehört.«

»Eine derart günstige Heirat wird sie kaum ablehnen«, sagte Wolfram und versuchte, im Gesicht des anderen zu lesen, was der Grund für dessen abfällige Worte über Heilwig sein mochten.

»Natürlich nicht.« Dostl streckte ihm die Fackel hin. »Sie ist schließlich nicht nur schön und liebeslustig, sie ist auch noch klug. Gute Nacht.«

Wolfram staunte über sich selbst: Der Gedanke, Heilwig würde den Markgrafen heiraten und er selbst nie wieder das

Liebeslager mit ihr teilen, bekümmerte ihn nicht im Geringsten. »Gute Nacht.« Wolfram nahm die Fackel, die der andere ihm reichte.

»Und viel Glück im Hause des Geldverleihers.« Mit einer Kopfbewegung deutete Dostl auf den Weg, der ins Judendorf hineinführte. »Die Sophia hast du eben zwar nicht erwähnt, aber ich schätze trotzdem, dass du dort langgehen willst.«

25

Frühe Äpfel II

Magdeburg, 16. Juli 1275

Genau das tat Wolfram: Er schlug den Weg ein, auf den der Schmied gezeigt hatte, den Weg hinunter zum Judendorf und zu Esther. Und während er an den ersten jüdischen Häusern vorbeiging, wunderte er sich, weil Dostl ihn durchschaut hatte und genau zu wissen schien, was in ihm vorging. Ob andere denn auch merkten, dass ihm das Mädchen Esther nicht mehr aus Kopf und Herzen wollte? Doch nein, beruhigte er sich selbst, der Jäger und Schmied war nun einmal ein besonders wacher und genauer Beobachter.

Erleichtert sah Wolfram, dass hinter den Fenstern im Haus des Geldverleihers Amos noch Lichtschein flackerte. Wie es aussah, war die Familie noch nicht zu Bett gegangen! Die Fackel hoch über den Kopf erhoben, damit jeder ihn sehen konnte, ging er über den Platz in der Mitte des Judendorfes. Auch in dem flachen, steinernen Versammlungssaal, wo die Gemeinde der Juden ihre Gottesdienste und Feste feierte, brannten noch Öllampen.

Im Vorübergehen warf Wolfram einen flüchtigen Blick durch eine kleine Fensteröffnung des Gebäudes: Ein gutes Dutzend Männer standen im Betsaal, steckten die Köpfe zusammen und palaverten. Ob Amos darunter war, konnte Wolfram nicht erkennen, doch er schöpfte Hoffnung; immerhin war der Silbersack neben dem Rebbe Samuel der wichtigste Mann im Judendorf und würde bei so einer Versammlung kaum fehlen. Und wenn er im Bethaus war, konnte er nicht zu Hause sein und ihm den Besuch bei seiner Tochter verweigern.

Anders als oben in der Stadt, wo vor jedem Haus, das ein ertrunkenes Familienmitglied zu beklagen hatte, eine Kerze oder eine Öllampe brannte, sah man hier im Judendorf vor keiner Haustür ein Licht flackern. Die jüdische Gemeinde musste um keine Toten trauern, denn Amos' Tochter Esther, ihr einziges Mitglied, das bei der Prozession zu Ehren der heiligen Margareta mitgelaufen war, hatte überlebt. Dank Wolfram.

Er stieg die Vortreppe des prächtigen Hauses hinauf und schlug den Türklopfer gegen das Eingangsportal. Während er darauf wartete, dass man ihm öffnete, erinnerte er sich, dass er vor kaum einer Woche schon einmal vor der Tür zum Haus einer Frau gestanden hatte.

Er lauschte in sich hinein, und wirklich – genau wie vor Heilwigs Tür klopfte auch jetzt sein Herz schneller, schwitzten ihm die Hände, und eine ungewohnte innere Anspannung verengte ihm Kehle und Brust.

Und doch war alles anders: Vor Heilwigs Haus hatte er den Küssen und Umarmungen einer Frau, die er begehrte, entgegengefiebert. Nun aber, vor dem Haus des jüdischen Mädchens, hoffte er auf den scheuen Blick und das freundliche Wort eines weiblichen Wesens, dessen Berührung ihm unerreichbar erschien und nach dessen Nähe er sich zugleich sehnte.

Dort war es ein wilder Gewittersturm der überreizten und erwartungsfrohen Sinne gewesen, hier fühlte es sich an wie ein zarter und warmer Frühlingswind voller Blütenduft.

Schritte näherten sich, eine Frau öffnete, und im Türrahmen glänzte etwas silbern auf, als der Schein von Wolframs Fackel darauf fiel – eine Art Kapsel, wie sein flüchtiger Blick bemerkte, fingerlang. Warum hing sie dort? Was hatte sie zu bedeuten?

Wolfram konnte das Ding im Türrahmen nicht so aufmerksam betrachten, wie er es gern getan hätte, denn die schwarz gekleidete Frau unter der Tür nahm seine Aufmerksamkeit in Anspruch. Halb verblüfft, halb streng schaute sie ihm ins Gesicht. Wolfram erinnerte sich: Esthers Muhme. Schon bei seinem ersten Besuch war sie ihm nicht gerade warmherzig begegnet.

Eine zweite Frau in Schwarz – älter, grauhaarig und verhärmt – stieg hinter ihr eine Treppe herunter und musterte ihn neugierig.

»Amos ist nicht im Haus«, erklärte die Strenge kühl und mit abweisender Miene.

»Einen gesegneten Abend, gute Frauen.« Alle Freundlichkeit, zu der er fähig war, bot Wolfram auf gegen das strenge Gesicht und die abweisende Stimme. »Das ist sehr schade, doch ich will auch gar nicht zum Herrn Geldverleiher, ich möchte nach Esther schauen und sehen, wie es ihr geht.«

»Wie soll es ihr schon gehen? Gut geht's ihr, sie schläft.« Die ungnädige Muhme machte Anstalten, den Portalflügel zu schließen. »Ich werde ihr morgen früh ausrichten, dass du hier warst.«

»Warte, Judith!« Die zweite Frau, wohl Esthers Mutter, eilte herbei und hielt den Türflügel fest. »Sie ist noch wach, ich war gerade bei ihr.«

Die andere öffnete den Mund zu einer heftigen Entgegnung, doch diese wollte Esthers Mutter gar nicht erst abwarten – sie zog die Tür weit auf, rang sich ein gequältes Lächeln ab und wies in den großen Flur. »Willkommen, Wolfram von Hildesheim.«

Die andere, die mit dem Namen Judith, blitzte sie an, und ihre Augen wurden größer und noch strenger. Doch Wolfram kümmerte sich nicht darum, sondern trat ins Haus ein und steckte die Fackel in den Sandeimer neben dem kleinen Waschtisch. Ihm war, als würde eine andere Welt ihn umfangen – eine ganz und gar andere als die, die er kannte, und doch nicht so völlig fremd, wie es ihm vorkommen wollte.

Sein flüchtiger Blick flog nach allen Seiten – über eine mit Wasser gefüllte kupferne Schüssel auf dem gusseisernen Gestell des kleinen Waschtisches, zu einem siebenarmigen Leuchter auf einem Tischchen neben der Treppe, das Wolfram an einen kleinen Altar erinnerte, bis zurück zu der silbernen Kapsel im Türrahmen. Ein Traumbild blitzte ihm durch den Kopf – hatte er nicht schon von Orten geträumt, die ganz ähnlich ausgesehen hatten?

»Folgt mir«, forderte Esthers Mutter ihn auf. Auf dem Weg zur Treppe stockte sein Schritt vor einem großen Gemälde, das ihn dermaßen in Bann schlug, dass er stehen blieb, um es genauer betrachten zu können. Er schaute auf eine große Stadt, die er nicht kannte, und eine Kirche ohne Turm, wie er noch nie zuvor eine gesehen hatte.

»Das ist Jerusalem«, sagte die Mutter der jungen Jüdin, die ebenfalls stehen geblieben war. »Unsere heilige Stadt mit unserem Tempel.« In ihrer Stimme und in ihrem Blick lagen so viel Traurigkeit und Sehnsucht, dass es Wolfram schier das Herz zusammenschnürte. »Jerusalem gibt es noch immer im Heiligen Land, wie du sicher gehört hast, den Tempel aber schon seit über tausend Jahren nicht mehr.« Sie wandte sich ab und ging weiter.

Hinter ihr her stieg Wolfram die Stufen hoch; in seinem Rücken hörte er die strenge Judith folgen. Ihre Nähe beunruhigte ihn. Esthers Mutter klopfte an einer Kammertür und öffnete sie behutsam. Der Schein vieler Öllampen erfüllte den kleinen Raum. Sie bedeutete Wolfram zu warten und ging hinein.

Weil sie die Tür einen Spalt weit geöffnet ließ, konnte Wolfram Stimmen hören – Esther sprach also wieder, stellte er erleichtert fest. Während er wartete, entdeckte er auch am

Türpfosten der Kammer eine fingerlange Kapsel. Sie hing ein wenig schräg, sodass ihre obere Spitze in die Kammer zeigte, und war aus grün angelaufenem Kupfer. Auf ihrer Wölbung entdeckte Wolfram Zeichen einer Schrift, die er nicht kannte. Die Muhme Judith stand die ganze Zeit neben ihm und musterte ihn feindselig.

Ein paar Atemzüge später schob Esthers Mutter die Tür auf und winkte Wolfram hinein. Er atmete einmal tief durch und trat dann ein – und schaute gleich nach dem ersten Schritt auf Esther: Sie lehnte aufrecht in einem richtigen Bett gegen viele Kissen. Ihre schönen, bleichen Hände lagen auf einer Decke aus weißem Leinen, ihr schmales Gesicht wirkte noch immer reichlich blass und krank, doch der Blick, mit dem sie ihn ansah, kam ihm lebendig und hellwach vor.

»Ich bin so froh, dass es Euch besser geht«, sagte Wolfram, weil ihm nichts Gescheiteres einfiel. »Ich habe Euch sprechen hören.« Wie gern hätte er ihre zerbrechlichen Hände berührt, aber das wagte er natürlich nicht.

»Ja, es geht mir besser«, entgegnete sie mit schwacher Stimme. »Von Tag zu Tag ein wenig mehr, dem Ewigen und Allmächtigen sei Dank.« Sie schluckte, hustete ein wenig und sah ihn unverwandt an. Ängstliche Scheu und zugleich forschende Neugier glaubte Wolfram in ihren Augen zu lesen. »Ich freue mich, dass Ihr mich besucht, Wolfram von Hildesheim«, sagte sie plötzlich, und ein schüchternes Lächeln huschte über ihr blasses Gesicht.

Wolframs Herz machte einen Sprung. Hatte er richtig gehört? Sie freute sich über seinen Besuch? Ein stummer Freudenschrei jubelte ihm durch die Brust. Im Nacken jedoch spürte er die Blicke ihrer Mutter und ihrer Muhme, die beide hinter ihm standen. Vor lauter Aufregung wusste er nicht, was er auf Esthers schöne Worte entgegnen sollte.

»Wie viele sind umgekommen durch den Brückeneinsturz?«, wollte das Mädchen wissen. »Meine Familie will's mir nicht verraten.«

»Mehr als dreihundert«, antwortete er, und Esther wurde noch bleicher und biss sich auf die Unterlippe. »Ich danke Gott, dass Ihr nicht unter ihnen seid«, entfuhr es ihm, und kaum hatte er es ausgesprochen, hätte er sich am liebsten ebenfalls auf die Unterlippe gebissen.

»Der Strom war aufgewühlt und voller Wellen durch den Einsturz«, sagte Esther. »Und Ihr habt Euch trotzdem hineingestürzt – wie mutig! Wer hat Euch das Schwimmen beigebracht?«

»Der Mönch, der mich in Hildesheim erzogen hat.«

»Ein Mönch hat Euch erzogen?«, staunte das Mädchen. »Hat er Euch gezwungen, schwimmen zu lernen?«

»Nein. Ich habe solange gebettelt, bis er mit mir in die Innerste gestiegen ist.« Wolfram war froh erzählen zu können. »So heißt der Fluss, an dem Hildesheim liegt. Später bin ich fast jeden Tag in der Elbe und im Schweriner See geschwommen.«

»Nur wenige können schwimmen, Ihr dagegen habt es gründlich gelernt, wie ich höre.«

»Wahrscheinlich hat Gott das so gefügt, damit ich Euch an diesem schlimmen Tag vor dem Ertrinken retten konnte.« Er spürte regelrecht, wie die Frauen hinter ihm den Atem anhielten; ihm selbst stieg das Blut ins Gesicht. Das Mädchen musterte ihn staunend und mit zur Schulter geneigtem Kopf.

Heilige Mutter Gottes, dachte Wolfram, *was für wunderschöne Augen sie hat!* Er wusste kaum, wohin mit sich und musste sich zwingen, seinen Blick von diesen warmen dunkelbraunen Mädchenaugen loszureißen. In seiner Aufregung kam ihm Dostl in den Sinn und die Äpfel, die der ihm geschenkt hatte.

»Ich habe hier etwas für Euch, Esther.« Er trat näher an

ihr Bett und holte die Äpfel aus seiner Gurttasche. »Schaut nur, frühe Äpfel. Ein guter Freund hat sie mir geschenkt, ich teile sie mit Euch.« Er legte zwei Äpfel auf ihr Bett und fühlte sich nicht besonders gut dabei, denn wie hätte Esther das Geschenk ablehnen können?

Unten ging auf einmal die Haustür, und jemand rief den Namen der Muhme. »Wir sind hier oben!«, antwortete sie, und ihre Stimme klang so kalt, dass es Wolfram sofort ein wenig fror. »Wir haben Besuch, Amos: Wolfram von Hildesheim ist im Haus.« Sie sprach es aus, wie andere eine Warnung aussprachen.

Wolfram vernahm keine Entgegnung von unten aus dem Flur, hörte nur, wie sich im Erdgeschoss jemand die Hände wusch. Dann stapften auch schon Schritte die Treppe herauf – Schritte von mindestens zwei Männern.

»Danke«, sagte Esther und nahm die Äpfel in die Hände. Mit angespannter Miene spähte sie erst an Wolfram vorbei zur Tür hin und dann, scheu lächelnd, in sein Gesicht. »Danke für alles, Wolfram von Hildesheim. Ich werde nie vergessen, was Ihr für mich getan habt. Der Ewige und Allmächtige, gelobt sei er, segne und behüte Euch auf allen Euren Wegen.«

Ihre Worte gingen ihm mächtig unter die Haut und verschlugen ihm erneut die Sprache. Weil jemand ihn mit Namen ansprach und grüßte, wandte er sich um – zwei Männer standen vor der Kammertür: Esthers Vater, Amos, und ihr Oheim, von dem Wolfram inzwischen wusste, dass er Elias hieß und ein Halbbruder von Esthers Mutter war.

Elias musterte Wolfram mit abweisender Miene. Er machte sich kaum die Mühe, seinen Ärger darüber zu verhehlen, ihn hier in Esthers Kammer zu sehen. Ihr Vater dagegen versuchte wenigstens, höflich zu lächeln, was ihm jedoch nicht recht gelang.

»Gute Nacht«, wandte Wolfram sich ein letztes Mal an Esther. »Gott gebe Euch Eure Gesundheit zurück.« Er stockte einen Moment – und sagte dann doch, was eine Eingebung ihm auf die Zunge drängte. »Gott stelle Euch allezeit einen starken und liebevollen Schutzengel zur Seite, wie ich einer für Euch sein durfte.« Sein Gesicht brannte vor Hitze, während er das aussprach.

Hastig schob die Muhme sich zwischen ihn und Esthers Bett, und ehe Wolfram sich versah, stand er auch schon vor der Kammer bei den Männern. Hinter ihm wurde die Kammertür so heftig zugeworfen, dass es krachte.

»Es ist wirklich freundlich von Euch, nach unserer Kranken zu sehen«, sagte Elias mit kalter Stimme und harter Miene. Er schaute Wolfram nicht an, er belauerte ihn. »Aber Ihr braucht jetzt nicht mehr zu kommen, denn unsere Esther ist über den Berg, wie Ihr Euch selbst überzeugen konntet. Ihre Erkältung wird auch noch vorübergehen.« Seine Ablehnung schlug Wolfram entgegen wie ein Schneeschauer.

Während Elias und die Muhme im Obergeschoss zurückblieben, geleitete Esthers Vater ihn die Treppe hinunter und vorbei an dem Jerusalem-Gemälde zur Tür. »Seid versichert, dass ich Euch unendlich dankbar bin für das, was Ihr getan habt«, erklärte er, die Hand schon auf der Klinke des Eingangsportals. »Ich wüsste nicht, wie ich den Verlust meiner Tochter hätte verkraften sollen. Meine Frau wäre ganz gewiss vor Kummer gestorben, hätten wir auch noch Esther verloren.«

Das hörte sich an, als wäre den Eheleuten bereits ein Kind gestorben, doch Wolfram wagte nicht nachzufragen; er kannte den Juden und seine Familie ja kaum. »Ich danke Gott, dass ich noch rechtzeitig in den Fluss gesprungen bin und zur Stelle war«, sagte er nur. »Jeder andere, der schwimmen kann, hätte dasselbe getan.«

»Nicht jeder, weiß Gott nicht.« Amos schüttelte traurig

den Kopf. »Aber Ihr habt es getan, und glaubt mir, ich werde Euch für Eure Tat reich belohnen.«

Wolfram, der nichts zu entgegnen wusste, zog seine Fackel aus dem Sandeimer und entzündete sie am Kerzenleuchter auf dem Tischchen. Esthers Vater öffnete einen Portalflügel, und Wolframs Blick fiel wieder auf die silberne Kapsel im Türrahmen. »Was ist das?«, wollte er wissen.

»Eine Mesusa.« Der Geldverleiher streckte die Rechte nach der Kapsel aus, berührte sie mit zwei Fingern und legte die beiden Finger danach wie zum Kuss an seine Lippen. »In ihr steckt ein zusammengerolltes Pergament mit Worten aus der Thora.«

»Aus der Thora?«

»So nennen wir unsere Heilige Schrift. Ihr Christen sagt ›Altes Testament‹ dazu.« Amos wies über die Türschwelle in die Nacht hinaus. »Denkt einmal über eine Belohnung nach, Wolfram von Hildesheim«, sagte er. »Habt Ihr einen Wunsch? Vielleicht gibt es ja etwas, das Ihr braucht.«

»Ich brauche nichts.«

»Jeder von uns braucht irgendwann einmal irgendetwas, ganz gewiss auch Ihr. Denkt darüber nach. Ein Pferd vielleicht? Einen Wintermantel? Ein gutes Schwert? Lasst Euch Zeit, überlegt Euch einen Wunsch und scheut Euch nicht, ihn mir in einem Brief mitzuteilen. Er soll Euch erfüllt werden.«

»Das ist gut gemeint von Euch, danke. Aber …« Wolfram räusperte sich verlegen. »Also gut – vielleicht denke ich einmal über Euer Angebot nach.«

»Zum Ende der Woche hin werde ich unseren Pferdeknecht Johannes zu Euch in die Stadt hinaufschicken, damit er den Brief mit Eurem Wunsch abholt.«

*

Wie benommen wankte Wolfram über den Dorfplatz. Hinter den Fenstern des Versammlungshauses der Juden war es nun dunkel. Flüsternd dankte er Gott, dass Esthers Vater und ihr Oheim Elias im Bethaus gewesen waren, als er am Hausportal geklopft hatte, und dass er aus irgendeinem Grund die Gunst von Esthers Mutter hatte gewinnen können.

Die garstige Muhme Judith hätte ihn nie und nimmer ins Haus gelassen. Er rätselte, womit er sich ihre Feindseligkeit verdient haben mochte. Und warum wohl brachte ihm dieser Mann namens Elias so viel Ablehnung entgegen? Weil er ein Christ war? Oder war es etwa Eifersucht gewesen, die seine Miene so harsch und unfreundlich gemacht hatte?

Er schob die unerfreulichen Einzelheiten seines Besuches beiseite und rief sich lieber die erfreulichen in Erinnerung: Man hatte ihn ins Haus gelassen! Er hatte sogar Esthers Kammer betreten dürfen! Er hatte mit Esther gesprochen! Flüsternd dankte er Gott auch dafür.

Irgendwo blökten Schafe durch die angebrochene Nacht. Der Lichtschein zweier Fackeln glitt Wolfram entgegen, und Umrisse von Tieren und Menschen schälten sich aus der Dunkelheit. Einige Halbwüchsige trieben eine kleine Herde Ziegen und Schafe an ihm vorbei und zu den Häusern auf der anderen Seite des Dorfplatzes hin.

Während er den Platz hinter sich ließ und an den letzten Gehöften des Judendorfes vorüberging, rief er sich jedes Wort ins Gedächtnis, das Esther gesagt hatte. Mutig hatte sie ihn genannt, das machte ihn stolz. Und hatte sie wirklich gesagt: *Ich freue mich, dass Ihr mich besucht*? Wolfram konnte es kaum glauben, aber es stimmte – genau diese Worte hatte sie gesagt: *Ich freue mich, dass Ihr mich besucht.*

Hieß das nicht, dass er sie wieder besuchen durfte? Natürlich hieß es das!

Doch halt – dass ihr Vater den Pferdeknecht als Briefboten

einsetzen wollte, bedeutete, dass der Geldverleiher ihn lieber nicht mehr im Judendorf sehen wollte, oder? Sonst hätte er ihn doch aufgefordert, seinen Wunsch persönlich zu überbringen.

Ich werde nie vergessen, was Ihr für mich getan habt – auch das hatte Esther gesagt. Und hatte sie ihn nicht gesegnet zum Abschied? *Der Ewige und Allmächtige segne und behüte Euch auf allen Euren Wegen* – wenn das kein Segen war, was war dann ein Segen?

Sich ihrer Worte und, mehr noch, ihrer Stimme zu erinnern, ihre Worte zu denken und vor sich hin zu murmeln, das war, als würde er in einen Zuber mit weichem, warmem Wasser steigen. Ein wohliges Gefühl breitete sich in seinem Bauch und seiner Brust aus, und etwas wie Glückseligkeit strömte ihm durch die Glieder.

Plötzlich bemerkte er, dass nicht weit vor ihm eine Fackel brannte – jemand stand auf dem Weg, der in die Stadt hinaufführte. Wolfram ging langsamer und spähte in die Nacht. Umrisse zweier Reiter schälten sich aus der Dunkelheit.

Wolfram streckte seine eigene Fackel nach oben und den beiden Reitern entgegen. Schließlich erkannte er auf einem der beiden Pferde den Knappen Slawomir von Sternberg und gleich danach das Magdeburger Wappen auf dem Schild an der Seite des Grauschimmels, auf dem der andere Reiter saß. An den Rändern von dessen Helm sah er, als er näherkam, blondes Haar im Nachtwind wehen.

Gero von Greifenstein und sein Knappe versperrten ihm den Weg in die Stadt!

Wolfram fuhr der Schreck in die Glieder, sodass er still stand wie festgewachsen. Augenblicklich riss er sein Schwert aus der Scheide und rief: »Was habt Ihr hier zu suchen, Greifensteiner? Lauert Ihr mir etwa auf?«

»Dann würde ich dich kaum mit einer Fackel mitten auf dem Weg erwarten.« Der Ritter von Greifenstein, dessen

Gesicht von Schürfwunden und Schwellungen entstellt war, blieb sehr ruhig und sprach mit näselnder und schleppender Stimme. »Dann wärst du jetzt bereits ein toter Mann.«

»Oder Ihr«, entgegnete Wolfram und staunte zu seinem Feind hinauf, denn dessen Augen waren von blauen Ringen umgeben, seine Nase rot und blau und sehr krumm und auf ihre doppelte Größe geschwollen.

»Und du, Knappe?«, fragte ihn der Ritter herablassend. »Was hast du hier zu suchen? Bist du etwa seit Neuestem unter das Judenpack gegangen? Oder gibt es in diesem Dorf da gewisse Jüdinnen, die du zu besteigen pflegst?«

Wie ein Stich fuhr Wolfram dieses Gerede durchs Herz. »So wie Ihr schwatzt, sucht Ihr den Kampf.« Er duckte sich wie zum Sprung und hob das Schwert. »Dann raus mit den Klingen! Ich nehm's auch mit euch beiden auf!«

Der Greifensteiner antwortete nicht, und auch der Wende blieb stumm. Und weder der Knappe noch der Ritter selbst zog seine Klinge blank – beide hockten auf ihren Pferden und spähten zu Wolfram herab.

»Es trifft sich gut, dass dir nach Kampf zumute ist, Wolfram von Hildesheim«, brach der Greifensteiner irgendwann das Schweigen. »Uns schickt nämlich jemand zu dir, dem es genauso geht.«

Breitbeinig stand Wolfram vor den beiden Reitern, richtete das Schwert mal auf den einen, mal auf den anderen und blinzelte zu Gero hinauf. Dessen Unterlippe war blutverkrustet und dick wie eine Purpurschnecke, und jetzt erst bemerkte er den Kopfverband, den der Ritter unter seinem Helm trug. »Wer schickt euch?«

»Adalbert von Stendal«, sagte Slawomir, Geros wendischer Knappe.

»Was redet dein Knecht da für einen Unsinn?« Wolfram trat näher an den Grauschimmel heran, hob die Fackel und leuchtete dem blonden Ritter ins Gesicht. »Was hat Adalbert von Stendal mit einem wie dir zu schaffen?«

»Du warst sein Knappe und stellst so eine Frage?« Gero von Greifenstein lachte trocken und verächtlich auf. »Der Brückeneinsturz scheint deinen Verstand getrübt zu haben – Adalbert ist seit einer Woche ein Ritter des Erzbischofs, und ich bin es auch. Das verbindet uns.«

Aus irgendeinem Grund spürte Wolfram auf einmal einen Knoten im Bauch. »Ich war nicht sein Knappe, ich bin es!«, rief er. Er traute dem Greifensteiner nicht, denn schlagartig wurde ihm klar, dass Gero – oder Slawomir? – ihn beobachtet haben musste. Wie hätten sie ihn sonst, zu dieser späten Stunde hier, am Rande des Judendorfes stellen können?

»Da täuschst du dich.« Gero von Greifenstein blickte todernst auf ihn herab. »Du bist die längste Zeit sein Knappe gewesen. Das ist die eine Botschaft, die wir dir auszurichten haben: Fortan gehörst du nicht mehr zu Adalberts Gefolge.«

Eine bange Ahnung beschlich Wolfram, und zu dem Knoten im Bauch kam nun auch noch ein Kloß, der ihm im Hals schwoll. »Und die zweite?« Seine Stimme klang ihm heiser in den eigenen Ohren, und das ärgerte ihn.

»Adalbert von Stendal wird dich töten«, erklärte der Greifensteiner, ohne eine Miene zu verziehen.

Wolfram fühlte sich, als hätte ein Pferd ihn in die Magengrube getreten. Er richtete sich auf und ließ das Schwert sinken. »Was für ein Schwachsinn! Warum sollte mein eigener Ritter mich töten wollen?«

»Weil deinem ehemaligen Ritter im Kloster Berge zu Ohren gekommen, dass du ihn betrogen und belogen hast.«

»Ich? Adalbert betrügen?« Siedend heiß fuhr es Wolfram in die Knochen. »Was für ein Märchen! Niemals würde ich ihn betrügen oder auch nur belügen!«

Er wusste genau, was die Stunde geschlagen hatte, wollte

es aber nicht wahrhaben. Und wie er den Ritter von Stendal belogen und betrogen hatte! Aber wer außer Heilwig und ihm selbst konnte davon wissen? »Ich verstehe nicht, wovon Ihr redet, Gero von Greifenstein.«

»Ich würde es an deiner Stelle auch nicht verstehen wollen«, ergriff auf einmal der Wende wieder das Wort. »Es geht um Heilwig von Holstein-Kiel. Der Name sagt dir doch was?« Slawomir grinste breit. »Viel mehr wissen auch wir nicht.«

War es also herausgekommen! Wolfram dachte an Dostl – auch der wusste, wo er die Nacht vor dem Unglück verbracht hatte. Oder hatte Heilwigs Zofe ihn verraten?

»Und du?«, fragte Gero von Greifenstein. »Weißt du mehr, Wolfram von Hildesheim?« Er lachte verächtlich. »Möglicherweise hast du ja ein Frauenzimmer bestiegen, das dir kein Glück bringt. Doch wie auch immer: Adalbert fordert dich zum Schwertkampf.«

»Was …« Wolframs Stimme wollte schier brechen. »Was sagt Ihr da?« Plötzlich war ihm, als würde der Boden unter seinen Sohlen schwanken.

»Übermorgen bei den Weiden auf der großen Wiese der Rotehorninsel«, erklärte der näselnde Greifensteiner ungerührt. »Die Magdeburger nennen sie die Marsch. Adalbert erwartet dich dort. Übermorgen, wenn nach Sonnenaufgang das Morgenlob gesungen ist.«

»Das glaube ich nicht.« Wolfram konnte nur noch flüstern, so erschrocken war er. Hundert Gedanken auf einmal schossen ihm durch den Kopf. »Das kann ich einfach nicht glauben.« Sein Mund war plötzlich wie ausgetrocknet.

»Du hast noch zwei Tage Zeit, dich an den Gedanken zu gewöhnen.« Slawomir zuckte mit den Schultern.

»Wir werden ebenfalls dort sein«, sagte Gero von Greifenstein. »Und selbstverständlich darfst auch du zwei Herren deiner Wahl mitbringen.«

Wolfram starrte zu Gero hinauf. Er konnte es einfach nicht fassen. Adalbert forderte ihn zum Kampf? Sein eigener Ritter? Wegen der Grafentochter? Wieso wusste er Bescheid? Wer mochte ihn verraten haben?

»Also«, sagte der Greifensteiner, »welche Botschaft sollen wir dem Ritter von Stendal ausrichten – wirst du in zwei Tagen auf die Marsch kommen und dich ihm stellen? Oder scheißt du dir jetzt schon in die Hosen?«

Das Schwert in der Rechten, die Fackel in der Linken, stand Wolfram stumm da. Auch Gero und sein Knappe sprachen kein Wort mehr. So verharrten alle drei eine Zeit lang, bis Wolfram schließlich nickte und mit heiserer Stimme hervorbrachte: »Ich werde kommen.«

»Gut. Dann bis nach der Laudes übermorgen.« Gero von Greifenstein riss am Zügel seines Grauschimmels, lenkte sein Tier herum und ritt in Richtung Stadt davon. Slawomir tat es ihm gleich und folgte ihm.

Wolfram sah ihnen nach, bis der Schein von Slawomirs Fackel zu einem kleinen flackernden Lichtpunkt geschrumpft war.

26

Fackelschein

Magdeburg, 16. Juli 1275

Esther biss so fest in den Apfel, dass es knackte. Die rote Frucht war fest und schmeckte süßsauer – genau so mochte sie Äpfel. Während sie aufgerichtet in ihren Kissen lag und kaute, schaute sie zum Fenster hin, wo die Mutter stand und in die Nacht hinausblickte. »Was gibt es denn noch zu sehen da draußen?«, fragte sie schmatzend.

»Fackelschein.«

»Haben sie die Schafe noch immer nicht in die Koppel getrieben?« Der Geschmack des Apfels füllte Esthers Mund aus und das Bild des jungen Mannes ihren Kopf. *Wie groß er ist*, dachte sie, *und wie stark. Und wie schön sein langes blauschwarzes Haar geglänzt hat!*

»Schon lange«, sagte die Mutter. »Doch es brennen noch mehr Fackeln da draußen.«

»Wirklich?« Esther betrachtete verträumt den zweiten Apfel vor sich auf der weißen Decke. *So rot wie der ist auch sein Gesicht gewesen,* dachte sie. *Und wie seine dunklen Augen geleuchtet haben! Und dass er mir frühe Äpfel mitgebracht hat! Wie lieb von ihm …*

Sie biss noch einmal in den Apfel.

»Es muss seine Fackel sein«, sagte die Mutter leise.

»Seine?«

»Wolframs.« Verwundert runzelte Esther die Stirn, denn die Mutter sprach den Namen aus wie den eines guten Bekannten. »Jemand hat ihn aufgehalten, denn da war auch noch eine zweite Fackel.«

»Na und?« Esther biss wieder zu.

»Die ist inzwischen hinauf zum Sudenburger Tor gewandert. Jemand muss mit ihm gesprochen haben. Wahrscheinlich ein Reiter, so schnell wie die zweite Fackel sich entfernt hat.«

»Warum schaust du danach?«, fragte Esther mit vollem Mund. »Was ist denn so besonders daran?« Mit jedem Biss in den Apfel stand ihr Retter ihr deutlicher vor Augen.

»Ich weiß nicht«, erwiderte die Mutter, »gar nichts eigentlich.«

Dass er sich zu mir in die Kammer getraut hat, staunte Esther im Stillen. *Wäre der Vater im Haus gewesen, hätte der junge Goi nicht einmal die Schwelle unseres Portals übertreten dürfen.*

»Es ist die Fackel des Mannes, der dich gerettet hat«, sagte die Mutter. »Das mag mir besonders vorkommen an ihrem Schein. Und dass er schon dreimal hier gewesen ist.«

»Stimmt«, sagte Esther mit vollem Mund und hing weiter ihren Gedanken nach: *Wie er mit mir geredet hat, der Wolfram von Hildesheim* – ich bin so froh, dass es dir besser geht, *hat er gesagt. Als wären wir verwandt, als wären wir Vertraute. Ob er nicht doch ein wenig aufdringlich ist? Aber nicht so schlimm aufdringlich wie der Markgraf oder der Sänger. Oder gar der widerliche Gero von Greifenstein.*

Bei dem Gedanken an ihren Todfeind zog sie die Schultern hoch und fror plötzlich.

»Jetzt bewegt sich seine Fackel wieder«, sagte die Mutter, »jetzt geht auch er weiter auf dem Weg nach Sudenburg. Judith war so garstig zu ihm. Und Elias auch.«

»Hoffentlich.« Esther biss erneut in den Apfel. »Der Elias ist immerhin mein zukünftiger Gatte!«, rief sie. »Von dem erwarte ich schon, dass er ein wenig Eifersucht zeigt.«

Was hatte der junge Mann noch gesagt? Esther versuchte,

sich zu erinnern. *Gott habe das so gefügt, dass er gründlich schwimmen gelernt habe, damit er mich an diesem schlimmen Tag hat retten können. Ist das nicht doch ein wenig aufdringlich, so zu reden*, dachte sie. Oder drückte sich ein frommer Christenmann so aus?

»Warum geht er nur so langsam?« Die Mutter sprach mit sich selbst. »Der Schein seiner Fackel schrumpft zwar, aber nur ganz langsam.«

»Was ist denn so besonders daran, Mutter?«, fragte Esther wieder. Sie hielt inne mit Kauen und schüttelte verwundert den Kopf. »Was ist mit dir, dass du seine Fackel beobachten musst?«

»Ich muss nicht, ich will.«

»Aber warum?«

»Ich weiß es selbst nicht. Vielleicht habe ich ihn gern?« Esther sah die Mutter in die Nacht hinausschauen und nicken. »Ja, ich glaub, ich habe ihn gern.«

Ich auch, dachte Esther, *ich habe ihn richtig gern*. Sie scheute sich jedoch, es auszusprechen. »Wie kannst du auch anders, als ihn gern zu haben«, sagte sie stattdessen, »wo er mir, deiner Tochter, das Leben gerettet hat?«

»Ja, wie könnte ich anders«, die Mutter flüsterte beinahe. »Die Judith kann anders, und der Elias auch.« Esther biss in den Apfel und kaute und biss ab und kaute, und die Mutter schwieg eine Zeit lang. »Er hat recht gehabt«, sagte sie irgendwann.

»Wer hat recht gehabt?«, fragte Esther mit vollem Mund. »Und womit?«

»Wolfram hat recht gehabt, als er sich mit einem Engel verglich. Für dich war er wirklich wie ein starker Schutzengel.«

»Hätte ich einen Engel an meiner Seite gehabt, wäre ich nicht in die Elbe gestürzt. Da wäre ich gar nicht erst auf die alte Brücke gegangen.« Esther nagte den letzten Rest vom Apfel ab, ließ die Hand mit dem Butzen auf die Decke sinken und erinnerte sich an die furchtbare Stunde.

Plötzlich stand ihr Anna vor Augen, die Küchenmagd der Nachbarn. Sie war an ihrer Seite gewesen, als die Brücke einbrach. Und war es nicht auch sie gewesen, die den mutigen Knappen auf die Stelle hingewiesen hatte, an der sie, Esther, beinahe ertrunken wäre? Jemand hatte Esther davon erzählt.

Anna war eine Goi, aber war sie ihr in diesem Moment nicht auch zu einer Art Schutzengel geworden? Und musste man Wolfram von Hildesheim dann nicht erst recht einen Schutzengel nennen?

»Jetzt ist seine Fackel nur noch ein Lichtpunkt«, sagte die Mutter, »ein Stern, der gleich erlischt.«

Esthers Gedanken kreisten um ihren Retter und um seine Abschiedsworte: *Gott stelle Euch allezeit einen starken und liebevollen Schutzengel zur Seite, wie ich einer für Euch sein durfte.* Ganz warm in der Brust wurde ihr auf einmal. Das fühlte sich gut an, sehr gut sogar, doch zugleich erschrak sie vor diesem Gefühl.

»Sterne erlöschen nicht, Mutter.« Sie hob die Rechte mit dem Apfelbutzen, zielte kurz und schleuderte ihn über Leas grauen Scheitel hinweg zum Fenster hinaus.

»Manche vielleicht schon.« Die Mutter drehte sich um, kam zu ihrem Bett und setzte sich auf die Kante. Nachdenklich schaute sie Esther ins Gesicht. »Er wird wiederkommen«, sagte sie leise. »Ich spüre es, er wird wiederkommen.«

Esther sprach nicht aus, was ihr durch den Kopf ging – *hoffentlich*, dachte sie, *und hoffentlich werden Elias und der Vater dann nicht da sein, damit er herauf und in meine Kammer kommen kann, damit ich in seine schönen Augen schauen und vielleicht sogar seine starke Hand berühren kann.*

Esther verbot es sich streng, so etwas zu denken, denn es

gehörte sich nicht für eine verlobte Jungfrau. Doch zu ihrem Schrecken scherten sich ihre Gedanken nicht um das Verbot, und sie dachte es trotzdem, sie dachte es wieder und wieder, und sie dachte es, ohne auch nur eine Silbe davon auszusprechen.

Die Mutter griff nach ihrer Hand. »Er ist schön«, sagte sie, »beinahe so schön wie du, mein Kind.«

27
Spurlos

Magdeburg, 17. Juli 1275

Am vierten Tag nach der Katastrophe verließ Mechthild im ersten Morgengrauen den Beginenhof und ging zum Alten Markt, um in St. Johannis die Laudes mitzusingen. Eine nahezu schlaflose Nacht lag hinter ihr, und in den kurzen Zeiten, in denen sie doch ein wenig Schlaf gefunden hatte, musste sie sich durch schwere Träume quälen. Mechthild fühlte sich, als hätte man sie stundenlang geprügelt.

Die meisten Traumbilder dieser Nacht hatten sich in Nichts aufgelöst wie Dunst unter der Mittagssonne. Eines jedoch stand ihr noch deutlich vor Augen, als der Priester am Altar das Morgenlob anstimmte: ein Dornengestrüpp in einem finsteren Wald, tief darin gefangen eine um Hilfe rufende Frau, und rund um das Dornengestrüpp ein Rudel hungriger Wölfe. Einzig an ihrer Stimme hatte Mechthild die Frau erkannt: Genoveva.

Das Morgenlob fiel schon seit Tagen erheblich kürzer aus als sonst, denn die Priester und Priestermönche hatten es eilig, an ihr Tagewerk zu gehen: Noch nicht einmal die Hälfte der über dreihundert Menschen, die der Brückeneinsturz das Leben gekostet hatte, war schon bestattet worden.

Als Mechthild nach der Laudes aus der Marktpfarrkirche trat, um ihre Suche nach Genoveva fortzusetzen, stieg jenseits der Elbe die rot flimmernde Scheibe der Morgensonne in den Himmel. Das sah so schön aus, dass sie stehen bleiben und hinschauen musste.

Einige Atemzüge lang kam es ihr vor, als würde die Sonne

zwischen dem Brücktor und dem Tartarenturm auf der Stadtmauer ruhen. Erst als zwischen ihrem unteren Rand und den Zinnen wieder der Himmel zu erkennen war, wandte sich Mechthild dem Marktplatz zu – und verharrte erneut: Die Sonne tauchte Buden, Stände, einrollende Fuhrwerke, Ochsen, Esel, Pferde und Menschen in ihr unvergleichliches Morgenlicht.

Wie um alles in der Welt konnte in solch schlimmen Zeiten und nach so viel Tränen und Tod noch eine derartige Schönheit möglich sein?

»Danke, mein Gott«, flüsterte Mechthild ergriffen. Langsam schritt sie aus dem Schatten der Kirche und hinein in das Menschengetümmel auf dem Marktplatz. »Wer kann dich erfassen in deiner Herrlichkeit?«

Ein kräftig gebauter junger Fremder in Kettenhemd und Wappenmantel und mit einem Schwert im Gurt eilte an ihr vorüber. Kummer und Angst standen ihm ins bleiche Gesicht geschrieben. »Sei ihm gnädig, barmherziger Gott.« Leise betend schaute Mechthild ihm hinterher. »Gib ihm den Trost und die Kraft, die nur du schenken kannst. Amen.« Der Mann war groß und hatte lange, blauschwarze Locken, und als er in die Johanniskirche huschte, erinnerte sie sich: Das musste jener Knappe sein, der am Margaretentag Esther halb tot aus der Elbe gezogen hatte.

Sie bekreuzigte sich und wandte sich dem Alten Markt zu. »Und nun hilf mir, mein Gott«, betete sie weiter, »und lass mich Genovevas Spur finden.«

Wie jeden Vormittag seit dem entsetzlichen Unglück lief sie mit diesem Stoßgebet im Herzen von Bude zu Bude, von Marktstand zu Marktstand, von Fuhrwerk zu Fuhrwerk und fragte Frauen, Männer und Kinder nach ihrer Pflegetochter. Doch auch an diesem Mittwochmorgen traf sie niemanden, der sie gesehen oder etwas von Genoveva gehört hatte.

Immerhin erfuhr Mechthild von zwei Benediktinermönchen, dass Gero von Greifenstein ins Kloster Berge hinuntergeritten war. Diesen und Gallus von Trier hatte sie in Verdacht, sich an Genoveva vergriffen zu haben. Auf dem Weg in die Stadt hatten die beiden Mönche den Ritter und seinen Knappen nach Süden hin zum Elbufer reiten sehen.

Sofort eilte Mechthild vom Alten Markt über den Breiten Weg durchs Sudenburger Tor zur Stadt hinaus zum Benediktinerkloster.

Seit dem Unglück hatte sie die ganze Stadt nach Genoveva durchsucht, hatte jeden nach ihr gefragt, den sie traf, hatte sämtliche Winkel und Höfe aufgesucht, in denen ihre Pflegetochter sich zu verkriechen pflegte, wenn ihr mal wieder eine Laus über die Leber gelaufen war. Alles vergeblich – Genoveva schien spurlos verschwunden zu sein.

Mechthilds Freunde und Schüler im Domkapitel, im städtischen Heer, im Magistrat und am Hofe Konrads hatten ihr glaubhaft versichert, dass ihr Mündel weder im Tartarenturm noch im Gewölbekeller des Rathauses noch in sonst einem Kerker der Stadt in Ketten lag.

Mechthild war tief in Sorge, fastete und betete für Genoveva und schlief von Nacht zu Nacht schlechter. Mit jeder Stunde, die ohne ein Lebenszeichen ihrer Pflegetochter verging, wuchs für Mechthild die Wahrscheinlichkeit, dass sie tot war.

Sollte das stimmen – Mechthild mochte es nicht glauben, denn sie betete Tag und Nacht für die junge Frau –, sollte Genoveva tatsächlich ums Leben gekommen sein, dann lag es auf der Hand, dass nur ihre Mörder wissen konnten, wo ihre Leiche zu finden war. Und als Genovevas Mörder kamen für Mechthild nur Gallus von Trier, Gero und ihre Waffenknechte infrage.

Um den Peitschenmönch und den Ritter zur Rede zu stellen, wanderte Mechthild also an diesem Morgen an Sudenburg und dem Judendorf vorbei zum Kloster Berge hinunter. Sie hatte erfahren, dass Gallus seit zwei Tagen unter einer Lungenentzündung litt und sich im Gefolge des Erzbischofs dorthin zurückgezogen hatte. Warum der Erzbischof am Tag nach der Katastrophe das Kloster aufgesucht hatte und ob auch er erkrankt war, wusste sie nicht.

Die Höhe der Klostermauer maß annähernd Mechthilds doppelte Körpergröße. Die Pforte bestand aus dicken in Eisen gefassten Eichenbohlen, und die Begine musste lange klopfen, bis auf der anderen Seite endlich einer die kleine Luke vor dem Sprechgitter öffnete.

»Du?« Der Bruder Pförtner erkannte sie sofort. »Ich weiß, wen du suchst, aber dein Mündel ist nicht hier bei uns im Kloster, und der Erzbischof hat sich zum Beten und Fasten in eine Zelle eingeschlossen. Er empfängt die ganze Woche keinen Besuch.«

»Mir macht das nichts aus«, erklärte Mechthild, »denn ich will gar nicht zu Konrad, ich will zu Gallus von Trier. Die Magdeburger rümpfen allerdings schon die Nase über ihren abwesenden Oberhirten, denn in der Stadt wird jeder Priester gebraucht. Den wenigen, die den Margaretentag überlebt haben, wachsen die vielen Bestattungen längst über den Kopf. Weiß Konrad das wirklich nicht?«

»Höre ich recht?« Der Mönch schien die Frage überhört zu haben. »Zu Gallus willst du?« Trotz der kleinen Lukenöffnung konnte Mechthild erkennen, dass dem Bruder Pförtner die Kinnlade heruntergesunken war.

»Erzähle mir nicht, dass auch der sich zum Beten und Fasten in eine Zelle eingeschlossen hat.«

»Doch«, versicherte der Pförtner, »allerdings nur bis gestern Abend. Aber ich bezweifle stark, dass er dich empfangen wird. Zum einen ist er sehr krank, seit deine Genoveva ihn aus der Elbe gezogen hat, und zum anderen glaube ich kaum, dass er dich gerne sehen wird. Du zählst nicht zu den Leuten, die er seine Freunde nennt, wie alle Welt weiß.«

»Dafür danke ich Gott!« Mechthild bekreuzigte sich. »Nun lass mich schon rein, Bruder. Niemand ist verpflichtet, mich bei Gallus anzumelden.«

»Du willst ihn überraschen?«

»Jetzt lass mich endlich rein in Christi Namen, du Schlaumeier!«

Der Bruder Pförtner schloss das Türchen vor dem Sprechgitter, und Mechthild hörte, wie er den Durchschlupf im großen Klostertor entriegelte. Einen Atemzug später bückte sie sich auch schon durch die kleine Luke in den Hof des großen und uralten Benediktinerklosters hinein.

Sie schaute sich um – ein paar gesattelte Pferde und ein Ochsenwagen voller Stroh standen vor der langen Stallung. Aus der Waschküche drang Dampf, die Kamine über dem Brauhaus und der Backstube rauchten, und in der Scheuneneinfahrt hing über Kübeln ein aufgeschlitztes Schwein, an dem sich drei Mönche zu schaffen machten. Auf der Tenne neben der Scheune droschen viele Brüder Getreide, und durch die offene Tür der Schmiede sah Mechthild einen Mönch in Lederschürze vor der glühenden Esse stehen und seinen Schmiedehammer schwingen.

All das emsige Treiben kam ihr absurd vor, und es ging ihr ähnlich wie vorhin auf dem Alten Markt angesichts des schönen Morgenlichts: So viel Lebendigkeit war noch möglich nach dem Massensterben des vergangenen Sonnabends? Trotz des unsagbaren Leids, das es über die Stadt gebracht hatte? So viel unbeschwertes Menschengetümmel und Arbeitseifer? Mechthild vermochte es kaum zu fassen.

»Das Lebensrad dreht sich und dreht sich immer weiter, mein Gott«, betete sie leise. »Deine Menschen kommen und gehen und kommen und gehen wieder. So war es immer, so wird es immer sein. Bis zum Jüngsten Tag.«

Ihr Blick fiel auf einen gesattelten Grauschimmel. »Gero von Greifenstein ist schon angekommen?« Der Bruder Pförtner, der sich bei ihrem Gebet bekreuzigt hatte, nickte bekümmert. »Wo finde ich den Ritter? Bei Bruder Gallus?«

Der Mönch nickte. »Weder habe ich dich hereingelassen, noch weißt du von mir, wo der Gallus sein Krankenlager aufgeschlagen hat.« Mit hochgezogenen Brauen sah er Mechthild an.

Erst als sie versprach, ihn nicht zu verraten, winkte er einen Novizen zu sich, der gerade Stroh in die Schweinekoppel warf. Der junge Mönch eilte herbei, und der Pförtner befahl ihm, Mechthild zu Bruder Gallus zu führen. »Falls er Fragen stellt: Nicht ich, sondern sie selbst hat das von dir gefordert. Verstanden?« Der Novize nickte.

Er führte Mechthild an der Klosterkirche vorbei in die Klausur und von dort durch Kreuzgang und Klostergarten zum Gästehaus. Kaum hatten sie es betreten, hielt sie den Novizen am Ärmel fest. »Zeige mir Gallus' Zelle, danach kannst du wieder an deine Arbeit gehen.«

Der junge Mann deutete auf eine Tür, die am Ende des Ganges kurz vor dem Ausgang zum Obstgarten lag. Dann verabschiedete er sich und machte kehrt.

Auf leisen Sohlen huschte Mechthild zu der bezeichneten Tür. Aus der Kammer dahinter vernahm sie laute Stimmen. Die hohe und gepresste Kopfstimme des Priestermönchs hätte sie aus hundert anderen herausgehört, die raue und kehlige des Greifensteiners sogar aus tausend. Schließlich war Gero von Jugend auf ihr größtes Sorgenkind gewesen – noch heute betete sie täglich für ihn.

Sie lauschte, konnte aber nur einzelne Satzfetzen verstehen. Also schlich sie in den Obstgarten hinaus und dort entlang der Fassade zum Fenster jener Kammer, in der Gero und Gallus sich stritten. Daneben stand eine Bank aus ungehobeltem Birkenholz. Jedes Geräusch vermeidend, ließ Mechthild sich darauf nieder, dankte ihrem Gott in stummem Gebet und richtete ihre Aufmerksamkeit auf die erregten Männerstimmen hinter der Fensteröffnung. Und wirklich – nun konnte sie jedes Wort verstehen.

»… ich war in Lebensgefahr!«, hörte sie Gero von Greifenstein rufen. »Das schwachsinnige Luder wollte mich erschlagen! Und Ihr habt weiter nichts getan als zu glotzen.«

»Was hätte ich denn tun sollen? Sie waren zu dritt …« Ein Hustenanfall unterbrach Gallus. »Die Rasende und zwei Männer! Und alle drei hatten dicke Stöcke! Ich habe aber für dich gebetet …« Wieder musste er husten.

»Ihr hättet ihnen mit der Hölle drohen müssen! Ihr hättet ihnen als Priester gebieten müssen, mich zu verschonen! Ihr hättet Euch schützend auf mich werfen können, aber Ihr habt mich schmählich im Stich gelassen!« Täuschte Mechthild sich, oder klagte Gero unter Tränen? »Schaut nur, wie ich aussehe! Schaut nur, wie es mich zugerichtet hat, das verfluchte Luder!« Er redete wie einer, dem die Nase verstopft war.

»So besinne dich doch, Gero!«, hörte Mechthild den Peitschenmönch jammern. »Was hätte ein kleiner, völlig erschöpfter Mann wie ich denn ausrichten können gegen zwei Kerle und die Rasende? Man hatte mich doch selbst gerade erst dem Rachen des Todes entrissen!«

»Ihr habt mich schmählich im Stich gelassen, Vater Gallus!«

»Ich habe für dich und deine Seele gebetet, mein Sohn!«

»Totgeschlagen hätte mich das dämonische Waldbiest, wenn Eisenstirn nicht dazwischengegangen wäre! Ja, totgeschlagen!«

»Ich habe genau dafür gebetet, dass der Schmied dich an

meiner statt rettet, jawohl, gebetet …« Ein erneuter Hustenanfall erstickte die hohe und gepresste Stimme des Priestermönchs. »Und?«, fuhr er krächzend fort, als er genug gehustet und Atem geschöpft hatte. »Hat Gott mein Gebet erhört oder nicht?« Und als Gero nicht antwortete, fügte er hinzu: »Na, siehst du.«

Eine Zeit lang schwiegen die Männer. Weil es drinnen knisterte und raschelte, stellte Mechthild sich vor, dass Gallus auf seinem Strohsack unter seinen Decken lag, und der hektische Schrittlärm verriet ihr, dass der Greifensteiner unruhig in der kleinen Kammer hin und her lief.

»Schau doch, wie ich aussehe!« Das Geräusch der Schritte riss ab, wahrscheinlich betrachtete der Ritter sich im Spiegel einer blank gewienerten Kupferscheibe. »Mein Leben lang werde ich mit einer krummen Nase herumlaufen müssen, mein Leben lang entstellt bleiben.«

Mechthild verdrehte die Augen und konnte sich ein spöttisches Lächeln über den eitlen Gockel nicht verkneifen. Sie hatte Gero seit dem Unglück nicht gesehen, aber man hatte ihr berichtet, wie übel Genoveva ihn zugerichtet hatte. »Möge er deine Strafe annehmen, o Gott«, betete sie flüsternd, »und möge er endlich umkehren von seinem bösen Weg.«

»Wenn ich die fette Schlange doch nur endlich in die Finger kriegen würde! Dann Gnade ihr Gott!«

Mechthild horchte auf – dann wusste der Ritter also auch nicht, wo Genoveva steckte?

Geros Geschrei hörte sich alles andere als bußfertig an. »Erwürgen werde ich sie dann, mit bloßen Händen erwürgen!«

»Versuch das lieber erst gar nicht«, hörte sie den schon wieder hustenden Gallus. »Mechthilds Tartarenkind entwickelt ungeheure Kräfte, wenn es in Raserei verfällt. Geradezu dämonische Kräfte, möchte ich sagen.«

»Natürlich! Weil Dämonen in das Luder gefahren sind! Die machen auch, dass es unsichtbar ist!«

»Ja, Genoveva ist tatsächlich wie vom Erdboden verschluckt.« Der Priestermönch konnte nur noch krächzen, er schien schlimm dran zu sein mit seiner entzündeten Lunge. »Spurlos verschwunden ist sie, wirklich rätselhaft.«

»Auch das machen die Dämonen!« Gero von Greifenstein sprach immer lauter, redete sich immer mehr in Rage. »Sie ist besessen! Verbrennen muss man sie, vierteilen muss man sie, ertränken muss man sie!« Mechthild hörte ihn wieder ruhelos in der kleinen Kammer umherwandern. »Anders kann man ihre Dämonen nicht aus der Stadt schaffen.« Sie ballte die Fäuste und musste an sich halten, um nicht aufzuspringen und dem Ritter ins Wort zu fahren.

»Wahrscheinlich hast du recht.« Nach einem weiteren Hustenanfall fuhr Gallus fort: »Dass ich darauf nicht schon früher gekommen bin ... Ich werde mit Konrad darüber sprechen, sobald ich gesund bin, aber erst einmal muss man diese Wahnsinnige finden.«

»Sobald Adalbert von Stendal morgen früh seinen ehemaligen Knappen totgeschlagen hat, werde ich mit ein paar Waffenknechten nach Osten in die Wälder reiten und die Besessene suchen«, kündigte Gero von Greifenstein an. »Manch einer in Magdeburg glaubt nämlich, dass sie dorthin geflohen ist, wo die närrische Mechthild sie aufgelesen hat.«

»Gut möglich«, sagte der Priestermönch leise und so gedehnt, als würde er nachdenklich nicken. »Sehr gut möglich sogar.«

Lautlos erhob sich Mechthild, sie hatte genug erfahren. Gallus und Gero hatten Genoveva nicht ermordet – noch nicht. Sie wussten nicht einmal, wo sie sich aufhielt.

»Stimmt es denn, was man sich auf dem Marktplatz erzählt?«, hörte sie den Peitschenmönch fragen, als sie gerade durch die Gartentür zurück ins Gästehaus schleichen wollte. »Du wirbst um die Tochter des Geldverleihers Amos, mein Sohn?«

»Ja. Und?«

Mechthild verharrte und lauschte weiter.

»Kluges Mädchen, schönes Mädchen«, krächzte Gallus. »Kann lesen und schreiben. Leider eine Jüdin.«

»Dann wird die Jüdin eben zur Christin.«

»Aber sie ist schon Elias versprochen, dem Halbbruder von Esthers Mutter. Wusstest du das nicht?«

»So was lässt sich noch leichter regeln als eine Taufe.« Gero lachte trocken und böse auf, und im Geiste meinte Mechthild, den blonden Ritter verächtlich abwinken zu sehen.

Das Blut gefror ihr in den Adern. Schon früher, als er noch ein Halbwüchsiger war, hatte sie dem Greifensteiner jede Übeltat zugetraut. Ihn nun so reden zu hören, machte sie ganz mutlos: Gott schien ihre Gebete für Gero nicht erhört zu haben.

»Nun, über das Mädchen käme man leicht an das Geld ihres Vaters – wenn er …«, Gallus röchelte kurz, »… wenn er noch welches hätte. Ich fürchte allerdings, der blöde Hundsarsch von einem Juden hat sein ganzes Geld Otto geliehen.«

»Kann der es denn noch brauchen?«, hörte Mechthild den Greifensteiner fragen. »Jetzt, wo sie seinen Bruder Erich gar nicht ins Domkapitel aufnehmen wollen?«

»Wer weiß, wozu er es noch verwenden wird. Wir sollten uns vor Otto hüten, mein Sohn, vielleicht sogar Späher an seinen Hof schicken. Das werde ich dem Erzbischof vorschlagen, sobald ich gesund bin.«

»Markgraf Otto ist ein großer und wilder Krieger vor dem Herrn«, sagte Gero von Greifenstein, und es klang bewundernd. »Solange er lebt und bei Gesundheit ist, wird ihn immer nach Krieg gelüsten.«

»Einen Platz im Domkapitel oder gar das Amt des Erzbischofs wird er seinem Bruder mit dem Geld des Juden nun nicht kaufen können«, sagte Gallus in triumphierendem Ton. »Nach dem Einspruch unseres Erzbischofs können wir da ganz sicher sein. Und dem allmächtigen Gott und unserem Herrn Jesus Christus sei Dank dafür! Mag Konrad auch bald ins Grab sinken, Erich von Brandenburg jedenfalls wird nicht Erzbischof von Magdeburg werden.«

»Und Ihr?« Geros Wut schien verraucht zu sein, so wie er sich anhörte. »Werdet Ihr dann unser Erzbischof werden, Vater Gallus?« Mechthild hielt den Atem an und lauschte gespannt.

Der Priestermönch ließ sich Zeit mit der Antwort. »Wenn Gott will, schon«, sagte er endlich. »Doch niemand außer ihm kann so etwas wissen. Allerdings: Dass unser gütiger und barmherziger Gott mich aus der Elbe gerettet hat, bedeutet das nicht, dass er mich zu Höherem ausersehen hat? Vielleicht sogar zum Erzbischof von Magdeburg?«

Mechthild schloss voller Entsetzen die Augen und bekreuzigte sich. Drinnen hörte sie Gero antworten: »Schon möglich, der richtige Mann dafür wärt Ihr.« Und dann stellte er eine Frage, die auch Mechthild, die viele Magdeburger bewegte: »Warum ist Erzbischof Konrad eigentlich nicht in der Stadt bei seinem trauernden Volk? Was hat er in dieser Notzeit hier im Kloster zu suchen?«

»Er fürchtet einen Mordanschlag der Brandenburger, denn die sind sehr wütend auf ihn. Ohne seinen Einspruch wäre Erich jetzt Domherr, und der Weg zum Stuhl des Erzbischofs wäre für ihn nicht mehr weit gewesen.« Gallus räusperte sich und senkte die Stimme. »Selbst wenn der Brandenburger Konrad nicht umbringen lässt, wird unser kränklicher Oberhirte bald sterben. Und dann, wenn Gott will, dann werde ich ihm als Erzbischof nachfolgen.« Gallus redete so leise, dass Mechthild genau hinhören musste, damit ihr kein Wort entging. Sie schlich wieder näher zum Fenster. »Wenn Gott will ... und wenn du mir hilfst.«

»Ich?«

»Ja, du, Gero von Greifenstein. Du hilfst mir, Erzbischof zu werden, und ich verhelfe dir zu der Tochter des Geldverleihers.«

»Was um alles in der Welt könnte ich tun, damit Ihr den Stuhl des Erzbischofs besteigt?« Gero fiel nun in den gleichen verschwörerischen Flüsterton, den der Priestermönch schon angeschlagen hatte.

»Nun, mein Sohn, es gibt so manchen in Magdeburg, dem würde ein Gallus von Trier auf diesem Stuhl ganz und gar nicht gefallen, wenn du verstehst, was ich meine. Sie stünden mir und Gottes Willen im Weg. Und je früher der Erzbischof Konrad stirbt ...« Wieder hustete er keuchend.

In diesem Moment tauchten zwischen den Bäumen des Obstgartens zwei Mönche auf, die schwatzend einen Leiterwagen voller Kisten mit Frühäpfeln hinter sich herzogen. Weil sie in den Weg einbogen, der zum Gästehaus führte, huschte Mechthild durch die Tür ins Haus und auf der anderen Seite wieder hinaus.

»Was für ein Abgrund an Sünde und Niedertracht.« Sie bekreuzigte sich und betete flüsternd, während sie von einer Seite des Kreuzgangs zur anderen lief. »Schlangenbrut statt Herzen tragen diese Kerle in ihrer Brust!« Sie war fassungslos. »Schenke ihnen dein göttliches Licht, o Herr! Oder sie werden sich selbst ins Verderben stürzen und viele andere mit sich reißen. Erleuchte sie und leite sie auf den Weg der Frömmigkeit und der Liebe zu dir und den Menschen, du gütiger Gott! Amen.«

Um nicht von allzu vielen Mönchen erkannt zu werden, nahm sie von der Klausur aus einen Weg, der hinter den Wirtschaftsgebäuden des Klosters über dessen Viehkoppel zum Klostertor führte. Dort kam sie an zwei gepanzerten Männern vorbei, die mit Schwertern aufeinander einschlugen.

Kämpfende Ritter in einem Kloster? Ein durchaus ungewohnter Anblick, sodass Mechthild staunend stehen blieb. »Wer beim heiligen Mauritius steckt in diesen Rüstungen?«, fragte sie zwei Novizen, die über den Koppelzaun lehnten und den Kampf beobachteten.

»Der Knappe des Greifensteiners und ein neuer Ritter des Erzbischofs«, antwortete der Jüngere der beiden, ein Halbwüchsiger von kaum fünfzehn Jahren.

»Konrad hat den Edelmann also inzwischen in sein Heer aufgenommen?« Mechthild wusste nur, dass ein adliger Ritter aus Schwerin mit seinem Gefolge nach Magdeburg gekommen war, um Konrad seine Dienste anzubieten.

Die Novizen nickten. »Er heißt Adalbert von Stendal«, sagte der Ältere. »Seht doch, wie geschickt er mit dem Schwert umgehen kann.«

Mechthild schaute wieder zu den Kämpfern hinüber. Ihr fiel auf, dass ihre Klingen nicht klirrten, wenn der eine die des anderen traf – die Kämpfer hatten sie mit Lederbändern umwickelt. »Sie schlagen sich nicht wirklich, habe ich recht?«

Der halbwüchsige Novize nickte. »Der Ritter übt sich mit Slawomir im Schwertkampf.«

»Ist er denn so unerfahren, dass er sich darin noch üben muss?«, staunte Mechthild.

»Im Gegenteil«, sagte der ältere Novize. »Er hat sich bereits in vielen Schlachten und Turnieren bewährt. Aber um jederzeit geschickt und kraftvoll das Schwert führen zu können, muss ein Ritter sich beständig in Form halten.«

»Und ganz besonders vor einem Tag wie dem, der ihm morgen bevorsteht«, ergänzte der Jüngere.

»Was steht ihm denn morgen bevor?«, wollte Mechthild wissen.

»Er wird einem elenden Lügner und Betrüger die gerechte Strafe erteilen«, erklärte der Halbwüchsige. »Seinem ehemaligen Knappen.«

»Ganz übler Kerl«, fügte der andere hinzu. »Morgen wird sein Blut fließen.«

28

Totenmesse

Magdeburg, 17. Juli 1275

Es war die letzte Totenmesse des Tages. Der Priester sang den Segen und schlug das Kreuz über der Menge, die sich im Querschiff des Domneubaus vor dem Altar drängte. Mittendrin stand Wolfram – er war einer der wenigen, die weder den Chorrock eines Domherrn noch einen Habit noch sonst irgendein frommes Gewand trugen.

In seiner Gurttasche steckte ein Brief. Obwohl die Tasche aus festem Leder war, meinte er, den Brief zu spüren, wie man ein lebendiges Wesen spürte, ein Tierchen, das sich eng an den Körper drückte und atmete und zitterte. Wolframs Herz und sein Kopf waren ganz erfüllt von diesem Brief, an dem er stundenlang geschrieben, den er viele Male verworfen und neu begonnen hatte.

Statt dem Segen zu lauschen, wiederholte er in Gedanken die Sätze dieses Briefes. Jeder stimmte, jeder war ehrlich und aus der Tiefe seines Herzens geboren. Voller Inbrunst stimmte er in das Amen mit ein.

Der Gesang verhallte, der Priester wankte die Stufen des Hochalters herab, zwei Domschüler, die ihm als Messdiener assistiert hatten, stützten ihn. Der erschöpfte Mann ging gebeugt und mit schleppendem Schritt, sodass er Wolfram beinahe vorkam wie ein Holzfäller, der den ganzen Tag im Wald geschuftet hatte. Dabei war seine priesterliche Arbeit noch lange nicht beendet für heute – er musste die Särge und die Trauergemeinde noch auf den Friedhof begleiten und dort die Toten der Erde übergeben.

Doch erst einmal wurden nun die Särge hinter dem müden Priester und seinen Gehilfen her zum Nordportal des Neubaus hinausgetragen, achtzehn an der Zahl: zwei Domherren von St. Sebastian, drei aus dem Domkapitel der neuen Kathedrale, vier Nonnen des Zisterzienserordens, sechs Mönche aus dem Liebfrauenstift und drei Priester von St. Sebastian. Wolfram schloss sich dem Trauerzug zunächst an, wobei er nach Dostl und der Küchenmagd Anna Ausschau hielt.

Der Anblick der Särge erfüllte ihn mit Grausen, und wie schon während der Totenmesse flogen seine Gedanken auch jetzt wieder voraus und zum kommenden Morgen hin. Vergeblich hatte er versucht, mit dem Stendaler Ritter zu sprechen, um den Schwertkampf noch abzuwenden. Ein Ritter aus Adalberts Gefolge hatte ihn in dessen Namen abgewiesen.

»Erst morgen früh nach der Laudes werden wir beide miteinander sprechen«, hatte der tödlich beleidigte Adalbert ihm ausrichten lassen. »Am Elbufer drüben auf der Marsch und im ersten Licht des Tages. Schweigend und jeder mit seinem Schwert in der Faust.«

Der Schweiß brach Wolfram aus, als er daran dachte, und tiefer Schrecken drohte ihn zu überwältigen. Er stellte sich vor, wie man morgen oder übermorgen auch ihn in solch einem Sarg aus ungehobelten Brettern weg von irgendeinem Altar der Stadt und hin zum Magdeburger Gottesacker trug. Einen bangen Augenblick lang würgte ihn die Todesfurcht und machte ihm das Atmen schwer. Er tastete nach der Wand und stützte sich für einen Moment daran ab.

Vergeblich schaute er sich nach Dostl um, dafür entdeckte er im Weitergehen dicht hinter dem letzten Sarg Annas schwarzen Haarschopf und ihre füllige Gestalt. Von Dostl wusste er, dass einer der toten Mönche zu ihrer engsten Familie gehört hatte und sie heute Abend hier zu finden sein würde. Wolfram drängte sich durch die Menge und konnte sich erst an Annas Seite schieben, als der letzte Sarg in die Abenddämmerung hinausgetragen wurde.

»Dein Bruder, nicht wahr?«, sagte er leise und beugte sich an ihr Ohr. »Wie schrecklich für eure Familie! Gott erbarme sich seiner armen Seele.«

Die Menschen um Anna herum beäugten ihn neugierig oder misstrauisch oder traurig. Am traurigsten blickte der große und sehr kräftig gebaute Mann an ihrer Seite. Er hatte lange Locken, weiß wie Kirschblüten. Dabei war er wie Anna selbst höchstens in den frühen Vierzigern.

»Der Bruder meines Mannes«, flüsterte Anna mit einem Seitenblick auf den Weißhaarigen. Wolfram nickte dem Mann zu. »Er war noch sehr jung, nicht viel älter als du. Mein Mann Nikolaus hat auch seine Schwester bei dem Unglück verloren. Ihre Leiche ist noch nicht gefunden worden.«

Inzwischen waren sie vor dem Bischofspalast angekommen, und weil der Trauerzug stockte, blieben auch sie stehen. »Wie schmerzlich.« Wolfram reichte erst der Küchenmagd, dann dem Weißhaarigen namens Nikolaus die Hand. »Es tut mir so leid für euch.« Der Mann schaute ihn an, und der brennende Blick seiner schwarzbraunen Augen ging Wolfram durch und durch.

»Ja, es ist schrecklich«, sagte Anna, »man ist schon ganz müde vom Trauern.«

»Ich habe hier etwas.« Wolfram zog eine kleine Papierrolle aus der Gurttasche und beugte sich noch näher zu Annas Ohr, damit auch er flüstern konnte. »Würdest du diese Botschaft der Esther überbringen?« Die Küchenmagd nickte und nahm ihm das Röllchen ab. »Möglichst so, dass keiner von ihrer Familie es merkt?«

Sie zog überrascht die Brauen hoch, versprach es aber. »Und dieses Geld gib bitte dem Dostl.« Wolfram zog ein prall mit Münzen gefülltes Ledersäckchen aus dem Wams und reichte es ihr. »Er war heute nicht in der Schmiede, und hier in der Kirche sehe ich ihn auch nirgends.«

Wolfram spürte das Gewicht des Silbers in seiner ausgestreckten Hand. Das Säckchen enthielt den gesamten Erlös aus dem Verkauf seines neuen Pferdes. Statt das Geld zu nehmen, schaute Anna fragend zu ihm auf.

»Dostl soll Seelenmessen für mich lesen lassen, falls ich sterbe. Jeden Tag, so lange, bis das Geld aufgebraucht ist.« Er nahm die Hand der erschrockenen Anna und drückte das Säckchen hinein. »Frag nicht.« Mund und Augen aufgerissen starrte sie es an und nickte langsam.

»Danke.« Sein Blick traf sich mit dem des weißhaarigen Nikolaus, dessen dunkle Augen hatten sich mit Tränen gefüllt. »Gott vergelte es dir, Anna«, sagte Wolfram. »Leb wohl.« Er ließ die Eheleute stehen und drängte sich aus dem Trauerzug. Während dieser weiter über den Domplatz und aus der Domfreiheit in Richtung Gottesacker zog, ging er zurück in die Kathedrale. Die Beine waren ihm schwer, und sein Mund war trocken.

Im Querschiff standen noch Mönche und Domschüler in kleinen Gruppen beisammen und tuschelten miteinander. Einige Nonnen knieten leise betend vor dem Altar und vor der Madonnenstatue in der südlichen Seitenkapelle. Ein Domherr lag lang ausgestreckt zwischen den Vierungspfeilern. Sein Körper bebte wie unter Weinkrämpfen. Domschüler gingen umher und entzündeten Fackeln an Wänden und Pfeilern.

Unter dem Arkadenbogen hindurch trat Wolfram in den Chorumgang. Er ging von Kranzkapelle zu Kranzkapelle, und in jeder fand er Nonnen oder Mönche, die ins Gebet versunken waren. Auch aus dem Chor selbst hörte er es murmeln und flüstern, und als er am Sarg des Kaisers Otto vorbei hineinspähte, entdeckte er die Umrisse einiger Domherren, die tief im Chorgestühl kauerten und beteten. Beim Sarkophag der Königin Edgitha trat er schließlich in die Kranzkapelle, in der die Statue des Schwarzen Ritters stand.

Wolfram löste die Schnalle seines Waffengurtes und nahm ihn ab. Dann kniete er nieder und legte sein Schwert zwischen sich und dem heiligen Mauritius auf die Fliesen. Er bekreuzigte sich, schloss die Augen und begann gegen die Todesfurcht anzubeten, die ihn nun, da er Anna das Geld für seine Seelenmessen gegeben hatte, erst recht nicht mehr loslassen wollte.

Während sich im Querschiff die letzten Beter erhoben, um den Neubau zu verlassen, und von draußen nach und nach die Nacht in die unvollendete Kathedrale kroch, steigerte Wolfram sich vor der Statue des Heiligen in einen wahren Gebetsrausch hinein.

Unter Tränen bat er Gott, den Kampf mit Adalbert noch irgendwie abzuwenden, schluchzend flehte er ihn an, ihm noch ein wenig Lebenszeit zu gewähren. Die Angst, in die Hölle zu kommen, peinigte ihn fast noch mehr als die Angst vor dem Sterben.

»Bitte für mich, heiliger Mauritius, damit mir meine Schuld vergeben wird, damit ich leben und ein Ritter wie du werden kann! Ich will doch noch ein paar Jahre die Sonne sehen, den Mond und die Sterne! Die Vögel will ich noch singen hören, im Frühling die Bäume ausschlagen und die Blumen blühen sehen und im Winter durch den verschneiten Wald reiten. Ich will doch noch so viele Lieder dichten, ich will doch die Frauenliebe noch kennenlernen, und ich will die schöne Esther wiedersehen.«

Obwohl er am Morgen gleich nach Adalberts Abweisung in die Johanniskirche geeilt war, um im Beichtstuhl sein Herz auszuschütten und die Nacht mit Heilwig zu beichten, fühlte Wolfram sich noch immer schuldig. Gierig wie ein Verdurstender hatte er den Worten gelauscht, mit denen der Priester ihn von Sünde und Schuld losgesprochen hatte. Gehorsam hatte er die vielen Gebete gebetet, die dieser ihm als Bußübung auferlegt hatte, und dennoch, und dennoch – er kam sich vor wie ein Verbrecher und bereute zutiefst, dass er seinen Ritter hinters Licht geführt und mit der Grafentochter Unzucht getrieben hatte.

Stunde um Stunde brachte er so in Angst und Reue zu, in Flehen und Betteln.

Im Chor und im unvollendeten Kirchenschiff versammelten sich irgendwann die Domherren und Mönche der Domfreiheit und sangen die abendliche Vesper. Wolfram kniete vor dem Schwarzen Ritter und betete mit, so gut er konnte. Die Domherren und Mönche verließen den Neubau.

Die ersten Nachtstunden gingen dahin, und Domherren und Mönche kehrten zur letzten Hore des Tages zurück und sangen die Komplet. Wolfram, dem sein mönchischer Erzieher auch ein wenig Latein beigebracht hatte, betete die Psalmen leise mit.

Danach löschten die Geistlichen die Fackeln im Neubau und gingen davon, um sich zur Nachtruhe zu begeben. Wolfram blieb zurück, streckte sich vor dem Schwarzen Ritter aus und betete allein weiter. Auf dem Altar und vor den Heiligenskulpturen in den Seitenkapellen erloschen die letzten Kerzen. Dunkelheit umfing ihn, und aus dem Steinboden kroch die Kälte in seinen Körper hinein.

So verging Stunde um Stunde, bis ihn irgendwann, lange nach Mitternacht, eine große Stille umfing. Sie machte sein Herz weit, erfüllte seinen Kopf und strömte durch seine Glieder. Als hätte ein Engel sich zu ihm herabgebeugt, um ihn zu umarmen, so fühlte er sich auf einmal: ganz ruhig, ganz gelassen und auf unerklärliche Weise geborgen.

Vielleicht hatte er auch einfach keine Kraft mehr, noch

weiter Angst und Schuld und Verzweiflung zu empfinden, so wie er auch keine Tränen mehr hatte; vielleicht war er auch einfach zu müde. Wie auch immer – Wolfram von Hildesheim ergab sich seinem Schicksal.

Irgendwann richtete er sich auf den Knien auf, öffnete die Augen und sah zum heiligen Mauritius hinauf. Dunkelheit verhüllte dessen Gestalt, dennoch sah Wolfram das ernste und nachdenkliche Mohrengesicht des Schwarzen Ritters deutlich vor sich.

»Ich lege mich in deine und Gottes Hände«, sagte Wolfram so laut, dass es durch den ganzen Neubau hallte. »Komme ich um, so komme ich um! Überlebe ich aber, so werde ich Gott als ehrlicher und tapferer Ritter dienen, so wie du es getan hast. Und ich werde um Esther werben, ihr als treuer Gatte zur Seite stehen und sie beschützen. Und ich werde dem Markgrafen Otto meine Dienste anbieten.«

Nach diesen Worten kauerte er sich zu Füßen der Statue zusammen und schlief ein. Im Morgengrauen weckten ihn die Gesänge der Domherren und Mönche. Sie beteten den morgendlichen Lobgesang, die Laudes. Flackerndes Licht erfüllte den Chor. Wolfram stand auf und verließ die Kirche. Er zitterte vor Kälte.

Erhobenen Hauptes und ohne Angst schritt er zur Elbe hinunter. Unweit der Brückenruine hatte der Magdeburger Rat ein Seil über den Fluss spannen und eine Fährverbindung einrichten lassen. Auf der neuen Fähre setzte Wolfram zur Insel Rotehorn über. Er war bereit zu sterben.

*

Das Wiehern eines Pferdes drang in Esthers Träume. Sie fuhr aus dem Schlaf hoch, lief zur Fensteröffnung und horchte ins Morgengrauen hinaus. Im Stall wieherte und schnaubte die

Stute, die erst vor wenigen Wochen ihr Fohlen geboren hatte. Es klang jämmerlich.

Esther befürchtete das Schlimmste, denn am Abend hatten Jakob und sie die Stute und ihr verletztes Fohlen in den Stall gebracht. In der Nacht zuvor war ein Bär in die Koppel eingebrochen und hatte versucht, das Fohlen zu reißen, und ihm dabei eine tiefe Wunde zugefügt. Dostl war aus dem Süddorf herbeigeeilt und hatte gemeinsam mit Jakob den Bären vertrieben.

Auf leisen Sohlen verließ Esther das Haus und schlich durch die Morgendämmerung zum Stall hinüber. Ihre Mutter stand reglos vor der Stute, die das im Stroh liegende Fohlen ableckte. Esther ging vor ihm in die Hocke, berührte seine Nüstern, schaute in seine starren Augen. Es war tot. »Wie schade, wie schade …« Tränen liefen ihr über die Wangen.

»Ja, schade. Seit dem Jahr deiner Geburt ist noch nie ein Bär in die Koppeln eingebrochen.« Die Mutter flüsterte, als fürchtete sie, das tote Tier aufzuwecken. »Er muss durch die Elbe geschwommen sein. Ein böses Omen.« Sie wandte sich ab und schlurfte zum Tor. »Ich sag dem Johannes Bescheid.«

»Ein böses Omen?«, rief Esther ihr nach und wischte sich die Tränen aus den Augen. »Was meinst du damit?« Doch die Mutter antwortete nicht, war schon wieder auf den Hof hinausgetreten. Seufzend erhob sich Esther, streichelte die Stute, die noch immer ihr totes Fohlen ableckte, und verließ den Stall.

In ihre Trauer um das Fohlen mischte sich Zorn auf die Mutter. Warum musste sie nur immer hässlichen Gedanken nachhängen? Warum immer mit Blicken, Worten und Gesten Gefahr und Düsternis heraufbeschwören?

Draußen traf sie auf Anna. Die Mutter stieg schon wieder die Vortreppe hinauf und verschwand im Haus. »Das Fohlen ist gestorben«, sagte Esther traurig.

»Deine Mutter hat es mir schon erzählt.« Anna griff unter ihre Schürze. »Ist Jakob mit dem Dostl über die Elbe gegangen?«

Esther blinzelte zum Strom hin in die aufgehende Sonne und nickte. »Dostl will den Bären erlegen, und hat Jakob das Fell versprochen, wenn er ihn auf diese Jagd begleitet.«

»Gefährlich, gefährlich«, seufzte Anna. »Armes Fohlen. Das Sterben will einfach kein Ende nehmen.« Sie holte eine kleine, mit Pferdehaar verschnürte Papierrolle unter der Schürze hervor, spähte flink nach allen Seiten und drückte sie Esther dann in die Hand. »Das hat mir einer für dich gegeben, der auch ans Sterben denkt.« Sie wandte sich ab und fügte im Weggehen hinzu: »Gebe Gott, wir könnten bald wieder an schönere Dinge denken.«

Esther schloss die Faust um das Röllchen, während sie der Küchenmagd einen gesegneten Tag wünschte. Eine Botschaft für sie? Von Wolfram gar? Was fiel denn dem ein! Hin- und hergerissen zwischen Empörung und Freude, hatte sie es eilig, ins Haus und in ihre Kammer zurückzukehren.

An ihrem Fenster betrachtete sie die kleine Rolle im Licht der Morgensonne: kein Siegel, nur das hastig geknotete Pferdehaar hielt sie notdürftig zusammen. Er musste es eilig gehabt haben und hatte darauf vertrauen können, dass Anna weder lesen noch schreiben konnte. Der junge Knappe konnte offenbar beides.

Mit klopfendem Herzen löste sie die Knoten des Pferdehaares und entrollte das Papier. Mit fahriger, schwer leserlicher Handschrift hatte ihr Retter seine Zeilen auf das kleine Blatt geworfen. Die Verse am Ende des Briefes waren sorgfältiger geschrieben. Mit angehaltenem Atem las Esther zuerst die Verse – und errötete.

Ihr Blick flog schnell zurück zum Beginn des Briefes, und sie erschrak: Tatsächlich schien Wolfram von Hildesheim dem

Tode näher als dem Leben zu sein. Esther biss sich auf die Unterlippe und las aufmerksam.

Wolfram von Hildesheim an Esther, auch Sophia genannt, Tochter des Geldverleihers Amos.
Der Segen Gottes begleite deine Schritte Tag und Nacht!
Verzeih mir die Kühnheit, diese Zeilen an dich zu richten, liebreizende Jungfrau, doch habe ich mir am Margaretentag nicht das Recht erworben, zu einem Frauenherzen zu sprechen, das nur deswegen noch schlägt, weil ich es mit Gottes Hilfe dem Tod entrissen habe?
Und nun wird mich der Tod vielleicht bereits verschlungen haben, wenn du diese Worte liest, liebste Esther, denn ein Ritter hat mich zum Zweikampf gefordert, älter und stärker als ich.
Sollte er mich, wie ich es befürchte, erschlagen, wirst du den Grund dafür bald auf dem Marktplatz aus dem Tratsch der Leute erfahren. Scham erfüllt mich, wenn ich daran denke.
Ja, es geht um eine Frau. Ja, ich habe gesündigt. Aber wisse: Ich bereue meine Tat zutiefst und habe Gott viele Stunden lang um Vergebung gebeten. Ich sterbe in der gewissen Hoffnung, dass er meine Seele in Gnade aufnehmen wird.
Und dich, geliebte Jungfrau, flehe ich an: Verzeihe auch du mir, wenn du irgend kannst. Und wisse, sollte ich gestorben sein, dass mein Denken und Fühlen in meinen letzten Stunden, in meinen letzten Tagen sogar, einzig um dich kreiste.
Gestatte mir, in Versen zu sagen, was mir anders unaussprechlich erscheint:

Du, überall – wohin ich mich auch wende:
Aus den Sommerlinden weht dein Atem mir,
Aus dem Sommerhimmel lächelt mir dein Antlitz zu,
Aus des Stromes Murmeln hör ich deine Stimme.
Du, wohin ich mich auch wende, du.
Noch bevor ich falle und mein Blut die Erde tränkt,
Bin ich schon besiegt – von deinem Blick,
Der mir das Herz zerglühte und in Ketten schlug.

In reiner Liebe und Verehrung, denn dessen bist du würdig, liebliche und schöne Esther.
Wolfram von Hildesheim, dein Ritter bis zum letzten Atemzug

Esther ließ den Brief sinken, blickte zum Fenster hinaus. Wie vor den Kopf gestoßen fühlte sie sich. Konnte das wirklich wahr sein, dass ein Mann ihr solche Worte schrieb? Solche Verse auch? Ihr, einer verlobten Frau? Das gehörte sich einfach nicht!

»Aufdringlicher Kerl!« Sie ballte die Faust um das Blatt und zerknüllte es. »Unbeherrscht und ohne Rücksicht auf meine Gefühle! So sind sie alle – der widerliche Ritter Gero, der hochmütige Markgraf Otto, der gefühlsselige Sänger Bruno und jetzt auch der junge Knappe. Alle vom selben Stamm!«

Murmelnd und die Faust in den Fensterrahmen gepresst, blinzelte sie in die Morgensonne und atmete tief und seufzend. »Andererseits ...« Esther öffnete die Faust wieder und zog das Papier glatt. »Andererseits schreibt hier einer angesichts des Todes. Jedenfalls behauptet er das.« Sie las die Zeilen ihres Retters ein zweites Mal. Und danach ein drittes Mal. Und wieder und wieder.

Diesmal öffnete sie ihr Herz Stück für Stück, sodass sie

sich von den Worten des jungen Mannes berühren ließ. Und bald kamen sie ihr nur noch halb so zudringlich und rücksichtslos vor. »Wie schön er schreiben kann«, flüsterte sie schließlich und drückte das Papier an ihren Busen. Sie schaute zur Elbe hin, wo sich die Sonne vom Osthorizont löste. »Stehe ihm bei, Ewiger und Allmächtiger, rette ihn mir aus des Todes Rachen.«

29
Blut

Magdeburg, 18. Juli 1275

Adalbert von Stendal erwartete ihn am Ende des Weges, der von der eingestürzten Brücke zur Marsch führte und auf dem gewöhnlich die Ochsenwagen zum Heuen fuhren. Gero von Greifenstein, Slawomir von Sternberg und ein Priester mit einem Weihrauchfässchen waren bei ihm, dazu noch drei Ritter seines Schweriner Gefolges und der Dichter und Sänger Bruno von Stövenbeck. Alle acht Männer waren bereits von ihren Pferden gestiegen.

»Du kommst spät, aber immerhin kommst du!«, rief Adalbert vorwurfsvoll und blickte zur Morgensonne, die bereits eine Handbreit über dem Osthorizont flimmerte. Der rundliche Ritter trug Brustharnisch und Armschienen, den alten Kreuzfahrerhelm trug er unter dem Arm. »Wer sind die Leute da hinter dir?« Mit einer Kopfbewegung deutete er auf die beiden Männer und die Frau, die Wolfram auf der Fähre getroffen und gebeten hatte, ihn zu begleiten.

»Meine Zeugen«, antwortete Wolfram und blieb vor Adalbert und den anderen stehen. Einer der Männer, die ihn begleiteten, wollte nach seinen Igelfallen schauen, die er hier auf Rotehorn aufgestellt hatte. Das Paar war auf die Insel herübergefahren, um Kräuter zu sammeln. Alle drei hatten weißgraues Haar und gingen auf die sechzig zu. Wolfram hatte sie nicht lange bitten müssen – sie waren neugierig, einen Schwertkampf auf Leben und Tod zu sehen.

»Diese Bürgen werden den Magdeburgern bezeugen, dass ich wie ein Ritter im Kampf gestorben bin«, erklärte Wolfram mit leiser und schleppender Stimme, denn er fühlte sich kraftlos und war todmüde. »Und dass du mir keinen Hinterhalt gestellt hast, um mich töten zu können.«

Stirnrunzelnd musterte Adalbert seinen ehemaligen Knappen von den Schuhspitzen bis hinauf zur Haube seines Kettenhemdes. »Warum kommst du ohne Rüstung, Wolfram von Hildesheim?«, rief der Greifensteiner. »Traust du unserem Ritter keinen blutigen Streich zu? Willst du ihn beleidigen?«

»Nein!«, rief Wolfram. »Ich will nur, dass es schnell vorbei ist!« Und an Adalbert gewandt, fügte er leiser hinzu: »Ich habe dich betrogen und belogen, und bitte dich um Verzeihung. Es würde mir recht geschehen, wenn ich durch dein Schwert den Tod fände. Dich aber will ich weder verletzen noch töten.«

Der kleine und krummbeinige Adalbert blinzelte verwirrt nach allen Seiten. Auf einen Kampf war er vorbereitet gewesen, nicht jedoch auf einen reumütigen Knappen. Doch sogleich enttäuschte er Wolframs Hoffnung, er würde seine Entschuldigung annehmen. »Du redest zu viel«, sagte er schroff. »Lassen wir lieber die Klingen sprechen.«

»Erinnere dich an den Abend im Garten der Burg Landsberg«, versuchte Wolfram es ein letztes Mal. »Ich habe dich vor dem Schwert des Markgrafen Otto gerettet.«

»Ich hätte mir schon selbst geholfen«, erwiderte Adalbert. »Du bist mir nur zuvorgekommen. Außerdem hast du Heilwig damals schon den Kopf verdreht.«

Er gab dem Priester ein Zeichen, woraufhin alle außer Wolfram die Köpfe senkten und die Hände falteten. Während der Priester betend und segnend herumging und sein Weihrauchfass schwenkte, blinzelte Wolfram in die Sonne. Seine Hoffnung, sie am nächsten Morgen noch einmal aufgehen zu sehen, löste sich in Nichts auf.

Nach dem Gebet bekreuzigte sich Adalbert und schritt ein

Stück in die Wiese hinein, die in Magdeburg die Marsch genannt wurde. Wolfram nickte seinen Zeugen zu und wollte ihm folgen, aber der Sänger stellte sich ihm in den Weg und hielt ihn fest. »Gero ist ähnlich groß wie du«, sagte er leise. »Ich will ihn bitten, dass er dir seine Rüstung ausleiht.«

»Ich will heute keine Rüstung tragen«, erklärte Wolfram, »schon gar nicht die meines Feindes. Außerdem schützen mich ein Kettenhemd und eine Kettenhaube, wie du siehst.« Er drängte den Sänger zur Seite.

»Das schützt doch nicht vor einem gezielten Schwertstreich!« Bruno von Stövenbeck schob sich vor ihn, hielt ihn bei den Schultern fest und schüttelte ihn. »Komm zu dir, junger Herr! Ohne Rüstung verlässt du diese Wiese als toter Mann. Oder wirst im Sudenburger Hospital an den Verletzungen sterben, die Adalbert dir ohne Zweifel zufügen wird. Oder am Wundfieber.«

»Gottes Wille mag geschehen.« Wolfram machte sich los, drängte ihn zur Seite und stapfte zur Wiesenmitte, wo Adalbert schon sein Schwert gezogen hatte. Doch der Sänger lief hartnäckig neben Wolfram her und flehte ihn förmlich an, eine Rüstung anzulegen.

»Soll ich, nachdem ich deine Heldentat am Margaretentag besungen habe, in der nächsten Strophe deinen Tod besingen?«, fragte er mit verzweifelter Miene. »Sollen denn meine Verse den Magdeburgern schildern, wie du aus Dummheit und Sturheit gestorben bist, weil du um keinen Preis eine Rüstung tragen wolltest im Kampf gegen einen erfahrenen Ritter?«

»Erzähl, was du willst, aber jetzt lass mich in Ruhe.« Wolfram stieß den Sänger so heftig von sich, dass der strauchelte und rücklings ins Gras fiel. Wolfram aber ging auf Adalbert zu und blieb erst stehen, als nur noch drei Schritte ihn von seinem ehemaligen Ritter trennten.

»Zieh dein Schwert«, forderte der ihn auf.

Wolfram gehorchte wie willenlos. »Was hat sie dir erzählt?«

»Gar nichts. Ich habe ihr das Minnelied als mein eigenes gesungen, das du mir gedichtet hast. Eine Strophe kannte sie bereits auswendig. Also musst du bei ihr gewesen sein und es ihr vorgesungen haben, bevor ich es tun konnte.«

»Und deswegen willst du mich töten?«

»Selbst wenn es nur das Lied wäre, würde ich dich zum Kampf fordern, denn dein Betrug hat meine Ehre beschmutzt. Aber unten im Hof, als ich mich davonschleichen musste, habe ich die Zofe gefragt, ob du das Bett mit der Heilwig geteilt hast. Sie hat sich schweigend abgewandt.« Er setzte seinen Helm auf. »Kämpfe wie der Ritter, der du immer werden wolltest, Wolfram von Hildesheim! Und der du nun niemals sein wirst.«

Mit diesen Worten packte Adalbert sein Schwert und stürmte auf Wolfram los. Der riss die Klinge hoch, um die wütenden Hiebe seines Ritters abzufangen. Eisen klirrte krachend gegen Eisen, sodass Funken sprühten.

Wolfram durchschaute Adalbert schon nach dem ersten Schlagabtausch: Sein Ritter kannte seine besonnene und abwartende Art zu kämpfen und griff ihn deswegen unentwegt und mit äußerster Heftigkeit an, um ihn gar nicht erst zum Nachdenken und Lauern kommen zu lassen. Ein Schwerthieb nach dem anderen ging auf Wolfram nieder.

Wolfram wandte eine List an, mit der er schon kampferprobtere Ritter als Adalbert besiegt hatte. Er öffnete seine Deckung, täuschte einen Stoß an, und wirklich: Adalbert ließ sich verlocken, einen wuchtigen Hieb nach Wolframs plötzlich ungedeckter linker Schulter zu führen. Doch Wolfram wich der Klinge geschickt aus und sprang zur Seite, sodass Adalbert von der Wucht des eigenen Schlages nach vorn gerissen wurde und stürzte.

Ohne Rüstung zu kämpfen, erwies sich in dieser Phase des Kampfes als Vorteil, denn mit einem einzigen Sprung konnte Wolfram über seinen Gegner hinwegsetzen. Er trat auf Adalberts Schwerthand, entriss ihm die Klinge und schleuderte sie hinter sich in die Uferböschung.

Ächzend stemmte Adalbert sich hoch und richtete sich auf den Knien auf, sein fliegender Atem hinter dem Gesichtsgitter seines Helms hörte sich an wie der Blasebalg einer Esse. Er bekreuzigte sich und hob den eisenverhüllten Kopf, als würde er erwartungsvoll zu Wolfram aufsehen. Der, statt ihm den Kopf abzuschlagen, wich drei Schritte zurück und senkte sein Schwert.

»Lass gut sein, Adalbert von Stendal«, sagte er schwer atmend. »Geh deiner Wege und verzeih mir, wenn du kannst. Wenn nicht, lass es bleiben. Vielleicht begegnen wir uns irgendwann auf dem Schlachtfeld.«

»Nimm das!«, schrie plötzlich Gero von Greifenstein – es zischte und sirrte, und eine Klinge wirbelte durch die Luft. Nur zwei Schritte neben Adalbert fuhr sie ins Gras. Der machte sich lang und warf sich auf sie. Seine Rüstung schepperte mächtig, doch trotz ihres Gewichtes bekam er Geros Schwert zu fassen, riss es aus dem Boden und sprang auf.

Wolfram staunte noch, wie flink Adalbert von Stendal sich in seinem starren und schweren Harnisch bewegte, da fuhr schon der nächste Hieb auf ihn herab. Er riss sein Schwert hoch, fing ihn ab, und wieder klirrte Erz gegen Erz, und wieder sprühten die Funken. An der Wucht der Schläge spürte er, dass Adalberts Zorn nun erst recht brannte und der gekränkte Edelmann entschlossen war, den Kampf um jeden Preis blutig zu Ende zu bringen. Sein Ritter hatte nur noch eines im Sinn: ihn zu vernichten. Obwohl Wolfram gelernt hatte, vor allem solche Gegner in tödliche Stöße zu locken, die sich von Zorn und Leidenschaft fortreißen ließen, zögerte er, Adalbert eine solche Falle zu stellen. Der Widerwille und die Hemmung, ausgerechnet diesen Ritter zu verletzen, waren einfach zu groß, als dass er sie überwinden konnte. So wich er Schritt um Schritt zurück vor Adalberts Hieben auf das Elbufer zu.

Plötzlich stolperte er über einen Stein und stürzte rücklings und hart auf einen Haufen von Feldsteinen, den die Bauern hier aufgeschichtet hatten. Siedend heiß fuhr ihm die Furcht in die Glieder, und einen Herzschlag lang fühlte er sich wie gelähmt. So kam es, dass Adalberts kraftvoller Hieb ihm die Klinge aus der Hand zu schlagen vermochte. Noch bevor Wolfram nach seiner verlorenen Waffe greifen konnte, riss Adalbert wieder sein Schwert hoch, zielte auf Wolframs Kopf und schlug mit aller Kraft zu.

Blitzschnell wälzte Wolfram sich zur Seite, und es klirrte gewaltig, als Adalberts Klinge in den Steinhaufen fuhr und zerbrach. Adalbert schrie auf und taumelte zurück in die Wiese. Er brüllte entsetzlich, wie ein Ochse, den der Knochenhauer nicht auf den ersten Hieb hatte töten können.

Wolfram hob den Blick und traute seinen Augen nicht – dem rückwärts taumelnden und grässlich brüllenden Adalbert ragte die abgebrochene Klingenhälfte aus dem Gesichtsgitter seines Helms. Er schrie und taumelte, ließ das zerbrochene Schwert fallen, hob die Arme, als wollte er nach der Schwertspitze greifen und sie sich aus dem Gesichtsschutz ziehen. Doch er wagte es nicht, sie zu berühren, und brüllte nur noch herzzerreißender.

Seine Ritter eilten herbei, umringten ihn, wussten nicht, wohin sie langen sollten, um ihm zu helfen, wirkten kopflos und starr vor Schreck. Wenigstens fingen sie ihn auf, als er umsank, und legten ihn im Gras ab, wo er die geharnischten Arme wie Halt suchend in die Luft und die zitternden Beine von sich streckte und immer weiter brüllte.

Nur unter Mühen gelang es Wolfram, aufzustehen. Nie

zuvor hatte er einen Menschen derart vor Schmerz schreien hören. Noch immer erfasste er nicht ganz, was geschehen war. Seine Kehle war wie zugeschnürt, das Herz hämmerte ihm gegen Brustbein und Schläfen, und beinahe strauchelte er, als er sich nach seinem Schwert bückte.

Rückwärts wankte er am Elbufer entlang in die Richtung, in der er Brückenruine und Fähre wusste. Wurde Adalberts Gebrüll allmählich schwächer, weil die Kraft den Verwundeten verließ, oder weil Wolfram sich immer weiter vom Kampfplatz entfernte? Er vermochte es nicht zu sagen.

Inzwischen hatten sich auch der Priester, der Sänger und Slawomir von Sternberg zu dem verwundeten Adalbert begeben. Sie beugten sich über ihn, verfielen in hektische Bewegungen, wirkten aber ähnlich hilflos wie Adalberts Ritter. Nur Gero von Greifenstein stand noch bei den Pferden. Nicht zu dem Verwundeten und den Männern, die ihn umringten, sah er hin, sondern zu ihm, Wolfram.

Der machte sich nichts vor: Es war ein Zweikampf gewesen, wie es sie überall und immer wieder gab unter Rittern, und ein unglaublicher Zufall, ein böses Unglück hatte ihn zugunsten von Wolfram entschieden, und dennoch – und dennoch würde der Greifensteiner nichts unversucht lassen, um ihm einen Strick daraus zu drehen und das zu vollenden, was Adalbert nicht gelungen war: ihn zu vernichten.

*

Erst im Laufe des frühen Vormittages erstarb das unheimliche Gebrüll drüben auf Rotehorn endgültig. Um diese Zeit hatte sich das halbe Judendorf und fast das gesamte Süddorf bei den Anlegestellen am Elbufer versammelt. Auch Esther und viele Mitglieder ihrer Familie spähten mit der Menge hinüber zur Elbinsel. Ein Zweikampf zwischen Rittern hatte jenseits der

Brückenruine auf der Marsch stattgefunden. Viel mehr wusste keiner.

Irgendjemand brachte Nachricht aus der Stadt – es sei ein Ritter des Erzbischofs gewesen, der so entsetzlich geschrien hatte. Sein eigener Knappe habe ihn im Schwertkampf besiegt. Esther spürte eine Erleichterung ihre Brust weiten, die sie befremdete.

Um die Mittagszeit dann bestätigten Händler, die vom Neuen Markt zurückgekehrt waren, diese Nachricht: Der Knappe Wolfram von Hildesheim, der so manchen Magdeburger vor dem Ertrinken gerettet hatte, habe wahrhaftig seinen eigenen Ritter erschlagen.

Im Judendorf sorgte die Neuigkeit für große Aufregung, schließlich kannte man den Mann, der die Tochter des Geldverleihers gerettet hatte, inzwischen. Er war seit dem Unglück fast täglich vor Amos' Haus erschienen.

Um diese Zeit hatte Esther sich bereits in ihre Kammer zurückgezogen und bestickte, um sich zu beruhigen, das Kleid, das sie im nächsten Sommer zur Hochzeit tragen wollte. Eine eigentümliche Erregung hatte sie erfasst, und ständig ertappte sie sich dabei, wie sie ihre Handarbeit sinken ließ und zum Fenster hin lauschte.

Am Nachmittag dann brachte die Küchenmagd Anna wieder Neuigkeiten aus der Stadt: Der Ritter Adalbert von Stendal sei gar nicht erschlagen worden, liege aber sterbend im Heilig-Geist-Hospital in Sudenburg, erzählte sie. Seine eigene abgebrochene Schwertspitze sei ihm durchs Auge ins Hirn gefahren. Seinen Knappen beschuldigte man, den Zweikampf regelwidrig geführt zu haben, sodass er sich irgendwo in der Stadt vor den Waffenknechten des Erzbischofs habe verstecken müssen.

»Sie suchen ihn«, sagte die Mutter leise zu Esther, während sie mit Judith das Abendessen zubereiteten. »Dabei war es ein

Missgeschick, das den Ritter des Erzbischofs das Leben kosten wird. Wahrscheinlich steckt der Greifensteiner hinter der Jagd auf Wolfram. Wie man hört, hassen die beiden einander.«

Einmal mehr wunderte Esther sich über ihre Mutter, denn wieder sprach sie den Namen des jungen Knappen aus wie den eines Vertrauten.

In der ersten Abenddämmerung schließlich, als der Vater gerade das Gebet nach dem Mahl gesprochen hatte und die Tafel aufheben wollte, klopfte es sehr laut und lange am Hausportal. Alle stutzten und sahen einander erschrocken an. Der Vater stand auf, ließ die Tür in den Flur offen stehen und zog den Türflügel auf.

Esther hockte stocksteif und kerzengerade auf der vorderen Kante ihres Hockers, als sie eine Stimme hörte, die sie kannte.

»Gebt mir Eure Tochter zur Frau, Amos«, sagte diese Stimme. »Ich will ihr ein treuer und fürsorglicher Gatte sein und sie ihr Leben lang beschützen.«

Aller Augen waren plötzlich auf sie gerichtet. Esther schlug das Herz höher, und ihr Atem flog. Aus irgendeinem Grund war sie dankbar, dass Elias nicht mit an der Tafel saß.

»Das kann ich nicht, Wolfram von Hildesheim«, hörte sie den Vater antworten. »Wir Juden verheiraten unsere Töchter nur mit jüdischen Männern.«

»Dann seid der Erste, der seine Tochter mit einem Christen verheiratet, Amos.« Die Stimme des jungen Knappen klang erschöpft und zitterte. »Und wisse eines: Ich kann für Esther und unsere Kinder sorgen, denn mein Vater ist mit dem Herzog von Braunschweig eng verwandt. Und ich selbst werde bald dem Markgrafen von Brandenburg als Ritter dienen und ein Lehen empfangen.«

Der Vater antwortete nicht gleich, sodass Esther den Atem anhielt. »Wartet einen Augenblick«, hörte sie ihn endlich sagen, und dann näherten sich seine Schritte aus dem Flur. Wortlos eilte er durch die Essstube und verschwand in seinem Kontor.

Er wirbt um mich, dachte Esther, *dieser schöne und mutige Knappe wagt es tatsächlich, um mich zu werben!* Es hielt sie nicht länger auf ihrem Platz – sie sprang so jäh auf, dass der Hocker umstürzte, und lief in den großen Flur.

Da stand er, bleich, mit bebenden Lippen und irgendwie zerzaust, und betrachtete die Mesusa. Als er sie bemerkte, schaute er ihr ins Gesicht. »Da bist du ja, Esther.« Er schluckte, fuhr sich durchs Haar, wusste nicht, wohin mit seinen Händen. »Hast du meine Verse erhalten?«

Esther nickte stumm und fragte sich, was dieser verzweifelte Mann erlebt haben musste, denn sein Blick und seine Stimme waren Blick und Stimme eines Fieberkranken, eines Irrsinnigen. Wusste er überhaupt, was er sagte, was er tat? Judith stand plötzlich neben ihr und zerrte sie zurück in die Stube.

Da kam auch schon der Vater zurück aus dem Kontor. Mit einem prall gefüllten Ledersack lief er in die Diele zu dem jungen Knappen. »Hört mir zu, Wolfram von Hildesheim«, hörte Esther ihn sagen. »Wir sind Juden, ihr seid Christen – da gibt es keinen Weg zueinander. Glaubt mir, mein Leben lang werde ich Euch segnen, weil Ihr meine Tochter gerettet habt. Doch zur Frau geben kann ich sie Euch nicht. Zumal sie längst einem anderen versprochen ist. Aber nehmt das hier.«

Ein Klimpern und dumpfes Klatschen zeigte Esther, dass der Vater den Geldsack in Wolframs Hand gedrückt hatte. Sie senkte den Blick und ballte die Fäuste. »Das sei mein Dankeslohn. Es ist genug Geld, um ein Ritter zu werden. Und nun lebt wohl.«

Esther hörte, wie der Portalflügel knarrte und zufiel. Mit schlurfenden Schritten kam der Vater zurück in die Stube.

Kein Wort sagte er, schaute sie nur an, und es war kein zufriedener Blick, wahrhaftig nicht! Esther riss sich von der Muhme los und sprang am Vater vorbei in den Flur.

Sie wollte zum Fenster laufen, wollte dem Mann wenigstens noch einmal hinterhersehen, der ihr solch zu Herzen gehende Zeilen und solch schöne Verse geschrieben hatte. Doch plötzlich flog etwas durch die Fensteröffnung neben dem Hausportal, prallte zu ihren Füßen auf dem Boden auf und zerplatzte. Der Geldsack! Klirrend sprangen Hunderte von Silbermünzen um sie herum über die Fliesen.

30
Jagd

Magdeburg, 18. Juli 1275

Den halben Weg am Elbufer hinauf war Wolfram gerannt – bis er sich inmitten einer Schafherde wiedergefunden und ein Hirte ihn angesprochen hatte. Wie ein plötzlich wachgerüttelter Schlafwandler war er sich vorgekommen. Auch jetzt noch, wo er mit weichen Knien über den Wallgraben und ins Sudenburger Tor stelzte, wusste er kaum, wie er hierher gelangt war.

Verzweifelt und bitter fühlte er sich, krank und erschöpft. Seine aufgewühlte Seele weilte noch immer auf der Vortreppe des Hauses, in dem die Familie des Geldverleihers Amos lebte. Seine Blicke waren noch immer auf dessen Tochter gerichtet, auf die schöne Jungfrau Esther.

Vergeblich gehofft, vorbei.

Wie benommen trat er aus dem Tor auf den Breiten Weg hinaus und schaute sich um. Welches der kürzeste Weg in die Neustadt war, wusste er inzwischen, doch welcher war der sicherste für einen wie ihn? Wenn die Gerüchte stimmten, die er im Hause des Schmiedes gehört hatte, suchten Waffenknechte des Rates und des Erzbischofs nach ihm wie nach einem aus dem Kerker geflohenen Galgenstrick.

Er entschloss sich, Umwege zu vermeiden und direkt über den Breiten Weg zur alten Nordmauer zu gehen, an der die Schmiede lag. So schnell würde keiner ihn erkennen in dem langen, schmutzigen Mantel und unter dem breiten Hut. Beides hatte er bei dem Schafhirten gegen seinen Wappenmantel, seinen Dolch und seine Gurttasche eingetauscht.

Den Hut tief in die Stirn gezogen schritt er voran. Zum Glück wurde es bereits dunkel. Um nicht aufzufallen, zwang er sich zu einem gemächlichen Schritt.

Gleich nach dem Zweikampf auf der Marsch war er zum Meister Schmied geflüchtet. Auf dem Weg dorthin hatte ihn Adalberts Gebrüll fast bis zum Alten Markt verfolgt. Schon da war ihm kaum noch ein klarer Gedanke gelungen.

Dostl sei auf Bärenjagd, hatte der Schmied ihm erklärt und ihm gestattet, sich in einer Werkzeugkammer zu verstecken. Dort, zwischen Hämmern und Zangen, lagen auch jetzt noch seine Laute und das wenige Hab und Gut, das er noch besaß.

Gewiss, Wolfram hatte mit dem Gedanken gespielt, nicht mehr in die Stadt zurückzukehren und gleich vom Judendorf aus stromaufwärts nach Süden zu laufen, denn die Markgrafschaft Brandenburg war sein Ziel. Aber nachdem er in den Hirtenmantel geschlüpft war, hatte er sich sicherer gefühlt und beschlossen, seine Sachen doch noch aus dem Haus von Dostls Oheim zu holen. Zu wertvoll waren ihm Laute, Feder, Tinte und die Verse auf seinen zum Teil beschriebenen Pergamentrollen, als dass er sie zurücklassen wollte.

Das Sudenburger Tor lag bereits mehr als zehn Ruten hinter ihm, als plötzlich die laute Stimme eines Torwächters ertönte und ihn aus seinen Grübeleien riss. »Da geht er, der Totschläger!« Ein Wächter rief es von den Zinnen über dem Tor herab. »Ich erkenne ihn am langen schwarzen Haar!« Wolfram fuhr herum und schaute zu ihm hin. »Der mit dem Hirtenmantel und dem Hirtenhut!«, schrie der Wächter. »Das ist er, das ist der Mörder des edlen Ritters Adalbert!«

Zuerst hielt Wolfram starr vor Schreck inne, denn zum ersten Mal hörte er vom Tod seines ehemaligen Ritters. Dann aber lösten sich die Umrisse bewaffneter Männer aus dem Halbdunkel des Tores, und Schrittlärm näherte sich rasch. Wolfram rannte los.

Er bog in die nächstbeste Gasse ein und lief durch einen Torbogen in den nächstbesten Hof. Dort sprang er auf einen flachen Stall voller aufgeregt schnatternder Enten, von dessen Dach auf eine Mauer und von ihr in den nächsten Hof. Aufgescheuchte Hühner gackerten, eine halb nackte Frau, die sich über einem Zuber wusch, stieß einen spitzen Schrei aus.

Wolfram durchbrach eine Hecke, hetzte durch einen Gemüsegarten und kletterte vor einer Hauswand auf einen großen Holzkasten, aus dem daraufhin kläffend ein Hund sprang und nach dem Eindringling schnappte, doch da schwang Wolfram sich schon auf das schräge Schindeldach eines Holzhauses, auf dem er zum nächsten Hof balancierte.

Als er vom Dach in einen Misthaufen gesprungen war, schöpfte er erst einmal Atem und lauschte. Von allen Seiten tönten Befehlsrufe aus der einsetzenden Dunkelheit, und es klang ganz so, als hätten sämtliche Waffenknechte der Stadt sich zusammengerottet, um ihn zu jagen.

»Sperrt die Gassen zur Domfreiheit ab!«, rief eine besonders laute und raue Stimme, welche Wolfram als die des Greifensteiners erkannte. »Schließt die Tore der Stadt, sperrt den Breiten Weg in Richtung Neustadt ab!« Sein Erzfeind schien die Jagd nach ihm zu befehligen. »Durchsucht jedes Haus, jeden Hof!«, schrie Gero irgendwo ganz in der Nähe.

Weil er aufgeregte und schroffe Männerstimmen von mindestens zwei benachbarten Anwesen hörte, gab Wolfram den Plan auf, von Hof zu Hof, von Haus zu Haus bis zur alten Nordmauer zu schleichen, die Altstadt und Neustadt trennte.

Seine Augen versuchten, die Dunkelheit zu durchdringen und die Baracken und Hütten des Hofes zu erkennen, in den es ihn verschlagen hatte. Hinter den Fensterhöhlen des kleinen Wohnhauses brannten keine Lichter mehr. Aus einem flachen Steinbau hörte er es grunzen. Ein Schweinestall. Alles in ihm sträubte sich dagegen, ausgerechnet darin Zuflucht zu suchen.

Er stieg von dem Misthaufen. Schrittlärm, Türenschlagen und Rufe umzingelten ihn bald von allen Seiten und rückten immer näher. Er wollte die Tür eines Schuppens öffnen, einer Werkstatt, wie er annahm, aber sie war verriegelt. Plötzlich flammte in dem Wohnhaus ein Licht auf. Blitzschnell warf Wolfram sich neben dem Mist flach auf den Boden.

An einem Fenster erschienen die Umrisse einer Frau. Sie bekreuzigte sich, streckte das brennende Fettholz in den Hof hinaus und fragte zaghaft: »Ist da wer?« Wolfram hörte auf zu atmen und rührte sich nicht.

Die Flamme wanderte zurück in die Kammer, und als er Türen knarren hörte, robbte Wolfram doch zum Schweinestall, öffnete den Verschlag vor dem Eingang und schloss ihn hinter sich wieder. Gestank umfing ihn, feuchte Rüsselschnauzen stießen in sein Gesicht, in seine Rippen, seinen Bauch. Schweine grunzten und beschnüffelten ihn – sie stanken entsetzlich.

Wolfram redete ihnen gut zu, streichelte sie und robbte tiefer in Stroh und Mist. Die warmen Leiber der Säue umringten ihn, rieben sich an ihm, legten sich halb auf ihn, sodass er kaum noch Luft bekam. Er fasste seinen Schwertknauf, atmete leise und tief und horchte angespannt in die Dunkelheit hinein.

Ein Hoftor quietschte, Schritte stapften, Stimmen murmelten. »Wo hast du etwas gehört?«, fragte eine Männerstimme leise, und eine ängstliche Frauenstimme antwortete: »Da.« Wolfram sah Lichtschein an den kleinen Fenstern des Schweinestalles vorbeiwandern, hörte Schwerter gegen Stein schlagen, hörte Schritte und Stimmen, und dann streckte jemand erst eine Öllampe und dann seinen Kopf über den Verschlag hinweg in den Stall herein, spähte hierhin und dorthin und zog sich endlich fluchend zurück. Wolfram atmete auf.

»Hier ist keiner«, brummte eine barsche Männerstimme.

»Hier war aber einer«, entgegnete weinerlich eine Frau.

»Vielleicht Ratten oder ein Marder.« Dann schlug ein Hoftor zu, und Stimmen und Schritte entfernten sich.

»Danke, heiliger Mauritius«, betete Wolfram flüsternd, »danke, gütiger Gott.« Eine Zeit lang lag er reglos und lauschend da. Die Schweine behandelten ihn freundlich, bissen ihn nicht und traten nicht nach ihm. Sie grunzten ihm nur in die Ohren, beschnüffelten ihn neugierig und stießen ihm hin und wieder ihre Rüssel in Gesicht, Kehle und Rippen.

Irgendwann schob er die schweren, stinkenden Leiber von sich und setzte sich auf. Er konnte unmöglich die Nacht in diesem Schweinestall verbringen – spätestens bei Sonnenaufgang, bei der Schweinefütterung nämlich, würden ihre Besitzer ihn finden und die Waffenknechte zusammenschreien. Grübelnd schmiedete Wolfram einen Fluchtplan. Er musste die Schmiede an der alten Nordmauer erreichen, koste es, was es wolle.

Er verabschiedete sich von den Schweinen und schlich in die Nacht hinaus. Weil er vom Nachbargrundstück keine Geräusche hörte, kletterte er auf den Schweinestall und von seiner Rückseite in das angrenzende Anwesen.

In zwei Fenstern flackerten dort noch Lichter, sodass er trotz der Dunkelheit die Umrisse einiger Nebengebäude erkennen und die Größe des Hofes erahnen konnte, auf dem er nun stand. An einer Fassade entlang schlich er zum nächsten Zaun.

Plötzlich öffnete sich vor ihm knarrend eine Tür, und Wolfram drückte sich enger an die Hauswand. Ein Spieß wurde aus dem Haus gestreckt, und dem Spieß folgte eine Gestalt im Gewand eines geistlichen Herrn. Wolfram zögerte keinen Augenblick – er sprang den Mann an, schlug ihn nieder und zerrte ihn ins Haus bis in den Schein einer Öllampe, die im Flur an der Wand hing.

Erst lauschte er eine Zeit lang, um sich zu vergewissern, dass außer ihm und dem Bewusstlosen sich niemand sonst im Haus aufhielt. Als er weiter nichts als von irgendwoher ein lautes Schnarchen hörte, streifte er den Hirtenmantel ab. Danach schälte er den bewusstlosen Domherrn – denn das war der Spießträger – aus dem weißen Chorrock und dem dunklen Umhang und schlüpfte hinein.

Im Gurt des Mannes fand er einen Dolch, dessen Schneide sich frisch geschärft anfühlte. Wolfram schloss seine Faust um den Griff, packte sein langes Haar und säbelte sich Lockensträhne um Lockensträhne vom Kopf. Als er fertig war, stülpte er das Birett des Domherrn über seinen Scheitel und steckte den Dolch in seinen Waffengurt.

So, in die fromme Kleidung gehüllt und mit gestutztem Haar, schlich er schließlich aus dem Haus auf die nächtliche Gasse hinaus.

Noch immer hörte er die Schritte und Rufe der Waffenknechte, die ihn suchten, doch sie klangen nun nicht mehr so bedrohlich nahe wie vor Kurzem noch. Weil er nicht wusste, in welcher Gasse, welchem Viertel Magdeburgs er stand, blickte er sich nach allen Seiten um. Ganz in der Nähe zeichneten sich die kantigen Umrisse eines Kirchturms vor dem Sternenhimmel ab, und Wolfram glaubte, die Johanniskirche zu erkennen, in der er am Tag zuvor gebeichtet hatte.

Er schaute in die andere Richtung und entdeckte einen zweiten Kirchturm, einen Doppelturm, etwas weiter entfernt als der erste. Das konnte eigentlich nur St. Sebastian sein. Weil bei dieser Kirche auch der Breite Weg verlief, wandte sich Wolfram in die Richtung ihrer Türme.

Geduckt lief er an Gärten, Hofeinfahrten und Ziegenkoppeln vorbei und von Gasse zu Gasse. Bald glaubte er, den Breiten Weg einen knappen Steinwurf entfernt verlaufen zu sehen, da erhob sich hinter ihm plötzlich Geschrei.

»Dort schleicht er, der verdammte Galgenschwengel!«, brüllte eine Männerstimme.

Als Wolfram herumfuhr, sah er drei Waffenknechte mit Fackeln auf sich zukommen. Er drehte sich um und rannte entlang einer Hofmauer und an einem großen Wagen vorbei der Einmündung in den Breiten Weg entgegen.

Doch auf einmal tauchte dort ebenfalls eine Rotte Waffenknechte mit Fackeln auf, und zu seinem Entsetzen erkannte Wolfram den Blondschopf des Greifensteiners unter ihnen. »Haltet den Schnapphahn, den verfluchten Höllenbraten!«, schrien die hinter ihm, und Wolfram stand einen Atemzug lang wie festgewachsen da.

Er zog sein Schwert halb heraus und spähte nach allen Seiten. Sein eigener Herzschlag dröhnte ihm Trommelwirbel in Brust und Schläfen. Plötzlich erkannte er die kleine Seitentür zu der Hausburg, in der Heilwig Quartier genommen hatte. Er schaute zu dem Wagen hin, der eng an der hohen Hofmauer stand und aussah wie eine der Prachtkutschen, die Wolfram schon auf der Hauptseite des Hauses gesehen hatte.

Er dachte nicht lange nach, ließ sein Schwert wieder zurückgleiten und kletterte auf den Wagen. Von dort aus gelang es ihm mit Leichtigkeit, sich zwischen die Zinnen zu schwingen. Zum Glück verlief darunter auf der Mauerinnenseite ein alter Wehrgang. Wolfram dankte Gott und sprang – die Bohlen knarrten und ächzten, als er aufkam.

Kaum war er in den Hof geklettert, schlugen Gero und seine Rotte auch schon den Türklopfer und ihre Schwertknäufe gegen die Gassentür. »Aufmachen!«, hörte Wolfram den Greifensteiner rufen. Er stürzte auf die Hintertür des

Hauses zu. Hinter der Latrinenluke fluchte eine Männerstimme. Wolfram achtete nicht darauf, drückte die Tür auf und bückte sich ins Haus.

»Wer da?«, rief eine Frauenstimme. Wolfram huschte in den Abgang einer Wendeltreppe, ging lautlos drei Stufen nach unten und kauerte sich dort zusammen. Feuchter Kellergeruch schlug ihm entgegen.

Oberhalb der Treppe schien ein Licht auf, wurde heller, und eine Frau trug eine Fackel vorüber. »Wer klopft so spät noch?«, zeterte sie, und der Lichtschein wurde wieder schwächer. Dann knarrte die Hintertür.

»Lass bloß keinen herein, hörst du?«, rief eine dumpfe und unwirsche Männerstimme aus der Latrine, die Wolfram seltsam vertraut vorkam.

Er wartete keinen Augenblick länger, sondern schlich tiefer ins Haus hinein. Von fern hörte er Gero und seine Waffenknechte mit der Frau schimpfen, weil sie ihnen die Gassentür nicht öffnen wollte. Die Erleichterung darüber entspannte ihn ein wenig. Aber es war nur eine Frage der Zeit, bis Geros Jäger den Weg über Kutschendach und Mauerzinnen nehmen würden. Aber würden sie es auch wagen, in die Schlafkammer der Grafentochter einzudringen? Daran, dass Heilwig ihn bei sich verstecken würde, zweifelte Wolfram nicht.

Vorsichtig ging er an der Küche vorbei, gelangte in einen Seitenflügel des großen Hauses und von dort über die Wendeltreppe ins dritte Obergeschoss hinauf, wo er Heilwigs Gemach wusste. Der ihm schon bekannte Duft nach Fettholz und wilden Rosen umfing ihn. In zwei Wandhaltern rechts und links von Heilwigs Kammertür flackerten die Flammen von Fettholzspänen.

Er zögerte nun doch, drückte sich drei Schritte vor Heilwigs Tür mit dem Rücken an die Wand und lauschte. Irgendwo draußen tönten noch immer die schimpfenden Männerstimmen – noch von der Gasse aus oder schon aus dem Hof? Wolfram bekam es mit der Angst, entschied, es zu wagen, und stieß sich von der Wand ab, um in Heilwigs Kammer Zuflucht zu suchen.

Plötzlich stand sie in der Tür. Sie streckte einen Kerzenleuchter mit drei Flammen heraus und setzte einen Fuß in den Gang. Ihr nackter Leib war nur notdürftig in ein Leintuch gewickelt. »Was ist das denn für ein Lärm?«, sagte sie unwillig und wie zu sich selbst. Da trafen sich ihre Blicke, und sie riss vor Schreck Mund und Augen auf.

Bevor Wolfram sich zu erkennen geben und ihr beruhigend zureden konnte, bohrte sich schmerzhaft etwas Spitzes zwischen seine Schulterblätter und bis auf die Haut seines Rückens. Er hielt den Atem an, stöhnte auf vor Schmerz und bog das Kreuz durch. Ganz steif machte er sich. Jemand riss ihm den Umhang zur Seite und zog ihm das Schwert aus der Scheide.

»Was hat denn der ehrwürdige Domherr hier zu suchen, so kriegerisch bewaffnet?«, fragte hinter Wolfram eine tiefe, volltönende Stimme. Eine zweite Schwertspitze bohrte sich in seine Haut, diesmal in die seines Nackens. »Oder bist du gar kein Domherr?« Es war dieselbe Stimme, die in der Latrine geflucht hatte. »Bist du etwa der, den sie in der ganzen Stadt suchen?«

Der stechende Schmerz in Nacken und Rücken ließ jäh nach, Wolframs Schwert polterte zu Boden, und zugleich riss ihn jemand an der Schulter herum und stieß ihn mit dem Rücken zur Wand. Im nächsten Moment schon spürte Wolfram eine Schwertspitze an seiner Kehle.

Dunkle Augen, in denen sich die Fettholzflammen spiegelten, fixierten ihn. Wolfram starrte ungläubig in ein breites schwarzbärtiges Gesicht mit dicken Lippen und kantiger Nase, dessen linke Wange von einer hässlichen Narbe verunstaltet war. Schwarze, von silbernen Fäden durchzogene Locken rahmten es ein.

Der Markgraf von Brandenburg stand vor ihm, nackt bis auf seinen Wappenmantel, den er sich um die Lenden gewickelt hatte. »Wolfram von Hildesheim also«, sagte er, und zu Wolframs Verblüffung erschien ein grimmiges Lächeln auf Ottos Zügen. »Du bist es also, den sie in der ganzen Stadt jagen? Hast deinem Ritter das Lebenslicht ausgeblasen, wie man hört.«

»Das ist eine Lüge!«, entfuhr es Wolfram. »Gero von Greifenstein verbreitet sie! Er will mich vernichten!« Er konnte den Kopf nicht bewegen, weil Otto die Klingenspitze nicht von seiner Kehle nahm, sie sogar noch tiefer hineindrückte.

Wolfram musste die Augäpfel verdrehen, um zu Heilwig hinschauen zu können. Sie stand noch immer in ihr Leintuch gewickelt an der Tür und beobachtete ihn und den halb nackten Markgrafen mit ängstlichem Blick. Jetzt erst begriff Wolfram: Otto schlief bei der Grafentochter.

»Ich habe es vermieden, Adalbert zu erschlagen«, flüsterte er. »Mein Ritter ist durch ein Unglück tödlich verwundet worden, durch seine eigene Schwertspitze.«

»Ich weiß schon«, sagte Otto, ohne Wolfram von seiner bohrenden Schwertspitze zu erlösen. »Hab einem Igeljäger ein paar Igel abgekauft, für das Mittagsmahl morgen. Der hat's mir erzählt. Der Stendaler hat in einen Haufen Feldsteine gedroschen statt in deinen Schädel, da ist ihm die Schwertspitze abgesplittert und in Auge und Hirn gefahren.«

»So ist es gewesen.« Wolfram konnte nur noch flüstern, wagte nicht einmal zu schlucken wegen der Schwertspitze an seiner Kehle.

»Wenn das kein Gottesurteil war, was ist dann ein Gottesurteil?«, fragte der Markgraf und lachte dröhnend. »Armes

Würstchen, der von Stendal!« Und wieder leiser fügte er hinzu: »Allerdings hättest du ihm den Gefallen tun müssen, ihn zu erschlagen. Dadurch, dass du ihn geschont hast, hast du seine Ehre verletzt. Alle in der Stadt wissen nun, dass er sich selbst besiegt hat.«

»Ich habe es nicht über mich gebracht, ihn zu töten«, wisperte Wolfram. »Und hätte er mich getötet, wäre es mir recht geschehen.«

»So?« Der Markgraf runzelte die dichten Brauen. »Warum hat der Stendaler dich denn zum Zweikampf gefordert?«

»Wegen eines Verses ... weil ich ...« Wolfram geriet ins Stammeln. »Ich habe ihm Verse für eine Edeldame geschrieben, und er ...«

»Ich bin diese Dame«, ergriff nun Heilwig das Wort. »Du weißt, wie sehr der Ritter Adalbert mich verehrt und um mich geworben hat, Otto.«

»Hoffentlich schmort er schon in der Hölle!«, zischte der Markgraf.

»Gegen meinen Willen ist er vor drei Tagen plötzlich unten an der Wendeltreppe aufgetaucht«, erzählte Heilwig.

»Gegen deinen Willen also?« Misstrauisch musterte Otto seine Geliebte.

Heilwig nickte. »Und gegen meinen Willen hat er mir ein Minnelied vorgesung...«

»Vorgeheult, wolltest du sagen«, unterbrach sie der Markgraf erneut.

»Es klang nicht schön, wahrhaftig nicht«, fuhr Heilwig fort. »Und als er eine Strophe sang, die ich schon kannte, habe ich ihn ausgelacht.«

»Und woher kanntest du die Verse?«

»Sie stammten aus meiner Feder«, flüsterte Wolfram. Er war entschlossen, die Wahrheit zu gestehen. »Und ich habe sie ihr ...«

»Ja«, fiel Heilwig ihm rasch ins Wort. »Er hat sie mir durch einen Boten geschickt.«

»So?« Ottos lauernder Blick flog zwischen Heilwig und Wolfram hin und her. »Nur geschickt?«

»Aber ja!« Heilwig mimte die Empörte. »Selbstverständlich nur geschickt! Was denkst du denn, Otto?«

»Also gut.« Nur zögernd lockerte der Markgraf den Druck der Schwertspitze an Wolframs Kehle. »Dann wollen wir das für diesmal glauben.«

Endlich, endlich nahm er das Schwert herunter. Wolfram rieb sich die schmerzende Kehle und fing, als er zur Seite blinzelte, einen warnenden Blick von Heilwig auf. Offenbar fürchtete sie auch um ihr Leben, sollte Otto die Wahrheit erfahren. Wolfram entschied sich zu schweigen.

»Bring ihn hinunter zur Zofe«, befahl Otto der Grafentochter. »Sie soll ihm ein anständiges Quartier geben.« Er rümpfte die Nase. »Und ihm ein Bad bereiten, denn er stinkt.« An Wolfram gewandt, fügte er hinzu: »Morgen, nach dem Mittagsmahl, wirst du dich in unserem Kutschwagen verstecken und Magdeburg in unserer Gesellschaft verlassen.«

Zweites Buch

Der Schwarze Ritter

Oktober 1276 bis Januar 1278

I

Wildfrau

Flusswald im Nordosten, Mitte Oktober 1276

Ein Häher schrie, Sumpfhühner flatterten auf, und zu allen Seiten raschelte es, weil Igel, Mäuse, Schlangen und Eichhörnchen Schutz suchten. Genoveva kauerte sich tief ins Wurzelgeflecht einer alten Buche, zog das Bärenfell um ihre Schultern zusammen und den Bärenschädel über ihre langen und verfilzten Locken. Sie schloss die Augen und horchte in den dichten Wald hinein, horchte ganz genau. Und wahrhaftig: Etwas atmete, etwas schlich durch das Unterholz. Ein Tier? Ein Mensch?

Sie öffnete die Augen wieder, blickte in die Richtung der Atemgeräusche, lauschte, blieb ganz still und wartete.

Das hatte der Wald sie schon als Kind gelehrt: lauern, still sein, warten. Das musste man können, wenn man nicht Tag für Tag nur Wurzeln, Kraut, Pilze und Beeren essen wollte. Geduldig warten, bis ein Fisch anbiss, ein Vogel in die Falle ging, ein Reh, ein Igel oder ein Biber unvorsichtig genug waren, um sie erschlagen oder mit dem Jagdbogen töten zu können.

Doch Genoveva ahnte schon, dass es kein Tier war, das sich da vom See her näherte – zu viel raschelndes Laub, zu viele splitternde Zweige und viel zu laute Atemgeräusche. Das konnte nur ein Mensch sein, und zwar einer, dem der wilde Wald unvertraut war, der nicht in ihm lebte.

Dostl etwa hätte niemals so viel Lärm gemacht, dabei hatte Genoveva ihn erst vor wenig mehr als einem Jahr in ihre Höhle geschafft. Und erst im letzten Frühling hatte er wieder das Laufen gelernt, und mit dem Laufen die Kunst, sich lautlos im Wald zu bewegen.

Sie ließ den Bogen mit dem schon eingespannten Pfeil sinken, hörte jedoch nicht auf, in Holundergestrüpp und Farn zu spähen und auf jeden Zweig, jeden Halm und jedes Blatt zu achten, die sich bewegten.

Der große Holunderbusch neben ihrem Lieblingsbaum, der alten Buche an dem kleinen See, bebte und schwankte, und dann teilte sich sein Geäst. Genoveva erblickte zunächst ein Paar Männerhände im gelbroten Laub, als Nächstes einen Stiefel, der die Zweige zur Seite trat, und schließlich das angespannte und hohlwangige Gesicht eines Mannes. Er schaute ängstlich in sämtliche Richtungen, nur nicht nach unten, wo die kleine stämmige Frau im Bärenfell zwischen den Wurzelsträngen kauerte und lauerte.

So kränklich und erschöpft sah er aus, so struppig und schmutzig waren Haare und Bart, dass Genoveva ihn nicht gleich erkannte. Dann aber warf sie die Arme hoch und rief voller Freude: »De Joseph! Isses denn wirklich de Joseph?«

Der Mann riss Mund und Augen auf und stand drei Wimpernschläge lang wie festgefroren. Panik und Entsetzen ließen seinen Blick flackern, und auf einmal begann sein Unterkiefer zu wackeln. Schließlich stieß er einen Schrei aus, machte kehrt und stürzte davon.

»Nich doch fliehn!« Genoveva, die nicht verstehen konnte, was ihn so entsetzte, sprang auf. »De Joseph muss doch vor de Genoveva kein Angst habe!« Der Mann aber rannte nur noch schneller, wie sie an seinen Schritten merken konnte; also lief auch sie los. »De Genoveva isses doch nur!« Sie sprang flink über Wurzelstrünke, bückte sich wendig unter umgestürzten Baumstämmen hindurch, schlug das Gehölz von Büschen und tief hängenden Baumästen voller Herbstlaub mit dem Jagdbogen zur Seite. De Joseph muss still stehn!«

Dass ihr wüster und völlig verwilderter Anblick einem Menschen, der nicht im Wald hauste, tiefsten Schrecken in die Glieder jagen musste, kam ihr gar nicht in den Sinn. Sie fragte sich auch nicht, wie um alles in der Welt es geschehen konnte, dass ein reicher Magdeburger Kaufmann so unverhofft in der Wildnis auftauchte, denn die Freude, hier im Wald, zwischen all den Seen, Sümpfen und Flussläufen, einen Bürger ihrer Heimatstadt zu finden, einen, den sie nach Mechthild und Esther fragen konnte, diese unverhoffte Freude beseelte Genoveva ganz und gar.

Natürlich lief sie, die es gewohnt war, durch dichtes Unterholz und Gestrüpp zu pirschen, schneller als der Hardenberger, und als sie ihn schließlich einholte, stand er mit dem Rücken an einer Eiche. Weiß wie Schnee leuchtete sein Gesicht in all dem dunklen Braun der Baumstämme und dem Gelb und Rot des Herbstlaubs. Warum aber presste er sich gegen die Eiche, als wollte er durch ihre Rinde kriechen und sich dahinter verstecken?

Weil sie nur Augen für den Mann aus Magdeburg hatte, entdeckte Genoveva die braungelben und grauschwarzen Gesellen erst auf den zweiten Blick. In einem Halbkreis standen sie etwa zwölf Schritte vom Hardenberger entfernt, fletschten die Zähne, streckten die Schwänze und beäugten ihn neugierig.

»Nein, nein!« Mit Arm und Bogen fuchtelnd, ging Genoveva an dem Hardenberger und seinem Baum vorbei und den pelzigen Gesellen entgegen. »Nicht de Joseph. Weg mit de Wolfs! Sollet sich Hases un Rehs suche, weg mit de Wolfs!«

Vier Wölfe wichen zurück, der Rudelführer jedoch nicht. Er senkte den Schädel und knurrte böse. Genoveva bückte sich nach einem großen Stück Bruchholz und hielt es drohend hoch. »Weg, Wolfs! Weg, weg!« Weil der Rudelführer sich nur unwillig zurückzog, schleuderte sie den Eichenast nach ihm, sodass er endlich kehrtmachte und ins Unterholz sprang. Die Tiere seines Rudels folgten ihm eines nach dem anderen.

Genoveva wandte sich zu dem Kaufmann um. Der Zunftmeister der Magdeburger Tuchmacher zitterte am ganzen Leib. Tränen quollen ihm aus den Augen und versickerten in seinem grauweißen Bartgestrüpp.

»De Joseph muss doch kein Angst vor de Genoveva ham.« Er zuckte zusammen, als sie seine Hand nahm. Wie schlecht er roch, und wie erbärmlich er aussah – dürr, zerschürft und in schmutzige und zerrissene Kleider gehüllt! »De Joseph muss doch mit de Genoveva komme.« Sie zog ihn weg von der Eiche und ins Unterholz hinein. »Hat doch sicha Hunga, muss mit zum Dostl komme, da gibt's was zu esse.«

*

In der ersten Abenddämmerung hockten sie vor der Höhle um ein heruntergebranntes Feuer, und jeder hielt einen Stock über die Glut, auf den eine Forelle gesteckt war. Der Kaufmann trug Genovevas Katzenfellmantel. Jetzt, nachdem er seinen Schrecken überwunden und Vertrauen gefasst hatte, redete er wie ein Wasserfall.

»Es war in der Nähe der Küste, kurz vor dem Einlaufen in die Rostocker Bucht, Anfang September. Die Seeräuber hatten einfach ein wendigeres Segelschiff, und der verdammte Kahn hatte außerdem einen mächtigen Rammdorn! Niemals werde ich den Augenblick vergessen, als er unsere Bordwand durchstieß – dieses Krachen, dieses Splittern, diese Erschütterung!« Der Hardenberger schloss die Augen und bekreuzigte sich. »Und dann haben sie unsere Kogge geentert, blitzschnell ging das …«

Dostl und Genoveva – beide hingen wie gebannt an den Lippen des Kaufmannes – hatten den ausgezehrten und schmutzigen Mann zu ihrer Badestelle im kleinen See begleitet. Dort hatte Dostl seine Kleider und der Magdeburger Zunftmeister sich selbst gewaschen, während Genoveva einen Korb voller Fische gefangen hatte. Darin war sie geschickter als Dostl.

»... sechs von uns überlebten, die anderen haben die Seeräuber erschlagen, oder sie sind mit der Kogge untergegangen. Uns sechs haben sie zu ihrem Schlachtvieh in den Laderaum gesperrt und erst nach drei Tagen wieder ans Tageslicht geholt. Da lebten nur noch vier von uns, und ich wäre auch beinahe verdurstet. Nahe der Weichselmündung gingen die Seeräuber dann in einer kleinen Bucht vor Anker.« Weil seine Hand zitterte, nahm Genoveva ihm den Stock mit der Forelle ab und hielt ihn zusammen mit ihrem über die Glut. »Dort lag ein russisches Schiff vor Anker, deren Besatzung haben sie alles verkauft: mein Tuch, das Wismarer Bier, das Lüneburger Salz und uns selbst auch ...«

Bevor Genoveva und der Hüne mit dem geschwächten und ausgehungerten Mann zum See aufgebrochen waren, hatten sie ihn mit getrocknetem Aal und mit ihrem Schmalz aus Entenfett, Preiselbeeren, Bucheckern, Brombeeren und Nüssen gefüttert, das sie für den Winter zubereitet hatten. Anders hätte der Hardenberger den Weg zum See wohl nicht mehr geschafft – und wenn doch, hätte er den frisch gefangenen Fisch womöglich gleich dort und roh heruntergeschlungen.

»... wir berieten uns und beschlossen, dass der Tod besser sei als die Sklaverei. Und weil sie unsere Sprache nicht verstanden, waren die Seeräuber überrascht, als wir plötzlich wie ein Mann aufstanden und aus der Barkasse sprangen, mit der sie uns zum Russenschiff hinüberrudern wollten. Einer starb von uns durch einen Spieß der Galgenschwengel in den Wellen, zwei ertranken, weil sie nicht schwimmen konnten, sodass nur ich allein es bis an den Strand geschafft habe.«

Während Dostl und Genoveva schon von ihren dampfenden Fischen abbissen, erzählte der Hardenberger immer weiter: Wie er in die Sumpfwälder geflohen war, wie er die Weichsel und die Oder auf gestohlenen Fischerkähnen überquert hatte, wie er sich in den Wäldern verirrte und schließlich von Wölfen verfolgt wurde.

Seine Forelle war längst gar, doch er hatte sie samt Stock auf einen Stein sinken lassen, starrte in die Glut und schien sie vergessen zu haben. Genoveva vermutete, dass er mit seinem Geist gar nicht hier bei ihnen am Feuer hockte, sondern wieder durch die Wälder irrte und versuchte, die hungrigen Wölfe abzuschütteln.

»Ein Tag noch, höchstens zwei, dann wäre ich erschöpft ins Unterholz gesunken, und sie wären über mich hergefallen«, schloss er. »Aber dann hat Gott meinen Fuß zu euch gelenkt.« Von Dostl wanderte sein nasser Blick zu Genoveva. »Zu deinem Versteck, du tapfere Frau.« Er wischte sich die Tränen aus den Augen. »Wie soll ich dir nur jemals danken?«

»Esse soll de Joseph.« Genoveva langte nach seinem Stock und hob den garen Fisch an seine Lippen. »Gott danke und esse solla.« Und der vor Rührung und Dankbarkeit schluchzende Hardenberger biss in die gebratene Forelle.

Inzwischen war es dunkel geworden. Dostl warf Fischkopf und Gräten ins Feuer, legte Holz nach und langte hinter sich, wo ein Weidenkorb voller Fische stand. Er griff nach seinem Messer, nahm zwei Barsche aus und steckte sie sich und Genoveva auf die Stöcke. Weil die Flammen wieder aufloderten, riss ihr Schein das Kreuz aus dem Dunklen, das wenige Schritte unterhalb der Höhle zwischen den Buchen aufragte.

»Wer liegt dort begraben?«, wollte der Hardenberger wissen.

»Jakob aus dem Judendorf«, sagte Dostl. »Ein Schwesternsohn des Geldverleihers Amos. Kennst du ihn?«

»Von den Markttagen, sicher.« Der Zunftmeister nickte. »Er hat Amos oft in die Stadt begleitet.« Er biss vom Fisch ab und kaute, während er fragte: »Wie ist er gestorben? Und warum hier?«

»Ein Bär hat ihn gerissen«, sagte Dostl.

»Fast hätt de Genoveva zwei Grabs buddeln müsse, das für de Jakob und noch eins für de Dostl.«

»Weiß Gott, das ist wahr«, sagte Dostl zu Joseph, der aufgehört hatte zu kauen und Genoveva erschrocken anschaute. »Sie hat mir das Leben gerettet.«

Nun war es an dem Magdeburger Schmied zu erzählen: Er schilderte, wie ein Bär im vorletzten Sommer über die Elbe geschwommen war und ein Fohlen des Geldverleihers rauben wollte, wie er und Jakob den Bär zurück in die Elbe getrieben und dann ebenfalls übergesetzt hatten, um ihn zu jagen, und wie sie seiner Fährte immer weiter nach Norden gefolgt waren.

»Weil der Jakob unbedingt das Fell haben wollte.« Dostl langte hinüber zu Genoveva und klopfte auf ihr Bärenfell. »Doch inzwischen hatte der Bär Hunger auf uns bekommen und wollte uns haben. Den Jakob hat er erwischt, mich nicht.«

»Und de Dostl wollt unbedingt de Schinke von de Bär«, erinnerte Genoveva den Schmied. »De Bär hat de Dostl arg gebisse und de Beins zerrisse, da hat de starke Dostl ihn mit de Sauspieß gestoche.«

»Ich lag schon halb tot in meinem Blut, da hat sie mir den Spieß aus der schlaffen Hand genommen und dem waidwunden Pelzkerl den Rest gegeben.« Dostl blies die Backen auf und schüttelte den Kopf. »Ich kann's heute noch nicht fassen.« Er umarmte die verwilderte Frau, zog sie an sich und küsste sie auf die Stirn.

»Dann hast du wohl lange krank gelegen, Theodorus«,

sagte der Hardenberger nachdenklich. »Deswegen also bist du so dünn.«

»O ja!« Seufzend senkte Dostl das struppige Kinn auf die Brust. »Im letzten Spätsommer war's, dass der Bär den Jakob totgebissen und mich schwer verletzt hat. Mein rechtes Bein war eine einzige Wunde, das kannst du mir glauben.« Dostl schlug sich aufs rechte Knie. »Für mich war es ein Segen, dass die Genoveva nach dem Brückeneinsturz so kopflos nach Osten in die wilden Wälder geflohen ist. Ohne sie wäre ich tot. Sie hat mich gepflegt, als ich im Wundfieber lag, sie hat meine Wunden behandelt …«

»Wie de gute Mamechma es de Genoveva beibracht hat!«, fiel Genoveva ihm ins Wort.

»… mich gefüttert und getränkt. Erst als in diesem Frühjahr die Bäume ausgeschlagen haben, bin ich zum ersten Mal wieder aus der Höhle gekrochen.« Dostl deutete auf die drei Birken vor dem Höhleneingang. »An denen habe ich mich hochgezogen und wieder aufgerichtet.«

»Deswegen hinkst du also.« Der Hardenberger schaute wieder zum Kreuz hin und schüttelte traurig den Kopf. »Und der junge Jakob ist tot.« Er bekreuzigte sich. »Gott stehe seiner armen Mutter bei.« Er schaute Dostl an. »In Magdeburg machen sie sich große Sorgen um euch, vor allem …«

»Wassis los in de Stadt?«, fiel Genoveva ihm ins Wort. »Wie geht's de Genovevas gute Mamechma denn?« Die Fragen platzten regelrecht aus ihr heraus. »Und wie geht's de Genovevas kleine Sophia?« Sie konnte einfach nicht länger an sich halten.

»Die Esther und ihr Oheim, der Elias, haben Ende Juli geheiratet, eine Woche nach dem Margaretentag«, erzählte der Tuchmacher. »Ich und auch einige andere Zunftmeister waren eingeladen. Wohl zwanzig Tische standen auf dem Dorfplatz, die sich unter all den gebratenen Lämmern und Kälber nur so gebogen haben.« Die Augen des Kaufmanns leuchteten. »Der Wein floss in Strömen, das Bier sowieso. Musikanten spielten zum Tanz auf, und wir haben bis tief in die Nacht gefeiert.«

»Oh!« Genoveva ließ vor lauter Rührung ihren Barsch in die Glut fallen und legte die gefalteten Hände an die Lippen. »Da isse glücklich, de Genovevas ihr kleine Sophia, oh, oh! Da isse so glücklich, de Esther.« Ein paar Tränen kullerten ihr über die vernarbten Wangen.

»Nun, was soll ich sagen – die Tochter des Geldverleihers kam mir eher nachdenklich vor, fast ein bisschen wehmütig, möchte ich sagen.« Der Hardenberger biss das letzte Stück Fisch ab und warf dann Kopf und Gräte ins Feuer. »Der Elias, ja, der war richtig glücklich«, erzählte er mit vollem Mund. »Wie der tanzte! Wie der sang! So ausgelassen habe ich den noch nie erlebt.«

»Und de Mamechma?« Mit Fischstock und ausgestrecktem Zeigefinger deutete Genoveva über die Glut hinweg auf den Kaufmann. »Wie geht's de Genoveva ihr gute Mamechma?«

»Tja, die Mechthild – was soll ich sagen?« Während Dostl ihm einen Aal an den Stock steckte, nahm der Hardenberger den Trinkschlauch und nahm erst einmal einen Schluck. »Die Mechthild hat Magdeburg verlassen«, sagte er, als er den Schlauch wieder abgesetzt hatte. »Schon im letzten September.«

»Verlasse?« Die verwilderte Frau machte große Augen, und grenzenlose Verblüffung stand in ihrer Miene. »De Genovevas gute Mamechma is weg?«

Dostl legte tröstend den Arm um sie und zog sie wieder an sich. »Aber warum denn?«, wollte er wissen.

»Im Laufe des Sommers sind in Magdeburg gleich drei geistliche Herren gestorben«, berichtete der Tuchmacher. »Ein Domherr ist ertrunken, ein zweiter im Hurenhaus erschlagen worden, und ein Priester der Johanniskirche hat sich unter der Brückenruine erhängt. Keiner kann es sich erklären.« Er zog die Brauen hoch und senkte die Stimme. »Nur diejenigen, die nicht an einen Selbstmord glauben wollten.«

Genoveva schlug die Hände über dem Kopf zusammen, und Dostls Augen verengten sich zu Schlitzen. »Drei tote Kanoniker?«, staunte er ungläubig. »Das geht doch nicht mit rechten Dingen zu!«

»Diesen Satz hat man nach diesen schlimmen Ereignissen in der Stadt oft gehört.« Der Hardenberger starrte traurig in die Glut, über der er seinen Aal drehte. »Jener Priester kam oft in den Beginenhof, um Mechthild zu lauschen«, fuhr er fort. »Und die beiden Domherren galten als ihre Freunde. Alle drei, so munkelte man, wünschten sich den Domherrn Buffo von Querfurt als neuen Erzbischof und haben sich offen gegen den Domherrn und Priestermönch Gallus von Trier als Konrads Nachfolger ausgesprochen.«

»Du meinst also …« Dostl fuhr sich über die Narbe an seiner Stirn, die auf einmal flammend rot war. »Du glaubst, jemand hat die Männer getötet?«

»Nicht nur ich glaube das.« Joseph Hardenberg bekreuzigte sich. »Es gibt gewisse Ritter in Magdeburg, denen ist alles zuzutrauen. Wer wüsste das besser als du, Theodorus? Und einem von diesen Schnapphähnen, Gero von Greifenstein nämlich, hat Gallus kurz vor dem letzten Christfest ein Gehöft in Sudenburg geschenkt, in dem er nun wohnt. Wofür wohl?« Der Hardenberger zuckte mit den Schultern. »Wie auch immer, Mechthild fürchtete um ihr Leben und hat Magdeburg lieber verlassen. Jeder weiß ja, wie sehr der Gallus sie hasst.«

Genoveva machte sich von Dostl los und raufte sich jammernd ihre verfilzten Locken. »Arme Mamechma!« Tränen rannen ihr über das Gesicht. »Wo isse denn nu, de Genoveva ihr gute Mamechma? Wo is de Mechthild denn hin?«

»Sie hat sich in das Kloster Helfta zurückgezogen, das liegt in der Gegend von Eisleben. Das Letzte, was ich von ihr gehört habe, war, dass sie bei guter Gesundheit sei. Das hat mir eine junge Begine bei Esthers Hochzeit erzählt.«

»Ist denn unser Erzbischof gestorben, dass sie schon über seinen Nachfolger streiten?«, fragte Dostl mit zorniger Miene.

»Als ich Mitte August auf einen Lastkahn gestiegen bin, um mit meinen Tuchballen nach Hamburg zu fahren, hat Konrad noch gelebt. Allerdings war er ziemlich krank.«

»Schlimme Sachen sind das, die du uns da erzählst.« Dostl schabte sich den langen Bart. »Und wie steht es im Süddorf?«

»Schlechte Nachrichten, Theodorus.« Der Hardenberger seufzte. »Dein Vater ist Anfang August bei Schreinerarbeiten im Domneubau vom Gerüst gestürzt. Er hat sich am Kopf verletzt und beide Arme gebrochen …«

»Was sagst du da?« Dostls wuchtiger Schädel zuckte nach vorn, und er wurde bleich. »Gütiger Gott!«

»… und deine Mutter weint sich die Augen aus, weil sie keine Nachricht von dir hat.« Der Hardenberger beugte sich über die Glut und legte ihm die Hand auf die Schulter. »Das war im August, Eisenstirn, doch wie es deinen Eltern inzwischen gehen mag, das weiß nur Gott im Himmel.«

Dostl starrte in die Glut, schluckte und schluckte wieder – bis er aufstöhnte und die Hände vors Gesicht schlug.

*

In der Nacht hallte das Schnarchen des Zunftmeisters von den Felswänden wider. Dostl hatte ihm ganz hinten in der tiefen Höhle einen Schlafplatz zugewiesen, wo er auf Hasen-, Dachs- und Eichhörnchenfellen und altem Laub lag und sich mit Genovevas Katzenfellmantel zudeckte. Er schlief tief und fest, und das wahrscheinlich zum ersten Mal seit viel zu vielen Wochen.

Genoveva aber drückte sich unter den gemeinsamen Fellen dicht an Dostls breite Brust, umschlang ihn so fest, als wollte sie ihn nie wieder loslassen, und weinte ihm die Schulter nass. Kurz vor dem Schlafengehen nämlich hatte er ihr eröffnet, dass er sie verlassen und nach Magdeburg zu seinen Eltern heimkehren wolle.

»De Dostl darf de Genoveva nich verlasse!«, schluchzte sie. »Sonst muss de Genoveva heule un heule un immerzu heule.«

»Es muss aber sein«, flüsterte Dostl. »Ich muss doch nach meinen alten Eltern sehen. Wer weiß denn, ob der Vater wieder arbeiten kann? Wovon sollen sie leben, wenn er sein Handwerk nicht mehr ausüben kann?«

»Un wer guckt nach de arme Genoveva?« Sie schniefte und zog den Rotz hoch. »Wer kümmert sich um se? Wer küsst se und bringt se zum Lache? Wer jagt mit de Genoveva nach de wilde Tiers?« Sie heulte laut auf, und für kurze Zeit klang es, als würde das Schnarchen des Hardenbergers verstummen.

»Nicht so laut!«, zischte Dostl und küsste sie auf den Mund, um ihr Geschrei zu ersticken. »Du weckst noch den Joseph.« Er lauschte auf das wieder anschwellende Geschnarche.

»De Genoveva doch egal! Soll de Joseph ruhig wisse, dasse traurig is!«

»Du sollst Vater und Mutter ehren, lautet das heilige Gebot Gottes!«, erklärte Dostl mit feierlicher Stimme. »Ich kann nicht anders, ich muss zurück nach Magdeburg.«

»De Dostl hat de Genoveva zu seim Weib gemacht, also mussa sich zuerst um de Genoveva kümman!« Sie zerrte ihm das Hemd über Lenden und Hüften, vergrub ihre Finger in seinem Bauchhaar und saugte sich an seinem Hals fest. Eine Zeit lang lagen sie so – er ganz still und sie küssend und streichelnd –, bis seine großen Hände über ihren Leib zu wandern begannen.

»Komm doch mit mir.« Dostl beugte sich über sie, atmete tiefer und schneller und schälte sie aus dem Bärenmantel. »In unserem Haus im Süddorf ist Platz genug für uns alle.« Mit vor Erregung brechender Stimme küsste er ihre Brüste.

»Inne Stadt, wo de böse Gero un de böse Bruda Gallus de Freunds von de Mechthild töte?« Genoveva hatte gelernt, ihren geliebten Dostl so zu berühren, dass er ihr nicht widerstehen konnte.

»Man weiß ja gar nicht, ob sie das waren.«

»Inne Stadt mit so viel dumme Leuts, de nich höre wollte auf de Genoveva?«

Dostl setzte zu einer Antwort an, aber sie verschloss ihm den Mund mit einem gierigen Kuss. Bald spürte sie seine starken Hände überall auf ihrer sehnsüchtigen Haut, seine lieben Hände, seine feinen Hände, die so schön mir ihr spielten, die so zart in ihr weckten, was sie vor Dostl nur aus wilden Träumen gekannt hatte. Irgendwann packte er ihre Hüften, hob sie hoch, als wäre sie leicht wie ein Lamm, und setzte sie auf seine Lenden.

Voll sehnsüchtiger Erwartung riss sie den Mund auf und gurrte und kicherte, und als seine Kraft sie dann endlich ausfüllte, begann sie auf ihm zu reiten. Ihr Atem ging in tiefes Seufzen über, ihr Seufzen in immer lauteres Stöhnen.

»De Dostl muss bleiben«, stöhnte sie im Rhythmus seiner kraftvollen Bewegungen. »Bei de Genoveva bleibe, imma, imma, imma!«

Dostl hielt ihr den Mund zu, als sie auf dem Gipfel anlangte und wie immer ihre Lust herausschrie, doch es war zu spät – der Hardenberger schnarchte längst nicht mehr.

»Was ist mit euch?«, hallte seine Stimme durch die Höhle. »Ist euch etwas zugestoßen?«

»Nichts Arges«, raunte Dostl sehr heiser und drückte Genovevas nasses und heißes Gesicht in sein Brusthaar. »Alles ist sehr gut. Schlaf nur ruhig weiter, Zunftmeister.«

2
Teufel

Mark Landsberg, Ende Oktober 1276

Im Schein der Abendsonne rollten die Fuhrwerke den Burghügel hinauf, sieben an der Zahl. Im Abstand von jeweils zehn bis dreißig Ruten holperten sie über den steinigen Weg, der sich in fünf Schleifen zur Burg hinaufwand. Vor der vierten führte er durch einen Erlenhain, aus dem ein Felsrücken aufragte. Bäume und Stein verdeckten hier den Blick auf die Burg – und noch wichtiger: den Blick von der Burg herab auf den Weg.

Gegenüber, im Buschwerk zwischen den Erlen, lagen Wolfram und seine sieben Gefährten auf der Lauer. Lange vor dem ersten Morgengrauen hatten sie sich hier heraufgeschlichen, da waren sie noch zu zehnt gewesen. Die anderen beiden hatten sich mit ihren Jagdhörnern drüben versteckt, knapp unterhalb des Felsens. Sie sollten zum Angriff blasen, wenn Wolfram und seiner Rotte gelungen war, was sie im Schilde führten.

Auf den ersten beiden Fuhrwerken zogen die Ochsengespanne Wein- und Bierfässer zur Burg hinauf, die nächsten drei hatten Mehl, Kohl, Hühner und Früchte geladen. Zwischen dem fünften und dem sechsten Wagen trotteten in lang gezogener Kolonne eine kleine Herde Rinder und zwei Dutzend Schafe mit ihren Hirten, und auf den letzten beiden Ochsenkarren häuften sich Heu und Stroh bis weit über den oberen Rand der Seitenverschläge.

Wolfram nickte seinen Begleitern zu – es war, wie Markgraf Otto es vorhergesagt hatte: Die Burg bereitete sich auf eine lange Belagerung vor. Die Burgherren – Ritter des Landgrafen Albrecht von Thüringen – taten gut daran. Wolfram und seine Leute allerdings waren entschlossen, ihren Plan zunichtezumachen.

Er robbte ein Stück aus dem Buschwerk und bis an den Rand des von Brennnesseln, Schierling, Löwenzahn und Gras überwucherten Hangs, der steil zum Weg hin abfiel. Von hier aus konnte er ins Muldetal hinabblicken und auf den Wald, der den Burghügel umgab. Seit den ersten Nachtstunden des vergangenen Tages wimmelte es dort bereits von Fußvolk, Knappen und Rittern des Grafen Bodo von Spandau, an die dreihundert Mann alles in allem. Auf der Westseite des Hügels wartete der Ritter Tankred von Cölln mit einem kleinen Heer von noch einmal gut zweihundert Kriegsmännern auf das Zeichen zum Sturm.

Zu beiden Heeren würden im Laufe der kommenden Nacht noch einmal je dreihundert Mann stoßen. Sollten Wolfram und seine Gefährten nicht scheitern, sollte also alles so gehen, wie Wolfram und der Markgraf es geplant hatten, dann würde diese Kriegsschar die Burg bei Sonnenaufgang stürmen. Wenn sie jedoch scheiterten …

Wolfram verbot es sich, diesen Gedanken zu Ende zu denken.

Unten auf dem Weg trieben eben zwei Hirten die letzten Rinder um die Biegung. Beide hielten es mit den Markgrafen Dietrich von Landsberg und Otto von Brandenburg. Das vorletzte Fuhrwerk holperte gerade in den Schatten des Felsens. Wolfram wartete, bis kaum noch sechs Ruten diesen Wagen von der Wegbiegung trennten, dann schaute er hinter sich, nickte und gab das vereinbarte Zeichen.

Alle acht sprangen sie aus der Deckung und stürmten den Hang hinunter, lauter ehrgeizige junge Knappen in Kettenhemden, Kettenhauben und schwarzen Kapuzenmänteln, alle mit leichten Schwertern bewaffnet, und kaum einer älter als zwanzig. Zwei trugen zusätzlich schwere Äxte auf dem Rücken, und drei hatten sich Armbrüste und gefüllte Köcher umgeschnallt.

Die beiden Fuhrleute taten, als bemerkten sie die kleine Kriegerschar nicht, denn auch sie fühlten sich ihrem Markgrafen Dietrich zur Treue verpflichtet, wofür dieser sie reichlich entlohnte. Vier von Wolframs Männern sprangen auf den letzten Wagen und krochen unter das Heu. Wolfram und die anderen drei kletterten auf das vorletzte Gespann und wühlten sich ins Stroh hinein.

Die Fuhrleute hielten an, stiegen vom Bock und schritten um die Wagen herum, um Stroh und Heu zurechtzustopfen und sich davon zu überzeugen, dass nirgendwo ein Arm, eine Stiefelsohle oder ein Haarschopf hervorlugte. Bald rollten die Fuhrwerke wieder an.

Wolfram lag ganz vorn und schob das Stroh ein wenig zur Seite, sodass er am Fuhrmann vorbei auf den Weg schauen konnte. Die Ochsen zogen den Karren um die Biegung und den Felsen herum, und bald rückte die Burg in Wolframs Blickfeld.

Landgraf Albrecht von Thüringen, der sie einem seiner Ritter zum Lehen gegeben hatte, ließ das alte Gemäuer seit dem Spätsommer befestigen, da er mit seinem Bruder Dietrich von Landsberg im Streit lag. Und von hier aus, von der Burg über dem Muldetal und der alten Straße nach Meißen, wollte er seinem Bruder und dessen Verbündeten den Weg in seine Grafschaft abschneiden.

Auch die Rinder und Schafe waren nun wieder zu sehen, und nach der letzten Wegschleife auch die ersten fünf Ochsengespanne. Das vordere rollte bereits dem Burggraben und der Zugbrücke entgegen. Diese senkte sich langsam herab und setzte krachend auf der Grabenkante auf.

Gepanzerte Reiter preschten aus dem Burgtor, zehn, zwanzig und mehr. In zwei Sturmreihen nahmen sie rechts und links der Zugbrücke Aufstellung. Wolframs Mund wurde trocken. Flüsternd berichtete er den drei Gefährten hinter sich, was er beobachtete.

Weil es nun steiler bergauf ging, schien ihm die Abendsonne ins Gesicht, und er schob die Rechte durchs Stroh und schützend über die Stirn. Das erste Fuhrwerk rollte bereits in das Burgtor hinein. Wolframs Brust wurde enger, und das Atmen fiel ihm schwerer, je näher der Wagen, der ihm als Versteck diente, der Zugbrücke kam. Auch das zweite Gespann holperte nun auf ihr über den Burggraben, und das dritte folgte kurz dahinter. Wolfram ballte die Fäuste und biss die Zähne zusammen.

Tief atmend fasste er die näher rückende Zugbrücke ins Auge und das Burgtor auf der anderen Seite des Grabens. Es gab keinen Weg zurück mehr – dort hinein würden sie nun unweigerlich rollen. Hinter diesem Tor würden sie kämpfen und siegen, oder scheitern und sterben. Der Schwarze Ritter aus dem Magdeburger Dom stand ihm plötzlich vor Augen, sein ernstes Gesicht, sein schicksalsergebener Blick. »Steh mir bei, heiliger Mauritius«, flüsterte er. »Dein Wille geschehe, mein Gott.« Hinter sich im Stroh hörte er die Gefährten flüstern – auch sie beteten.

Seit dem Sommer letzten Jahres, seit seiner Flucht aus Magdeburg, diente er dem Markgrafen von Brandenburg und befehligte als sein oberster Knappe dessen Knechte und anderen Knappen. Tag für Tag war er seitdem an Ottos Seite gewesen und hatte ihn begleitet, wohin der Brandenburger auch geritten war: zu seinen Burgen, zur Jagd, zu irgendwelchen unbedeutenden Fehden, nach Berlin oder nach Cölln, wo Otto eine neue Festung bauen ließ, oder in die Stadt Brandenburg, wo am Ufer der Havel seine Residenzburg lag.

Dieser Angriff hier war nicht Wolframs erster selbstständiger Kampf, seit er Otto diente, doch es war weiß Gott sein gefährlichster – und er sollte sein Meisterstück werden. Würde die Burg durch seine List in Ottos und Bodos Hände fallen, wollte sein Markgraf ihn noch in diesem Jahr zum Ritter schlagen.

Etwa zwanzig weitere Panzerreiter waren inzwischen aus der Burg gekommen und hatten ein Spalier gebildet, durch das nun der vierte und fünfte Wagen auf die Zugbrücke und dann durch das Tor in den Burghof hineinrollten. Von ihren Sätteln aus warfen sie forschende Blicke auf die Ladung der Fuhrwerke und deren Kutscher.

»Sie sind misstrauisch«, flüsterte Wolfram. »Sie scheinen damit zu rechnen, dass ein Angriff auf ihre Burg bevorsteht.«

»Vielleicht sind Graf Bodos und Tankreds Rotten entdeckt worden«, erwiderte leise eine besorgte Stimme hinter ihm.

Wolfram verbot es sich, über diese Möglichkeit nachzudenken. Dazu blieb ihm auch keine Zeit, denn nun war es so weit: Sein Fuhrwerk rollte in das Spalier der gepanzerten Reiter hinein. Diese beäugten Fuhrmann und Stroh mit grimmigen Mienen, winkten den Wagen dann aber durch.

Wolfram atmete auf, als er unter sich den polternden Lärm vernahm, den die Wagenräder auf den Eichenbohlen verursachten. Aus dem Stroh heraus versuchte er, einen Blick auf die Zugriemen der Brücke zu erhaschen: Leder – wie der Späher es berichtet hatte. Von hinten kam die geflüsterte Nachricht, dass auch die Gefährten im letzten Fuhrwerk unentdeckt in den Burghof gelangt waren.

Stimmen, Schrittlärm und Gelächter umgaben den Wagen. Während der Fuhrmann das Gespann zur Scheune lenkte, schwatzte er mit Verwandten, die hier auf der Burg arbeiteten und neben dem Strohwagen herliefen. Der rollte bald durchs Scheunentor und stand still, als der Kutscher »Brrr!« machte.

»Es wird bald dunkel«, sagte eine Stimme neben dem Wagen. »Heute Abend wird nicht mehr abgeladen.« Wolfram ballte die Fäuste und jubelte innerlich – er hatte darauf spekuliert, dass die Burgbesatzung die Fuhrwerke erst im Tageslicht des nächsten Morgens entladen würde.

»Nichts dagegen«, sagte der Fuhrmann gleichgültig und stieg vom Kutschbock. »Wäre auch Schwachsinn, zwischen Stroh und Heu mit Fackeln zu hantieren. Wo gibt's hier was zu trinken?« Und der Lenker des letzten Fuhrwerks, des Heuwagens, wollte wissen, wo er seine Ochsen hinführen und füttern und wo er schlafen konnte.

Wolfram hörte, wie sie die Zugtiere abspannten und aus der Scheune führten. Palaver und Schritte entfernten sich nach und nach, Scharniere knarrten und quietschten, das Scheunentor fiel zu, und es wurde dunkel außerhalb des Strohhaufens. Wolfram lag reglos und lauschte, lauschte viele Atemzüge lang. Hinter ihm im Stroh und auf dem Heuwagen blieb es vollkommen still – die anderen sieben warteten auf seinen Befehl.

Irgendwann kroch er hervor, stieg vom Wagen und versuchte, das Halbdunkel der Scheune mit seinen Blicken zu durchdringen. Viel mehr als die Umrisse einiger leerer Karren, hoch aufgeschichteter Stapel prall gefüllter Säcke und kaum zu erahnender Haufen von Stroh oder Heu konnte er im spärlichen Licht, das durch Bretterritzen und die Lücke zwischen den Torflügeln hereinsickerte, nicht erkennen.

Er klopfte gegen die Seitenverschläge der Wagen. »Kommt raus.« Einer nach dem anderen krochen die sieben Gefährten aus Stroh und Heu. Erst einmal drohte keine Gefahr. »Die Zugbrücke hängt tatsächlich an Lederriemen«, sagte einer der Axtträger. Alle, die es nicht mit eigenen Augen gesehen hatten, nahmen die gute Nachricht mit Erleichterung auf, denn Zugketten zu durchtrennen, hätte erheblich mehr Zeit und Mühe gekostet.

Einen kleinen, hageren und kaum siebzehnjährigen Knappen namens Sigurd postierte Wolfram am Scheunentor, damit er durch die Ritzen das Treiben auf dem Burghof beobachtete. Dort wurde getrunken, gegessen und gescherzt.

Einen zweiten Mann wies er an, sich unter die Leiter zu setzen, die zum Heuboden hinaufführte. Dem hatte der junge Sigurd ein Zeichen zu geben, sollte jemand von der Burgbesatzung Anstalten machen, die Scheune betreten zu wollen. Wolfram selbst und die anderen fünf stiegen die Leiter hinauf und krochen ins Heu, um zu schlafen.

Nach etwa drei Stunden weckten Sigurd und der andere Wächter zwei Gefährten, die sie mit der Wache ablösten, und diese nach wiederum knapp drei Stunden die nächsten beiden Wachen. Wolfram hatte es so eingerichtet, dass er zur letzten Wache geweckt wurde, zu der, die das erste Morgengrauen sehen würde.

Er musste sich zwingen, die Leiter hinabzusteigen und den Wachposten am Scheunentor einzunehmen, denn seine Glieder fühlten sich bleiern an, und schwere Träume hatten sein Gemüt aufgewühlt. Von einstürzenden Brücken hatte er geträumt, von brüllenden Rittern mit tödlichen Wunden, und von eiskalten Lanzen- und Schwertspitzen, die ihm die Kehle zu durchbohren drohten.

Er trank Wasser, schüttelte sich, kniff sich in die Wangen und machte im Dunkeln neben dem Heuwagen Kniebeugen und Liegestützen, um wach und die Traumbilder loszuwerden. Aber sie verfolgten ihn auch dann noch, als er zwischen die Lücke der beiden Torflügel in den nächtlichen Hof hinausblinzelte – da streunten seine Gedanken durch all die düsteren Erinnerungsbilder, die ihn anflogen, Bilder aus den letzten fünfzehn Monaten – Gesichter, Räume, Stimmen, Orte, Gefühle.

Jenseits des Scheunentors lag der Burghof in vollkommener Stille, keine Nachtigall sang, kein Käuzchen rief, und sogar die Wächter auf dem Wehrgang schienen zu schlafen. In Wolframs Kopf und Brust jedoch ging es ähnlich laut und wild zu wie eben noch in seinen Träumen, und ein Gedanke jagte den nächsten, eine Empfindung die andere.

Der Zorn auf den jüdischen Geldverleiher, der ihm seine Tochter nicht zur Frau hatte geben wollen, machte dem Hass auf Gero von Greifenstein Platz, der ihn durch die Magdeburger Nacht gehetzt hatte. Der Schrecken über die zusammenbrechende Brücke mischte sich mit der Dankbarkeit, im entscheidenden Augenblick selbst nicht auf der Brücke gewesen zu sein. Mit dem Entsetzen über das Massensterben, dessen Zeuge er hatte sein müssen, erlebte er aufs Neue die Angst um Dostl und das schöne jüdische Mädchen. Der Stolz, Esther gerettet zu haben, verging ihm im Ansturm der Sehnsucht nach ihr, und die Dankbarkeit dem Markgrafen gegenüber, der ihn aus Magdeburg geschmuggelt hatte, wich quälenden Schuldgefühlen und der Trauer über Adalberts schrecklichen Tod.

Seit der Katastrophe gab es kaum noch Nächte, in denen Wolfram tief und fest schlafen konnte. In tausend Träumen hatte er seitdem die alte Elbbrücke in den Strom stürzen sehen, Adalberts Schmerzensschreie gehört und die Kränkung gefühlt, die Amos ihm zugefügt hatte, als er ihm das Geldsäckchen in die Hand drückte.

Seit seinen frühen Jahren in Hildesheim hatte ihn nichts mehr so erschüttert und geprägt wie im letzten Jahr diese wenigen Sommertage in Magdeburg.

Von einer Nonne aus der Stadt Brandenburg, deren Bruder in Magdeburg Leder gerbte, wusste er inzwischen, dass der Greifensteiner zum mächtigsten Ritter der Stadt aufgestiegen war und dass Esther ihren reichen Oheim geheiratet hatte. Es fiel Wolfram schwer, nicht ständig daran zu denken. Kaum vermochte er, seine Trauer und Bitterkeit darüber zu vergessen.

Einmal mehr rief er sich den heiligen Mauritius ins Gedächtnis und beschwor dessen entschlossene und ruhige Miene vor seinem inneren Auge herauf. Sein Mut wuchs, seine aufgewühlten Empfindungen beruhigten sich.

Im Osten schimmerte inzwischen ein milchiger Streifen am unteren Rand des Nachthimmels. Der Anblick holte Wolfram zurück in die Gegenwart. Er richtete sich auf – nun brach die letzte Stunde der Nacht an, die Stunde, in der die Menschen gewöhnlich am tiefsten schliefen und ein Raubtier oder ein Kriegsmann sie besonders leicht und ungefährdet anfallen konnten.

Ein Hahnenschrei aus dem Dorf unterhalb der Burg riss ihn vollends aus seinen Grübeleien – er wandte sich nach dem Waffengefährten an der Leiter um und schnippte mit den Fingern. Auf das vereinbarte Zeichen hin sprang der Knappe auf, stieg die Leiter hinauf und weckte die anderen sechs.

Lautlos versammelten sich die acht Kampfgefährten vor dem Scheunentor. Wolfram musste nicht viel sagen, jeder wusste ja, was zu tun war. Der das morsche Holz im Gurt trug, zog es heraus, kniete nieder, steckte einen Stab in das vorgebohrte Loch und begann, es mit dem Drillbogen zu drehen. Bald sprangen die ersten Funken aus der Glut.

Als er es sah, öffnete Wolfram selbst das Scheunentor einen Spalt weit. Die drei Kampfgefährten mit den Armbrüsten schlüpften in die Nacht hinaus und schlichen über den Burghof bis zum Eingang des Bergfrieds. Sie hatten die Wachen dort zu überwältigen und sollten sich danach bis zu den oberen Stockwerken des Turms hinaufkämpfen.

Als endlich Flammen aus dem morschen Holz züngelten, trug Wolfram es zuerst zum Heuwagen, und als der Feuer fing, zum Strohwagen. Danach blieb nicht mehr viel Zeit – nacheinander huschten zuerst seine vier Gefährten aus der Scheune und krochen unter die noch immer beladenen Fuhrwerke, die im Burghof entlang der Stallungen und Lagerbaracken standen. Die beiden mit den schweren Äxten auf dem Rücken versteckten sich unter dem Wagen, der dem Burgtor am nächsten stand.

Wolfram, dem der Rauch schon in die Nase stieg, hielt die Luft an und lauschte und spähte aufmerksam zu den Mauerzinnen hin. Er wartete, bis er sicher sein konnte, dass alle vier Kampfgenossen unbemerkt geblieben waren. Dann erst schob auch er sich aus der bereits von Rauch und Flammen erfüllten Scheune. Er schloss das Tor hinter sich und schlich durchs erste Morgengrauen zum vordersten Fuhrwerk, wo die Axtträger lagen. Kein Wächter wurde auf ihn aufmerksam.

Auf den Mauerzinnen und im Bergfried schienen sie zu schlafen, denn auch als die Flammen schon aus dem Scheunendach schlugen, blies niemand ins Horn, läutete keiner eine Glocke. Ein Hund schlug an, dann schrien Gänse, danach krähte der Hahn – und erst in diesem Moment brüllte einer von der Burgmauer herab: »Feuer! Heiliger Sankt Florian, hilf! Die Scheune brennt!«

Kurz darauf blies jemand ins Horn, und beinahe zur selben Zeit begann jemand die Glocke zu läuten, die an der Fassade des Palas neben dem Hauptportal hing.

Spätestens jetzt würden die beiden Hornbläser, die unten auf dem Fels des Erlenhains lagen, wissen, dass hier oben auf der Burg der Kampf begonnen hatte, falls sie nicht schon vorher den Feuerschein des Scheunenbrandes entdeckt hatten. Voller gespannter Aufmerksamkeit wartete Wolfram auf das Hornsignal.

Innerhalb kürzester Zeit füllte der Burghof sich mit Menschen. Einige lediglich mit Hemden und Umhängen bekleidete Ritter riefen Befehle und ordneten die Löschketten zwischen dem Brunnen in der Hofmitte und der brennenden Scheune. Ledereimer wurden herbeigetragen und verteilt, und als am Brunnen und hinter den Stallungen an der Zisterne die Seilwinden zu quietschen begannen, ertönten außerhalb der Burg endlich die Hörner der beiden Späher.

Im Burghof schien sie kaum einer wahrzunehmen, doch die Wächter auf der Mauer konnten sie kaum überhören, und nicht mehr lange, dann würde sich auf der ganzen Burg herumsprechen, was die Stunde geschlagen hatte.

Fieberhafte Erregung ergriff Wolfram unter seinem Fuhrwerk. Er zwang sich zu tiefen und gleichmäßigen Atemzügen, er schickte ein Stoßgebet an den heiligen Mauritius, er rief sich ins Gedächtnis, was er ihm versprochen hatte: Treue, Tapferkeit, Mut. In Gedanken ging er noch einmal durch, was der Markgraf und er geplant hatten und was nun geschehen musste. Er fasste den Eingang zum Burgtor ins Auge – dorthin musste er die beiden Axtträger führen, denn dahinter, im Torhaus, lag das Kurbelgewinde für die Zugriemen der Brücke.

Bodo von Spandau und Tankred von Cölln hatten hoffentlich längst ihre ersten Kampfrotten zu Fuß den Hügel hinaufgeschickt, denn sollte es Wolfram und seine Gefährten wirklich gelingen, die Zugbrücke zu öffnen – dann blieb nicht mehr viel Zeit, dann würden alle Ritter sich auf sie stürzen und Hilfe dringend nötig sein, wenn sie überleben wollten.

Der Lärm vieler Schritte und Stimmen erfüllte den Burghof, dazu kam das Quietschen der Flaschenzüge, das Prasseln der Flammen und das Krachen der nach und nach zusammenstürzenden Scheune. Auf einmal tauchten immer mehr gepanzerte Ritter im vom Feuerschein hell erleuchteten Hof auf. Pferde wurden aus den Stallungen getrieben, und Bogenschützen hasteten zu den Leitern, um auf die Wehrmauer zu klettern.

Jetzt wussten die Herren der Burg Bescheid! Jetzt bereiteten sie ihre Verteidigung vor! Wolfram gab den beiden Axtträgern hinter sich ein Zeichen, und die winkten den beiden Gefährten unter dem nächsten Fuhrwerk.

Zwischen den Wagen und der Stallfassade konnten sie die ersten Schritte zum Burgtor unbemerkt zurücklegen. »Rennt zu den Mauerleitern neben dem Torhaus!«, zischte Wolfram. »Benehmt euch wie Kämpfer der Burgherren, die schnell auf die Mauer wollen!«

Weil der junge Sigurd hinter ihm sich die Unterlippe blutig kaute und ihm die Angst ins Gesicht geschrieben stand, packte er ihn am Arm und zog ihn hinter sich her und mitten hinein ins Menschengetümmel, das auf dem Burghof herrschte. Die anderen drei folgten in kurzen Abständen.

Einerseits boten ihnen der große Lärm und das Durcheinander auf dem Hof einen gewissen Schutz, andererseits sorgten die lodernden Flammen für Lichtschein, und sie fielen durchaus auf mit ihren schwarzen Mänteln, die sonst keiner im Hof trug.

Ein Ritter packte Wolfram am Arm, als den nur noch drei Ruten vom Eingang zum Torhaus trennten. »Dorthin mit dir!«, befahl er ihm und deutete zu einer Mauerleiter auf der anderen Seite des Hofes. Wolfram nickte, schritt jedoch dicht gefolgt von Sigurd und dem ersten Axtträger weiter auf das Torhaus zu. »He!«, schrie der Ritter ihm hinterher. »Bist du taub, Hundsfott?« Wolfram hörte die schnellen Schritte, mit denen er ihnen folgte. »Wieso trägst du einen Mantel?« Wolfram fühlte sich bei der Schulter gepackt und herumgerissen. »Wieso kenne ich dich nicht?«

Wolfram schaute in ein bärtiges Gesicht, in dem Verblüffung und Misstrauen um die Vorherrschaft rangen. Von Wolfram flog der Blick des Ritters zu Sigurd und danach zu dem Axtträger. Er öffnete den Mund, wollte wohl etwas sagen, aber dann zuckte er plötzlich zusammen, und seine Gestalt straffte sich. Er ließ Wolfram los, riss den Mund noch weiter auf und warf den Kopf in den Nacken.

Zwei gefiederte Bolzen, abgeschossen mit einer Armbrust aus einem Fenster des Bergfrieds, hatten ihn getroffen – einer in der Brust, einer im Nacken. Der Schmerzensschrei in seiner Kehle erstarb zu einem keuchenden Röcheln, beinahe lautlos sank er auf den Burghof. Da eilte Wolfram schon weiter der Tür zum Torhaus entgegen.

Er machte sich nichts vor: Nur noch wenige Augenblick, und dann würde der Tod des Ritters bemerkt werden. Und wirklich – als kaum noch drei Schritte ihn vom Burghaus trennten, tönte es gleich von zwei Seiten: »Die da in den schwarzen Mänteln! Haltet sie!« Das Sirren der Bolzen in den Ohren, die seine drei Gefährten aus dem Bergfried abschossen, bückte Wolfram sich ins Torhaus und zog den jungen Sigurd hinter sich her.

»Du wirst diese Tür mit deinem Leben verteidigen und mein Knappe sein!«, zischte er ihm ins Ohr, während einer der beiden Axtträger an ihnen vorbeihuschte. »Hast du das verstanden?« Sigurd nickte und zog sein Schwert.

Draußen im Hof stürzten sich gleich drei Mann zugleich auf den zweiten Axtträger und schlugen ihn nieder. Der fünfte Gefährte schaffte es nur mit einem Pfeil im Rücken durch die Tür ins Torhaus. Dennoch zog er seine Klinge aus der Scheide und half Sigurd, den Eingang gegen die anstürmenden Waffenträger zu verteidigen.

Wolfram zog sich die Kapuze seines schwarzen Umhangs über und stieg die schmale Treppe zum Obergeschoss des Torhauses hinauf, wo die Zugwinde im Innengemäuer verankert war. Auch das hatte ein Brandenburger Späher herausgefunden. Der Gefährte mit der Axt schlich ihm hinterher. Keine Fackel brannte dort oben, kein Fettholz und keine Öllampe.

Drei Torwächter, die für Zugbrücke und Kurbelwinde zuständig waren, standen vor den schmalen Fensteröffnungen und spähten über den Burggraben weg ins Morgengrauen hinaus. Anders als im Hof schien man hier oben noch nichts von Eindringlingen gehört zu haben. Einen schlug Wolframs Gefährte mit der Axt nieder, bevor er seine Klinge ziehen konnte.

Der zweite, der aus irgendeinem Grund weder Schwert noch Spieß bei sich trug, zwängte sich hastig durch die schmale Fensteröffnung und sprang in den Burggraben hinunter. Dem dritten setzte Wolfram die Klingenspitze aufs Herz.

»Wer bist du?«, fragte der Torwächter. Wegen der Dunkelheit konnte Wolfram seine Miene nicht sehen, aber dass Todesangst sie verzerrte, war seiner bebenden Stimme anzuhören.

»Du weißt, wer ich bin.« Wolfram fauchte mehr, als dass er flüsterte. »Auch wenn du meine Hörner und meinen Huf nicht siehst, spürst du's ganz genau. Und du fühlst auch, dass ich gekommen bin, um deine Seele zu holen. Hast du noch einen letzten Wunsch?«

Hinter Wolfram fuhren Axthiebe auf die Winde mit dem Zugriemen nieder, und vor ihm begann der Torwächter zu zittern und zu zucken. »Bitte nicht …« Der zu Tode erschrockene Mann zwängte sich in die Fensteröffnung. »Bitte noch nicht …«

»O doch!«, zischte Wolfram.

Kopfüber stürzte der zitternde Torwächter sich in den Burggraben hinunter. »Der Gottseibeiuns ist hier!«, hörte

Wolfram ihn unten prusten und keuchen. »Der Gottseibeiuns ist ein schwarzer Ritter!«

In diesem Augenblick begann es zu knarren und zu ratschen, die losgelöste Zugbrücke kippte aus der äußeren Toröffnung, fiel schneller und schneller und schlug endlich mit donnerndem Krachen auf der äußeren Grabenkante auf.

Großes Geschrei erhob sich daraufhin auf der Wehrmauer und im Hof, und Wolfram spähte zur Fensteröffnung ins Morgengrauen hinaus. Aus der Dunkelheit unter der Silhouette des Felsen schälten sich die Konturen von Reitern und Pferden: Graf Bodo von Spandau führte seine Panzerreiter bereits durch die vorletzte Wegschleife zur Burg herauf.

Wolfram packte sein Schwert und sprang hinunter ins Untergeschoss, um seinen Gefährten an der Tür beizustehen.

3
Schnee

Magdeburg, Anfang November 1276

Am Tag nach ihrem achtzehnten Geburtstag liefen Esther und ihr Vater wie jeden Abend seit nahezu zwei Wochen über den Dorfplatz und schauten zur Stadt hin, zum Sudenburger Tor. Von dort musste er kommen, der Tross, den sie erwarteten, denn er würde die Fähre nehmen müssen oder durch das Krökentor über den Breiten Weg zurückkehren. Der kalte Wind roch nach Schnee, der Himmel sah aus wie eine schmutzige Eisdecke, und in der Stadt oben läuteten die Glocken von St. Sebastian.

Der Vater blickte in den Winterhimmel hinauf. »Heute Nacht wird es schneien.« Sorgenfalten gruben tiefe Furchen in sein Gesicht. »Hoffentlich haben sie irgendwo sicheres Quartier, sonst werden sie im Schnee stecken bleiben.«

Er sprach von Elias und einigen anderen Männern der jüdischen Gemeinde, die Anfang September zur Ostseeküste hinaufgezogen waren, um in Stralsund Handel zu treiben. Statt Mutterfreuden entgegenzusehen, hatte Esther sich an ihrem Geburtstag mit Kummer plagen müssen: Ihr Gatte Elias hatte spätestens nach dem Laubhüttenfest wieder bei ihr sein wollen. Nun wartete sie schon einen Monat lang vergeblich auf ihn.

Weil sie es nicht länger ertragen wollte, allein in dem neuen Haus zu wohnen, das Elias hatte bauen lassen, und um das Geld für Holz und Holzkohle einzusparen, hatte sie Mitte November wieder ihre vertraute Kammer im Elternhaus bezogen. Nur vorübergehend, wie sie hoffte und wie sie den neugierigen Nachbarn erklärte.

Vor dem Haus des Nachbarn hockten Frauen auf Bänken und rupften geköpfte Gänse. Auch die Küchenmagd Anna war unter ihnen. »Mach dir keine Sorgen, Esther!«, rief sie ihr zu. »Er wird sicher bald nach Hause kommen.«

»Irgendein lohnender Handel ist ihnen dazwischengekommen«, sagte die Muhme Judith, die inmitten der Frauen die Flaumfedern aus den Federkörben zusammenlas und in einen Hanfsack stopfte. »Das ist ganz normal und geschieht Kaufleuten immer wieder.«

»Dann hätte Elias sicher einen Boten geschickt«, entgegnete Esther.

»Briefe gehen leicht einmal verloren, mein Kind, das weißt du doch.« Esther hasste es, wenn die Muhme sie *mein Kind* nannte. Seit sie verheiratet war, nannte Judith sie besonders oft und gern so.

»Warum mögen wohl die Glocken läuten?«, fragte Anna. »Wir haben Montag, und bis zur Vesper ist es noch ein Weilchen hin.«

»Jemand wird gestorben sein«, vermutete Judith. Sie ließ den Sack mit den Flaumfedern sinken und hob den Blick. »Da rennt einer vom Sudenburger Tor den Weg zu uns herab.« Alle reckten nun die Hälse und guckten nach Sudenburg und zur Stadt hinauf. Die Enttäuschung drückte Esther aufs Herz, denn es war nur einzelner Mann ohne Wagen und Pferd.

»Der will nicht ins Judendorf, der will ins Süddorf«, sagte Anna. »Aber was hat der große Kerl so zu rennen? Ist denn einer hinter ihm her?« Sie stand auf, runzelte die Brauen und schaute ganz genau hin. »Das ist doch …!« Die kopflose Gans an den Beinen festhaltend, lief sie ein Stück in den Dorfplatz hinein. »Das ist der Dostl!«

Sie kam zurück und warf die tote Gans in den Kübel zu den anderen. »Dostl ist zurück! Ich muss nach Hause.« Sprach's und eilte davon.

Mit bleichen Gesichtern standen sie alle stumm da und schauten zur Schafskoppel der Judengemeinde hinüber, wo der hünenhafte Läufer die Abzweigung ins Süddorf genommen hatte und nun vom Eichenhain verdeckt wurde. Keiner sprach aus, was alle dachten: *Warum ist der Jakob nicht bei ihm?*

Auch Esther dachte es, und ihr bekümmerter Blick flog zu ihrer Muhme.

»Johannes!«, rief diese und stelzte zum Elternhaus. »Sattle mir ein Pferd, schnell!« Judith ging merkwürdig aufrecht und steif, ganz so, als hätte sie gerade eben das viel zu dünne Eis eines Sees betreten.

Die Glocken von St. Sebastian verstummten, und Esther fragte sich, ob ihr Läuten tatsächlich den so lange vermissten Heimkehrer hatte ankündigen wollen. Ob auch Glocken läuten würden, wenn Elias nach Hause kam? Ganz gewiss nicht.

Sie nahm ihren Vater bei der Hand und zog ihn mit sich auf den Dorfplatz und dann auf den Weg zur Schafskoppel. Seine Blässe erschreckte sie, und dass er die Lippen in stummem Gebet bewegte, erst recht.

Auf Höhe der Koppel überholte die Muhme sie. Judith hockte seitlich in ihrem hölzernen Sattel und trieb ihr Pferd in einen schnellen Trab. Am Eichenhain bog sie zum Süddorf ab. Esther und ihr Vater beschleunigten ihre Schritte.

»Es ist ihm etwas zugestoßen«, flüsterte Esther, »ich spüre es doch.«

Der Vater antwortete nicht, aber er lief schneller und betete nun laut.

Im Süddorf eilten die Leute aus ihren Höfen und Häusern und hin zu Dostls Elternhaus. Einige wenige lehnten über Koppelzäune oder aus Fenstern und schauten den anderen nach. Im kleinen Gehöft des Schreiners drängten sich bereits Dutzende Dorfbewohner vor dem Haus.

Alle wollten hören, wie es Eisenstirn ergangen sein mochte, dem beliebten Jäger und Schmied, alle wollten ihn sehen. War es nicht länger als ein Jahr her, dass er mit dem Jakob aus dem Judendorf über die Elbe gesetzt hatte, um den Bär zu verfolgen, der das Fohlen des Geldverleihers Amos angefallen hatte?

Esther und ihr Vater hasteten ins Gehöft hinein und an Leuten vorbei, die wie sie den Dostl sehen wollten. An die fünfzig Menschen hatten sich dort versammelt, Groß und Klein, Alt und Jung, Männer und Frauen. Sie rangelten um einen Platz an der Türschwelle oder hingen halb in den Fensteröffnungen. Drei Halbwüchsige waren sogar aufs Dach geklettert und lauschten am Rauchabzug ins Haus hinunter. Das Pferd der Muhme weidete mitten unter den Neugierigen an der Tür.

»Judith ist schon im Haus«, sagte Esther und fügte in Gedanken hinzu: Sie weiß schon, was wir erst noch erfahren werden.

»Die Eltern haben bereits das Geld für seine Totenmessen gespart«, hörte Esther im Vorübergehen eine alte Frau sagen, und ein Mann, den sie überholten, erklärte: »Ich habe immer gewusst, dass der Dostl eines Tages zurückkommen wird.«

Plötzlich gellte ein Schrei aus dem Haus. Esther erkannte die Stimme der Muhme sofort, stand still wie schlagartig festgefroren und schloss die Augen. »Ich habe es gespürt«, flüsterte sie, und der Vater hörte auf zu beten.

Wieder schrie Judith verzweifelt, und diesmal wollte ihr Klagen gar nicht mehr aufhören. Der Vater zog Esther mit sich und drängte sich mit ihr durch die Menge. Als die Leute ihn und seine Tochter erkannten, machten sie ihnen Platz, denn jeder wusste ja, dass sie mit dem Mann verwandt waren, der nicht zurückgekehrt war, mit Jakob.

Schon bevor sie ihn sah, hörte Esther Dostls Stimme. Um das Geschrei der Muhme zu übertönen, sprach er laut und erzählte, wie der Bär den Jakob zerrissen hatte und wie er selbst nur mit Mühe und mit blutenden Wunden dem Tod von der Schippe gesprungen war, wie er sich ausdrückte.

Endlich konnte Esther ihn sehen – und sie erschrak, weil er so dünn und hohlwangig aussah. Er stand neben dem offenen Herdfeuer, wo sein Vater auf einer Bank saß und die Rechte seines Sohnes festhielt und küsste. Dostl hatte den linken Arm um seine Mutter gelegt, der immer neue Freudentränen über das rote Gesicht strömten, und schaute zu der jammernden Judith hin. Die große wulstige Narbe auf seiner Stirn war flammend rot.

»Der arme Jakob war sofort hinüber«, sagte er. »Glaub mir, Judith, er hat gar nicht leiden müssen.«

Die Muhme kniete mitten zwischen Frauen, die sie zu trösten versuchten, raufte sich die Haare und schaukelte laut weinend mit dem Oberkörper hin und her.

Esther bekam kaum Luft, so eng war ihr die Kehle, denn sie musste an den schlimmen Tag denken, an dem der halbwüchsige Greifensteiner den Oheim erschlagen hatte, Judiths Gatten und Jakobs Vater. Da hatte sie neben seinem Leichnam gekniet, wie sie jetzt zwischen Frauen kniete, und hatte genauso geschaukelt und gebrüllt.

Alle lauschten, alle hingen an Dostls Lippen, auch die Frauen, die rund um die Muhme hockten und sie festhielten und streichelten. Judiths Schreie gingen allmählich in Schluchzen über.

»Genoveva war es, die mich gerettet hat«, erzählte Dostl mit gesenkter Stimme. »Sie lebt als Wildfrau in den Seewäldern im Nordwesten. Gottes Vorsehung hat es so gefügt, dass der verfluchte Bär uns in die Nähe ihrer Höhle geführt hat. Anders würde auch ich nicht mehr leben. So wahr mir Gott helfe: Hätte sie die Bestie nicht getötet, könnte ich jetzt nicht hier stehen und euch berichten!«

»Wo ist die Genoveva jetzt?« Esther trat zu ihm und schaute zu ihm hoch.

»Die wartet zwei Wegstunden entfernt in einer Köhlerhütte auf mich«, sagte Dostl beinahe flüsternd und nach links und rechts spähend, als fürchte er heimliche Zuhörer. »Hat Angst vor dem Greifensteiner und dem Peitschenmönch. Wollte erst mal hören, wie gefährlich es für sie werden könnte, wenn sie sich wieder in den Mauern der Stadt blicken lässt.« Er zuckte mit den Schultern. »Wenn ich ihr eine beruhigende Neuigkeit bringen könnte, würde sie sich bestimmt nach Magdeburg hineintrauen.«

»Es gibt keine beruhigenden Neuigkeiten bei uns«, antwortete Esther. Die Muhme jammerte wieder lauter, und sie schaute zu ihr: Judith fing nun an, ihre Kleider zu zerreißen. »Sag Genoveva, dass in Magdeburg Raubtiere lauern, die gefährlicher sind als ein Bär.« Esther spürte, wie Bitterkeit ihr Gesicht verhärtete. »Seit der Greifensteiner an Macht gewonnen hat und der Gallus als nächster Erzbischof gehandelt wird, rechnen jedenfalls wir Juden Tag für Tag mit dem Schlimmsten.«

Bewegung kam in die Menge, wieder drängten sich Leute in die Küche. »Gott sei mir gnädig«, murmelte jemand. Sogleich erkannte Esther die weinerliche Stimme ihrer Mutter – gemeinsam mit den Großeltern war sie gekommen, um von Dostl zu hören, wie es Jakob ergangen war.

Als Esther Leas verzweifeltes Gesicht sah, wusste sie, dass man es ihr schon gesagt hatte. Und was sie dachte, erkannte sie im selben Augenblick: *Ich bin schuld an Jakobs Tod*, dachte die Mutter, *der Zorn Gottes über meine Sünde trifft die ganze Gemeinde.*

Esther seufzte und verdrehte die Augen. Die Muhme aber erkannte ihre Eltern in der Menschentraube, sprang auf und stürzte sich weinend in die Arme der Großmutter.

»Und?« Esther schluckte und wandte sich wieder an Dostl. »Wirst du gehen und Genoveva nach Magdeburg holen?« Sie berührte Dostls Arm. »Man hat dir doch erzählt, dass ihre Pflegemutter um ihr Leben fürchten und nach Eisleben fliehen musste?«

Dostl nickte stumm. Er hob den Blick, schaute zum Fenster nach Osten hin und über die Gaffer dort hinweg zur Elbe und zu den Wäldern. Seine Lippen waren schmal und farblos, seine Kaumuskeln bebten.

»Hol sie in die Stadt, wenn du dir zutraust, sie vor Gero und Gallus zu beschützen«, sagte Esther. »Aber das kannst nur du entscheiden.«

*

Es wurde dunkel, ohne dass ihr Dostl zurückkehrte. Genoveva wärmte sich an dem Feuer, das er und der Hardenberger in der alten Köhlerhütte für sie entfacht hatten. Noch dachte sie sich nichts dabei, dass ihr geliebter Jäger ausblieb, der große, der furchtlose, der starke, den sie den Pranken und dem Rachen eines Bären entrissen hatte, um ihn für immer ihr Eigen zu nennen.

Nein, so schnell würde ihr Dostl nicht wiederkommen, schließlich musste er erst einmal in der Stadt herumfragen und in Erfahrung bringen, wie es stand um den schlimmen Gero und den bösen Bruder Gallus. Vor dem Nachmittag des nächsten Tages rechnete Genoveva nicht mit der Rückkehr ihres Liebesgefährten.

Sie zog Bruchholz aus dem Holzstapel, den die Männer ihr im Wald zusammengelesen hatten, legte ein paar Äste ins Feuer und wickelte sich dann in den Katzenfellmantel, den der Hardenberger ihr zurückgegeben hatte, bevor er mit Dostl nach Magdeburg aufgebrochen war.

»Vielleicht is de Gero ja gestorbn«, murmelte sie zu sich selbst, während sie das Bärenfell über sich zerrte und sich zum Schlafen neben der Feuerstelle ausstreckte. Im Stillen betete sie weiter und flehte Gott an, ihren starken Dostl zu ihr zurückkehren und für immer bei ihr bleiben zu lassen.

Wie sie so ins Feuer stierte, spürte sie auf einmal, dass ihr die Angst in Brust und Kehle kroch, und plötzlich bemerkte sie, wie die Flammen und der Rauch Szenen formten. In einem Flammenbild schaute sie jenen kleinen nackten Mann und sah sich selbst, wie sie ihn halb tot aus der Elbe zog. In einem anderen erkannte sie Gallus dann neben sich im Ufergras und hörte ihn aus dem Feuer Gott für seine Rettung preisen. Auf dem nächsten Bild lauerte der Greifensteiner auf sie, und während sie noch spürte, wie nun auch Wut in ihr hochstieg, schob sich schon die Gestalt ihres geliebten Dostl zwischen sie und den Ritter, den sie an jenem schlimmen Tag so gern erschlagen hätte.

Sie kniff die Augen zu, um keine flackernden Bilder mehr sehen zu müssen. »Hoffenlich issa tot, de Gero«, flüsterte sie. »Und hoffenlich is auch de böse Bruda Gallus tot. Das wär' so schön, wenn de gute Gott de Gallus und de Gero hätt sterbe lasse. Dann würd de Genoveva de gute Gott dankbar sein, arg dankbar sogar.« Sie bekreuzigte sich, legte sich auf die Seite und zog die Beine an. »Ja, soll de gute Gott de Gallus und de Gero gestorbe sein lasse, Amen, Amen, Amen.«

Mit diesem Gebet im Herzen und voller Hoffnung auf seine Erhörung schlief sie ein.

Irgendwann in tiefster Nacht glaubte sie, Schritte zu hören. Sie riss die Augen auf und erschrak – statt, dass ihr Feuer zur Glut heruntergebrannt war, loderten die Flammen jetzt viel höher als noch zum Zeitpunkt, als sie zum letzten Mal hineingeschaut hatte. Füllten sie nicht sogar die gesamte Köhlerhütte aus?

Hinter der Flammenwand stand einer – nein: Eine stand da, eine Frau. War das nicht die gute Mechthild? Genoveva wollte sich aufsetzen, aber Kopf und Glieder schienen sich in Stein verwandelt zu haben, sodass sie nicht einmal den kleinen Finger rühren konnte. Sie versuchte, Mechthilds Namen zu rufen, doch ihre Kehle war wie zugeschnürt und ihre Zunge wie gelähmt.

Sie starrte ins Feuer, versuchte es mit ihrem Blick zu durchdringen, und dann war es auf einmal ein Mann, der breitbeinig hinter der lodernden Flammenwand in der Tür der Köhlerhütte stand. Er hob einen Spieß, zielte auf sie und holte aus.

Der Greifensteiner! Gero von Greifenstein hatte sie gefunden und wollte sie töten!

Endlich löste sich der Schrei aus ihrer Kehle, und als sie heulend aus ihren Fellen hochfuhr, verwandelte sich der mörderische Mann hinter der Flammenwand wieder in eine Frau. Genoveva schlug die Hände vor den Mund und verstummte, und zwei Wimpernschläge lang glaubte sie, Mechthild in der Tür stehen zu sehen.

»Genovevas Mamechma«, flüsterte sie, »de kleinen Genoveva ihr gute Mamechma …« Die Frau winkte ihr zu, drehte sich um, bückte sich aus der Hütte und winkte erneut, geradeso, als wolle sie ihr bedeuten, ihr zu folgen.

Genoveva riss die Augen auf und blinzelte in die vollkommen heruntergebrannte Glut. Sie wunderte sich, weil sie nicht auf ihrem Nachtlager hockte, wie sie es eben noch zu tun glaubte, sondern fest in ihre Felle gewickelt am Boden lag. Hatte sie das alles denn nur geträumt?

Sie spürte, wie sie am ganzen Leib zitterte und wie ihr das Herz in der Kehle schlug. Seufzend setzte sie sich auf und blinzelte über die Glut hinweg zum offenen Hütteneingang. Eiskalte Luft wehte herein, und der Morgen graute bereits.

Durch den schwachen Widerschein der erlöschenden Glut schwebten Flaumfedern in die Hütte herein. Flaumfedern? Sie erhob sich, presste die Felle an ihren zitternden Leib und sah genauer hin – keine Flaumfedern, Ascheflocken.

Brannte es irgendwo im Wald? Am Feuer vorbei torkelte sie zur Tür und starrte auf den Boden: Ein lang gezogenes weißes und glitzerndes Dreieck reichte von der Türschwelle aus mit der Spitze fast bis zur Feuerstelle. Sie schaute zur Tür hinaus auf die Lichtung – eine große Stille herrschte dort, und weder Ascheflocken noch Flaumfedern, sondern Schneeflocken schwebten aus dem Dämmerhimmel. Genoveva schüttelte fassungslos den Kopf: Sie begriff nicht, woher das Licht stammte, in dem die Flocken zu glitzern schienen.

Später wickelte sie ihre Füße in Felllappen und Lederstreifen, schlüpfte in Katzen- und Bärenfell und wickelte ihr Hab und Gut in einen Wolfspelz: den Trinkschlauch, den Holznapf mit der Fettpaste, getrocknetes Fleisch, Drillbogen, Fettholzspäne und einen morschen Prügel.

Jakobs Dolch steckte sie in ihren Hüftgurt, und Dostls Sauspieß packte sie mit der Rechten. So verließ sie die Köhlerhütte und stapfte in den anbrechenden Morgen hinaus.

Sie hatte nicht weiter über den Traum nachgedacht, sie spürte einfach, dass sie zu gehen hatte – und zwar nicht nach Magdeburg, sondern zu ihrer Waldhöhle. Dostl wusste ja, wo er sie finden würde. Ob er sie überhaupt suchen würde?

Sie flehte zu Gott, dass er ihren Geliebten zu ihr zurückschickte, obwohl sie nicht in der Stadt wohnen wollte. Während sie so zielstrebig durch den Neuschnee nach Nordosten marschierte, als würde eine Fährte darin ihr den Weg weisen, flehte und betete sie, bis ihr die Tränen über das eiskalte Gesicht rannen.

Gegen Mittag gelangte sie zu der alten Jagdhütte, in der sie auch auf dem Weg nach Magdeburg Rast gemacht hatten. Sie aß und trank und ruhte aus. Es hatte aufgehört zu schneien.

Lange rastete sie nicht, denn sie wollte noch vor Sonnenuntergang jenes verlassene Walddorf erreichen, in dem sie mit Dostl und dem Hardenberger die vorletzte Nacht verbracht hatte. Auf der alten Straße zur Küste wanderte sie weiter.

Bis sie irgendwann Wagenräder rattern und Pferde schnauben hörte. Genoveva blieb stehen und lauschte atemlos – wer kam ihr da entgegen? Sie wollte es gern erfahren, doch zugleich erschien es ihr klug, sich besser nicht den Fuhrleuten und Reitern zu zeigen. Also huschte sie in den Wald hinein und verbarg sich in Sichtweite des Weges hinter einem verschneiten Busch.

Zwei schwere Fuhrwerke rollten behäbig heran. Planen überspannten die Wagen, die von jeweils vier Pferden gezogen wurden. Auf jedem vorderen, das im Joch auf der rechten Seite trottete, saßen Männer in Pelzmänteln und mit spitzen Hüten. Erschrocken hielt Genoveva den Atem an, als ihr klar wurde, dass die Männer ihre Fußspuren im Schnee erkennen würden.

Sie blickte sich um – wohin fliehen? Aber es war zu spät: Schon trotteten die Gespanne der Stelle entgegen, von der aus ihre Fährte weg vom Weg und hinein in den Wald führte. Tatsächlich deutete der erste Reiter zunächst in den Schnee hinunter und dann in den Wald hinein, aber weder sprang er vom Leitpferd, noch hielt er den Wagen an. Er drehte sich zwar nach den Männern um, die hinter ihm im Wagen hockten, und sprach mit ihnen, doch trieb er das Gespann einfach an der Stelle vorbei, an der Genoveva in den Wald gelaufen war.

Sie atmete auf und bekreuzigte sich.

Für kurze Augenblicke konnte sie das Gesicht des Reiters unter der breiten Hutkrempe erkennen: Es war bärtig, kantig und schmal und von langem schwarzen Haar eingerahmt. Und es kam ihr seltsam bekannt vor.

Der kleine Tross rollte vorbei, und Hufschlag und Wagenrattern verloren sich nach und nach in der Ferne. Genoveva kehrte auf den Weg zurück und wanderte entlang der Spurrillen im Schnee weiter nach Nordosten.

Der Mann auf dem Leitpferd und sein Gesicht gingen ihr nicht aus dem Sinn – schmal, kantig, schwarzhaarig. Und dann der spitze Hut. »Juds?« Sie blieb stehen und schaute zurück. »Juds aus Magdeburg?« Je länger der Gedanke ihr im Kopf kreiste, desto sicherer wurde sie: Das waren Juden auf dem Weg nach Magdeburg gewesen. Und den Mann auf dem Leitpferd kannte sie. »Das war doch de kleine Sophia ihr Elias?«

Ein paar Atemzüge lang zögerte sie, dann machte sie kehrt und lief dem Tross hinterher. Er sollte Grüße an Sophia mit nach Magdeburg nehmen, der Elias. Und Dostl sollte er ausrichten, dass er sie in ihrer Höhle am kleinen See finden würde.

Der Gedanke gefiel ihr gut, und sie rannte schneller. Und weil sie eine gute Läuferin war und man zu Fuß sowieso schneller unterwegs war als auf einem Wagen, hörte sie bald wieder Hufschlag.

Nur Hufschlag? Kein Wagenrattern mehr? Sie stand still, um zu lauschen. Der Hufschlag hörte sich keineswegs so gleichmäßig an, wie sie es erwartet hatte, sondern wild und hastig. Und dann hörte sie Gebrüll und Lärm wie von Waffen und Schlägen.

Sie schulterte Dostls Sauspieß und eilte nach rechts in den Wald. Dort schlich sie in der Deckung der Bäume und des schneebedeckten Gestrüpps und immer in Sichtweite des Weges zurück nach Südosten. Schon bald sah sie die beiden Fuhrwerke der Magdeburger Juden – und sie sah die Reiter, die um die Wagen herumgaloppierten und Schwerter und Spieße schwangen.

Geduckt und mit wild klopfendem Herzen schlich sie noch ein Stück näher an den Kampfplatz heran. Klagelaute hallten durch den Winterwald, die klangen wie Todesschreie. Hinter einem umgestürzten Baum, der wie eine weiße Mauer aussah, setzte sie den Sauspieß ab und spähte hinüber zu den Wagen, den Pferden und den Reitern.

Die preschten jetzt nicht mehr in wildem Galopp um die Fuhrwerke, schwangen auch keine Waffen mehr, sondern rissen an den Zügeln ihrer Pferde. Genoveva zählte neun Reiter, während sie beobachtete, wie alle Männer außer einem aus den Sätteln stiegen und auf die Fuhrwerke kletterten. Von Weitem kam es ihr vor, als würden sie große Bündel aus den Wagen und an den Wegrand werfen. Der im Sattel sitzen geblieben war, deutete hierhin, deutete dorthin und rief Befehle.

Aus schmalen Augen beobachtete Genoveva ihn – und hielt den Atem an: Der Reiter hielt einen wuchtigen Spieß geschultert, der von Weitem aussah wie Dostls Sauspieß, und saß auf einem Grauschimmel. Der Wind spielte mit langen, strohblonden Haarsträhnen, die ihm im Nacken aus dem Helm heraushingen. Genoveva begann zu zittern. Der Drang wegzulaufen wurde beinahe übermächtig, doch sie kämpfte ihn nieder und blieb im Schnee hinter dem verschneiten Baum hocken.

Irgendwann stiegen die meisten Reiter wieder auf ihre Pferde. Zwei jedoch banden ihre Tiere an den Wagen fest und kletterten auf eines der vorderen Zugpferde. Dann setzte sich der Tross in Bewegung, und Gespanne und Reiter entfernten sich in die Richtung, aus der Genoveva gekommen war.

Sie wartete lange. Erst als ihr Herzschlag sich ein wenig beruhigt und die Angst, die räuberischen Ritter könnten zurückkehren, sich gelegt hatte, wagte sie es, aus ihrem Versteck aufzustehen, zum Waldrand zu schleichen und aus der Deckung der Bäume auf den Weg hinauszutreten.

Am Kampfplatz angekommen, ging sie langsam am Waldrand entlang, und mit jedem Schritt wurden ihr Beine und Herz schwerer, denn am Waldrand lagen vier tote Männer im Schnee. Das Mörderpack des Greifensteiners hatte ihnen die Schädel eingeschlagen.

Zwei Männer fand sie etwas abseits im verschneiten Wald liegen – die Reiter, die auf den Leitpferden gesessen und die Gespanne gelenkt hatten, vermutete sie. Hatten die Männer zu fliehen versucht? Einem hatten die Mörder den Kopf abgeschlagen. Rund um Torso und Schädel sickerte das Blut in den Schnee. Das sah aus, als würde ein rotes, dampfendes Tuch langsam wachsen und den Schnee zum Schmelzen bringen, wo es ihn bedeckte.

Der andere war Elias. Mit ausgebreiteten Armen und Beinen lag er auf dem Rücken. Sein gebrochener Blick war in den Winterhimmel gerichtet. Schneeflocken landeten auf seinen Augäpfeln und zerflossen dort. Genoveva kam es vor, als würde er weinen. Aber er konnte nicht mehr weinen, er war tot. Aus einer großen Wunde in seinem Bauch quoll dampfendes Blut.

»Das hat de Gero getan«, flüsterte Genoveva, während ihr die Tränen über die Pockennarben strömten. »Das hat de Gero, de schlimme Mörda, mit seine Spieß getan.«

Laut weinend wandte sie sich vom Ort des Grauens ab und rannte durch das Schneetreiben den Weg nach Nordosten hinunter – nur weg von Gero von Greifenstein, nur weg von den Mördern!

4
Schwertleite

Brandenburg an der Havel, 5. und 6. Dezember 1276

Wolframs Erhebung in den Ritterstand begann am Vorabend der eigentlichen Schwertleite: in einer schmucklosen Kapelle, mit einem Priester, der so laut sang und betete, dass Wolfram die Ohren gellten, und in einem kleinen Kreis von Edelmännern, die beim Mahl zuvor schon so viel Wein getrunken hatten, dass einige mit schwerer Zunge beteten, beim Lobgesang den Ton nicht richtig trafen oder gar schwankten, wenn sie sich bekreuzigten.

Wolfram nahm all das nur flüchtig aus den Augenwinkeln wahr, und diese beiläufigen Eindrücke verstärkten ihm eher das Gefühl zu träumen, als dass sie ihn befremdeten oder gar störten. Er gehörte schon seit beinahe anderthalb Jahren zum Gefolge des Markgrafen Otto und wusste, wie es dort zuging.

Ja – er glaubte zu träumen und konnte noch immer nicht richtig fassen, dass sein Wunsch nun Wirklichkeit und er ein Ritter werden sollte. Außerdem war es kalt in der Burgkapelle. Wolfram versuchte, an den heiligen Mauritius zu denken.

Der Priester, ein großer, bulliger Mann mit schlohweißem Haar und langem, weißem Bart, segnete ihn am kleinen Altar, betete für ihn und feierte dann die Vesper. Markgraf Otto von Brandenburg, sein Bruder Ernst, Graf Bodo von Spandau, der Ritter Tankred von Cölln und die Edelsten ihres Gefolges standen rings um den künftigen Ritter. Nach dem persönlichen Segen nahmen sie Wolfram in ihre Mitte und sangen mit ihm das Abendlob.

Anschließend ging es in einem Fackelzug aus der Burgkapelle hinüber in den Burgkeller, wo die Markgrafen von Brandenburg sich ein Badehaus eingerichtet hatten. Es war bereits so dunkel, wie es im Dezember um diese Zeit nur sein konnte. Über eine Wendeltreppe stieg Wolfram hinter dem Geistlichen in den großen Badekeller hinunter. Die Edelmänner folgten ihnen. Heute durfte nur einer hier baden: der ehemalige Knappe Wolfram von Hildesheim.

Otto, Tankred, zwei ihrer Ritter und der vierschrötige Priester begleiteten ihn bis hinter einen Vorhang, wo in einem Gewölbe ein Zuber stand. Während zwei Pagen Wolfram aus den Kleidern halfen und einige Knechte den Bottich mit warmem Wasser füllten, setzte der Geistliche zu einer feierlichen Erklärung an, die sich lange hinzog und als unerwartet ausführlich erwies.

Wolfram versuchte redlich, den Worten aufmerksam zu folgen, doch das fiel ihm nicht leicht. Zum einen war es eiskalt hier unten, zum anderen lenkten ihn die auffällige äußere Erscheinung des Mannes, dessen dröhnende Stimme und sein von Weinduft geschwängerter Atem ab, der ihm unablässig ins Gesicht wehte.

Er würde nicht einfach nur ein Bad nehmen, so belehrte der Priester den künftigen Ritter mit feierlicher Inbrunst, vielmehr schicke er sich an, den alten Wolfram von Hildesheim samt seiner Sünden und Bosheiten im Zuber zu ertränken. Nach dem Bad würde er dann als neuer Mensch aus dem Wasser steigen, als ein von Sünde und Schuld Gereinigter und daher würdig, in den ehrenvollen Ritterstand erhoben zu werden.

Wolfram hatte den Mann, der mit recht schwerer Zunge sprach, gleich auf den ersten Blick wiedererkannt – es war der Beichtvater des Markgrafen Otto. Im vorletzten Sommer, an seinem zweiten Tag in Magdeburg, hatte er ihn an der Seite des Greifensteiners zum Palast des Erzbischofs reiten sehen.

Es fiel ihm zunehmend schwer, der langen Rede dieses Gottesmannes zu folgen, denn er fror erbärmlich. Obwohl die Badeknechte rechts und links des Zubers Glutpfannen aufgestellt hatten, kroch ihm die Eiseskälte des Kellergewölbes schnell in die Knochen, zumal er inzwischen nackt war. Er begann zu zittern.

Dazu kam – neben der Aufregung, die ihn ergriffen hatte –, dass der Anblick der massigen Gestalt des Priesters ihn faszinierte: Sein Gesicht war von tiefen Narben entstellt, seine kantige Nase ungewöhnlich krumm, und in seinen grünen Augen glühte eine Leidenschaft, die Wolfram noch selten in einem menschlichen Blick gesehen hatte. Unter dem farbenprächtigen liturgischen Gewand entdeckte er eine schmutzige grobe Mönchskutte aus dunkelgrauem Hanf.

Endlich beschloss der Mann seine Ansprache mit einem herzhaften »Amen!«, das Wolfram nicht nur in den Ohren gellte, sondern auch als durchdringender Weinhauch in die Nase schoss. Er segnete den angehenden Ritter aufs Neue und wies dann mit sehr ernster Miene auf den Zuber. Wolfram atmete auf.

Er fror so sehr, dass er nicht einmal abwartete, bis der Priester, Otto und Tankred das Badegewölbe verlassen hatten, sondern stieg sofort nach dem Amen ins Wasser, streckte sich darin aus und spürte seufzend, wie ihm die Wärme in die ausgekühlten Glieder kroch.

Die Ritter des Markgrafen, beide graubärtig, vernarbt und in vielen Kämpfen bewährt, wie Wolfram gehört hatte, nahmen draußen rechts und links des Vorhangs Aufstellung, der Wolframs Badegewölbe von den anderen trennte. Sie zogen ihre Schwerter, stützten sich darauf und hielten Wache.

Später hatten sie das Ende des Bades zu verkünden, doch dieses zog sich hin – schließlich brauchte es seine Zeit, um den Sünder und Übeltäter in der Haut eines künftigen Ritters zu ersäufen. Und Wolfram vermutete, dass der in seiner Haut gewiss besonders lange brauchen würde, bis er endlich ertrunken war.

Er versuchte, an seine Missetaten zu denken und sich vorzustellen, wie sie im warmen Wasser von ihm abfielen und sich auflösten. Heilwig und die sündigsüße Nacht mit ihr kamen ihm in den Sinn, und die Verse, die er für sie gedichtet hatte, fielen ihm ein. Er begann, einen vor sich hinzuflüstern, verstummte aber bald wieder. Obwohl er ihn gelungen fand, schämte er sich dafür.

Natürlich stand ihm auch der selige Adalbert vor Augen, der die Lieder meist an seiner Stelle vorgetragen und den er durch Lug und Trug dazu verführt hatte, der Grafentochter nach Magdeburg zu folgen. Und das einzig und allein, weil sein eigenes Begehren ihn zur ihr trieb. Und er dachte voller Reue und Schmerz an das verhängnisvolle Duell mit seinem Ritter und an dessen grässlichen Tod.

Es dauerte gar nicht lange, da kam er sich wahrhaftig vor wie ein gewaltiger Sünder und Übeltäter vor dem Herrn. Zu seiner großen Enttäuschung fühlte er sich um keine Spur besser, als viel später die Glocke der Burgkapelle zum letzten Stundengebet des Tages rief. Verfehlte denn das Bad seine Wirkung bei ihm?

Während er im Zuber lag, schöpften die Knechte drei Mal lau gewordenes Wasser ab und füllten heißes nach. Einen fragte Wolfram bei so einer Gelegenheit nach dem Namen des Priesters.

»Hieronymus«, bekam er zur Antwort. »Vater Hieronymus hat schon mit dem Kaiser Friedrich in Jerusalem gegen die Heiden gekämpft. Und später ist er mit König Ludwig von Frankreich ins Heilige Land gezogen, um Jerusalem zurückzuerobern.« Der Badeknecht zuckte mit den Schultern und setzte eine bekümmerte Miene auf. »Leider ist's ihnen nicht gelungen. Vater Hieronymus war früher sogar ein Ritter des Templerordens und ist dann ein Priestermönch im Orden der Prämonstratenser geworden.«

»Er war gleich zweimal im Heiligen Land?« Wolfram konnte es kaum glauben. »Schon mit Kaiser Friedrich sogar?« Der Knecht nickte, und Wolfram staunte, denn beide Kreuzzüge hatten vor langer Zeit stattgefunden, der unter Kaiser Friedrich sogar fast dreißig Jahre vor seiner Geburt. »Wie alt ist der Hieronymus denn?«

»Das weiß keiner so genau«, erklärte der Knecht und goss heißes Wasser nach. »Wahrscheinlich nicht mal er selbst.«

Irgendwann, nach vielen Stunden, wie es Wolfram scheinen wollte, brachten Ottos Ritter und zwei Pagen ihm Wäsche, seine frisch geputzten Stiefel, neue Kleider und ein Handtuch. Er trocknete sich ab und ließ sich danach von den Pagen in schwarze Strümpfe helfen. Deren Farbe sollte einen künftigen Ritter daran erinnern, dass er sterblich war. Der neue Rock, den man Wolfram überzog, war dunkelrot und stand für sein Blut, das er mit erlangter Ritterwürde zu vergießen bereit sein musste.

Während er ihn zuknöpfte, dachte er an die drei Kampfgefährten, die mit ihm die Burg des Landgrafen erobert hatten. Zwei von ihnen hatten entschieden zu viel Blut vergossen und das nicht überlebt, beide waren jünger gewesen als er – schon Knappen mussten großzügig sein, was den Einsatz des eigenen Blutes betraf.

Einer der Ritter legte ihm einen Gürtel um, dessen strahlendes Weiß an die Keuschheit gemahnte, zu der ein ritterliches Leben verpflichtete. Wolfram musste an die Liebesstunden mit Heilwig denken, während er die Gurtkoppel schloss. Und daran, dass er sich manchmal wünschte, er könnte solche Stunden wieder erleben und sich in ihren Armen über seine Sehnsucht nach Esther hinwegtrösten.

Der andere Ritter legte ihm seinen künftigen Wappenmantel um die Schultern. In dessen hellrotem Stoff waren zu einem Kreuz geformte Klingen eingestickt und darunter die schwarze Büste eines gepanzerten Ritters. Das Hellrot stand für die Demut, in der ein Ritter sich zu üben hatte, das schwarze Ritterbildnis für den heiligen Mauritius.

Die Fahne mit diesem Wappen würde künftig auch über der Burg wehen, die Markgraf Otto ihm zum Lehen gegeben hatte. Es war die Burg des treulosen Landgrafen Albrecht von Thüringen, deren Eroberung Wolfram Ende Oktober ermöglicht hatte.

Der Priestermönch Hieronymus, Graf Bodo von Spandau und Tankred von Cölln holten ihn nach der Ankleide zur langen Nachtwache ab, die ein werdender Ritter vor seiner Schwertleite im Gebet zu verbringen hatte. Aus dem Badekeller führten sie ihn über den Burghof aus der Residenzburg des Markgrafen und dann über die Havelbrücke zum Dom der Stadt Brandenburg.

Nie zuvor hatte Wolfram ein Bauwerk wie diese große Bischofskirche gesehen, denn anders als alle Gotteshäuser, die er kannte, war sie aus rotem Backstein errichtet worden. Von innen wirkte sie noch düsterer als von außen, und das Gewölbe über dem Mittelschiff war so hoch, dass er es im Schein der wenigen Fackeln nicht einmal erkennen konnte.

In einem Fackelzug geleiteten die gestandenen Ritter Wolfram zum Hochaltar. Sein Blick flog sofort zu dem Schwert hin, das zwischen den brennenden Altarkerzen lag, und sein Herz schlug höher. Der Markgraf hatte diese prächtige Klinge in einer berühmten Waffenschmiede in Köln am Rhein gekauft und würde sie ihm am nächsten Tag bei der Schwertleite überreichen.

Vor dem Altar waren Felle und Decken ausgebreitet, auf denen Wolfram sich nun niederließ. Hieronymus schwenkte ein Weihrauchfass und sprach schon wieder ein Gebet – oder einen Segen? Wolframs Latein war zu lückenhaft, um das zu entscheiden, außerdem verstand er kaum die Hälfte der priesterlichen Worte, denn sie dröhnten durch die Kathedrale wie das dumpfe Blöken eines Auerochsen in den Weiten des Sumpfwaldes.

Nach dem Amen nickte der Priestermönch ihm zu und verließ dann an der Spitze der Ritter die Bischofskirche. Wolfram zuckte zusammen, als im Halbdunkel hinter ihm das Domportal krachend zufiel. Das Echo hallte durch das Kirchenschiff. Nun war er allein, und eine einsame Nacht brach an.

In andächtigem Gebet hatte ein angehender Ritter die lange Nachtwache zuzubringen, erinnerte sich Wolfram und tat sein Bestes. Er betete das Vaterunser, das Ave-Maria, sämtliche Psalmen, die sein klösterlicher Erzieher in Hildesheim ihm beigebracht hatte, und was er sonst an Gebeten je gelernt hatte.

Das waren nicht wenige – weiß Gott nicht! –, doch nach etwa einer Stunde hatte er alle aufgesagt, und als er von vorn begann, kroch ihm aus den Bodenfliesen die Kälte in die Knochen. Er unterbrach sein Gebet, stand auf, verschränkte die Arme vor der Brust und begann, vor dem Hochaltar hin und her zu laufen.

Dabei beschwor er vor seinem inneren Auge den heiligen Mauritius herauf, um die üblichen Grübeleien gar nicht erst aufkommen zu lassen. Die bösen und allzu vertrauten Erinnerungen jedoch flogen ihn dennoch wieder an: die einstürzende Brücke, die plötzlich stockende Prozession, die Todesschreie der in die Elbe abstürzenden Menschen, der brüllende Adalbert und der Geldverleiher Amos, wie er seine Werbung um Esther zurückwies und ihm den Geldsack in die Hand drückte.

Wolfram stieg zum Hochaltar hinauf, und weil er vermutete, dass er damit etwas Verbotenes tat, bekreuzigte er sich ausgiebig. Er strich mit zitternden Fingern über die Schwertklinge und griff dann nach einem der beiden Kerzenleuchter, die dort standen. Abermals bekreuzigte er sich, denn geweihte Kerzen vom Altar zu nehmen, war ganz gewiss verboten.

Dennoch ging er mit dem Leuchter in der Rechten zum nördlichen Seitenschiff des Doms, schritt dort von Seitenkapelle zu Seitenkapelle und betrachtete die Heiligenskulpturen in den Backsteinnischen. Vor einer Statue des heiligen Christophorus mit dem kleinen Heiland auf der Schulter blieb er stehen. Während er sie im Kerzenschein betrachtete, musste er an Dostl denken, denn wie dieser sah auch der Christopherus sehr groß und ungemein kräftig aus und hatte zudem einen Fleck auf der Stirn.

Wolframs Gedanken flogen aus der Kathedrale und hin zu Dostl und zu Anna, der Küchenmagd, die im Judendorf arbeitete und die an jenem Unglückstag mit dem Jäger und Schmied in die Elbe gestürzt war. Zwei Wochen zuvor hatten ihm die beiden Geschenke und Geld geschickt.

In Magdeburg hatten sie nämlich von seiner Heldentat und seiner bevorstehenden Schwertleite gehört, und weil Anna und Dostl wussten, wie kostspielig es war, ein Ritter zu werden, waren sie gemeinsam zum Geldverleiher gegangen und hatten es ihm erzählt. Daraufhin hatte Amos ihnen die von Wolfram verworfene Belohnung für die Rettung seiner Tochter – siebenhundert Mark Silber – übergeben.

Dostl hatte einen zuverlässigen Boten bezahlt, und der war mit diesem Geld an die Havel geritten, um es Wolfram zu überbringen – zusammen mit Dostls und Annas Geschenken: einem großen Dolch mit Hirschhorngriff und einem Sack voller Birnen und Äpfel.

Wegen Dostls Klinge und Annas Früchten war Wolfram

vor Freude zu Tränen gerührt gewesen, der Anblick des Geldes jedoch hatte ihn erbittert. Der Markgraf allerdings, der ihn für die Eroberung der Burg schon mit einer Turnierrüstung, dem neuen Schwert und einem Renner belohnt hatte, bestand darauf, dass Wolfram ein Schlachtross und eine neue Kampfrüstung aus eigener Schatulle kaufte.

Was war ihm also anderes übrig geblieben, als das Geld zu nehmen und die teure Rüstung und das teure Ross davon zu bezahlen? Glücklich war er nicht damit, aber die Aufnahme in den Ritterstand länger hinauszuschieben, hätte ihn noch unglücklicher gemacht.

In einer Seitenkapelle entdeckte Wolfram eine Skulptur des heiligen Mauritius. Sie war nicht halb so schön wie die im Dom zu Magdeburg – das änderte nichts daran, dass es ein Bildnis seines Lieblingsheiligen war. Also kniete er davor nieder und wiederholte im Gebet alle Versprechen, die er jemals vor dem Schwarzen Ritter abgelegt hatte: immer tapfer und treu zu sein, keusch und rein, gerecht und mutig, edel und gut.

Wieder schweiften seine Gedanken ab und kreisten um den römischen Ritter Mauritius. Wolfram wusste, dass er aus Ägypten stammte, seiner Obrigkeit den Befehl verweigert hatte, Christen zu verfolgen und dem römischen Kaiser zu opfern, und dass er dafür seine Hinrichtung in Kauf genommen hatte. Doch was für eine Erziehung hatte er genossen? Aus was für einer Familie stammte der Heilige ab, und wer waren seine Eltern gewesen?

Otto hatte auf einer Urkunde bestanden, die Wolframs adlige Abstammung bestätigte. Dafür hatte er sogar einen Brief an den Herzog von Braunschweig schreiben und schicken lassen, woraufhin der Fürst Wolfram ein Pergament zukommen ließ, das ihn als legitimen Sohn des herzoglichen Halbbruders bezeugte, jenes Abtes von Hildesheim.

Ob der Markgraf ihn auch zum Ritter gemacht hätte, wenn er keine adlige Abstammung hätte nachweisen können? Wenigstens hatte Otto den Botenlohn bezahlt.

»Hast du jemals eine Frau geliebt?«, fragte er die Statue des heiligen Mauritius. »Warst du gar mit einer verheiratet?« Wolfram hätte es gern erfahren, aber der Heilige blieb stumm.

Als er aufstand, um zur nächsten Kapelle zu gehen, wurden ihm die Augen feucht und das Herz schwer, denn mit dem Obst und der Klinge hatten Dostl und Anna ihm auch eine schmerzliche Botschaft aus Magdeburg geschickt: In diesem Sommer hatte die liebliche Esther ihren Oheim Elias geheiratet.

Nach drei Runden durch die Seitenschiffe kannte Wolfram die Gesichter sämtlicher Heiliger im Dom und konnte die Inschriften in den Sockeln ihrer Skulpturen auswendig aufsagen. Er ließ sich wieder vor dem Hochaltar nieder, wickelte sich in Felle und begann ein Lied für seine nun für immer unerreichbare Esther zu dichten. Da er keine Wachstafel mit sich trug, musste er die Worte, Zeilen und Verse im Kopf zusammensetzen, bearbeiten, streichen und neu zusammensetzen.

Das strengte ihn ungemein an, und irgendwann, nicht lange nach Mitternacht, schlief er ein.

Glockengeläut rief im Morgengrauen die Domherren und Kanoniker der Stadt Brandenburg zur Laudes und weckte Wolfram. Nur wenige Ritter und Waffenknechte fanden sich zur Laudes ein. Unter den Männern, mit denen der schlaftrunkene Wolfram im Halbdunkel vor Hochaltar und Lettner das Morgenlob sang, erkannte er den Grafen Bodo von Spandau und den jungen Knappen Sigurd.

Der war sehr still geworden seit dem Überfall auf die Burg des Landgrafen, sehr still und sehr fromm. Wie man hörte, trug er sich mit dem Gedanken, als Novize in ein Kloster einzutreten. Das allerdings wollte nicht recht zu dem Angebot passen, das er Wolfram gemacht hatte: Einem Ritter Wolfram von Hildesheim, so hatte er ihm erklärt, wolle er gern als Knappe dienen.

Nach der Laudes, als die meisten schon wieder dem Ausgang zustrebten, kam Sigurd zu ihm und langte mit beiden Händen nach seiner Rechten. »Heute ist dein Wiegenfest, Wolfram.« Mit leuchtenden Augen und voller Bewunderung schaute der Kleinere zu ihm hoch und hielt seine Hand sehr fest. »Was für eine gnädige Fügung des Herrn, dass es auf den Tag deiner Ritterweihe fällt, nicht wahr? Der allmächtige Gott segne und behüte dich auf allen deinen Wegen.«

Es traf Wolfram vollkommen unvorbereitet – an seinen vergessenen Geburtstag erinnert zu werden genauso wie Sigurds Segensspruch, der ihm wie ein Stich durchs Herz ging. Hatte nicht Esther ihn mit den gleichen Worten gesegnet, als es ihm im vorletzten Juli gelungen war, in ihre Kammer vorzudringen?

»Danke.« Er ließ sich nichts anmerken, wusste aber weiter nichts zu sagen, denn allzu deutlich wurde ihm dieser Moment nun lebendig: Esthers scheues Lächeln und der warme freundliche Blick ihrer dunkelbraunen Augen. Wolfram nickte hastig, wandte sich mit zusammengepressten Lippen dem Altar zu und tat, als würde er beten.

Seine Schwertleite fiel nicht nur auf seinen zwanzigsten Geburtstag und damit auf den Tag des heiligen Nikolaus, sondern auch auf einen Sonntag. Wolfram fragte sich bereits, warum die Glocken schon wieder läuteten, und begriff es erst, als die Brandenburger Bürger zu Hunderten in die Kathedrale strömten: Die Glocken riefen das Volk zur Sonntagsmesse zusammen.

Ehe er sich versah, umringten ihn wieder Markgraf Otto und seine Edlen. Die Gesänge und Gebete rauschten an ihm vorbei wie der Wind in den Bäumen, wenn man durch einen

Mischwald ritt. Irgendwann war die Messe vorüber, und Hieronymus trat auf die untere Altarstufe, um wieder eine lange und feierliche Rede über Ritterschaft und Frömmigkeit zu halten. Nachdem er doch noch zu einem Ende gefunden hatte, rief er mit donnernder Stimme Wolframs Namen ins Kirchenschiff, befahl ihm, an den Altar zu treten, und segnete ihn erneut.

Benommen von Müdigkeit und Weihrauchduft bemerkte Wolfram plötzlich, dass Tankred von Cölln und Bodo von Spandau neben ihm knieten und sich an seinen Stiefeln zu schaffen machten. Er blinzelte zu ihnen hinunter: Die Ritter schnallten ihm goldene Sporen um.

Markgraf Otto legte ihm einen prachtvollen Waffengurt mit dem Brandenburger Adler auf der Koppel an, nahm die Klinge entgegen, die Hieronymus ihm betend reichte, und steckte sie in die Schwertscheide des neuen Gurts. Danach küsste er Wolfram auf die Wangen und klopfte ihm auf die Schulter.

»Jetzt gehen wir feiern«, sagte er, und: »Wirst ein guter und ruhmreicher Ritter werden mit Gottes Hilfe.« Dann beugte er sich an Wolframs Ohr und fügte flüsternd hinzu: »Warst es ja schon vor diesem Tag.«

Das war der Augenblick, in dem Wolfram endlich fassen konnte, dass er nun ein Ritter war. Und zugleich der Augenblick, in dem er Heilwig von Holstein-Kiel in der Menge zwischen den Säulen des Mittelschiffs stehen sah. Sie lächelte ihm zu.

*

Später versammelten sie sich im Rittersaal an der großen Tafel des Markgrafen von Brandenburg, denn Otto hatte seine Edlen zu einem Festmahl geladen. Zu seiner Linken saßen

Graf Bodo von Spandau, die Grafentochter Heilwig und Ottos Beichtvater Hieronymus, zu seiner Rechten Wolfram von Hildesheim und neben dem eben erst in den Ritterstand Erhobenen hatte Ernst von Brandenburg Platz genommen, der Dompropst von Halberstadt und – sollte es nach dem Willen seines Bruders Otto gehen – der künftige Erzbischof von Magdeburg.

Auf der anderen Seite der Tafel erkannte Wolfram den Markgrafen Dietrich von Landsberg und seine Gattin, und neben dem Paar den Bischof von Brandenburg und einige Domherren der Stadt. Ein Hauch von Beklommenheit wehte Wolfram an unter so vielen hochgestellten Edelleuten, doch nur kurz, denn er war viel zu glücklich und zugleich viel zu müde, um sich derartigen Anwandlungen von Scheu hingeben zu können.

»Willkommen in meiner Brandenburger Tafelrunde«, rief Otto in den Saal, hob seinen Weinkelch und stieß zuerst mit ihm, Wolfram, an. Der Priester Hieronymus erhob sich, sprach sehr laut zunächst ein Tischgebet, danach noch lauter einen Trinkspruch, und damit war die Tafel eröffnet.

Unter den wachsamen Blicken des markgräflichen Truchsesses trugen Knechte und Mägde die Speisen auf und füllten Mundschenke die Weinbecher. Die Gäste, etwa siebzig an der Zahl, machten sich über Wildschweinkeulen, Hasenbraten, Rehrücken und gebratene Gänse und Enten her und später über Früchte und süßes Gebäck. Trinksprüche und abgenagte Knochen flogen durch den Rittersaal, es wurde gelacht, gescherzt, getratscht, und Wein und Bier flossen in Strömen.

Die Stunden vergingen, Wolfram wurde immer müder, und die Ritter wurden immer lustiger und redseliger. Der Markgraf begann, auf die Schönheit der anwesenden Damen zu trinken, fand kein Ende und merkte kaum, dass Heilwig von Holstein-Kiel irgendwann aufstand und den Saal verließ.

Ihre Haltung war ungewöhnlich stolz, ihr Gesicht bleich und ihre Miene beleidigt. Sie kehrte nicht mehr zurück.

Otto ließ sich eine Laute bringen, erhob sich, setzte den Fuß auf den Schemel und kündigte sein neuestes Minnelied an. Dann griff er in die Saiten und sang Verse, die Wolfram ihm im Spätsommer geschrieben hatte, damit er sie Heilwig vortragen konnte. Damals munkelte man bereits, sie habe ihm sein Jawort gegeben.

Er erntete tosenden Applaus, und die Gäste verlangten weitere Lieder. Der Markgraf, schon reichlich angeheitert, sah keinen Grund, sich zurückzuhalten und griff erneut in die Saiten. Dass Heilwig gar nicht mehr im Saal saß, hatte er offenbar noch nicht bemerkt. Oder war es ihm gleichgültig?

Nach ihm wanderte die Laute zu einem Ritter, der drei Jahre zuvor den neuen römisch-deutschen König Rudolph von Habsburg von seiner Wahl in Frankfurt hinauf nach Aachen zu seiner Krönung begleitet hatte und danach mit dem Königshof den Rhein hinunter in Rudolphs Heimat im Süden des Reiches gezogen war. Zuletzt hatte der Ritter einige norddeutsche Städte besucht, darunter Hamburg, Lübeck, Schwerin und Magdeburg.

Über diese mehr als dreijährige Reise hatte er einen Bericht in Versform geschrieben, den er nun zur Laute vorsang. Schnell breitete sich allgemeine Langeweile an der Tafel aus, denn die norddeutschen Fürsten und Edlen interessierten sich damals nicht für ihren König. Markgraf Otto wagte es als Erster, laut und herzhaft zu gähnen. Andere folgten seinem Beispiel. Der Sänger kam Wolfram vor, als merke er von alldem nichts – vielleicht wollte er auch nichts merken.

Irgendwann räusperte Otto sich und hob die Hände, um dem langwierigen Versbericht durch Beifall ein vorzeitiges Ende zu bereiten. Doch weil in diesem Moment der Name

Magdeburg fiel, hielt er inne, senkte die Hände wieder und lauschte aufmerksamer.

Der Ritter besang das entsetzliche Unglück, das die Elbstadt am Margaretentag des Vorjahres heimgesucht hatte, sang von den Rettungstaten heldenhafter Bürger und eines Knappen namens Wolfram von Hildesheim und vom Tod eines Ritters bei einem Schwertkampf mit dem Hildesheimer.

Wolfram war plötzlich hellwach und wusste nicht, wohin mit sich, denn aller Augen waren nun auf ihn gerichtet. Voller Verlegenheit starrte er in seinen Weinbecher. »Das sind doch die Verse des Bruno von Stövenbeck«, flüsterte Bodo von Spandau, der sich an ihm vorbei zu seinem Markgrafen hinübergebeugt hatte.

Otto, dem schon der Zorn über den zweitrangigen Sänger, der anderen die Lieder stahl, die Miene kantig machte, winkte unwillig ab. Und Wolfram konnte sich ein spöttisches Lächeln nicht verkneifen, denn niemand wusste besser als er, dass auch der Markgraf gern einmal Zeilen aus fremder Feder zum Besten gab.

Der Sänger aber bemerkte auch Ottos zornige Miene nicht und sang unermüdlich Strophe um Strophe. Sang vom ruhmreichen, weisen und gütigen Erzbischof Konrad, sang von der Krankheit zum Tode, die Gott ihm geschickt habe, sang vom Domneubau und vom Magdeburger Domkapitel, das bald aus zwei frommen und überaus angesehenen geistlichen Herren den neuen Erzbischof des Erzbistums zu wählen hatte.

Otto und Erich von Brandenburg reckten die Hälse, wie auch die meisten anderen im Rittersaal die Ohren zu spitzen schienen. Nach Gähnen jedenfalls war nun keinem mehr zumute.

Der fahrende Ritter besang die beiden Kandidaten für den Erzbischofsstuhl mit je einem eigenen Vers und nannte selbstverständlich auch ihre Namen: Buffo von Querfurt und Gallus von Trier.

Während Erich den Blick senkte, lief Otto nun rot an vor Zorn und schlug mit der Faust so wuchtig auf die Tafel, dass Kelche und Schüsseln schepperten. »Genug jetzt!«, rief er. »Oder will sich hier noch irgendjemand gestohlene Verse anhören?« Herausfordernd blickte er in die Tafelrunde. »Und verlogene zudem!« Er sprang auf, streckte Arm und Zeigefinger nach dem Sänger aus: »Oder weißt du wirklich nicht, dass viele unter den Magdeburger Domherren sich den edlen und frommen Markgrafen Erich von Brandenburg als nächsten Erzbischof wünschen?«

Auch dem Sänger war nun die Röte ins Gesicht gestiegen, allerdings die Schamesröte. Seine dahingenuschelten und -gestammelten Erklärungen und Entschuldigungen gingen in Getuschel, Geraune und empörten Rufen unter. Er reichte die Laute seiner Nachbarin und hastete mit eingezogenem Kopf aus dem Rittersaal.

Andere nutzten die Gelegenheit, ebenfalls von der Tafel aufzustehen und den Saal zu verlassen, so auch Wolfram. Er war einfach zu erschöpft, um die vielen betrunkenen Menschen und ihr nun aufkommendes Gerede noch länger zu ertragen. In der Hoffnung, im Pferdestall ein verschwiegenes Plätzchen zum Schlafen zu finden, verließ er den Palas.

Im Burghof traf er auf Heilwig, die offenbar einen Spaziergang an der frischen Luft gebraucht hatte, um ihrer Eifersucht Zügel anzulegen. Auf dem Weg zurück in den Palas blieb sie bei Wolfram stehen.

»Ich freue mich über deine Erhebung in den Ritterstand, Wolfram von Hildesheim. Möge Gott dich segnen und deinen Ruhm mehren.« Und leiser fügte sie hinzu: »Am Nachmittag werde ich drüben im Gästehaus allein in meinen Gemächern ruhen. Wollen wir nicht ein wenig feiern? Zu zweit, meine ich. Und bringe deine neuesten Verse mit.« Sprach's, ließ ihn stehen und rauschte zurück in den Palas.

Mit steifen Knien stelzte Wolfram in den Pferdestall. Er kam sich vor wie einer, den ein Ziegenbock in eine Viehtränke voller eiskaltem Wasser gestoßen hatte. Hatte er richtig gehört? Die Grafentochter lud ihn in ihre Schlafkammer ein? Durfte das denn wahr sein – sie hatte Otto ihr Jawort gegeben und lud ihn zu einer Liebesstunde ein? Er konnte es einfach nicht glauben.

Im Stall schaute er nach seinem Renner und seinem Schlachtross, einem sehr hohen und kräftig gebauten Rappen, den der Markgraf ihm aus Italien hatte kommen lassen und das Wolfram vom Geld des Amos bezahlt hatte. »Sei froh, dass du ein Pferd bist, Schwarzer«, flüsterte er dem Hengst ins Ohr, während er ihm die Nüstern tätschelte. »Menschen sind seltsam, schwierig und gefährlich.«

Hinter seinem Rappen hing sein neuer Schild mit dem Schwarzen Ritter als Wappen an der Wand. Dort sank er ins Heu. Zwei, drei Atemzüge lang dachte er an Heilwigs schöne Brüste und ihre herrlichen Schenkel, und die Lust regte sich in seinen Lenden. Aber sofort stand ihm Esther vor Augen, um die er vergeblich geworben hatte und nach der er sich sehnte. Mit ihrem Bild im Herzen schlief er ein.

Vor den Stallfenstern dämmerte es bereits, als eine laute Stimme ihn weckte. Am tiefen und rauen Ton erkannte Wolfram sofort seinen Markgrafen. Unter den Beinen vieler Pferde hinweg sah er ihn im Eingangsbereich des Stalles zwischen den Gestellen mit dem Sattel- und Zaumzeug stehen. Sein Bruder Ernst, sein Beichtvater Hieronymus, Graf Bodo von Spandau und Tankred von Cölln umringten ihn.

»Sollen sie doch den Ochsen des Dompropstes zum Erzbischof machen!«, schimpfte er. »Sollen sie doch untergehen, mit wem sie wollen!« Otto war außer sich. »Wehe ihnen, wenn sie es wagen, einen anderen als dich zu wählen!« Bei diesen Worten legte er seinem Bruder Erich die Hände auf die Schultern. »So viel können sie in zwei Leben nicht bezahlen, was sie uns dann schuldig sein werden!«

»Sie werden es niemals wagen!«, erklärte Graf Bodo mit knurriger Stimme, aber in Wolframs Ohren klang das alles andere als überzeugt.

»Wehe!« Otto ließ seinen Bruder los und lief im Kreis herum wie ein wildes Tier, das man eingesperrt hatte. »Ich werde sie zermalmen!« Voller Zorn schüttelte die Fäuste. »Ich werde die Stadt einnehmen und jedes zweite Haus einreißen lassen! Und den Dom des neuen Erzbischofs werde ich zum Stall für unsere Pferde machen!«

5
Tauwetter

Magdeburg, 15. Januar 1277

In der Stadt oben läuteten die Glocken. Wie lange schon? Esther vermochte es nicht zu sagen. Sehr lange – so lange schon, dass es ihr auf einmal seltsam vorgekommen, sie vom Spinnrad aufgestanden und vor das Hausportal getreten war.

Auf dem Dorfplatz stützten Männer und Frauen sich auf ihre Schneeschaufeln. Vor dem Bethaus stand der Rebbe, vor den Häusern und Ställen des Judendorfes reckten Männer und Frauen die Hälse. Alle schauten nach Sudenburg und zur Stadt hinauf.

Die Glocken – sie zogen alle in ihren Bann. Und auch sie, Esther.

Sie wunderte sich, und ihr Blick flog von einem zum anderen, von Haus zu Haus, vom Rebbe zu Johannes, dem Pferdeknecht, der sich nicht mehr mit den Schneemassen vor dem Haus abmühte, nur weil die Glocken läuteten.

»Diese Gojim mit ihrem Glockenlärm immerzu!«, hörte Esther den Rebbe schimpfen. Er packte seine Schaufel und fuhr fort, den Weg zum Bethaus vom Schnee zu befreien. Andere taten es ihm gleich, und nach und nach löste sich die Erstarrung der Männer und Frauen auf dem Dorfplatz und vor den Häusern ringsum.

Esther lauschte noch immer dem Geläute und merkte bald: Nicht nur an einem, sondern an sämtlichen Kirchtürmen hinter den Mauern von Magdeburg läuteten die Glocken. Und nicht nur dort – auch in Sudenburg und im Süddorf läuteten sie, und sogar in der Kirche des Klosters Berge.

Seit mehr als drei Monaten wartete die jüdische Gemeinde inzwischen auf die Rückkehr jener sechs Männer, die im Spätsommer an die Ostseeküste gereist waren, um Handel zu treiben. Seit mehr als drei Monaten wartete Esther auf ihren Mann Elias. Oder – doch das ganz im Verborgenen und ohne es je auch nur anzudeuten –, oder eben auf eine Hiobsbotschaft.

Natürlich wusste Esther, dass die Christen niemals die Glocken ihrer Kirchen läuten würden, nur weil sechs jüdische Männer endlich nach Hause zurückkehrten. Und schon gar nicht würden sie das an dem hoffentlich niemals anbrechenden Tag tun, an dem sich die schlimmsten Befürchtungen über deren Verbleib bestätigten. Und doch trieben sorgenvolle Anspannung und verzweifelte Hoffnung die Familien jener Vermissten so unablässig um, dass wahrscheinlich jeder von ihnen das ungewöhnliche Glockenläuten an diesem Morgen sofort auf die sechs Vermissten bezog. Die noch nicht lange vermählte Esther jedenfalls tat es.

Sie lauschte dem Klang der vielen Glocken und dachte an Elias. Und glaubte zu spüren, dass gerade etwas Unwiderrufliches geschah, etwas Böses. Sie spürte es mit solcher Gewissheit, dass ihr eine Gänsehaut über Rücken, Nacken und Oberarme perlte.

Neben der Vortreppe packte nun auch Johannes wieder seine Schneeschaufel und stieß sie in den Schnee. »Jetzt ist er also tot«, sagte er, und Esther erschrak, weil sie nicht gleich verstand, von wem er sprach. »Und weiß man, wer ihm nachfolgen wird? Nein, man weiß es nicht.«

Der Pferdeknecht fuhr fort, von der Vortreppe aus einen Weg durch den kniehohen Schnee hin zum Stall und zur Werkstatt zu bahnen. Eine mühsame Arbeit war das, denn obwohl es wieder die ganze Nacht geschneit hatte, herrschte kein Frost mehr, und der Schnee war nass und sehr schwer.

Noch einmal richtete Johannes sich auf und rief Esther zu: »Einem besseren Erzbischof als dem Konrad werde ich jedenfalls in diesem Leben nicht mehr den Ring küssen!« Und jetzt erst verstand sie, wen er meinte und warum die Glocken läuteten.

»Da mag er recht behalten, fürchte ich.« Der Vater trat aus dem Haus und neben sie. »Jetzt ist der Erzbischof also doch gestorben.« Er lauschte zur Stadt hinauf, legte den Arm um ihre Schulter und zog sie an sich. »Schade, schade.« Esther hörte ihn seufzen, und es klang in ihren Ohren, als würde er mehr Tode als nur den des Erzbischofs betrauern.

Die Glocken läuteten und läuteten und läuteten. Esther stand wie festgefroren und blickte zum Sudenburger Tor und den Kirchtürmen der Stadt. Der Klang drang tief in ihre Brust ein und weckte ihre verborgensten Ängste. Warum um alles in der Welt war sie sich nur so sicher, dass die Glocken auch für sie läuteten?

»Vielleicht wählen sie den Peitschenmönch zum neuen Erzbischof«, sagte Esther mit heiserer Stimme.

»Buffo von Querfurt sei auch kein Freund unseres Volkes, erzählt man sich in Halberstadt und Quedlinburg«, sagte der Vater neben ihr. »Und geldgierig ist der eine wie der andere.« Er seufzte tief. »Bald wird nichts mehr so sein, wie wir es gewohnt sind, meine Tochter. Vielleicht sollten wir das Dorf verlassen und ins Königreich Frankreich ziehen. Oder nach England, Polen oder Schweden.«

Esther hakte sich bei ihm unter, umklammerte seinen Arm und lehnte sich gegen ihn. Sie hatte Angst.

Am frühen Abend brachten Dostl und zwei Halbwüchsige aus dem Süddorf einen Rehbock, den der Vater ein paar Tage zuvor bestellt hatte. Der Pfeil, mit dem Dostl ihn erlegt hatte, steckte ihm noch hinter dem linken Schulterblatt. Der Jäger und die jungen Burschen bestätigten, was im Grunde alle im Judendorf bereits wussten – Erzbischof Konrad war gestorben.

»Hast du etwas von Genoveva gehört?«, fragte Esther den Schmied. Er schüttelte den Kopf und wandte den Blick ab.

Dostl gab sich wortkarg, seit er Genoveva vergeblich in der Köhlerhütte und im Wald gesucht hatte. Neuschnee hatte ihre Spuren bedeckt. Und weil es den ganzen November und den halben Dezember über geschneit hatte, lag der Schnee im Wald jetzt so hoch, dass es auch für einen erfahrenen Jäger wie Dostl unmöglich war, sich auf den weiten Weg in die nördlichen Sumpfwälder zu Genovevas Höhle zu machen.

»Wann wird Konrad beerdigt?«, fragte der Vater, nachdem er Dostl das Geld für den Rehbock in die Hand gezählt hatte.

»Schon übermorgen«, antwortete einer der Halbwüchsigen, »gleich nach der Sonntagsmesse. Das haben sie im Domkapitel entschieden, weil sämtliche Wege nach Magdeburg so tief verschneit sind, dass für Trauergäste aus den umliegenden Städten sowieso kein Durchkommen wäre.« Dostl nickte.

»Zur Totenfeier wird dann erst nach der Schneeschmelze eingeladen«, wusste der andere Bursche. »Und übernächsten Sonntag wählen sie den Querfurter oder den Brandenburger zum neuen Erzbischof.« Auch das bestätigte Dostl durch ein flüchtiges Nicken.

Vater und Tochter horchten auf.

»Den Brandenburger?«, fragte Esther. »Der Gallus steht nicht mehr zur Wahl?«

»Einige Domherren lehnen ihn als Kandidaten ab, weil sie glauben, dass der verfluchte Peitschenmönch mit den Morden an ihren Kapitelbrüdern zu tun hat«, ergriff Dostl nun doch das Wort. »Und wenn ihr mich fragt: Ich glaube es auch.«

»Aber keiner kann's beweisen«, sagte einer der Burschen, »also klagt ihn auch keiner vor dem Schöffenstuhl an. Und übernächsten Sonntag kriegen wir nun einen neuen Erzbischof, der entweder Buffo oder Erich heißen wird.«

*

Eine Woche nachdem Erzbischof Konrad in der alten Krypta unter dem Dom in einem Sarkophag beigesetzt worden war, versammelte sich das Magdeburger Domkapitel nach der Sonntagsmesse im Speisesaal des erzbischöflichen Palastes, um seinen Nachfolger zu wählen. Am späten Nachmittag wartete Esther am Fenster darauf, dass in den Kirchtürmen der Stadt die Glocken zu läuten begannen – diesmal, um die erfolgte Wahl anzuzeigen.

Unten auf dem Dorfplatz und zwischen den Häusern des Judendorfes herrschte emsiges Treiben, denn unverhofft hatte Tauwetter eingesetzt, und das halbe Dorf mühte sich ab, einigermaßen gangbare Gassen in den Schneematsch zu graben. Ein Reiter näherte sich vom Sudenburger Tor her, ritt an Sudenburg und später an der Abzweigung ins Süddorf vorüber und nahm den Weg ins Judendorf.

Ein Briefbote, schoss es Esther durch den Kopf. Sie lief aus ihrer Kammer und sprang die Treppe hinunter. Ein Briefbote mit einer Nachricht von Elias! Das Herz schlug ihr bis zum Hals, als sie die Haustür aufriss.

Es war ein Briefbote, tatsächlich, doch einer vom Zunftmeister der Tuchmacher. Er überbrachte eine Rechnung für bestelltes Tuch und die Bitte des Hardenbergers, morgen um die Mittagszeit in seine Werkstatt zu kommen, um die bestellte Ware abzuholen und zu bezahlen.

»Warum läuten die Glocken noch nicht?«, fragte Esther den Boten, bevor er wieder die Vortreppe hinuntersteigen konnte. »Hat das Domkapitel denn noch immer keinen neuen Erzbischof gewählt?«

»Sie haben sich zerstritten«, erzählte der Mann. »Die eine Hälfte der Domherren will unbedingt den Brandenburger zum Erzbischof machen, die andere den Querfurter, den Buffo. Auf den bestehen auch der Rat und die angesehensten Bürger der Stadt.«

»Und jetzt?«

»Es ging sehr laut zu, sogar eine Prügelei habe es gegeben, heißt es.« In einer Geste der Ratlosigkeit breitete der Bote die Arme aus. »Die Domherren haben die Versammlung abgebrochen, und im Augenblick weiß niemand, wie es weitergehen soll. Angeblich wollen sie morgen nach der Laudes noch einmal zur Beratung zusammenkommen.« Er winkte und sprang die Treppe hinunter, vor der sich bereits ein gutes Dutzend Dorfbewohner versammelt hatte, um Neuigkeiten aus der Stadt zu erfahren.

Esther berichtete ihnen, was sie gehört hatte, und danach verbreitete sich die Nachricht von der gescheiterten Wahlversammlung wie ein Lauffeuer. Der Rebbe Samuel ließ eine Versammlung im Bethaus einberufen, um dafür zu beten, dass Erich von Brandenburg zum neuen Erzbischof gewählt würde.

Von ihm versprach sich die jüdische Gemeinde das günstigere Los für das Schicksal der Juden von Magdeburg. Auch der Vater wünschte sich den Brandenburger als neuen Kirchenfürsten der Stadt und des Erzbistums. Allein schon deswegen, weil er dem Markgrafen Otto das Geld für die Wahlkosten geliehen hatte und nur das hohe Amt die baldige Rückzahlung einschließlich der vereinbarten Zinsen ermöglichen würde.

Um die Mittagszeit des nächsten Tages hieß der Vater den Pferdeknecht, einen Wagen anzuspannen und ihn, die Mutter, Esther und den Rebbe Samuel in die Stadt hinauf und zum Tuchmacher Joseph Hardenberg zu fahren. Dort wollte er die bestellten Vorhänge für das Bethaus und für Elias' und sein eigenes Wohnhaus anschauen und abholen. Johannes tat, wie verlangt, und bald lenkte er das Gespann aus dem Judendorf und zum Sudenburger Tor hinauf.

Werkstatt und Kontor des Hardenbergers lagen zwischen Altem Markt und Elbufer auf einem weitläufigen Anwesen. In den steinernen Häusern, die den Hof umgaben, fanden die verschiedenen Arbeitsschritte statt, die auf dem Weg von der Schurwolle zum fertigen Wolltuch nötig waren. In einem Haus wurde die Wolle gewaschen und gekämmt, im nächsten zu Wollgarn gesponnen, in einem anderen arbeiteten die Sticker, und im größten Gebäude, das der Tuchmacherfamilie zugleich als Wohnhaus diente, standen auf zwei Stockwerken die Webstühle des Zunftmeisters.

Dort empfing er sie auch, und zwar im unteren Stockwerk, wo er auf einem großen, von zwei Webstühlen eingerahmten Tisch bereits einige der bestellten Vorhänge ausgebreitet hatte. Während der Vater nach der Begrüßung mit dem Tuchmacher plauderte, besahen Esther, ihre Mutter und Samuel die goldgelben und dunkelroten Vorhänge, prüften die Beschaffenheit des Wollstoffes und die hebräischen Schriftzeichen, die in die Vorhänge für das Bethaus eingestickt waren.

Indessen pries der Hardenberger seine neuen Webstühle, die er in England gekauft und per Schiff über Hamburg die Elbe herunter nach Magdeburg geschafft hatte. Esther, die an den Vorhängen nichts zu beanstanden hatte, gesellte sich zu den Männern und hörte aufmerksam zu.

An den neuartigen Webgestellen mussten die Weber nicht mehr im Stehen arbeiten, denn sie ragten nicht senkrecht auf wie Türrahmen, sondern lagen flach auf Stützen, sodass man daran sitzen konnte, weswegen sie nun auch Webstühle hießen und nicht länger Webbäume. Esther vergaß für einen Moment all ihre Sorgen, berührte den Holzrahmen, beobachtete neugierig die flinken Handgriffe des Webers und schritt bedächtig um sein Arbeitsgestell herum.

»Trittwebstuhl nenne ich das«, sagte der Hardenberger und wies auf einen der Weber. »Jetzt kann er nämlich den Webrahmen mit dem Fußhebel anheben und hat beide Hände für Faden und Webschiffchen frei.« Er schwärmte in höchsten Tönen von dem neuartigen Gestell und pries den englischen Magister, der es sich ausgedacht hatte. »Damit schafft ein Weber zwei Ellen Tuch auf zwei Fuß Breite in einer Stunde, statt nur eine Elle wie in alten Zeiten.« Zufrieden lächelnd kraulte er sich den Bart.

»Aber wird denn das Tuch nicht schlechter, wenn es schneller gewebt wird?«, fragte die Mutter. Reglos stand sie neben dem Vater und beäugte das neuartige Gestell voller Argwohn.

Bevor der Hardenberger antworten konnte, hielten die Weber plötzlich inne, wandten die Köpfe und lauschten zu den Fenstern hin – in der Stadt läuteten die Glocken. »Endlich!« Der Zunftmeister verdrehte die Augen zur Decke, bekreuzigte sich und faltete die Hände vor der Brust. »Endlich haben sich die Streithähne auf einen neuen Erzbischof geeinigt!«

Die Weber sprangen auf, verließen ihre Webstühle, warfen sich Mäntel um und zogen sich Mützen auf den Kopf. Gefolgt von Knechten, Mägden und Hausgenossen liefen sie aus dem Haus und rannten vom Hof in Richtung Alter Markt. Aus den anderen Häusern liefen die Spinner und Wollkämmer und folgten ihnen.

Esther wunderte sich, weil der Hausherr niemanden zurückhielt, den Leuten nicht einmal ein Wort der Missbilligung hinterherrief. Im Gegenteil: Auch er hatte es nun eilig, die Vorhänge zusammenzupacken und die Bezahlung abzuwickeln.

»Nichts wie in die Domfreiheit«, sagte er, als alles erledigt war, und verließ mit Esther, ihren Eltern und dem Rebbe das Haus. »Möge Gott verhütet haben, dass der Brandenburger künftig unsere Geschicke führt!«, rief er, sich bekreuzigend. Dann rannte er von seinem Anwesen und ließ seine jüdischen Gäste stehen.

Die verstauten die Vorhangbündel auf der Ladefläche und stiegen auf den Wagen. »Ich habe nie darüber nachgedacht, wie wichtig ein Erzbischof für die Magdeburger ist«, sagte Esther, während Johannes das Fuhrwerk aus dem Anwesen des Hardenbergers lenkte.

»Jetzt weißt du es«, sagte die Mutter.

Und der Rebbe Samuel knurrte: »Ich wünschte, ihr hättet nur halb so viel Respekt vor eurem Rabbiner wie die Gojim vor ihrem Erzbischof.«

Als sie in den Alten Markt hineinrollten, läuteten noch immer die Glocken. Vor der Johanniskirche hielt der Pferdeknecht das Fuhrwerk an, ohne dass Esthers Vater ihn dazu aufgefordert hatte. »He, Pater!«, rief er einem Priester zu, der gerade das Portal zur Kirche öffnete. »Ist der Buffo unser neuer Erzbischof oder Erich von Brandenburg?«

»Keiner von beiden!« Der Priester rief gegen den Lärm der Glocken an, die auch von den Türmen der Johanniskirche läuteten. »Um den Streit zu schlichten, haben die Domherren sich auf einen dritten geeinigt: den Grafen Günther von Schwalenberg.« Kopfschüttelnd trieb Johannes das Gespann wieder an und lenkte es über den Alten Markt und hin zum Breiten Weg.

»Von dem weiß ich nicht viel«, sagte der Vater, der seine Enttäuschung kaum verbergen konnte. Die Mutter blieb stumm, und Esther, die den Namen noch nie gehört hatte, sah den Rebbe fragend an.

Der hob ratlos die Achseln. »Kenne ich auch nicht. Doch

flehen wir lieber zum Ewigen, statt zu hoffen, dass dieser Goi sich von den anderen durch Demut, Weisheit und Bescheidenheit unterscheidet.«

»Das gibt Krieg!«, rief Johannes ihnen über die Schulter hinweg zu. »Das nimmt einer wie der Brandenburger nicht einfach so hin. Das gibt Krieg, sage ich euch!«

Esther hielt den Atem an, so sehr erschreckten sie die Worte des Pferdeknechtes. Sie erinnerte sich plötzlich an die unangenehme Begegnung mit dem Markgrafen an dem Tag, als der Vater ihm das Geld zugesagt hatte, das er brauchte, um seinen Bruder zum Domherren und zum Erzbischof zu machen. Und sie dachte an Elias' Worte, als sie das Haus verließen. *Möge der Ewige, gelobt sei er, verhüten, dass die Brandenburger wieder Krieg gegen das Erzbistum führen, denn sie würden es mit unserem Geld tun* – hatte er das nicht gesagt?

Sie schaute ihren Vater an. Sorgenfalten zerfurchten sein aschfahles Gesicht, seine Lippen waren ein farbloser Strich, und seine Kaumuskeln arbeiteten. Esther musste keine Gedanken lesen können, um zu wissen, dass er das Gleiche dachte wie sie.

Kurz vor dem Sudenburger Tor rollte vor ihrem Fuhrwerk ein großer Ochsenkarren von links auf den Breiten Weg. Vier Waffenknechte zu Pferde begleiteten ihn. Weil Johannes das Gespann überholte, sah Esther die Toten, die auf der Ladefläche lagen. Sie schlug die Hände vor den Mund und wandte sich ab, denn die Leichen sahen entsetzlich aus – verkrümmt, zerrissen, verstümmelt.

»Beim allmächtigen Gott!«, entfuhr es dem Vater. »Wer sind die? Und wohin schafft ihr sie?«

»In euer Dorf hinunter«, sagte der Anführer der Waffenknechte. »Sind Juden.«

»Anhalten!«, rief der Vater sofort und sprang vom Wagen. »Wo habt ihr sie gefunden?«

»Ostwärts im Wald«, antwortete der Waffenknecht gleichmütig. »Am Weg zur Küste. Müssen lange dort gelegen haben, steif gefroren und unter der Schneedecke. Aber jetzt hat sie das Tauwetter freigeschmolzen.«

Esther hörte es und wusste plötzlich mit schmerzhafter Klarheit, wer dort auf dem anderen Gefährt lag. Sie krümmte sich zusammen, biss sich auf die Unterlippe und wagte es nicht, die Hände vom Gesicht zu nehmen.

»Die wilden Tiere haben sich schon an ihnen schadlos gehalten«, sagte der Waffenknecht.

»Allmächtiger und Ewiger!«, hörte sie den Vater, der auf den anderen Wagen geklettert war, mit tränenerstickter Stimme rufen. »Allmächtiger und ewiger Gott, gelobt und gepriesen seist du, doch musst du uns denn wirklich auch noch in so schrecklicher Weise heimsuchen?«

Der Rebbe zog die zitternde Esther an sich. Als er anfing, flüsternd auf Hebräisch ein Totengebet zu sprechen, konnte Esther nicht länger an sich halten: Sie schrie laut, sprang auf und wollte hinüber zum Ochsenwagen, um ihren toten Gatten zu sehen.

Die Mutter hielt sie fest, fasste ihren Kopf und drückte ihr Gesicht in ihre Halsbeuge. »Nicht doch«, sagte sie, »nicht hinschauen, meine arme Tochter.«

Lea stand schon längst neben Johannes auf dem Kutschbock, um besser hinüber in den anderen Wagen schauen zu können. Mit tonloser Stimme sagte sie der weinenden Esther ins Ohr: »Meine Schuld fällt auf mich zurück. Gottes Gericht trifft mich und mit mir die ganze Gemeinde.«

6
Zorn

Brandenburg an der Havel, Anfang Februar 1277

Es ging schon auf Mitternacht zu, doch Markgraf Otto tobte noch immer. Die Fackeln an den Wänden des Rittersaales brannten allmählich herunter, das Feuer im Kamin auch, die Weinkrüge und die meisten Weinbecher waren geleert, und einige Knappen und Ritter gaben sich nicht einmal mehr Mühe, ihr Gähnen zu unterdrücken. Zweien, die gar zu tief in den Becher geschaut hatten, war der Kopf auf die Tafel gesunken. Wolfram, der mit seinem Knappen Sigurd nicht weit von ihnen saß, konnte sie schnarchen hören.

Schimpfend und fluchend marschierte Otto an der Stirnseite des Saales unter Hirsch- und Elchgeweihen, Bären- und Eberschädeln und den Rüstungen seiner Vorväter auf und ab. So aufgebracht hatte Wolfram den Fürsten noch nie erlebt. Selbst im vorletzten Frühsommer im Garten der Burg Landsberg war er nicht annähernd so wütend gewesen.

Ein Brief war der Grund seines Zornes. Ein Bote aus Magdeburg hatte das Schreiben am späten Abend überbracht, und Wolfram hatte es vor versammelter Ritterschaft laut vorlesen müssen. Darin stand, dass man in der Elbstadt einen Kanoniker aus Goslar namens Günther von Schwalenberg zum geistlichen Fürsten des Erzbistums machen wollte und mitnichten Ottos Bruder Erich.

Der Brief stammte von drei Magdeburger Domherren, die es mit den Markgrafen von Brandenburg hielten. Vor allem der Rat der Stadt Magdeburg und einige ihrer angesehensten Bürger hatten sich gegen Erich gestellt, schrieben sie.

Und mit ihnen einige Vasallen des verstorbenen Erzbischofs Konrad, der Erich auch schon nicht in der Stadt hatte dulden wollen, und natürlich Anhänger jener närrischen Ordensfrau Mechthild, die Konrad seinerzeit zu dieser Haltung überredet habe, wie es in dem Brief hieß. Sorgfältig hatte der Schreiber die Namen derer aufgelistet, die entschlossen waren, einen Erzbischof Erich von Brandenburg für alle Zeiten zu verhindern.

Otto, den die Nachricht zutiefst erboste, hatte sofort seine Edlen zu einem Kriegsrat in den Rittersaal rufen lassen, soweit sie sich in der Residenzstadt aufhielten. Doch allzu viel Beratung war bislang nicht möglich gewesen, denn seit Wolfram den Brief verlesen hatte, raste der Markgraf und konnte sich gar nicht mehr beruhigen.

Runde um Runde drehte er vor den Tierschädeln und Rüstungen und hörte gar nicht mehr auf zu zetern und zu fluchen. Er beschimpfte die Ratsherren von Magdeburg und die Domherren, die es mit ihnen hielten, statt mit Erich und ihm. Ihre Namen stieß er immer wieder zornig und voller Verachtung aus und brachte sie mit allerhand Tiernamen und Körperteilen in Verbindung, und zwar durchaus nicht mit den edelsten.

Wolfram nickte seinem Knappen zu und deutete mit einer Kopfbewegung zum Kamin, woraufhin Sigurd sich erhob, zum heruntergebrannten Feuer ging und Holz nachlegte.

Otto, der es beiläufig wahrnahm, unterbrach endlich seine Schimpftiraden, um unter der Rüstung seines Ururgroßvaters, Albrecht des Bären, an der Tafel stehen zu bleiben und seinen Weinbecher zu leeren. Diese Pause nutzte Graf Bodo von Spandau und nannte die Namen einer Burg und zweier Ortschaften im Erzbistum Magdeburg, die man erobern und niederbrennen könnte.

»Dann erfahren die Magdeburger, was ihrer Stadt blüht,

sollten sie ihre Wahl nicht rückgängig machen«, erklärte er mit grimmiger Miene.

Tankred von Cölln schlug mit der Faust auf die Tafel, um die Worte des Grafen zu bekräftigen, und nun erhoben sich zustimmende Rufe von allen Seiten des Saales.

»Mundschenk!«, brüllte Otto und knallte den Becher auf die Tafel. »Mehr Wein!« An den Grafen gewandt fügte er leiser hinzu: »Zwei Burgen müssen wir schleifen, Bodo, und vier Städte niederbrennen, damit sie zur Besinnung kommen, diese schwachköpfigen Hundsärsche an der Elbe!«

Es ging nun wieder erheblich lauter und vor allem vielstimmiger zu im Rittersaal, denn ein Disput brach los, welche Stadt des Erzbistums man angreifen und auf welche Burg man losgehen sollte. Die Schläfer waren längst erwacht, und in der ganzen Tafelrunde sah Wolfram niemanden mehr gähnen.

Während der Mundschenk und zwei Diener mit frischem Wein erschienen und den Rittern und Knappen die Becher füllten, schwirrten Namen von Städten, Schlössern und Burgen im Erzbistum durch den Saal. Schließlich einigte man sich darauf, die Stadt Aken und das nahe liegende Schloss Gloworp anzugreifen und zugleich das Städtchen Staßfurt mitsamt seines Schlosses zu zerstören.

Der Feldzug wurde beschlossen, der Tag des Abmarsches festgelegt und ein Schreiben an Magdeburger Domkapitel und Rat entworfen. Anschließend erhob Otto seinen Weinbecher, um mit den versammelten Edelleuten auf den Kriegszug ins Erzbistum zu trinken. Seine Miene drückte grimmige Zufriedenheit aus.

Mit den ersten Männern, die danach den Rittersaal verließen, zog sich auch Wolfram zurück. Er wünschte seinem Knappen eine gute Nacht und trat aus dem Palas. Draußen schien der Mond, und Tausende Sterne funkelten am Himmel.

Obwohl es frostig kalt war, schlenderte Wolfram hinüber

zum Burggarten, denn die Versammlung der Ritter und Ottos Zornesausbruch hatten ihn mächtig aufgewühlt. Er fühlte sich unglücklich und zerrissen, und wusste zunächst selbst nicht, warum.

Als im Mondlicht die Torsäulen des Gartens sich vor ihm aus der Dunkelheit schälten – zwei in Stein gehauene Erzengel mit Schwertern –, stand ihm plötzlich der Schwarze Ritter vor Augen. Und sofort erinnerte er sich an die Nacht vor dem Zweikampf mit Adalbert von Stendal, die er vor der Statue des heiligen Mauritius im Domneubau verbracht hatte. Alles, was er dem Heiligen in dieser Nacht versprochen hatte, war ihm auf einmal so gegenwärtig, als sei es erst gestern gewesen.

Gerecht und gütig zu sein wie Mauritius, hatte er geschworen, und Gott als ein ehrlicher und tapferer Ritter zu dienen. Doch war es gerecht und gütig, eine Stadt niederzubrennen, weil ihre Obrigkeit Erich von Brandenburg nicht zum Erzbischof machen wollte? War es etwa tapfer und ehrlich, über ein Schloss herzufallen, nur um Ottos Zorn zu kühlen?

Hin- und hergerissen zwischen solchen Gedanken und der Treue dem Markgrafen gegenüber verließ Wolfram den nächtlichen Burggarten. Da an Schlaf noch nicht zu denken war, wandte er sich zu den Stallungen. Täglich schaute er dort mindestens dreimal nach seinen neuen Pferden, seinem schnellen Renner und seinem schweren Schlachtross.

Das Tor war nicht verriegelt, was ihn ein wenig befremdete. Leise drückte er es auf und trat ein. Ganz am Ende des langen Stalls nahm er einen matten Lichtschein wie von einer heruntergedrehten Talglampe wahr. Eigenartige Laute waren von dort zu hören. Schnaubte da ein krankes Pferd? Oder winselte da ein sterbender Hund?

An den schlafenden Rössern vorbei schlich Wolfram dem Lichtschein und den Geräuschen entgegen. Etwas rührte sich dort im Heu – kein Tier, ein Mensch. Und gleichzeitig ertönte das, was er anfangs für Tierlaute gehalten hatte: ein Stöhnen und Seufzen. Wolfram blinzelte. Waren es nicht sogar zwei Menschen, die sich da in gleichem Rhythmus bewegten? Im Näherkommen bestätigte sich ihm dieser Eindruck.

Als er endlich begriff, was sich dort hinten neben der Talglampe abspielte, blieb er stehen und sperrte staunend den Mund auf: Eine blonde Frau, deren Kleid bis über die Hüfte hochgeschoben war, kniete im Heu und hinter ihr ein Mann, der sie festhielt und mit Liebesstößen bedachte.

Wolfram erkannte Heilwig sofort. Den Mann konnte er nicht genau sehen, denn die Lampe stand neben dem Blondschopf der Grafentochter auf einem Holzblock, und so blieb sein Gesicht für ihn im Halbdunkel. War es Tankred von Cölln? Oder etwa Erich von Brandenburg?

Wolfram wollte es lieber nicht so genau wissen. Er drehte sich um und ging leise wieder hinaus.

*

Eine Woche später zog er mit seinem Markgrafen in einem Heer von siebenhundert Mann südwestwärts ins Erzbistum Magdeburg hinein und zur Elbe hin. Die Bewohner der Weiler und Ortschaften, in deren Nachbarschaft sie lagerten, beeilten sich, alles an Nahrung und Getränken herauszugeben, was die Kriegsleute von ihnen verlangten, denn Otto und seine Brandenburger waren nicht eben für ihre Nachsicht bekannt. Als das Heer nach vier Tagen das Stromufer erreichte, hatten sich ihm weitere dreihundert Bewaffnete angeschlossen, Bauern und Handwerker aus der Markgrafschaft vor allem.

Am nächsten Morgen wurde das Kriegsvolk geteilt: Sechzig gepanzerte Reiter, etwas mehr als hundert berittene Knappen und Edelknechte und nicht ganz dreihundert Mann Fußvolk setzten über die Elbe und zogen unter der Führung des Grafen Bodo von Spandau und Ottos Bruder Erich weiter nach Westen, um Staßfurt und sein Schloss anzugreifen.

Wolfram ritt mit der anderen Hälfte, die der Markgraf selbst stromaufwärts nach Süden führte. Drei Tage, so hieß es, würden sie mindestens brauchen bis nach Aken, das am anderen Elbufer lag, denn durch das Tauwetter waren Wege und Wiesen feucht und verschlammt. Tatsächlich kamen sie nur langsam voran.

Wolframs Rüstung war aus sehr dunklem, beinahe schwarzem Erz geschmiedet. Das hatte er sich so gewünscht – seinem Lieblingsheiligen Mauritius zu Ehren. Dieser würde in seiner Vorstellung immer ein Mohr sein wie der Schwarze Ritter im Domneubau von Magdeburg. Eine rabenschwarze Schabracke mit rotem Saum bedeckte Wolframs Rappen, rot waren auch das Gehörn auf seinem Helm und der Brandenburger Adler auf seinem schwarzen Schild.

Nach zwei Tagen Marsch ließ Otto am übernächsten Abend das Nachtlager drei Wegstunden entfernt von einem Fischerdorf errichten, das Aken gegenüber am Ostufer der Elbe lag. Dort gab es eine Fähre hinüber zum Westufer und zum Städtchen und seinem Schloss.

Am nächsten Morgen, kurz vor Sonnenaufgang, schickte der Markgraf Tankred von Cölln und Wolfram von Hildesheim mit zehn weiteren Rittern und etwa dreißig berittenen Knappen und Edelknechten dorthin voraus, um Fährhaus und Fähre einzunehmen und die Fischerboote des Dorfes für die Brandenburger zu beanspruchen, damit sie nach Aken hinüberrudern konnten.

Man schrieb den 19. Februar Anno Domini 1277, ein Freitag, den Wolfram nicht mehr vergessen sollte.

Die kleine Kriegsschar ritt durch den morgendlichen Elbwald, Wolfram an Tankreds Seite, vor ihnen an der Spitze

Sigurd und ein zweiter Knappe mit aufgepflanzten Lanzen. Tankred von Cölln, in blauem Waffenrock, saß auf seinem alten Schlachtross, einem grauen Wallach, und Sigurd auf einem schneeweißen Renner. Diesen hatte ihm der Markgraf als Belohnung für seine Tapferkeit beim Kampf um die Burg des Landgrafen geschenkt.

Zwar herrschte schon seit zwei Wochen kein Frost mehr, und der Schnee war bis auf kleinere weiße Haufen und Streifen weggetaut, doch es war noch immer empfindlich kalt. Dennoch zwitscherten und tirilierten die Vögel bereits von allen Seiten in den noch kahlen Bäumen und Büschen. In großen Pfützen auf dem Weg und in ausgedehnten Tümpeln im Wald glitzerte das Licht der Morgensonne.

Wolfram sah es gern, und der schöne Anblick des Lichtspiels und der Gesang der Vögel erfüllten ihn mit Freude und Trost. Sogar an Esther konnte er in dieser Stunde denken, ohne Bitterkeit und Schmerz zu empfinden.

Tankred schickte einen Knappen und zwei Edelknechte voraus, die auf besonders schnellen Pferden ritten. Sie sollten den Weg und die Umgebung des Fischerdorfes auskundschaften.

Wolframs Freude löste sich in Nichts auf, kehrte sich gar in Beklemmung um, denn die lospreschenden Reiter erinnerten ihn daran, wohin sie unterwegs waren: zu einer kleinen Stadt, deren Bewohner sie aus den Häusern treiben sollten, um Feuer zu legen und so den ganzen Ort zu verwüsten.

Die Aussicht, braven Leuten das Dach über dem Kopf zu nehmen, noch dazu bei dieser Kälte und nur zu dem Zweck, gewissen hohen Herren in Magdeburg einen Denkzettel zu verpassen, diese Aussicht gefiel ihm ganz und gar nicht.

Manchmal schaute er verstohlen zu Tankreds kräftiger Gestalt hinüber. Der Ritter von der Spree hatte kurzes dunkelblondes Haar und ein breites Gesicht mit wuchtigem, leicht nach vorn geschobenem Kinn. Aufmerksam spähte er den Weg hinunter, sah sich ständig um oder strich sich unruhig über seinen langen und buschigen Schnurrbart.

Wolfram fragte sich, was der etwa fünf Jahre ältere Tankred wohl davon hielt, noch heute Aken und sein Schloss zu verwüsten. Ihn das zu fragen, kam ihm allerdings nicht in den Sinn, denn der Cöllner hätte wahrscheinlich an seinem Verstand gezweifelt. Der Ritter Tankred war aus ähnlichem Holz geschnitzt wie der Markgraf, er war ein kriegerischer, harter und trinkfester Mann. »Töten, verwunden und verwüsten, das ist nun mal unser Geschäft«, hätte er wahrscheinlich geantwortet.

Diesen Satz hatte Wolfram Otto sagen hören, als sie in der eroberten Burg des Landgrafen einander die Hand reichten und er Wolfram angesichts der vielen Toten und Verwundeten weinen sah.

Ob Tankred derjenige gewesen war, der im nächtlichen Pferdestall Unzucht mit der Grafentochter getrieben hatte? Wolfram vermutete es, denn der Gedanke, Heilwig könnte ihren künftigen Gatten mit dessen eigenem Bruder betrügen – einem Kanoniker obendrein! –, erschien ihm gar zu ungeheuerlich.

»Ein herrenloses Ross«, sagte Sigurd plötzlich und deutete nach vorn: Ein rotbraunes Pferd galoppierte ihnen entgegen. »Der Renner des Knappen!« Er riss am Zügel.

Er hatte recht – das Pferd gehörte dem Knappen, den Tankred mit den beiden Edelknechten als Späher vorausgeschickt hatte. Alle hielten nun ihre Tiere an.

»Der ist nicht freiwillig aus dem Sattel gestiegen«, sagte Tankred mit gepresster Stimme. »Einer muss zurück zum Markgrafen reiten und berichten! Jemand lauert uns auf …«

Er wollte noch mehr sagen, doch schlagartig verstummte er und fuhr herum. Als Wolfram sich daraufhin ebenfalls umdrehte, sah er den Grund: Eine große Schar bewaffneter Reiter versperrte den Weg zurück nach Norden – einige mit aufgepflanzten Lanzen, viele in Rüstungen, manche nur durch Kettenhemden und Erzhauben geschützt.

»Verrat!«, entfuhr es Sigurd. »Wie sonst könnten sie wissen, dass wir hier in dieser Gegend sind?« Er griff nach seinem Helm.

»Zum Spaß stehen die nicht da«, murmelte Tankred. »Wer zum Henker sind sie?«

Wolfram beugte sich aus dem Sattel, um den Braunen am Zügel festzuhalten, der an ihnen vorbeigaloppieren wollte. Er ließ sich ein Stück von ihm mitziehen, bevor er ihn endlich zum Stehen bringen konnte. Dabei kam er den fremden Kämpfern so nahe, dass er einzelne Gesichter erkannte, denn viele hatten sich ihre Topfhelme noch nicht übergestülpt. Er schätzte, dass etwa vierzig Reiter dort hinten auf dem Weg warteten. Und zwischen den Bäumen im Wald bewegten sich Männer zu Fuß und weitere Pferde.

»Es sind Ritter des Magdeburger Rates und des Erzbischofs!«, rief er Tankred und den anderen zu. »Ich erkenne Gero von Greifenstein, Slawomir von Sternberg und Heinemann von Schartow.«

»Überlassen wir es ihnen, das Treffen zu eröffnen.« Tankred wandte sich ab und gab das Zeichen zum Weiterreiten. »Aber seid auf der Hut.«

Wolframs Blick fiel auf die rotbefleckte Schabracke und den von Blut bespritzten Sattel des Braunen. »Sattel und Pferdedecke sind blutig!«, rief er.

»Dann lauern sie auch vor uns schon?« Sigurd stieß einen Fluch aus.

»Wir müssen den Markgrafen warnen.« Tankred spähte zur Elbe hin. »Wenn wir einen Kahn hätten, könnten zwei die Elbe hinunterrudern.«

Er trieb seinen schweren Wallach an, doch sofort riss er wieder an den Zügeln – auch den Weg ins Fischerdorf versperrten Bewaffnete. Reiter und Waffenknechte zu Fuß, fünfzig oder sechzig Mann, schätzte Wolfram. An aufgepflanzten Lanzen wehten Fähnchen mit dem Wappen von Magdeburg.

»Also gut.« Tankred von Cölln langte nach seinem Helm und löste ihn von der Kette, mit der er am Sattel befestigt war. »Vielleicht beginnen doch besser wir den Kampf.« Er setzte sich seinen Topfhelm mit dem blauen Gehörn auf, lenkte sein Pferd herum und hob die Stimme. »Wir brechen durch! Und reiten zum Markgrafen zurück! Er muss erfahren, dass die Magdeburger uns auflauern!« Mit diesen Worten riss er sein Schwert aus der Scheide, streckte es in die Richtung der Magdeburger Kriegsschar und trieb sein Pferd an. »Lanzenträger voran!«

Wolfram löste Helm und Schild vom Sattelgurt, stülpte sich den rotgehörnten Helm über die schwarzen Locken und ritt ebenfalls los. Es rasselte, schepperte und klirrte, als alle Männer auf einmal ihre Helme aufsetzten und ihre Klingen zogen. Manche bekreuzigten sich, einer rief laut den heiligen Mauritius an, ein anderer die Gottesmutter Maria.

Schon im Losreiten bildeten sie eine Angriffsformation, an deren Spitze die Lanzenträger ritten. Wie ein lebendiger Keil aus Männern, Stoßlanzen, Pferden und Erz preschten die Brandenburger Ritter und Knappen den Magdeburgern entgegen. Hufschlag donnerte durch den Elbwald, Kampfschreie gellten.

Durch das Sichtgitter hindurch sah Wolfram, wie auch die Magdeburger es nun eilig hatten, ihre Lanzen zu senken oder ihre Klingen blankzuziehen. Nur einer stemmte eine Saufeder über die Schulter – der Greifensteiner.

Während er seinen Rappen zum gestreckten Galopp antrieb, blickte Wolfram noch einmal hinter sich – Sigurd und der andere Knappe folgten dicht hinter ihm mit gesenkten Lanzen. Die wartende Kampfschar auf dem Weg zum Fischerdorf setzte sich nun auch in Bewegung. Wolfram machte sich nichts vor: Diese feindliche Kriegsrotte würde ihnen unweigerlich in den Rücken fallen, sollte der Durchbruch nicht gelingen. Er schickte ein Stoßgebet zum Himmel.

Ein gewaltiges Krachen und Klirren hallte durch den morgendlichen Wald, als die Keilspitze der Brandenburger Reiterei auf die Magdeburger prallte. Reiter stürzten unter dem Anprall von Lanzen aus den Sätteln, Klingen droschen gegen Klingen, und weil bereits die ersten Kämpfer zu Fuß mit ihren ganz eigenen Waffen aus dem Wald gestürzt waren, fuhren bald auch Schlachthämmer und Eisenkeulen krachend auf Brandenburger Rüstungen und Schilde nieder, und einzelne Wurflanzen schwirrten durch die Luft.

Wolfram zückte endlich sein Schwert. Mit Sigurd und dem anderen Knappen traf er eine Pferdelänge hinter Tankred als einer der letzten auf die Gegner. Sigurd stieß mit seiner Lanze einen Magdeburger vom Ross, ritt ihn erbarmungslos nieder und schleuderte die Waffe mit solcher Wucht auf einen Ritter des Erzbischofs, der ihn von der Seite angreifen wollte, dass diesem das Schwert entglitt. Wolfram schlug ihn mit dem Schild von seinem Schlachtross.

Vor sich sah er, wie Sigurds Klinge erst auf einen Waffenknecht niederfuhr, der zu Fuß und mit einer Eisenkeule kämpfte, und sich dann einem Ritter zwischen Helm und Brustharnisch in den Hals bohrte. Der Erste sank mit gespaltenem Schädel zu Boden, der Zweite stürzte röchelnd aus dem Sattel.

»Gut so!«, schrie Wolfram. »Brich durch! Wir halten dir den Rücken frei!« Er riss den Schild hoch, weil ein schwarzer Blitz auf ihn herabzuckte. Eine Wurflanze krachte in das Holz, ein schwerer Sauspieß. Wolfram ließ den nun viel zu schweren Schild fallen und sah, dass der Greifensteiner seine Saufeder auf ihn geschleudert hatte. Er hieb einem Angreifer den Helm halb vom Kopf, sodass dieser nichts mehr sah und einem Kampfgefährten Wolframs zum Opfer fiel. Sofort ging Wolfram auf den nächsten Reiter los, ließ sein Schwert wirbeln und kämpfte sich Stück für Stück auf Gero zu. Als er Sigurd durch die Schlachtreihe der Magdeburger brechen sah, stieß er einen Jubelruf aus.

Kampfschreie auf den Lippen stürzten nun weitere Magdeburger Waffenknechte zu Fuß aus dem Wald und griffen die Brandenburger von der Seite an. Diese Männer aus dem einfachen Volk kämpften mit Schlachthämmern, Eisenkeulen und kurzen Spießen. Einer schleuderte seinen Wurfspieß Sigurd hinterher, verfehlte ihn aber.

Zwei Edelknechten gelang ebenfalls der Durchbruch, sodass sie tief über die Mähnen ihrer Renner gebeugt hinter Sigurd herpreschen konnten. Tankred und andere Ritter hieben auf Magdeburger Reiter ein, die sie verfolgen wollten.

Wolfram behielt Gero von Greifenstein im Auge, während er Gegner um Gegner niederkämpfte. Wut- und Schmerzensschreie umschwirrten ihn, ringsum krachte und klirrte und schepperte es, überall schlugen Männer aufeinander ein oder stürzten zu Boden. Nach links und rechts teilte Wolfram aus, focht wie im Rausch, und obwohl er keinen Schild mehr hatte, parierte er jeden Stoß und jeden Hieb mit der Klinge wie ein Schlafwandler.

Ein Hochgefühl hatte ihn ergriffen, beinahe unverwundbar fühlte er sich auf einmal, und bald merkte er mit grimmiger Befriedigung, wie die Magdeburger Reiter und Fußkämpfer vor ihm zurückwichen, als würden sie ihn fürchten.

Kampflärm in seinem Rücken zeigte ihm, dass nun auch die kleine Kriegsschar in das Gefecht eingriff, die den Weg zum Fischerdorf versperrt hatte. Jemand schrie ein Kommando, woraufhin ein starkes Dutzend Brandenburger Ritter und Knappen ihre Pferde herumrissen und sich den Angreifern stellte.

Wolfram wollte ihnen umgehend beistehen, doch ehe er seinen Rappen herumlenken konnte, tauchte ein Grauschimmel vor ihm auf, dessen Reiter mit dem Schwert bereits zum Schlag ausholte. Gero von Greifenstein suchte den Zweikampf mit ihm! Nicht nur am Pferd, sondern auch an dem langen Blondhaar, das unter dem Helm heraushing, erkannte Wolfram seinen Feind.

Er stemmte seine Klinge hoch, fing Geros ersten Hieb ab, duckte sich unter dem zweiten weg und stieß dem Greifensteiner die Schwertspitze in den Handballen. Gero schrie auf, verlor seine Waffe und riss seinen Grauschimmel herum, um sich vor Wolframs wuchtigen Schlägen in Sicherheit zu bringen.

Doch der setzte ihm nach, wollte ihn um jeden Preis niederhauen, traf dann auch seinen Helm derart hart, dass der andere im Sattel wie benommen hin und her taumelte und sich mit der unverletzten Hand am Sattelhorn festzukrallen versuchte. Als Wolfram jedoch zum nächsten Hieb ausholte, griff ihn Geros Knappe Slawomir von der Seite an.

Mit der mörderischen Wucht, die er Gero zugedacht hatte, fing Wolfram den Schwerthieb des Sternbergers ab und stieß dann kraftvoll nach dem unteren Rand von Slawomirs Helm. Slawomir schrie getroffen auf und zuckte zurück. Dass der Wende ihm den endgültigen Sieg über Gero genommen hatte, schürte Wolframs Zorn dermaßen, dass er nun unnachgiebig auf ihn eindrang – Hieb auf Hieb ließ er auf ihn niedersausen und schlug ihm schließlich den schon schief sitzenden Helm vom Kopf. Wolframs letzter Stoß, der tödliche, durchbohrte Slawomirs Kehle.

Wie der Wende vom Pferd stürzte, bekam er nicht mehr

mit, denn wie ein Blitz aus heiterem Himmel traf ihn plötzlich ein gewaltiger Schlag seitlich am Brustharnisch. Die Klinge entglitt ihm, der Schmerz raubte ihm die Sinne, und die Luft blieb ihm weg, sodass er statt nach dem Zügel ins Leere langte, jeden Halt verlor und seitlich aus dem Sattel kippte.

Der Aufprall in einer flachen Pfütze brachte ihn um seinen Helm und bescherte ihm rasende Schmerzen und panische Luftnot. Mit Mühe hob er den Kopf: Sein Brustharnisch war mächtig eingebeult, und neben seinem Schwert ragte ein schwerer Streithammer aus dem Schlamm.

Im nächsten Moment stand breitbeinig schon der Mann über ihm, der den Hammer geschleudert hatte, ein wahrer Hüne. Mit beiden Fäusten hielt er den Stiel eines gewaltigen Schlachtbeils und holte zum todbringenden Hieb aus. Auf seiner breiten Stirn prangte glutrot eine hässliche Narbe.

Wolfram riss Augen und Mund auf und traute seinen Sinnen kaum. »Du?«, röchelte er.

7
In Ketten

Magdeburg, 5. März 1277

Es geschah am Vorabend des Sabbats: Am späten Nachmittag baute sich der Peitschenmönch mit zehn Waffenknechten auf der Vortreppe von Amos' Haus auf. Zwei Dutzend weitere waren bereits in Stall und Werkstatt eingedrungen.

Esther hatte längst geahnt, dass es bald geschehen würde. Jetzt also war es so weit. Wie Muhme und Mutter ganz in Schwarz gekleidet, stand sie im Flur, als der Vater dem ungestüm klopfenden Priestermönch öffnete. Sie sah Gallus von Trier und die Magdeburger Söldner und wusste sofort, dass nun auch einstürzen würde, was nach Elias' und Jakobs Tod von ihrem Leben noch übrig war. Die Großmütter und der Großvater drängten sich an ihr vorbei, um dem Vater beizustehen.

Keine Erklärung, kein Wort des Grußes, nichts – Gallus trat einen Schritt zur Seite und deutete mit einer Kopfbewegung auf den Vater. Zwei seiner Männer packten Amos und zerrten ihn die Treppe hinunter auf den Dorfplatz, wo schon die Leute aus dem Dorf zusammenströmten.

Esther eilte hinterher und versuchte ihn festzuhalten, die Muhme und die Großeltern folgten und halfen ihr, doch was konnten sie schon gegen die bewaffneten Männer ausrichten? Die schrien sie an, drohten mit ihren Klingen, traten nach ihnen und schlugen sie nieder.

Die Mutter erwachte aus ihrer Erstarrung, kam nun auch aus dem Haus und ging auf der Vortreppe vor Gallus in die Knie. »Bitte nicht, Pater, bitte, bitte nicht«, stammelte sie und flehte um Gnade für Eltern, Gatten, Schwester und Tochter. Sie weinte bitterlich, was Esther lange nicht erlebt hatte.

Gallus von Trier aber achtete nicht auf sie, sondern wandte sich an die Menschen der jüdischen Gemeinde, die noch immer auf dem Dorfplatz zusammenliefen. »Euer Geldverleiher Amos hat dem kriegslüsternen Markgrafen von Brandenburg viel Geld geliehen, damit dieser Feind Magdeburgs Krieg gegen das Erzbistum führen kann! Wie nennt ihr Juden so etwas?«

»Das ist nicht wahr!« Esther sprang auf, wischte sich das Blut von Mund und Nase und sprang die Treppe hinauf zu dem Peitschenmönch. »Er hat Otto Geld geliehen, damit er seinem Bruder auf den Stuhl des Erzbischofs helfen kann!« Sie schob die Mutter zur Seite und beugte sich Gallus entgegen wie eine angriffsbereite Furie. »Niemals hat er gewollt, dass der Markgraf mit seinem Geld Krieg führt!«

Gallus zischte wütend, zückte die Peitsche und schlug auf sie ein, bis sie zurückwich, stolperte und die Stufen hinunterstürzte. Die Striemen brannten wie Feuer in Esthers Gesicht und auf ihrem Hals, das Blut lief ihr über Lippen und Kinn, doch ihre verzweifelte Wut ließ sie die Schmerzen fast nicht spüren – sie richtete sich auf und ging erneut auf den Priestermönch los.

Der Fausthieb eines Waffenknechtes traf sie und schleuderte sie zurück. Benommen krümmte sie sich im Dreck. Ein zweiter setzte ihr seinen Spieß auf den Hals. Die Frauen ihrer Familie heulten laut, warfen sich neben ihr auf die Knie und flehten den Mann an, ihr weiter kein Leid anzutun.

Gallus zeigte sich von alledem unbeeindruckt. »Ich warte auf eure Antwort, ihr Juden von Magdeburg!«, rief er. »Wie heißt das bei euch, was der Geldverleiher getan hat?« Er ließ seinen strengen Blick über die Männer und Frauen wandern. Durch einen Tränenschleier hindurch konnte Esther sehen, dass viele die Lippen zusammenpressten und mit den Zähnen mahlten. Einige senkten die Köpfe, manche ballten die Fäuste. Keiner antwortete.

Gallus' harter Blick richtete sich schließlich auf den Vater, dem seine Schergen die alten Arme auf den Rücken gedreht hatten, sodass er ganz gebeugt stehen musste und sich nicht mehr rühren konnte. Den geliebten Vater so zu sehen, schnürte Esther das Herz zusammen.

»Wir Christen nennen das Verrat. Jawohl, Verrat! Mit dem Geld des Amos hat Otto Aken verwüstet und beinahe auch Staßfurt! Mit seinem Geld bezahlt er Ritter und Kriegsknechte, die über unsere Weiler und Gehöfte herfallen!« Mit der Peitsche stach er in Richtung Vater. »Dieser da hat das Erzbistum an die Brandenburger verraten!« Er schrie nun so laut, dass seine Stimme sich überschlug. »Dafür wird er in Ketten gelegt! Dafür muss er zum Henker hinaufsteigen!«

Esther und die Mutter schrien wieder auf und wollten zu Amos laufen, aber die Spieße der Waffenknechte hinderten sie daran. Auf ein Zeichen von Gallus hin schleppten drei seiner Schergen den Vater zu seinem Pferdewagen, den ihre Kumpane aus dem Stall gezogen hatten und vor den sie nun zwei seiner Pferde spannten.

Esther schlug den Spieß zur Seite, der sie bedrohte, sprang auf und rannte dem Vater hinterher, doch einer der Kämpfer trat ihr in den Weg und richtete die Spitze seines Spießes auf ihre Brust. Sie sank in den Schmutz des Dorfplatzes, raufte sich das Haar, jammerte und flehten zu Jahwe, ihrem Gott. Auch die Muhme, die Großmütter und die Mutter weinten laut.

Gallus aber ging in ihr Haus und winkte ein paar seiner Männer hinter sich her. Wohl zwei Stunden lang durchwühlten sie jeden Raum und trugen alles, was ihnen wertvoll genug erschien, auf den Dorfplatz hinaus. Dort luden sie ihre

Beute auf ein zweites Fuhrwerk, das Esthers Familie gehörte, und spannten zwei weitere Pferde aus ihrem Stall davor.

Einer der Gepanzerten stieß Johannes den Schaft seines Spießes in die Rippen und zwang ihn, auf den Kutschbock zu steigen. Während die Schergen neben dem Wagen herritten, auf dem gefesselt und verkrümmt der Vater hockte, lenkte der Pferdeknecht das Gespann zum Sudenburger Tor hinauf.

Umringt von Gallus' Männern, die noch immer ihre Waffen auf sie richten, kniete Esther unweit von Muhme und Mutter. Sie hatte keine Tränen mehr, zitterte am ganzen Leib, und ihr Unterkiefer wackelte, sodass ihre Zähne zusammenschlugen. Ekel und das Gefühl grenzenloser Ohnmacht erfassten sie, als der Priestermönch noch einmal zu ihr trat.

Er fuchtelte mit der Peitsche, und auf dieses Zeichen hin trieben seine Waffenknechte Mutter, Judith und die Großmütter zum Haus und auf die Vortreppe. Auch den Großvater, den sie niedergeschlagen hatten, zerrten sie dorthin. Nur Esther, die sich auf den Knien aufgerichtet hatte, ließen sie bei Gallus zurück.

»Schau mich an, Judenweib.« Er drückte ihr den Peitschenstiel unter das Kinn, hob es an und zwang sie so, ihm ins Gesicht zu sehen. »Auch du hast Kerker und Ketten und Schlimmeres verdient, denn du hast mich, einen Priester und Domherren, angegriffen. Vor allem aber warst du dabei, als dein Vater das Erzbistum an den Markgrafen von Brandenburg verraten hat. Du hast dich also ebenso des Verrates schuldig gemacht.«

Er schwieg, doch Esther spürte, dass er das Entscheidende noch gar nicht ausgesprochen hatte. In seinen kleinen braunen Augen loderte der Hass so leidenschaftlich, dass es sie fassungslos machte. Sie schloss die Augen und sank in sich zusammen.

»Du sollst mich anschauen!« Mit dem Peitschenstiel drückte

er ihr das Kinn hoch. »Ketten und Tod hast du verdient, aber ich will Gnade vor Recht ergehen lassen.«

Ein kaltes Lächeln huschte über sein glatt rasiertes, knochiges Gesicht. Er senkte die Stimme und beugte sich zu Esther hinunter. »Und vielleicht finde ich sogar einen Weg, deinen Vater vor dem Henker zu retten.« Er belauerte sie aus schmalen Augen, während er auf ihre Antwort wartete. Als keine kam, drückte er ihr Kinn noch höher. »Willst du nicht wissen, wie?«, fuhr er sie an. Esther schluckte und nickte widerwillig. »Komm morgen zu mir, dann sollst du es erfahren!«

*

Bei Sonnenuntergang holten der Rebbe Samuel und die Ältesten der Gemeinde Esther und die Ihren in ihrem geplünderten Haus ab und geleiteten sie ins Bethaus, um im Kreis der Gemeinde den Beginn des Sabbats zu feiern. Zitternd und halb bewusstlos hockte Esther auf einem Schemel, und wie ein Traum, der sie nichts anging, rauschte der Gottesdienst an ihr vorbei.

Dennoch fühlte sie sich danach ein wenig besser. Die uralten Texte, das Beten und Singen mit den anderen, die Umarmungen und Küsse der Gemeindemitglieder und das gemeinsame Weinen und Klagen – all das hatte ihre wunde Seele eingehüllt wie ein warmer Wickel mit einer lindernden Salbe.

Zurück im Haus trauerten sie die halbe Nacht lang. Samuel, einige Älteste und ihre Frauen standen ihnen bei. Wieder wurde viel geweint, geklagt und gebetet.

Das neuerliche Unglück ließ alte Wunden wieder aufbrechen: die Ermordung von Judiths Ehemann durch den Greifensteiner sechzehn Jahre zuvor, der schreckliche Tod von Esthers Bruder David und all die Demütigungen damals durch den Erzbischof Ruprecht und den Peitschenmönch.

Der Schmerz über all das war plötzlich so gegenwärtig, als wäre es erst gestern geschehen. Hatte Esthers Familie denn noch immer nicht genug gelitten?

Schon Jakobs und Elias' Tod hatte sie schwer getroffen. Jetzt noch ihr Oberhaupt zu verlieren, ihren Ernährer, stürzte sie in tiefe Verzweiflung und brachte sie an den Rand des Unterganges. Wovon sollte sie denn künftig leben?

Gallus und seine Schergen hatten alles aus dem Haus geraubt, was irgendeinen Wert hatte. Und nicht nur die Geldschatulle aus dem Stubenschrank hatten sie mitgenommen, aus der die wöchentlichen Einkäufe auf dem Alten Markt bezahlt wurden, sondern auch die kleine Schatztruhe mit den Ersparnissen, die der Vater für seine Leihgeschäfte benutzte. Obwohl er sie sorgfältig versteckt unter einer Bodendiele aufbewahrte, hatte Gallus sie gefunden. Selbst die Goldstücke hatte er aufgespürt, die der Vater im hohlen Tischbein gestapelt hatte.

Die wohlhabendste Familie des Judendorfes war auf einmal bettelarm. Sogar die meisten Tiere hatte man ihnen genommen. Nur zwei Pferde und ein paar Schafe waren ihnen geblieben.

Später, als die Tränen versiegt waren und Esther und ihren Angehörigen wieder klare Gedanken möglich waren, beratschlagten sie: Sollte Esther zu Gallus gehen und ihn anhören, oder sollte sie es besser nicht tun?

»Er ist ein Satan und führt Böses im Schilde, ich fühle es«, sagte die Muhme. »Und ich habe es in dem Blick gelesen, mit dem er dich angegafft hat. Geh nicht zu ihm.«

»Gib dich in die Hand des Ewigen und Allmächtigen, gelobt sei er, und geh zu diesem wilden Schwein von einem Goi«, erklärte hingegen der Rebbe feierlich. »Der Ewige und Allmächtige, gelobt sei er, verfluche und vernichte ihn.«

»Pack dein Bündel und flieh, so weit deine Füße dich tragen«, riet der Großvater.

»Dann holen sie einen von euch«, entgegnete Esther mit tonloser Stimme. Ihre aufgeplatzte Unterlippe war stark geschwollen, ihre Nase ein einziger blauroter Fleck.

»Besser, einer von uns stirbt, als dass du deine Ehre verlierst.« Der Großvater, dessen Gesicht ganz zerschürft war, ballte die Fäuste. »Ich beschwöre dich, Kind – flieh!«

»Was für ein Jammer, dass der Dostl auf Kriegszug ist!« Die Muhme schlug die Hände vors Gesicht. »Er würde dich an die Küste führen ... oder zu Genoveva.«

»Der Peitschenmönch würde einen von euch holen, wenn ich nicht zu ihm gehe«, beharrte Esther.

»Gegen deinen Willen wirst du geboren«, erhob wieder der Rebbe seine feierliche und zugleich zornige Stimme. »Gegen deinen Willen lebst du, gegen deinen Willen musst du Dinge erleiden und tun, die der Ewige, gelobt sei er, dir auferlegt, und gegen deinen Willen wirst du sterben an dem Tag, den er bestimmt hat. Wozu also widerstreben, Esther? Geh zu ihm in die Stadt und höre, was er dir zu sagen hat.«

Keiner der Ältesten nickte oder stimmte ihm mit irgendeiner Geste zu. Alle stierten sie in die Flammen der Kerzen auf der Menora, dem siebenarmigen Leuchter, die der Großvater entzündet hatte.

Nachdem die ganze Trauerrunde eine Zeit lang geschwiegen hatte, räusperte sich die Mutter. »Hat er denn wirklich gesagt, dass er einen Weg sieht, Amos vor dem Henker zu retten?« Esther nickte. »Dann hat Samuel recht, dann solltest du den Gallus zumindest anhören.«

»Falsch!«, zischte die Muhme. »Völlig falsch! Oder hast du jemals erlebt, dass die Gojim uns Gerechtigkeit widerfahren lassen?«

Die Ältesten schüttelten stumm die Köpfe.

»Einem Goi kann man nicht vertrauen«, stimmte der Großvater ihr zu. »Einem wie dem Gallus schon gar nicht.«

Diesmal nickten alle Ältesten, und das sehr energisch.

»Nein, nein.« Der Rebbe schüttelte den Kopf. »Schicke dich in den Willen des Ewigen, gelobt sei er …«

»Lass sie!«, fiel Judith ihm ins Wort. »Du packst dein Bündel und fliehst, Esther, und wirst wenigstens deine Ehre und dein nacktes Leben retten.« Sie fasste Esther bei den Schultern und sah ihr fest in die Augen. »Wenn du zu dem Satan Gallus gehst, bist du verloren.«

»Vielleicht kann ich so aber den Vater retten«, flüsterte Esther. Tränen rollten über ihr Gesicht und brannten in den Peitschenstriemen.

»Wie sollen wir denn leben ohne Amos?«, sagte die Mutter. »Wir müssten Haus und Grund verkaufen. Und wer will schon ein Anwesen im Judendorf?«

»Wir werden einen Weg finden.« Judiths Blick wollte Esther gar nicht loslassen. »Der Gallus hat Schmutz im Kopf, und schmutzig ist, was er dir zugedacht hat. Flieh!«

»Wenn wir ihm nicht gehorchen, wird er uns sogar verbieten, meinen Mann im Kerker zu besuchen.« Die Mutter biss sich in die Faust und starrte ins Leere.

»Ich werde gehen«, sagte Esther, und der Rebbe nickte.

»Bloß nicht!« Judith schüttelte sie.

»Ich verbiete es dir!«, sagte der Großvater. Esther starrte ihn an, bis er den Blick senkte. »Elias hätte es dir auch verboten, diesen ungerechten Blutsäufer aufzusuchen«, murmelte er.

Den Namen ihres toten Gatten zu hören, war zu viel. Esther schlug die Hände vors Gesicht und schluchzte laut. Die Mutter und Judith wollten sie umarmen und trösten, doch sie sprang auf, rannte aus der Stube und stürzte die Treppe hinauf zu ihrer Mädchenkammer.

*

Erst als der nächste Morgen graute, fand Esther endlich ein wenig Schlaf. Schwere Träume plagten sie und weckten sie am frühen Vormittag. Die Mutter bereitete ihr ein Bad, und anschließend salbte die Großmutter ihre Wunden. Um die Mittagszeit schließlich nahm sie etwas Honig und Milch zu sich und stieg danach auf eines der beiden verbliebenen Pferde. Johannes, der noch am Vorabend zurückgekehrt war, hatte ihm bereits den Damensattel aufgelegt.

Mutter und Muhme hatten darauf bestanden, dass der Pferdeknecht sie hinauf in die Stadt und zum Beginenhof begleitete. Dort wohnte Gallus von Trier mit einigen anderen Benediktinern, seit Mechthild die Stadt verlassen hatte. Sie wollten Esther nicht allein dorthin gehen lassen, weil sie fürchteten, dass Gallus' Rede von der Schuld des Geldverleihers am Angriff der Brandenburger sich herumgesprochen hatte. Magdeburger Pöbel war schon aus geringeren Anlässen über Juden hergefallen.

Weil Sabbat war, arbeitete niemand im Judendorf, und Dutzende Männer und Frauen standen vor ihren Häusern und auf dem Dorfplatz, als Esther an der Seite des Pferdeknechtes aus dem Dorf ritt. Kinder konnte sie nirgendwo entdecken, denn die jüdischen Familien ließen ihren Nachwuchs nicht mehr aus dem Haus, seit gestern der Peitschenmönch mit seinen Waffenknechten Esthers Familie heimgesucht hatte.

Als sie an der Schafskoppel vorbeikamen, drehte sie sich noch einmal um und blickte zurück. Alle standen sie wie angenagelt auf Dorfplatz und Vortreppe, die Nachbarn, die Ältesten, die Muhme, die Mutter und die Großeltern. Alle schauten sie ihr hinterher.

Schnell wandte Esther sich ab. »Wie geht es dem Vater?«, fragte sie Johannes, denn der hatte ihn zuletzt gesehen.

Zuerst blieb er stumm und stierte nur stumpf zur Stadt

hin. Doch irgendwann zog er den Rotz hoch und antwortete: »Wie soll's einem schon gehen, wenn man an einem kalten Märzabend in Ketten gelegt wird? Und nicht weiß, wie viele Nächte im dreckigen Kerkerloch vor einem liegen?«

Esther schluckte und unterdrückte die Tränen. Sie nahm sich vor, Gallus von Trier um warme Decken für den armen Vater zu bitten und um tägliches Besuchsrecht, damit sie ihn mit ordentlichen Speisen versorgen konnten.

»Jetzt kommt auch der Haupttross endlich zurück«, sagte Johannes unvermittelt und deutete zu dem Weg hin, der von Süden her an der Elbe heraufführte und beim Sudenburger Tor in den Breiten Weg mündete. Eine lange Kolonne von Reitern bewegte sich in Richtung Stadt, hier und da unterbrochen von kleinen Gruppen Fußvolk.

»Haupttross?« Esther wusste nicht gleich, wovon der Pferdeknecht sprach. Seit im Januar der seit Langem befürchtete Tod Elias' Gewissheit geworden war, lebte sie wie in einem Kokon und hielt sich fern von allem Menschengetümmel. Was in Stadt und Erzbistum vor sich ging, oder gar im Reich, drang kaum noch in ihr Bewusstsein.

»Der Feldzug gegen die Markgrafen von Brandenburg ist schon wieder zu Ende«, erklärte Johannes. »Weißt du das denn nicht? Eine Vorhut des Heeres ist bereits gestern Abend aus Staßfurt zurückgekehrt, die zweite heute Morgen.«

Esther erinnerte sich, dass Dostl mit einigen jungen Männern vom Süddorf und aus Sudenburg ins Feld gezogen waren. »Natürlich weiß ich das.« Die bittere Erinnerung kroch in ihr trauerndes Gemüt. »Deswegen sind wir doch so in Angst geraten, weil der Vater Otto Geld geliehen hat. Jetzt hat es uns eingeholt.«

»Sie haben sich geeinigt, Erzbischof Günther mit dem Markgrafen Otto und seinem Bruder«, sagte Johannes in einem Tonfall, dem man anmerkte, wie froh er war, nicht weiter über das Unglück sprechen zu müssen, das über Esthers Familie hereingebrochen war. »Erich von Brandenburg und Buffo von Querfurt kriegen jeder zweitausend Mark Silber, wie es heißt. Angeblich für den Aufwand, den sie mit der Wahl hatten. Dafür erkennen die Brandenburger die Wahl des Schwalenbergers an.«

»Ach«, sagte Esther, die nur mit halbem Ohr zuhörte, denn inzwischen hatten sie sich der heimkehrenden Kriegsschar bis auf fünfzig Ruten genähert, und sie glaubte, einzelne Reiter zu erkennen – Constabler und Stadtjunker, die vom Vater Geld geliehen oder mit Jakob und Elias Handel getrieben hatten.

»Buffo ist auch einverstanden.« Johannes lachte bitter. »Wäre auch schön dumm, wenn er was dagegen hätte – zweitausend Mark Silber für nichts! Das muss man sich mal vorstellen!«

»So?« Ein hochgewachsener Mann fiel Esther auf, der gebeugt und mit gesenktem Kopf hinter einem Fuhrwerk hertrottete. Es sah aus, als wäre er an den Wagen gefesselt.

»Jedenfalls hat Otto von Brandenburg versprochen, sich aus dem Erzbistum zurückzuziehen und künftig Ruhe zu geben. Das ist mal eine gute Nachricht, oder?«

»Vielleicht.« Esther wunderte sich, weil der Hüne nicht wie alle anderen bewaffnet war. Jedenfalls konnte sie weder Schwert noch Armbrust an ihm erkennen.

»Vielleicht, du sagst es! Der Markgraf hat's aber versprochen: Nie wieder will er Krieg gegen das Erzbistum führen.« Johannes schüttelte grinsend den Kopf. »Man glaubt es kaum, wo seine Vorgänger und er ihr Leben lang nichts anderes getan haben, als Magdeburg zu bekämpfen.«

»Dostl!«, entfuhr es Esther. »Da, hinter dem Fuhrwerk!« Sie deutete zu der Kolonne der Heimkehrer. »Das ist doch der Dostl! Warum um alles in der Welt ist er angekettet?«

»Dostl? Angekettet?« Johannes riss am Zügel und reckte den Hals. »Potztausend Sack voll Enten!«, entfuhr es ihm. »Du hast recht. Was hat Eisenstirn denn bloß verbrochen?«

An der Abzweigung des Weges vom Judendorf in den Hauptweg ritten sie in die Kolonne hinein und mit ihr zum Sudenburger Tor hinauf. Esther zog sich die Kapuze ihres schwarzen Umhanges über den Kopf und tief in die Stirn, um sich vor den Blicken der Männer zu schützen. Johannes begann mit ein paar Knappen zu Pferd und einigen Waffenträgern zu Fuß zu plaudern.

»Was ist denn mit dem Dostl?«, fragte er die Kriegsleute frei heraus. »Wieso muss er in Ketten gehen?«

Zunächst wollte keiner antworten. Die Männer warfen einander nur betretene Blicke zu und wirkten nicht halb so glücklich, wie Kämpfer wirken sollten, wenn sie aus dem Feld heimkehrten. Esther sah Johannes an. Was war geschehen?

»Hat einen Brandenburger geschont, den er nicht hätte schonen sollen«, antwortete ein Knappe endlich.

»Wenigstens nicht, wenn es nach Gero von Greifenstein geht«, ergänzte ein anderer spitz, ein Webergeselle, den Esther schon beim Hardenberger in der Werkstatt gesehen hatte und der eine Eisenkeule über der Schulter trug.

Johannes fragte nach, wollte wissen, was genau geschehen war, und als er lange genug gebohrt hatte, erzählte es ihm ein Knappe des Ritters von Schartow: »Der Schwarze Ritter hat wie Meister Hein selbst unter unseren Kriegsleuten gewütet«, begann er. »Manche sagen, er hat zehn erschlagen, manche sagen zwanzig. Der Schwarze hatte auch den Greifensteiner schon besiegt, hätte ihn auch beinahe erschlagen, wenn der Slawomir nicht dazwischengegangen wäre. So hat er den halt auch getötet. Ist nicht wirklich schad um ihn, aber den Greifensteiner hat's natürlich gewurmt und …«

»Mehr gewurmt hat's den Gero, dass der Schwarze Ritter

ihm das Schwert aus der Hand gehauen hat«, fiel ihm der Webergeselle ins Wort. »Und ihm beinahe das Lebenslicht ausgeblasen hat.«

»... und dann hat Eisenstirn sich ins Kampfgetümmel gestürzt«, fuhr der Knappe des Schartowers fort. »Der hat mit seinem Hammer den Schwarzen mir nichts, dir nichts vom Ross geholt, so schnell hat keiner gucken können. Und stand schon mit erhobenem Schlachtbeil über ihm, um ihm den Schädel zu spalten ...«

»Und hat's dann doch nicht gemacht, der Hundsfott«, unterbrach ihn der Weber wieder. »Und das hat ihm der Greifensteiner übel genommen.«

»Mächtig übel!«, bekräftigte der Knappe.

»Recht hat er!«, rief Johannes. »Auch wenn's um den Gero nicht schade gewesen wäre – einen so starken Feind, der so viele unserer Ritter niederschlägt, muss man töten, wenn man kann! Wozu sonst ist Krieg gut?«

»Schon möglich.« Der Webergeselle spuckte aus.

»Warum hat denn der Dostl diesen Schwarzen Ritter nicht erschlagen?« Die Blicke der Männer flogen zu Esther hin, weil sie das Wort ergriffen hatte. »Das muss einen Grund gehabt haben.«

»Sicher hat's einen Grund gehabt, weiß Gott!«, sagte der Webergeselle.

»Sie sind Freunde, der Schwarze Ritter und der Dostl«, erklärte der Knappe des Ritters von Schartow. »Weil dem Schwarzen der Helm vom Kopf gerutscht ist, hat er ihn gerade noch erkennen können.«

»Und dann?«, fragte Johannes und beugte sich gespannt im Sattel vor. »Was geschah dann?«

»Nichts Besonderes.« Der Webergeselle legte die Eisenkeule auf die andere Schulter. »Eisenstirn hat einen anderen erschlagen, der Schwarze hat sein Schwert aus der Pfütze geangelt und hat weiter den Sensenmann gegeben, ohne Helm und ohne Schild – das muss man sich mal vorstellen!«

»Da hat sich kaum noch einer an den rangetraut«, erzählte der Knappe. »Und irgendwann ist dann Markgraf Otto mit seiner Hauptschar aufgetaucht, da haben die Unsrigen Fersengeld gegeben. Gero gibt natürlich Eisenstirn die Schuld an der Schmach, wir waren nämlich doppelt so viele wie die Brandenburger. Und ohne den Schwarzen wären sie jämmerlich untergegangen. Wenn der Dostl ihn erschlagen hätte, dann …« Der Knappe beendete den Satz nicht, weil ein Torwächter, den er kannte, ihn von den Zinnen herab anrief.

»Der Gero jedenfalls wird keine Ruhe geben, bis der Dostl seinen großen Schädel auf den Hackblock des Henkers legt«, sagte der Webergeselle. »Da könnt ihr einen drauf lassen.«

Inzwischen hatten sie den Stadtgraben erreicht. Hinter dem Knappen und dem Webergesellen her ritten Esther und der Pferdeknecht über die Zugbrücke. Esther blickte durchs Sudenburger Tor hindurch und erkannte Dostls große Gestalt schon auf der Höhe des Dominikanerklosters. Dass er sterben sollte, erschreckte sie zutiefst. Nahmen die Hiobsbotschaften denn gar kein Ende mehr?

»Wenn Eisenstirn den Schwarzen als Freund erkannt hat, muss der wohl ein Magdeburger gewesen sein.« Johannes wollte mehr erfahren. »Kenne ich ihn?«

»Ist kein Magdeburger, ist ein Hildesheimer«, sagte der Webergeselle, und Esther horchte auf. »Trotzdem kennst du ihn wohl, viele kennen ihn – ist nämlich der Schwimmer, der letztes Jahr am Margaretentag, ihr wisst schon, der so viele aus der Elbe gerettet hat. Da war er noch ein Knappe.« Er richtete seinen Blick auf Esther. »Hat er nicht auch dich halb tot aus dem Wasser gezogen?«

8

Frieden

Wittenberg, 6. März 1277

Eiskaltes Wasser umspülte seinen Körper von den Schultern bis hinunter zu den Zehen. Die Kälte kroch ihm in Kopf und Glieder, sickerte ihm in die Knochen. Wie gut das tat, wie unglaublich gut! Der Schmerz in den Rippen ließ nach. Wolfram atmete tief durch und streckte sich im Bach aus. Der Himmel über ihm war blau, doch die Sonne hatte noch keine wärmende Kraft. Dafür aber stimmte ihr Licht sein Gemüt froh.

»Habt Ihr schon gehört, was der gefangene Sänger erzählt hat?«, fragte Sigurd. Seine Fußsohlen dicht an Wolframs Fußsohlen lag er vor ihm im Bach und kühlte ebenfalls seine Wunden und blauen Flecken. Seit er gesehen hatte, wie sein Ritter nach dem blutigen Kampf im Flusswald bei Aken in die eiskalte Elbe gesprungen war, um seine schmerzenden Rippen zu kühlen, hatte auch Sigurd sich angewöhnt, in kalte Gewässer zu steigen. Und das nicht nur nach harten Waffengängen.

»Du sprichst von Bruno von Stövenbeck?« Wolfram erinnerte sich gern an den Sänger, der den Zusammenbruch der Magdeburger Elbbrücke in Verse gegossen und dabei auch ihn besungen hatte. »Wahrscheinlich hat er erzählt, dass er das Lösegeld nicht zahlen kann.«

Ein drei Handflächen großer blauroter Fleck überzog Wolframs rechte Seite, wo Dostls Streithammer ihn getroffen hatte. Ob der ihm ein paar Rippen gebrochen hatte? Oder hatte er sie ihm nur mächtig geprellt? Der markgräfliche Bader vermochte es nicht zu entscheiden, und Wolfram auch nicht. Er wusste nur, dass ihm die rechte Seite höllisch weh tat, wenn er morgens aufstand, wenn er aufs Pferd stieg, wenn er das Schwert führte, wenn er Luft holte. Immer eigentlich.

»Zahlen kann er nicht, und über den Goliath hat er gesprochen, der Euch vom Pferd gehämmert hat.«

»Und was weiß der Bruno über den zu erzählen?« Immerhin konnte Wolfram den Schmerz einigermaßen aushalten, wenn er den Oberkörper zweimal am Tag in einem Bach, einem Fluss oder einem Teich versenkte. Wenn es möglich war, tauchte er auch mit dem ganzen Leib ins Wasser, so wie in diesem Bach.

»Dass er ein Schmied und ein Jäger sei, hat er erzählt, und dass die Magdeburger sehr wütend auf ihn wären, vor allem die Ritter des Erzbischofs.« Sigurd, der das eiskalte Baden von ihm gelernt hatte, konnte inzwischen schwimmen. Wolfram hatte es ihm beigebracht.

»Das erstaunt mich nun gar nicht.« Mit dankbarem Herzen dachte Wolfram an Dostl. Der Freund hatte ihn erkannt und sich sofort nach einem anderen Gegner umgewandt. Dass Gero von Greifenstein, der ohnehin noch eine Rechnung mit dem Jäger offen hatte, ihn dafür verfluchen würde, war vorauszusehen gewesen.

Täglich erschauerte Wolfram aufs Neue bei dem Gedanken, dass sein Helm ihm genauso gut auf Schulter und Kopf hätte sitzen bleiben können. Dann hätte Dostl ihn nicht erkannt, und er, der Ritter von Hildesheim, wäre jetzt tot.

»Dieser Gero von Greifenstein ist sogar so wütend auf ihn, dass er ihn vor dem Schöffenstuhl verklagen und dem Henkersbeil ausliefern will«, erzählte Sigurd.

Heißer Schrecken fuhr Wolfram in die eiskalten Glieder. Damit hatte er nicht gerechnet. »Ist das wirklich wahr?«

»Am liebsten hätte er den großen Kerl gleich nach dem Treffen an Ort und Stelle niedergemacht, sagt der Sänger,

»aber daran haben die anderen ihn gehindert. Also hat er ihn erst einmal in Ketten legen lassen. Doch Bruno sagt auch, dass er keinen Heller auf sein Leben wetten würde.« Sigurd stemmte sich ein Stück hoch, um über ihre Zehen hinweg in Wolframs Gesicht schauen zu können. »Ihr müsst euch gut kennen, dass er dich verschont hat.«

»Ich habe ihn gern. Und er hat mich gern.«

Der Bach, in dem sie lagen, floss durch das Dorf, dessen hohen Kirchturm Wolfram trotz der Böschung erkennen konnte. Nicht weit von hier, höchstens drei Wegstunden entfernt, mündete er in die Elbe. In der Dorfkirche verhandelte Markgraf Otto seit Stunden mit den Unterhändlern des Domkapitels und des neuen Erzbischofs von Magdeburg. Dabei war der kurze Krieg schon vor zwei Tagen beendet worden.

Am Bachufer, nicht weit über Wolfram und Sigurd, stritten sich Wolframs Pferdejungen mit Sigurds Knecht. Es ging um ein Mädchen aus dem Dorf – jeder der drei behauptete, in der kommenden Nacht in seine Kammer eingeladen zu sein. Die jungen Burschen putzten Wolframs und Sigurds Rüstungen und Waffen und wuschen und striegelten ihre Pferde.

»Jetzt reicht's!« Sigurd blies die Backen auf, sprang aus dem Bach und die Böschung hoch.

»Man muss es auch nicht übertreiben.« Wolfram blieb noch ein wenig im flachen Wasser liegen und atmete tief in den Schmerz hinein.

Sein Knappe schüttelte sich prustend, streifte sich das Nass von den sehnigen Gliedern und stieg zur Wiese hinauf. Ein großer blauer Fleck prangte auf seinem Oberschenkel, und eine tief Schramme zog sich über seine linke Schulter: Spuren einer Magdeburger Eisenkeule und eines Magdeburger Wurfspießes. Deren Eigentümer waren nicht mit blauen Flecken und Schrammen davongekommen – Sigurd mochte klein und schmal sein, doch er pflegte hart und gnadenlos zu fechten.

»Vier Reiter traben aus dem Dorf«, sagte er, während er sich abtrocknete. »Sie kommen zu uns, wie es aussieht. Der Ritter Tankred von Cölln reitet an ihrer Spitze. Wahrscheinlich haben nun auch die letzten Magdeburger den Heimweg angetreten.«

Wolfram hörte Hufschlag herandonnern. »Sie hätten ihre Stadt besser gar nicht erst verlassen.« Er dachte an die Toten und die zahlreichen Verwundeten unter den Magdeburgern. Allein er hatte schon ein gutes Dutzend erschlagen und doppelt so viele verwundet. Ein bitterer Geschmack kroch ihm auf die Zunge, wenn er an den Kampf im Elbwald zurückdachte. Hinterher war er über sich selbst erschrocken gewesen.

Wie entfesselt hatte er gefochten – das hatten die anderen ihm nach dem Treffen voller Bewunderung erzählt. Er selbst war außer sich gewesen und wie von Sinnen. Trotz der Schmerzen hatte er weitergekämpft, nachdem Dostl ihn verschont hatte. Die Erinnerung an den Schmied und an den Kampf mit Gero konnte er sich jederzeit ins Gedächtnis rufen, von allem anderen jedoch waren ihm nur undeutliche Bilder geblieben.

Dostl – jeden Tag dachte er an ihn. Schon zweimal hatte der Jäger und Schmied ihm das Leben gerettet, seit er ihm vorletzten Sommer im Domneubau zum ersten Mal begegnet war. Wie sollte er ihm das jemals danken? Und jetzt wollte die Ritterschaft des neuen Erzbischofs ihn tatsächlich dem Henker ausliefern? Ein Kloß schwoll in Wolframs Hals. Dostl unter dem Henkersbeil? Das durfte er um keinen Preis zulassen!

Pferde und Reiter tauchten oberhalb der Böschung auf – Tankred von Cölln mit drei Edelknechten seines Gefolges. Alle blickten sie auf ihn herunter und schüttelten fassungslos die Köpfe.

»Ihr seid verrückt«, sagte Tankred und schwang sich aus dem Sattel. »Werdet Euch noch den Tod holen.«

»Denkt, was Ihr wollt.« Wolfram erhob sich nun auch aus dem Wasser. »Ihr glaubt nicht, wie gut das tut.« Mit der Linken griff er nach Tankreds ausgestreckter Hand, denn der war inzwischen die Böschung herabgekommen.

Tankred zog Wolfram aus dem Bach und die Böschung hinauf auf die Wiese. Dort beäugte er die blau und rot verfärbte Flanke des Jüngeren. »Wird von Tag zu Tag besser.« Er nickte anerkennend. »Scheint wahrhaftig zu helfen, sich in eisigem Wasser zu quälen.«

»Verlasst Euch drauf.« Wolfram fing das Handtuch auf, das Sigurd ihm zuwarf. »Sind die Verhandlungen endlich zu Ende?«

»Gott sei's gepriesen!« Tankred nickte. »Es ging ja nur noch um die endgültige Höhe der Entschädigungssumme, und darum, wann und wo sie Erich überbracht wird.« Er sah zu, wie Wolfram in sein langes weißes Leinenhemd schlüpfte und half ihm dann ins Kettenhemd.

Schon seit jener verunglückten Wildschweinjagd vor zwei Jahren bei Landsberg machte der Cöllner kein Geheimnis daraus, wie sehr er Wolfram schätzte. Nach der Eroberung der Burg des Landgrafen im letzten Herbst hatte er ihn sogar vor Ottos versammelter Tafelrunde gelobt. Doch seit dem blutigen Treffen im Elbwald behandelte er den Jüngeren geradezu hochachtungsvoll.

Viele Brandenburger Ritter und Knappen begegneten Wolfram seitdem mit Achtung und heimlicher Bewunderung, denn unter den Kriegsleuten des Markgrafen hatte es sich herumgesprochen, dass man einen Ritter in den eigenen Reihen hatte, der beim Gegner Angst und Schrecken verbreiten konnte.

»Ihr seid jetzt berühmt bei den Magdeburgern«, erzählte Tankred. »Oder soll ich besser sagen: berüchtigt? Jedenfalls haben sie mächtig Respckt vor Euch und nennen Euch den Schwarzen Ritter.« Er reichte Wolfram den Rock. »Der Domherr, der die Magdeburger Gesandtschaft anführte, hat sich nach Euch erkundigt. Wollte wissen, wer der Schwarze Ritter ist und wie er heißt.«

Bei diesen Worten stand Wolfram plötzlich wieder die Statue des heiligen Mauritius im Domneubau vor Augen. So genannt zu werden wie dieser – Schwarzer Ritter –, gefiel ihm nicht. »Und was habt Ihr ihm geantwortet?« Er schloss seinen Rock über dem Kettenhemd, denn das Bad hatte ihn mächtig ausgekühlt.

»Unser Markgraf hat ihm empfohlen, Euch selbst zu fragen – wenn er Euch das nächste Mal auf dem Schlachtfeld begegnet.« Tankred lachte schallend. »Das fand der geistliche Kriegsmann gar nicht lustig, denn schließlich hatte Otto gerade erst versprochen, nie mehr Krieg gegen das Erzbistum Magdeburg zu führen.«

»Sollen sie doch Gero von Greifenstein fragen, der weiß, wer ich bin und wie ich heiße.« Wolfram spürte, dass seine Miene hart und grimmig wurde. »Wenn mich nicht alles täuscht, dann träumt der nachts sogar von mir.«

Wenn er an Gero dachte, beschlich Wolfram ein Gefühl der Bitterkeit. Ihn nicht ein für allemal aus der Welt geschafft zu haben, das konnte er sich nicht verzeihen. Wäre er nur ein wenig schneller, eine Spur aufmerksamer gewesen! Scharf sog er die Luft ein, während er in seine Stiefel stieg.

»In Magdeburg haben sie ein paar Juden umgebracht«, erzählte Tankred ganz unvermittelt, und augenblicklich horchte Wolfram auf. »Einer von ihnen soll der im ganzen Erzbistum bekannte Kaufmann Elias sein. Auch das hat uns dieser geistliche Herr berichtet, der die Gesandtschaft führte.«

»Der Halbbruder des Geldverleihers Amos?« Wolfram traute seinen Ohren nicht.

»Du kennst ihn?«, staunte Tankred. »Der Markgraf hat den Toten auch gekannt, hat nämlich eine Menge Geld bei ihm und diesem Amos geliehen. Und wisst Ihr, was Otto gesagt hat, als der Domherr mit seiner Gesandtschaft weggeritten war?« Tankred grinste spöttisch. »Schade, dass sie seinen Halbbruder nicht gleich mit erschlagen haben, hat er gesagt, dann bräuchte ich ihm die neuntausend Mark Silber nicht mehr zurückzuzahlen.« Tankred schüttelte lächelnd den Kopf. »So ist er eben, unser Markgraf.«

Wolfram fand daran nichts Erheiterndes. Er hörte auch nicht mehr richtig zu, denn seine Gedanken kreisten längst um sie – um die schöne Tochter des Geldverleihers Amos. Esther war Witwe? Wie mochte es ihr wohl ergehen?

»Morgen reite ich zurück nach Brandenburg.« Tankred streckte sich und knurrte behaglich. »Und vor dem nächsten Feldzug muss ich für ein paar Wochen nach Hause an die Spree. Nach meinem Weib schauen und nach meinen Kindern. Außerdem fehlt meiner neuen Burg in Cölln noch der Bergfried. Sobald ich mich mit dem Baumeister geeinigt habe, komme ich zurück an die Havel.«

Wolfram schreckte aus seinen Gedanken hoch. Hatte er richtig gehört? *Vor dem nächsten Feldzug*? Er runzelte die Stirn und wechselte einen verstohlenen Blick mit Sigurd, der sich zu ihnen gesellt hatte. »Der ist bereits geplant?« Tankred nickte. »Und gegen wen wird es diesmal gehen?«

»Viele Feinde haben wir ja nicht.« Tankred schaute zu seinen Edelknechten, die ihre Pferde zum Saufen an ein flaches Uferstück des Baches geführt hatten. »Fallen euch noch irgendwelche Feinde Brandenburgs ein außer Magdeburg?« Die Männer schüttelten grienend die Köpfe.

»Magdeburg?« Das geheimnisvolle Gehabe des Ritters verwirrte Wolfram und ärgerte ihn zugleich. »Wir haben doch gerade erst Frieden mit dem Erzbistum geschlossen.«

»Frieden …« Tankred winkte grinsend ab. »Kennt Ihr Euren Markgrafen denn immer noch nicht, Wolfram? Wie soll denn Otto leben ohne Krieg? Und so schnell wird er es den Bürgern von Magdeburg nicht nachsehen, dass sie seinem Bruder den Weg auf den Thron des Erzbischofs versperrt haben. Sein Groll sitzt elend tief, das kannst du glauben.«

Wolfram nickte nachdenklich. Der Ritter von Cölln hatte recht – als Krieger war Otto ein Riese, in der Kunst des Verzeihens allerdings ein Zwerg. Diese beherrschte er noch weniger als die Dichtkunst.

Auf einmal musste er an Heilwig denken. Sollte Otto jemals dahinterkommen, dass sie das Liebeslager mit ihm geteilt hatte, würde er seines Lebens nicht mehr sicher sein. Und Tankred auch nicht, sollte er der Mann gewesen sein, der sie im Pferdestall geliebt hatte.

»Davon abgesehen ist Frieden doch auf die Dauer eine recht langweilige Angelegenheit, oder?« Wieder lachte Tankred laut. »Und uns Ritter bringt er um gutes Geld.« Er klopfte Wolfram auf die Schulter. »Stellt Euch vor, wir hätten nur ein einziges Jahr lang Frieden! Wovon wolltet Ihr dann Eure Pferde füttern und Euren Knappen bezahlen?«

»Ihr meint …« Auch Sigurd wirkte nun reichlich verwirrt. »Ihr meint, Markgraf Otto hat sich nur zum Schein auf den Frieden eingelassen? Aber warum denn?«

»Dreimal darfst du raten, Kleiner«, sagte Tankred gönnerhaft. »Zweitausend Mark Silber lässt ein kluger Mann sich nicht so ohne Weiteres entgehen.«

Nach und nach begriff Wolfram, was der Cöllner da sagte. Es gefiel ihm nicht. »Sobald Erich von Brandenburg also das Geld hat, ziehen wir wieder in den Krieg gegen Magdeburg.« Er nickte nachdenklich. »Ist es wirklich so?«

»Otto hat schon Boten an die Verbündeten geschickt.« Tankred legte den Zeigefinger an die Lippen. »An Euren Onkel zum Beispiel, Herzog Albert von Braunschweig. Und an die Grafen von Reinstein, Mansfeld und Arnstein, alles Edelmänner, die das Erzbistum nicht besonders lieben.« Er senkte die Stimme. »Wir werden diesem Günther von Schwalenberg und seinen Magdeburgern das Leben so schwer machen wie nur irgend möglich, verlasst Euch drauf. Der Krieg geht erst richtig los.«

9
Gefangen

Magdeburg, 6. März 1277

Im Beginenhof half ein Mönch ihr vom Pferd. Esther schaute sich um: dieselben Bäume, derselbe Misthaufen, dieselben Mauern, dieselben Holzbaracken, dieselben steinernen Wohnhäuser – und doch ein anderer Ort: Mechthild lebte nicht mehr hier, Mechthild las hier nicht mehr aus ihrem Buch vor, Mechthild predigte hier nicht mehr vom fließenden Licht der Gottheit.

Esther musste seufzen. Nichts war mehr so, wie es einmal war. Auch hier nicht.

Frauen, die eben noch an den Fenstern standen und zu ihr auf den Hof hinauslugten, wandten sich schnell ab, bevor ihre Blicke sich mit denen Esthers treffen konnten. Frauen, die mit Eimern oder Körben an ihr vorbeigingen, und die sie kannte, senkten die Köpfe und taten, als wäre sie Luft.

Wie lange war sie nicht mehr hier gewesen? Hundert Jahre? Nicht einmal hundert Wochen.

Sie schaute zu Johannes hoch, der noch im Sattel saß, und ihr Blick flehte ihn an: *Bleib!* Er nickte ihr zu, bemühte sich um ein Lächeln und lenkte dann sein Pferd herum, um aus dem Beginenhof zu reiten. *Alles ändert sich*, dachte sie, *immer*. Und jetzt?

Ein zweiter Mönch begrüßte sie mit stummem Nicken, griff nach den Zügeln ihres Pferdes und winkte sie hinter sich und seinem Mitbruder her. Früher hatte es hier kaum Männer gegeben, jetzt lebten sogar einige hier. Um die Gemeinschaft der Frauen zu beaufsichtigen.

Ganz am Ende des Hofes band der Mönch das Pferd in einem Haselnussstrauch fest, das dort zwischen einer Linde und einem jungen Ahorn wuchs. Mit einer Kopfbewegung gab er ihr zu verstehen, ihm und seinem Mitbruder in ein lang gestrecktes Gebäude aus grob behauenen Sandsteinblöcken zu folgen, ein Überbleibsel der ehemaligen Vogtsburg, die hier einmal gestanden hatte – trutzig, mehrstöckig und für die Ewigkeit gebaut. Der Großvater hatte ihr davon erzählt.

Gütiger Himmel, dachte Esther, *wie alles vergeht auf der Welt und kaum Spuren hinterlässt.* Elias stand ihr vor Augen, Jakob, die Elbbrücke, Wolfram von Hildesheim. Und ihr großer Bruder, der David. Fort. Sie biss sich auf die Unterlippe. Fort, als hätte es sie nie gegeben. Als hätte es die geliebten Menschen genauso wenig gegeben wie die alte Burg, in deren Überbleibsel sie den beiden Mönchen nun folgte.

Die Benediktinerbrüder führten sie in einen kahlen Raum, in dem Gallus von Trier vor einer Marienstatue kniete. Als er Schritte hinter sich hörte, bekreuzigte er sich, stand auf und wandte sich um. »Ich wusste, dass du kommst.« Er sah ihr in die Augen und nickte ihr zu. »Ich wusste, dass du eine kluge Frau bist.«

Er gab den Mönchen ein Zeichen, damit sie sich zurückzogen. Dann ging er zu einem Schreibpult, lehnte sich darüber und wies auf einen niedrigen Schemel davor. Esther setzte sich darauf und kam sich wie ein Kind vor, als sie zu ihm hochschaute.

Die gefalteten Hände über das Schreibpult gelegt, lehnte Gallus halb darüber und betrachtete sie mit ernstem Blick an. »Es muss schwer für dich gewesen sein, zu mir zu kommen«, sagte er, »sehr schwer. Wie alles recht schwer für dich ist in diesen Wochen. Ich weiß ja, dass du deinen Mann verloren hast und zuvor schon deinen Vetter.«

Esther wunderte sich über den sanften Tonfall des Priestermönches und seine wohlwollende Miene. War das derselbe Mann, der gestern die Waffenknechte des Erzbischofs auf sie und ihre Familie gehetzt hatte? Derselbe Mann, der den Vater fesseln ließ und sie mit der Peitsche geprügelt hatte? Verwirrung ergriff sie.

»Und jetzt musste ich dir armen Witwe auch noch den Vater aus dem Haus holen.« Seufzend und mit einer Miene, als würde er seine Tat bedauern, schüttelte er den Kopf. »Aber keine Sorge, Esther, er wird wieder zu euch kommen.«

»Wann?«, entfuhr es ihr.

»Sobald die aufgewühlte Stimmung unter den Leuten in der Stadt sich beruhigt hat.« Er beugte sich noch ein Stück weiter über das Schreibpult und seine gefalteten Hände und schaute sie noch ein Stück ernster und eindringlicher an. »Und wenn du tust, was ich dir vorschlagen werde.«

Die Stimme der Muhme gellte ihr auf einmal durch den Kopf. *Hast du jemals erlebt, dass die Gojim uns Gerechtigkeit widerfahren lassen?* Misstrauen beschlich Esther, und der alte Hass auf den Peitschenmönch flammte wieder in ihr auf.

Aber etwas anderes in ihrem Herzen war stärker als Misstrauen und Hass, etwas in ihr wollte unbedingt, dass Gallus seine Worte so meinte, wie sie klangen, dass seine versöhnlichen Gesten, seine sanfte Stimme und seine wohlwollende Miene die Wahrheit sagten. Etwas in ihr wollte ihm glauben. War es die verzweifelte Hoffnung, er könnte den Vater doch bald freilassen?

»Bitte, Pater Gallus«, sagte sie mit brüchiger Stimme. »Bitte, er ist doch ein alter Mann.« *Seltsam*, dachte sie, während sie dem Klang ihrer eigenen Worte lauschte, *gestern hätte ich den Peitschenmönch noch erwürgen und ihm die Augen auskratzen können. Heute aber kommt er mir so zugänglich und gütig vor, dass ich selbst ganz sanft davon werde.* Ihre

Hoffnung wuchs und verdrängte Misstrauen und Hass. »Bitte gestatte uns, ihm Decken und Speise zu bringen.«

»Das ist doch selbstverständlich.« Wie segnend hob Gallus die Rechte ein wenig. »Aber eins nach dem anderen. Höre mir erst einmal zu: Die Stimmung in der Stadt ist gefährlich für euch, denn jeder in Magdeburg weiß inzwischen, dass Otto von Brandenburg nur durch euer Geld in der Lage war, den Feldzug gegen das Erzbistum anzufangen.«

Er machte eine Pause und schaute beinahe mitleidig zu ihr herunter. Esther wollte ein Wort der Erklärung vorbringen, aber ihre Kehle war wie zugeschnürt. Plötzlich fühlte sie sich schuldig.

»Dieser unselige Feldzug hat so manchem Magdeburger die Gesundheit, ja, das Leben gekostet«, fuhr Gallus fort. »Es blieb mir gar nichts anderes übrig, als deinen Vater in Ketten zu legen, sonst wäre der Pöbel ganz gewiss über euer Dorf hergefallen. Du weißt ja, wie schnell das gehen kann. Und das wollte ich um jeden Preis verhindern.«

»Wir können nichts dafür, dass Erich von Brandenburg nicht zum Erzbischof gewählt worden ist«, flüsterte Esther mit tränenerstickter Stimme. »Wir können doch nichts dafür, dass der Markgraf unser Geld dann für sein Heer und seine Waffen verwendet hat.« Klein, schuldig und ohnmächtig fühlte sie sich – und spürte zugleich die Erregung über die Aussicht, dem Vater Erleichterung zu verschaffen, und damit der ganzen Familie. »Wir sind selbst ganz unglücklich über den Krieg.« Die Tränen flossen ihr über die Wangen.

»Sicher, sicher doch.« Gallus seufzte. »Aber versteh bitte: Beinahe zwanzig Männer unserer Stadt sind im Feld geblieben, und doppelt so viele haben die Kriegsleute des Brandenburgers zum Teil schwer verwundet. Darüber sind die Magdeburger natürlich aufgebracht und sehr wütend auf euch Juden. Das musst du doch begreifen! Dadurch, dass ich deinen Vater vor den Ohren der Waffenknechte als Schuldigen hingestellt habe, wird der Zorn des Volkes von euch anderen auf ihn abgelenkt. Aber sei getrost – im Kerker ist er sicher. Dort wird ihm kein Haar gekrümmt.«

Hatte er den Vater also eingesperrt, um ihn zu schützen? So hörte es sich an. »Darf ich ihn sehen?« Esther fühlte sich hin- und hergerissen zwischen Misstrauen und Hoffnung, zwischen Hass und Dankbarkeit.

»Aber ja, gleich morgen dürft ihr ihn besuchen – falls wir beide uns einig werden, doch daran zweifle ich nicht.«

»Einig werden?« Sie sah zu ihm hoch, und das Misstrauen gewann wieder Überhand.

»Hör mich an, Esther. Oder ist es dir lieber, wenn ich dich Sophia nenne?« Er lächelte wohlwollend und fuhr fort, ohne ihre Antwort abzuwarten. »Ich habe längst verstanden, wie wichtig ihr Juden für Magdeburg seid, und welchen Gewinn wir von eurem kaufmännischen Geschick und euren Handelsbeziehungen haben. Deswegen bin ich entschlossen, meine Hand schützend über eure Gemeinde zu halten, sobald man mich zum Erzbischof gewählt hat.«

»Was …?« Esther verstand nun gar nichts mehr. »Aber …« Sie wischte sich die Tränen aus den Augen. »Aber hat man nicht erst kürzlich den Herrn von Schwalenberg zum Erzbischof gemacht?«

Gallus von Trier winkte ab und schüttelte den Kopf. »Der Schwalenberger ist nur ein Übergangskandidat. Die Wahl ist noch nicht einmal bestätigt, und aus Rom werden erhebliche Zweifel daran geäußert, dass der Papst ihm jemals die nötigen Weihen verleihen wird. *Ich* werde bald der Erzbischof von Magdeburg. Ich habe mächtige Verbündete in der Stadt, die meine Wahl vorantreiben, und für einen von ihnen brauche ich dazu deine Hilfe.«

»Meine Hilfe?« Ungläubig schaute sie Gallus an.

Hatte Dostl nicht neulich erzählt, dass man den Peitschenmönch mit dem Tod von zwei Domherren in Verbindung brachte und ihn deswegen nicht zur Wahl zugelassen hatte? Und der bedauernswerte Priester, der sich an der Brückenruine erhängt hatte – auch mit dessen Tod sollte Gallus angeblich zu tun gehabt haben. Doch noch während sie sich daran erinnerte, sah sie den Vater frierend und hungernd im Kerker liegen, und ihr Herz krampfte sich zusammen.

»Ich suche jemanden, der diesem Ritter das Kassenbuch führt und die Schreibarbeit erledigt«, erklärte Gallus. »Von dir weiß man, dass du lesen und schreiben kannst.« Anerkennend lächelte er zu Esther herunter. »Und rechnen. Du bist genau die Richtige, um diesem Edelmann, der des Schreibens und Lesens nicht besonders mächtig ist, Schatulle und Bücher in Ordnung zu halten. Was sagst du?«

Esther schluckte und musterte den Benediktiner halb ungläubig, halb misstrauisch. »Ich soll seinen Hof und seine Schatulle …?« Gallus nickte, und nicht für einen einzigen Augenblick erlosch das Lächeln in seinen hohlwangigen Zügen. »Und dann lässt du den Vater frei?«

»Wie gesagt: Es wäre ein Fehler, Amos sofort aus Ketten und Kerker zu entlassen, denn der Zorn des Volkes auf euch Juden brodelt noch mächtig. Sobald er sich gelegt hat, werde ich dafür sorgen, dass der Schöffenstuhl deinen Vater freispricht von aller Schuld. Vorausgesetzt natürlich, du bewährst dich im Haus meines Ritters. Aber erst mal muss du mir sagen, ob du deinem Vater überhaupt den Gefallen tun willst, meinem Ritter zu dienen. Deinem Vater und mir.«

»Eurem Ritter dienen?« Ein Gedanke jagte den nächsten durch Esthers Kopf. Lockte der Peitschenmönch sie womöglich in eine Falle? Doch was konnte so falsch daran sein, im Hause eines Gois die Schatulle zu führen und für Ordnung zu sorgen? Zugleich musste sie an die Worte des Großvaters denken: *Einem Goi kann man nicht trauen. Einem wie Gallus schon gar nicht.*

»Er wird dich natürlich entlohnen«, fügte Gallus hinzu. »Bedenke, Sophia: Du wirst Geld nach Hause ins Judendorf bringen, ihr werdet genug zu essen kaufen können.«

Esther senkte den Blick und kämpfte mit sich. *Er führt Böses im Schilde*, hatte Judith das nicht gesagt? Falls sie, Esther einwilligte, würde der Vater nicht vor dem Schöffenstuhl verklagt werden. Doch war das, was Gallus ihr anbot, nicht wie jener Strohhalm, nach dem der Ertrinkende greift, und der reißen musste, weil er zu dünn war, um zu ihn retten? Andererseits würde der Vater vielleicht bald wieder freikommen.

Verzweiflung, Misstrauen, Hoffnung und Angst rangen in ihrer Brust miteinander. Schließlich hob sie den Kopf und sagte mit dünner Stimme: »Und der Vater wird ganz bestimmt nicht des Verrats beschuldigt werden?«

Gallus schüttelte den Kopf und legte die Hand auf sein Herz. »Dafür werde ich schon sorgen.«

»Und der Vater wird ganz bestimmt freikommen?«

»Sobald die Wogen in der Stadt sich geglättet haben und du dich bewährt hast.«

»Und du wirst ihm noch heute warme Decken und genug Speise zukommen lassen?«

»Ich verspreche es.« Noch immer die Hand auf dem Herzen, nickte Gallus wieder. »Und morgen darfst du ihn besuchen.«

»Gut«, sagte Esther mit noch dünnerer Stimme. »Dann will ich tun, was du verlangst.«

*

Zwei Waffenknechte und Gallus selbst begleiteten sie zum Anwesen des Ritters, dem Esther künftig bei seinen Schreib-

und Geschäftsangelegenheiten zur Hand gehen sollte. Das Gehöft lag in Sudenburg, doch Gallus hieß sie, über den Alten Markt zu reiten, um dort einen der Waffenknechte mit Decken und Essen ins Kellergewölbe des Rathauses zu schicken. Dort, in einem Kerker des Rates, lag Esthers Vater gefangen, und der Priestermönch wollte sie mit eigenen Augen sehen lassen, dass er sein Versprechen hielt.

Inzwischen war es Nachmittag geworden, und die Bauern, Fischer und Händler auf dem Marktplatz bauten bereits ihre Stände ab, packten ihre Sachen zusammen und lenkten ihre Fuhrwerke und Karren vom Alten Markt. Vor dem Rathaus gab es einen Menschenauflauf, dessen Grund Esther zunächst nicht erkennen konnte. Weil ihre Gedanken um den Vater kreisten, achtete sie anfangs nicht weiter darauf.

Gallus trieb sein Pferd durch die Menge und bis zum Rathausportal, wo sie aus den Sätteln stiegen. Ein Waffenknecht nahm das Deckenbündel und den Korb mit dem Brot, den Zwiebeln und den Rüben vom Pferd, um alles in den Keller des Rathauses zu bringen und dem Kerkermeister für den Vater zu übergeben.

»Bitte grüß meinen Vater von mir.« Esther lief ein Stück neben dem Waffenknecht her. »Sag ihm, dass wir alle für ihn beten und dass ich ihn morgen mit der Mutter besuchen werde.« Der Mann nickte stumm und verschwand hinter dem Rathausportal.

Auf dem Weg zurück zu Gallus von Trier und den Pferden bahnte sie sich einen Weg vorbei an den vielen Menschen vor dem Rathaus, und nun erst drangen deren Geschrei, heftige Gesten und zornige Mienen mit Macht in Esthers Bewusstsein. Was um alles in der Welt geschah hier? Sie bekam es mit der Angst zu tun: Empörten sich all die Leute hier etwa ihres Vaters wegen? Verzerrte etwa der Zorn auf die jüdische Gemeinde ihre Gesichter?

Aus dem Augenwinkel sah sie ein Fuhrwerk an der Fassade des Rathauses stehen, und auf ihm einen großen Mann. Sie blieb stehen und schaute genauer hin. »Dostl«, flüsterte sie. Durch die Menge hindurch ging sie zu dem Wagen, doch die Waffenknechte, die das Fuhrwerk umringten, ließen sie nicht zu ihm durch.

»Dostl!« Sie rief so lange seinen Namen, bis er endlich auf sie aufmerksam wurde. Traurig schaute er zu ihr herunter und hob Arme und den rechten Fuß ein wenig an, damit sie seine Fesseln sehen konnte. »Was geschieht hier, Dostl?«

»Wir warten auf den Kerkermeister und seine Knechte, damit die ihn hinunter ins Gewölbe schaffen«, erklärte einer der Waffenknechte. »Er soll in Ketten gelegt werden.«

»Aber warum schreien die Leute so?«, fragte Esther. »Was erregt sie derart, dass sie schier aufeinander losgehen?«

»Seinetwegen.« Mit dem Schaft seines Spießes deutete der Waffenknecht hinter sich zum Fuhrwerk und zu dem Mann darauf. »Viele sind erbost, weil Eisenstirn auf dem Kriegszug einen feindlichen Ritter geschont hat, einen Brandenburger, der etliche unserer Kriegsmänner getötet oder verletzt hat. Am liebsten würden sie ihn deswegen gleich um einen Kopf kürzer machen.«

»Ich hab's nicht gekonnt, Sophia!«, rief Dostl vom Wagen herunter. »Ich hab's einfach nicht über mich gebracht! Wolfram ist mein Freund! Er hat sein Leben aufs Spiel gesetzt, um Menschen wie dich aus der Elbe zu retten! Erinnere dich doch an den Unglückstag, Sophia!«

Esther nickte und winkte ihm zu. Noch immer konnte sie es kaum fassen: Wolfram von Hildesheim war tatsächlich der Ritter, den er geschont hatte? Der junge Knappe, der um sie geworben hatte? Der war jetzt ein Ritter? »Aber was haben die Leute deswegen miteinander zu streiten?«, fragte sie den Waffenknecht.

»Einige wollen, dass Eisenstirn sofort freigelassen wird.«

Esther blickte in die Menge. Die Leute schrien einander an und bedrohten sich mit Fäusten und Stöcken. Viel fehlte nicht mehr, bis sie aufeinander losgehen würden. Noch einmal grüßte Esther zum Wagen hinauf, dann drehte sie sich um und ging schweren Herzens zurück zu Gallus. Sie konnte nicht glauben, dass Dostl in Ketten gelegt und dem Henker überantwortet werden sollte. So viel Unglück in so kurzer Zeit? Sie konnte es einfach nicht glauben.

Der Waffenknecht war schon zurück aus dem Kerkergewölbe. Er richtete ihr eine Grußbotschaft des Vaters aus und überreichte ihr eine Locke aus dessen Bart. Die hatte Esther als Zeichen dafür gefordert, dass er wirklich beim Vater im Kerker gewesen war. Esther schloss die Faust um das gewellte weiße Haar und stieg auf ihr Pferd. Sie spürte genau, wie Gallus von Trier sie beobachtete.

Als sie vom Alten Markt ritten, begannen die Magdeburger vor Dostls Wagen tatsächlich aufeinander einzuprügeln. Die Waffenknechte des Rates fuhren unter sie und versuchten die Streithähne voneinander zu trennen. Geschrei und Menschengetümmel blieben hinter ihnen zurück.

Während sie über den Breiten Weg durchs Sudenburger Tor aus der Stadt und dann hinein nach Sudenburg ritten, dachte Esther an Wolfram von Hildesheim. Ein Ritter des Markgrafen von Brandenburg war er jetzt also. Seltsam, aber bei dem Gedanken, dass Dostl ihn beinahe getötet hätte, stockte ihr der Atem.

Wie schade wäre es um diesen mutigen Mann gewesen! Um diesen liebenswerten Mann. Wie schön waren doch die Verse gewesen, die er ihr geschrieben hatte. Sie fragte sich, wie ihr Leben verlaufen wäre, wenn sie ihn geheiratet hätte.

Das Gehöft, auf dem Esther bis zur Freilassung des Vaters dienen sollte, lag am westlichen Rand der Vorstadt. Seine

Gebäude waren ganz und gar aus braunem Sandstein errichtet und von einer hohen Mauer umgeben, hinter der ein fünfstöckiger Eckturm aufragte. Wie eine Trutzburg sah es aus, düster und schroff.

Das Judendorf war von hier aus nicht zu sehen, aber es lag nicht einmal eine halbe Wegstunde entfernt. Die Nähe des Elternhauses beruhigte Esther ein wenig.

»Der Ritter kehrt heute erst vom Feldzug gegen die Brandenburger zurück«, erklärte Gallus von Trier, während sie vor dem Palas von den Pferden stiegen. »Ich denke, er wird uns hier begrüßen, noch bevor die Abenddämmerung einbricht.«

Er führte Esther in die Stallungen und die Werkstätten, ins Backhaus, ins Waschhaus und zeigte ihr alle Nebengebäude des Anwesens. Esther wunderte sich über die Selbstverständlichkeit, mit der Gallus sich hier bewegte, und wie gut er sich auskannte.

Zuletzt gingen sie in den Palas, und auch hier führte Gallus sie von Raum zu Raum, als würde ihm das Haus gehören. Er zeigte ihr die Küche, die Schlafkammern, die große Stube, die wie ein kleiner Rittersaal eingerichtet und gestaltet war, und die Vorratskammer. Auch machte er sie mit dem Stallknecht und der Küchenmagd bekannt, die gerade das Feuer in der offenen Herdstelle schürten.

Schließlich stiegen sie in den Turm hinauf. Die Wendeltreppe führte durch eine Kammer im Mittelgeschoss, in dem Tisch, Truhe und Hocker neben einem Strohsack standen. Gallus deutete darauf. »Hier kannst du schlafen.«

Esther, der nicht klar gewesen war, dass sie in seinem Haus auch übernachten sollte, zuckte zusammen und wurde bleich und ganz steif. Gallus merkte es und fügte hinzu: »Falls einmal ein Unwetter oder Schneetreiben dir den Weg ins Judendorf unmöglich machen sollte.«

Vom oberen Turmgeschoss aus konnte sie das Judendorf

und die Elbe erkennen. Und eine Schar Reiter, die gerade nach Sudenburg hineinritt.

»Da kommt mein Ritter«, sagte Gallus.

Hinter ihm her stieg Esther die Wendeltreppe wieder hinunter.

Von der Schwelle des Palasportals aus sahen sie die Männer in den Hof hineinpreschen. Der Hausherr übergab seinen Grauschimmel einem seiner Knappen und kam danach zu ihnen. Obwohl er stark hinkte, erkannte Esther ihren Erzfeind sofort. Der Boden unter ihren Füßen begann zu wanken, und ihr wurde schwindlig, sodass sie nach dem Türrahmen tastete.

Plötzlich spürte sie, wie Gallus' Hand sich um ihren Oberarm schloss. »Denk dran«, sagte er leise, »was immer du tun wirst, du tust es für deinen Vater. Vergiss das nicht.« Mit diesen Worten ließ er sie los und ging Gero von Greifenstein entgegen.

Vor Schreck wie gelähmt stand Esther auf der Schwelle des Hauses. Was sollte sie tun? Losrennen, auf ihr Pferd klettern und ins Judendorf reiten? Doch wie viel Leid würden sie dann dem Vater zufügen? Und würde sie ihn dann am nächsten Tag überhaupt noch besuchen dürfen?

Sie beobachtete, wie Gallus bei dem Greifensteiner stehen blieb und mit ihm tuschelte. Wenn sie jedoch nicht auf der Stelle nach Hause ritt, was würde dann ihr widerfahren?

Die Worte des Rebbe schossen ihr durch den Kopf: *Gegen deinen Willen musst du Dinge erleiden und tun, die der Ewige, gelobt sei er, dir auferlegt.* Gallus ging weiter zu seinem Pferd, und Gero hinkte auf sie zu. Er wirkte erschöpft und mürrisch.

»Was für ein lieblicher Anblick«, sagte er dennoch, als er vor ihr stand. »Eine bessere Hilfe hätte ich mir in meinen kühnsten Träumen nicht ausmalen können. Und eine hübschere sowieso nicht.« Er runzelte die Stirn. »Bist du vom Pferd gestürzt?« Sanft fuhr er ihr mit dem Fingerrücken über ihre geschwollene Lippe und über die Striemen in ihrem Gesicht. »Komm«, sagte er schließlich, fasste ihren Arm und zog sie ins Haus.

Vor der offenen Tür zu seiner Schlafkammer blieb er stehen und schaute hinein. »Endlich wieder zu Hause.« Er zog Esther von hinten an sich. »Wie ich höre, bist du hier, um deinen Vater zu retten«, sagte er leise. Er drehte den Kopf, musterte sie von der Seite und nickte langsam. »Eine gute Entscheidung.«

Esther starrte auf das Bett und schluckte. Ihre Kehle war wie zugeschnürt. Gero schob seine Hand über ihren Rücken und so tief unter ihre Achsel, dass er ihre Brust berührte. »Deinem Vater wird kein Haar gekrümmt werden. Dafür wirst du sorgen, nicht wahr, meine Schöne?« Er zog sie weiter zur Küche hin, aus der ihnen der Rauch aus dem Herdfeuer entgegenquoll. »Erst einmal hilfst du der Köchin, ich habe nämlich einen Bärenhunger.«

10

Ein Tier

Eisleben, Kloster Helfta, Anfang Juni 1277

Die Zelle war kleiner, als ihre Schreibkammer auf dem Beginenhof von Magdeburg es gewesen war, dafür aber erheblich heller. Sie lag nämlich nicht nur im Eckbereich des Klausurgebäudes, sondern auch in dessen Obergeschoss und hatte zwei Fenster: ein kleines nach Osten hin und ein großes auf der Südseite.

Morgenlicht bis in den Vormittag hinein und Mittagslicht bis zum späten Nachmittag – ein Geschenk für Mechthilds alte Augen.

Im letzten Licht der nach Westen hin wandernden Sonne sah sie die Seiten ihres beinahe vollendeten Buches durch, veränderte hier einen Satz, ergänzte da ein Wort oder strich einen Halbsatz oder einen ganzen Abschnitt durch. Ihr Buch sollte ein gutes Buch werden, eines, das man auch in hundert Jahren noch gern lesen würde.

Es gab mehr zu streichen, als zu ergänzen. Vor allem tilgte sie nahezu jede Mitteilung, die ihre Person betraf. Nichts sollte künftige Leser von dem ablenken, was wirklich wichtig war in ihrem Buch *Das fließende Licht der Gottheit*.

So wenig Persönliches über die Schreiberin wie irgend möglich sollten kommende Generationen darin lesen. Dass sie in einer Burg in der Umgebung von Magdeburg aufgewachsen war, dass sie aus einer Adelsfamilie stammte, dass sie als sehr junge Frau nach Magdeburg zog und dort vierzig Jahre lang als Begine lebte – das musste reichen.

Viel Zeit blieb ihr nicht mehr für diese Arbeit, das hatte

Mechthild schon in ihrem letzten Jahr in Magdeburg gespürt. Ihre Knochen machten zwar noch ganz gut mit, und die Schmerzen in ihren Gelenken waren zu ertragen, doch eine innere Stimme sagte ihr, dass es an der Zeit war, mit dem Schreiben zum Ende zu kommen.

Spätestens an dem unerbittlich näher rückenden Tag, bevor der unbegreifliche und unbegreiflich gütige Gott sie nach Hause rufen würde – »heim in sein Herz«, wie sie zu sagen pflegte –, spätestens dann wollte Mechthild fertig sein mit ihrer Arbeit.

Nonnen, die nach ihrem Tod für die Abschrift ihres überarbeiteten Lebenswerkes sorgen wollten, hatte sie bereits gefunden. Und Mechthild hatte nicht lange suchen müssen – hier, im Kloster Helfta bei Eisleben, hatte sie in zwei Jahren mehr gelehrte und des Schreibens kundige Frauen getroffen als in den vierzig Jahren, die sie in Magdeburg gelebt hatte.

Als der Schatten des Fensterrahmens auf ihren Tisch fiel, entzündete sie zwei Talglampen und arbeitete in deren Lichtschein weiter. Erst als die Glocken der Klosterkirche zur Vesper riefen, legte sie die Feder weg, steckte den Korken auf die Tintenamphore und streute Sand über das zuletzt bearbeitete Pergament.

Am Ostfenster blies sie ihn in die milde Abendluft hinaus. Die Nonnen des Klosters schritten einzeln oder in kleinen Gruppen zur Klosterkirche hin, um das Abendlob zu verrichten. Sie selbst würde heute nicht daran teilnehmen, aber das wusste Mechthild zu diesem Zeitpunkt noch nicht.

Zurück am Tisch legte sie den bearbeiteten Pergamentbogen auf die aufgeschlagene Seite ihres Folianten, breitete als Lesezeichen ein goldfarbenes Tuch darüber aus und schloss ihn. Dankbar blickte sie auf das Deckblatt mit dem Titel – *DAS FLIESSENDE LICHT DER GOTTHEIT*. Sie las ihn murmelnd, las ihn zweimal, las ihn dreimal. »Danke, du gütiger und allmächtiger Gott«, betete sie schließlich, »danke für mein Leben, das du mir geschenkt hast, damit ich dieses Buch für dich schreibe. Amen.«

Sie bekreuzigte sich und eilte zur Tür. Noch läuteten die Glocken zwar, doch die Zeit wurde knapp. Sie wollte pünktlich ihren Platz im Chor einnehmen, denn sie liebte es, dort unter ihren Mitschwestern zu sitzen und ihren Geist im gemeinsamen Lobgesang in himmlische Gefilde schweben zu lassen.

Mechthild von Magdeburg betrachtete es als ein großes Glück, den Abend ihres Lebens hier, unter so vielen gleichgesinnten Gefährtinnen, verbringen zu dürfen. Die Nonnen des Klosters Helfta und ihre Äbtissin Gertrud hatten ihr, der man in Magdeburg nach dem Leben trachtete, nicht einfach nur Zuflucht gewährt, sie hatten sie aufgenommen, um die Nonnen des Klosters »zu lehren und zu erleuchten«, wie die Äbtissin sich auszudrücken pflegte.

Die Klinke schon in der Hand, hörte Mechthild plötzlich Schreie von draußen. Sie ließ die Klinke wieder los, huschte zum Ostfenster und lehnte sich hinaus – alle Schwestern auf dem Hof waren stehen geblieben und alle schauten in dieselbe Richtung: zum Haupttor des Klosters. Von dort eilte mit wehendem Habit eine Nonne herbei, fuchtelte mit den Armen und deutete hinter sich zum Tor. »Ein Tier!«, schrie sie. »Eine schreckliche Bestie!«

Nun hatte Mechthild es erst recht eilig, in den Klosterhof hinunterzukommen, denn etwas Ungewöhnliches war geschehen, sogar etwas Erschreckendes. Die aufgeregten Rufe der Nonne ließen keinen Zweifel daran. Sie kreischte und rannte ja, als wäre der Leibhaftige selbst hinter ihr her.

Als Mechthild aus der Vordertür der Klausur in den Hof trat, läuteten die Glocken noch immer zur Vesper, doch niemand lief mehr zur Klosterkirche – alle Schwestern strömten zum Tor hin. Etwas Bedrohliches und wirklich Gefährliches konnte es also nicht sein, was die Nonne derart außer Fassung gebracht hatte.

Mechthild war nun so neugierig geworden, dass jetzt auch sie das Stundengebet vergaß. Wer oder was bei der Heiligen Jungfrau stand denn da vor dem Kloster und flößte armen Nonnen eine solche Furcht ein? Sie wollte es erfahren. Statt zur Kirche machte sie sich auf den Weg zum Tor.

Dort drängten sich mehr als zwanzig Schwestern. Eine hatte die Klappe vor dem Sichtgitter geöffnet und schaute nach draußen. Sie stieß einen spitzen Schrei aus und schlug die Luke wieder zu. Eine andere schob sie zur Seite, um ihrerseits die Luke vor dem Sichtgitter zu öffnen und hinauszuspähen. Diese Nonne blieb zwar stumm, fuhr aber zurück und schlug die Sichtklappe schneller und heftiger zu als ihre Vorgängerin, und hatte es danach ziemlich eilig, sich vom Tor zu entfernen.

Und so ging es immer weiter – Nonne für Nonne drängte sich vor die Sichtklappe, öffnete sie, sah hinaus und schlug sie wieder zu. Manche schauten nur kurz hinaus, manche länger; manche schrien, andere nicht.

Mechthild konnte ihre Neugier kaum noch zügeln. »Was ist hier los?« Sie drängte sich durch die Menge ihrer Mitschwestern. »Was bei allen Heiligen seht ihr da draußen?«

»Ein wildes Tier«, sagte eine Nonne. »Ein Ungeheuer«, flüsterte die Nächste. »Eine böse Erscheinung«, versicherte eine andere. »Einen riesigen Marder«, behauptete die Schwester, die zuletzt durch das Sichtfenster geschaut hatte.

Mechthild zog die Luke auf und schaute nun selbst hinaus. Und war verblüfft: ein Marder, es stimmte wirklich. Ein schönes Tier mit niedlichem Köpfchen, hellwachen Augen und gelblichem Brustfell. Es war mitnichten riesengroß, sondern es hatte sich lediglich auf den Hinterläufen aufgerichtet. Das allerdings auf der Schulter eines – ja, eines was? Eines Bären?

Jemand schlug von außen mit der Faust – oder mit der Tatze? – gegen das Klostertor.

»De Nonns sollet aufmache«, forderte eine krähende Frauenstimme. Ein Zittern frostete durch Mechthilds Glieder, als sie sie erkannte. »Oda de Nonns sollet de gute Mamechma Bescheid sage, dass ihr Genoveva endlich da is.«

Tränen schossen Mechthild aus den Augen. In Windeseile löste sie die Riegel und zog einen Torflügel auf – und da stand sie: mit struppiger Mähne, mit schmutzig-braunem Pockennarbengesicht, mit einem Bärenpelz über dem Katzenfell, mit einem Sauspieß in der Rechten und mit einem Marder auf der linken Schulter.

Die Nonnen wichen schreiend zurück, doch das wilde Ungeheuer im Bärenfell breitete die Arme aus. »Mamechma! Mein gute Mamechma!«, rief sie und stürzte sich an Mechthilds Brust. Die schlang laut weinend die Arme um Genoveva, küsste sie, hielt sie fest und wiegte sie hin und her.

So standen sie eine Zeit lang, weinten und küssten und flüsterten. Die Nonnen aber staunten sie an und wussten nicht, was sie sagen sollten.

Plötzlich war es Genoveva, die einen spitzen Schrei ausstieß. »Nein!« Sie riss sich von Mechthild los, stürzte auf die Nonnen zu und warf sich auf den Marder, der mit aufgerichteten Hinterläufen vor ihnen stand und sie neugierig beäugte. Der Stein, den eine der Nonnen auf ihn schleudern wollte, prallte neben Genoveva ins Gras.

»Dumme Nonn, dumme!«, schimpfte Genoveva und stemmte sich hoch. »De David beißt de Menschs nich, de David is ganz lieb, is de Freund von de Genoveva! Dumme Nonn, dumme!« Schimpfend und den offensichtlich zahmen

Marder an ihren Busen gedrückt, schaukelte sie zurück zu Mechthild.

Dabei rutschte ihr der Bärenpelz von den Schultern, und der Katzenfellmantel öffnete sich. Und Mechthild sah einen großen, haarigen und nackten Bauch, der sich wie eine prall gefüllte Saublase zwischen den Knopfsäumen des Fells hervorwölbte.

II

Liebe

Magdeburg, Mitte Juli 1277

Der Tag neigte sich dem Ende zu, die Schwalben flitzten über den rötlichen Himmel, und in den Bäumen sangen die Amseln ihr Abendlied. Esther stand mitten auf dem Hof und lauschte ihnen. Eine Ahnung von Frieden wehte ihr durch die Brust. Und wirklich – es hätte ein friedlicher Abend werden können. Sie nahm die Wassereimer auf und schleppte sie ins Haus.

Sie hatte die Schweine gefüttert, die Gemüsebeete gegossen, die Hühner in den Stall getrieben, und nun noch einmal am Brunnen Wasser geschöpft. Jetzt musste sie noch die Küche sauber machen und aufräumen.

Im Flur, hinter dem Portal, stellte sie einen Wassereimer ab, den anderen trug sie in die Küche. Sie arbeitete hastig, wollte so schnell wie möglich nach Hause. Ständig horchte sie auf den Hufschlag seines Pferdes, ständig betete sie im Stillen, er möge nicht heimkehren, bevor sie das Gehöft verlassen hatte.

Vor den Fenstern dämmerte bereits die Nacht herauf, Küchenmagd und Knechte hatten sich schon ins Gesindehaus zurückgezogen. Endlich hing das letzte Messer an der Wand, war der letzte Topf ins Regal gestellt. Esther schob die Pfanne mit seinem Essen auf den Herd, um es für ihn warmzuhalten. Ein wenig Holz glühte noch unter der Platte.

Sie huschte aus der Küche, griff sich in der Diele ihren schwarzen Umhang vom Kleiderhaken, warf ihn über und eilte zum Hauptportal der Hausburg. Da – Hufschlag! Abrupt blieb sie stehen, schloss die Augen und atmete tief ein. Zu spät.

Oder? Sie fuhr herum und schlich zurück in die Küche. Vielleicht doch nicht. Von der Küche aus lief sie leise in die große Vorratskammer, von dort in den Hühnerstall und von dort zur Tür, die in den Gemüsegarten hinausführte. Lautlos und immer wieder verharrend, um zu lauschen, schlich sie durch den Garten zum Mauerbogen, der in den großen Hof führte. Ob er schon im Haus war? Sie lugte über die Gartenmauer in den Hof – niemand war zu sehen. Erleichtert drückte sie das Gartentor auf und trat in den Hof. Fast blieb ihr das Herz stehen, als sie neben sich jemanden atmen hörte.

»Hast du etwas verbrochen, dass du hier herumschleichst wie eine Diebin?« Mit dem Rücken gegen den Mauerbogen gepresst, stand er neben der Gartentür. »Oder wolltest du dich etwa wieder aus dem Staub machen, ohne mir eine gute Nacht zu wünschen?«

»Ich musste noch die Hühner versorgen.«

Gero musterte sie mit regloser Miene. »So?« Was er dachte, was er fühlte – Esther würde es wohl niemals erfahren. Fühlte er überhaupt irgendetwas? Er packte sie am Handgelenk und zog sie zum Haus hin. »Komm.«

»Meine Mutter ist krank.« Das stimmte, seit Wochen stand die Mutter nur noch auf, wenn die Muhme Judith sie dazu zwang. »Sie braucht mich.« Sie tastete nach Elias' Dolch, den sie im Futter ihres Umhangs trug.

»Wie dein Vater, nicht wahr?« Der Greifensteiner zerrte sie ins Haus hinein. »Der ahnt nicht, wie sehr er dich braucht, was?« Er warf die Tür hinter ihnen zu. »Erst einmal brauch' *ich* dich noch, danach darfst du nach Hause gehen, wenn es unbedingt sein muss.« Er hängte seinen Hut an den Nagel, schnallte den Waffengurt mit dem Schwert ab und schälte sich aus Rock und Wams.

»Ich hab's nach Art der Frauen«, sagte Esther und hörte selbst, wie wenig überzeugend ihre Stimme klang.

»Ach?« Er belauerte sie, musterte sie von oben bis unten. »Wir werden ja sehen. »Hilf mir aus den Stiefeln.« Manchmal hatte er nachgeschaut, sodass sie sich hin und wieder schon mit Hühnerblut eingeschmiert hatte. »Mach schon.«

Er ließ sich auf die Bank neben der Schlafkammer fallen und streckte ihr die Füße hin. Mit dem eisernen Stiefelknecht vor dem Portal hätte er sich die Stiefel genauso gut selbst abstreifen können, doch er genoss es, wenn Esther vor ihm niederkniete, wenn er ihr die Beine aufs Knie legen konnte.

Sie zerrte ihm die Stiefel von den Füßen, erst den rechten, dann den linken, wie immer. Danach folgte sie ihm in die Küche. Heute hatte sie kein Hühnerblut benutzt, heute war sie sicher gewesen, dass er später kommen würde, denn heute hatten die Schöffen und ein Richter ihn als Zeugen angehört.

War es um Dostl gegangen? Oder endlich doch um den Vater? Fiebrige Erregung ließ Esthers Herz schneller klopfen.

Sie schnitt Brot, trug das Essen auf, schenkte ihm Wein ein. Dann setzte sie sich zu ihm an den Tisch und leistete ihm Gesellschaft. Das wollte der Greifensteiner so. Sein Blick glitt über ihr Gesicht und ihre Arme. Sie sah das Verlangen in seinen Augen und verschränkte die Arme vor der Brust.

Er aß und schaute sie dabei unentwegt an. Esther blickte an ihm vorbei zum Herd und schwieg. Sie nutzte jede Gelegenheit, ihm zu zeigen, wie sehr sie ihn verachtete, nutzte jede Gelegenheit zum stillen Widerstand. Ihr Spielraum war eng – viel zu eng –, sie musste ja an den Vater denken.

Noch saß er im Kerker, aber wenigstens brauchte er keine Ketten mehr tragen, und sie durften ihn täglich besuchen.

»Hast du endlich nachgedacht?«, wollte er wissen.

»Worüber?« Esther wusste nicht, was er meinte.

»Was fragst du so dumm!« Er wischte sich das Fett mit dem Handrücken vom Mund. »Ich habe dir gesagt, dass du nachdenken sollst, ob du dich endlich taufen lassen willst.« Er griff zum Becher und trank.

»Das will ich nicht.«

»Aber ich will, dass du dich taufen lässt, denn du musst mich heiraten.« Er setzte den Becher ab. »Hast du mit deinem Vater darüber gesprochen?« Sie schüttelte den Kopf. »Dann tu's endlich!«

Eine Zeit lang aß und trank er stumm. Esther zog es die Eingeweide zusammen, wenn sie daran dachte, was geschehen würde, wenn er fertig war.

»Nächsten Monat treten die Schöffen zusammen«, brach er irgendwann das Schweigen. »Dann fällt das Urteil über den Schmied.« Eine Weile schlang er Hühnerfleisch, Brot und Bohnen in sich hinein und spülte alles mit Bier herunter. »Der Schmied muss zum Henker hinauf«, sagte er dann. Zum ersten Mal lächelte er. Es war ein kaltes, ein gehässiges Lächeln. »Er *muss*!«

»Wirklich?« Kerzengerade hockte Esther jetzt auf ihrer Hockerkante und presste die geballten Fäuste zwischen die Schenkel. »Ist das ganz sicher?«

»Dass er freikommt, würdest du lieber hören, was?« Er schob ihr den leeren Becher hin, damit sie ihn füllte. Sie nahm den Krug und schenkte ihm Bier nach.

Esther musste den Greifensteiner nicht ansehen, sie wusste auch so, dass er ihre Arme betrachtete, ihr Gesicht, ihren Hals, den Brustteil ihres sackartigen, schwarzen Kleides, unter dem sie die Wölbungen ihres Busens zu verbergen suchte. Sie wollte ihn nicht ansehen, denn sie hasste die Gier in seinem Blick. Dieser Mann war verrückt nach ihr.

»Der Dostl hat uns viel Gutes getan«, sagte sie und ließ ihre Stimme so fest klingen, wie sie nur konnte.

»Was du nicht sagst!« Ein ärgerlicher und verächtlicher Zug machte sein Gesicht hässlich. »Und ich? Tue ich dir nicht viel Gutes? He!« Mit der Rechten packte er ihre Hand, mit der Linken den vollen Bierkrug. »Ich gebe dir Essen, ich gebe dir Geld, ich gebe dir …« Gero unterbrach sich und zog sie ein Stück über den Tisch zu sich hin. »… ich gebe dir Liebe.«

Er spitzte die Lippen, schmatzte in ihre Richtung und ließ sie endlich los, um den Bierkrug an die Lippen zu setzen. Auch als er trank, ließ er sie nicht aus den Augen.

»Das ist keine Liebe.«

»Keine Liebe?« Er knallte den Krug auf den Tisch. »Wie würdest du es denn nennen, was ich dir gebe?«

»Ihr könnt mir gar keine Liebe geben, weil ich keine Liebe von Euch will.« So weit wagte Esther sich selten vor. Meist überlegte sie sorgfältig, was sie sagte, denn der Greifensteiner konnte sehr böse werden. Dennoch fügte sie hinzu: »Manchmal glaube ich, dass Ihr gar nicht wisst, was das ist – Liebe.«

»Vorsicht, Weib!« Schweigend stopfte er die Reste seines Essens in sich hinein. »Denk an deinen Vater! Denk immer an deinen Vater.«

Gero warf das abgenagte Hühnerbein hinter sich und betrachtete sie mit einem lüsternen Grinsen. Gleich würde es wieder so weit sein. Abscheu und Wut stiegen in Esther hoch. Er leerte seinen Becher, lehnte sich zurück und wischte sich Hände und Mund mit dem Tuch ab, dass Esther ihm hingelegt hatte, damit er sie später wenigstens nicht mit fettigen Händen berührte.

»Habt Ihr mit dem Richter über meinen Vater gesprochen?«, fragte sie.

»Natürlich.« Sein Blick hielt den ihren fest.

»Und wann treten die Schöffen seinetwegen zusammen? Wann kommt er endlich frei?«

»Wenn ich aus dem Feld zurückkehre.«

»Ihr zieht in den Krieg?« Sie versuchte, ihre Erleichterung

zu verbergen. »Sind denn die Brandenburger schon wieder ins Erzbistum eingefallen?«

»Nein, aber ihre Verbündeten – die Herzöge von Sachsen und ein paar Grafen aus ihrer Gefolgschaft. Der Erzbischof selbst wird diesen Feldzug anführen.« Mit seinen Blicken streifte er Esther bereits die Kleider ab. »Nur Geduld, meine Schöne. Sobald ich zurück bin, werden Gallus und ich beim Schöffenstuhl Gnade und Freiheit für deinen Vater erwirken.«

Esther senkte das Kinn auf die Brust. Gebeugt und mit hängenden Schultern hockte sie jetzt auf ihrem Schemel. Auch wenn die Erleichterung, den Greifensteiner für einige Zeit loszuwerden, groß war – die Enttäuschung war noch größer. Noch einmal warten, noch einmal hoffen! Sie spürte, wie ihr die Tränen in die Augen schießen wollten, doch sie schluckte sie hinunter. Wenn sie etwas gelernt hatte in den letzten Wochen, dann das. Wenigstens würde der Dreckskerl weit weg sein. Und vielleicht würde der Ewige und Allmächtige, gelobt sei er, ganz gewiss würde er sich ihrer erbarmen und den Greifensteiner umkommen lassen.

Gero stand auf und entzündete zwei Fetthölzer an der Glut im Herd und steckte sie in die Wandhalterungen neben der Tür. »Und jetzt kriegst du Liebe.« Er griff über den Tisch, fasste ihre Hand und zog sie vom Hocker hoch. »Komm schon.«

Wie schon viel zu oft musste sie ihm in die Schlafkammer folgen, wie schon viel zu oft riss er ihr dort die Kleider über den Kopf und stieß sie aufs Bett. Esther fror und lag steif wie ein Brett da.

»Nach Art der Frauen hast du's also«, sagte er, während er sich auszog und dabei ungeniert ihre Scham betrachtete. Dann stieg er zu ihr auf die Matratze, langte in das Salbentöpfchen auf dem Nachttisch und schob sich über sie. Seitdem sie sich über die Schmerzen beklagt hatte, die er ihr jedes Mal bereitete, benutzte er Melkfett – wenigstens das.

Esther legte sich so hin, wie er es von ihr verlangte, und tat alles, was er wollte. Sie betete während der ganzen Zeit, als er sich stöhnend und ächzend auf ihr suhlte. Sie betete im Stillen das Abendgebet, und weil es wieder einmal viel zu lange dauerte, bis er fertig war, betete sie es zweimal.

»Ich finde, du könntest dich mehr bewegen«, sagte er hinterher, während er zuschaute, wie sie sich anzog. »Und überhaupt könntest du mit ein bisschen mehr Eifer bei der Sache sein, mit ein bisschen mehr Lust. Das wäre gut für dich.« Esther antwortete nicht, sah ihn nicht einmal an. »Vor allem für deinen Vater wäre das gut, das kannst du mir glauben.«

An der Tür drehte sie sich noch einmal nach ihm um. Den ganzen Hass, der in ihr brannte, schoss sie mit dem Blick ihrer dunklen Augen auf ihn ab. Dann zog sie die Tür hinter sich zu und warf sich ihren Umhang über.

Kurz stand sie still, schloss die Hand um den Griff des Dolches, den Elias ihr aus dem Gelobten Land mitgebracht hatte, und schaute zurück zu der Tür der Schlafkammer. Das Gesicht ihres Vaters leuchtete vor ihrem inneren Auge auf. Sie ließ den Dolch los und griff sich stattdessen ein brennendes Fettholz aus der Wandhalterung.

Sie nahm einen der leeren Eimer, die neben dem Portal standen, lief aus dem Haus und über den Hof zum Brunnen hin. Halb dunkel war es schon, im Osten ging die Sichel des Neumondes auf. Sie ließ den leeren Eimer in den Brunnen hinunter, zog ihn gefüllt wieder herauf und trug ihn in den Schafstall. Dort hatte sie einen kleinen Krug mit einem langen, schnabelartigen Ausguss versteckt, den sie nun mit Wasser füllte. Zwischen den Schafen ging sie in die Hocke und spülte ihren Schoß aus, wieder und wieder – so, wie die Frauen im Hurenhaus es ihr gezeigt hatten. Sie spülte sich so lange, bis sie sich nicht mehr ganz so schmutzig fühlte.

12

Rabenstein

Saale und Elbe, Anfang August 1277

Gleich nach der Laudes versammelten sich die Zisterzienserinnen des Klosters Helfta um den Pferdewagen, der im ersten Morgengrauen aus Eisleben angekommen war. Mechthild verabschiedete sich von jeder Einzelnen, und es gab Umarmungen, Tränen, Küsse und Segenswünsche. Der Ritter, der ihre Eskorte anführte, wollte ihr auf den Kutschbock helfen, doch mit energischer Geste wies sie ihn zurück und stieg selbstständig hinauf. Vier junge Nonnen kletterte hinter ihr auf die Ladefläche.

An einem Fenster des Gästehauses stand, völlig aufgelöst und von zwei Schwestern gestützt, Genoveva und winkte. »De Mamechma muss wiedakomme!« Sie heulte laut. »De gute Gott muss de gute Mamechma zu ihre Genoveva zurückbringe!« Mechthild warf ihr Kusshände zu, während das Gespann aus dem Klosterhof rollte.

Die sorgenvollen Blicke der Nonnen, die ihm hinterherblickten, ihre Ängste, ihre Tränen und ihre vielen Gebete seit Tagen hatten einen Grund: Mechthild brach zu einer gefährlichen Reise auf – sie wollte nach Magdeburg.

Zehn Reiter des Gebhard von Mansfeld geleiteten ihren Wagen bis an die Saale. Das Kloster Helfta stand in hoher Gunst bei dem Grafen, denn er verehrte Gertrud, die Äbtissin der Zisterzienserinnen, beinahe wie eine Heilige und hatte ihr noch selten einen Wunsch abgeschlagen. Mechthild jedoch zur Elbe hinauf ins Erzbistum zu geleiten – oder gar bis nach Magdeburg! –, das wagte der Ritter nicht, der die Reiter befehligte. Wie nicht wenige sächsische Fürsten, die mit Otto von Brandenburg verbündet waren, führte auch der Graf von Mansfeld Krieg gegen das Erzbistum.

Im kleinen Hafen von Bernburg ging Mechthild an Bord eines Lastenseglers, der Bauholz für den Domneubau und Salz für die Magdeburger Fischer und Knochenhauer geladen hatte. Sie trug den schwarz-weißen Habit einer Zisterzienserin – darauf hatte die Äbtissin bestanden, denn sie fürchtete, Mechthild würde in Magdeburg in den ungefärbten Leinenkleidern der Beginen allzu schnell erkannt werden.

Die jungen Schwestern, die Mechthild bis hierher begleitet hatten, standen auf der Landungsbrücke und winkten dem Schiff hinterher, das ihre verehrte Lehrerin nach Magdeburg bringen sollte. Vom Heck aus winkte Mechthild zurück, und Wehmut beschlich sie.

»So ist das ganze Leben deiner Menschen, du gütiger Gott«, betete sie murmelnd, »ein ständiges Abschiednehmen.« Die vier Gestalten auf der Landungsbrücke verschwammen bereits mit der Böschung und den Hafengebäuden von Bernburg. »Werde ich sie jemals wiedersehen?«

Noch bis kurz vor ihrem Aufbruch hatte die Äbtissin versucht, Mechthild von ihrer gefährlichen Reise abzubringen. Diese würde sie schließlich nicht nur in Kriegsgebiet führen, sondern dazu auch in eine Stadt, in der sie um ihr Leben fürchten musste. Gertrud hatte mit Engelszungen geredet, denn sie befürchtete, Mechthild zu verlieren. Doch all ihre Worte waren vergeblich gewesen.

»Ich muss nach Magdeburg«, hatte Mechthild der Äbtissin gleich am Tag nach der Geburt von Genovevas Kind eröffnet, und bei diesem Entschluss war sie geblieben. Warum sie diese Reise auf sich nahm und was es für sie so Dringendes in der Elbstadt zu tun gab, verriet sie niemandem. Nicht einmal Genoveva.

Schon am frühen Abend, als der Lastensegler sich der Mündung in die Elbe näherte, sah Mechthild vom Heck aus zwei brennende Dörfer und vor einer Burg die Zelte eines Belagerungsheeres. Der Anblick erfüllte sie mit Trauer und Bestürzung.

»Warum müssen sie immerfort kämpfen, brennen und totschlagen, mein Gott?«, betete sie leise. »Welch mühsames Dichten und Trachten nimmt das Herz deiner Menschen gefangen, dass sie einander so viel Leid zufügen?«

»Wenn eine weise Frau wie Ihr das nicht weiß, wer wird es mir dann jemals erklären?«, fragte der Steuermann, der neben ihr das Ruder hielt. »Ich dachte immer, der Gottseibeiuns verführe uns zu solchen Taten.« Er bekreuzigte sich. »Ist es denn nicht so?«

»Wer immer sich der Liebe Gottes hingibt, über den hat der Böse keine Macht mehr«, erklärte ihm Mechthild. »Wer einmal zugelassen hat, dass diese alles überwindende Liebe ihn umarmt, der kann keinen braven Bauersleuten mehr das Dach über dem Kopf anzünden, der wird ihnen auch keine Ziegen und Hühner mehr rauben.«

Eine Zeit lang wirkte der Steuermann in sich gekehrt und schien über Mechthilds Worte nachzudenken. Doch bald schon schaute er sich um und studierte die Wappen auf den Fahnen, die über dem zurückbleibenden Heerlager wehten. »Es sind Kriegsscharen des Grafen Otto von Anhalt, die diese sächsische Burg da belagern und die Dörfer davor niederbrennen. Der Anhalter Otto ist ein Verbündeter des neuen Erzbischofs Günther.«

»Ein Verbündeter des barmherzigen Gottes ist er jedenfalls nicht«, sagte Mechthild mit bitterer Miene.

»Der Markgraf von Brandenburg mischt diesmal nicht mit, wie man sich in Halle erzählt!«, rief der Kapitän, der mit seinen Matrosen an der Steuerbordreling stand und zum

Heerlager zurückschaute. »Überlässt den Krieg ganz und gar seinen Verbündeten. Hat ja hoch und heilig versprochen, dem Erzbistum keinen Schaden mehr zuzufügen.«

Der Steuermann lachte spöttisch. »Schauen wir mal, ob der Otto das durchhält, wenn er sieht, wie schmählich seine Verbündeten unterliegen.«

In der ersten Dämmerung segelten sie in die Elbe hinein, und weil der Wind günstig stand, noch ein ganzes Stück weiter nach Norden. Als der Kapitän schließlich im Hafen von Barby vor Anker gehen ließ, war es schon dunkel.

Mechthild warf den Strohsack, den ihr die jungen Schwestern im Kloster Helfta aufgedrängt hatten, neben die Holzstämme. Sie streckte sich zum Schlafen darauf aus und wickelte sich in ihren Mantel. Kaum hatte sie ihr Nachtgebet gesprochen, schlief sie auch schon ein.

Als die ersten Strahlen der Morgensonne sie weckten, bebten die Deckplanken unter vielen Schritten, und ein ohrenbetäubendes Gewirr aus Schmerzensschreien, befehlsgewohnten Stimmen, Stöhnen und jammernden Gebetsrufen umschwirrte sie. Mechthild setzte sich auf, rieb sich die Augen aus und blickte um sich: Mönche und Schiffsleute trugen Verwundete vom Landungssteg an Bord – Männer mit Kopfverbänden, durchgebluteten Leibwickeln, Beinschienen aus Spießen und Schwertern und blutgetränkten Binden über Armstümpfen.

»Magdeburger Ritter und Waffenknechte«, erklärte ihr der Kapitän. »Die Schlacht gegen das sächsische Heer haben sie zwar gewonnen, doch Ihr seht ja selbst, was sie dafür bezahlt haben.« Er bekreuzigte sich. »Gott sei diesen armen Kerlen gnädig.«

Mechthild stand auf und ging durch die Reihen der Verwundeten. Neben einem, dessen Brust aussah wie ein feuchter roter Lappen, ließ sie sich nieder. Das Gesicht des Ritters hatte die Farbe schmutziger Milch, und wenn er Atem holte, bäumte er sich auf und schien mit den Zähnen nach der Luft schnappen zu müssen, um sie festhalten und in sich hineinsaugen zu können. Sie nahm seine kaltschweißige Hand, beugte sich zu ihm hinunter und raunte ihm, bis er starb, Psalmen und Gebete ins Ohr. Sie drückte ihm die Augenlider zu, stand auf und schritt wieder durch die Reihen der verletzten Kriegsleute. Da hatte das Schiff längst abgelegt, und der Hafen der großen Elbstadt rückte näher.

Bei dem Nächsten, der ihr aussah, als hätte auch er seine Zeit auf der schönen Erde bald hinter sich, verweilte Mechthild erneut, nahm seine Hand und flüsterte ihm zärtlich tröstliche Worte zu. Der arme Mann wurde sofort ruhiger und drückte ihre Finger.

»Gütiger Gott, die Mechthild!«, rief auf einmal neben dem Sterbenden einer mit blutgetränktem Kopfverband. »Sehe ich eine Erscheinung, oder seid Ihr es wirklich, fromme und gute Frau?« Der rechte Arm des Verwundeten war auf eine Latte gewickelt. »Die Mechthild hier auf diesem Kahn?«

Erst auf den zweiten Blick erkannte Mechthild Johannes, den Pferdeknecht des Geldverleihers Amos aus dem Judendorf. »Du verwechselst mich mit einer anderen«, sagte sie flüsternd, um ihre Stimme nicht zu erkennen zu geben. »Der Schlag auf den Kopf macht dich ganz wirr.«

»Nein, nein! Ich kenn doch die Mechthild, die Begine!« Weil sie den Finger auf die Lippen legte, senkte er endlich seine Stimme. »Ich weiß, bei wem die Lea und ihre Tochter Esther ein- und ausgegangen sind. Ich kenn die Pflegemutter der Genoveva, hab selbst unter den Frauen gesessen, wenn Ihr gepredigt und vorgelesen habt.« Trotz seiner Wunden strahlte er sie an und schien voller Freude zu sein, sie so unverhofft auf diesem Lastensegler wiederzusehen.

Er begann von der Schlacht gegen die Kriegsscharen der sächsischen Fürsten zu berichten, die ins Erzbistum eingefallen waren, nur weil ihr Verbündeter, der Markgraf von Brandenburg, es nicht verwinden konnte, dass sein Bruder nicht Erzbischof geworden war. Johannes schimpfte so laut auf Otto, dass einige seiner verletzten Gefährten ringsum ebenfalls laut wurden und gegen den Markgrafen wetterten und ihn verfluchten.

Mechthild merkte, dass Johannes schon fieberte. Dennoch schilderte er in höchsten Tönen die Tapferkeit Günthers von Schwalenberg, der statt Erich nun als Kirchenfürst das Erzbistum regierte. Schließlich jammerte er ein wenig über seine Schmerzen und hob irgendwann den Kopf und sah Mechthild fragend an. »Ihr seid auf dem Weg zurück nach Magdeburg?«, flüsterte er. »Keine Sorge, von mir erfährt keiner was, aber glaubt mir – Ihr werdet dringend gebraucht in der Stadt und im Judendorf.«

Mechthild wollte wissen, warum, und Johannes erzählte: vom Geldverleiher Amos, den Gallus von Trier in den Kerker hatte werfen lassen; von seiner Tochter Esther, der sie den Gatten ermordet hatten und die Gero von Greifenstein als Sklavin dienen musste, damit ihrem Vater im Kerker allzu großes Leid erspart blieb; und von Dostl, dem Jäger und Schmied, dem der Tod durchs Henkersbeil drohte und der dem neuen Erzbischof ganz und gar gleichgültig war.

Mechthild kamen die Tränen, während sie Johannes zuhörte. Was sie da aus dem Mund des Pferdeknechtes hören musste, erschütterte sie so tief, dass sie Zeit und Ort vergaß und nicht einmal merkte, wie die Hand des Sterbenden, die sie die ganze Zeit festhielt, erschlaffte, als der Mann seinen letzten Atemzug tat.

Amos im Kerker? Esther in der Gewalt des Greifensteiners? Mit vor Zorn und Entsetzen zitternder Hand schloss sie dem Toten die Augen und bekreuzigte sich. Und den wackeren Dostl hatte Gero vor dem Schöffenstuhl verklagt, weil er im Kampf einen feindlichen Ritter geschont hatte? Ungeheuerlich!

Sie stand auf und ging durch die Reihen der Verwundeten hindurch zum Bug des Lastenseglers. Dostl sollte dem Henker übergeben werden? Sie beschattete ihre Augen vor der Mittagssonne und spähte nach Norden. Schon konnte sie die Türme Magdeburgs erkennen. Dostl musste sterben? Mechthild konnte es nicht fassen – nur seinetwegen hatte sie die gefährliche Reise in die Elbstadt auf sich genommen.

»Steh ihm bei, du gütiger und barmherziger Gott.« Sie kniete am Bug nieder, bekreuzigte sich und betete laut und unter Tränen: »Schenke Richter und Schöffen Einsicht und Mut zur Gerechtigkeit, allmächtiger Vater im Himmel! Errette den Dostl vom Tode, ich flehe dich an! Amen!«

*

Mechthild kam zu spät. Sie war kaum von Bord des Schiffs gegangen, als sie erfuhr, dass Gott ihr Gebet nicht erhört hatte: Unter dem Brücktor erzählte ein Domherr einem Ratsherrn unter den Verwundeten, Schöffen und Richter hätten den Schmied aus dem Süddorf zum Tode durch das Henkersbeil verurteilt. Noch am selben Nachmittag sollte Dostl draußen vor dem Krökentor auf dem Rabenstein hingerichtet werden.

Nichts hätte Mechthild gründlicher niederschmettern können als diese Neuigkeit. Entmutigt und leise weinend schlich sie über den Domplatz. Auch dort, an den Ständen auf dem Neuen Markt, sprachen Fischer, Bäuerinnen, Domherren, Nonnen und Mönche nur über eines: über den bevorstehenden Tod des Mannes, den der verstorbene Erzbischof Konrad wie einen Ziehsohn behandelt hatte.

Den hitzigen Disputen auf dem Domplatz entnahm Mechthild, dass etliche Magdeburger das Urteil des Schöffenstuhls nicht guthießen und viele dem Dostl einen noch schlimmeren Tod wünschten als den durch das Henkersbeil. »Eisenstirn trägt die Schuld am Tod vieler unserer Ritter!«, schrie ein Waffenknecht im Streit mit einem Müller. »Vierteilen müsste man so einen! Soll er doch Gott danken für den Hackklotz!«

Einige Händler schimpften auf Schöffen und Richter, andere verteidigten sie. Nicht wenige Leute hörte Mechthild Gero von Greifenstein verfluchen, der Dostl angeklagt und seine Verurteilung mit Macht betrieben hatte, wie sie erfuhr. Mit ihrem Kummer wuchs auch ihr Zorn.

»Wenigstens wird der arme Eisenstirn nicht aufs Rad geflochten«, sagte eine Frau, die neben dem Palast des Erzbischofs Ferkel und Enten verkaufte. »Das wollte der Greifensteiner nämlich unbedingt.« Die Marktfrau wischte sich die Tränen aus dem Gesicht. »Wenigstens haben die Schöffen ihn zum Henkersbeil begnadigt.«

An einem Kräuterstand traf Mechthild eine Nonne, die zu ihren Schülerinnen gehört hatte. Die Frau fiel ihr weinend um den Hals, als sie erkannte, wer da vor ihr stand.

»Ganz ruhig«, flüsterte Mechthild ihr ins Ohr, »du kennst mich nicht, ich bin gar nicht hier. Du weißt, was Gallus von Trier tun wird, sollte er von meiner Anwesenheit in der Stadt erfahren. Kein Wort also zu irgendjemandem.«

Die Nonne versprach es und erzählte Mechthild dann, dass Dostl gleich nach der morgendlichen Gerichtsverhandlung zurück in den Kerker im Rathauskeller gebracht worden sei, wo er um diese Zeit wohl gerade seine Henkersmahlzeit einnehme. Mechthild verließ die Domfreiheit und machte sich auf den Weg zum Rathaus.

Sie wollte ihn sehen, um jeden Preis, musste ihn wenigstens einmal noch sprechen vor seinem Tod. Das war sie Genoveva schuldig.

Auch auf dem Alten Markt drehten sich Streitereien, Tratsch, Klagen und Geschimpfe einzig um die bevorstehende Hinrichtung des Schmiedes aus dem Süddorf. Vor dem Rathaus drängten sich an die zweihundert Menschen um den Ochsenwagen, der ihn hinaus zum Rabenstein bringen sollte. Mechthild gebrauchte Ellenbogen und Fäuste, um zum Portal zu gelangen, stieß strenge Mahnungen aus oder bettelte flehend.

Irgendwie schaffte sie es, sich den Weg durch die aufgewühlte Menge bis zum Eingang zu bahnen. Dort versperrte ihr eine Reihe von Schergen des Magistrates den Zutritt zum Rathaus.

»Bitte lasst mich durch«, flehte sie, »ich muss mit Dostl, dem Schmied, sprechen.« Der angesprochene Waffenknecht schüttelte stumm den Kopf.

»Er braucht meinen geistlichen Beistand.«

»Er hat schon einen.«

»Eine Verwandte von ihm schickt mich mit einer wichtigen Botschaft.«

»Er kommt gleich raus, dann könnt Ihr ihm sagen, was Ihr ihm zu sagen habt. Der Ochsenwagen braucht eine Weile bis zum Rabenstein.«

»Ich muss allein mit ihm sprechen. Bitte.«

Der Waffenknecht schüttelte stumm den Kopf. Da richtete Mechthild sich vor ihm auf, schaute ihn an und machte sich so groß, wie sie nur konnte. »Im Namen Jesu Christi gebiete ich dir, mich zu Dostl durchzulassen.«

Der durchdringende Blick ihrer grünen Augen schien dem Mann mächtig in die Glieder zu fahren, denn er zuckte zurück. Und vermutlich hätte er sie durchgelassen, doch im selben Augenblick wurden die Flügel des Rathausportals aufgestoßen, und noch einmal an die zwanzig Bewaffnete stürmten heraus.

Zusammen mit den Wachen vor dem Eingang bildeten sie rechts und links des Portals zwei Reihen, und jede drängte das grölende Volk mit Fausthieben, Tritten und Stockschlägen zur Seite, sodass eine breite Gasse entstand. Mechthild, von einer groben Hand gestoßen, taumelte rückwärts in die Menge, stolperte und stürzte nur deswegen nicht, weil irgendjemand sie festhielt.

Von einem Büttel und zwei Henkersknechten gehalten, trat Dostl hinter einem Priestermönch im weißen Dominikanerhabit aus dem Rathausportal. Schlagartig wurde es still auf dem Alten Markt. Doch nicht lange. Während Büttel und Henkersknechte den Verurteilten zum Ochsenkarren führten, rief eine verzweifelte Frauenstimme in der Menge Dostls Namen, und sofort erhob sich wieder Geschrei. Mechthild hörte Flüche, Segensrufe, Stoßgebete und immer wieder Dostls Namen.

Unterdessen hatte man Dostl, dem die Hände auf den Rücken gebunden waren, auf den Ochsenkarren hinaufgezerrt. Die Henkersknechte, der Dominikaner und einige Stadtschergen stiegen zu ihm auf die Ladefläche. Das Gespann zog an, der Wagen rollte los.

Auch die Menge setzte sich in Bewegung und schob die Frau, die zuerst Dostls Namen geschrien hatte, zum Fuhrwerk hin. Ein grauhaariger Mann folgte ihr, ein Schreiner, den Mechthild von der Dombaustelle kannte. Gemeinsam lief das Paar hinter dem Ochsenwagen her und weinte laut. Es waren Dostls Eltern – die Mutter kannte Mechthild nur flüchtig.

Eine große Menge schloss sich dem Gespann mit dem Todeskandidaten an und zog sich in die Länge, als es nach links in die Gasse einbog, die zum Breiten Weg führte. Mechthild drängte sich an den Leuten vorbei, versuchte, den Ochsenwagen nicht aus den Augen zu verlieren, wollte um jeden Preis noch einmal in Dostls Nähe gelangen, bevor er seinen Kopf auf den Hackklotz unter das Beil des Henkers legte.

Als der Wagen Richtung Krökentor in den Breiten Weg einbog, nahm sie eine Abkürzung, die über Höfe, enge Gassen und Fußpfade nach Norden führte. Dennoch gelangte sie erst vor das Fuhrwerk, als es schon in die Neustadt hineinrollte. Sie wartete, bis es auf ihrer Höhe war, dann rannte sie hin zum Wagen, hielt sich an dem hohen Holzgitter fest und lief nebenher. Dostl und der Dominikaner, der sich den Kapuzenrand tief über die Augen gezogen hatte, knieten mit gesenkten Köpfen auf der Ladefläche und waren offenbar ins Gebet versunken.

»Dostl!«, rief Mechthild, aber das Rattern der Räder, das Geschrei der Menge und das Gejammer der Mutter übertönten ihre Rufe. »Dostl!«, schrie sie wieder, und endlich hob er den Blick. Himmel, wie bleich und hohlwangig er aussah! »Genoveva!« Mechthild schrie so laut, wie sie konnte. »Genoveva schickt mich!«

Dostl riss Augen und Mund auf und stürzte zu Mechthild an den Rand des Wagens. »Genoveva?« Wie die Gitterstäbe eines Käfigs umklammerte er die hohen Latten an der Seite des Karrens. »Wo ist sie? Wie geht es ihr?« Tränen stürzten ihm aus den Augen.

»Schlecht ohne dich!« Mechthild schlug um sich, weil irgendjemand sie vom Wagen wegzerren wollte. »Sie ist bei mir im Kloster Helfta! Dort hat sie ein Kind geboren, einen Jungen! Ich sollte dich zu ihr bringen, doch jetzt ist es zu spät. Sag mir wenigstens noch, wie dein Sohn heißen soll!«

Der Henkersknecht, der neben dem Priestermönch Dostl gegenüberstand, kam herübergesprungen und stieß mit seinem Spießschaft durch das Holzgestänge nach Mechthilds

Armen, sodass sie den Seitenverschlag loslassen musste. Sie stolperte und schlug lang hin.

»Sag ihr, dass ich sie liebhabe!«, brüllte Dostl auf dem weiterrollenden Wagen. »Und sag ihr, sie soll ihn …« Tränen drohten seine Stimme zu ersticken. »… Theodorus soll sie ihn nennen! Hörst du? Theodorus!«

»Theodorus«, murmelte Mechthild und versuchte vergeblich, sich auf den Knien aufzurichten. »Gottesgeschenk – was für ein Name …« Mönche halfen ihr auf die Beine und stützten sie eine Zeit lang. Traurig, wütend und erschöpft hinkte Mechthild zwischen ihnen hinter der Menge her, die dem Fuhrwerk mit dem Todgeweihten folgte.

Als das Krökentor endlich hinter ihr lag und auch sie den Rabenstein erreichte, hielt der Wagen bereits vor der kleinen Treppe, die zu dem gemauerten Podest hinaufführte. Der Henker wartete neben dem Hackklotz und stützte sich auf den langen Stiel seines Beils, dessen Klinge er zwischen seine Stiefel gestemmt hatte. Während Mechthild sich wieder durch die Menge arbeitete, beobachtete sie, wie Dostl aus freien Stücken vom Ochsenwagen stieg und hinter dem Dominikaner her zum Rabenstein hinaufstieg. Die beiden Henkersknechte folgten.

Kurz stutzte sie, weil es irgendwo rechts von ihr rauschte und klatschte. Sie hob den Blick: Ein Schwanenpaar stieg am Elbufer auf und flog über den Rabenstein hinweg nach Westen.

Endlich gelangte Mechthild zu den vorderen Reihen der Menge. Richter und Schöffen standen hier, Ratsherren und Ritter und Dostls Familie. Auf dem Hinrichtungspodest bot ein junger Henkersknecht dem Verurteilten eine Augenbinde an, aber der lehnte ab und bedeutete ihm, dass er noch letzte Worte mit dem Priester sprechen wolle. Der Bursche zog sich drei Schritte zurück, und Dostl und der Kapuzenmönch bekreuzigten sich und steckten die Köpfe zusammen. Der Henker stand die ganze Zeit reglos da und wartete.

Dostls Mutter heulte laut, der Vater warf sich neben der Treppe ins Gras, jammerte und zitterte am ganzen Leib. Mechthild wollte zu den armen Eltern hingehen, um ihnen beizustehen, doch auf einmal fiel ihr Blick auf eine junge Frau in der Reihe hinter den Ratsherren.

Esther! Und neben ihr wie versteinert ihre Mutter Lea! Und neben der, mit unglücklicher Miene, Esthers Muhme Judith. Esther rang die Hände, biss sich auf die Unterlippe, und ihr Gesicht war nass von Tränen.

Mechthild lief zu den Frauen, umarmte erst Lea und schloss dann deren Tochter in die Arme. Das Wiedersehen bewegte sie so stark, dass sie alle Vorsicht vergaß. »Mein armes Kind«, flüsterte sie Esther ins Ohr. »Mein armes, armes Kind!«

In diesem Moment ging ein Aufschrei durch die Menge. Mechthild ließ Esther los und hob den Blick – auf dem Rabenstein packte der Henker sein Hackbeil, und der Dominikaner öffnete seinen Umhang, als wollte er Dostl seine Brust sehen lassen. Aber nicht deshalb erregten sich die Menschen, sondern wegen eines Heuwagens, der, von vier Pferden gezogen, von Norden her rasch heranrollte. Das Heu brannte lichterloh, sodass der Karren eine Rauchfahne hinter sich herzog, und auf dem vorderen, rechten Zugpferd saß ein Mönch in weißem Habit, ein Dominikaner.

13
VATER

Magdeburg, August 1277

Einer der beiden Henkersknechte hielt die Linke über die Augenbrauen und blinzelte in die Nachmittagssonne. Ein sehr großer Vogel flog von Westen her zur Elbe hin. »Ein Adler«, sagte er, »und was für ein schöner!«

»Das ist kein Adler, du Schwachkopf!« Der Henker klemmte den langen Stiel seines Hackbeils zwischen die Knie, um seine Augen mit beiden Händen gegen die schon tief stehende Sonne zu schützen. Aufmerksam schaute er in den Himmel. »Das ist ein Mönchsgeier.« Er griff wieder nach dem Beil und schaute unwillig zu Dostl hinüber.

Der stand noch immer sehr dicht vor dem Mann im Dominikanerhabit und kümmerte sich nicht darum, dass nach dem Schwanenpaar nun auch noch ein Geier hoch über ihn hinwegsegelte. Er hatte wahrhaftig andere Sorgen!

»Ich werde Magdeburg nie wiedersehen«, flüsterte er. »Und wer weiß, wie weit wir kommen werden.« Er verdrehte die Augen. »Sieh doch all die Waffenknechte ringsum.«

»Genug gebetet!«, rief der Henker barsch und gab seinen Knechten ein Zeichen. »Zum Hackklotz mit ihm.« Die Menge wurde schon unruhig, aus irgendeinem Grund schrien einige sogar.

»Dummer Hundsfott, du«, flüsterte der Mann im Dominikanerhabit. »Hat die Todesangst dich närrisch gemacht?« Er hob noch immer nicht den von der Kapuze verhüllten Kopf. »Wenn dein Schädel gleich in diesem Korb da hinter dem Hackklotz liegt, hast du nicht nur deine Heimat verloren, sondern die ganze Welt. Siehst du aber den brennenden Heuwagen?« Dostl verdrehte wieder die Augen und sperrte staunend den Mund auf, als er das heranpreschende Fuhrwerk entdeckte. »Und siehst du die gesattelten Pferde davor?« Mit diesen Worten öffnete der Dominikaner seinen Kapuzenmantel ein wenig und ließ Dostl Schwert, Dolch und Streithammer in seinem Gurt sehen.

»Gott sei uns gnädig!«, zischte Dostl. »Ich versuch's! Ich mach's für Theodorus.« Er fuhr herum und streckte Wolfram die auf den Rücken gefesselten Arme hin.

»Falsche Richtung!« Der Henkersknecht deutete an Dostl und dem vermeintlichen Priester vorbei auf den Hackklotz. »Da geht's lang, Eisenstirn.«

»He, Mönch!«, rief der Henker und wuchtete sein Beil über den Kopf. »Was treibst du da für ein Spielchen?« Doch Wolfram hatte dem Schmied schon die Fesseln durchtrennt und ihm die Streitaxt in die Faust geschoben.

Dostl packte sie mit beiden Händen und stieß dem Henkersknecht den quergelegten Stiel mit solcher Wucht unter das Kinn, dass er rücklings gegen den Henker stürzte. Beide Männer strauchelten und schlugen lang hin.

Die schreiende Menge rund um den Rabenstein war außer sich, aber nicht, weil Wolfram den zweiten Henkersknecht mit dem Schwert bedrohte und zur Treppe hintrieb, sondern wegen des brennenden Heuwagens. Das Gespann hatte sich von der Deichsel gelöst, und der in Flammen stehende Karren rollte nun führerlos zwischen die Leute. Sie rannten nach allen Seiten davon und versuchten, ihm auszuweichen.

Der mönchische Reiter auf dem Leitpferd hielt das Gespann seitlich neben der Hinrichtungsstätte an und gab die Zügel der drei gesattelten Rosse erst frei, als Dostl und Wolfram sich über die Brüstung des Rabensteins geschwungen hatten und aufgesessen waren.

Tief über die Mähnen der Pferde gebeugt, galoppierten die drei Männer auf den Weg nach Norden. Zwei Wurfspieße fuhren zwischen sie ins Gras, von Armbrüsten abgeschossene Bolzen sirrten über sie hinweg, und nach und nach blieb das Geschrei der Menge an der Hinrichtungsstätte hinter ihnen zurück.

Nach einer halben Wegstunde etwa lenkte Sigurd sein Pferd in den Uferwald hinein. Im sumpfigen Schilf nahe des Elbufers sprangen sie aus den Sätteln. Dostl wankte und taumelte, so weich waren seine Knie. Er riss erst Wolfram an seine Brust und danach Sigurd. Wieder und wieder schloss er Ritter und Knappe abwechselnd in die Arme, küsste sie und stammelte mit tränenüberströmtem Gesicht seinen Dank. Seine Stirnnarbe war geschwollen und flammend rot.

»Genug gedankt.« Wolfram packte ihn am Arm. »Ich schulde dir mehr als nur ein Leben.«

»Gut festhalten, Bruder.« Sigurd drückte dem schluchzenden Hünen die Streitaxt in die zitternde Hand. Neben Dostl sah der Knappe aus wie ein halb verhungerter Zwerg. »Mit ein bisschen Pech wirst du sie noch brauchen.« Er spähte zum Weg hin. »Sie verfolgen uns sicher schon.«

Wolfram scheuchte die Pferde in den Uferwald und zerrte den Schmied hinter sich her und zum Strom hin. »Hör endlich auf zu heulen.« Bis über die Knöchel sank er im sumpfigen Boden ein, Dostl beinahe bis zu den Knien. Doch der schluchzte weiter, schlug sich mit der freien Hand auf den Kopf, bekreuzigte sich unentwegt, blickte immer wieder zum Himmel zwischen den Erlenwipfeln und heulte und heulte.

Am Ufer eines Elbarmes warfen sie ihre Waffen in das Fischerboot, das Wolfram und Sigurd hier versteckt hatten. Sie schoben es ins Wasser und kletterten hinein. Durch Schilf und Seerosenfelder paddelten sie zum Hauptstrom und dann auf die Elbe hinaus und zum Ostufer hinüber.

Als sie noch mitten auf dem Strom die Paddel in die Wogen stachen, brach es aus Dostl heraus. Mit heiserer Stimme erzählte er, wie der Greifensteiner ihn im Heerlager hatte gefangen setzen und prügeln lassen, erzählte von den angstvollen Wochen im Kerker und von den demütigenden Stunden vor dem Schöffenstuhl.

»Er wollte, dass sie das Todesurteil über mich sprechen, hat's um jeden Preis verlangt! Wenn's nach dem Greifensteiner gegangen wäre, würde ich jetzt auf dem Rad liegen, und der Henker würde mir jeden Knochen einzeln zerschlagen!«

»Gero wollte sich rächen.« Ein bitterer Geschmack kroch Wolfram auf die Zunge. »Weil du im vorletzten Sommer im Dom deinen Schmiedehammer nach ihm geschleudert hast.« Der Gedanke an das Leid, das er Dostl und sich selbst hätte ersparen können, wenn er bei dem Treffen im Elbwald schneller gewesen wäre, quälte ihn aufs Neue.

»Dreckskerl!«, zischte Dostl und wischte sich Rotz und Tränen aus dem Gesicht. »Der Gottseibeiuns möge ihn holen!«

Am Ostufer angekommen, sprangen sie ins Wasser und zogen das Nachen in eine der vielen Buchten, die es hier am Stromufer gab. Ein kleiner Schuppen aus ungeschälten Birkenstämmen stand im Schilf. Dort hinein schoben sie das Boot.

Dostl riss sich die zerlumpten und stinkenden Kleider vom Leib, schwamm ein Stück auf die Elbe hinaus und wieder zurück in die Bucht. Viel zu lange schon hatte seine Haut kein Wasser mehr gespürt. Außerdem hatte er sich in die Hosen gemacht, als der Ochsenkarren vor dem Rabenstein anhielt.

Als er wieder aus dem Wasser stieg, reichte Sigurd ihm die Kleider, die sie in dem Schuppen für ihn versteckt hatten – einen langen Mantel, einen Dominikanerhabit und Gurt und

Sandalen. Die Mönchskutte war recht kurz und zu eng an den Schultern, sodass Dostl die Nähte aufsprengte, als er die Arme bewegte. Der Mantel jedoch passte einigermaßen.

»Wir haben Pferde bei einem wendischen Bauern untergestellt«, sagte Sigurd und deutete nach Süden. »Sein Hof liegt zwei Stunden Wegs stromaufwärts.« Sie stapften aus dem Schilf und durch eine Uferweide zum Weg hin, der hier zwischen Barby, Magdeburg und Stendal verlief. Im Westen sank die Sonne dem Horizont entgegen.

»Sigurd und ich müssen gleich morgen früh zur Havel aufbrechen«, sagte Wolfram. »Otto von Brandenburg tobt schon wieder, wie man hört. Dass die Magdeburger und ihre Verbündeten die sächsischen Grafen besiegt haben, raubt ihm angeblich den Appetit und den Schlaf gleichermaßen.«

»Unser Markgraf wird in den Krieg eingreifen«, sagte Sigurd mit finsterer Miene. »Er wird ins Erzbistum einfallen und keine Ruhe geben, bis er Magdeburg brennen sieht.«

»Lauter Dreckskerle!«, schimpfte Dostl.

Wolfram staunte ihn an. »Ich hatte gehofft, du würdest mit uns nach Brandenburg ziehen und künftig an unserer Seite fechten.« Er blieb stehen und legte dem Schmied die Hand auf die Schulter. »Du könntest dich an dem Greifensteiner rächen, denn dem würdest du auf dem Schlachtfeld ganz gewiss begegnen.«

»Ich werde niemandem mehr auf irgendeinem Schlachtfeld begegnen, mein Freund. Ich bin Vater geworden.« Schon wieder erstickten Tränen Dostls Stimme, Tränen der Rührung diesmal, wie Wolfram schnell merkte, denn der Freund lächelte, während sie ihm über die Wangen liefen. »Ich muss zu meinem Sohn und zu meinem Weib nach Eisleben.«

»Bedauerlich.« Sie gingen weiter, und Wolfram stellte endlich die Frage, die ihm vor allen anderen Fragen unter den Nägeln brannte. »Wie geht es Esther?«

»Sie dient auf dem Gehöft des Greifensteiners«, sagte Dostl. »Ich schätze, in der Hölle würde es ihr besser gehen.«

»Was sagst du da?« Wolfram schlug sich die Hände auf den schwarzen Lockenschopf. »Ausgerechnet beim Greifensteiner? Aber warum das denn?«

»Ihre Familie ist bettelarm geworden«, erzählte Dostl weiter. »Esthers Mann haben sie ermordet und ihren Vater in den Kerker geworfen. Über den Kerkermeister haben wir Botschaften ausgetauscht, ich habe dem Amos ja öfter mal Wild verkauft.«

»Aber warum dient Esther deswegen ausgerechnet in Geros Haus?« Wolfram verstand noch nicht wirklich.

»Der Greifensteiner und Gallus haben ihr mit der Hinrichtung des Vaters gedroht und damit, den Pöbel aufs Judendorf zu hetzen«, erzählte Dostl. »Davon weiß der Geldverleiher natürlich nichts.« Er zuckte mit den Schultern. »Vielleicht ahnt er's ja.«

»Sie drohen Esther mit Gewalt?« Alles in Wolfram sträubte sich, auch nur ein Wort Dostls als Wahrheit gelten zu lassen. »Und sie lässt sich zwingen? Das glaube ich nicht!«

»Dann lass es bleiben.« Der Schmied winkte ab. »Ich jedenfalls glaube es. Sie kann gar nicht anders, wenn sie ihren Vater retten will. Sie muss diesem verfluchten Drecksack von einem Ritter zu Willen sein.«

»Zu Willen sein?« Wolfram stand plötzlich wie festgewurzelt. »Was meinst du damit?«

»Ist das so schwer zu verstehen?« Dostl zog den Rotz hoch und spuckte aus. »Er hat sie zu seiner Hure gemacht. Verstehst du's jetzt?«

*

Die Nacht brach schon herein, als Esther ihre Fackel an denen im Sudenburger Tor entzündete. Auf der Zugbrücke überquerte sie den Wallgraben und schlug den Weg hinunter zum Judendorf ein. Wohl war ihr nicht, zu dieser späten Stunden allein unterwegs zu sein. Schon manche jüdische Frau hatte das mit ihrer Ehre bezahlen müssen – oder gar mit ihrem Leben. Esther lief schneller.

Sie kam vom Rathaus, wo sie den Vater im Kerkergewölbe besucht hatte. Das Erste, was sie ihm erzählen musste: Dostl hatte seinen Kopf behalten. Zwei Mönche hatten den Schmied gestern vom Rabenstein weg entführt und so vor dem Henkersbeil gerettet. Der Vater wollte es nicht glauben.

Niemand in der Stadt wollte es so recht glauben, dabei waren mehr als zweitausend Magdeburger draußen an der Richtstätte gewesen und hatten es mit eigenen Augen gesehen. Auch Esther konnte es noch immer nicht fassen. Doch die Erleichterung und die Freude über Dostls Rettung hatten ihren Schrecken längst verblassen lassen.

Sie ging an der Abzweigung nach Sudenburg vorüber, ohne auch nur einen Blick zur Vorstadt zu werfen, wo das Gehöft des verhassten Greifensteiners lag. Ihr Erzfeind weilte noch im Heerlager oder auf irgendeiner eroberten Burg, und Esther dankte Gott dafür. Und flehte ihn mehrmals täglich an, dass der Ritter noch lange dortbleiben möge.

Die Siegesnachrichten allerdings, die Boten des Erzbischofs in der vergangenen Woche aus dem Magdeburger Heerlager brachten, legten sich wie Blei auf ihr Herz. Kein Brandenburger Ritter hatte Gero erschlagen. Er lebte noch und würde irgendwann nach Magdeburg zurückkehren.

Sie näherte sich der Abzweigung ins Süddorf. Erinnerungen an glücklichere Zeiten stiegen in ihr hoch. Hatte sie sich hier nicht mit den Frauen von dort getroffen, um gemeinsam zum Markt hinaufzugehen? Damals hatte Jakob noch gelebt.

Und wie oft hatte Dostl seinen großen Karren über diesen Weg zum Sudenburger Tor geschoben. Vom Alten Markt aus hatten er und Jakob sie manchmal noch ein Stück begleitet, wenn sie sich heimlich zum Beginenhof begeben hatte, um Mechthild zu lauschen.

Mechthild – wie aus dem Nichts gesprungen, hatte sie gestern vor ihr gestanden. Und sie und die Mutter in die Arme geschlossen. Kurz vor dem Augenblick war es gewesen, als der brennende Heuwagen die Menschenmenge am Rabenstein zerstreute, und der Dominikanermönch und Dostl auf die plötzlich losen Zugpferde gesprungen waren.

Später, nachdem sie sich genug gewundert und gefreut hatten über den tollkühnen Streich der Mönche und über Dostls Rettung, später hatte Mechthild angefangen, Fragen zu stellen. Nach Elias, nach Esthers Vater, nach Gero. Peinliche Fragen. Ob es wahr sei, dass der Greifensteiner ihr Gewalt antue. Esther hatte nicht antworten, hatte nur weinen können. Seitdem wussten auch die Mutter und die Muhme, was sie in Geros Haus erleiden musste.

Esther hatte Judith und die Mutter angefleht, dem armen Vater ja kein Sterbenswörtchen zu verraten. Und sie hatte Mechthild den Dolch gezeigt, den Elias ihr aus dem Heiligen Land mitgebracht hatte. Sie möge sich um Himmels Willen nicht versündigen, hatte die fromme Frau geflüstert, und sie werde versuchen, ihr zu helfen. Und dann hatte sie Esther wieder in den Arm genommen. Was für ein Trost war das gewesen!

Kaum dreißig Schritte trennten sie noch von der Abzweigung ins Süddorf und dem Eichenhain bei der Schafskoppel, als sich ein Schatten zwischen den Baumstämmen bewegte und aus der dunklen Wand löste. Jemand trat auf den Weg.

Esther schlug das Herz plötzlich in der Kehle, und ihr Atem begann zu fliegen. Sie ging langsamer, hob die Fackel und griff vorsichtshalber unter ihren Umhang, um nach dem Dolch zu fassen. Die Gestalt bewegte sich nicht mehr, stand einfach nur still vor dem Eichenhain, und Esther begriff, dass da jemand auf sie wartete. Sie blieb stehen und versuchte vergeblich, ihre Angst zu beherrschen.

»Nicht erschrecken, Esther«, sagte eine Männerstimme aus der Dunkelheit. »Ich will Euch nichts Böses.«

Esther rutschte schier das Herz in den Bauch – täuschte sie sich, oder hörte sie wirklich die Stimme jenes Mannes, der sie im Jahr vor ihrer Hochzeit aus der Elbe gerettet hatte? Der danach in ihrer Kammer vor ihrem Bett gestanden hatte? Jetzt kam er ihr doch entgegen. »Ich habe auf Euch gewartet.«

Sie streckte ihm die Fackel entgegen, und wirklich: Er war es – Wolfram von Hildesheim. Sie atmete auf. »Ihr habt mir Angst gemacht.«

»Das wollte ich nicht, aber ich musste Euch sehen, musste mit Euch sprechen.« Kaum einen Schritt vor ihr blieb er stehen und versuchte ein Lächeln, aber ein so tiefer Ernst war in sein Gesicht gegraben, so viel Sorge, dass es ihm nicht wirklich gelang. »Ihr wart weder im Haus Eures Mannes noch in dem Eures Vaters, und da habe ich hier auf Euch gewartet. Ich wusste, dass Ihr …« Er zögerte und schien nach Worten zu suchen. »Dass Ihr oft lange in Sudenburg zu tun habt.«

»Ich komme nicht aus Sudenburg, ich komme von meinem Vater. Sie haben ihn im Rathauskeller eingekerkert, weil er dem Markgrafen von Brandenburg Geld geliehen hat.« Langsam ging sie weiter. Sie war froh, dass Wolfram sie begleitete. »Wie kommt Ihr überhaupt darauf, dass ich oft in Sudenburg zu tun habe?«

»Dostl hat's mir erzählt.«

»Dostl?« Esther blieb stehen, hob wieder die Fackel und ließ ihren Blick von seinen Stiefelspitzen bis hinauf zu den

Schulterfalten seines Umhangs wandern. Er trug den Habit eines Dominikaners. »Ihr …?« Ihre Stimme brach, sie schluckte und schnappte nach Luft. »Ihr wart das, gestern auf dem Rabenstein …« Mehr als ein Flüstern brachte sie nicht zustande.

»Dostl hat mir auch erzählt, dass der Priestermönch Gallus von Trier Euren Vater in den Kerker geworfen hat.«

»Ihr wart das, der Dostl gestern vor dem Henkersbeil gerettet hat!« Esther schwindelte. »Und Ihr seid auch der Ritter, den er geschont hat. Und der beinahe den Greifensteiner erschlagen hätte.«

»Dem Ihr jetzt dienen müsst, das hat Dostl mir auch erzählt. Er hält Euch wie eine …« Er senkte den Blick, und Esther hörte ihn schlucken. »… eine Sklavin.«

Scham und Verzweiflung überwältigten sie jäh, und sie rannte los. »Lasst mich in Ruhe!«, rief sie.

Er lief hinter ihr her, erwischte ihre Schulter, riss sie herum und in seine Arme. Esther drückte sich an seine Brust und brach in Tränen aus. Die Fackel glitt ihr aus der Hand und fiel auf den Weg.

Wolfram umarmte sie, strich ihr mit der Hand über den Rücken, sagte gar nichts, hielt sie einfach nur fest. Und sie konnte nichts sagen, denn seine zärtliche Berührung stieß die Pforte des Schmerzes in ihrer Brust nur noch weiter auf, sodass sie nur noch schluchzen konnte. So stand sie da mit ihm, dem doch im Grunde Fremden, und weinte und weinte.

»Ich werde nachholen, was ich versäumt habe«, hörte sie ihn irgendwann sagen. »Ich werde ihn töten.« Und als keine Tränen mehr kamen und sie nur noch zitternd an seinem Hals hing und sich wünschte, für immer an seiner Brust lehnen zu können, wiederholte er sein Versprechen: »Ich werde jetzt gehen und ihn töten.«

Er schob sie sanft von sich, bückte sich nach der Fackel, öffnete seinen Umhang ein wenig, so wie er es gestern auf dem Rabenstein getan hatte, und ließ sie sein Schwert sehen. »Morgen seid Ihr frei.«

Mit diesen Worten drehte er sich um und marschierte den Weg hinauf nach Sudenburg. Esther lief ihm hinterher und hielt ihn fest. »Wartet, Wolfram!« Sie umschlang ihn von hinten. »Mein Vater muss zum Henker hinauf, wenn Ihr den Greifensteiner tötet. Sie werden über das Judendorf herfallen, wenn Ihr ihn erschlagt.« Wolfram war stehen geblieben und tastete nach ihren Armen auf seinem Bauch. »Außerdem ist Gero nicht auf seinem Hof, denn er ist mit dem Erzbischof ins Feld gezogen. Das wisst Ihr doch.«

Wolfram drehte sich um, nahm ihr die Fackel ab und zog sie an sich. »Verzeiht mir, Esther. Der Zorn hat mich überwältigt. Ihr hättet mich heiraten sollen.«

»Mein Vater bestimmt, wen ich heirate.«

»Immer noch?«

Sie antwortete erst nicht. »Ihr seid ein Christ«, sagte sie dann.

»Für Euch werde ich auch ein Jude, wenn es unbedingt sein muss.« Das zu hören, rührte ihr Herz so tief an, dass sie wieder zu weinen anfing. Er hielt sie fest, streichelte sie und suchte nach beruhigenden Worten, aber ihre Verzweiflung machte ihn stumm.

Lange standen sie so da, zwei Menschen, die einander kaum kannten, die nur durch eine abgewiesene Brautwerbung, ein paar Verse und ein paar Blicke verbunden waren. Und durch ein aufs Spiel gesetztes Leben und ein gerettetes Leben.

»Ich habe meinen Tod in Kauf genommen, um Euch aus der Elbe zu ziehen. Ihr wart schon so gut wie ertrunken.« Wolfram machte sich von ihr los. »Und was ist Euch nicht alles zugestoßen seitdem: Ein Bär hat Euren Vetter zerrissen, Ihr seid Witwe geworden, Eure Familie ist verarmt, Euer Vater muss im Kerker darben, und Ihr selbst müsst diesem Satan …« Er sprach es nicht aus, schloss lieber wieder die Arme um sie. »Steckst du heute nicht noch tiefer in Todesnot als damals durch den Brückeneinsturz?« Leicht verwirrt wurde er sich bewusst, dass er in die vertraute Anrede gewechselt war.

»Heute bin ich verloren.« Esther biss sich in die Faust und kämpfte mit den Tränen. »Heute gibt es niemanden, der mich noch retten kann.«

»O doch. Ich will dir die Brücke werden, über die du aus deiner Not heraus ins Licht treten kannst.« *Daraus ließe sich ein schöner Vers schmieden*, dachte Wolfram kurz und küsste sie auf den Scheitel. »Und in eine gute Zukunft.«

»Wie denn?« Sie hielt ihn fest, als wollte sie ihn nie wieder loslassen. »Wie solltest du mir helfen können? Niemand kann mir helfen, nur der Ewige und Allmächtige, gelobt sei er.«

Wolfram machte sich von ihr los. »Mein Knappe wartet, ich muss aufbrechen.« Er reichte ihr die Fackel. »Mein Markgraf rüstet zum Krieg gegen das Erzbistum. Auf dem Schlachtfeld werde ich den Greifensteiner suchen und ihn töten.« Er nahm ihr Gesicht zwischen seine Hände, beugte sich zu ihr hinunter und küsste sie auf die Lippen. »Und danach komme ich zurück zu Euch und beschütze Euch.«

Damit wandte er sich ab und schritt zur Elbe hinunter. Esther sah ihm nach, bis die Dunkelheit seine Gestalt verschluckte.

14

Schande

Burg Roßlau, Ende September 1277

Kalter Wind blies von Nordwesten über das Sachsenland, der Himmel über der Wasserburg zog sich zu, bald würde es regnen. Der Fuhrmann, der Mechthild von der Elbe bis zum Heerlager mitgenommen hatte, zog die Zügel stramm. Er hatte Rüben und Kohl geladen. Als die Ochsen still standen, bedeutete er ihr mit mürrischer Miene, vom Bock zu steigen.

Während der ersten Hälfte des Weges hatte er schweigend und mit grimmiger Miene auf den Weg gestiert. Wer ins Heerlager der verhassten Magdeburger wollte, so dachte er vermutlich, der musste wohl selbst ein Magdeburger sein. Erst als Mechthild ihn wissen ließ, dass sie aus einem Kloster der Grafschaft Mansfeld komme, brach er sein Schweigen. Und schimpfte über die Magdeburger, ihren Erzbischof und seine Verbündeten. Mechthild begriff, dass er die Wagenladung keineswegs freiwillig ins Heerlager brachte.

Sie drückte ihm einen der drei Pfennige in die Hand, die Gertrud, die Äbtissin des Klosters Helfta, aus der Klosterkasse genommen und ihr für die Reise geschenkt hatte. »Nimm, guter Mann«, sagte sie und deutete hinter sich, »ein kleiner Trost für die verlorenen Rüben und Kohlköpfe.«

Während der Bauer noch den unverhofft gewonnenen Pfennig in seiner Hand anstrahlte, stieg Mechthild vom Kutschbock und schloss die Ösen ihres Mantels bis zum Kragen herauf. »Dank Euch, fromme Mutter«, sagte er ergriffen.

»Gott segne dich, Bruder.« Mechthild, die Gertrud zuliebe wieder in einen Zisterzienserhabit geschlüpft war, schlug das

Kreuzzeichen zu ihm hin, wandte sich dann ab und durchquerte den innersten Ring des Heerlagers. Offenbar machte der Krieg gerade eine Pause, denn das Treiben zwischen den Zelten und Unterständen kam Mechthild durchaus friedlich vor.

Ritter, Knappen und Waffenknechte hockten an Tischen aus Brettern und Böcken und aßen und tranken. Pferdejungen fütterten kräftige Schlachtrosse und sehnige Renner. Frauen trockneten Wäsche und flickten Wämser und Waffenröcke. Lagerfeuer brannten da und dort, Würfel klapperten auf Schilden, Lautenspieler sangen zum Klang ihrer Instrumente, und in Gelb gekleidete Huren schritten mit wiegenden Hüften an den Männern vorbei und machten ihnen schöne Augen.

Obwohl gerade erst der Nachmittag begonnen hatte, war es düster. Mechthild trat an den letzten Zelten vorbei und schaute in den schwarzgrauen Himmel über der Burg. Der kalte Wind wehte ihr unter den Saum ihres Umhangs. »Und wieder ist ein Sommer vorbei, allmächtiger Gott«, betete sie murmelnd. »Danke, dass du mich daran erinnert hast, einen warmen Mantel mitzunehmen. Und nun öffne mir die Tür zum Erzbischof Günther. Amen.«

Sie schritt der langen Brücke entgegen, die das Feld, auf dem die Magdeburger ihre Zelte errichtet hatten, mit der Burg verband. Diese war von einem breiten Graben umgeben, der sich an zwei Stellen zu großen Teichen ausweitete. Deswegen nannten viele die Burg Roßlau eine Wasserburg.

Die Waffenknechte am Beginn der Brücke würfelten und beachteten sie nicht, sodass Mechthild den Graben ungehindert überqueren konnte. Die beiden Wächter am Burgtor jedoch waren weniger nachlässig.

»Wohin des Weges, fromme Frau?«, fragte der Ältere und bedeutete dem Jüngeren, sich ihr in den Weg zu stellen.

»In die Burg natürlich.«

»Nun, da kann nicht jeder einfach so hineingehen, weißt du?« Der Wächter, der sie womöglich für ein wenig einfältig hielt, lächelte nachsichtig. »Ich bin der Peter aus Barby. Kehrt nur wieder dorthin zurück, wo Ihr hergekommen seid, und betet für mich und die meinen.«

»Das werde ich tun, Peter, versprochen.« Sie lächelte ihm ins freundliche Gesicht. »Doch erst will ich mit dem Erzbischof Günther sprechen, weißt du? Den ganzen Sommer nämlich suche ich schon nach ihm, und vor ein paar Tagen, als ich schon aufgeben wollte, da hörte ich, dass er die Burg Roßlau erobert hat. Und nun bin ich hier und habe ihm etwas zu sagen.«

»Geht wieder nach Hause.« Noch immer lächelte der Waffenknecht, wenn auch nicht mehr ganz so nachsichtig. »Der Erzbischof hat keine Zeit für kleine Leute wie dich und mich.«

»Kleine Leute?« Aufmerksam musterte Mechthild erst sein freundliches und mildes Gesicht und dann das harte und verbissene des Jüngeren. »Ich bin nicht klein.« Der junge Wächter konnte dem durchdringenden Blick ihrer grünen Augen kaum standhalten und trat von einem Fuß auf den anderen. »Mich macht mein Gott groß, wann immer es ihm gefällt.«

Sie wandte sich wieder an den Älteren. »Und du bist klein, Peter?« Nun fesselte Mechthild auch ihn mit ihrem strengen und herrischen Blick. »Geh schon hinein zu Günther von Schwalenberg und sage ihm, dass eine fromme Frau aus dem Kloster Helfta vor dem Burgportal steht und ihn zu sprechen wünscht.«

»Ich weiß nicht recht.« Das Lächeln in Peters Zügen erlosch nun endgültig. »Der Erzbischof könnte ungehalten werden, wenn ich ihn wegen einer Fremden störe. Ganz bestimmt wird er fragen, was Ihr von ihm wollt.«

»Ich will gar nichts von ihm, sag ihm das genau so.« Mechthild trat so dicht zu ihm, dass er zurückwich. »Nicht ich, ein anderer will etwas von ihm, nämlich sein Gott und sein Herr, der auch mein Gott und mein Herr ist. Sag ihm auch dies.«

Der ältere Wächter lächelte wieder, diesmal halb spöttisch, halb unsicher, und er schüttelte den Kopf, als wollte er sagen: So etwas habe ich noch nie erlebt. Doch er schwieg, zuckte mit den Schultern, machte kehrt und ging durch das Burgtor. Als Mechthild ihm folgte, tat der Jüngere zwar einen Schritt hinter ihr her, wagte dann aber nicht, sie aufzuhalten.

Auch im Hof regte sich allerhand Leben. Kinder in feinen Kleidern rannten jauchzend einem Ball hinterher, vor der offenen Tür zur Küche schlachteten drei Männer ein Kalb, im Tor des Marstalls hämmerte ein Graubart in Lederschürze einem Schimmel neue Eisen an die Hufe, Halbwüchsige rollten große Fässer hin und her, und zwei sehr junge Männer in Kettenhemden schlugen mit Schwertern aufeinander ein. Weil ihre Klingen nicht klirrten, merkte Mechthild schnell, dass sie mit Leder umwickelt waren und die beiden Männer sich im Schwertkampf übten.

Unterdessen kam Peter von Barby in Begleitung eines Priesters und eines Domherrn zurück. Während der Torwächter wortlos an ihr vorüberging, winkten die beiden Kanoniker sie hinter sich her in die Burg hinein und dort in einen kleinen Saal.

Wohl ein knappes Dutzend Männer saß dort an einer Tafel, von denen Mechthild einige aus ihrer Zeit in Magdeburg kannte: den Ritter Heinemann von Schartow etwa, der im Magdeburger Rat saß; seinen weißbärtigen Vater, der es trotz seiner siebzig Jahre nicht lassen konnte, ins Feld zu ziehen; oder Bruno von Stövenbeck mit seiner Laute und seinen unvermeidlichen Wachstafeln, die ordentlich gestapelt zwischen zwei Griffeln und seiner Laute lagen.

»Ihr also seid die Frau, die zu wissen glaubt, was Gott von mir will«, sagte ein Mann, den sie noch nicht kannte. »Wie ist Euer Name?« Er war kräftig gebaut, hatte ein breites, weiches Gesicht mit einer knollenartigen Nase und wulstigen Lippen. Ein schmaler grauer Haarkranz rahmte seine große Glatze ein, sodass es auf den ersten Blick aussah, als trage er eine Tonsur. Das konnte nur der neue Erzbischof Günther von Schwalenberg sein.

»Mein Name ist Mechthild. Ich habe über vierzig Jahre in Magdeburg gelebt, die meiste Zeit auf dem Beginenhof.«

Der alte von Schartow beugte sich zum Erzbischof und flüsterte ihm etwas zu, während die anderen Männer sie neugierig betrachteten, die meisten voller Respekt.

Der Erzbischof nickte dem Ritter zu und erhob sich. »Ihr seid die fromme Frau, die meinem Vorgänger Konrad ins Gewissen geredet hat, das Amt des Erzbischofs nicht zu verkaufen, und schon gar nicht an Erich von Brandenburg.«

»Gott selbst hat ihm ins Gewissen geredet, und der selige Konrad hat auf ihn gehört.«

»Ich jedoch bin nicht gewohnt, dass Weiber mir sagen, was ich zu tun habe.« Der Kirchenfürst schritt um die Tafel herum und kam zu ihr. »Und eine, die für sich in Anspruch nimmt, dass Gott durch sie spricht, will mir erst einmal nur anmaßend vorkommen.« Dicht vor ihr blieb er stehen und schaute ihr in die Augen. Er war sehr groß, sodass sie zu ihm hinaufblicken musste.

»Gott zu gehorchen, seid Ihr hoffentlich gewohnt.« Furchtlos erforschte Mechthild seinen Blick und seine Züge. »Und wie ich sehe, liebt Ihr die Wahrheit und hasst die Sünde.«

»Das will ich meinen.« Von Schwalenberg wies auf einen Hocker an der Tafelecke. Dass Mechthild öffentlich gegen Erich von Brandenburg gesprochen hatte, schien ihn für sie einzunehmen. Sie setzte sich, und er nahm auf einem Schemel auf der anderen Seite der Tafelecke Platz.

»Ihr lebt nun bei Eisleben im Kloster der Zisterzienserinnen, sagte mir der Torwächter.« Mechthild bejahte. »Und Ihr habt den Weg hierher auf Euch genommen, nur um mir etwas zu sagen?«

»Schon seit Wochen suche ich Euch, und als ich hörte, dass Euer Feldzug Euch auf die Burg Roßlau geführt hat, bin ich sofort aufgebrochen. Gertrud lässt Euch ihre Grüße und Segenswünsche ausrichten.« Bei der Äbtissin hatte Günther schon hin und wieder Rat gesucht, das hatte sie Mechthild anvertraut.

»Danke. Ich werde Euch eine Grußbotschaft an sie mitgeben.« Er nickte zu dem Sänger Bruno hinüber, der sofort nach Griffel und Wachstafel langte. Der Erzbischof richtete den Blick seiner hellbraunen Augen wieder auf Mechthild – auch er erforschte ihre Züge und ihren Blick, das merkte sie. Jedes ihrer Worte würde dieser Mann sorgfältig wiegen, das sah sie ihm an. Sie spürte aber auch, dass die Tür seines Herzens ihr bereits einen Spalt weit offen stand.

»Was fällt Euch ein?«, sagte Günther mit gesenkter Stimme. »Mir anzudeuten, ich solle Gott gehorchen – wie kommt Ihr darauf, dass ich in dieser Hinsicht etwas versäumt haben könnte?« Obwohl er sich barsch gab, fühlte Mechthild doch, dass er getroffen war.

»Vielleicht wisst Ihr gar nicht, wie schändlich die heiligen Gebote Gottes in Magdeburg mit Füßen getreten werden.« Um ihn nicht vor den Kopf zu stoßen, wählte sie ihre Worte mit Bedacht. »Und das in Eurer unmittelbaren Umgebung.«

Seine Augen wurden schmal, eine Zornesfalte grub sich zwischen seinen grauen Brauen ein, und er beugte sich näher zu ihr. »Ihr aber wisst es?« Er zischte ärgerlich.

»Ich habe ein Findelkind großgezogen, Genoveva, sie ist inzwischen eine junge Frau. Beim letzten Wintereinbruch hat sie einen sechsfachen Mord im Wald beobachtet.« Sie erzählte, was Genoveva ihr berichtet hatte, keine Einzelheit ließ sie aus. »Der Anführer der Mörderbande war Gero von Greifenstein«, schloss sie. »Dieses Verbrechen schreit zu Gott. Deswegen bin ich hier.«

Die Lippen zusammengepresst, die Augen zu Schlitzen verengt und mit bebenden Kaumuskeln hatte er ihr zugehört, bis zum Schluss. Nun schaute er hinüber zu den anderen Männern und forderte Mechthild auf, noch einmal zu erzählen, was ihr Mündel gesehen, und diesmal so laut, dass alle mithören konnten. Mechthild tat, was er verlangte. Einige Männer warfen einander verstohlene Blicke zu.

»Wie entsetzlich«, stöhnte der leichenblasse Sänger Bruno von Stövenbeck.

Der junge Ritter von Schartow rief: »Das muss vor den Schöffenstuhl!«

»Und dann?«, ergriff ein Domherr das Wort, ein Parteigänger des Gallus von Trier, wie Mechthild wusste. »Was soll dann geschehen? Es gibt keine Beweise und keine Zeugen.«

»Was redet Ihr da?«, brauste der Heinemann von Schartow auf. »Habt Ihr nicht gerade eben erfahren, dass Mechthilds Mündel das Verbrechen beobachtet hat?«

»Die ist schwachsinnig«, entgegnete der Domherr trocken. »Schwachsinnige können vor dem Schöffenstuhl nicht als Zeugen gehört werden.«

»Und außerdem ist Gero von Greifenstein einer unser tapfersten Ritter!«, blaffte der alte von Schartow.

Der Erzbischof nickte langsam und schaute Mechthild ins Gesicht. »Da hörst du es.«

»Dann vernehmt noch meinen Bericht über ein weiteres Verbrechen, ihr Herren!« Mechthild zügelte ihren Zorn und stand auf. »Es ist im März dieses Jahres vor den Mauern Magdeburgs geschehen. Der Priestermönch Gallus von Trier ist mit einer Rotte Waffenknechte ins Judendorf eingefallen, hat den Geldverleiher Amos und die Frauen seines Hauses geprügelt und prügeln lassen.«

Sie erzählte, was sie von dem Pferdeknecht Johannes und von Lea und ihrer Tochter Esther erfahren hatte. Auch hier sparte sie nicht mit Einzelheiten und achtete auch nicht mehr darauf, leise zu sprechen, obwohl der Schwalenberger ihr entsprechende Zeichen zu geben versuchte.

»Den Amos hat Gallus in Ketten legen und sein Haus so gründlich plündern lassen, dass seine Familie nun vollkommen verarmt ist.« Mechthilds Blick wanderte von einem zum anderen und richtete sich schließlich auf den Erzbischof. »Wisst ihr etwa nichts von diesem Verbrechen, ihr frommen Herren? Ich sage euch: Gott im Himmel weiß davon! Euch daran zu erinnern, bin ich hier.«

»Wie kommst du mir vor, Weib?!« Dem alten von Schartow stieg die Zornesröte ins Gesicht. »Wie redest du mit uns!?« Er wandte sich an den Erzbischof. »Man muss ihr die Tür weisen!«, forderte er.

Günther von Schwalenberg betrachtete stumm seine gefalteten Hände, die er vor sich auf den Tisch gelegt hatte.

»Ihr vergesst eines, werte Mechthild«, ergriff der Domherr das Wort. »Der Jude hat dem Markgrafen von Brandenburg Geld geliehen, mit dem er Krieg gegen uns geführt hat und mit dem er in Kürze wieder Krieg gegen uns führen wird!« Er blickte in die Runde. »Das ist doch der Grund, aus dem unsere Ritter und Bürger hier sind und nicht zu Hause bei ihren Frauen und Kindern.« An den Erzbischof gewandt, fügte er hinzu. »Der Fall des Amos ist bereits vor dem Schöffenstuhl anhängig und wird bald verhandelt.«

Günther von Schwalenberg hob den Blick und zog die

Brauen hoch. Noch immer verlor er kein Wort, aber er wirkte betreten, und seine Kiefer mahlten, als hätten sie allzu Hartes zu kauen.

»Wann?«, rief Mechthild. »Seit März liegt der alte Amos im Kerker. Wann endlich wird gegen ihn verhandelt werden? Ich will euch sagen, wann, ihr frommen Herren – wenn Esther, die junge Witwe des Elias, nicht mehr als Sklavin im Haus des Greifensteiners gebraucht wird! Wenn euer tapferer Ritter ihres Leibes überdrüssig geworden ist!«

Sehr laut und mit sehr scharfen Worten erzählte sie, wie die Familie des Geldverleihers hingehalten wurde, wie Gallus die junge Jüdin erpresst hatte und wie der Greifensteiner sie mit dem Schicksal ihres Vaters unter Druck setzte, damit sie sich ihm hingab.

»Schändung! Diebstahl! Raub!«, rief Mechthild. »Und das alles am helllichten Tag, unter den Augen aller in Magdeburg! Und ihr wisst auch das nicht, ihr edlen und frommen Herren?« Sie redete sich in Rage. »Wie kommt es, dass ich davon höre, die ich in Eisleben wohne, und ihr nicht? Ich schwöre euch, ihr frommen Herren: Gott weiß es, und er wird euch fragen, was ihr dagegen unternommen habt! An jenem unausweichlichen Tag aller Tage nämlich, an dem jeder von uns vor ihm Rechenschaft ablegen muss! Und ich warne euch, ihr edlen Herren – an jenem Tag wird keiner von uns in frommem Gewand vor Gottes Thron erscheinen und keiner von uns mit frommem Titel und Rang vor ihn gerufen werden!« Mechthild, die jetzt erst merkte, wie laut sie geworden war, verstummte und atmete tief.

Totenstille herrschte im Saal. Keiner, der nicht seine Faust, seine Fingernägel oder seine gefalteten Hände betrachtete. Der Erzbischof saß mit hängendem Kopf da. Irgendwann griff der Sänger nach Griffel und Wachstafel und begann zu schreiben.

Der alte von Schartow räusperte sich. »Es ist unter unseresgleichen nicht unüblich, sich eine Mätresse zu halten.«

Einige Männer nickten, und der Domherr schaute verlegen lächelnd in die Runde. »Das will ich meinen. Kaum einer der werten Herren hier wird auf eine Mätresse verzichten wollen, oder täusche ich mich da?«

»O ja!« Der Erzbischof schlug auf den Tisch und sprang so abrupt auf, dass sein Schemel umkippte. »Und wehe uns, solltet Ihr Euch nicht täuschen!« Seine Schläfenadern waren geschwollen. Noch einmal schlug er auf den Tisch, diesmal mit beiden Fäusten. »Welch eine Schande!« Er deutete auf einen seiner jungen Ritter. »Ab ins Heerlager! Schaff mir Gero von Greifenstein in die Burg!«

Mechthild wurde ruhiger und sehr froh. Sie senkte den Blick und dankte Gott im Stillen.

»Und zwei Boten reiten gleich morgen nach Magdeburg«, kündigte Günther von Schwalenberg an. »Ich will, dass diese ungeheuerliche Schande vor dem Schöffenstuhl zur Anklage gebracht wird!«

*

In Halle stieg Mechthild fünf Tage später früh am Morgen auf den Kutschbock eines Fuhrwerks, das Salzfässer für das Kloster Helfta geladen hatte. Der junge Priestermönch eines Bettelordens begleitete sie.

Tags zuvor war Mechthild auf einem Segelschiff des Erzbischofs in Halle angekommen und hatte dann im selben Kloster übernachtet, in dem zufällig auch dieser Bettelmönch zu Gast gewesen war. Er kam aus Rom und war auf dem Weg nach Stockholm. Nicht einen Augenblick hatte er gezögert, als Mechthild ihm ihre Bitte vortrug.

Sie hatte viel Zeit zum Nachdenken, während der Fuhrmann sein Gespann nach Eisleben und Helfta lenkte, denn er erwies sich als sehr wortkarg, und der Bettelmönch hatte ein Schweigegelübde abgelegt. Das hinderte ihn allerdings nicht daran, die heiligen Sakramente zu spenden. Und die Ehe war ein Sakrament.

Mechthild dachte an die Runde der hohen Herren, in die sie in der Wasserburg Roßlau hineingeplatzt war. Diese Begegnung hatte ihren Glauben an das Gute im Menschen nicht gerade gestärkt.

Der Erzbischof allerdings hatte sie überrascht. Sie hatte zwar gehofft, mit ihrem Anliegen bei ihm auf offene Ohren zu stoßen, aber wirklich damit rechnen können hatte sie nicht. Am Ende hatte Günther von Schwalenberg sich nicht nur bei ihr bedankt, sondern ihr sogar angeboten, sie auf seinem eigenen Schiff nach Halle bringen zu lassen.

Gero von Greifenstein war nicht im Heerlager gewesen, musste sich also an jenem Tag, als Mechthild bei dem Erzbischof vorgesprochen hatte, keine Strafpredigt von diesem anhören. Doch Mechthild zweifelte nicht daran, dass der Erzbischof den Greifensteiner zur Rede stellen würde. Und sie hatte mit eigenen Augen gesehen, wie Bruno von Stövenbeck einem Boten ein Schreiben mit dem erzbischöflichen Siegel übergeben hatte, das für den Schöffenstuhl zu Magdeburg bestimmt war.

Wirklich sicher, dass es zu einer Anklage kommen würde, war sie allerdings nicht: Gallus von Trier pflegte vertrauten Umgang mit etlichen geistlichen Herren in der Stadt, die mächtig genug waren, Gero zu decken. Etwa jener Domherr, der gemeint hatte, die bedauernswerte Esther mit den Mätressen vergleichen zu müssen, mit denen seinesgleichen sich zu vergnügen pflegte. Das hatte der Erzbischof ihm sehr übel genommen.

Der Weg von Halle nach Eisleben war erst im letzten

Frühling neu befestigt worden, sodass sie schnell vorankamen. Schon am späten Nachmittag erreichten sie das Kloster Helfta. Die Pförtnerin öffnete dem Fuhrwerk das Klostertor und hieß Mechthild willkommen.

Sie stieg vom Kutschbock, winkte den Bettelmönch hinter sich her und stellte ihn den Nonnen vor. »Bitte gebt dem Bruder zu essen und zu trinken und führt ihn dann in die Kirche. Dort bereitet alles für die Trauung vor.«

Sie fand Dostl in der Klosterschmiede, wo er Küchengerätschaften herstellte. »Geh und wasch dich«, sagte sie nach der Begrüßung zu ihm, »und dann komm in Genovevas Kammer.« Er verpasste dem glühenden Pfannenwender, an dem er gerade arbeitete, die letzten nötigen Hammerschläge und legte ihn dann ins Wasserbecken. Zischend stieg noch der Dampf auf, während Dostl schon auf dem Weg zum Brunnen war.

Mechthild lief hinüber ins Gästehaus und dachte an den schönen Augenblick zurück, als sie Anfang des Monats aus Magdeburg zurückgekehrt war und den Schmied bei ihrer Pflegetochter und seinem Kind getroffen hatte. Unbändige Freude hatte sie überwältigt und sie tagelang nicht mehr losgelassen.

Freilich hatte sie die beiden streng ermahnen müssen, keine Nacht mehr miteinander zu verbringen, bevor sie nicht vor Gott zu einem Ehepaar getraut worden waren. Ob es genützt hatte? Dostl jedenfalls wohnte nun unten im Dorf und kam nur ins Kloster, um in der Schmiede oder im Stall zu arbeiten – und um seinen Sohn Theodorus wenigstens einmal am Tag durch die Sonne zu tragen.

Genoveva jauchzte laut, als Mechthild in ihre Kammer trat, so laut, dass der Säugling ihre Brust ausspuckte und das Köpfchen nach Mechthild umdrehte. Sie kniete vor Mutter und Kind nieder, küsste beide und sah ihrer Pflegetochter beim Stillen zu.

Danach wickelten sie gemeinsam das Kind. Anfangs hatte Mechthild eine Amme aus dem Dorf kommen lassen, die Genoveva all die Dinge zeigte, die eine junge Mutter können musste. Mechthild selbst hatte ja nie ein Kind geboren.

Dostl klopfte brav und trat erst ein, als Mechthild ihn rief. Er hatte sich Hände und Gesicht gewaschen und trug sogar einigermaßen saubere Kleider.

»Genovevas Mamechma is wieda da!« Genoveva fiel ihrem Bräutigam um den Hals und küsste ihn ab. Dabei musste Dostl sich ziemlich weit herunterbeugen, was er aber sehr willig tat. Als sie genug geküsst hatte, nahm Genoveva ihr Kind und legte es ihm in die großen Hände. »Da issa, da ist de Sohn von de Genoveva und de Dostl. Wie froh de Genoveva ist, wie froh, wie froh!«

Dostl stand breitbeinig da und schaute den Säugling an, der beinahe verschwand in seinen riesigen Händen und Armen. Er betrachtete ihn, wie einer ein Wunder betrachten mochte, das er weder glauben noch begreifen konnte. Dabei grinste er von einem Ohr zum anderen.

Mechthild beobachtete ihn und hätte ihn am liebsten umarmt, so sehr freute sie sich über den Anblick des ungeschlachten Vaters mit seinem winzigen Söhnchen. »Das hat die Gnade Gottes gemacht, dass du das erleben darfst«, sagte sie. »Viel hätte nicht gefehlt, und du hättest diesem Knäblein niemals in die Augen geschaut.«

»Weiß Gott!«, erwiderte Dostl, hob das Kind hoch und küsste es auf die Stirn.

»In Magdeburg glauben manche, es sei ein Engel gewesen, der dich vom Rabenstein weg dem Henker entführt hat.«

»Zwei Engel«, sagte Dostl. »Einer hat Wolfram geheißen, der andere Sigurd.«

Das hörte Mechthild zum ersten Mal. »Ist das wirklich wahr?« Sie kannte ihn nicht gut, den Ritter mit den schwarzen Locken und den dunklen Augen. Sie wusste nur, dass er der Mann war, der Esther, die Küchenmagd Anna und einige andere nach dem Brückeneinsturz vor dem Ertrinken gerettet hatte. »Dann seht zu, dass ihr ja genug betet für die beiden Engel, damit sie den Krieg überleben.«

Sie trat zu Dostl und nahm ihm seinen Sohn ab. »Genug jetzt! Zieh dich an, Genoveva, beeil dich. Und dann ab in die Kirche mit euch, der Priester wartet schon.«

Sie trug ihnen den kleinen Theodorus hinterher über den Klosterhof und in die Klosterkirche hinein. Während der Trauung stand sie mit ihm in einer Seitenkapelle vor einer Statue der Heiligen Gottesmutter. »Jetzt ahne ich, wie glücklich du gewesen sein musst damals in Betlehem«, flüsterte Mechthild ihr zu. »Jetzt ahne ich's wenigstens. So viel Glück, so viel Glück.« Sie betete flüsternd und wagte nicht, eine Hand von dem schlafenden Kind zu nehmen, um sich die Freudentränen abzuwischen.

15
Gaukler

Brandenburg an der Havel, Oktober 1277

Am frühen Vormittag lenkten Spielleute ihren Wagen in den Burghof hinein und bis vor den Palas. Wolfram sah es vom Stall aus, wo er seinen Schwarzen striegelte. Zwei Gaukler sprangen vom Kutschbock, riefen die Pferdeknechte zu ihrem Gespann und befahlen ihnen, ihre Rosse zu versorgen. Danach traten sie in den Palas.

Wolfram streichelte seine beiden Rappen und raunte ihnen ein paar zärtliche Worte zu, bevor er den Stall verließ. Weil er nichts verpassen wollte, überquerte er den Hof im Laufschritt und betrat ebenfalls den Palas. Die beiden Gaukler saßen längst im Rittersaal, wo sie auf Otto von Brandenburg warteten.

Natürlich waren es keine Gaukler, sondern Späher, die der Markgraf nach Magdeburg geschickt hatte. Zwei Wochen lang waren die Männer unterwegs gewesen.

Wolfram weckte Tankred, der sich auf der Tafel ausgestreckt hatte, um seinen Rausch vom Vorabend auszuschlafen. Er war erst vor wenigen Tagen aus Cölln zurückgekehrt. Küchenmägde trugen Brot, Wein, Zwiebeln und kaltes Fleisch auf, während nach und nach Ottos Ritter hereinkamen. Entweder hatten ihnen Diener von der Rückkehr der Späher berichtet, oder sie hatten sie in den Burghof fahren sehen.

Schließlich erschien auch der Markgraf selbst, sein Bruder, sein Beichtvater Hieronymus und der Graf Bodo von Spandau begleiteten ihn. Otto, der in den letzten Wochen auffällig schlecht gelaunt gewesen war, nickte in die Runde, begrüßte die Späher und setzte sich dann zwischen Bodo und Hieronymus. Jemand schenkte ihm Wein ein, woraufhin er seinen Becher hob und den beiden Spähern zuprostete. »Ich höre«, sagte er und trank.

Weil der ältere der beiden falschen Gaukler sich gerade den Mund mit Fleisch und Zwiebeln vollgestopft hatte, forderte er seinen jüngeren Gefährten auf, das Wort zu ergreifen. Dieser, ein kleiner rundlicher Mann mit vollkommen kahlem Schädel, spülte seinen letzten Bissen mit Wein herunter und erhob sich, damit jeder Ritter, jeder Knappe und jeder Edelknecht in dem inzwischen gut gefüllten Saal ihn hören und verstehen konnte.

»In Magdeburg schmieden sie Schwerter, Spieße, Pfeilspitzen und Eisenkeulen«, begann er. »Sie lagern Früchte, Mehl und Fleisch ein und bessern die Stadtmauern aus.« Das rechte Ohr fehlte ihm, wie Wolfram jetzt erst bemerkte, und ein großer Goldring zog ihm das linke Ohrläppchen lang. Auch in der Nase trug er einen goldenen Ring. »Mit anderen Worten: Magdeburg bereitet sich auf eine Belagerung vor. Am Tag, bevor wir die Stadt wieder verlassen haben, ist Erzbischof Günther …«

»Er ist kein Erzbischof!« Otto schlug mit der Faust auf den Tisch, dass Becher, Krüge und Messer klapperten. »Noch hat der Papst seine Wahl nicht bestätigt, geschweige denn, dass der Hundsfott schon in Rom gewesen wäre, um Weihe und Pallium zu empfangen!« Er machte eine abfällige Geste. »Weiter!«

»Der Schwalenberger also ist vor vier Tagen mit dreihundert Mann Kriegsvolk in die Elbstadt zurückgekehrt«, fuhr der falsche Gaukler fort. »Teile des Magdeburger Heeres hat er auf den eroberten Burgen zurückgelassen, die meisten Ritter, Junker und Bürger in Waffen jedoch sind ebenfalls auf dem Rückweg in die Stadt.«

Er nannte Zahlen von Kampfrotten und Bewaffneten, wusste, aus welchen Städten oder Burgen diese zurück an die Elbe und auf Magdeburg zumarschierten und wann sie dort erwartet wurden, und konnte auch die ungefähre Anzahl der Kriegsleute nennen, die das Magdeburger Heer im Kampf gegen Ottos Verbündete durch Tod oder Verwundung verloren hatte. Diese Verbündeten allerdings, die sächsischen Herzöge und Grafen, hätten weitaus höhere Verluste zu beklagen, erzählte er.

Die Magdeburger hatten sie vernichtend geschlagen, und das war der Hauptgrund für Ottos unerträgliche Laune. Hinzu kam, dass seine zukünftige Frau Heilwig schon seit vier Wochen nicht mehr in Brandenburg weilte.

»Wir sind über Schönebeck zurückgefahren«, schloss der Späher seinen Bericht. »Dort, zwischen der Stadt und dem Friedhof des Dorfes Frohse, sammeln sich die versprengten Kampfrotten des Herzogs von Sachsen und der Grafen von Mansfeld und Arnstein, und wer von unseren Verbündeten sonst noch dem Grab und der Gefangenschaft entkommen ist.« Der Mann setzte sich, leerte seinen Becher und machte sich wieder über Brot und Fleisch her.

»Dann wollen wir unsere Verbündeten auch nicht länger warten lassen!« Ottos tiefe und raue Stimme dröhnte durch den Rittersaal. »Sammelt eure Kampfrotten, ihr edlen Herren. Sendet Boten zu den Rittern, die heute nicht in meiner Burg weilen, und schickt Herolde in alle Weiler und Städte, damit sie meine Untertanen zu den Waffen rufen.«

Er leerte seinen Becher, knallte ihn auf den Tisch und erhob sich. »In sieben Tagen brechen wir auf nach Schönebeck, und jedes noch so kleine Dorf des Erzbistums, an dem wir vorüberziehen, muss brennen. Und in vierzehn Tagen muss Magdeburg brennen.«

Raunen und Getuschel erhob sich, während Otto, gefolgt

von Erich, Bodo und Hieronymus, zur Saaltür schritt. Bei Wolfram und Tankred blieb der Markgraf stehen und schaute dem Ritter von Cölln ins Gesicht. »Und? Sollst du mich nicht wenigstens grüßen?« Sein Blick war so kalt und so hart, dass Wolfram erschrak.

»Grüßen?« Tankred tat erstaunt. »Von wem denn grüßen, mein Markgraf?«

»Von meiner zukünftigen Gattin, schätze ich. Sie ist vor Wochen an die Spree gereist, um im Dorf Berlin ihren Bruder zu treffen, den Grafen von Holstein-Kiel. Sag nur, du weißt das nicht!«

Tankred schüttelte energisch den Kopf – eine Spur zu energisch nach Wolframs Geschmack. »Hätte ich das gewusst!« Er setzte eine bedauernde Miene auf. »Dann hätte ich doch ein Festmahl für den Grafen und seine Schwester ausrichten lassen!«

16

Gräber

Magdeburg, Ende Oktober 1277

Eine Windbö schüttelte die Kronen der Eichen durch, und rostrotes Herbstlaub sank einem Schwarm müder Vögel gleich zwischen die Gräber darunter. Der klagende Gesang des Rebbe hallte so kraftvoll über den Friedhof, als wollte er zu jedem Einzelnen hinabdringen, der hier unter der Erde lag. Esther umklammerte den Arm der Muhme und starrte in das noch offene Grab ihres Vaters. Wie der Eingang zum Ende der Welt kam ihr die Grube vor, in die sie ihn versenkt hatten. Sie fühlte nichts mehr, nichts.

Plötzlich riss Judith sich von ihr und der Mutter los und stürzte sich auf ein sechzehn Jahre altes Grab neben dem des Vaters. Dort bohrte sie die Finger in Gras und Erde und schluchzte herzzerreißend. Diejenigen Frauen der jüdischen Gemeinde, die der Bestattung des Geldverleihers bisher leise weinend beigewohnt hatten, klagten nun lauter als zuvor. Sogar die Mutter begann für ihre Verhältnisse geradezu leidenschaftlich zu jammern.

Esther blieb stumm – sie hatte seit dem jähen Tod des Vaters vor drei Tagen so viel geweint, dass sie keine Tränen mehr hatte.

Aber was um alles in der Welt war in die Muhme gefahren, dass sie sich auf einmal derart gehen ließ? Das widersprach doch ganz und gar ihrem sonst äußerst beherrschten Wesen. Esther starrte hinunter auf die Frau, die sie so gut zu kennen glaubte, und konnte es nicht fassen: Judith zerwühlte die Erde, als wollte sie in das alte Grab ihres Mannes hineinkriechen.

Die ganze Zeit über hatte sie reglos zwischen ihnen gestanden – steif, kerzengerade und mit gesenktem Kopf. Dann jedoch schien der Schmerz über den jüngsten Verlust so heftig über sie hereingebrochen zu sein, dass sie sich nun auf dem Boden krümmen und ihn laut hinausschreien musste. Und offenbar hatte der Tod ihres Bruders auch wieder die alten Wunden aufbrechen lassen. Oder warum sonst hatte sie sich auf das Grab ihres Gatten werfen müssen?

Die Christen, die aus Magdeburg und den nahen Elbstädten zur Bestattung gekommen waren – der Geldverleiher Amos hatte zu vielen wohlhabenden Bürgern des Erzbistums Geschäftsbeziehungen –, die Gojim also blickten einander betreten an. Samuel, schon ganz unruhig, beendete seinen Klagegesang und bückte sich nach der Muhme, um sie hochzuziehen.

Judith aber wehrte ihn ab, rief: »Verfluchter Satan!«, und warf sich auf das Grab neben dem ihres Gatten. Dort ruhte Esthers Bruder David. Samuel zuckte zusammen, weil er sich angesprochen fühlte. Und viele glaubten in diesem Moment, die schreckliche Beschimpfung habe dem Leviten gegolten.

Esther nicht – sie wusste sofort, wen Judith meinte.

Der Rebbe gewann die Fassung zurück, griff erneut nach dem Arm der Muhme und versuchte wieder, sie aufzurichten. Zwei Älteste halfen ihm. Judith jedoch sperrte sich und schrie nur noch lauter. Vergeblich zerrten Samuel und die Ältesten an ihr, sie konnten sie nicht einmal daran hindern, zum nächsten Grab zu kriechen – zu dem ihres eigenen Sohnes Jakob, dessen sterbliche Überreste sie im Frühjahr nach Magdeburg geholt hatten.

»Satan, verfluchter!«, schrie seine Mutter unentwegt, »Satan, verfluchter!« Schrie es und bohrte die Stirn in Blumen und Gras. Und nun begriff auch der Letzte, dass Judith weder den Leviten noch einen der Toten beschimpfte.

Esther blinzelte zu den Gojim hinüber. Sie wusste, dass es unter den Christen nicht üblich war, Worte wie *Teufel* oder *Satan* laut auszusprechen. Tatsächlich bekreuzigten sich bereits einige. Andere gaben sich keine Mühe, ihre Empörung zu verbergen, manche tuschelten erregt miteinander. Zwei Paare wandten sich ab und eilten zum Ausgang des kleinen Friedhofs. Esther erkannte darunter den Tuchmacher Joseph Hardenberg und seine Frau.

Zwei Wochen, nachdem man ihn freigelassen hatte, war der Geldverleiher Amos in seinem Haus gestorben. An einer Lungenentzündung? An Verzweiflung? An einer Vergiftung? Niemand wollte sich da festlegen.

Gewiss war er stark erkältet aus dem Kerker nach Hause zurückgekehrt, doch Esther zweifelte nicht daran, dass er einzig und allein an gebrochenem Herzen gestorben war. Schon der Tod Jakobs hatte ihn sehr mitgenommen. Kurze Zeit später dann noch Elias auf einem Ochsenkarren unter sechs verstümmelten Leichen erkennen zu müssen, das war zu viel für ihn gewesen. Die Misshandlung durch Gallus schließlich, die Ketten und der Kerker hatten das Übrige getan.

Der Vater war am Abend desselben Tages freigelassen worden, an dem Gero von Greifenstein im Gefolge des Erzbischofs nach Magdeburg zurückgekehrt war. Auf dem Alten Markt wurde gemunkelt, dass der Erzbischof selbst es verfügt hatte. Manche wollten sogar gehört haben, dass Günther von Schwalenberg seinen Ritter Gero von Greifenstein vor dem Schöffenstuhl angeklagt hatte für das, was er Amos' Familie und insbesondere seiner Tochter angetan hatte.

Esther war dem Greifensteiner seit seiner Rückkehr nicht mehr begegnet. Und sie hoffte, ihn nie wiedersehen zu müssen. Aber diese Hoffnung würde sich wohl nicht erfüllen, schließlich führte jeder Weg hinauf in die Stadt an Sudenburg vorbei.

Esther hörte, dass nicht nur die Muhme immer lauter schrie, sondern auch die Mutter. Die entfesselte Trauer ihrer Schwester, deren hemmungslos herausgebrüllter Schmerz schien Lea anzustecken. Esther legte den Arm um sie und zog sie an sich. Doch die Mutter entglitt ihr und warf sich zwischen dem frischen Grab des Vaters und dem alten des Bruders auf die Knie und schlug mit der Stirn auf die Erde.

»Meine Schuld«, hörte Esther sie schluchzen, »einzig meine Schuld hat euch so früh hierhergebracht.« Sie musste wegschauen, denn die selbstzerfleischende und zugleich selbstmitleidige Art ihrer Mutter stieß sie ab.

Unterdessen war Judith weitergekrochen und hatte sich nun auf Elias' Grab geworfen. »Stirb, verfluchter Satan!«, schrie sie wieder und wieder, »Verfluchter Satan, stirb langsam!« Sie wurde immer wütender, und bald schimpfte sie mehr, als dass sie jammerte und weinte.

»Du bist ja von Sinnen, Weib!« Der Rebbe verlor nun endgültig die Geduld. Er ging vor ihr in die Hocke, packte sie bei den Schultern und schüttelte sie. »Willst du wohl endlich aufhören!«

»Niemals höre ich auf!«, schrie die Muhme und schlug seine Hände weg. »Nicht bevor er tot ist, der verfluchte Satan!« Sie war völlig außer sich.

»Satan kann nicht sterben, und verflucht hat Gott ihn längst.« Samuel versuchte allen Ernstes mit ihr über die jüdische Lehre zu disputieren. »Nicht sein Wille hat deine halbe Familie unter die Erde gebracht, sondern der unergründliche Wille des Ewigen, gelobt sei er! Dem haben wir uns zu beugen!«

»Was weißt du denn?« Judith richtete sich auf den Knien auf, schmierte sich Erde in Gesicht und Haar und streckte die schmutzigen Hände dem Herbsthimmel entgegen. »Ich verfluche dich, du Satan!« Auf den Knien kroch sie von Elias'

Grab herunter und zwischen die Männer und Frauen der jüdischen Gemeinde. Dort richtete sie sich auf und wankte laut klagend vom Friedhof.

*

Im Morgengrauen des nächsten Tages wurde Esther wach, weil auf dem Dorfplatz und um das Haus herum der Sturm heulte. Oder hatte da irgendwo ein Scharnier gequietscht? Sie stieg aus dem Bett, öffnete ihre Kammertür einen Spalt weit und lauschte in den noch dunklen Flur hinein. Weil sie nichts hörte, schlüpfte sie wieder unter ihre warmen Decken. Doch an Schlaf war nun nicht mehr zu denken – hellwach starrte sie ins Dämmerlicht, dachte an die Beerdigung am Tag zuvor, an Judiths Zusammenbruch und an den armen Vater. Die Sehnsucht nach ihm tat so weh, dass sich das Innere ihrer Brust wund anfühlte.

Hufschlag vor dem Haus ließ sie erneut hochschrecken. Sie sprang aus dem Bett und zum Fenster: Ein Reiter trieb sein Pferd über den Dorfplatz. Auf den zweiten Blick erkannte Esther ihren alten Rappen – und auf den dritten, dass es kein Reiter war, sondern eine Frau: die Muhme Judith.

Was hatte sie vor? Wohin trieb es sie zu so früher Stunde? Während Esther vom Fenster aus beobachtete, wie Judith nach Sudenburg hochgaloppierte, wuchs ihre Unruhe. Die verstörenden Bilder vom Friedhof drängten sich wieder in ihr Bewusstsein. Wie Judith sich in die Grabhügel gewühlt, wie sie geschrien hatte!

Ein kalter Schauer perlte Esther über Nacken und Oberarme, und Angst mischte sich in ihre innere Unruhe. Die Reiterin war inzwischen zu einem dunklen Fleck geschrumpft, der an Sudenburg vorbei durch die erste Morgendämmerung zur Stadt hinaufritt. Grübelnd ging Esther zurück zum Bett.

Beim Trauermahl nach der Bestattung gestern hatte die Mutter ihrer Schwester immer wieder Wein nachgeschenkt, damit sie sich beruhigte. Einen Becher nach dem anderen hatte Judith geleert, so viele am Ende, dass sie schon bei Sonnenuntergang nicht mehr auf eigenen Beinen in ihre Schlafkammer laufen konnte. Der Rebbe und zwei Älteste hatten sie tragen müssen.

Esther ließ sich auf die Bettkante sinken. Die Muhme musste doch noch halb betrunken sein! Wohin um alles in der Welt wollte sie bloß zu dieser frühen Morgenstunde?

Ihr Blick fiel auf die Wandhaken neben der Tür, an denen ihre Kleider hingen. Und auf den Gürtel am äußeren Haken – den schönen mit roten und goldenen Stickereien verzierten Gürtel, den Elias ihr aus dem Morgenland mitgebracht hatte und den sie wieder trug, seit sie das Gehöft des verhassten Greifensteiners nicht mehr betreten musste.

Esther stutzte. Sie stand auf und blinzelte durchs Halbdunkel – die Messerscheide war leer, der Krummdolch darin fehlte.

Plötzlich war es ihr, als würde ihr jemand eine schwarze Kapuze ohne Sehschlitz vom Kopf reißen, und schlagartig stand ihr in deutlicher Klarheit vor Augen, wohin die Muhme wollte: zum Satan!

Sie stürzte zur Wand, schlüpfte in ihre Kleider und eilte aus Kammer und Haus. In Windeseile sattelte sie das letzte Pferd im Stall, die Stute, und ritt zum Sudenburger Tor hinauf.

Judith war im Begriff, einen schrecklichen Fehler zu begehen, einen Fehler, für den am Ende das ganze Dorf würde bezahlen müssen! Diese Gewissheit versetzte Esther in Panik und trieb sie in die Stadt.

Weil der Sonnenaufgang kurz bevorstand und die ersten Bauern bereits ihre Waren zum Marktplatz brachten, war die Zugbrücke schon heruntergelassen und das Tor geöffnet. Esther ritt hindurch und hoffte, dass die Muhme vor dem Stadtgraben hatte warten müssen, und das lange genug, damit Esther das Unglück vielleicht noch verhindern konnte. Tief über die Mähne ihrer Stute gebeugt, mit flatterndem Umhang und wehendem Haar galoppierte sie den Breiten Weg hinunter. Die wenigen Leute, die schon auf den Beinen waren, blickten ihr kopfschüttelnd hinterher.

Kurz bevor sie das offene Tor zum Beginenhof erreichte, hörte sie schon das Geschrei – Männer und Frauen riefen drinnen durcheinander. Eine Stimme, die lauteste, erkannte sie sofort: das hohe, gepresste Organ des Peitschenmönchs.

Hat sie ihm also nichts angetan, dachte Esther erleichtert. *Noch nicht.*

Sie preschte in den Hof hinein, sah den alten Rappen an dem Haselnussstrauch zwischen Linde und Ahorn vor dem Benediktinerhaus stehen und lenkte ihr eigenes Pferd dorthin. Noch bevor sie am Zügel riss, um die Stute anzuhalten, stolperte Gallus von Trier aus dem Brüderhaus.

»Haltet mir das Weib vom Leib!«, rief er mit sich überschlagender Stimme und schwang seine Peitsche.

Nach ihm sah Esther die Muhme im Türrahmen auftauchen und sechs Mönche dicht hinter ihr, die allesamt versuchten, sie festzuhalten. Judith aber zerrte sie einfach mit sich aus dem Haus. Sie schien übermenschliche Kräfte zu entwickeln.

Ihre Miene und ihr Blick jagten Esther einen tiefen Schrecken ein: Judith schaute wie eine Tote, die noch einmal aus dem Abgrund gestiegen war, um denjenigen hinunterzureißen, der sie hineingestürzt hatte.

Gallus schlug unentwegt mit der Peitsche nach ihr. »Begreift ihr nicht, dass sie von Dämonen besessen ist? Schlagt sie tot!« Er konnte Esther und ihr Pferd nicht sehen, denn er wich rückwärts vor Judith zurück. »Spürt ihr nicht die höllischen Kräfte in ihren Gliedern? Ich gebiete euch: Schlagt sie tot!«

Der Priestermönch benahm sich, als hätte Todesangst ihn gepackt. Wieder und wieder schwang er die Peitsche und schlug auf Judith ein, obwohl er doch sehen musste, dass er mit ihr auch die Mönche traf, die sich an ihr festklammerten. Schritt für Schritt zerrte die Muhme die kleine Menschentraube aus dem Haus, Schritt für Schritt stemmte sie sich gegen die Kraft von sechs Männern und zog sie mit sich dem prügelnden und angstvoll kreischenden Gallus entgegen. Judith achtete nicht auf die Peitschenhiebe, die sie trafen, schien sie nicht einmal zu spüren.

Esther konnte Gallus' Angst gut verstehen: Judiths Miene glich zu Stein gewordenem Hass, und die blutenden Striemen und aufgeplatzten Lippen ließen sie aussehen wie eine aus der Hölle gestiegene Dämonin. Mit der Linken schlug sie um sich, die Rechte hielt sie unter dem Mantel verborgen. Esther wusste genau, was sie dort umklammerte.

Sie sprang vom Pferd, wollte an Gallus vorbei zu Judith rennen und sie aufhalten, doch in diesem Augenblick traf ein Peitschenhieb die Männer hinter der Muhme so schmerzhaft, dass einige sie losließen. Von den anderen konnte Judith sich daraufhin losreißen, und nun gab es kein Halten mehr. Die Rechte noch immer unter dem Mantel verborgen, schritt sie auf den Peitschenmönch zu. Nicht schnell, aber zielstrebig – und zum Äußersten entschlossen.

Als Gallus merkte, dass er sich die Frau mit seiner Peitsche nicht vom Leib halten konnte, fuhr er herum und stürzte zu den Pferden am Haselnussstrauch. Dabei stieß er Esther so hart zur Seite, dass sie über das Wurzelgeflecht der Linde stolperte und zu Boden fiel.

Gallus sprang hinter Esthers Stute und brachte damit das Pferd zwischen sich und die ihm unerbittlich folgende

Muhme. Mit keuchender Stimme stieß er lateinische Gebetsrufe aus und kletterte in den Sattel. Von dort aus fuhr er augenblicklich fort, auf Judith einzudreschen – schlug und schlug und hob die Peitsche wieder und wieder.

Weil ein Hieb auch die Stute traf, stieg sie auf die Hinterläufe, wieherte panisch und ging durch, und zwar genau in dem Moment, als Gallus erneut zum Schlag ausholte. Die Peitschenriemen verfingen sich im tief hängenden Lindengeäst und strafften sich sofort, als die Stute lospreschte. Weil Gallus den Peitschenstiel nicht gleich losließ, verlor er das Gleichgewicht, kippte aus dem Sattel und blieb mit dem linken Fuß im Steigbügel hängen.

Judith stand plötzlich still wie eine Statue. Esther richtete sich auf den Knien auf und musste mit ansehen, wie ihre durchgehende Stute den Peitschenmönch neben sich herschleifte. Die Mönche schrien und rannten an Judith vorbei dem Pferd und seinem gestürzten Reiter hinterher. Ein aussichtsloses Unterfangen, denn die Stute galoppierte in panischer Flucht durch den großen Hof auf das offene Tor zu, und das Geschrei der Mönche ließ es nur noch heftiger scheuen.

Esther, die sich unbeobachtet fühlte, sprang auf, lief zur Muhme und griff ihr unter den Mantel, um ihrer darunter verborgenen Hand den Krummdolch zu entwinden. Judith ließ es widerstandslos geschehen. Sie schien es nicht einmal zu bemerken, denn sie hatte nur noch Augen für Gallus, wie er neben der Stute hergeschleift wurde.

Esther versteckte den Krummdolch in ihrem Umhang und hoffte, dass niemand ihn bemerkt hatte. Als sie der Muhme ins Gesicht schaute, traute sie ihren Augen kaum: Sie lächelte.

Die Stute galoppierte unterdessen dem Hoftor entgegen, und Gallus' Schultern und Kopf schlugen gegen Steine und holperten durch ausgetrocknete Pfützen. Weil plötzlich Waffenknechte in den Beginenhof hineinritten, wich das durchgegangene Pferd bis dicht an den Torflügel aus, um zwischen diesem und den Reitern hindurch auf die Gasse hinauszupreschen.

Dabei geriet der Kopf des Priestermönchs unter das Tor, das an dieser Stelle einer tiefen Pfützenkuhle wegen nicht nach unten abschloss. Wie ein großer Haken klemmte sich Gallus' Kopf unter dem Tor ein, und das so fest, dass die Stute den Torflügel mit sich riss. Krachend schlug er zu.

Esther sah das geschlossene Tor und an seinem unteren Rand Gallus' Kopf. Sie sah, wie das Tor aufsprang und erneut gegen den Mauerrahmen knallte, und wieder und wieder, denn die Stute versuchte mit aller Kraft, den Widerstand zu überwinden, der sie an der Flucht hinderte.

Händeringend und sich die Haare raufend standen die Mönche am Tor. Mit hilflosen Gesten versuchten sie, es festzuhalten, oder bückten sich nach Gallus oder bemühten sich, die Zügel der Stute zu erwischen. Diese stieg auf den Hinterläufen hoch und stemmte sich ein letztes Mal gegen den Widerstand, der sie festhielt.

Das Nächste, was Esther hörte, war ein hässliches Geräusch, das sie nie mehr vergessen würde. Dann entfernte sich der Hufschlag der Stute rasch und mit ihm die dumpfen Schläge, mit denen Gallus' Leib durch Kuhlen und über Steine holperte.

Die Mönche am Tor standen mit hängenden Schultern da und starrten zu Boden. Dort klemmte noch immer ein menschlicher Schädel zwischen Boden und Torflügel. Einer der Mönche bekreuzigte sich, zwei wandten sich ab, einer übergab sich.

*

Vom Rathaus her läutete sieben Tage später die Sturmglocke. Unzählige Menschen säumten da schon den Breiten Weg und jubelten dem Erzbischof Günther und seinen Kriegsscharen zu. Esther zog Mutter und Muhme unter den Torbogen einer Hofeinfahrt, weil kein Durchkommen zum Sudenburger Tor mehr möglich war.

Tausende bewaffnete Männer zogen dorthin – gepanzerte Ritter und Stadtjunker auf Schlachtrossen und mit Lanzen und Schwertern bewaffnet; Constabler mit Armbrüsten und Schwertern in leichten Rüstungen und auf leichten Pferden; Handwerker, kleine Händler und Bauern mit Kriegsbogen, Spießen, Streitäxten oder Eisenkeulen, die meisten zu Fuß, einige aber auch in Streitwagen, von denen aus sie mit Lanzen und Armbrüsten kämpfen würden.

An der Spitze des Heeres ritt der Erzbischof mit einer Fahne des Domheiligen. Schon am Abend zuvor, als Esther die Muhme im Liebfrauenkloster besuchen wollte, war Günther von Schwalenberg zu Pferd, in voller Rüstung und unter der Fahne des heiligen Mauritius', auf dem Alten Markt erschienen. Sämtliche Domherren hatten ihn begleitet, die meisten in Harnisch.

Mit leidenschaftlichen Worten hatte der Erzbischof sich an die Magdeburger gewandt, ihnen neue Freiheiten und erweiterte Rechte verheißen und sie förmlich angefleht, ihm und seinen Rittern gegen Otto von Brandenburg beizustehen. Der kriegerische Markgraf hatte überall in der Gegend bekannt geben lassen, dass Magdeburg spätestens übermorgen brennen und er den Domneubau dann zu seinem Pferdestall machen würde.

Die Antwort auf die Rede des Schwalenbergers waren Treueschwüre und begeisterter Jubel gewesen. Niemand in der Magdeburg wollte zulassen, dass der anmaßende Otto auch nur einen Fuß in die Stadt setzte. Und an diesem Morgen, gleich bei Sonnenaufgang, hatten sich all die Bürger bewaffnet und gerüstet auf dem Alten Markt und vor der Domfreiheit versammelt, die jetzt hinter ihrem Erzbischof her in die Schlacht gegen den Brandenburger und seine Kriegsscharen zogen.

Esther und die Mutter waren in die Stadt heraufgekommen, um Judith im Liebfrauenkloster abzuholen, wo die Mönche versucht hatten, ihr die Dämonen auszutreiben. In den sieben Tagen seit der feierlichen Bestattung des Priestermönchs Gallus von Trier hatte die Muhme eine kräftezehrende Odyssee hinter sich bringen müssen.

Erst hatte man sie in den Kerker geworfen, aus dem der Richter sie gleich am nächsten Tag wieder freigelassen hatte, weil niemand ihm sagen konnte, was genau Judith verbrochen hatte. Danach hatte man sie ins Heilig-Geist-Hospital nach Sudenburg geschafft, denn einige Christen, die sie bei der Beerdigung des Geldverleihers beobachtet hatten, hielten sie für wahnsinnig. Aber die Nonnen im Hospital konnten keinen Wahnsinn feststellen und schickten sie ins Liebfrauenkloster, damit man dort eine Dämonenaustreibung vornahm. Die Exorzisten des Klosters jedoch wollten das nicht einmal versuchen – wer sich nicht taufen lassen wolle, dem könne man auch keine Dämonen austreiben, sagten sie.

Nun war Judith wieder frei und konnte gehen, wohin sie wollte.

Noch immer läutete die Sturmglocke, noch immer marschierten und ritten unzählige Bewaffnete zum Sudenburger Tor, doch die gepanzerte Reiterei, die das Ende des Heereszuges bildete, kam allmählich in Sicht. Esther verließ den Schatten des Torbogens und winkte Mutter und Muhme hinter sich her. Neben den letzten Reitern des Heeres liefen sie zum Sudenburger Tor.

Kurz davor lenkte plötzlich ein Ritter sein Pferd zur Seite

und direkt vor Esther, sodass er sie so von Judith und der Mutter trennte und ihr den Weg versperrte. Esther wurde zornig und hob den Blick, um den Reiter zurechtzuweisen – da erst erkannte sie, wer in Rüstung und Waffen über ihr auf dem Grauschimmel saß: Gero von Greifenstein. »Wenn ich aus dem Feld zurückkehre, will ich dich wieder in meinem Haus sehen, verstanden?« Schon seine Stimme zu hören und sein hartes Gesicht sehen zu müssen, machte Esther schwach und raubte ihr allen Mut. »Hast du nicht eine klare Vereinbarung mit Gallus getroffen, Judenweib?«

»Der ist tot.« Endlich fand Esther Worte.

»Ich aber lebe.« Gero von Greifenstein schüttelte den Kopf und blickte tadelnd auf sie herab. »Einfach nicht mehr zur Arbeit kommen ... Glaub bloß nicht, dass ich dir das durchgehen lasse!«

»Was habe ich noch mit Euch zu schaffen?« Die Stimme gehorchte Esther kaum, und sie sprach nur halb so laut, wie sie es gern getan hätte. »Lasst mich in Ruhe!«

»Was bildest du dir ein?« Gero setzte ein verächtliches Lächeln auf. »Hattest du etwa gehofft, der Schöffenstuhl würde mich anklagen? Weswegen denn? Und selbst wenn – weißt du nicht, dass mächtige Männer für mich sprechen? Schöffen sogar?«

Er lenkte sein Pferd herum, doch kurz bevor er sich wieder in den Heereszug einreihte, zog er an den Zügeln und blickte sich noch einmal nach Esther um. »Du gehörst mir, Weib. Wenn ich aus dem Feld zurück bin, will ich dich in meinem Haus sehen. Wenn du dann nicht da bist, werde ich dafür sorgen, dass dein Judendorf in Schutt und Asche gelegt wird.«

17
Jahwe

Zwischen Schönebeck und Frohse, 10. November 1277

Die Fahne mit dem Brandenburger Adler flatterte im kühlen Herbstwind. Wolfram blickte zu dem Knappen des Markgrafen hinauf, der sie hielt. Der Fahnenträger hatte sein Pferd auf den höchsten Hügelkamm getrieben, den es hier auf dem Frohser Berg gab, und spähte in die Flussniederung hinunter. Knapp zweihundert Ruten entfernt schlängelte sich ein Flüsschen der Elbe entgegen, die Sülze.

Dort unten würde es zur Schlacht kommen, bald. Wolfram spürte ein Kribbeln hinter dem Brustbein, und das Atmen fiel ihm schwerer als noch auf dem Weg hier herauf. Sein Schwarzer neben ihm tänzelte und schüttelte die Mähne. Die wachsende Erregung seines Ritters übertrug sich auch auf das Tier. Am Zaumzeug zog Wolfram den Kopf des Rappen zu sich, flüsterte ihm beruhigende Worte ins Ohr, streichelte seinen Hals.

Den Pferden der anderen Ritter ging es ähnlich – keines, das vollkommen ruhig zu stehen vermochte. Alle spürten sie, dass etwas Bedrohliches in der Luft lag, alle schienen schon das Blut zu wittern, das bald hier fließen würde, und den Waffenlärm zu hören, von dem die Luft rund um den Frohser Berg dröhnen würde.

Ihre Reiter standen auffallend still, etwa drei Dutzend Ritter, alles enge Vertraute des Markgrafen. Die meisten hielten noch ihre Helme unter die Arme geklemmt, nur wenige saßen bereits auf ihrem Pferd. Alle hielten sie Ausschau nach den Magdeburgern und waren begierig, endlich deren Schlachtformation erkennen zu können. Sobald diese sichtbar werden würde, wollten Markgraf Otto und Graf Bodo den Schlachtplan endgültig festlegen. Und dann die Ritter hinunter zu ihren Kampfscharen schicken, damit sie mit ihnen an den ausgewählten Stellen gegen die feindlichen Linien vorstießen.

Graf Bodo von Spandau war nach Wolframs Einschätzung der eigentliche Feldherr, doch aus Demut und Höflichkeit gab er sich als Berater des Markgrafen. Otto drehte sich nach dem Reiter auf dem höchsten Punkt des Hügelkammes um. »Und?«

Sein Knappe und Fahnenträger schüttelte den Kopf. »Noch nichts zu sehen!«, rief er zurück.

Späher hatten ein Heer von nahezu fünftausend Mann angekündigt, das von Magdeburg aus die Sülze herunterziehen würde. Der Markgraf konnte mehr als siebentausend Mann in die Schlacht führen, allerdings waren die Kampfrotten der verbündeten sächsischen Grafen durch die Niederlagen zermürbt und geschwächt, die sie im Laufe des Sommers hatten hinnehmen müssen.

Eine Sturmbö jagte Schwärme gelben Laubs aus den Birken und Erlen, die hier oben vor allem auf der westlichen Seite des Hügelkammes standen. In dem Wäldchen, zu dem sie sich nach Westen hin auf der Hügelflanke verdichteten, lagen an die tausend Mann, die Graf Bodo von Spandau in die Schlacht führen würde, die Hälfte zu Pferde.

Wolfram sehnte den Beginn des Aufeinandertreffens herbei. Die Stunde vor einer Schlacht war am schwersten zu ertragen – das Herz schlug einem schneller, der Atem flog, der Harndrang meldete sich. Sobald es dann aber losging, hörten alle Grübeleien und Sorgen schlagartig auf, dann blieb einfach keine Zeit mehr dafür, dann hieß es: anrennen, um nicht selbst überrannt zu werden, niederhauen, um nicht selbst niedergehauen zu werden.

Wolfram drehte sich wieder nach dem Fahnenträger um, der knapp vierzig Ruten über ihnen nach den Magdeburgern spähte. Der Knappe reckte den Hals und hielt sich die flache Hand an die Stirn, um seine Augen vor der aufsteigenden Vormittagssonne zu schützen. Herbstlaub regnete auf ihn und den flatternden Brandenburger Adler herab.

Hinter ihm, auf der südlichen Hügelflanke, warteten knapp zweitausend Mann auf Ottos Zeichen zum Sturm, unter ihnen auch Sigurd. Unter der Führung des Markgrafen sollten diese erfahrensten aller Brandenburger Krieger das Zentrum der Magdeburger Schlachtreihen angreifen und zerschlagen.

Etwa tausend Mann warteten auf der Nordseite am Fuß des Frohser Berges auf den Beginn der Schlacht. Sie waren weithin sichtbar und sollten die Magdeburger über die Sülze und zum Hügel locken. Das Gros des Brandenburger Heeres jedoch lag im Osten, am Fahrweg vor den Elbauen – Fußvolk mit Spießen und Armbrüsten vor allem, aber auch an die tausend Berittene. Mit diesen Schlachtreihen sollten die Grafen von Arnstein und Mansfeld die Flanke der feindlichen Reiterei abfangen, möglichst dezimieren und einen Keil ins Magdeburger Heer treiben, um Reiter und Fußvolk zu trennen.

Eine heikle Aufgabe, die sich leicht als schlachtentscheidend erweisen konnte – Wolfram verstand nicht ganz, warum Otto und der Graf sie den angeschlagenen Sachsen überließen. Vielleicht glaubten sie, die Gier nach Rache würden die von den Magdeburgern gedemütigten Kriegsleute zu Höchstleistungen anspornen.

Ganz im Nordwesten, hinter einem Dorf schon jenseits der Sülze, hatten sich die Bogenschützen, Lanzenreiter und Ritter Tankreds von Cölln versteckt. Er wollte dem Heer des Erzbischofs in den Rücken fallen – vorausgesetzt, die Magdeburger behielten die Schlachtformationen bei, die zuletzt von den Spähern angekündigt worden war.

»Sie kommen!«, rief auf einmal der Fahnenträger vom Hügelkamm herab. »Zwei große Scharen Reiterei traben die Sülze herunter! Sicher achthundert Mann pro Schar! Fußvolk rückt in breiter Front auf dem Elbuferweg vor! Mindestens tausend Mann! Sie führen Streitwagen mit sich!«

Die Ritter traten zu Bodo und Otto, und alle spähten in die Niederung hinunter und zur Sülze hin. Auch Wolfram sah nun die Helme und Speerklingen der Magdeburger in der Sonne blinken, alle sahen es. Wie eine gewaltige Brandung aus Erz, Menschen und Pferden überflutete das Magdeburger Heer die Niederung zu beiden Seiten des Flüsschens.

Otto schimpfte laut, und der Grund lag für Wolfram auf der Hand: Wenn Magdeburger Fußvolk die Sachsen am Elbweg mit Spießen und Armbrüsten angriff, konnten die sich nicht mehr ungehindert der feindlichen Reiterei entgegenstellen. Otto und Bodo steckten die Köpfe zusammen, Wolfram und die anderen stiegen auf ihre Pferde. Schon drang tausendfacher Hufschlag und Schrittlärm zum Hügelkamm herauf.

Die Entscheidung fiel schnell: Bodo und zehn Ritter würden mit ihren Männern die Ostflanke der Magdeburger Reiterei angreifen, um die Sachsen zu entlasten. Otto mit zwanzig Rittern und ihren Rotten wollte auf die Westflanke des feindlichen Heeres losgehen. Das Zentrum der Magdeburger sollte ruhig erst einmal gegen den Hügel und die tausend Mann an seinem Fuß vorrücken.

»Die werden ihr blaues Wunder erleben, wenn wir sie von zwei Seiten in die Zange nehmen«, sagte Otto, während er zu seinem Schlachtross ging und den Fahnenträger zu sich winkte.

Boten preschten den Hügel herauf, gaben Stellungen bekannt, berichteten, wo der Erzbischof selbst die Sülze überquert hatte – ziemlich weit westlich und nahe dem Dorf, in dem Tankred mit seinen Gefolgsleuten lauerte –, und benannten einzelne Magdeburger Ritter. Wolfram horchte auf, als der Name Gero von Greifenstein fiel.

»Den will ich!«, rief er, als er hörte, dass der Greifensteiner eine Schar von hundert Kriegsleuten in der Westflanke des feindlichen Heeres befehligte.

»Gefährlicher Gegner«, sagte Graf Bodo, während sie Seite an Seite den Hügel hinabritten. »Habe gehört, Ihr seid vor Aken schon einmal mit ihm aneinandergeraten?«

»Sein Knappe ging dazwischen, sonst hätte ich ihn erschlagen.«

»Ich kannte den Grafen, der ihn erzogen hat«, erzählte Bodo. »Ein wilder Eber. Hat den Jungen täglich geprügelt und mindestens einmal die Woche nackt in den Burgkeller gesperrt, damit er Sünden beweine, die er nicht begangen hatte. Wir alle sind geprügelt worden, sonst wären wir ja nicht die Ritter, die wir heute sind. Aber mit dem armen Hund hätte ich nicht tauschen mögen.«

»Nun kriegt die Welt die Prügel zurück, die er einstecken musste.« Wolfram schüttelte den Kopf.

»Gott behüte Euch!«, rief der Graf, lenkte sein Pferd zur Westflanke des Frohser Berges und in den Wald hinein, um seine Kämpfer zu sammeln und zur Elbe hin zu führen. Dort war das Magdeburger Fußvolk wohl auf die ersten sächsischen Rotten getroffen, denn man hörte Waffenlärm und Geschrei.

Die Worte des Spandauers klangen in Wolfram nach. Hatte der Mönch, der ihn erzog, ihn geprügelt? Er konnte sich nicht an Schläge erinnern. Doch ihm blieb keine Zeit, darüber nachzudenken, denn sein Knappe Sigurd stieß zu ihm, und die von der Hügelrückseite über den Kamm stürmenden Kriegsscharen schlossen sich nun Otto, seinem Fahnenträger und seinen Rittern an.

Kriegshörner ertönten von nah und fern, der Markgraf

setzte sich an ihre Spitze und führte seine breiten Angriffsreihen gegen jenen Magdeburger Kriegsscharen, die mit ihrem Erzbischof weiter westlich schon die Sülze überquert hatten. Wolfram und Sigurd ritten dicht hinter Otto und dem Fahnenträger.

»Gott, steh mir bei!« Im Helm klang Wolfram die eigene Stimme dumpf und fremd. »Bring mich zurück zu Esther!«

Die Lanzenträger prallten als Erste mit erzbischöflichen Rittern zusammen. Es hörte sich an, als würden Titanen Felsbrocken vom Himmel werfen. Pferde scheuten und stiegen hoch, und auf beiden Seiten stürzten Männer zu Dutzenden aus den Sätteln.

Wer unverletzt geblieben war, stand auf und kämpfte zu Fuß mit dem Schwert weiter. Es dauerte nicht lange, da hallte die Niederung zwischen Frohse, Elbe und Sülze von Kampflärm wider: Hufschlag, Geschrei, Klingengeklirr, Gewieher, Schläge von Keulen und Äxten gegen Schilde und Rüstungen und das Prasseln von Bolzen aus Armbrüsten, wenn sie auf Helme und Harnische herabhagelten.

Wolfram teilte nach rechts und links aus, hielt Ausschau nach einem Grauschimmel und einem Ritter mit Sauspieß, denn außer dem Greifensteiner benutzte kein gepanzerter Reiter eine solche Waffe. Wolfram schlug zahllose Feinde aus den Sätteln und hieb auf Waffenknechte ein, die zu Fuß zwischen die Brandenburger Reiter stürzten und sie mit ihren Spießen und Keulen traktierten. Sigurd focht dicht neben ihm. Manchmal hörte Wolfram Gebetsrufe hinter dem Sichtgitter seines Helms.

Schnell geriet er wieder in den Kampfrausch, den er schon bei jenem Aufeinandertreffen auf dem Elbweg vor Aken erlebt hatte und seitdem immer wieder.

»Der Schwarze Ritter!«, hörte er eine Stimme aus dem Schlachtgetümmel rufen. »Vorsicht, der Schwarze Ritter!«

Gero von Greifenstein suchte Wolfram von Hildesheim wohl genauso dringend wie dieser ihn, denn plötzlich galoppierte ein großer Reiter auf einem Grauschimmel auf ihn zu, der eine Saufeder über die Schulter stemmte – das konnte nur der Greifensteiner sein!

»Gib acht!«, rief Wolfram seinem Knappen zu, der sich gerade gegen zwei keulenschwingende Bauern wehren musste. »Der Greifensteiner! Rechts hinter dir!« Zu spät – der Sauspieß fuhr Sigurd in den Rücken und durchdrang seinen Gambeson. Er stürzte vom Pferd, und die Bauern hatten leichtes Spiel mit ihm.

Wolfram schnürte es das Herz zusammen. Doch ihm blieb keine Zeit zum Trauern – zwei Atemzüge später war Gero schon an seiner Seite und zielte jetzt mit der Saufeder auf ihn.

Wolfram schlug den Spieß mit dem Schild zur Seite und traf Gero mit der flachen Klingenseite am Helm. Der Greifensteiner wankte kurz im Sattel, hieb mit seinem Schwert nach Wolfram, traf nur die Kettenschabracke seines Pferdes und stieß erneut mit der Saufeder zu. Wolfram konnte den Stoß zwar mit dem Schild abwehren, aber die Spitze des Spießes glitt am Schildholz ab und fuhr Wolfram zwischen die Unterseite des Brustharnischs und den oberen Rand der Beinschiene, die seinen Schenkel schützte. Der Schmerz schoss ihm von den Lenden aus wie eine Glutwelle durch alle Glieder.

Er versuchte, nicht darauf zu achten, ließ den Schild fallen, packte die Saufeder, die sich in seiner Rüstung verklemmt hatte, und riss Gero an ihr zu sich heran. Zugleich durchstieß er mit seinem Schwert Geros Brünne zwischen Hals und Schulter.

»Für Esther!«, zischte er und holte erneut aus. Der Greifensteiner schrie auf, und Wolframs Hieb trennte ihm die Speerhand vom Handgelenk. »Für Esther!«, rief Wolfram noch einmal und ließ seine Klinge mit solcher Wucht auf Geros Schädel niedersausen, dass sie das Eisen des Helms durchdrang. Der Greifensteiner stürzte ohne einen Laut aus dem Sattel.

Magdeburger Bauern und Handwerker, die Gero hatten fallen sehen, bedrängten Wolfram nun von allen Seiten. Er trieb seinen Schwarzen an, ließ sein Schwert kreisen und ritt oder schlug nieder, wer sich ihm in den Weg stellte. Er spürte die feuchte Wärme seines Blutes an der Hüfte, und als er sich ein wenig Luft verschafft hatte, hob er sein rechtes Bein – der Schmerz brannte quälend, doch er konnte es bewegen. Weiter!

Wolfram hielt Ausschau nach Otto von Brandenburg, seinem Fahnenträger und den Rittern, die mit ihm fochten. Der Brandenburger Adler wehte dort über dem Schlachtgetümmel, wo es am dichtesten war und am lautesten tönte. Wolfram stürzte sich mitten hinein.

Die Angriffsreihen wogten hin und her, Gebrüll und Waffengeklirr schienen die ganze Welt auszufüllen. Die Schlacht zog sich hin, überall in der Niederung zwischen Sülze und Frohser Berg lagen tote, sterbende oder verwundete Männer und Pferde, und wer trotz Verwundung noch laufen oder reiten konnte, versuchte, an den Rand des Schlachtfeldes zu gelangen.

Triumphgeheul erhob sich unter den Brandenburger Kriegsscharen rings um Otto, als von Nordwesten her Tankred von Cölln mitten unter die Magdeburger fuhr. Deren Reihen wichen vor der Wucht seines Vorstoßes zurück, und zahllose Magdeburger, die zu Fuß kämpften, gerieten unter die Hufe der Pferde von Tankreds Rittern.

Vielen Magdeburger Reitern brachen die Pferde zusammen, als Tankreds Armbrustschützen Schwärme von Bolzen auf sie niederhageln ließen. Die feindlichen Scharen stoben in kopfloser Flucht auseinander, die Magdeburger Formationen zerbrachen, Hunderte Ritter und Fußkämpfer wichen teilweise bis an die Sülze zurück, um nicht niedergemacht zu werden.

Die Brandenburger setzten ihnen nach und schrien ihren Jubel heraus, denn nun kannte ihre Siegeszuversicht keine Grenzen mehr. Doch schon bald wendete sich das Blatt wieder – der Erzbischof sammelte seine Kriegsleute an der Sülze und sprach ihnen Mut zu. Danach setzte er sich sogar an ihre Spitze, um sie zurück in den Kampf gegen Ottos und Tankreds Scharen zu führen.

Zugleich stürmten völlig unverhofft geschlossene Doppelreihen Magdeburger Ritter von Osten her mitten in die jubelnden Brandenburger Kampfscharen hinein. Gleich im ersten Anprall stießen ihre Lanzen an die hundert Reiter Ottos aus den Sätteln, mehr als hundert starben bald danach unter den folgenden Schwerthieben der Magdeburger und durch die Spieße und Streitäxte der Fußkämpfer, die nach ihnen über die zerschlagenen Reihen der Brandenburger herfielen.

Wolfram, Otto und seine Ritter rückten zusammen, während um sie herum der Tod blutige Ernte hielt.

»Graf Bodo ist gescheitert!«, schrie Wolfram dem Markgrafen zu, während er sein Schwert nach links und rechts sausen ließ. Ein Bote bestätigte seine Vermutung bald: Ein sächsischer Graf war gefallen, der andere hatte sich ergeben, und beider Heer hatte sich in wilder Flucht aufgelöst.

Wolfram musste mit ansehen, wie Magdeburger Reiter und Fußkämpfer Tankred einkesselten. Mit wenigen Getreuen wehrte der Cöllner sich gegen die Übermacht.

»Hauen wir ihn raus!«, schrie Wolfram dem Markgrafen zu, aber der ließ sein Schwert sinken, schaute zwei Atemzüge lang hinüber zu den feindlichen Rotten, die Tankred bedrängten, und wandte sich dann einfach ab. Kurz darauf ließ er zum Rückzug blasen und winkte Wolfram hinter sich her.

Der konnte es nicht fassen, denn es kämpften noch genügend Ritter und Kriegsleute zu Fuß an Ottos Seite, um Tankred zu Hilfe eilen zu können. Doch die folgten ihrem Markgraf nun zurück zum Frohser Berg.

Wolfram lenkte seinen Rappen herum, galoppierte mitten hinein in die Feinde, die Tankred so hart bedrängten.

»Der Schwarze Ritter!« Bald gellte wieder der Ruf über die Helme, und viele wichen vor ihm zurück.

Einige aber fühlten sich wohl durch sein Erscheinen herausgefordert und griffen ihn an. Wie ein Sturmwind tobte Wolfram durch die Reihen der Magdeburger und drang bis zu Tankred vor. Dem steckte ein gefiederter Armbrustbolzen im Kettenschutz über dem Hals, und in seinem Kettenhemd klaffte über dem Bauch ein langer Spalt, aus dem Blut quoll.

Gemeinsam mit den zwei Dutzend Getreuen, die noch kämpfend an seiner Seite ausgeharrt hatten, gelang es Wolfram, den Ring der Magdeburger zu durchbrechen. In gestrecktem Galopp flohen sie nach Westen.

Als sie gegen Abend in einen Weiler hineinritten, waren sie nur noch zu viert. Wolfram konnte sich kaum noch auf dem Pferd halten, so sehr schwindelte ihm. Er vermutete, dass er viel Blut verloren hatte und noch verlor.

An einer Viehtränke zwischen zwei Gehöften kippte Tankred vornüber auf die Mähne seines Schlachtrosses. Sein Knappe und der dritte Ritter halfen ihm vom Pferd und legten ihn ins Gras. Sie zogen erst ihm und dann sich selbst den Helm ab.

Tankreds Gesicht war graublau, und er blutete aus dem Mund. Mit zitternden Händen flößte Wolfram ihm Wasser ein, während sein Knappe in den Weiler hineinlief, um nach einem Priester zu suchen.

»Vorbei«, stöhnte Tankred und versuchte zu lächeln. »Danke.« Seine Hand im Kettenhandschuh fiel auf Wolframs

Unterarm. »Ihr seid ein Guter. Wusst' ich von Anfang an, Otto dagegen …« Er hustete einen Schwall Blut. »… Otto hat die Gelegenheit genutzt, um mich loszuwerden.«

»Wegen Heilwig?«, fragte Wolfram.

Der andere nickte. »Gebt nur gut acht, dass er nicht auch noch von Euch erfährt.«

»Hat sie's Euch erzählt?«

»Durfte sogar Eure Verse lesen.« Tankreds blaue Lippen verzogen sich zu einem gequälten Lächeln. »Macht weiter so.« Er flüsterte nur noch. »Mit mir ist's leider vorbei. Betet für meine Seele.« Sein wässriger Blick wanderte von Wolfram zu dem dritten Ritter und wieder zurück zu Wolfram. »Betet vorsichtshalber auch zu Eurem Jahwe, vielleicht hilft's dann doppelt.«

»Zu meinem Jahwe?« Wolfram begriff nicht, was Tankred meinte. Verlor er bereits die Besinnung? Er beugte sich zu ihm hinunter, um ihn besser verstehen zu können. »Was redet Ihr denn da?«

»Betet Ihr nicht heimlich zum Gott der Juden?«, flüsterte der sterbende Cöllner. »Gebt's ruhig zu. Seid doch selbst ein Jude, oder?«

Hufschlag näherte sich von Osten her. »Magdeburger«, sagte der dritte Ritter und warf sein Schwert weg. »Geben wir uns gefangen.«

»Wie kommt Ihr denn nur darauf?« Wolfram war wie vor den Kopf geschlagen.

»Keine Vorhaut«, flüsterte Tankred und lächelte zum letzten Mal. »Seid beschnitten. Hab's schon bei Eurer Ritterweihe gesehen, als Ihr nackt vor dem Zuber standet. Und später im Bach …«

18

Käfige

Magdeburg, Ende November 1277

Der Himmel war bleigrau, es war kalt, und die Luft roch nach Schnee. Esther musste an den Tag zurückdenken, an dem Dostl im Jahr zuvor ins Süddorf zurückgekehrt war – mit der Nachricht von Jakobs Tod. Die Torwächter winkten sie in die Domfreiheit herein, die Männer kannten sie schon.

Immer noch drängten sich viele Magdeburger Bürger vor der Querfurter Kurie, doch lange nicht mehr so viele wie in den ersten drei Tagen, nachdem sie die Gefangenen hierhergebracht hatten. Ihren Korb gegen die Hüften gestemmt lief Esther über den Domplatz. Die Leute machten ihr Platz, und die Wächter winkten sie auch hier durch das Tor in den Hof hinein, ohne auch nur eine einzige Frage zu stellen. Immerhin kam Esther schon den zehnten Tag hierher, um den verletzten Ritter zu versorgen.

Die Grafen von Querfurt hatten das große Gebäude vor einem Menschenalter bauen lassen, damals waren sie Erzbischöfe zu Magdeburg gewesen, zuerst der Albrecht, später sein Halbbruder Wilbrand von Käfernburg. Jetzt wohnte dort ein Domherr aus Querfurt.

Zehn Käfige aus starken Eichenbohlen standen mitten im Hof, und die waren der Grund, warum sich den ganzen Tag Magdeburger vor dem offenen Tor der Kurie drängten – sie begafften die Käfige. Oder besser: die Männer, die darin hockten oder lagen. Vor dem Käfig auf der rechten Hofseite stellte Esther den Korb ab und kniete sich hin.

»Da bist du ja.« Wolfram schlug die Augen auf und lächelte schwach. Esther erwiderte das Lächeln und genoss die vertraute Anrede, zu der sie vor ein paar Tagen übergegangen waren. Sie streckte die Hand durch die Gitterstäbe und befühlte seine Stirn – er fieberte stärker als gestern. Immerhin erkannte er sie noch.

Sie holte den Trinkschlauch mit dem Elbwasser aus dem Korb und hielt ihn an Wolframs Mund. Als er genug getrunken hatte, breitete sie unter seinem Kinn ein Tuch über seinen Decken aus, packte die Schüssel mit dem Haferbrei aus, zog den Holzlöffel aus ihrem bestickten Gürtel und fütterte Wolfram.

Das tat sie jeden Abend, seit sie erfahren hatte, dass man mit den dreihundert gefangenen Brandenburgern auch Wolfram von Hildesheim in die Stadt gebracht hatte. Morgens verpflegte ihn Anna. Die Küchenmagd des Nachbarn versorgte auch seine stark entzündete Wunde.

Die meisten Gefangenen waren in Sudenburg eingesperrt, manche auch in steinernen Pferdeställen der Neustadt oder auf der Dombaustelle, wo einige Bauhütten gerade nicht gebraucht wurden. Alle Gefangenen warteten darauf, dass jemand das für sie geforderte Lösegeld bezahlte.

Hier, in der Querfurter Kurie, wurden die persönlichen Gefangenen des Erzbischofs festgehalten: Graf Bodo von Spandau, ein sächsischer Graf, einige Ritter und der Markgraf von Brandenburg. Anfangs hatten die Magdeburger Otto vom Tor aus beschimpft und verspottet oder mit Pferdeäpfeln nach ihm geworfen. Jetzt guckten sie nur noch neugierig. Ordensfrauen der Zisterzienserinnen und Beginen versorgten ihn und seine Ritter mit Speisen und Wein.

Wolfram nahm Esthers Hand mit dem leeren Löffel und hielt sie fest. »Danke«, flüsterte er. Esther sah ihm in die dunklen, fiebrigen Augen. Wie schön sie waren!

Sie hatte es Anna zu verdanken, dass sie ihn Abend für

Abend besuchen durfte. Die Küchenmagd hatte all ihren Mut zusammengenommen, war zum Erzbischof gegangen und hatte ihm erzählt, wie viele Menschen Wolfram vor dem Ertrinken gerettet hatte, als am vorletzten Margaretentag die alte Elbbrücke zusammengebrochen war und eine ganz Prozession in die Fluten gerissen hatte. Daraufhin hatte Günther von Schwalenberg ihnen die Erlaubnis gegeben, ihn zu versorgen.

Noch immer hielt Wolfram ihre Hand fest. »Ich will dich nicht loslassen«, flüsterte er.

»Das musst du aber, sonst kann ich dich nicht füttern und dir zu trinken geben.« Er war so hohlwangig und bleich und seine Stimme so schwach, dass Esther das Erbarmen packte.

»Ich will dich nicht loslassen«, flüsterte er wieder. »Nie mehr.« Esther schob ihre festgehaltene Hand mit dem Holzlöffel zu seinem Gesicht und streichelte seine Wange mit dem Fingerrücken. »Ich will dich immer noch heiraten«, flüsterte Wolfram. »Du sollst meine Frau sein. Willst du?«

Esther schluckte und wich seinem Blick aus. »Du weißt, was im Haus des Greifensteiners geschehen ist.« Selbst jetzt, wo er tot war, kam ihr sein Name nur schwer über die Lippen. Es gab Wochen, da verfolgte er sie Nacht für Nacht durch ihre Albträume. »Du weißt, dass er mich entehrt hat.«

Wolfram zog ihre Hand mit dem Löffel an seine aufgesprungenen Lippen und küsste ihre Fingerspitzen. »Ich liebe dich, Esther.« Schnell entzog sie ihm ihre Hand und griff statt zum Wasserschlauch zum Weinschlauch. »Willst du?«, fragte er noch einmal.

Sie setzte ihm das Mundstück an die Lippen. Unentwegt sahen sie einander in die Augen. »Ja«, flüsterte sie. »Aber du musst dir ein bisschen Mühe geben, gesund zu werden.« Anna hielt es für möglich, dass er dem Fieber erlag, denn das zehrte ihn mächtig aus, und das schon seit Tagen.

Als Esther sich gerade verabschieden wollte, erschien Anna mit einer Fackel, weil die Dämmerung hereinbrach. »Ich muss noch einmal nach seiner Wunde schauen«, sagte Anna und drückte Esther die Fackel in die Hand. »Die Entzündung sah heute Morgen viel schlimmer aus als gestern.«

Sie zog Wolfram die Decke bis zu den Schenkeln herunter und nahm ihm die Binden ab. Die tiefe Wunde unterhalb der Hüfte und an der Außenseite des Oberschenkels eiterte stark. »Nach der Vesper habe ich den Erzbischof im Dom abgepasst«, erzählte sie flüsternd, während sie eine Kräutersalbe auf den Wundwickel schmierte und ihn danach mit Zwiebeln und Silberpappelrinde belegte. »Er hat Briefboten nach Hildesheim und Braunschweig geschickt. Vielleicht kommt bald jemand mit dem Lösegeld für ihn.«

Wolfram stöhnte auf, als Anna ihm den Wickel auf die Wunde drückte, und Esther biss sich auf die Unterlippe. »Ich habe dem Schwalenberger erzählt, dass es Wolfram immer schlechter geht. Da hat er gestattet, dass ich ihn zu uns ins Haus nehme.«

»Dem Ewigen sei Dank!«, entfuhr es Esther. Tränen der Erleichterung quollen ihr aus den Augen, und sie küsste Anna auf die Wange.

»Hast du gehört?« Sie langte durch die Gitterstäbe und ergriff Wolframs heiße Hand. »Du darfst aus dem Käfig heraus. Wir bringen dich zu Annas Familie.«

Anna hatte inzwischen zu der breiten Bauchbinde gegriffen, doch statt sie über Wunde und Auflage zu wickeln, betrachtete sie nur gedankenverloren Wolframs Hüfte. »Was ist mit dir?«, wunderte sich Esther.

»Ich werde jedes Mal ganz traurig, wenn ich das hier sehe.« Anna deutete auf ein rundes, rotbraunes Muttermal auf Wolframs Hüftknochen.

»Warum denn?«

Anna forderte Wolfram auf, die Hüfte anzuheben, damit sie ihm die Binde um den Leib wickeln konnte. »Weil es mich an mein totes Kind erinnert. Es hatte ein Muttermal an derselben Stelle.«

*

Männer kamen, öffneten den Käfig und trugen ihn zu einem Wagen. Der scharfe Geruch der Zugpferde stieg ihm in die Nase. Den empfand Wolfram sehr deutlich, alles andere erlebte er wie in einem Fiebertraum. Auch die dunkle, tiefe Stimme, die seinen Namen rief. »Ich werde so lange Messen für dich lesen lassen, bis du gesund bist!«, sagte die Stimme. »Auf einen wie dich will ich nicht verzichten!« Erst als der Wagen durch ein hohes Tor aus der Domfreiheit rollte, erinnerte er sich: Das konnte nur die Stimme des Markgrafen Otto gewesen sein.

Eine Frau saß neben ihm auf dem Wagen – sie. »Geh nie mehr weg von mir«, flüsterte er und tastete nach ihrer Hand. »Nie mehr, hörst du?« Esther versprach es, daran erinnerte er sich später seltsamerweise ganz genau.

Nicht jedoch daran, wie sie ihn vom Wagen in dieses Haus geschafft hatten, das er nicht kannte. Als er das nächste Mal wieder zu sich kam – nach drei Tagen, wie man ihm Wochen danach erzählte –, war es wieder eine Stimme, die seine Aufmerksamkeit fesselte und ihn so weit aus dem Fieberdelirium holte, dass er ihr zuhören konnte.

»Ich hatte damals in Stendal zu tun, bei den Minderen Brüdern. Schafhirten brachten das Kerlchen ins Kloster, sie hatten es im Elbwald aufgegriffen.«

Wer redete da? Und von wem? Die ein wenig heisere Stimme erschien Wolfram seltsam vertraut, und er konnte nicht anders, als ihr zu lauschen.

»Das Bürschlein verhielt sich wie ein verstörtes Tierchen, wusste nicht, wo es wohnte, wusste nicht mal, wer seine Eltern waren, geschweige denn, dass es uns seinen Namen nennen konnte. Dabei war er schon mindestens vier Jahre alt, eher fünf. Nur dass er am Tag des heiligen Nikolaus geboren war, das wusste er.«

Wolfram hob den Kopf vom Strohsack, weil er endlich wissen wollte, wer da sprach. Er musste ein paar Mal blinzeln, bis die Gestalt neben seinem Krankenlager ihm nicht mehr vor den Augen verschwamm. Die Stimme gehörte einem alten Mann in Mönchshabit, und als der nach seiner Hand fasste und sie festhielt, erkannte er ihn endlich: Es war der Abt der Benediktinerabtei St. Michaelis in Hildesheim.

»Dann bist du also gar nicht sein richtiger Vater?«, fragte ein Mann mit traurigen schwarzbraunen Augen und langen weißen Locken. Plötzlich ahnte Wolfram, wohin man ihn gebracht hatte – in das Haus der Küchenmagd Anna, denn den Weißhaarigen hatte er schon mit ihr gesehen, es war ihr Mann Nikolaus.

»Nein«, sagte der Abt. »Ich habe ihn an Sohnes statt angenommen, mit allen Rechten und Pflichten. Deswegen habe ich mich auch auf den Weg hierher gemacht, um dem Erzbischof das Lösegeld persönlich zu überbringen. Er hat es mir übrigens erlassen, denn Günther und ich, wir sind gute Freunde.«

»Er ist es!« Eine Frau heulte laut auf. »Er muss es sein!« Wolfram wusste nicht, um wen es nun schon wieder ging. Er blinzelte, bis er Lea erkannte, Esthers Mutter. »Er hatte ein Muttermal genau an derselben Stelle.« Mit gebeugtem Rücken und hängenden Schultern saß Esther neben ihr und hatte die Hände vors Gesicht geschlagen. Wolframs Kopf fiel zurück in die Kissen, alles drehte sich um ihn – die Kammer, die Menschen, der brennende Kienspan über ihm an der Wand.

»Seltsam«, hörte er die Küchenmagd Anna flüstern. »Mein

Kind hatte auch ein Muttermal an dieser Stelle.« Daraufhin heulte Esthers Mutter laut auf. Das hörte Wolfram noch, dann versank er wieder im Fieberdelirium.

Irgendwann – noch in derselben Nacht oder Tage später? – lag jemand auf seiner Brust und weinte leise. Esther. Er griff in ihre Locken, hob den Kopf und wollte ihre Stirn küssen. Sie aber wischte sich die Tränen ab, schüttelte den Kopf und drückte ihn zurück ins Kissen.

»Du bist David, mein Bruder«, flüsterte sie. »Ich freue mich für die Mutter. Aber ich bin auch unendlich traurig, denn wir beide können niemals Mann und Frau werden – Bruder und Schwester dürfen nicht heiraten.«

Epilog

Magdeburg, Mitte Januar 1278

Die kleine alte Begine reichte ihm die welke Hand, damit er ihr von Bord des Lastenseglers auf die Laufplanke half. Als sie dann auf der Landungsbrücke vor ihm stand, schaute sie erst zu ihm hoch, betrachtete ihn kopfschüttelnd und umarmte ihn schließlich. Das wunderte ihn, denn er kannte Mechthild von Magdeburg nur flüchtig.

Oben am Brücktor wollte er ihr auf den Kutschbock des Ochsenkarrens helfen, den Annas Mann ihm geliehen hatte. Sie winkte ab und stieg ohne seine Hilfe hinauf. Eigentlich hatte sie schon vor dem Christfest nach Magdeburg kommen wollen, doch in der zweiten Dezemberhälfte hatte es stark geschneit.

»Stell dir vor – ich habe Esthers Brief am Nikolaustag erhalten«, sagte sie, während er das Gespann durch den Weg lenkte, den man auf dem Domplatz vom Schnee freigeräumt hatte. »Ist das nicht eine schöne Fügung Gottes?« Wolfram nickte stumm. Er war aufgeregt, wusste nicht, was auf ihn zukommen würde. »Dostl lässt dich grüßen. Er will wissen, wann du ihn und seine Familie besuchen kommst.«

»Im Frühjahr werde ich zu meiner Burg reiten«, sagte Wolfram, »da will ich einen Abstecher zu ihm nach Eisleben machen.«

Noch immer fühlte er sich ein wenig schwach, auch hinkte er noch. Den Brief an Mechthild hatte Esther im Auftrag der Mutter geschrieben. Wolfram war dabei gewesen, als sie ihr die flehenden Sätze diktiert hatte. Mechthild müsse dringend nach Magdeburg kommen, ließ sie Esther schreiben, denn sie habe ihrer Familie etwas zu sagen, was sie nur in ihrer Gegenwart übers Herz bringe. Wolfram wusste nicht, was die Mutter bewegte und warum Mechthild gekommen war.

Mutter – noch immer fühlte es sich für ihn fremd an, sie so zu nennen, selbst in Gedanken. Noch fremder aber fühlte es sich an, Esther als seine Schwester zu betrachten. Er vermied es bei beiden, sie so anzusprechen: mit Mutter oder Schwester.

»Genoveva konnte sich gar nicht mehr beruhigen, als ich ihr den Brief vorgelesen habe.« Mechthild lächelte in sich hinein. »Sie hat nächtelang nicht geschlafen vor lauter Freude über die Nachricht, dass du lebst und zurückgekehrt bist.«

»So?« Wolfram wusste, dass sie von der verrückten Beterin sprach, die er im Domneubau vor dem Greifensteiner beschützt hatte und die nun – er konnte es kaum glauben – Dostls Ehefrau war. Dass er sie schon als kleiner Junge gekannt haben sollte, daran erinnerte er sich nicht.

Überhaupt waren es nur vage Bilder der Vergangenheit, die seit seiner Genesung in ihm hochgestiegen waren: die Kerzenleuchter im Haus, das einmal sein Elternhaus gewesen sein sollte, das Gemälde mit dem Tempel von Jerusalem, der Rebbe Samuel und natürlich die Mesusot an den Türrahmen, die Schriftkapseln.

»Weißt du, worum es geht, David?«, fragte Mechthild unvermittelt. »Weißt du, warum sie mich hat kommen lassen?«

»Nenn mich Wolfram, bitte. Ich weiß nur, dass Lea etwas zu sagen hat, was sie ohne Euch nicht sagen kann. Ich verstehe es nicht, keiner versteht es. Ist es etwas Schlimmes?«

Sie schwieg ein paar Atemzüge lang und sagte dann sehr ernst: »Für Lea schon. Werden Anna und Nikolaus dabei sein?« Wolfram nickte. »Gut.« Dass Lea die Küchenmagd und deren Mann eingeladen hatte, machte die Sache für Wolfram vollends rätselhaft.

Er lenkte den Ochsenwagen durchs Sudenburger Tor und dann den Weg zum Judendorf hinunter. Der Schnee lag hüfthoch am Wegrand. Schon von Weitem sah er Esther und die Muhme auf der Vortreppe stehen und winken. Sein Herz schlug schneller.

Nicht wegen Judith, sondern wegen Esther. Immer wenn er in ihre Nähe kam, begann sein Puls zu rasen. Würde er jemals aufhören können, sie zu lieben? Er fürchtete den Tag im Frühling, an dem er Magdeburg verlassen würde, und er sehnte ihn zugleich herbei, denn er fand es qualvoll, unter einem Dach mit einer Frau zu leben, die er liebte und doch nicht lieben durfte.

An der Vortreppe hielt er das Gespann an. Mechthild stieg vom Bock und umarmte Esther und Lea. Wolfram lenkte den Wagen in den Stall und spannte die Ochsen ab.

Als er ins Haus kam, saßen alle um den großen Tisch, auch der Großvater und die Großmütter. Anna und Nikolaus kamen ihm ein wenig verlegen vor. Der große weißhaarige Mann mit den schwarzbraunen Augen richtete seinen traurigen Blick auf ihn. Was wohl in ihm vorging?

Auf dem Herd dampfte es aus Töpfen und Schüsseln. Lea hatte Nikolaus und Anna zu einem Gänsemahl eingeladen, weil sie Anna dafür danken wollte, dass sie sich beim Erzbischof für Wolfram eingesetzt hatte.

»Bevor wir essen, muss ich euch etwas sagen«, begann Lea, und sofort erstickten Tränen ihre Stimme.

Mechthild, die sich neben sie gesetzt hatte, legte den Arm um sie und zog sie an sich. »Es fällt ihr schwer, darüber zu sprechen«, erklärte sie. »Sie schleppt die Schuld seit nunmehr einundzwanzig Jahren mit sich herum.« Sie schaute auf die weinende Lea und sprach ihr Mut zu, doch ein regelrechter Weinkrampf schüttelte die Mutter.

Alle sahen einander betreten an. Vor allem Anna und ihr

Mann wussten kaum noch, wohin mit sich. Wolfram nahm unter dem Tisch Esthers Hand – sie zu spüren und die geliebte Schwester neben sich zu wissen, tat in diesem Moment gut.

»Ich weiß Bescheid«, ergriff wieder Mechthild das Wort, als Lea so gar keinen zusammenhängenden Satz zustande brachte, und schaute in die Runde. »Damals, als du, David, verschwunden warst und alle dich für tot hielten, kam sie am nächsten Tag zu mir und hat mir alles erzählt. Aber ich hatte geschworen zu schweigen, was sollte ich tun?« An Lea gewandt fuhr sie fort: »Du musst es selbst gestehen, danach wird es dir besser gehen.« Mechthild griff nach einem gefüllten Weinbecher. »Komm, trink etwas Wein, und dann sprich.«

Mit zitternden Händen nahm Lea den Becher, nippte zunächst nur daran, trank dann einen großen Schluck und leerte ihn schließlich auf einen Zug.

»Es geschah ungefähr zwei Wochen nach der Geburt meines Sohnes.« Sie wischte sich den Mund mit dem Handrücken ab und richtete den Blick ihrer tränennassen Augen auf Anna. »Und deines Sohnes. Wir kamen ungefähr zur gleichen Zeit nieder, erinnerst du dich?«

Anna sagte gar nichts, starrte die Mutter nur mit offenem Mund an und klammerte sich plötzlich an ihren Mann. Wolfram hatte nicht die geringste Ahnung, worauf das alles hinauslaufen sollte.

»Es war ein Sabbat, alle waren im Bethaus, nur ich nicht – ich wollte mein Kind nicht allein lassen, denn es war krank. Und als ich in die Schlafkammer ging, um es zu stillen, lag es reglos in der Wiege. Tot.« Sie zitterte am ganzen Leib, rang die Hände, zerbiss sich die Lippen und suchte nach Worten. »Ich wusste ja, dass du drüben beim Nachbarn in der Küche hilfst und jeden Tag dein Kind mitnimmst, um es immer stillen zu können.«

Mit flehendem Blick schaute sie zu Anna hinüber, die wie

erstarrt kerzengerade auf der Kante ihres Schemels hockte. Nikolaus hatte sich weit über den Tisch gebeugt, und sein brennender Blick flog zwischen Lea und Wolfram hin und her.

»Da habe ich mein totes Kind genommen«, fuhr Lea mit zitternder und sehr dünner Stimme fort, »und bin hinüber zum Nachbarn gegangen, und als ich dich durchs Fenster in der Küche hantieren sah, da hab' ich mich in die Gesindekammer geschlichen, wo dein Kind schlief. Und da hab ich, da hab ich …« Ihre Stimme brach, sie schlug die Hände gegen den Kopf, warf sich laut schluchzend an Mechthilds Brust.

Wolfram saß da wie vom Donner gerührt. Schon wieder eine Enthüllung, schon wieder sollte alles ganz anders gewesen sein, als es den Anschein gehabt hatte. Die Dielen unter seinen Stiefelsohlen schwankten, ihm war übel.

Esther schaute ihn aus großen, nassen Augen an. Stumm bewegten sich ihre Lippen. Schließlich erhob sie sich, ging zu ihrer Mutter und Mechthild und blieb eine Zeit lang unschlüssig hinter ihnen stehen. Dann drehte sie sich plötzlich abrupt um und verließ den Raum.

Irgendwann sprang Anna auf, eilte auf Wolfram zu und umarmte und küsste ihn unter Tränen. Er ließ es so gleichgültig geschehen, als würden all die Küsse und Umarmungen gar nicht ihm gelten. Die ganze Zeit, während Anna weinend an ihm hing, schaute er zu Nikolaus hinüber und sah ihm in die Augen, die ganze Zeit.

Das also ist mein Vater, dachte Wolfram und fragte sich sofort, wie um alles in der Welt dieser Gedanke in seinen Schädel geraten war.

Nach vielen Atemzügen merkte er, dass die Traurigkeit aus dem Blick des Weißhaarigen gewichen war, und dann merkte er, dass der Mann, der angeblich sein Vater war, dass dieser Mann lächelte. Da lächelte Wolfram auch.

Es wurde eine tränenreiche Nacht, eine Nacht, in der fast alle sehr viel zu erzählen hatten. Nur Esthers Mutter nicht. Sehr bleich und gebeugt hockte sie bei Mechthild und schaute stumm von einem zum anderen. Kurz vor Mitternacht erst erhoben sich die Großmütter und trugen das Essen auf, und der Großvater holte neuen Wein.

Im Morgengrauen schlenderten Wolfram und Esther allein durch den Schnee auf dem Dorfplatz, dann ein Stück zur Schafweide und zum Eichenhain hin. Es schneite. Wolfram legte den Kopf in den Nacken und schaute in den Himmel. Es tat gut, zu spüren, wie die Schneeflocken auf seinem heißen Gesicht landeten und schmolzen.

»Und nun?«, fragte Esther.

»Im Frühjahr werden wir heiraten.«

»Ich bin Jüdin.«

»Das macht nichts, ich bin ja beides, Christ und Jude. In Eisleben finden wir bestimmt einen Priester, der uns trotzdem traut. Samuel soll uns vorher im Bethaus nach eurem Ritus trauen, davon muss der Priester später ja nichts wissen.«

»Nach Eisleben?«

»Ich bin doch ein Ritter des Markgrafen von Brandenburg. Otto hat mir eine Burg zum Lehen gegeben, in der wir wohnen werden. Auf dem Weg dorthin besuchen wir Dostl, Genoveva und ihren Sohn in Eisleben.«

»Das ist gut.« Esther schlang die Arme um seine Taille. »Das ist sehr gut.«

Hinter dem Stamm einer mächtigen Eiche, wo sie ganz sicher niemand beobachten konnte, küssten sie einander. Lange. So lange, bis der Schnee ihr Haar und ihre Mäntel ganz und gar bedeckte.

Nachwort

Schon immer wollte ich einen Ritterroman schreiben, im Grunde schon seit meiner Kindheit. Hier ist er.

Verbunden habe ich ihn mit einem Schlaglicht auf die Geschichte der Stadt Magdeburg, den langwierigen Domneubau dort und der rätselhaften Erscheinung des Hasses auf Angehörige der jüdischen Religion. Dieses Phänomen hat leider, wie man schon in meinem letzten historischen Roman »Das weiße Gold der Hanse« nachlesen konnte, eine viel zu lange Geschichte.

Nach dem Abschied von Wolfram, Esther, Dostl, Mechthild und Genoveva, der meinen LeserInnen hoffentlich ähnlich schwergefallen ist wie mir, bin ich ihnen noch ein paar Bemerkungen zu den historischen Fakten schuldig, um die meine Erzählung kreist.

Der Einsturz der alten Elbbrücke mit seinen vielen Toten am 13. Juli 1275 ist historisch belegt, auch wenn diese Katastrophe in der Zeittafel auf den ersten Seiten des Buches nicht aufgelistet wird. Ich habe sie weggelassen, um nicht zu »spoilern«, wie man heute gern sagt und schreibt.

Den Beginn der Unterdrückung der Beginen in Magdeburg datieren manche Historiker bereits auf die Mitte der 1260er-Jahre. Wann genau Mechthild deswegen der Stadt den Rücken kehrte, ist nicht bekannt.

Das hartnäckige Streben des Markgrafen Otto IV. von Brandenburg nach einem Platz im Magdeburger Domkapitel für seinen Bruder Erich ist selbstverständlich historisch genauso belegt wie das lange Scheitern dieser Bemühung oder wie seine Neigung zu Minnesang und Krieg. Tatsächlich sind sieben Minnelieder von ihm überliefert, die von kritischen Fachleuten jedoch als eher minderwertig beurteilt werden.

Die konfliktreiche Erzbischofswahl im Januar 1277 habe ich – aus Gründen der Lesefreundlichkeit – etwas unkomplizierter dargestellt, als sie vermutlich war. Tatsächlich beharrten wohl beide Parteien auf ihrem Kandidaten. Erste kriegerische Handlungen vonseiten Ottos haben den Vertrag forciert, der schließlich Günther von Schwalenberg zum – übrigens nie vom Papst bestätigten – Erzbischof gemacht und den ursprünglichen Kandidaten, Buffo von Querfurt und Erich von Brandenburg, eine Entschädigungssumme von durchaus tröstlicher Höhe in die Schatullen gespült hat, wie zu lesen war. Dass Otto dennoch keine Ruhe gab, scheint mir jenes Licht auf ihn zu werfen, in dem ich ihn auch in diesem Roman darzustellen versucht habe.

Die blutige Schlacht bei Frohse – ich gestehe – habe ich aus dramaturgischen Gründen um zwei Monate vorverlegt. Tatsächlich tobte sie nicht am 10. November 1277, sondern, wie die Magdeburger Schöppenchronik vermeldet, erst am 10. Januar 1278. Alles andere jedoch entspricht den historisch belegten Fakten. Auch Otto im Käfig übrigens, auch wenn das zu glauben ähnlich schwerfallen mag wie gemeinsam badende Männlein und Weiblein im mittelalterlichen Badehaus.

Was meinen LeserInnen möglicherweise nicht gleichgültig sein wird: Günther von Schwalenberg gab sein Amt nach zwei weiteren Jahren Krieg mit Otto entnervt auf, und die Magdeburger konnten den Brandenburger Fuß in ihrer Tür auf die Dauer nicht vermeiden – im Jahre 1283 wurde Erich von Brandenburg nach vielen Fehden doch noch Erzbischof von Magdeburg.

In einer Schlacht gegen dessen Vorgänger Bernhard von

Wolpe bei Staßfurt 1280 widerfuhr dem rauflustigen Otto, was ich in dieser Geschichte vorweggenommen und den wackeren Dostl treffen ließ: Ein Pfeil erwischte ihn an der Stirn und drang so tief ein, dass er die Spitze angeblich längere Zeit nicht entfernen ließ. Deswegen gaben ihm die Zeitgenossen den Beinamen »Otto mit dem Pfeil«.

Seine erste Ehefrau, Heilwig von Holstein-Kiel, heiratete Otto entweder im Jahre 1279 oder, nach anderen Quellen, schon 1262. Aus dramaturgischen Gründen habe ich mich für das spätere Datum entschieden.

Allerdings muss ich einräumen, dass ich inzwischen eher zu 1262 als Hochzeitsjahr neige, und das aus guten Gründen: Meine Lektorin Ulrike Brandt-Schwarze, die mich in der Recherchearbeit tatkräftig unterstützt hat, konnte mehr Belege für 1262 als für 1279 finden und zusätzlich noch die Meinung eines Historikers einholen, der mit schlagkräftigen Argumenten für 1262 plädiert. Vermutlich wurde das Kind Heilwig dem Mann Otto bereits im Jahr 1262 zugesprochen – böse Zungen würden sagen: verkauft –, was zu jener Zeit nicht ganz unüblich war.

Leider – oder zum Glück? – hatte ich da schon den letzten Satz meiner Erzählung mit einem Punkt versehen.

Wie schon bei der Arbeit an meinem Roman *Die Kathedrale des Lichts* hat mich auch beim nun vorliegenden Buch Michael Sußmann unterstützt, Vorsitzender und Sprecher der Magdeburger Dombaukommission, der als Architekt und Kirchenoberbaurat i. R. die Pflege und Restaurierung des Magdeburger Doms mit verantwortet. Für seinen Rat, seine fachmännischen Informationen und seinen Zuspruch kann ich ihm nicht genug danken. Seine fachkundige Beratung floss auch in den Stadtplan des mittelalterlichen Magdeburgs ein, den meine LeserInnen zu meiner großen Freude nun auf den ersten Seiten dieses Buches betrachten können.

Für die sorgfältige Gestaltung dieses schönen Stadtplans danke ich dem Graphiker Markus Weber ganz herzlich.

Ein dickes »Dankeschön!« schulde ich außerdem meiner bereits erwähnten Lektorin Ulrike Brandt-Schwarze für ihre Hilfe bei den Recherchen für dieses Buch und für so viel Wohlwollen, Geduld und Ermutigung, mit der sie die Entstehung dieser Erzählung begleitet hat.

Ruben Laurin, Karlsruhe, Februar 2020

Glossar

Beginen – Frauen, die seit dem 12. Jahrhundert ohne Ordensgelübde, jedoch ehelos in ordensähnlichen christlichen Gemeinschaften lebten

Birett – Von christlichen Klerikern getragener Hut mit drei oder vier hornartigen Ausbuchtungen

Constabler – In einem mittelalterlichen städtischen Heer die reicheren Bürger, die im Kriegsfall zu Pferd dienten

Domfreiheit – Durch eine Mauer von der übrigen Stadt abgetrennter Bezirk rund um den Sitz des Erzbischofs und des Domkapitels mit eigener Gerichtsbarkeit; auch Domimmunität genannt

Domkapitel – Versammlung der Domherren

Domscholaster – Lehrer der Domschule und Mitglied des Domkapitels

Drillbogen – Bogen, in dessen Schnur eine Spindel eingespannt wird, die mit dem Bogen so lange in der Vertiefung eines Holzstückes gedreht wird, bis der entstehende Holzstaub sich durch die Reibung entzündet

Edelknecht – Berittener Waffenträger adliger Abstammung, steht in der Hierarchie unter dem Knappen

Elle – Altes Längenmaß, das von der Unterarmlänge abgeleitet wurde (also von den Knochen Elle und Speiche) und in Deutschland je nach Region zwischen 50 und 70 cm maß

Exorzist – Teufelsaustreiber

Fettholz – Kienspan; brennende Kienspanhölzer dienten, neben Talg- bzw. Öllampen über Jahrhunderte zur Beleuchtung; *siehe Kienholz*

Flagellanten – Auch: Büßer; religiöse Hitzköpfe, die sich öffentlich peitschten oder auf anderem Weg Schmerzen zufügten, um für ihre Sünden zu büßen

Foliant – Von lat. *folium,* Blatt; großformatiges Buch, in dem einmal gefaltete Blätter von der Größe römischer Pergamentbögen (ca. DIN A3) gesammelt wurden

Fuß – Auch Schuh; altes Längenmaß, das je nach Land und Region um die 30 cm betrug

Gambeson – Wams, das mit verschiedenen Materialien, z.B. Stoffresten ausgestopft und abgesteppt war. Ritter trugen es oft unter dem Kettenhemd, Kriegsknechte als einzige Rüstung. Es bot einen guten Schutz gegen Schwerthiebe, aber nicht gegen Stichwaffen.

Gottseibeiuns – So nannte man in frühen Zeiten den Teufel, um seinen Namen nicht aussprechen zu müssen.

Goi – *Hebräisch:* Heide, Ungläubiger; *Plural* Gojim

Habit – Ordenstracht

Hore – Stundengebet

Kathedrale – Von lat. *cathedra,* Thron, Sitz; Bezeichnung für eine Kirche am Sitz eines Bischofs bzw. Erzbischofs

Kanoniker – Kirchenmänner aller Weihestufen, die in einer Kathedrale – also einer Bischofskirche – an der Liturgie teilnehmen; auch Stifts- oder Chorherren genannt

Kienholz – Brennende Kienspanhölzer dienten, neben Talg- bzw. Öllampen, über Jahrhunderte zur Beleuchtung; *siehe Fettholz*

Knochenhauer – Metzger, Fleischer

Komplet – Die letzte Hore des Tages: das Nachtgebet

Krümme – Der obere, spiralförmig gewundene Teil eines Bischofsstabes

Kurie – Bezeichnung für das Wohnhaus eines Kanonikers, einer Stiftsdame, eines Dom- oder Stiftsherren

Laudes – Morgendlicher Lobgesang

Lehen – Landbesitz, den ein Fürst einem Gefolgsmann, der ihm durch Eid verbunden war, überließ, um seinen Lebensunterhalt von dessen Ertrag zu bestreiten

Lettner – Hohe hölzerne, steinerne oder gusseiserne Prachtschranke zwischen Chorraum bzw. Hochaltar und dem Kirchenschiff, die Geistliche und Laien trennte

Levit – Angehöriger des israelitischen Stammes der Leviten, deren Angehörige die Priester stellten; daher auch Bezeichnung für israelischen Priester

Magistrat – Ratsversammlung einer Stadt

Mark – Urspr. Pfund; Karl der Große legte das Pfund Silber auf 240 g fest, entsprechend hatte die *Mark Silber* 240 Silberpfennige bzw. Denare; im 13. Jahrhundert war der Silbergehalt auf ein Drittel gesunken; Währungen, ihr Wert und ihre Kaufkraft variierten regional; gegen Ende des 13. Jahrhunderts hatte die *Mark Silber* im Deutschen Reich eine Kaufkraft von ungefähr 250 Euro, ein Denar bzw. Pfennig also etwa die eines Euros; in Niederbayern etwa konnte man um diese Zeit für einen Dinar drei Pfund Ziegenfleisch und zwei Brote kaufen bzw. beim Schuhmacher seinen Schuhe besohlen lassen

Meile – Längenmaß, dessen genaue Länge bis zur Festlegung der österreichischen Postmeile 1756 (7,586 m) je nach Ort, Landschaft, Fürstentum etc. zwischen vier und zehn Kilometern schwankte

Mesusa – Schriftkapsel an den Türpfosten jüdischer Häuser

Mindere Brüder – Der von Franziskus von Assisi gegründete Orden (*Ordo Fratrum Minorum*)

Minnesang – Liedhaft und mit Musik, meist der Laute, vorgetragene Liebesdichtung

Mitra – Traditionelle Kopfbedeckung der Bischöfe vieler christlicher Kirchen

Ministeriale – Beamter, der kirchliche oder fürstliche Güter verwaltete; im Frühmittelalter noch unfrei, entstand daraus im 13. Jahrhundert ein niedriger (»ritterbürtiger«) Adelsstand

Mühlenvogtei – Sitz der Verwaltung für die Schiffsmühlen in Magdeburg; eigentlich *Möllenvogtei*

Muhme – Tante, Schwester der Mutter

Mündel – Unter Vormundschaft stehende Person

Palas – Repräsentatives Hauptgebäude einer Burg

Pallium – Eine Art Krawatte mit Überlänge, in die sechs schwarze Kreuze eingestickt sind; der Papst verleiht das P. einem Bischof als Zeichen seiner Amtswürde.

Pauliner – Im mittelalterlichen Magdeburg verbreitete Bezeichnung für die Dominikaner; vermutlich, weil diese in besonderer Weise den Apostel Paulus verehrten

Predigermönche – Bezeichnung für die predigenden Dominikaner; in Abgrenzung zu den Bettelmönchen des Franziskanerordens

Priestermönch – Ein Mönch, der zum Priester geweiht ist und deswegen Sakramente spenden und liturgische Aufgaben übernehmen darf

Rabenstein – Eine erhöht gemauerte Richtstätte, die im Hochmittelalter vor den Nordtoren Magdeburgs lag

Rebbe – Rabbiner, jüdischer Geistlicher und Lehrer

Renner – Leichtes, flinkes Pferd, das ein Ritter für den Alltag benutzte und das sich für Turnier und Schlacht weniger eignete

Rute – Altes Längenmaß; für die Längenangaben in diesem Roman liegt die *Waldrute* zugrunde; ihre Länge betrug 16 Fuß = 4,80 Meter

Saufeder – Auch Sauspieß; Stoßwaffe, die ab dem späten 12. Jahrhundert vor allem zur Wildschweinjagd verwendet wurde

Schabracke – Satteldecke

Schiffsmühle – Eine schwimmende, im Flussgrund verankerte Mühle, deren Mühlrad durch die Strömung angetrieben wird

Schnapphahn – Wegelagerer

Schöffenstuhl – Bis in die frühe Neuzeit das Gericht Magdeburgs

Schwertleite – Feierliche Erhebung in den Ritterstand mit Überreichung eines Schwertes durch den, der die Ritterwürde verleiht

Stadtjunker – Die ranghöchste, meist dem Kleinadel entstammende Gruppe eines städtischen Heeres, die als Ritter zu Pferd und in voller Panzerung kämpften

Tartaren – Europäische Bezeichnung der mongolischen Truppen, die im 13. Jahrhundert in Europa einfielen

Topfhelm – Zylindrisch geformter Helmtyp, der im frühen 13. Jahrhundert in Europa aufkam und bis ins 14. Jahrhundert hinein gebräuchlich war; auch *Fasshelm* oder *Kübelhelm*

Trommelkran – Seit dem 13. Jahrhundert im Kirchenbau nachgewiesene Holzkonstruktion für den Transport schwerer Lasten in große Höhen; bestehend aus Mastbalken,

Schwenkarm, Flaschenzug und einem großen trommelartigen Laufrad, dem der Kran seinen Namen verdankt

Truchsess – Leiter der Hofverwaltung, dem u.a. die Aufsicht über die fürstliche Tafel oblag

Vesper – Abendgebet, vorletzte Hore des Tages

Vierungspfeiler – Die vier Pfeiler an den Ecken jenes Raumquadrates, das in einem Kirchenbau durch die Durchdringung bzw. Kreuzung von Langhaus und Querhaus entsteht

Wenden – Slawischer Volksstamm östlich der Elbe; manche Historiker bezeichnen die Gesamtheit der alten ostelbischen Slawenstämme als Wenden; heute leben die Wenden fast nur noch in der Niederlausitz; in einigen Regionen dort bezeichnen sie sich als »Sorben«